LA FIANCÉE DE BOMBAY

Julia Gregson

LA FIANCÉE
DE BOMBAY

Traduit de l'anglais (Grande-Bretagne)
par Catherine Ludet

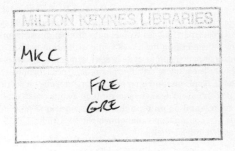
ÉDITIONS
FRANCE
LOISIRS

Titre original : *East of the Sun*
publiée par Orion Books, une division de Orion Publishing Group Ltd.

Édition du Club France Loisirs,
avec l'autorisation des Éditions Jean-Claude Lattès.

Éditions France Loisirs,
123, boulevard de Grenelle, Paris
www.franceloisirs.com

© 2008 Julia Gregson. Tous droits réservés.
© 2009, Éditions Jean-Claude Lattès pour la traduction française.

ISBN : version reliée : 978-2-298-02764-8
   version souple : 978-2-298-03179-9

Pour Richard, avec mon amour.

1

LONDRES, SEPTEMBRE 1928

Jeune femme responsable, vingt-huit ans, aimant les enfants et ayant vécu aux Indes, propose de servir de chaperon, de Tilbury à Bombay, en échange de la moitié du prix du billet.

Viva Holloway avait payé trois shillings et six pence pour faire paraître son annonce dans le numéro de septembre de *Madame*. Lorsqu'elle se retrouva, à peine cinq jours plus tard, dans un restaurant de Londres, attendant Mrs Jonti Sowerby, sa toute première cliente, elle pensa qu'une influence bénéfique avait dû jouer en sa faveur.

En vue de cet entretien, elle avait abandonné sa tenue habituelle – soieries fluides empruntées ou achetées d'occasion dans des ventes de charité –, pour ressortir le tailleur de tweed gris qu'elle détestait, mais qui lui avait rendu service quand elle avait travaillé temporairement comme dactylo. Sa chevelure, sombre, épaisse et plutôt rebelle avait été humidifiée puis domptée en un strict chignon.

Elle pénétra dans le brouhaha élégant du salon de thé, où un pianiste jouait quelques notes décousues. Une petite femme maigre comme un oiseau, coiffée

9

d'un chapeau extraordinaire (sorte de cage de laquelle jaillissait, à l'arrière, une plume bleue qui retombait vers l'avant), se leva pour l'accueillir. À son côté se tenait une jeune fille grassouillette et silencieuse qu'elle présenta, à la grande surprise de Viva, comme étant sa fille, Victoria.

Toutes deux étaient entourées d'un monceau de bagages. Une tasse de café fut proposée, malheureusement sans accompagnement solide. Viva, qui n'avait rien mangé depuis le petit déjeuner, lorgnait sous une console de verre quelques scones et un appétissant gâteau aux noix.

«Elle semble extrêmement jeune! s'exclama immédiatement Mrs Sowerby en parlant à Victoria, comme si la nouvelle venue n'était pas là.

— Maman!» protesta sa fille d'une voix étranglée. Viva remarqua aussitôt les yeux magnifiques qui se tournaient vers elle: immenses et d'un bleu sombre inhabituel, virant au violet. *Excusez-la, je n'y peux rien*, clamaient-ils en silence.

«Je suis désolée, ma chérie, mais c'est le cas, insista Mrs Sowerby, faisant la moue sous son extravagante coiffe. Oh, mon Dieu, quel tracas!»

D'un ton compassé, elle s'adressa enfin à Viva. Victoria se rendait aux Indes, expliqua-t-elle, pour assister, en tant que demoiselle d'honneur, au mariage de Rose, sa meilleure amie, qui devait épouser à la cathédrale St Thomas de Bombay – ici, un frémissement vaniteux fit vibrer sa voix – le capitaine Jack Chandler, du troisième régiment de cavalerie.

Un chaperon avait été engagé, une certaine Mrs Moylett, qui s'était désistée à la dernière minute, arguant soudain d'un engagement vis-à-vis d'un homme âgé.

Ayant posé sa tasse, Viva adopta l'expression d'une personne éminemment responsable ; elle devinait dans l'attitude de son interlocutrice un sentiment d'urgence, une impatience de voir l'affaire résolue.

« Je connais très bien Bombay », déclara-t-elle, ce qui était vrai jusqu'à un certain point : elle avait traversé la ville dans les bras de sa mère à l'âge de dix-huit mois ; puis de nouveau, à l'âge de cinq ans, époque à laquelle elle se souvenait d'avoir mangé une glace sur la plage ; et enfin à dix ans, pour la dernière fois. Jamais elle n'y était retournée depuis. « Victoria sera en de bonnes mains », crut-elle bon d'ajouter.

La jeune fille l'observa, le regard plein d'espoir.

« Vous pouvez m'appeler Tor, si vous voulez, dit-elle. Tous mes amis le font. »

Lorsque le garçon apparut de nouveau, Mrs Sowerby insista théâtralement sur le fait de boire une tisane au lieu d'un « thé anglais normal ».

« Je suis à demi française, vous comprenez », précisa-t-elle avec une moue boudeuse, considérant que cela justifiait son exigence.

Pendant qu'elle cherchait quelque chose dans son petit sac en crocodile, sa fille se tourna vers Viva et leva les yeux au ciel. Cette fois, elle articula en silence « Désolée » avant de sourire et de croiser les doigts.

« Vous y connaissez-vous en malles-cabines ? demanda Mrs Sowerby en rétractant les lèvres pour contempler ses dents dans le miroir de son poudrier. Mrs Moylett devait nous aider à choisir. »

Par miracle, Viva pouvait répondre : la semaine précédente, alors qu'elle parcourait les offres d'emploi

11

du *Pionnier*, elle avait lu une réclame très visible pour la firme Tailor Ram.

« La Viceroy est excellente, affirma-t-elle en fixant Mrs Sowerby. Chaque tiroir de toile est renforcé par un socle d'acier. Vous pouvez l'acheter au magasin de l'armée. Je ne me rappelle pas le prix exact, mais je crois qu'il est d'environ vingt-cinq shillings. »

Le cliquetis des couverts s'interrompit alors que les murmures enflaient tout à coup. Une séduisante femme d'âge mûr, vêtue de tweed usagé et coiffée d'un chapeau plus confortable qu'élégant, se dirigeait vers elles en souriant.

« C'est Mrs Wetherby. » Tor se dressa avec un sourire rayonnant et étreignit la nouvelle venue. « Asseyez-vous, dit-elle en tapotant la chaise voisine. Maman et moi avons une conversation passionnante à propos de jodhpurs et de casques coloniaux.

— C'est cela, Victoria, railla Mrs Sowerby, assure-toi que tout le restaurant est au courant de nos affaires. » Elle expliqua à Viva. « Mrs Wetherby est la mère de Rose, qui va épouser le capitaine Chandler aux Indes ; c'est une jeune fille exceptionnellement ravissante.

— J'ai hâte que vous la rencontriez, s'écria Tor, brusquement rayonnante. Elle est la perfection incarnée ! Tout le monde en tombe amoureux. Je la connais depuis son plus jeune âge. Nous sommes allées à l'école ensemble, nous avons fait du poney… »

Viva éprouva un pincement familier. Quel privilège merveilleux que d'avoir une amie qui vous connaît depuis toujours !

« Victoria ! » La plume bleue au-dessus des sourcils de Mrs Sowerby lui donnait l'air d'un oiseau au

12

plumage gonflé de colère. «Je ne suis pas sûre que nous devions raconter tout cela à Miss Holloway pour l'instant. Nous n'avons pas encore pris notre décision. Au fait, où donc est notre chère Rose?

— Chez le médecin, répondit Mrs Wetherby, l'air embarrassé. Vous savez…» Elle sirota son café avec un regard appuyé en direction de son interlocutrice. «Mais nous avons eu une matinée passionnante avant que je ne la dépose, poursuivit-elle d'un ton mesuré. Nous avons acheté des robes et des raquettes de tennis. Je la retrouve dans une heure chez Beauchamp, où elle essaie son trousseau. La pauvre enfant sera absolument morte ce soir; je ne crois pas avoir jamais acheté autant de vêtements en une seule journée. Maintenant, dites-moi, qui est cette charmante jeune personne?»

Viva fut présentée à Mrs Wetherby sous la désignation de «chaperon professionnel». La mère de Rose, qui avait un sourire très agréable, mit ses mains dans les siennes et déclara qu'elle était ravie de la connaître.

«J'ai déjà fait l'entretien, souligna Mrs Sowerby. Elle connaît les Indes comme sa poche et a résolu la question de la malle-cabine. Selon elle, nous devrions choisir la Viceroy.

— Nos filles sont très raisonnables, intervint Mrs Wetherby avec anxiété. Il sera simplement plus rassurant pour nous de savoir que quelqu'un veille sur elles.

— Mais j'ai bien peur que nous ne puissions vous offrir que cinquante livres pour nos deux filles, spécifia Mrs Sowerby, pas un penny de plus.»

Viva entendit distinctement Tor retenir sa respiration ; elle vit sa bouche se tordre en une grimace juvénile et ses grands yeux la fixer dans l'attente de la réponse.

Elle se livra à un rapide calcul mental. L'aller simple de Londres à Bombay coûtait environ quatre-vingts livres. Elle avait économisé cent vingt livres et aurait besoin d'un peu d'argent à l'arrivée.

« Cela me paraît très raisonnable, déclara-t-elle avec calme comme si elle prenait chaque jour ce genre de décision.

— Dieu merci ! s'écria Tor en expirant bruyamment. Oh, quelle bénédiction ! »

Viva serra les mains autour d'elle et quitta le restaurant d'un pas joyeux ; tout irait comme sur des roulettes. La fille aux yeux bleus et à la mère étouffante voulait partir à tout prix ; son amie Rose, qui allait se marier, ne ferait pas marche arrière.

En chemin, elle s'arrêta à l'hôtel *Army & Navy* pour rencontrer une certaine Mrs Bannister au sujet d'une autre charge potentielle, un écolier dont les parents vivaient à Assam. Fourrageant dans son sac à main afin de vérifier le nom du garçon sur un morceau de papier, elle s'efforça de le mémoriser ; il s'appelait Guy Glover.

La femme irritable et nerveuse, aux dents proéminentes, qui se tenait en face d'elle – quarante ans environ, estima Viva, bien que peu douée pour deviner l'âge des personnes d'âge mûr –, commanda pour chacune d'elles une tasse de thé tiède, sans biscuit ni pâtisserie.

Mrs Bannister décréta qu'il fallait régler la question rapidement car elle devait attraper un train à trois heures et demie pour rentrer à Shrewsbury. Son frère, planteur de thé à Assam, et Gwen, son épouse, se trouvaient «face à un épineux dilemme». Guy, leur fils unique de seize ans, avait été prié de quitter son école de façon abrupte.

«Mon neveu est un garçon plutôt difficile, mais on m'a dit qu'il avait un excellent fond, assura-t-elle. Il a passé dix ans à St Christopher sans retourner aux Indes. Pour diverses raisons que je n'ai pas le temps de vous expliquer, nous n'avons pas pu le voir aussi souvent que nous l'aurions voulu. Aujourd'hui, ses parents pensent qu'ils s'épanouira mieux auprès d'eux, finalement. Si vous pouvez le prendre en charge, ils sont prêts à vous payer votre billet entier.»

Viva sentit son visage s'empourprer de jubilation. Si tout son trajet était payé, les cinquante livres de Mrs Sowerby lui permettraient de souffler un peu après son arrivée.

«Y a-t-il d'autres détails que vous souhaiteriez connaître, en ce qui concerne mes références ou autre chose en particulier? s'enquit-elle.

— Non… Peut-être, en effet, devriez-vous nous communiquer vos références? Avez-vous des employeurs à Londres?

— Mon employeur actuel est un écrivain, Mrs Driver.» Viva griffonna l'adresse pour son interlocutrice qui, visiblement impatiente de s'enfuir, tripotait nerveusement son sac à main en essayant d'accrocher le regard de la serveuse. «Elle vit en face du musée d'Histoire naturelle.

— Je vais vous envoyer un plan pour vous rendre à l'école de Guy ainsi que votre premier versement, dit Mrs Bannister. Mille mercis de ce que vous faites. »

Elle découvrit d'un seul coup la totalité de ses dents impressionnantes.

Observant cette femme qui montait dans un taxi, l'imperméable claquant sur les talons, Viva songea qu'il était scandaleusement facile de mentir aux autres, surtout quand on leur servait ce qu'ils avaient envie d'entendre. Elle n'avait pas vingt-huit ans, mais vingt-cinq, et en ce qui concernait les Indes, elle y avait simplement passé un peu de temps dans son enfance, avant la catastrophe : elle ne connaissait pas plus ce pays que la face cachée de la lune.

2

« Elle a l'air bien, n'est-ce pas ? s'exclama Mrs Sowerby après le départ de Viva. Sans compter qu'elle est très jolie, si l'on ne tient pas compte de ce tailleur épouvantable, ajouta-t-elle comme s'il s'agissait de l'élément déterminant de sa décision. Honnêtement, les Anglaises et l'élégance ! » Elle avança avec dédain sa lèvre supérieure en prononçant le mot « élégance » mais, pour une fois, sa fille ne prit pas la peine de réagir.

Sensationnel ! Elles avaient leur chaperon ! La phase deux du plan se mettait en place avec une extrême précision. Sans doute la grande scène de sollicitude anxieuse interprétée par Mrs Sowerby pouvait-elle tromper une inconnue, mais Tor n'était pas dupe. Après leurs querelles violentes de cet été, un singe aurait pu se présenter : sa mère était tellement impatiente de la voir partir qu'elle l'aurait jugé parfait !

La jeune fille éprouvait une excitation presque insupportable. Arrivés ce matin, les billets garantissaient leur départ dans deux semaines. Deux semaines ! Elle disposait désormais d'une journée entière à Londres pour choisir des vêtements et d'autres choses indispensables figurant sur la liste alléchante fournie par leur future hôtesse de Bombay.

Sa mère, qui brandissait habituellement toutes sortes de règles de conduite – ne consommer que du citron et de l'eau le mardi ; éliminer les pâtisseries le mercredi ; prononcer le mot «bing» avant d'entrer dans une pièce car cela donne aux lèvres une jolie forme –, s'était détendue, au point de lui permettre de déguster un gâteau aux noix chez *Derry & Toms*. Maintenant que Tor était sûre de partir, toutes ces manies qui la rendaient folle, auxquelles s'ajoutait le snobisme de Mrs Sowerby concernant son origine française, dès qu'elle se trouvait en ville ; ses chapeaux ridicules ; son parfum trop lourd (*Shalimar*, de Guerlain) ; ainsi que ses innombrables principes sur les hommes et la conversation – tout cela semblait presque supportable. Bientôt Tor serait loin, partie, envolée, laissant derrière elle l'année la plus horrible de sa vie, avec l'espoir de ne jamais revenir.

Après avoir bu son café, Mrs Wetherby s'éclipsa pour aller chercher Rose chez le médecin.

Faute de tisane, Mrs Sowerby sirotait un mélange de citron et d'eau chaude. Un crayon argenté à la

17

main, elle scrutait une liste de vêtements dans son carnet.

« Des jodhpurs. Tu iras probablement à la chasse. »

Tor avait l'impression que sa mère parlait à présent plus fort qu'à l'accoutumée, probablement pour offrir aux occupants de la table voisine le spectacle d'une vie passionnante.

« Cissy dit que les acheter à Londres serait trop bête ; elle connaît un homme à Bombay qui les fabrique pour quelques pennies. »

Cissy Mallinson, cousine éloignée de Mrs Sowerby qui accueillerait Tor à Bombay, avait héroïquement accepté d'organiser le mariage de Rose sans jamais l'avoir rencontrée. De son écriture ample, tracée sur un papier à lettres friable, elle mentionnait régulièrement la succession continuelle d'événements semblant occuper la plus grande partie de son temps : réceptions, gymkhanas, courses de chevaux, chasses et grands bals offerts par le gouverneur.

« Quelle excellente idée, écrivait-elle dans sa dernière missive au sujet d'un bal récent au Yacht Club de Bombay. Tous les jeunes hommes convenables sont rassemblés et les jeunes filles passent dix minutes avec chacun d'entre eux, puis changent d'interlocuteur. C'est très amusant, et en général suffisant pour savoir quels couples peuvent se former. » Avant de signer, elle précisait : « Les gens ici essaient vraiment de se tenir au courant des nouvelles tendances de la mode. Assurez-vous de confier au moins deux numéros de *Vogue* aux jeunes filles et, si ce n'est pas trop vous demander, l'une de ces divines roses thé en soie – la mienne a été attaquée par une bande de fourmis voraces ! »

« Quinine, poursuivait inexorablement Mrs Sowerby, telle une horloge. Crème pour le visage… chérie, je t'en prie, n'oublie pas de l'utiliser. Je sais que j'insiste sans arrêt pour des choses qui te paraissent peu importantes, mais il n'y a rien qui vieillisse davantage la peau que le soleil et tu es déjà très brune. » C'était vrai : Tor avait hérité la peau olivâtre de ses ancêtres. « Pince à épiler ; je vais moi-même éclaircir tes deux chenilles velues avant ton départ. » Les sourcils étaient une obsession de sa mère. « Robes du soir, un tabouret pliant – oh ! par pitié, cela fait vraiment trop "Dr Livingstone", je raye –, et… ajouta-t-elle en baissant la voix, il te faut beaucoup de "matelas de poupée" qui coûtent très cher là-bas…

— Maman ! s'exclama Tor, contrariée par cette allusion ridicule, quoique pudique, aux serviettes hygiéniques. S'il vous plaît, ne rayez pas le tabouret pliant. Il me paraît très utile.

— Comme tu es jolie quand tu souris, déclara sa mère, les traits soudain affaissés. Si seulement cela t'arrivait plus souvent ! »

Dans le silence qui suivit, Tor devina la succession de pensées complexes et pénibles qui s'agitaient sous le chapeau de sa mère. Certaines d'entre elles ne lui étaient que trop familières : si Tor avait davantage ressemblé à Rose, toutes les dépenses relatives au voyage à venir auraient été épargnées ; il aurait sans doute suffi, pour cela, qu'elle sourie plus souvent, mange moins de gâteaux, boive plus de citron et d'eau le mardi, et adopte un comportement typiquement « français ». Sa mère paraissait constamment faire la somme de ses caractéristiques et aboutir à la conclusion qu'elle ne représentait qu'une énorme déception.

Pourtant, de façon étrange, une larme authentique traçait un sillon le long du visage hâtivement poudré et venait se loger sur les lèvres rouges.

«Donne-moi ta main, chérie», implora Mrs Sowerby. Alors qu'elle hoquetait en un sanglot muet, Tor ne put s'empêcher de reculer sa chaise. Sa mère se transformait tout à coup en un être terriblement humain et à fleur de peau, alors qu'elle ne pouvait plus rien changer à leur relation. Trop tard, le mal était fait.

Bien qu'elles n'aient pas coutume de prendre les transports en commun, il était impossible de trouver un taxi ce jour-là. Une heure plus tard, Tor se trouvait à l'étage supérieur d'un omnibus, contemplant les gouttes de pluie qui séchaient au sommet des arbres poussiéreux de St James Park. Alors que le véhicule descendait Piccadilly, en direction de Swan & Edgar, la jeune fille fut surprise d'éprouver un autre élan de tristesse.

Si Mrs Sowerby n'avait pas été aussi pénible, cette sortie aurait pu ressembler à l'expédition en ville d'une mère et de sa fille heureuses d'avoir laissé l'homme de la maison devant un plat de sandwichs, pour passer une journée «entre filles».

De son perchoir, elle pouvait admirer la vaste cuvette de Londres s'étendant jusqu'à l'horizon, les magasins splendides abritant en vitrine des mannequins, et la foule des passants : tout cet univers incroyablement plus vaste que le village où elle vivait.

Des rais de lumière strièrent le visage de sa mère alors qu'elle se penchait hors de la vitre, la plume bleue de son chapeau frétillant comme un objet soudain doué de vie.

« Chérie, regarde, voici le *Ritz* ! Oh, mon Dieu ! comme Londres me manque », dit Mrs Sowerby dans un soupir. Tout le long de Piccadilly, elle désigna les endroits où Papa et elle avaient dîné quand ils avaient de l'argent, avant la naissance de Tor : chez *Capriati*, au *In and Out* – un chef effroyable –, au *café Royal*.

La jeune fille entendit derrière elles deux petites vendeuses qui gloussaient en répétant « chef effroyable ».

Pour une fois, elle se dit que cela lui était complètement égal. Elle partait pour les Indes dans deux semaines. *Quand tu souris, quand tu souris, le monde entier sourit avec toi.*

« Chérie ne chantonne pas en public, s'écria sa mère en lui pinçant le bras. C'est très vulgaire. »

Elles étaient arrivées au département « Équitation » de Swan & Edgar. Mrs Sowerby, qui s'enorgueillissait de connaître les meilleures vendeuses, requit les services d'une madame Duval qu'elle avait connue autrefois, veuve, expliqua-t-elle à Tor, et déchue de son rang social en raison de grosses difficultés.

« Nous cherchons quelques jodhpurs d'été corrects pour les faire copier aux tailleurs de Bombay », avait-elle déclaré inutilement, d'une voix traînante, au portier du rez-de-chaussée.

À l'étage, Tor leva de nouveau les yeux au ciel lorsque Mme Duval, ôtant des épingles de sa bouche, complimenta Mrs Sowerby sur la finesse de sa silhouette toujours aussi jeune. Elle observa les fossettes de sa mère, qui énonçait une fois de plus son précepte relatif au jus de citron et à la réduction des portions de nourriture. Tor elle-même avait été forcée de suivre ce régime pendant toute la saison, car ses dernières robes avaient délibérément été choisies trop petites pour la forcer à maigrir – peut-être le désir secret de sa mère consistait-il à la faire fondre jusqu'à disparition totale. Leur dispute la plus violente – elles en étaient presque venues aux mains – avait eu lieu lorsque la jeune fille avait été découverte une nuit, après une autre réception désastreuse au cours de laquelle personne ne l'avait invitée à danser, engloutissant la moitié d'une miche de pain blanc avec de la confiture, dans le pavillon d'été.

Cette nuit-là, sa mère, qui pouvait se montrer cruelle dans plusieurs langues, lui avait appris le mot *Kummerspeck*, désignant la sorte de graisse qui s'installe sous la peau de ceux qui mangent pour se remonter le moral. «Cela signifie "mauvaise graisse", avait-elle alors ajouté, ce qui s'applique tout à fait à ton cas.»

«Pour l'instant, je peux vous proposer la taille la plus large, annonça Mme Duval d'une voix enjouée, en brandissant devant elle des jodhpurs flottants. Ceux-ci devraient convenir. Participons-nous à un gymkhana cet été?

— Non, répliqua Mrs Sowerby à la place de sa fille, comme à l'accoutumée. Elle part aux Indes, n'est-ce pas Victoria?

— Oui.»

Au-dessus de leurs têtes, elle fixait son reflet dans le miroir. *Je suis énorme*, pensa-t-elle. *Un tas de graisse.*

«Les Indes, mais c'est merveilleux! s'exclama la vendeuse en regardant sa mère avec un sourire épanoui. Quelle aventure! Vous avez bien de la chance!»

Mrs Sowerby avait décidé d'être drôle.

«Oui, c'est *très amusant*[1]. Quand ces jeunes filles sortent là-bas, on les baptise "Le Club de pêche" en raison du nombre impressionnant de jeunes gens séduisants qui les entourent.

— Non, corrigea Tor, on les appelle "La Flottille de pêche".»

Sa mère ignora l'interruption.

«Et celles qui ne peuvent pas trouver de mari, reprit-elle en lançant à sa fille un regard plein de sous-entendus, sont qualifiées de "retour de consigne".

— Oh, ce n'est pas très aimable! s'écria Mme Duval qui ajouta, sans grande conviction: cela ne risque pas de vous arriver, Victoria.

— Mmm…, espérons que non», articula Mrs Sowerby, en ajustant son chapeau avec la petite moue qu'elle adoptait toujours quand elle examinait son visage dans un miroir.

Je te hais. Pendant un bref et terrible moment la jeune fille se vit en train de planter une épingle dans le corps de sa mère avec une force telle qu'elle lui arrachait un hurlement. *Je te déteste profondément*, songea-t-elle, *et jamais je ne reviendrai.*

---

1. En français dans le texte. (Toutes les notes sont de la traductrice.)

3

Viva avait une dernière chose à régler, dont la seule pensée lui donnait le vertige : un rendez-vous, à sept heures, avec William, son tuteur et l'exécuteur testamentaire de ses parents.

C'était lui qui, deux mois auparavant, avait déclenché involontairement la succession d'événements conduisant au départ de Viva pour les Indes. Il lui avait fait suivre une lettre – écrite d'une main tremblante sur un papier bon marché – dans laquelle une certaine Mrs Mabel Waghorn, de Simla, signalait l'existence, dans une remise près de sa maison, d'une malle contenant quelques vêtements et effets personnels de ses parents. Les pluies ayant été très abondantes cette année, elle craignait que le bagage ne s'abîme si elle le laissait à cet endroit plus longtemps. Elle ajoutait qu'après les funérailles, les clés de l'objet avaient été confiées à Mr William Philpott, Inner Temple Inn, Londres. Viva n'avait plus qu'à les récupérer, si ce n'était déjà fait.

William avait attaché sa propre lettre à la précédente. La vue de cette écriture appliquée et serrée avait provoqué en elle une douleur fulgurante.

« Pardonne ma franchise, écrivait-il, mais je ne pense pas que tu doives t'occuper de cela. À ta place, j'enverrais à cette dame un peu d'argent afin qu'elle se débarrasse du tout. Néanmoins j'ai les clés en ma possession, si tu les veux. »

Bien qu'elle déteste être d'accord avec lui, Viva avait d'abord été convaincue qu'il avait raison. Retourner aux Indes équivaudrait à lancer une bombe au centre de sa vie.

Que pourrait-elle trouver là-bas ? Un rêve enfantin de trésor enfoui, comme dans un roman exotique ? Une réunion glorieuse avec sa famille perdue ?

Non, c'était ridicule, il ne sortirait que souffrance de ce retour en arrière, de ce qu'elle ne pouvait que considérer comme un recul dans les ténèbres.

Au bout de six mois et de deux emplois soporifiques de dactylo à Londres, l'un pour un médecin généraliste alcoolique et l'autre pour un fabricant de verrous de fer, elle avait enfin trouvé un travail qui lui plaisait : assistante de Nancy Driver, une aimable excentrique qui produisait des romans sentimentaux à une vitesse impressionnante et ne se montrait pas avare de conseils. Son nouveau poste lui rapportait trente shillings par semaine, somme qui lui avait suffi pour quitter le foyer de femmes où elle résidait et emménager dans sa propre chambre meublée à Earl's Court. Mieux encore, elle avait elle-même commencé à écrire, éprouvant pour la première fois une sensation de soulagement et de plaisir qui confinait à un sentiment de plénitude. Bref, elle avait découvert – par inadvertance ? – ce qu'elle voulait faire de sa vie.

Peu désireuse de revoir William, après le tumulte de leur relation, elle lui avait écrit pour qu'il envoie les clés par courrier, mais il avait refusé.

L'idée même de revoir ces objets ayant appartenu à ses parents la portait à la rêverie, sans trop vraiment comprendre pourquoi d'ailleurs.

Par moments, elle parvenait à peine à retrouver les visages des membres de sa famille. Le temps avait brouillé les souvenirs déchirants – le temps, aidé par l'anonymat relatif des pensions où elle avait étudié, lui-même prolongé par l'anonymat plus grand encore de Londres où elle était arrivée sans connaître personne. Hormis les attraits évidents des théâtres, galeries, promenades vivifiantes au bord du fleuve, la grande ville lui offrait l'une des choses qu'elle appréciait le plus : l'absence de questions personnelles, qu'elle percevait toujours comme indiscrètes. En réalité, elle n'y avait été soumise que deux fois. La première, lorsque l'employée qui lui faisait remplir le formulaire du foyer de jeunes filles l'avait interrogée sur la case «Lieu de résidence de la famille», laissée vide ; la seconde, posée par Fran, dactylo replète et chaleureuse, qui était aussi sa voisine de dortoir. À ses deux interlocutrices, elle avait répondu que ses parents étaient morts aux Indes, longtemps auparavant, dans un accident de voiture – il semblait toujours plus facile de les faire disparaître en même temps. Elle ne leur avait pas parlé de Josie. *Tu n'es pas obligée de tout dire* était l'un des principes enseignés par William, de la plus rude des manières.

Lorsqu'elle gravit en courant les marches extérieures de l'Oxford and Cambridge Club, à environ sept heures moins le quart, elle vit qu'il l'attendait devant la grandiose façade gréco-romaine. Comme d'habitude, il avait soigneusement composé l'image qu'il voulait lui présenter : campé entre deux imposantes colonnes corinthiennes, il semblait resplendir dans la lumière dorée se déversant des pièces somptueuses auxquelles il tournait le dos.

Toujours méticuleux, il portait le costume à fines rayures qu'elle avait vu, la dernière fois, plié sur le bras de son fauteuil, dans son appartement de Westminster. Elle revoyait encore, alignés au-dessus de son caleçon, les fixe-chaussettes, le col amidonné et la cravate en soie.

«Tu as bonne mine, Viva.» Sa voix mordante, légèrement agressive, produisait un grand effet dans l'Inner Temple, où il travaillait comme avocat.

«Bravo, ajouta-t-il.

— Merci», répondit-elle, déterminée à rester calme. Vêtue avec soin pour l'occasion, elle avait choisi une robe en soie très fine, couleur corail, dont Mrs Driver ne voulait plus en raison de marques de brûlure sur le corsage; elle avait habilement dissimulé ce défaut sous une rose pourpre.

S'étant levée tôt pour se laver les cheveux sous un robinet d'eau froide – le chauffe-eau avait de nouveau des défaillances –, il lui avait fallu des heures et un shilling en pièces de monnaie glissées dans le compteur pour les sécher. Elle avait néanmoins réussi à discipliner leur brillante exubérance à l'aide d'un nœud de velours.

«Je nous ai réservé une table, déclara-t-il en la dirigeant vers la salle à manger du Club, où régnait une odeur de viande rôtie.

— Tu n'avais pas besoin de le faire, précisa-t-elle en s'écartant de lui. J'aurais pu simplement prendre les clés et partir.

— Effectivement. »

Un garçon les conduisit vers une table dressée pour deux dans un coin de l'imposant restaurant. Des portraits d'éminents universitaires, accrochés en hauteur avec une régularité parfaite, semblaient contempler Viva avec gravité, comme pour examiner avec sérieux ses projets.

William était entré précédemment dans la salle, car une enveloppe rebondie, contenant probablement les clés, était adossée contre un poivrier d'argent.

Il releva légèrement le tissu rayé de son pantalon, glissa avec soin les genoux sous la table en adressant à sa compagne un sourire mielleux et déclara qu'il avait pris la liberté de commander une bouteille de château-smith-haut-lafite, cuvée particulièrement remarquable, précisa-t-il avec l'autosatisfaction pointilleuse qu'elle ne supportait plus.

Le garçon prit leur commande, bouillon de viande et côtelettes d'agneau pour lui, sole grillée pour elle. Elle avait honte d'avoir faim, en dépit de son envie de s'échapper.

Posément, elle l'observa. Toujours impressionnant, avec ses vêtements impeccables et son air d'autorité teintée d'impatience ; toujours d'une séduisante pâleur, bien qu'une sérieuse attaque de malaria, lors de son tour des Indes, ait marqué sa peau d'un jaune cireux.

Après quelques plaisanteries compassées, il embrassa la salle du regard et baissa la voix.

« Es-tu sûre de vouloir ceci ? s'enquit-il, refermant la main sur l'enveloppe.

— Oui, merci. » Elle avait décidé, avant la rencontre, de ne pas offrir la moindre explication.

Il attendit qu'elle en dise davantage, tambourinant avec nervosité sur la nappe de ses doigts impeccablement manucurés, demi-lunes et cuticules parfaites. Elle le revoyait en train de se brosser les ongles dans la salle de bains.

« Tu retournes là-bas ?

— Oui.

— Seule ?

— Seule. »

Il émit un soupir sonore, presque un sifflement.

« Puis-je te rappeler que tu n'as pas d'argent, ou très peu ? »

Elle se força à ne pas répondre. *Tu n'es pas obligée de tout dire.*

Il écrasa son petit pain entre ses doigts, l'émietta sur la soucoupe et posa sur elle ses yeux gris et froids, autrefois brillants de sincérité, alors que le garçon apportait le bouillon.

« Bon, pour ce que vaut mon avis, je pense que c'est une idée catastrophique, décréta-t-il avant d'avaler prudemment une cuillerée de liquide. Totalement irresponsable.

— Le potage vous convient, monsieur ? s'enquit le garçon d'un ton enjoué. Un peu plus de beurre pour madame ? »

D'un signe, Viva l'éloigna.

« Reste où tu es », articula William froidement en la voyant reculer sa chaise.

Il attendit que le serveur soit hors de portée.

« Écoute, reprit-il, quoi qu'il se soit passé, ou pas passé entre nous, je me sens toujours responsable de toi. Je ne peux pas te laisser faire cela sans que tu me donnes quelques détails. »

Elle le fixa. «Aurais-tu des doutes sur ce qui s'est passé entre nous?

— Non, rétorqua-t-il en croisant ses yeux pour la première fois, mais rien ne t'attend aux Indes, et j'ai peur que tu n'en retires que du tourment.

— Ne crois-tu pas qu'il est un peu tard pour craindre cela?» lui lança-t-elle avec un regard narquois.

Autrefois, en proie au désir brut, animal, qu'elle éprouvait pour lui, elle avait hanté les rues voisines de son appartement, dans l'espoir de l'apercevoir un instant, et sangloté en silence sous son oreiller.

«Viva, je…

— William, je t'en prie.»

Quand elle saisit l'enveloppe, quelques grains de rouille, glissant à travers les déchirures du papier, tombèrent près de la salière. Il fronça les sourcils en la voyant mettre les clés dans son réticule.

«J'ai pris ma décision. L'un des avantages de ma situation d'orpheline, me semble-t-il, consiste à pouvoir agir librement. Comme je l'entends.

— Comment vas-tu faire pour vivre?

— Deux personnes sont prêtes à payer mon voyage en tant que chaperon, et j'ai quelques adresses à Bombay.

— Un chaperon! Te rends-tu compte de l'irresponsabilité dont tu fais preuve?

— Je vais aussi devenir écrivain.

— Comment peux-tu affirmer cela?»

Elle vit des taches rouges apparaître sur ses joues. Il ne supportait pas que le contrôle lui échappe et la préférait de toute évidence en oiseau blessé.

«J'ai commencé à écrire», répliqua-t-elle, décidée à ne pas lui révéler à quel point ce projet la terrifiait.

Il secoua la tête et glissa les doigts devant ses yeux comme pour dresser un écran protecteur devant tant de stupidité.

« Au fait, est-ce que tu sais que le dos de ta robe est déchiré ? La couleur te va bien, mais je ne m'habillerais pas comme cela aux Indes. On n'apprécie pas le style bohème, là-bas. »

Elle l'ignora. Maintenant que les clés se trouvaient au fond de son sac et qu'elle avait dit ce qu'elle avait à dire, elle éprouvait un sentiment d'énergie puissant, tel un influx d'oxygène dans le sang. Elle avait soudain très faim.

« Souhaite-moi bonne chance, William, articula-t-elle en levant son verre de château-smith-haut-lafite vers lui. J'ai réservé ma place sur le *Kaiser* aujourd'hui. Je pars. »

4

MIDDLE WALLOP, HAMPSHIRE, OCTOBRE 1928

Le soir qui précéda son départ, Rose Wetherby fut saisie d'une telle frousse qu'elle songea sérieusement à aller voir ses parents pour leur dire : « Écoutez, je laisse tout tomber, je ne veux pas y aller. » Bien sûr, il était trop tard.

Mrs Pludd, cuisinière de la famille depuis quinze ans, avait préparé son dîner préféré : hachis Parmentier et groseilles à maquereau à la crème. Quand il fut servi, Rose aurait souhaité ne pas l'avoir réclamé, car ces plats de son enfance – alors que tout le monde s'imposait un énorme effort pour faire comme si de rien n'était – ravivèrent son angoisse et son désir de s'agripper au présent. Son père, encore plus pâle qu'à l'accoutumée, se lança dans une histoire drôle qu'il avait visiblement gardée pour l'occasion, une blague lamentable à propos d'un homme qui croyait que les coucous vivaient vraiment dans les horloges. Quand elle s'empressa de réagir, riant à contretemps, il lui adressa un sourire si malheureux que le hachis Parmentier se transforma en pierre dans son estomac et qu'elle faillit pleurer.

Tu vas tellement me manquer, Papa; Jack ne te remplacera jamais. La violence de son émotion la surprenait.

Après le dîner, elle sortit dans le parc. Les dernières traces de fumée d'un tas de feuilles brûlées planaient au-dessus des hautes branches du cèdre. La journée, magnifique malgré le froid, s'était levée sur des arbres couverts de givre et se couchait sur un ciel aussi clair que du verre poli. Dépouillé de sa parure d'été, le jardin, toujours orné du squelette des roses grimpant au cœur de la vigne vierge, parmi les cynorrhodons neufs et brillants, n'avait jamais été plus beau.

Elle longea le verger où ses deux poneys avaient été enterrés au pied du pommier; non loin de là, Tor et elle, vêtues de robes de cérémonie, un cierge à la main, avaient inhumé tous leurs lapins et leurs chiens. Heureuse de marcher sur l'herbe drue, elle emprunta le raccourci qui menait à l'écurie.

À ce moment précis, le coucher du soleil transfigurait ce qu'elle avait toujours considéré comme acquis. Chaque détail en devenait presque insupportablement douloureux et précieux à la fois : le crissement du gravier, l'odeur des feuilles calcinées qui s'élevait vers le ciel assombri, les ondulations soyeuses du ruisseau disparaissant sous l'allée.

Elle se retourna pour contempler la maison et pensa à tout ce qui s'y était produit : les rires ; les disputes ; les « c'est l'heure d'aller au lit, mes chéris ! » ; le son béni du gong annonçant le dîner, lorsque, en compagnie de son grand frère Simon et de Tor, elle écumait le jardin, construisait des cabanes et jouait au cricket ou aux pirates, dans le ruisseau. Avec un rictus sardonique, Simon, que Tor et elle idolâtraient, défendait le petit pont de planches contre ses ennemis.

Copper, son dernier poney, passa la tête par la porte de son box ; elle lui tendit sa pomme du soir. Soudain, après avoir jeté un coup d'œil furtif alentour, elle pénétra dans l'écurie et se jeta en larmes contre lui. Jamais elle ne s'était sentie aussi mal, alors qu'elle était supposée rayonner de bonheur.

L'animal, qui la poussait doucement de la tête, la laissa pleurer dans sa crinière. Elle savait qu'elle ne le reverrait pas, non plus que les chiens vieillissants. Peut-être même quittait-elle à jamais ses parents. La pneumonie de son père l'hiver dernier lui avait laissé ce qu'il désignait comme un moteur qui flanche et que le docteur qualifiait de sérieux problèmes cardiaques. Bien qu'il ne se soit pas remis, il parlait du mariage de sa fille comme s'il était assez en forme pour y assister ; tous deux savaient bien qu'il n'en aurait jamais la force.

Elle était également consciente de toutes les pensées pénibles relatives à Simon, que la soirée ne pouvait manquer de ressusciter chez chacun d'entre eux. Cher

Simon, grand échalas blond, encore juvénile, qui avait hérité de leur père non seulement sa bonté et sa galanterie, mais aussi ses qualités plus viriles. Il avait été tué en France au cours du dernier mois de la guerre, dix jours avant son vingt et unième anniversaire. Ses parents en parlaient rarement, mais son souvenir rôdait toujours, comme un iceberg, sous la surface ensoleillée du quotidien.

Dans la remise du jardin, elle s'assit, sur des chaises empilées, au milieu de cageots de pommes soigneusement entortillées dans du tissu et mises de côté pour l'hiver ; de fauteuils d'osier poussiéreux ; de jeux de croquet ; et de vieilles battes de cricket. De l'autre côté de la pelouse, une lumière s'alluma dans le bureau de son père, projetant un rectangle jaune sur l'herbe sombre. Elle l'imagina, penché sur ses livres avec cette expression de calme intense quand il s'efforçait de ne pas penser aux sujets contrariants ; il tapotait sa pipe pour en vider le fourneau sur le cendrier de cuivre acheté en Égypte ou remontait son gramophone afin d'écouter son Mozart bien-aimé. Il était son père chéri, son pilier, son nord magnétique. Comment s'orienterait-elle dorénavant, alors que tous ses repères allaient être bouleversés ? Elle regretta de ne pas fumer, au contraire de Tor qui affirmait qu'il n'y avait rien de plus apaisant quand on ne savait plus à quel saint se vouer.

Immobile, elle s'efforçait désespérément de se calmer. *Les filles de soldats ne pleurent pas.*

En remontant dans sa chambre par l'escalier de service, elle entendit sa mère l'appeler :

« Est-ce que tout va bien, chérie ?

— Oui, Maman, très bien. Je viens vous dire bonsoir dans une minute.»

Tous ses nouveaux vêtements avaient été suspendus à l'extérieur de sa garde-robe comme des fantômes attendant de commencer leur nouvelle vie. La journée à Londres, avec Tor et Mrs Sowerby avait été si agréable! Elle avait acheté des choses ravissantes – une robe vaporeuse au tissu orné de roses thé, chez Harrods; une paire de chaussures de daim rose pour l'accompagner; ainsi qu'une tenue de tennis devant laquelle Maman avait fait la grimace mais qu'elle-même trouvait adorable, avec son pli à l'arrière et son biais de satin.

Sa mère l'avait emmenée dans un salon de Beauchamp Place que Mrs Sowerby avait recommandé, sorte de bonbonnière toute de chandeliers, de rubans et de flatteurs éclairages rosés. Elles y avaient acheté le trousseau: treize culottes longues de coton; un corset qui se laçait dans le dos; une culotte bouffante de mousseline; deux jupons de soie; et le long négligé de soie couleur abricot, garni de dentelle, qui lui donnait l'allure d'une séduisante étrangère. Après que la couturière avait pris ses mesures et l'avait félicitée sur ses «proportions parfaites», Rose avait étudié son reflet dans le miroir.

Ses épaules, sa taille et même le léger renflement de ses mamelons lui avaient paru exhibés de façon scandaleuse. La prochaine fois qu'elle serait vêtue ainsi, elle se trouverait dans le lit de Jack Chandler. Maman, dont le visage avait soudain surgi près du sien dans le miroir, avait semblé penser la même chose; avec une drôle de petite grimace, elle avait fermé les yeux. Tout cela était si nouveau pour elles deux.

Alors que ce moment aurait été idéal pour aborder avec elle ce qui allait se passer dans la chambre à coucher, Rose n'avait pas osé s'y risquer. Son initiation à ce mystère se résumait à une visite extrêmement embarrassante chez le Dr Llewellyn, vieil ami de la famille qui chassait avec son père et avait son cabinet à Harley Street. Rougissant furieusement et évitant son regard, il l'avait auscultée, avait pénétré son intimité – exploration très douloureuse –, puis lui avait tendu une petite éponge, en lui expliquant qu'elle devrait l'utiliser quand elle aurait perdu sa virginité. «Vous la mettrez comme cela.» Le dos de son costume de tweed s'était tendu à l'extrême tandis qu'il s'agenouillait péniblement et faisait le geste de pousser l'objet entre ses jambes. Il lui avait ensuite donné un petit sac de toile dans lequel ranger l'éponge, une fois lavée et talquée, après chaque utilisation.

Pour obtenir davantage d'informations sur le terrible événement qui nécessiterait de sortir cet objet de sa protection de toile, elle avait compté sur sa mère; hélas! celle-ci, qui l'avait laissée à la porte du cabinet du médecin avec une expression de gêne, restait muette. Tor, quant à elle, ne pouvait lui être d'aucune utilité. Rose l'avait interrogée un soir alors qu'elles plaisantaient sur le fait d'embrasser un garçon, mais son amie, de façon très irritante, avait éludé la question comme chaque fois qu'elle ne savait rien.

Son énorme malle-cabine toute neuve attendait, dressée dans un coin de sa chambre. Plus tôt dans la journée, elle avait commencé à la remplir, veillant à ranger les choses les plus lourdes au fond et à protéger les vêtements à l'aide de papier de soie. Elle devait maintenant se montrer raisonnable et digne comme sa mère. Forte de cette pensée, elle se coucha avec la pile de magazines féminins qui ne l'avaient pas quittée depuis que Mrs Sowerby les avait apportés. Maman, uniquement abonnée à des revues sérieuses telles que *Le Magazine de Blackwood*, pensait qu'il s'agissait d'une dépense terriblement inutile, mais Rose y trouvait sa seule source de renseignements sur «la chose». Dans le «Courrier des lecteurs» d'*Univers de femmes*, un écrivain nommé Mary affirmait que ses lectrices pouvaient lui poser n'importe quelle question.

«Chère Mary, écrivait une jeune fille, je dois me marier bientôt et j'ai demandé à ma mère de me parler des réalités de la vie. Elle m'a répondu que je faisais preuve de curiosité malsaine et que je le saurais bien assez tôt.» La lettre était signée «Betty l'ignorante».

Mary avait répondu : «Envoyez-moi une enveloppe timbrée à votre adresse et je vous dirai tout ce que vous devez savoir.»

Rose avait plusieurs fois caressé l'idée d'envoyer une lettre à Mary avec suffisamment de timbres pour que la réponse lui parvienne à Bombay, mais la pensée de Cissy Mallinson, ou de Geoffrey, son mari, ouvrant la missive par mégarde, était trop mortifiante. Il lui restait la perspective de s'informer pendant la traversée, ce que lui permettrait peut-être la fréquentation de compagnes de voyage plus âgées qu'elle, grâce aux nombreuses réceptions qui leur seraient offertes.

Elle se pencha sur un article expliquant que les hommes aimaient particulièrement les femmes sachant garder un peu de mystère. « Laissez-lui quelque chose à deviner. De surcroît, vous lui apparaîtrez infiniment plus attirante si, au lieu de lui parler de vos espoirs et de vos craintes, vous l'interrogez sur lui-même. »

Lors du vingt et unième anniversaire de son amie Flavia, organisé au *Savile Club* de Londres, elle avait rencontré Jack. Dès leur premier échange, il lui avait appris qu'il était un invité de dernière minute, un « bouche-trou », en quelque sorte. Instantanément, il lui avait semblé beaucoup plus mûr et expérimenté que tous les jeunes coqs qui les entouraient. Blond, la silhouette élancée, il dégageait une séduction certaine mais s'était révélé piètre danseur. Pendant de longues minutes, ils avaient tous deux sautillé avec effort et en silence au rythme de l'orchestre New Orleans.

Las de ce qui était visiblement une torture pour lui, il lui avait proposé de descendre au rez-de-chaussée afin de ne plus avoir besoin de crier pour dominer de la voix le vacarme ambiant. C'est alors qu'elle l'avait interrogé sur sa vie et s'était trouvée très impressionnée par cet homme qui avait déjà accompli tant de choses, se consacrait à l'évolution des Indes et chassait le sanglier et le tigre. Très modeste, il se défendait du moindre mérite, arguant qu'il ne faisait que son devoir ; cette attitude renforçait l'admiration de Rose devant tant de courage.

Elle désirait tellement l'aimer, non « en se contentant de poursuivre à ses côtés, tant bien que mal, son petit bonhomme de chemin », ainsi que l'exprimait *Univers de femmes*, mais en essayant « de l'intriguer, de laisser planer un certain mystère ». Jusque-là, le mystère avait été aisé à entretenir – il s'était déclaré un mois après cette première rencontre et était retourné aux Indes une semaine plus tard. L'épreuve suprême, la seule qui comptait, surviendrait bientôt, quand elle se retrouverait seule avec lui, loin de l'Angleterre.

On frappa légèrement à sa porte : c'était son père. Elle espérait qu'il ne devinerait pas, en voyant ses yeux rouges, qu'elle avait pleuré comme un veau. Lentement, il embrassa du regard la malle fermée, la robe ornée de roses et la photographie de Jack sur la table de chevet.

« Tu es sûre que tout ira bien, Grenouillette ? demanda-t-il.

— Oui, Papa, j'en suis certaine. »

Il s'assit sur le lit, près d'elle. La ferveur avec laquelle elle avait articulé le mot « certaine » évoqua pour lui la cérémonie du mariage.

« Je vais faire tout ce que je peux pour venir, tu peux me croire, affirma-t-il. Je suis très jaloux de lui, tu sais.

— Papa, non !

— C'est la vérité. »

Ses doigts, dont la peau apparaissait particulièrement fripée et parcheminée sous la lumière de la lampe, arrachaient nerveusement les peluches du dessus-de-lit.

« Ma petite fille adorée ! »

Lorsqu'il détourna la tête, elle fut saisie de l'entendre déglutir et respirer avec un son rauque. C'était la première fois qu'il pleurait devant elle. À l'extérieur de la fenêtre, les branches sombres du cèdre se balançaient dans le vent. Cet arbre avait abrité son landau, sa cabane ; il faisait partie du repaire qu'elle avait construit avec Tor.

« Alors, qui sont ces maudits gigolos ? s'enquit-il d'une voix plus ferme en désignant le mannequin sur la couverture de *Vogue*. Quelle allure ! Un vrai gâchis de bonne monnaie britannique ! »

Elle enfouit son visage dans le doux tissu de son gilet de velours et l'enlaça. Comme il était maigre maintenant ! Délibérément, elle huma son odeur mêlée de tabac, de savon et de chien, qu'elle s'efforça de fixer en elle.

« Bonne nuit ! Papa, dors bien. »

Dodo, l'enfant do, l'enfant dormira bientôt.

« Bonne nuit ! ma fille chérie, tant chérie. »

Elle sentit sa respiration tremblante sous ses doigts.

« Est-ce que tu veux bien éteindre la lumière ?
— Bien sûr. »

La porte se referma sur l'obscurité de la chambre ; Rose savait, comme lui, que cette nuit était la dernière qu'ils passaient sous le même toit.

5

Le départ était fixé au lendemain. Longeant une avenue bordée de rhododendrons aux branches ployées, le taxi de Viva se dirigeait vers l'école St Christopher, située à Colerne, village voisin de Bath.

Lorsqu'elle s'était réveillée de bonne heure, ce matin-là, il pleuvait déjà. De son sous-sol de Nevern Square, elle avait observé la procession habituelle de caoutchoucs et de chaussures à boutons éclaboussés de boue qui piétinaient le trottoir mouillé. Depuis, la brume, de plus en plus épaisse, était devenue si dense qu'elle avait eu l'impression, pendant son voyage en train, d'avancer dans un tunnel de fourrure grisâtre.

Le taxi, roulant bruyamment dans les flaques, arrivait à proximité d'une vaste et austère bâtisse victorienne. À sa droite, Viva voyait un groupe de garçons qui couraient comme de petits fantômes gris à la lisière d'un pré, contemplés par un troupeau de vaches aux pattes profondément enfoncées dans la terre mouillée.

Une servante la fit entrer dans le parloir froid et meublé avec parcimonie. De chaque côté de la cheminée où brûlait un maigre feu, se dressaient deux chaises en bois à dossier droit.

«Je viens chercher Guy Glover, dit-elle à la domestique. C'est moi qui suis chargée de le ramener aux Indes.

— Mr Glover est dans le parloir, mais Mr Partington, le professeur responsable, aimerait d'abord avoir un court entretien avec vous.»

Un homme à l'aspect épuisé, les cheveux d'un blanc jauni, entra silencieusement dans la pièce. Elle se dit qu'il semblait bien vieux, pour un professeur. «Miss Viva Holloway, si je ne m'abuse, dit-il en lui serrant mollement la main. Bien, bien, bien! En route pour les Indes, à ce que je vois.» Il frotta son pantalon pour en éliminer un peu de poussière de craie et s'éclaircit la gorge.

«Oui, nous partons demain matin de Tilbury où nous nous rendons dès ce soir.»

Elle attendit les quelques mots accompagnant traditionnellement le départ d'un élève : «C'est un brave petit» ou «Il va nous manquer», mais rien ne vint.

«Connaissez-vous Guy ? articula son interlocuteur après un silence embarrassé. Je veux dire, êtes-vous une amie de la famille ?

— Non, ses parents m'ont contactée par l'intermédiaire d'une annonce dans le magazine *Madame*.

— C'est étrange, dit-il doucement.

— Que voulez-vous dire ?

— Je pense à la façon dont les gens organisent leur vie, ha ! »

Il s'interrompit pour se racler bruyamment la gorge.

«Ainsi, haggrrr ! vous ne les connaissez pas du tout ?

— Non.»

Il la fixa un moment, les lèvres serrées, en tapotant son crayon sur le bureau. Elle entendit un grincement de chaussures dans le couloir. Au-dessus de leur tête, quelqu'un jouait maladroitement du piano.

«Je vais vous confier une lettre pour ses parents.» Mr Partington inséra les doigts dans le sous-main et fit glisser une enveloppe vers elle. «Il semble, ha ! que personne ne vous ait prévenue.»

Ils échangèrent un regard appuyé.

«M'ait prévenue de quoi ?

— Guy a été renvoyé. Deux garçons de son dortoir ne retrouvent pas leur argent, et un troisième cherche toujours son réveil. Il a aussitôt reconnu les faits. Il

42

ne s'agissait pas de grosses sommes et je dois admettre qu'il a quelques circonstances atténuantes, ha ! »

Il tira son mouchoir de sa poche ; une poignée d'élastiques s'éparpillèrent sur le sol. « Sa famille ne se montre pas très généreuse avec lui, reprit-il en clignant des paupières. En fait, il a dû nous emprunter un peu d'argent le trimestre dernier. Néanmoins, ces incidents ont entraîné un éloignement de ses compagnons, en particulier une méfiance compréhensible. Nous avons envoyé une lettre exposant tout cela à ses parents, il y a quelques mois, mais ils n'ont pas répondu. Nous avons simplement reçu, la semaine dernière, un télégramme annonçant votre arrivée. »

Partington tira une seconde lettre du sous-main. « Cela vous ennuierait-il de leur donner également ceci ? Son dossier et ses résultats d'examens. Désastreux, je le crains – tous ces événements se sont produits avant les épreuves. Dommage. Ha ! Dans des circonstances favorables, il est tout à fait capable de réussir – en fonction de son humeur, bien sûr.

— De son humeur ? »

Viva prit les lettres et les glissa dans son sac, s'efforçant de paraître plus calme qu'elle ne l'était en réalité.

« Il n'est pas très équilibré de toute manière, mais ses parents m'ont affirmé que vous aviez le sens des responsabilités et de l'expérience. Je... » Alors qu'il allait poursuivre sa phrase, une sonnette retentit, déclenchant un bruit de pas précipités dans le couloir. Dès que le piano se tut, le grincement du couvercle qu'on refermait se fit entendre.

La servante apparut. « Mr Bell veut vous parler dans le laboratoire, dit-elle à Mr Partington. Vous allez sans doute devoir y conduire sa classe, il a oublié de vous dire qu'il devait aller chez le dentiste.

— Oh, bon sang !

— Eh bien, je ne vous retiens pas », s'écria Viva.

Mr Partington lui serra longuement la main. « Le garçon vous attend dans la pièce juste en face. Emmenez-le quand vous voulez ; nous nous sommes dit au revoir. » Visiblement pressé de s'éloigner, il s'élança hors du parloir.

Elle pénétra dans une salle glaciale. Près d'un buffet, sur lequel trônait un vase vert rempli de plumes de paon, un grand garçon au teint pâle se tenait debout, le visage maussade, vêtu d'un long pardessus noir. À travers sa barbe naissante, apparaissaient quelques boutons.

« Bonjour ! mon nom est Viva Holloway. Êtes-vous Guy Glover ?

— C'est mon nom.

— Eh bien, je suis ravie de vous connaître, dit-elle en lui tendant une main qu'il prit avec réticence.

— Enchanté. »

Quand il sourit enfin, Viva remarqua qu'il possédait la même denture proéminente que sa tante et détournait en permanence les yeux. Confusément, elle se rendit compte qu'elle était déjà sur le point de le détester ; aussitôt, elle se gourmanda intérieurement, reconnaissant que ce n'était pas très loyal de sa part. Si quelqu'un pouvait comprendre la gêne de quiconque devant quitter son école aux côtés d'une parfaite étrangère, c'était bien elle.

«Bon, allons-nous chercher vos affaires? Le taxi nous attend dehors, nous allons directement à Tilbury.

— Qui va payer? s'enquit-il brusquement.

— Payer quoi?

— Le taxi, bien sûr. Je n'ai pas un radis.

— Votre tante», expliqua-t-elle, déterminée à ne pas lui tenir rigueur de la façon dont il s'adressait à elle. Elle avait reçu cinq livres pour les frais de transport.

Les longues jambes maigres du jeune homme la précédèrent dans l'escalier. Elle s'efforçait de neutraliser le sentiment de panique que les mots de Mr Partington avaient déclenché. Sa propre malle était fermée, le voyage entier avait été organisé, elle ne pouvait se permettre d'exagérer les délits de ce garçon. Après tout, se raisonna-t-elle, un tas d'enfants se livrent à de petits vols sans importance. Ses amies et elle n'avaient-elles pas subtilisé un berlingot par-ci par-là, voire quelques objets inoffensifs tel un crayon, dans la confiserie près de l'école? Elles s'étaient lancé des défis; il était presque obligatoire de passer par là pour grandir.

«Depuis combien de temps êtes-vous ici? demanda-t-elle alors qu'ils atteignaient le premier palier.

— Dix ans.

— Mais c'est terriblement long!

— Mmm.

— Cela doit vous paraître étrange de partir.

— Pas vraiment.»

Au ton totalement monocorde de sa voix, elle sentit qu'elle devait cesser de lui poser des questions. Malgré sa nonchalance apparente, il pouvait être bouleversé

– voire mortifié – à la pensée de quitter cet endroit en état de disgrâce.

La porte située au sommet de l'escalier comportait à sa base un gros morceau de feutre contre les courants d'air. Lorsque son compagnon l'ouvrit du pied, elle découvrit une rangée de lits blancs, une dizaine en tout, chacun portant un couvre-lit vert soigneusement plié. Au fond de la pièce, une grande fenêtre donnait sur le ciel prêt à déverser un supplément de pluie sur les champs détrempés.

Il la conduisit jusqu'à un lit situé au milieu de la rangée, près duquel étaient posées deux valises.

« Ma malle est déjà partie », expliqua-t-il.

Frappée par le silence et le froid qui régnaient dans le dortoir, elle se sentit soulagée de voir sur l'oreiller un mot portant le nom de Guy, tracé d'une écriture irrégulière d'écolier. Quelqu'un avait eu envie de lui dire au revoir. Sans lire la lettre, il déchira l'enveloppe et laissa tomber les morceaux dans une corbeille à papier.

« Voilà, je suis prêt. »

Ses joues blêmes avaient brusquement rougi et sa pomme d'Adam semblait plus protubérante. Elle feignit de ne rien remarquer. *Il est plus perturbé que je ne le croyais*, se dit-elle, se souvenant que sa pension religieuse du pays de Galles avait suscité en elle un sentiment indescriptible de haine et de sécurité mêlées.

« Dois-je ranger ceci dans votre valise ? » demanda-t-elle en désignant sous le lit un cuir de rasoir et un tricot de corps souillé. Celui-ci, usagé, portait des marques de transpiration aux aisselles.

« Non, je les laisse ici. »

« — Bon, nous y allons ? s'écria-t-elle avec un élan artificiel. J'ai déjà parlé à Mr Partington.

— Oui. » Il s'agitait près de son lit comme un grand animal étourdi, contemplant la pièce pour la dernière fois.

« Prenez-vous cela ? » Elle ramassa un cadre posé à l'envers sur la table de toilette. Il contenait le portrait d'un homme en uniforme, de taille élevée, large d'épaules, qui posait avec un sourire de façade devant une immense étendue de dunes désertiques.

« Mon père », laissa-t-il tomber. Il ouvrit sa valise et plaqua la photo sur les vêtements rangés à la hâte.

« Êtes-vous sûr qu'il ne va pas se briser ? s'enquit-elle, consciente de se comporter en adulte irritante.

— Je prends le risque. »

Elle saisit l'une des valises tandis qu'il se chargeait de l'autre. Tous deux traversèrent le vestibule au sol bien ciré, puis elle referma la porte derrière lui. À mi-chemin de la gare, elle se dit soudain que personne : ni professeur, ni élève, ni serviteur, n'était venu sur le seuil lui dire au revoir.

Une fois que le taxi eut franchi le portail de fer, au bout de l'allée, il se retourna et regarda le bâtiment. « Salauds ! chuchota-t-il, ajoutant avec un large sourire hypocrite : Pardon ? Avez-vous cru que je disais quelque chose ? »

Elle pensa alors : *L'attitude la plus raisonnable consisterait à faire demi-tour et à raccompagner directement ce garçon à l'école.* Elle lui dirait : « Je suis désolée, je ne crois pas que cela puisse marcher entre nous. » Toutefois, elle avait besoin de cet argent. Elle décida d'ignorer ses doutes et demanda au chauffeur de les conduire à la gare de chemin de fer de Bath.

47

6

Aux yeux de Tor et de Rose, le *Kaiser-i-Hind* évoquait une ruche bourdonnante. Des porteurs enturbannés de rouge couraient ici et là, chargés de bagages; des marins hissaient des cageots de fruits et des boîtes de nourriture; des cloches sonnaient et, sur le quai, un orchestre de soldats à la retraite tentait tant bien que mal de faire entendre un vieil air écossais. Tout ce dont Tor était capable, c'était sourire et essayer de ne pas regarder trop ouvertement les hommes franchissant la passerelle: officiers de marine au teint hâlé; vieux colonels emmitouflés contre le froid; savants au teint pâle; jeunes fonctionnaires; et un métis indien particulièrement beau, vêtu d'un manteau de cachemire splendide, qui s'était retourné et lui avait adressé un regard plein de sous-entendus.

Oh, l'exaltation qu'elle éprouvait était presque insupportable!

Au pied de la passerelle, les parents de Rose s'entretenaient tranquillement avec Miss Viva Holloway, accompagnée d'un grand garçon pâle dans un long pardessus foncé, dont elle avait également la charge. Tor le vit regarder sa mère qui, à grand renfort de moulinets de bras, compliquait les choses en ce qui concernait les cartes d'embarquement et les malles; aujourd'hui, elle s'en fichait éperdument.

Tout leur groupe avait consacré la plus grande partie de la matinée à explorer le navire, immense

48

et luxueux. «Comme un hôtel de première classe, répétait Mrs Sowerby, tout à fait comme le *Meurice*.» Outre ses parquets brillants fleurant bon la cire, le bateau offrait des fauteuils profonds dans les fumoirs, des tapis persans et des fleurs fraîches en abondance. Lorsqu'ils étaient entrés dans la salle à manger, ornée de fresques somptueuses, un buffet attendait déjà les passagers : de grosses dindes, des jambons imposants et un chariot de desserts, sur lequel tremblaient des blancs-mangers, des œufs à la neige, des salades de fruits et – régal suprême de Tor – des tartes au citron.

Sa mère, d'abord bouche bée d'admiration, avait tout gâché d'emblée en susurrant d'un ton théâtral : «Je connais quelqu'un qui va être dans son élément.» Puis : «Chérie, s'il te plaît, essaie de ne pas exagérer, il n'y a plus d'argent pour de nouvelles robes.»

Pour une fois, le discret père de Tor était intervenu.

«Laisse-la tranquille, Jonti, avait-il lancé, la voix tremblant d'émotion. Épargne-la aujourd'hui.»

Soudain, au son métallique d'une cloche puissante, la vie sur le bateau se fit tumulte. Des pas précipités se firent entendre au-dessus de leur tête, des ordres furent lancés, la musique sur le quai enfla jusqu'au sanglot et les familles furent renvoyées sur le quai.

Petite silhouette raide, Mrs Sowerby se tenait légèrement écartée de son mari, un serpentin de couleur pris dans son étole de fourrure. Tor se pencha au-dessus du bastingage ; sa mère leva la tête, redressa la poitrine et lui lança un regard significatif. «Tiens-toi droite», articula-t-elle en silence. Instinctivement, la jeune fille lui obéit. *Je suis pour elle un chien dressé*, pensa-t-elle avec amertume, *jusqu'au bout.*

L'orchestre interpréta de façon émouvante « Ce n'est qu'un au revoir » et soudain, après une embardée, tel un battement de cœur géant, le vaisseau s'ébranla et s'écarta du quai. Tandis que d'autres passagers pleuraient, agitaient les mains et fixaient le rivage pour apercevoir ceux qu'ils aimaient jusqu'à la dernière minute, le cœur de Tor s'emplit d'une joie extatique. Elle était libre !

Une heure plus tard, agrippée à Rose, elle affrontait un vent violent sur le pont A. Les mouettes qui avaient suivi le bateau depuis Tilbury reprenaient, l'une après l'autre, le chemin du retour.

Le manteau neuf de Rose enfla et s'éleva au-dessus de sa tête, ce qui les fit rire un peu trop nerveusement.

« Est-ce que tu te sens bien ? » s'enquit Tor.

Son amie lui donnait l'impression d'avoir pleuré.

« Oui, ça va. Un peu d'énervement, c'est tout. Je crois que je vais descendre défaire mes bagages. Et toi ?

— Je viens dans cinq minutes, quand j'aurai jeté mon corset dans la flotte. »

Rose leva les yeux au ciel, s'efforçant de rire.

« Ta mère va te tuer.

— Elle ne sait pas nager, répliqua Tor, des éclairs dans ses grands yeux. Quel dommage ! »

Le corset. Sa mère en avait apporté un nouveau dans sa chambre alors qu'elle faisait ses bagages, et l'avait posé sur le lit comme un bébé rose tout fripé.

«C'est une guêpière que j'ai achetée à Paris. On l'appelle ainsi parce qu'elle fait une taille *comme ça*[1].»

Avec un ridicule sourire de conspiratrice, elle avait joint ses doigts en un petit cercle.

«Si tu ne la portes pas sous ton crêpe de Chine abricot, il aura vraiment l'air d'un chiffon. Et je te préviens, Cissy Mallinson est extrêmement élégante.»

Bien que déterminée à éviter toute dispute avant le départ, Tor s'était écriée «Maman, plus personne ne met ce genre de choses!» ce qui n'était évidemment pas vrai. Elle avait ensuite ajouté, contre toute logique: «De plus, si mon corps fond sous l'effet de la chaleur, il ne me sera d'aucune utilité.»

Une seconde, elle s'était attendue à recevoir une gifle, car sa mère avait la main légère quand elle était en colère, mais celle-ci s'était contentée de laisser échapper un «Oh, pfff!» avec un geste désinvolte de la main – comme pour chasser une mouche importune –, accompagné d'une expression de pur mépris, ce qui, d'une certaine manière, se révélait pire que de la rage. *Eh bien, sois grosse et laide*, aurait-elle aussi bien pu dire à haute voix, *pour ma part, j'abandonne*.

---

1. En français dans le texte.

«Chérie, articula Rose, le teint blême, en la rejoignant de nouveau sur le pont; c'est trop bête mais je ne retrouve ni Miss Holloway, ni notre cabine; elles se ressemblent toutes à mes yeux.»

Visiblement, elle prenait sur elle pour sourire et réprimer le tremblement de sa voix, mais Tor voyait bien que la pauvre était dans tous ses états. À l'école, Rose avait toujours incarné l'efficacité paisible, rangeant les crayons de son amie et retrouvant ses devoirs égarés; aujourd'hui, c'était au tour de Tor de tenir la main de Rose alors que toutes deux, légèrement nauséeuses, se dirigeaient vers l'escalier d'un pas vacillant, poussées par le vent. Elles aperçurent soudain l'étrange garçon qu'accompagnait également Miss Holloway. Assis sur un fauteuil, à l'écart, il contemplait la mer, tapotant du pied en rythme, comme s'il écoutait un morceau de musique.

«Oh, hello! s'écria Rose. Nous cherchons Miss Viva, auriez-vous une idée de l'endroit où elle se trouve?

— Pas la moindre. Désolé.»

Ostensiblement, il se détourna d'elles et fixa de nouveau la mer avec intensité.

«Quelle grossièreté! s'exclama Rose en descendant vers le bureau du commissaire du bord. J'espère bien que nous n'allons pas être obligées de prendre tous nos repas avec lui!

— Certes non, car je m'y refuse absolument! renchérit Tor. Je vais en parler à Miss Holloway, nous trouverons bien une excuse.»

Au pied des marches, un colonel au visage cramoisi donnait des ordres à un porteur qui luttait avec sa malle – «La main gauche en bas, allons, un effort! Bien!» – et une femme élégante vérifiait son rouge à lèvres dans un miroir en répondant à un petit garçon : « Oui, la mer est agitée, mais je ne peux rien y faire. »

« Je crains que nous n'ayons été très sottes et que nous n'ayons perdu nos clés », avoua Rose au commissaire qui succomba instantanément à son charme. Elle avait cet effet sur les hommes : tous fondaient devant sa douceur virginale et la confiance implicite qu'elle leur manifestait. Leur indiquant qu'il prenait sa pause, l'officier leur proposa néanmoins de les conduire jusqu'à leur cabine. Ils passèrent devant le bar où un orchestre jouait un charleston, puis devant la salle à manger où des garçons, en uniforme d'un blanc immaculé, s'affairaient à mettre le couvert.

« Première journée vers l'Orient ? demanda-t-il à Tor d'un ton laconique.

— Oui. Mon amie va se marier et je suis sa demoiselle d'honneur.

— Un projet très agréable, donc. Bombay ou Delhi ?

— Bombay. »

Elle avait le sentiment d'endosser la vie de quelqu'un d'autre.

Ils prirent un escalier aux marches recouvertes d'un tapis et longèrent un étroit corridor où régnait une légère odeur d'essence.

« Vous voici arrivées, mesdemoiselles. B 34. Votre chaperon est dans la B 36 et Mr Glover près de vous, dans la B 35. Bon voyage. »

Seules dans leur cabine, Rose et Tor, assises sur des couchettes en vis-à-vis, échangèrent un large sourire. La petite pièce était déjà en grand désordre, car elles avaient plus tôt laissé des piles de vêtements sur le sol, trop excitées pour les ranger. Elles examinèrent en détail les deux lits de cuivre, les couvertures richement ornées d'un monogramme et la commode lilliputienne. Rose suspendit sa robe de mariage, qui se balançait comme un cadavre dans sa housse de tissu, à l'extérieur du placard. «Je la confierai au commissaire, déclara-t-elle. Elle prend trop de place ici.»

Épuisées par leur journée, elles s'allongèrent un moment en silence. Tor avait choisi la couchette près du hublot par lequel elle pouvait voir la mer agitée. Rose préférait rester près de la salle de bains.

Alors qu'elles venaient de reprendre leur bavardage, on frappa à la porte. Leur steward, un homme de très petite taille, entra et leur adressa un sourire radieux.

«Je m'appelle Suday Ram. Les bébés veulent ba?

— Pardon? dit Rose poliment. Je n'ai pas bien compris.»

Elle s'appliqua à ne pas regarder Tor, tenant à éviter le fou rire qui les menaçait.

«Les bébés veulent ba?» répéta-t-il avec fermeté.

Il les amena dans la minuscule salle de bains, pourvue d'épaisses serviettes de toilette blanches et de savons neufs, afin de leur montrer comment faire couler l'eau de mer couleur de rouille et tirer la chasse d'eau – moment particulièrement embarrassant. Quand il fut parti, elles explosèrent en psalmodiant: «Les bébés veulent ba» jusqu'à ce que leur accent indien soit parfait. Tor était ravie de voir Rose s'esclaffer, car il était clair qu'elle avait de nouveau pleuré.

« Rose, parodia-t-elle. Retourne dans la salle de ba, frotte ton ventre et fais un vo. J'ai grande surprise pour toi. »

Dès qu'elle entendit le verrou se fermer, elle sortit de sa malle l'objet le plus précieux qu'elle possédait et le tint un moment, avec révérence, dans ses bras. La simple vue de la boîte de cuir rouge, ornée d'un petit chien et d'un pavillon de gramophone, la faisait encore trembler de bonheur.

« Ne viens pas, attends ! »

Elle retira la paire de bas de soie qu'elle avait logée dans le pavillon pour éviter les éraflures.

« Garde les yeux fermés ! » reprit-elle.

Sortant une petite boîte de métal de la poche de soie incluse dans la doublure du couvercle, elle choisit une aiguille rouge posée sur un carré de coton. Quelques secondes plus tard, la cabine retentissait des accords grinçants d'un charleston endiablé.

« Oh, Tor ! »

Rose jaillit de la salle de bains en dansant. « Merci mon Dieu, merci de t'avoir permis de m'accompagner ! »

Elles dansèrent un moment, puis s'écroulèrent sur une couchette.

« Oh, la barbe ! »

La robe de mariée de Rose s'effondrait sur le sol, dans une avalanche de soie.

« Il faut vraiment que je la range.

— Oui, oui, oui. »

Après que Tor eut versé dans deux verres de la crème de menthe, elles s'allongèrent côte à côte, les yeux fermés, conscientes du mouvement du bateau.

Tor lut ensuite la lettre du capitaine qui avait été déposée sur chaque lit.

« Nous sommes invitées à un cocktail ce soir, dans le salon *Taj Mahal*. Le voyage va durer deux semaines. Nous ferons escale à Marseille, Malte, Port-Saïd et Bombay. Bal chaque soir dans le salon persan, aux sons de l'orchestre Savoy Havana.

« Aucun passager de seconde classe ne doit même songer à montrer son vulgaire petit museau en première classe, poursuivit Tor. Il y aura des bals masqués, des jeux de palets sur le pont, des soirées de bridge, ainsi qu'une conférence sur les morsures de serpents et les insolations, délivrée par le lieutenant-colonel Gorman, quand nous arriverons à Port-Saïd. Tenue de soirée exigée le soir. Oh ! sans oublier la fornication ! »

« Arrête ! » Rose but une gorgée et posa son verre. « Que se passe-t-il ? »

Un grand craquement se faisait entendre du côté du hublot, suivi par un bruit de moteur et des bruits de pas frénétiques au-dessus de leur tête.

« Rien que le vent, ma jolie, dit Tor en tournant le visage vers les vagues, grises et agitées. Décidé à nous précipiter dans les profondeurs insondables.

— Je ne reprends pas de crème de menthe, annonça son amie, dont le teint avait légèrement verdi.

— Moi si, décréta Tor, sinon je pourrais bien mourir d'excitation. »

7

GOLFE DE GASCOGNE

La mer : vastes profondeurs luisantes, parées de mousse crémeuse ; sorbets brisés, clameurs, chocs, claquements des vagues. Sifflement reptilien du navire fendant les flots. D'un beige sale à Tilbury, aujourd'hui d'un vert profond et dense.

« Pas de clichés, écrivit Viva en lettres capitales dans son nouveau journal relié de cuir. Il est temps de se mettre sérieusement au travail. »

Cette habitude de s'écrire des notes impératives resurgissait souvent en période de tension. Lorsqu'elle était enfant, dans son école religieuse, elle les imaginait dictées par son père, Alexander Holloway, ingénieur des chemins de fer, mort à Simla, qui, du paradis, veillait sur elle, attentif à son évolution. Plus tard, à Londres, où elle était arrivée à l'âge de dix-huit ans, ces injonctions autoritaires l'avaient accompagnée, dispensant une foule de conseils sur la façon de survivre dans cette grande ville dangereuse où elle ne connaissait rien d'autre qu'une effrayante pauvreté ; elles étaient toujours prêtes à la secouer quand elle s'abandonnait à la panique, aux regrets, à l'extravagance ou à l'auto-apitoiement.

Elle tourna la page.

À faire aux Indes

1. Écrire au moins une heure et demie par jour.
2. Chercher immédiatement un emploi (ni dame de compagnie ni nurse).
3. Écrire à Mabel Waghorn pour récupérer la malle.

«Ne pas me rendre à Simla avant d'avoir gagné suffisamment d'argent, s'intima-t-elle dans la marge. Très mauvaise idée.»

L'argent était pour elle une préoccupation constante. La tante de Guy Glover avait promis de lui envoyer cent soixante livres sous forme de mandat avant le départ du bateau, mais elle n'avait rien reçu. Le prix du voyage, plus celui des billets de train avaient été prélevés sur ses économies qui fondaient comme neige au soleil.

Au dernier moment, Nancy Driver, son ancienne patronne, avait glissé dix guinées dans son cadeau d'adieu, le journal relié de cuir. Bien que les mères de Rose et de Tor lui aient chacune versé vingt-cinq livres, sa survie dépendait maintenant de sa capacité à accroître ses revenus par l'écriture d'articles.

Elle tourna une nouvelle page et prit une profonde inspiration. Assise dans le coin du salon d'écriture, elle distinguait à la lueur des lampes, penchés sur des bureaux discrètement éloignés les uns des autres, quelques autres passagers griffonnant consciencieusement leur courrier. D'où elle se tenait, elle pouvait voir, entre le gris des vagues et celui du ciel, l'horizon s'élever et se baisser comme dans un décor de pantomime. Le steward qui l'avait conduite dans cette salle lui avait gaiement affirmé qu'au-delà du golfe de Gascogne les vagues deviendraient plus féroces ; elle était déterminée à ignorer ce détail.

« La Flottille de pêche, par Viva Holloway », écrivit-elle en lettres épaisses en haut de la page, ajoutant une fioriture au F avant de sucer son porte-plume.

« On distingue, en gros, trois sortes de femmes sur le *Kaiser-i-Hind*. »

Les yeux fixés sur la mer, elle se demanda si elle devait envoyer l'article par courrier ou par télégramme, ce qui reviendrait horriblement cher. L'un ou l'autre arriverait dans une miteuse chambre meublée de Bloomsbury, siège de *La Voix*, magazine féministe créé par deux sœurs, Violet et Fiona Thyme, auxquelles Mrs Driver l'avait présentée.

Ces suffragettes s'étaient engagées, si l'histoire leur plaisait, à la payer dix livres les mille mots. « Oubliez les chasses à l'éléphant et les odeurs épicées, ma chère, avait prévenu Violet, qui était autrefois allée en prison avec Emmeline Pankhurst et fumait de petits cigares. Soulevez le couvercle sur ce que vivent vraiment toutes ces femmes qui partent aux Indes, et sur ce qu'elles comptent faire quand tout cela va s'effondrer. »

Premièrement, écrivit Viva, il y a les *memsahibs* – en langue indienne « femmes de maîtres » –, qui voyagent toutes en première classe.
Dans la superbe salle à manger, elles arborent leurs plumages très variés. Certaines restent fidèles à l'uniforme de la noblesse terrienne : vêtements de tweed brun foncé, robes en soie dans toutes les nuances de beige, chaussures confortables et bas épais. Parmi elles,

quelques-unes semblent avoir le cœur déjà brisé par les Indes.

D'autres se montrent extrêmement élégantes, sachant peut-être déjà qu'elles n'auront pas grand-chose à faire là-bas, à part se rendre au club, jouer au tennis ou aller à la chasse. Ces activités rassembleront le même groupe, au sein duquel elles n'auront de cesse de s'observer. Leur existence réglée selon les critères étroits de la vie de militaire, et de la mode.

Enfin, parlons de la coquetterie anxieuse de ces jeunes filles, collectivement et cruellement surnommées «La Flottille de pêche», pauvres appâts sur l'hameçon, qui se rendent aux Indes pour y trouver un mari, comme beaucoup l'ont fait depuis le début du XIXᵉ siècle.

(«Quand exactement? En parler avec elles?» nota-t-elle dans la marge.)

La plupart d'entre elles partent après la saison londonienne, vraisemblablement parce qu'elles n'ont pas franchi avec succès le premier obstacle glorifiant de cette vaste foire au mariage. Les Indes, où les hommes de leur classe sont trois fois plus nombreux que les femmes, représentent leur dernière chance de trouver un époux.

Elle posa son porte-plume un instant et pensa à Rose, qui sentait la violette du Devonshire. Tor avait raison, son amie était ravissante. Elle semblait incarner une sorte d'innocence spécifiquement britannique : teint de porcelaine, timidité séduisante et crainte des hommes.

Le premier soir de leur voyage, Viva était descendue jusqu'à la cabine des deux jeunes filles pour vérifier que tout allait bien. Ayant passé la tête par la porte qui n'était pas verrouillée, elle avait trouvé Rose allongée sur le ventre, pleurant en silence. Celle-ci s'était immédiatement relevée et avait marmonné quelque chose à propos de son frère, ou peut-être de son père – le pauvre homme avait paru ravagé par le chagrin à l'heure du départ – en s'excusant de se montrer si peu courageuse. Viva avait alors éprouvé ce qu'elle imaginait être une bouffée d'instinct maternel : elle avait eu envie de serrer la petite fiancée dans ses bras, ce qui les aurait profondément embarrassées toutes deux.

Elle est pétrifiée de terreur, s'était-elle dit. *Comment ne le serait-elle pas ?*

Pour certaines de ces jeunes filles, cela pourrait se transformer en cauchemar : des navires comme celui-ci n'avaient-ils pas emmené aux Indes celles qui devaient ensuite se faire sauvagement massacrer à Cawnpore ? Elles découvriraient ce que signifie mourir de chaleur ; être abattues d'une balle ; voir leurs enfants mourir de maladies tropicales ou leur être arrachés, pour être élevés à l'autre bout du monde.

Et puis, il y a les femmes comme moi : célibataires, sans *sahib* et sans désir d'en conquérir, qui aiment les Indes et le travail. On n'écrit jamais rien sur nous – les gouvernantes, les maîtresses d'école, les chaperons – bien que nous ayons nos propres histoires à raconter.

« Aiment-elles vraiment travailler ? » ajouta-t-elle. Bien, cela suffisait pour l'instant. Sur le point de décrire le «plumage» de cette dernière catégorie de personnages, elle se rendait compte qu'elle ne pouvait opérer de généralisation. En ce qui la concernait, sa façon de s'habiller pouvait être qualifiée d'atypique. Maintenant qu'elle avait rendu le tailleur en tweed à Mrs Driver, elle avait retrouvé ses vêtements de prédilection : une robe de soie écarlate, un maillot de danseuse sombre qui datait de l'école et un collier en argent de style artisanal et exotique, hérité de sa mère.

Brusquement, sa bouche s'emplit de salive. Tandis que le plancher s'élevait et retombait en même temps que son estomac, elle posa son porte-plume, parcourant du regard le salon oscillant, avec ses lampes et ses bureaux de cuir vert – depuis quand le cuir avait-il une odeur si écœurante ? – pour voir comment se comportaient les autres passagers. Les murs craquèrent au moment où elle se levait. Quel désagrément ! À peine trente-six heures après le départ de Tilbury, elle allait avoir le mal de mer !

«Excusez-moi, madame.»

Un garçon apparut avec un verre d'eau accompagné d'une boîte gris et rose.

Oh non ! était-ce si visible ? S'adossant à son fauteuil, les yeux fermés, elle s'appliqua à détourner son attention du balancement des vagues. *Respire ! Respire !* Elle essayait de ne pas entendre le tintement faible des verres, les sarcasmes stupides des passagers qui trouvaient la situation amusante, ni la femme dans le box voisin du sien qui commandait «des sandwichs aux œufs et du thé Earl Grey». Des sandwichs aux œufs, quelle horreur !

«Mademoiselle.» Debout dans l'encadrement de la porte, le steward lui sourit gentiment alors qu'elle sortait sur le pont en vacillant, dans le tumulte assourdissant des vagues.

«Merci, ça va, merci.»

Elle posa le front sur le bastingage et resta ainsi jusqu'à se sentir un peu mieux. Les mots qu'elle avait été sur le point d'écrire dansaient dans sa tête avec une insistance narquoise : «Pour ma part, je ne suis pas faite pour le mariage, je suis née avec un havresac sur le dos.»

Le garçon lui apporta une chaise longue et une couverture. Une fois assise, elle pensa brièvement à Ottaline Renouf, l'une de ses héroïnes, qui avait presque fait le tour du monde dans une grande variété d'embarcations, bateaux de pêche danois, bananiers, chalutiers, caïques turcs sans souffrir une seule fois du mal de mer. Et si elle n'était pas assez forte pour cette aventure ? Quelle conclusion devrait-elle en tirer ?

Elle se redressa enfin. Au-dessus de sa tête, le ciel évoquait une immense contusion violette mêlée de jaune, surplombant la houle. Les lumières éclairaient déjà la nuit tombante. De l'intérieur du bateau lui parvenaient des rires et des notes de piano, qui, sur fond de rugissement des vagues, prenaient une résonance étrangement métallique.

Levant la tête, elle remarqua Guy Glover assis sur une chaise derrière un écran de verre qui l'abritait en grande partie du vent. Toujours vêtu de son pardessus noir, il fumait une cigarette. Quand il la vit poser les yeux sur lui, il la défia ostensiblement du regard, prit une profonde bouffée et souffla un rond de fumée aussitôt déformé par le vent. Puis il écrasa le mégot de son talon et s'avança vers elle d'un pas nonchalant. Pathétique, avec ce manteau trop large, s'efforçant désespérément d'être qui ? Peut-être Rudolph Valentino dans *Le Cheik*, avec sa cape et son poignard dans la botte, ou encore un libertin cherchant, pour sa première nuit en mer, la vierge qu'il honorerait de ses faveurs ?

Ce n'est qu'un enfant, se dit-elle pour se rassurer, car le simple fait de le voir ravivait son anxiété. *Un enfant intimidé et pas très malin. Rien de bien inquiétant.*

Elle avait vécu une enfance comparable à la sienne. Sans doute, comme nombre de garçons de sa classe et de son éducation, avait-il dû quitter le nid trop tôt. Sans le soutien de ses parents, ni, dans son cas, de frères ou de sœurs auxquels se frotter, il était devenu un être constamment sur la défensive, jamais sûr d'être le bienvenu, mal dans sa peau. Sous cette indifférence étudiée, cette froideur, il y avait, elle en était presque certaine, un garçon en mal d'amour, dont le cœur n'était que ressentiment. Elle devait au moins essayer de le comprendre, même si elle ne pouvait pas l'aimer.

« Je voulais vous dire, cria-t-il pour couvrir le bruit de la mer, qu'il y a quelques personnes à bord que mes parents m'ont chargé de saluer. Les Ramsbottom, de Lucknow. Ils nous ont invités à prendre un verre dans le salon de musique demain soir. J'aimerais que vous veniez aussi. »

Tiens, tiens ! Il prenait l'initiative de la conversation.

«Bien sûr, répondit-elle. Peut-être que vous, les filles et moi pourrions, avant cela, dîner ensemble au premier service, pour apprendre à mieux nous connaître?»

En prononçant ces mots elle se demanda si elle aurait dû dire à Rose et à Tor de fermer leur cabine, au cas où les doigts de Guy le démangeaient de nouveau.

Il parut ébahi. «Non, je ne veux pas manger avec d'autres personnes.

— Pour quelle raison?»

La réponse qu'il marmonna fut noyée dans le vacarme environnant.

«Je ne vous ai pas entendu!

— Mes parents m'ont dit que nous mangerions tous les deux, brailla-t-il avec une telle brutalité qu'elle recula d'un pas.

— Nous en reparlerons plus tard.»

Elle se sentait trop incommodée pour croiser le fer avec lui, ou même penser à la nourriture. En outre, les filles ne risquaient visiblement pas de lui tenir rigueur de cette exclusivité.

«Bien sûr.»

Lui adressant un sourire d'une grimaçante insolence, il hurla, au sujet de ses parents, d'autres propos emportés par le vent. Ce garçon allait lui compliquer la vie, cela ne faisait aucun doute.

65

Après cet échange, Viva descendit à la cabine qu'elle occupait avec une certaine Miss Snow, maîtresse d'école peu sûre d'elle, qui ne s'exprimait qu'à l'aide de murmures et retournait aux Indes pour enseigner dans une école près de Cochin. Bien que toutes deux aient conclu cet arrangement par économie, elles n'avaient jusqu'à présent échangé que quelques mots.

Endormie sous une montagne de couvertures, Miss Snow avait posé un seau près de son lit. Viva, après avoir appliqué un linge mouillé sur son front, s'étendit sur sa couchette et s'attarda de nouveau sur le problème de Guy. Toutes les pensées charitables qu'elle avait nourries à son sujet s'évanouirent soudain. Non seulement il se trouvait maintenant entièrement sous sa responsabilité, mais il incarnait aussi, indéniablement, le châtiment qu'elle méritait pour tous les mensonges qu'elle avait racontés.

Une bouffée d'anxiété l'envahit. Bon sang, pourquoi s'était-elle embarquée là-dedans ? En particulier au moment où elle avait enfin réussi à acquérir une certaine indépendance ?

Cela ne pouvait pas être uniquement pour ouvrir cette fichue malle. Mrs Waghorn ne lui avait laissé aucun doute : il n'y avait dedans rien d'intéressant. Pourtant, elle avait choisi de suspendre sa vie à ce fil fragile. Pourquoi ?

Elle eut une pensée presque nostalgique pour son appartement en sous-sol de Nevern Square qui, certes, n'avait rien d'un palais, avec son réchaud à gaz et son lit étroit, mais constituait néanmoins «sa» maison.

La salle de bains, qu'elle partageait avec une bibliothécaire d'âge mûr et une femme recevant un nombre inhabituel de visiteurs masculins, était dissimulée derrière un rideau dans le couloir. Outre sa grossière baignoire verte, maculée de savon gluant et au-dessus de laquelle pendaient constamment des bas humides, elle s'ornait d'une chaudière verte couverte de rouille. Celle-ci, lorsqu'on approchait une allumette de ses entrailles, explosait comme un volcan pendant trois minutes brûlantes, avant de redevenir glaciale.

L'hiver, Viva dormait dans sa chemise chaude, recouverte de toute une variété de tricots – depuis les Indes elle était devenue très frileuse. Chaque matin, elle partait vers ses emplois temporaires, plongeant dans un brouillard obscur qu'elle devait traverser de nouveau le soir, au retour.

Une personne plus âgée aurait sans doute jugé cette existence ingrate mais pour elle, jeune et déterminée à survivre aux tragédies qu'elle avait vécues, l'indépendance avait représenté une sorte de drogue. C'en était fini des dortoirs, des débarras hâtivement transformés en chambre d'amis par des parents éloignés qui se sentaient obligés de l'accueillir. Cette pièce était à elle. Dans un état d'excitation juvénile, elle avait peint les murs en rose pâle – visualisant cette sorte de rose poussiéreux du Rajasthan – mais l'effet obtenu évoquait plutôt la lotion calmante à la calamine.

Sur un lit étroit près de la cheminée murée de planches, elle avait disposé son seul héritage, un édredon en patchwork magnifique. Composé de tissus de saris aux couleurs de pierres précieuses, mêlant le vert, le jaune, le rose et le bleu, il était bordé d'un ruban aux broderies représentant des poissons et des oiseaux. Autrefois il avait orné le lit de ses parents à Simla, puis au Népal et au Pakistan, ainsi que dans la péniche de Srinagar. Elle possédait également une lampe de cuivre, quelques ustensiles de cuisine cachés sous le lit («Cuisine interdite», annonçait une pancarte dans le vestibule), plusieurs boîtes de livres, du papier pour machine à écrire et une Remington perchée sur une caisse d'emballage. Les cours de secrétariat n'avaient été qu'un moyen de réaliser son désir le plus profond: devenir écrivain. Chaque soir, au retour du travail, elle se changeait pour enfiler des vêtements chauds, allumait l'une des trois cigarettes Abdullah qu'elle s'autorisait chaque jour, touchait la petite statue verte de Ganesha – dieu indien des écrivains, entre autres fonctions – et se mettait à la tâche.

Elle se sentait heureuse dans cette chambre, au son de sa machine à écrire et du ronflement occasionnel de la chaudière. Vers minuit, le dos raide, agitée de bâillements, elle se déshabillait et s'endormait dès que sa tête touchait l'oreiller.

Par l'intermédiaire de l'agence pour laquelle elle effectuait de temps en temps de la dactylographie, elle avait été envoyée chez Mrs Nancy Driver, auteur prolifique de romans sentimentaux; deux d'entre eux se déroulaient aux Indes, où son époux, maintenant disparu, avait été chef d'escadron d'un régiment de cavalerie indigène. Passant la plus grande partie de sa journée à taper furieusement sur sa machine, vêtue d'une robe de chambre de poil de chameau, cette femme, avec ses cheveux à la garçonne et son langage direct, sans concession, avait pu sembler au départ le contraire d'une bonne fée; c'était pourtant le rôle qu'elle avait joué auprès de Viva.

Toutes deux avaient rapidement établi leurs habitudes. À onze heures et demie, quand Mrs Driver avait pris son bain et son petit déjeuner, elle écrivait à la main pendant environ une heure, tandis que sa secrétaire se débrouillait tant bien que mal avec sa correspondance. Après le déjeuner tardif, alors que sa patronne se détendait avec un verre de sherry et un petit cigare, Viva tapait le travail du matin ; aux endroits où la marge comportait une grande croix rouge, elle était autorisée à ajouter « les passages croustillants » ; l'auteure était convaincue, à tort, que son assistante, jeune et jolie, vivait une foule d'aventures intéressantes.

Abonnée au magazine *Critères*, Mrs Driver avait initié sa compagne à la poésie de T. S. Eliot. « Écoutez ceci, écoutez ceci ! » Le cigare fumant entre deux doigts, elle prenait une pose théâtrale en fermant les yeux, et déclamait :

Avril est le plus cruel des mois, il engendre
Des lilas qui jaillissent de la terre morte, il mêle
Souvenance et désir, il réveille
Par ses pluies de printemps les racines inertes[1].

Dans cet appartement, en tapant à la machine, lisant des épreuves et buvant du café, Viva, petit à petit, avait compris qu'elle avait encore énormément de choses à apprendre concernant l'écriture. Auparavant, elle expédiait ses histoires et les envoyait dès le point final apposé. Maintenant, elle observait la façon dont Mrs Driver luttait pour trouver « la bonne

---

1. Extrait de *La Terre vaine*, T. S. Eliot, traduction de Pierre Leyris, 1976.

approche»; apportait une attention particulière aux détails les plus infimes et inattendus, qu'elle notait dans nombre de carnets; évoquait ses intrigues à haute voix, lorsqu'elle se trouvait dans une impasse; et savait laisser ses manuscrits dans un tiroir des mois durant, pour laisser mûrir son œuvre.

«Il n'y a pas de formule magique, affirmait-elle. Chacun a sa propre recette.»

Lorsque Viva, tremblant d'appréhension, avoua à Mrs Driver un matin qu'elle-même rêvait d'écrire, sa patronne se montra à la fois bienveillante et pragmatique. Elle lui expliqua que si elle était sérieuse et avait besoin de gagner immédiatement de l'argent (pour une fois, sa secrétaire n'avait pas caché la précarité de sa situation financière) elle pouvait essayer de vendre à *Univers de femmes* et *Madame* le genre de nouvelles sentimentales que ces magazines féminins publiaient régulièrement.

«De totales inepties, avait commenté Mrs Driver. Vous écrirez ensuite selon votre propre cœur, mais cela vous permettra de vous lancer et de prendre de l'assurance.»

Elle lui avait indiqué comment tailler sans pitié dans ses histoires («Élaguez, allégez, condensez», écrivait-elle dans la marge). Au cours des six derniers mois, Viva avait écrit treize nouvelles dans lesquelles toute une variété de héros à la mâchoire volontaire séduisaient des femmes blondes et fragiles. Trois d'entre elles avaient été publiées.

Quelle allégresse lorsque la première avait été acceptée! Après avoir lu la lettre au retour du travail, un soir humide de novembre, elle avait parcouru Nevern Square en courant seule dans le noir. Elle avait alors été si sûre – ridiculement sûre, avec le recul – de vivre le tournant décisif de son existence, qu'elle pourrait dorénavant vivre de sa plume. Elle était jeune, en bonne santé, pouvait se permettre de payer trois guinées par semaine pour son appartement et – hourra ! –, était devenue un écrivain !

Pourquoi, alors que sa vie s'orientait enfin dans la bonne direction, avait-elle décidé de modifier tous ses plans ? Sûrement pas parce qu'une vieille dame tombée du ciel lui avait écrit pour lui apprendre qu'elle avait dans sa remise une malle de ses parents ? À moins que cette lettre ne représente simplement l'excuse rêvée pour retourner aux Indes ? Paradoxalement, si l'on pensait à tout ce qui était arrivé là-bas, ce pays n'avait cessé de lui manquer, et elle éprouvait un vide douloureux, comme si un organe vital avait été prélevé de son corps.

Miss Snow, toujours endormie, laissait échapper un ronflement saccadé et, de temps à autre, un petit gémissement, comme si elle luttait contre ses propres démons. Lorsque Viva s'assit brusquement, la machine à écrire tomba bruyamment sur le sol, suivie d'une pile de feuilles de papier.

S'agenouillant pour ramasser les pages éparpillées, elle vit une eau bleu marine onduler comme un serpent devant son hublot. Elle se rafraîchit le visage au lavabo et constata qu'il restait une heure et demie avant le premier service du dîner. Déterminée à rédiger le premier jet de son article avant le repas, elle réfléchit au titre, qui la faisait encore hésiter. « La Flottille de pêche » ? Pourquoi pas « Le Prix d'un époux aux Indes » ?

8

«Maître, appela doucement le serviteur de Jack Chandler derrière la porte de la salle de bains. Réveillez-vous, s'il vous plaît, le temps court. *Jaldi*!

— Je ne dors pas, Dinesh. Je réfléchis.»

Étendu dans la baignoire depuis presque une heure, Jack remarqua qu'il faisait désormais sombre – les nouvelles lampes électriques avaient une fâcheuse tendance à rester plus souvent éteintes qu'allumées. Les yeux clos, il ruminait à propos du mariage, des raisons qui poussaient les hommes à mentir et de Sunita, à qui il devrait bientôt dire adieu.

Habituellement, cette heure de la journée lui était particulièrement agréable. Il se dépouillait de ses vêtements imprégnés de l'odeur familière des chevaux, entrait dans l'eau chaude, avec un whisky allongé comme il l'aimait, et s'autorisait le luxe de somnoler dans le liquide, comme une créature marine, presque inanimée, jusqu'à ce que Dinesh l'aide à s'habiller avant qu'il ne se rende au club. Ce soir, toutefois, il sentait comme une boule de nerfs. Au cours de l'après-midi, il était allé jusqu'à l'église poussiéreuse du cantonnement pour discuter avec le pasteur, homme terne et effacé, de l'organisation de la cérémonie de mariage qui devait avoir lieu dans quatre semaines. Il avait auparavant noté tous les détails nécessaires sur un morceau de papier – Miss Rose Wetherby, céliba-

72

taire, de Park House, Middle Wallop, Hampshire –
mais le prêtre lui avait appris qu'aux Indes, la publication de bans n'était pas requise. Pour cette raison,
avait-il laissé entendre sans le dire vraiment, nombre
de gens s'épousaient sur l'impulsion du moment. Cet
échange n'avait fait qu'ébranler davantage Jack, qui se
montrait, en général, plutôt rationnel et réfléchi.

« Le temps consacré à la reconnaissance du terrain
est rarement du temps perdu » : telle était l'une des
règles auxquelles il se conformait. Ce principe, énoncé
par le sergent-major à ses gauches recrues au cours
de la première semaine de leur terrifiante incorpo-
ration, lui avait, depuis, plus d'une fois sauvé la vie.
Alors pourquoi, même s'il était trop tard pour se
poser la question, pourquoi avait-il renoncé à toute
prudence pour sauter à pieds joints dans ce projet de
mariage ?

Le matin même, il s'était attelé à la tâche de rédiger
une lettre pour Rose afin qu'elle la reçoive à Port-Saïd,
où le bateau ferait escale dans douze jours selon ses
calculs.

« Ma très chère Rose, avait-il écrit, je suis allé
aujourd'hui voir le prêtre du cantonnement et… »
Il avait froissé la feuille, irrité par la banalité de ses
pensées et son incapacité à trouver les mots qui, de
toute évidence, auraient dû lui brûler les lèvres.

Plus il devait communiquer avec sa fiancée, plus il
se sentait emprunté, ayant l'impression de reproduire,
dans une version plus maîtrisée et lourde de conséquences, l'exercice d'écriture de courrier auquel il
était soumis tous les dimanches matin dans sa pension
anglaise. L'enthousiasme de leurs premières missives
s'était mué en un échange morne de projets, étoffé
d'expressions affectueuses – « ma petite fiancée à moi,

73

ma future femme chérie» pour sa part – qui lui paraissaient à présent artificielles, voire trop familières.

Il lui fallait également écrire à la mère de Rose,
rencontrée à deux reprises, la première fois lors d'une
réception à Pâques, chez elle, où une dizaine de parents
plus ou moins éloignés l'avaient inspecté sans en
avoir l'air et félicité de ses fiançailles soudaines, tout
en proférant un tas d'idioties sur les Indes. Depuis,
Mrs Wetherby lui avait envoyé plusieurs mots,
remplis de conseils déconcertants pour la cérémonie
de mariage. La semaine passée, elle lui avait appris
que le père de Rose avait fait une mauvaise bronchite
après le départ du bateau. «Mieux vaut garder cela
pour nous, avait-elle ajouté. Rose et son père sont
très proches et elle a déjà suffisamment de pain sur la
planche.» Sans qu'il comprenne vraiment pourquoi,
l'expression «pain sur la planche», qui l'assimilait
à une croûte rassise peu agréable à contempler et
ingérer, l'avait contrarié. S'il faisait l'objet d'aussi
peu de considération, pourquoi ces parents aimants
et sensibles laissaient-ils leur fille se lancer dans cette
union? À certains moments il leur en voulait presque
de l'avoir encouragée.

Il se leva dans la baignoire. Son visage fin et sensible,
au regard las, surmontait un corps élancé, aux épaules
puissantes et aux longues jambes musclées de cavalier.
Indéniablement, il était beaucoup plus séduisant à
vingt-huit ans que six ans auparavant, alors que, frais
émoulu de Standhurst, il conservait sa maigreur en
dépit de tous les exercices, des manœuvres dans la
cour et des expéditions avec quinze kilos sur le dos,
toutes épreuves destinées à éliminer la moindre trace
de faiblesse chez les jeunes gens.

« Monsieur, s'il vous plaît. »

Dinesh se tenait sur le seuil, une serviette à la main. Il était arrivé à Poona trois ans auparavant, fuyant l'inondation de sa ferme du Bengale. Jack, qui l'avait rencontré par hasard dans la maison d'un ami de Delhi et avait été frappé, comme tous ceux qui le rencontraient, par le rayonnement de son sourire, l'avait engagé. Le serviteur se considérait particulièrement chanceux d'avoir trouvé cet emploi, après une succession de tragédies.

Son maître et lui formaient maintenant une équipe. Jack, jeune officier d'un régiment de cavalerie indien, pouvait – au prix d'un énorme effort, car il n'était pas naturellement doué pour les langues – s'exprimer presque couramment en hindoustani. Cette caractéristique remplissait Dinesh de fierté. Non dénué de snobisme à l'instar de nombre de ses semblables, il regardait de haut les serviteurs d'officiers de régiments britanniques contraints de parler en anglais avec leurs *sahibs*. Jack et lui avaient vécu tant d'événements ensemble ! Ils avaient partagé quelques-uns des plus beaux moments de leur vie – les défilés ; l'école d'équitation de Secunderabad ; les campements annuels dans les montagnes, où Dinesh, aussi passionné que Jack par l'aventure, avait cuisiné sur les petits feux de camp surgis dès la nuit tombée. Il remplissait son office avec une révérence et une passion qui à la fois attendrissait et tourmentait Jack, car la roue allait tourner de nouveau. Tous les serviteurs du capitaine Chandler – Dinesh, son blanchisseur, son cuisinier et la fillette de celui-ci – très conscients de leurs positions respectives dans la maison, épiaient avec un œil de lynx la moindre modification de l'ordre des préséances. L'arrivée de leur nouvelle maîtresse allait, sans le moindre doute, hérisser les plumes de plus de l'un d'entre eux, alors que leur maître n'avait pas encore trouvé la façon d'aborder avec elle cette question.

Jack pénétra dans sa chambre à coucher au plafond bas, ornée d'un ventilateur antique grinçant au-dessus du lit étroit recouvert d'une moustiquaire, d'un tapis tressé et, sur un mur, d'une illustration aux couleurs fanées du Lake District, laissée par le locataire précédent. Six semaines auparavant, il s'était adressé au magasin du régiment pour obtenir un lit double, mais l'exécution de sa commande avançait très lentement ; il lui faudrait certainement la renouveler.

Dans un coin de la pièce, sur un fauteuil en bambou, Dinesh avait étalé un pantalon de lin et une chemise blanche magnifiquement repassés. Contre le mur, dès leur arrivée, il avait drapé un tissu rouge, tel un autel, sur lequel il avait accroché les sifflets, les éperons, le ceinturon et l'épée de son maître.

À côté du lit, il posait chaque jour un bol en argent rempli de poudre digestive, en prévision des nuits de bombance de Jack au mess. De même, preuve d'une attention touchante, il avait entouré la photo de Rose d'une guirlande de soucis, comme pour dire : «Je vais faire tout mon possible pour l'aimer.»

Le serviteur sortit de l'ombre projetée par la lampe tempête, essuya son maître soigneusement avec une serviette, l'aida à enfiler son caleçon et tint devant lui le pantalon ouvert afin qu'il puisse passer une jambe, puis l'autre.

Au début, Jack avait détesté être habillé ainsi. La première fois, sans songer qu'il offensait Dinesh, il avait éclaté d'un rire nerveux et lui avait arraché les vêtements des mains, arguant intérieurement qu'il n'avait rien d'une poupée. Maintenant, il appréciait ce service et s'expliquait son changement d'attitude par le fait qu'il comprenait beaucoup mieux ce que signifiait pour chacun, au sein de la maison, la tâche à accomplir. S'il avait été honnête envers lui-même, il aurait reconnu que, grâce à la sollicitude affectueuse de Dinesh, il se sentait moins seul.

Dans le pays s'annonçait un énorme changement, que personne n'ignorait. Nul ne faisait pourtant allusion à cette menace, qui rôdait en permanence, comme le trottinement de rongeurs sous le plancher. Aux étages supérieurs, les maîtres organisaient toujours des tournois de bridge et d'interminables cocktails ; au sous-sol, les serviteurs brûlaient le mobilier.

Arun, l'un des Indiens de la bonne société avec lesquels Jack jouait au polo, était récemment revenu de Cambridge où il avait étudié le droit pendant un an. «Savez-vous ce que j'adorais à l'université ? lui avait-il dit d'un ton taquin. C'était de voir l'un des vôtres cirer mes chaussures et les déposer devant ma porte.»

Une semaine avant cela, alors que Jack rentrait du club à pied en tenue de tennis, un homme lui avait craché à la figure. Il s'était pétrifié, la salive sur l'épaule, ne sachant tout à coup s'il devait faire comme si de rien n'était, ou venger cet outrage.

Après s'être habillé, il dîna seul dans la salle à manger qui abritait des chaises dépareillées et une lampe laissant échapper des vapeurs de paraffine. Il faudrait également qu'il la fasse arranger.

Dinesh lui apporta un simple pilaf de poisson, généralement l'un de ses plats favoris, qu'il éparpilla distraitement dans son assiette, trop nerveux pour manger.

En vidant un verre de bière, il médita sur l'esprit de contradiction des hommes. Six mois auparavant, lorsqu'il avait rencontré Rose, il éprouvait une sensation de vide au cœur de sa vie – dont, par ailleurs, nombre d'aspects lui plaisaient énormément –, une aspiration à trouver quelqu'un à qui parler d'autre chose que de politique, de polo ou de réceptions, programme habituel du mess et du club. Aujourd'hui, un lutin malfaisant s'agitait dans sa tête, lui susurrant les avantages du célibat. N'était-il pas agréable de pouvoir quitter le club à l'heure que l'on voulait, ou travailler jusqu'à minuit en cas d'urgence, comme lors des émeutes d'Awali, dans le Pendjab? L'idée que son colonel, qui désapprouvait que ses hommes se marient trop jeunes, puisse l'exclure du service actif lui était insupportable.

Brusquement, il cessa de réfléchir et enfouit le visage dans ses mains en soupirant. Pourquoi ne pas faire preuve d'honnêteté, au moins envers lui-même? C'était Sunita qui emplissait ses pensées ce soir. L'adorable Sunita qui ignorait tout du changement à venir et n'avait rien fait pour le subir.

«Maître, la *tonga* arrive dans dix minutes. Vous voulez du pudding? Il y a du lait caillé, et même de la gelée.

— Non, merci, le pilaf était très bon. Je n'ai pas faim», précisa-t-il alors que Dinesh débarrassait la table.

Sur la véranda où il désirait fumer une cigarette, la chaleur était exceptionnelle pour la nuit, vingt-sept degrés, selon le thermomètre accroché à la balustrade.

La moustiquaire se referma avec son grincement habituel. Le vieux chien noir et blanc qui ne s'écartait pas de la porte de la cuisine dans l'espoir de se voir offrir les restes de nourriture s'éloigna dans l'ombre violette tandis que de l'autre côté de la cour des rires s'élevaient du quartier des serviteurs, soulignés par le son d'un tabla.

Rose supporterait-elle la chaleur? Le chien, avec sa répugnante queue pelée, la dégoûterait-il? Quand elle assisterait à un morne cocktail, semblable à celui auquel son colonel l'avait forcé à participer la veille, s'ennuierait-elle autant que lui? Toutes ces interrogations expliquaient ses doutes: il ne savait quasiment rien d'elle.

«La *tonga* est là, maître.»

Un vieux cheval étique attelé à une petite calèche attendait devant la porte de la cuisine. Jack s'assit à l'intérieur de la cabine grinçante, le dos raide, comme s'il commettait un crime, se demandant pourquoi la simple perspective du mariage avait suffi à transformer certains aspects de sa vie – Sunita, ses factures de bar, la sollicitude de Dinesh, et même le plaisir qu'il éprouvait à rester dans son bain pendant des heures quand il avait un problème à résoudre – en secrets honteux.

La maison de Sunita se trouvait dans la vieille ville – à vingt minutes de chez lui, et cependant dans un autre monde. Beaucoup de ses compagnons conservaient leurs maîtresses après leur mariage, mais il ne voulait pas les imiter. Son propre père – lui-même officier dans le huitième régiment de cavalerie, explorateur, aventurier et brillant joueur de cricket – était pour lui un véritable héros: ainsi qu'il l'avait souvent raconté à son fils, il avait participé à quelques sanglants combats, essentiellement en Mésopotamie. Toutefois, il s'était également révélé coureur de femmes, et la souffrance que ses mensonges avaient causée s'était infiltrée peu à peu au cœur de sa famille, comme un poison lent.

«Tous les hommes mentent, avait un jour déclaré la mère de Jack devant ses sœurs et lui. Ils ne peuvent pas s'en empêcher.»

Trois ans auparavant, au cours d'une permission dans la maison de ses parents, à Oxford, l'atmosphère était devenue intolérable; son père, au lieu de dîner à la table familiale, avait pris ses repas dans son bureau.

Trois jours avant Noël, sa mère, les joues pourpres, le regard égaré par trop de gin, lui avait expliqué la raison de cette situation. Son époux avait installé dans un garni, à Oxford, sa nouvelle maîtresse, une jeune femme qui était sur le point de mettre son enfant au monde.

«Tu sais, pendant très longtemps, je n'ai jamais vraiment compris ni aimé les hommes, s'était-elle exclamée, les traits déformés par la rage. À présent que je les comprends, je les déteste!»

Horrifié et rebuté par la douleur qu'il lisait sur son visage, il avait baissé la tête et s'était senti aussi coupable que s'il avait lui-même agi ainsi. Il ne voulait pas infliger cela à Rose. Selon une expression désuète qu'il affectionnait, il «engageait sa foi». Ayant hérité du côté excessif de son père – il adorait tirer au pistolet, mener son cheval à fond de train, s'enivrer au mess des officiers et faire l'amour –, il se targuait cependant de savoir mieux se maîtriser. S'il se mariait, il lui faudrait mettre un frein à ses excès, car il avait l'intention de rendre sa femme heureuse et de gagner sa confiance à jamais.

Il s'appliquait maintenant à examiner sa vie actuelle à travers les yeux de sa fiancée. Serait-elle enchantée par les Indes autant qu'il l'avait été ? Il ne lui avait rien caché des difficultés qui l'attendaient : la chaleur écrasante, la pauvreté omniprésente, les déplacements permanents, bref, l'existence pénible des femmes de soldats.

Cependant, il ne devait pas se cacher qu'il avait aussi désespérément voulu lui plaire, comme tout homme frappé par un coup de foudre une semaine avant la fin de sa permission. Ses avertissements avaient dû simplement résonner aux oreilles de Rose comme un retour forcé aux réalités concrètes.

Il l'avait rencontrée lors d'une soirée pour débutantes, où une amie de sa mère l'avait enrôlé comme cavalier de réserve « décoratif » avait-elle précisé, à sa grande contrariété. Il s'y était rendu seul, plus timide et nerveux qu'il ne l'aurait avoué. Londres lorsqu'il l'avait visité au cours des derniers jours de la guerre, sinistres et désespérés, lui avait paru rempli de couronnes mortuaires, de processions funèbres et de parcs négligés et délaissés. Ce jour-là, de petites voitures brillantes se croisaient sur Park Lane, effrayant les chevaux. Les jeunes filles arboraient d'horribles coupes de cheveux et soufflaient la fumée de leur cigarette dans la figure des jeunes gens qui les accompagnaient.

En partie pour lui épargner l'ambiance misérable de la maison, sa mère continuait à demander à ses amies de l'inviter aux réceptions, mais ces soirées l'avaient atterré. Au cours de l'une d'entre elles, il avait vu un homme et une femme copuler ouvertement sur un tas de pardessus dans la chambre d'amis ; le visage cramoisi de gêne, il s'était retiré avec le désir d'infliger une correction aux deux protagonistes pour oser se donner ainsi en spectacle. À une autre occasion, déconcerté par un groupe d'excités reniflant un tas de poudre, il avait suscité des rires en leur demandant ce qu'ils faisaient et s'était vu répondre avec grossièreté : « C'est du sel malin, espèce d'ignare. De la cocaïne. »

Rose n'était pas comme cela. Au *Savile Club*, où il se tenait, en habit de soirée, sous le plafond orné de chérubins grassouillets, elle était apparue près de lui avec une gaucherie touchante, dans une robe de soirée démodée légèrement trop grande pour elle. Toutefois, rien n'aurait pu dissimuler la beauté véritable de cette blonde aux cheveux soyeux et au sourire exquis. Alors que l'orchestre entamait un fox-trot, elle lui avait souri en levant légèrement les sourcils.

« Dansez avec moi », avait-il articulé. Elle avait glissé dans ses bras. Ils s'étaient ensuite livrés à un dialogue braillard pour couvrir la musique, pendant quelques minutes au cours desquelles il lui avait écrasé les orteils.

« Avez-vous un chaperon ici ? lui avait-il demandé après quelques danses.

— Certes, avait-elle répondu avec son sourire délicieux, mais malheureusement, elle joue au bridge, en bas.

— Avez-vous vu les tableaux du rez-de-chaussée ? Ils ont des portraits magnifiques dans le salon. »

À ce prétexte éculé et peu élaboré, elle avait répliqué, avec une douce gravité. « Non, mais j'aimerais énormément les découvrir. »

Et c'était là, dans le clair-obscur du salon, sous l'image d'un homme luttant avec des chevaux au regard égaré et aux naseaux fumants, qu'il l'avait naturellement prise dans ses bras. En embrassant ses lèvres douces, il avait tout d'abord senti qu'elle se raidissait et lui opposait une résistance timide, puis elle s'était abandonnée à son baiser.

«Mmm!» Elle avait léché ses propres lèvres d'un air songeur, comme une enfant savourant les restes d'un bonbon. «Je ne pense pas avoir déjà été embrassée auparavant. Pas comme cela.»

C'était à ce moment précis, face à cette divine, frêle, fraîche jeune fille fleurant la violette, parfum que la mère de Jack utilisait régulièrement, qu'il avait pensé à Sunita, sa maîtresse, et à tout ce qu'il lui devait. Elle lui avait tout appris. Au bout de trois années solitaires de célibat, il s'était rendu chez elle comme un taureau en rut. Après un bain, elle l'avait massé avec de l'huile parfumée et lui avait appris à prendre son temps. Le jeu et le rire avaient contribué à cette initiation, à cette prise de conscience que l'amour pouvait être pratiqué et raffiné vers un abandon sublime. Il était arrivé comme un homme essayant de jouer une symphonie sur une flûte à deux sous; elle lui avait permis de diriger l'orchestre entier.

Il parvenait dans sa rue, constituée d'une rangée de maisons mitoyennes, aux balcons de fer forgé, qui avaient connu des jours meilleurs. Les conducteurs de pousse-pousse bavardaient au coin, attendant leurs clients. Comme d'habitude, elle avait allumé à son intention une bougie devant sa porte. Dans son salon, elle exposait fièrement sur une étagère tous les petits cadeaux qu'il lui avait offerts – une boîte en argent provenant d'un marché d'antiquités londonien, une bouteille de parfum, une écharpe. Ce soir, il avait dans sa poche un chèque qu'il lui donnerait après lui avoir parlé, une contribution à son avenir qu'il ne pouvait pas vraiment se permettre mais tenait à assumer. Il gravit les marches, le cœur serré. Pour la première fois de sa vie, il lui donnerait brutalement l'impression d'être une prostituée. Mais il n'avait pas le choix, puisqu'il était sur le point de se marier.

9

GIBRALTAR

Mr and Mrs Percival Wetherby
Park House
Middle Wallop
Hampshire

21 octobre 1928

Maman et Papa chéris,
Nous arrivons à Gibraltar dans une heure environ : j'essaierai d'y poster cette lettre.
Allongée sur ma couchette – Tor dort encore – je suis en train d'étudier mon manuel de conversation espagnole, et viens de lire ceci : *Gracias a la vida que me la dado tanto*. (Merci à la vie qui m'a tant donné.)

N'est-ce pas joli ? Cette phrase m'a fait penser à toutes les choses magnifiques que je vous dois : non seulement Park House, un endroit où grandir, mais les poneys, les chiens, les randonnées de camping, vous-mêmes, et tous les moments merveilleux que nous avons vécus ensemble.

J'espère que l'absence de votre Grenouillette ne vous attriste pas trop, mais soyez assurés qu'elle est impatiente de vivre tout ce qui l'attend. Tor et moi nous amusons follement.

Nous sommes entourées de gens sympathiques. Surtout, que la jeunesse de Miss Holloway ne vous inquiète pas ! Elle est très gentille, veille bien sur nous et connaît les Indes comme sa poche car elle y a grandi. Le steward de notre cabine, Suday, nous gâte aussi énormément ; il est vraiment adorable : je ne comprends pas pourquoi les gens se comportent avec condescendance envers les indigènes ; je n'ai absolument rien contre eux.

Chaque nuit ont lieu des réceptions ou d'autres distractions organisées. Il nous est facile d'y prendre part. L'un de nos nouveaux amis est Nigel, qui a un poste subalterne dans l'administration quelque part à l'est des Indes ; très paisible, il est remarquablement intelligent et possède un réel sens de l'humour. Au contraire de la plupart des passagers du *Kaiser*, l'idée de retourner aux Indes le rend malade car il a passé quatre ans là-bas dans une province reculée et désirerait rester chez lui. Il nous a raconté que, l'année dernière, un homme du village est venu le voir avec l'une des oreilles de sa femme, enveloppée dans un morceau de journal. Il l'avait coupée dans un accès de rage jalouse mais, depuis, avait pardonné à son épouse et se demandait si Nigel avait une idée pour la remettre en place ! Nous croisons à bord des planteurs de thé, des officiers, etc. Il y a aussi quelques rares enfants et leurs *ayahs*.

Nous avons également rencontré Jane Burrell (plutôt chevaline et bruyante) et ses trois amis. Frank, assistant médecin du bateau, est une bonne pâte. Il travaille pour payer son voyage afin de mener des recherches aux Indes sur un genre de malaria – je ne me souviens pas exactement lequel, je n'en ai jamais entendu parler. Il veille sur nous et nous raconte un tas de choses horribles à propos de suicides en mer ou d'opérations chirurgicales effectuées par des tempêtes de force neuf. Non seulement il est amusant, mais il est très beau. Je crois que Tor a des vues sur lui !

Plus tard

Désolée, je n'ai pas eu le temps de finir ! Je posterai donc cette lettre de Malte.

Huit d'entre nous ont débarqué en groupe : un grand nombre de personnes veillaient donc sur nous. Frank (le docteur) connaissait un restaurant convenable donnant sur le port, avec un plancher recouvert de sciure et une grosse señorita qui se dandinait dans ses sandales.

Pour le déjeuner elle nous a servi une sorte de poisson, pêché le matin même, et des crevettes, puis elle a apporté trois desserts tellement exquis que je croyais rêver. (Si cela continue trop longtemps, je vais carrément aller à l'autel en me dandinant aussi. À bord, la nourriture est une obsession commune ; le menu comporte près de cinquante plats le soir.) Frank nous a fait rire en nous racontant une histoire à propos d'une fille de la « Flottille » devenue si grosse pendant le voyage qu'à son arrivée aux Indes, son fiancé ne l'a pas reconnue.

Il faisait presque nuit lorsque nous sommes sortis. Tor, un assortiment d'autres passagers et moi sommes descendus vers le port. À la vue des innombrables lumières, scintillant au son d'une musique venue de nulle part, toute pleine d'impatience à l'idée de découvrir ce que l'avenir me réserve, j'ai ressenti à quel point il était merveilleux de se sentir vivante.

Maman chérie, s'il vous plaît, à l'aide ! La lecture de mon livre sur l'étiquette de la cérémonie de mariage m'a perturbée. Par exemple, il semble que les discours soient passés de mode. Toutefois, si quelqu'un insiste pour proposer un toast, il doit s'agir d'un vieil ami de la famille. À qui dois-je demander cela ? Je connais à peine Cissy Mallinson, elle trouverait sans doute ma requête plutôt effrontée. Pourriez-vous écrire à Jack et lui poser la question ? De même, est-il de rigueur de proposer un petit déjeuner de mariage aux Indes ? Pensez-vous que je devrais alors porter le crêpe georgette rose, ou serait-ce un peu trop ?

Envoyez votre réponse à l'agence Cook, 15 rue du Sultan-Hussein, Port-Saïd. Vous pouvez aussi expédier un télégramme.

Le gong du petit déjeuner vient de retentir et j'entends des bruits de pas au-dessus de ma tête.

Écrivez vite. Donnez de ma part à Copper un gros baiser et une poignée de carottes.

Avec tout mon amour,
Rose.

Elle s'allongea de nouveau sur sa couchette, pensant à son père et à leur dernière partie de pêche, à la fin de l'été.

Ils étaient partis vers un petit ruisseau à truites gallois qu'il aimait particulièrement, près du village de Crickhowell. Tout leur matériel familier avait été chargé dans le coffre de l'antique Daimler : le réchaud bancal ; les deux chiens, avec leurs lits ; la grosse Thermos écossaise ; les cannes à pêche ; les lits de camp ; et la solide tente de l'armée rescapée du service actif en Afrique. Enfant, elle avait adoré ce camping sauvage auquel Tor participait souvent. Son père leur apprenait toutes sortes de jeux de garçons : la pêche au lancer, les combats à l'épée avec des branches d'aulne dénudées, la façon de plier une tente et de construire une cabane dans les arbres – il avait même une fois apporté l'un de ses fusils, ce qui avait donné lieu à une compétition de tir sur des boîtes de conserve posées au milieu de branches. À sa grande stupéfaction, Rose avait gagné haut la main, ce qui lui avait valu le surnom de «Calamity Jane» pour le reste de la randonnée. Tor et elle s'étaient balancées au bout d'une corde au-dessus de la rivière ; la nuit, elles avaient fait griller des saucisses sur le feu.

À cette époque, elle n'avait eu que vaguement conscience de sa détermination à se montrer aussi brave que Simon – le fils que son père avait perdu et qui lui manquait tant – mais au cours de cette dernière expédition, alors qu'ils étaient seuls tous les deux, elle avait compris le rôle qui était le sien. Une nuit, après avoir fait frire le saumon tout juste pêché et allumé une pipe odorante, il lui avait exprimé clairement et fébrilement son inquiétude : sa mère et lui ne l'avaient-ils pas laissée s'engager un peu trop rapidement dans ce projet de mariage avec Jack ? Ce qu'il voulait plus que tout, c'était qu'elle trouve un homme digne d'elle. Il l'avait contemplée avec anxiété et, la voix tremblante, lui avait affirmé que trouver la personne adéquate représentait le plus beau cadeau de la vie. Dans la lumière déclinante, assis le dos voûté sur son tabouret, il lui avait soudain paru vieux et angoissé. Même si tout ne se révélait pas absolument parfait aux Indes, elle avait avant tout, pour devoir, de le protéger.

10

Kaiser-i-Hind, à 150 milles marins de Port-Saïd

Tor s'assit brusquement dans l'obscurité, réveillée par le bruit venu de la cabine d'à côté : une succession de gémissements croissants, comme quelqu'un maintenu à terre et torturé, suivis de sons hachés, puis le craquement de la couchette et, enfin, le silence.

Elle s'allongea de nouveau, effrayée. Si le garçon s'était montré plus chaleureux, elle aurait aussitôt été voir si tout allait bien, mais elle le trouvait bizarre et inquiétant. Souvent, il restait sur le pont, fumant comme un sapeur, le regard fixé sur la mer. Quelques jours auparavant, lors d'un bal dans le salon Siena, il s'était vraiment donné en spectacle. Alors que l'orchestre jouait le genre de valses qui plaît aux colonels et aux gens d'âge mûr, il s'était brusquement levé et avait improvisé, sans partenaire, à grand renfort de gestes désordonnés, une danse sauvage. En entendant les expressions désapprobatrices soulevées par son comportement, elle lui avait souri, mue par un sentiment de solidarité entre voisins ; il lui avait tout simplement tourné le dos.

En outre, il avait fait toute une histoire pour manger seul avec Viva. Tor et Rose ne le regrettaient pas, car il n'avait rien d'un boute-en-train ; elles auraient pourtant aimé passer un peu plus de temps avec leur chaperon qui se révélait, selon les termes de Tor, « mystérieuse et exotique ».

« Je parie que j'ai à peine trois ans de plus que lui, avait affirmé Tor à Rose, mais il nous donne l'impression d'être des vieilles filles.

— Rappelle-toi combien nous étions exécrables à cet âge, répliqua son amie, toujours indulgente envers ses contemporains.

— Jamais tu n'as été exécrable ! Je l'étais bien assez pour nous deux. »

Le bruit cessa aussi brusquement qu'il avait commencé. Ne sachant quoi faire, Tor ferma les yeux afin d'y réfléchir et se rendormit.

Le soleil la réveilla cinq heures plus tard. Elle demeura allongée dans la chaleur, comme un chat sur un rebord de fenêtre, en pensant comme tous les matins depuis son départ : *C'est merveilleux, je suis libre.*

Dire que trois mois auparavant elle ne pouvait même pas se mettre de la poudre sur le visage sans l'autorisation de ses parents, de veiller après une heure et demie du matin ou de marcher seule dans les rues de Londres. Sans parler du fait que, tous les quinze jours, elle devait subir les leçons de maintien de Mrs Craddock, à Salisbury.

Aujourd'hui, la journée commencerait avec le thé au lit et un agréable papotage avec Rose à propos de la soirée précédente, puis il y aurait un somptueux petit déjeuner – harengs fumés ou œufs au bacon, accompagnés d'un délicieux café, boisson à laquelle elle venait de s'initier et qui lui semblait le comble de la sophistication. Suivraient toutes sortes de jeux au cours de la matinée et peut-être une promenade avec Frank, le si séduisant médecin assistant du bord ; la veille, il était opportunément apparu sur le pont, alors que Rose et elle contemplaient la mer. À six heures Viva, qui s'était montrée merveilleuse en les laissant seules toute la journée, apparaîtrait dans la cabine pour ce qu'elles appelaient maintenant un *bishi*, mot marathi désignant, selon leur chaperon, une réunion entre filles.

La veille au soir, elles avaient discuté des qualités souhaitables chez un homme et Tor, sans l'avoir prévu, avait parlé à Viva, qui savait écouter, de Paul, l'homme qui avait brisé son cœur l'été précédent.

« Au départ il était parfait. Nous nous étions rencontrés sur la pelouse de la maison de ses parents, à Tangley, non loin de chez nous. J'aimais son côté sombre et sophistiqué, son aspect tourmenté. Il venait de passer trois ans à Rome en tant qu'historien d'art. Ma mère ne cessait de me donner des coups de coude éloquents : elle l'avait aussitôt considéré comme le parti idéal car ses parents ont de l'argent, alors que nous sommes devenus pauvres depuis la guerre. »

Tout en s'efforçant de faire rire ses interlocutrices de sa stupidité, elle souffrait encore après tout ce temps, en se souvenant à quel point tous les détails de cette rencontre lui avaient paru un cadeau du destin : le parfum des roses anciennes, le cliquetis des verres de champagne (c'était le trentième anniversaire de mariage des parents de Paul) et ce jeune homme rêvé, en costume d'été, coiffé d'un panama, lui parlant à cœur ouvert, la faisant rire et lui baisant la main dans un doux badinage.

« Il avait trois ans de plus que moi, et se révélait mille fois plus intéressant que les autres hommes que j'avais rencontrés, expliqua-t-elle d'un ton qu'elle voulait enjoué. Il m'emmenait au concert où il suivait la partition des yeux, me prêtait des livres, comme *Middlemarch*[1] – l'avez-vous lu, Viva ? C'est excellent –, horrifié que je ne les connaisse pas. Il me conseillait même les couleurs les plus seyantes pour mon teint.

— Tu te rappelles cette lettre charmante qu'il t'a envoyée ? intervint Rose, entrant dans le jeu, bien qu'elle ait vu son amie pleurer dans le pavillon d'été à cette occasion.

— Je pense bien ! Attends, laisse-moi réfléchir, je vais essayer d'en retrouver les termes, s'exclama-t-elle alors que les mots étaient imprimés dans son esprit. Elle récita d'une voix théâtrale : "Le monde

---

1. *Middlemarch* (1871), roman souvent considéré comme le chef-d'œuvre de la romancière George Eliot.

est si riche. Il palpite d'opulents trésors et de gens intéressants. Oubliez qui vous êtes."

— Mais c'est un philosophe ! » s'écria Viva en riant. Elle aimait apparemment beaucoup écouter leurs récits alors qu'elle ne leur parlait jamais d'elle-même. « Qu'est-ce qui s'est passé ensuite ?

— Il a disparu. » Tor n'avait soudain plus envie de terminer son histoire, qui n'avait rien de drôle, en fin de compte. Elle se sentait épuisée. La vérité se révélait encore trop pénible à admettre : à la fin de l'été, elle avait été si sûre de l'intérêt qu'il lui portait, qu'elle avait déjà pratiquement baptisé leurs enfants et aménagé leur future maison.

Tout à coup, pour des raisons qu'elle ne comprenait toujours pas, les événements avaient pris une tout autre tournure.

Un matin, au début de l'automne, il avait demandé à la mère de Tor – qui l'adorait alors d'autant plus qu'il s'adressait à elle dans un français parfait – s'il pouvait emmener sa fille en pique-nique jusqu'à Magdalen, son ancienne faculté d'Oxford. Mrs Sowerby, flairant une demande en mariage, était aux anges ; elle ne voyait pas pourquoi leur imposer un chaperon.

Ils s'étaient d'abord rendus à la bibliothèque Bodléienne pour y étudier quelques manuscrits anciens. Après le déjeuner, sous un saule, près d'un pont antique, Paul avait roulé une serviette qu'il avait placée sous la tête de sa compagne. Soudain – c'était arrivé presque sans qu'elle en ait conscience – elle s'était sentie si bouleversée par le ciel bleu, la rivière, les canards, l'odeur de l'herbe fraîche, et le fait de se trouver seule avec son propre galant, qu'elle s'était tournée vers lui, avait pris son visage dans ses mains et l'avait embrassé.

Alors – horreur suprême – il avait sauté sur ses pieds et avait presque hurlé « Ne recommencez jamais cela ! », en brossant son pantalon de ses mains.

« Pourquoi, gros bêta ? » s'était-elle exclamée, tentant en vain de se montrer désinvolte.

Sa silhouette se découpant sur le ciel, il avait fixé sur elle son regard.

« Je ne peux pas faire cela, c'est ridicule. »

Elle avait senti son estomac se serrer. « Je ne comprends pas… », avait-elle balbutié. Même maintenant, ce souvenir la faisait rougir. « Je pensais que… je croyais que vous aviez dit que vous m'aimiez.

— Il vous reste encore beaucoup de choses à apprendre », avait-il répondu comme si tout était sa faute. Alors qu'ils s'en retournaient, le talon de Tor s'était pris dans l'ourlet de sa robe, qui s'était déchiré, renforçant ainsi son sentiment de cuisante humiliation.

Elle avait pleuré tout au long du trajet de retour, haïssant ses larmes et le suppliant de réfléchir. Il s'était montré inflexible. La semaine suivante il avait réapparu, toujours charmant et serviable, pour lui dire qu'il avait reçu une proposition de travail à Rome, et devait partir. Si, à quelque moment que ce soit, il lui avait donné l'impression qu'il désirait s'engager, il en était absolument désolé. Elle était une fille vraiment fantastique, destinée à faire le bonheur d'un autre homme.

Mrs Sowerby n'avait pas adressé la parole à sa fille pendant deux jours entiers. C'était Rose qui l'avait prise dans ses bras, lui répétant qu'elle avait eu affaire à un véritable mufle voué à regretter son attitude le reste de sa vie. Elles avaient discuté toute une nuit dans le pavillon d'été, jusqu'à ce que les larmes de Tor soient taries. Les paroles consolantes de son amie l'avaient aidée. Aujourd'hui, en dépit de son excitation joyeuse depuis son embarquement sur le *Kaiser*, une partie d'elle-même demeurait douloureuse et ébranlée : jamais elle n'aurait dû se lancer dans cette histoire.

«Qu'il doit être amusant d'être jeune sur un bateau tel que celui-ci», lui avait déclaré la veille, d'un ton nostalgique, le major Smythe. Les danses, les jeux, le flirt lui donnaient raison. Toutefois, Paul lui avait laissé un sentiment de privation. Elle se sentait frustrée du monde qu'il lui avait permis d'entrevoir, «qui palpite d'opulents trésors et de gens intéressants» ; frustrée de ne pas être aimée pour elle-même, les cheveux dénoués et le corps libéré de son corset. Un tel désir était-il réellement impossible à combler ?

Suday entra dans la cabine avec un plateau.

«*Tchaï,* mesdemoiselles.» Sans un mot de reproche, il contourna la robe et le boa de plumes que Tor avait abandonnés sur le sol la nuit précédente. «*Tchaï,* biscuits aux fruits confits et petits pains chauds, *irrawady.*»

Ni l'une ni l'autre ne savaient ce que signifiait *irrawady*, mais chaque matin, il riait de les voir s'esclaffer, comme un enfant.

Inclinant d'un geste théâtral la théière d'argent, il versa le thé, extirpa les petits pains chauds de la serviette et les plaça sur les assiettes. Lorsqu'elles lui dirent qu'il était une véritable perle, il eut un large sourire qu'il conserva jusqu'à ce qu'il referme la porte derrière lui.

«J'adore Suday, avoua Tor avec conviction lorsqu'il fut sorti. Viens avec moi dans le lit, j'ai besoin de papoter.»

Rose s'assit au bas de la couchette, face à son amie. «Attention à tes pieds, dit-elle, je risque de te brûler avec mon thé.

— Premier point à l'ordre du jour, déclara Tor : Marlène et Suzanne.»

Toutes deux étaient fascinées par ces sirènes – sans conteste les femmes les plus séduisantes du bateau, installées dans l'une des meilleures cabines du pont A, un genre de suite, en réalité. «Ce ne sont en fait que des secrétaires», avait décrété, non sans mesquinerie, Mrs Gorman, la femme du colonel. On relatait que Marlène, dans son dernier emploi, avait travaillé avec un Indien importateur de tapis, excessivement riche, mais Tor et Rose, comme la moitié de l'équipage, restaient éblouies par leur coupe à la garçonne, leur abondante et luxueuse garde-robe, leurs regards provocants et leurs fume-cigarette, ornés de jais et de nacre.

«J'ai vu Marlène danser avec Jitu hier soir, rapporta Tor. Il avait la main sur son dos comme ceci.» Elle posa les doigts près de l'élastique de son pyjama. «Alors que Mrs Gorman la regardait tout en émoi, elle m'a raconté qu'elle a vu, l'année dernière, une autre fille de ce genre aller aux Indes après avoir travaillé au rayon des foulards chez Lillywhites. Très jolie et élégante, elle a fini dans un palais de maharadjah, et

96

devine ce qu'il lui a demandé de faire? Il lui a fait prendre six bains par jour, tout simplement.

— Pourquoi? s'exclama Rose, ébahie.

— Aucune idée. Je suppose qu'il aimait la contempler.

— Cela doit être terriblement gênant!

— Point suivant, continua Tor en hâte, espérant qu'elle n'avait pas mis les pieds dans le plat – bien qu'il soit difficile d'imaginer le capitaine Jack Chandler insistant pour regarder Rose prendre son bain. À quoi étaient dus ces bruits terribles la nuit dernière?

— Quels bruits?

— Ceux de la chambre voisine, celle du garçon. Tu n'as pas entendu? "Oh mon Dieu! Mon Dieu! oh, OH! OH!"

— Le pauvre! Il a dû avoir un cauchemar.

— Je n'en sais rien.

— Tu n'as pas été voir si tout allait bien?

— Je voulais le faire mais je me suis rendormie.

— Eh bien, bravo! Tu es bien celle avec qui j'aimerais me retrouver au milieu de la jungle!

— Je sais, ce n'est pas bien, mais j'ai bu hier un cocktail et j'avais sommeil.

— Eh bien, nous lui poserons la question plus tard. Dis-le à Viva, elle doit être dans le salon d'écriture en ce moment.

— Oublions ça, décréta Tor en mâchonnant son deuxième petit pain. S'il lui est arrivé quelque chose, j'aurai l'impression d'être une moins-que-rien.

— Oh! ne sois pas si mélodramatique, et cesse de mettre des miettes sur mes orteils. Il a probablement trop mangé, comme nous, et a dû avoir des "trottaliques". » Elles avaient inventé ce mot pour désigner la diarrhée.

Ne te marie pas, Rose, pensa Tor, réchauffée par la présence de son amie qui s'esclaffait. *Tu vas trop me manquer.*

«Je vais prendre un bain», déclara Tor quelques minutes plus tard. Le petit déjeuner terminé, elles étaient allongées sous le même rayon de soleil.

«Une seconde, je n'ai pas fini mon papotage, dit Rose en s'étirant voluptueusement. Qui sont tous ces gens avec lesquels tu as dansé hier soir? J'ai été agrippée par Mrs Llewellyn-Pearse qui m'a décrit en détail les quarante-sept variétés de rhododendrons qu'elle a vues à Simla l'année dernière. Je lui ai dit qu'elle devait absolument t'en parler.

— J'ai dansé avec tout le monde. Philip, ce crâneur. Le colonel Green, qui sentait l'ail et m'a parfumé le cou. Si je te donne un chocolat, est-ce que tu fais couler mon bain? Je suis déjà épuisée.

— Et Frank? s'enquit Rose, avec un regard faussement innocent. Avons-nous dansé avec Frank, le beau Frankie?

— Oh! Frank» Tor veilla à garder une voix neutre. Pour la première fois depuis le fiasco avec Paul, son cœur avait soudain battu plus fort lorsqu'elle avait vu le jeune homme traverser la piste de danse pour l'inviter; il était si adorable avec son smoking et ses cheveux en bataille; en outre, il était médecin, ce qu'elle considérait comme valorisant même si sa mère aurait été d'un avis contraire. Son esprit criait néanmoins : Danger ! Alerte rouge ! N'en parle à personne !

« Il est très gentil, poursuivit-elle d'un ton détaché. Au fait, j'ai oublié de te dire qu'il a demandé si toi et moi avions des projets à notre arrivée à Port-Saïd. Il connaît là-bas un excellent restaurant. Tout le monde y va.

— Oh chérie ! tu sais bien que c'est impossible. Nous avons promis à ta mère de ne pas aller à terre après Gibraltar.

— Elle est obsédée par la traite des Blanches. C'est ridicule et Frank est adulte : il a navigué sur beaucoup de bateaux, enfin, au moins deux ; de plus il peut nous soigner s'il nous arrive quoi que ce soit.

— Eh bien, nous allons y réfléchir, déclara Rose avec sérieux.

— Tu peux y réfléchir tant que tu veux, moi j'y vais. » Tor se leva et piétina le monceau de vêtements recouvrant le sol. « Mais dans la mesure où tu te maries bientôt, je te suggère d'apprendre à penser par toi-même. »

Voyant s'assombrir le visage de son amie, elle regretta aussitôt ses paroles.

« Je ne dis pas cela pour faire le gendarme, argua Rose. C'est juste que tu ne le connais pas bien et… »

Tor savait ce que pensait sa compagne. *Je ne veux pas te voir encore souffrir comme ça.* Une fois allongée dans son bain, coiffée d'un bonnet à fleurs, elle serra les mâchoires et songea : *Je m'en moque ; je me sens de nouveau prête, pour tout ce qui se présentera.*

11

«Le Prix d'un époux». Sixième version. Par Viva Holloway.

Assise sur sa couchette, la machine à écrire en équilibre sur un oreiller, Viva s'efforçait de dissimuler son extrême frustration. Miss Snow, qui venait d'entrer, débordant d'excuses – «Je suis désolée, vraiment désolée» – rangeait ce qu'elle appelait d'une voix enjouée «son kit»: ses sous-vêtements, ses robes aux couleurs fanées et ses livres.

«Votre installation me paraît très inconfortable, dit-elle d'une manière significative. Ne seriez-vous pas mieux dans le salon d'écriture pour travailler?»

Viva avait essayé de le faire, mais c'était impossible. Quatre des *memsahibs* d'âge mûr – intimidantes avec leurs rires éclatants et leur langage châtié et hautain – avaient réquisitionné le salon pour des parties régulières de bridge, brisant à intervalles le silence par leurs exclamations: «Quatre de pique» ou «Quelle roublarde vous faites!» ou encore «Chapeau, bien joué!»

La veille, alors que le salon était miraculeusement désert (une sorte de compétition était organisée sur le pont), et qu'elle travaillait sur la quatrième version de son texte, un jeune steward était entré, effrontément beau dans son uniforme, et s'était penché au-dessus de son épaule, la faisant rougir jusqu'aux oreilles.

« Livrez-vous beaucoup de secrets, madame ? » avait-il demandé d'un ton de connivence.

Plus tard, le voyant adopter la même familiarité avec Marlène et Suzanne sur le pont – ils pouffaient de rire tous les trois – elle pensa que tout écrivain véritable avait pour devoir de connaître ses semblables. Elle aurait pu flirter un peu avec lui, gagner sa confiance et l'amener à lui raconter des anecdotes croustillantes relatives aux passagers. Malheureusement, elle était beaucoup trop réservée pour cela. La même chose pouvait s'appliquer à Frank, le médecin assistant qui, elle le voyait bien, tendait à se comporter en homme à femmes. De toute évidence Tor et la plupart des autres jeunes filles étaient déjà amoureuses de lui. Elle l'avait observé la veille, traversant le pont comme un jeune coq à la démarche faussement assurée, et n'avait pas manqué de remarquer la gent féminine qui se redressait à son passage.

Il ne flirtait pas ouvertement – Tor avait déjà appris que cela lui était interdit. « Il n'a pas le droit d'engager la conversation, mais peut répondre si nous lui parlons », avait-elle précisé. De toute manière, aurait-il eu besoin de flirter ? Viva elle-même, qui se méfiait de lui, devait admettre qu'il avait un sourire magnifique.

Elle inséra une nouvelle feuille de papier dans sa machine et poussa un gémissement agacé. Il lui était impossible de terminer ce maudit essai, d'abord intitulé : « La Flottille de pêche » et maintenant définitivement rebaptisé : « Le Prix d'un époux ». À chaque relecture, ce qu'elle avait écrit lui paraissait de plus en plus stupide et inconsistant – voire mesquin – dans la mesure où elle n'avait pas eu la jugeote de s'adresser aux femmes dont elle parlait. Pas encore, en tout cas. Elle s'était imaginée, au départ, abordant avec décontraction, à l'occasion d'une promenade, une ou deux des jeunes passagères qu'elle avait vues danser ou jouer aux palets – des femmes telles que Marlène et Suzanne, aux sourires éblouissants, des nurses, ou encore Miss Snow. Elle aurait arpenté le pont en leur compagnie, provoquant d'intéressantes conversations. Après plusieurs jours de traversée, s'adresser à de parfaites étrangères pour leur poser des questions intimes semblait vraiment le comble du toupet.

Jusqu'à présent, à part les *bishis* du soir en compagnie de Rose et Tor, elle n'avait parlé à personne, à l'exception de Miss Snow. Les autres jeunes femmes du bord se montraient parfaitement polies avec elle, la saluant, par exemple, lorsqu'elles la croisaient dans la salle à manger, mais elle n'était, malgré tout, qu'un chaperon ; aussi se trouvait-elle globalement exclue d'une relation véritable. Assise dans le salon d'écriture ou sur le pont, elle avait entendu d'édifiantes bribes de conversation.

« J'ai dit à Maman de le renvoyer sans ménagements ; je le séduirai l'hiver prochain… Un si brave petit homme… Ce costume Christopher, carrément à moitié prix… Bien sûr, nous les connaissons : nous avons chassé chez eux l'hiver dernier… Nous sommes allés à la soirée en costumes de cirque. »

Devant leurs voix assurées et leur changement constant de vêtements elle éprouvait de la colère envers elle-même. Pourquoi attachait-elle de l'importance au fait de se sentir rejetée par des gens qu'elle n'avait aucune envie de fréquenter de toute manière ? Ce sentiment était absurde, illogique.

Pourtant, elle sentait resurgir en elle une déstabilisante anxiété, en particulier quand son travail ne se déroulait pas bien. N'ayant alors plus rien à voir avec la jeune femme bohème, libre et pleine d'assurance, qui était montée sur le bateau, elle se trouvait ravalée au rang d'étrangère, de personnage secondaire, qui voit, de l'extérieur, la vie des autres se dérouler devant ses yeux. Peut-être, au fond, n'avait-elle été que cela toute sa vie, si l'on considérait son enfance solitaire et les déménagements constants de ses parents? Ou bien, au fil des années, s'était-elle convaincue d'être vouée à l'isolement, à la lampe solitaire luisant dans l'obscurité, à la lecture et à l'écriture? On ne choisissait pas toujours son destin.

S'efforçant d'écarter ces pensées lugubres, elle se dit qu'elle aimait de plus en plus les deux jeunes filles dont elle était responsable. Sans doute se montraient-elles parfois écervelées, mais les *bishis* qui les réunissaient toutes les trois, le soir, étaient vraiment amusants. La veille, Tor avait remonté le gramophone, distribué de la crème de menthe et appris le charleston à ses deux compagnes.

Comment ne pas apprécier Rose, si joliment blonde et charmante, toujours prête à rire et à faire preuve d'indulgence, sans avoir la moindre conscience de sa séduction? Cette jeune fille, qui avait connu une enfance globalement heureuse, escomptait un avenir semblable. Viva l'avait entendue hier alors qu'elle s'adressait à des passagers d'âge mûr, s'exclamant sur son mariage prochain. «Oui, je suis très impatiente. Ce sera si amusant. La réception aura lieu au Yacht Club... Oh très bien! J'ai entendu dire que c'est

103

charmant… Pas absolument sûre de la robe, mais j'ai apporté le voile de Maman.»

À Tilbury, Viva l'avait observée de loin alors qu'elle prenait congé d'un groupe de parents et d'amis qui de toute évidence l'adoraient. Elle avait éprouvé un serrement de cœur en assistant au spectacle d'une famille entière et unie. Tous s'affairaient à redresser son chapeau et à lui serrer les mains ; son père, émacié, très élégant, la contemplait avec une expression d'anxiété contenue.

On frappa à la porte.

«Viva, dit Miss Snow, j'ai oublié de vous le dire, mais je suis tombée sur votre jeune homme, très pâle et en train de traîner dans le couloir. Il veut savoir si vous montez déjeuner au premier ou au second service.»

Nom de nom ! Ce n'est pas possible ! Jamais il ne me laissera en paix ! pensa Viva. Quand elle avait accepté ce travail, elle s'était imaginé qu'une fois sur le bateau, le grincheux, comme elle le désignait maintenant peu charitablement, se lierait à des gens de son âge, lui laissant le temps d'écrire. Mais non ! Il se contentait d'errer seul sur le pont d'un air maussade, de fumer des cigarettes et de s'assurer l'exclusivité de son accompagnatrice aux heures des repas. S'il avait fait le moindre petit effort, elle aurait pu lui pardonner, mais il était pratiquement impossible de discuter avec lui. Non qu'elle soit dévorée du désir de jouer au rami ; de faire sauter des grenouilles de papier à l'aide d'un journal enroulé ; ou encore de passer du temps dans la salle de jeux avec le portrait de Marie Stuart collé sur le front, mais ces distractions faisaient partie de la vie

104

à bord et le total manque d'enthousiasme du garçon envers chacune de ses propositions commençait à l'ennuyer. C'était comme si elle se trouvait enfermée dans sa timidité, s'il s'agissait bien de cela.

« Que lui avez-vous dit ?

— Que vous lui ferez un brin de causette quand vous aurez fini d'écrire. »

Il était clair que Miss Snow trouvait leurs rapports étranges. Elle avait demandé à Viva, plus d'une fois, pourquoi les parents de Guy ne s'étaient pas assuré les services d'un homme adulte, ou au moins d'une femme plus âgée. De surcroît, elle semblait convaincue que sa compagne de chambre, sans la charge de ce garçon « aurait pu passer du bon temps » sur le bateau. « Mais ne vous tracassez pas, avait-elle affirmé quelques jours auparavant, au grand agacement de Viva. Nous aurons débarqué dans quinze jours et les Indes regorgent d'hommes à la recherche de jeunes femmes comme vous. » Comme si son écriture n'était que le camouflage de plus vastes ambitions !

Miss Snow, il fallait toutefois le reconnaître, devait faire face à ses propres problèmes : elle allait arriver dans une nouvelle école, située dans une région inconnue ; appréhendait de connaître une trop grande solitude ; craignait de manquer d'argent ; et éprouvait un profond sentiment de culpabilité envers sa mère âgée, abandonnée dans une pension de famille du Dorset.

La salle à manger de première classe bourdonnait de conversations lorsque Viva y pénétra ce soir-là.

L'éblouissement que lui procurait cette pièce élégante, ornée de fresques spectaculaires, de lustres somptueux et d'immenses miroirs, ne s'atténuait pas. Pour une fille qui avait vécu de sardines en boîte et de haricots en conserve chauffés sur un réchaud caché sous le lit, s'asseoir dans ce décor ; observer les serveurs affairés, chargés de plateaux d'argent ; admirer le buffet proposant une profusion de fruits exotiques et de vins fins ; et apercevoir l'univers fumant des cuisines, à travers les portes battantes : tout cela faisait partie du domaine du rêve.

Dire qu'un Guy Glover l'attendait dans un coin de la pièce, blême, avec un air de martyr ! Il leva les yeux à son approche et ébaucha un signe de la main.

Maintenant qu'il faisait beaucoup plus chaud – trente-neuf degrés selon un certain colonel Price, qui avait accaparé Viva le matin même pour lui faire vérifier les dernières mesures de son thermomètre de poche – les autres passagers avaient revêtu des vêtements d'été : robes légères pour les femmes et costumes en lin pour les hommes. Guy, toujours affublé de son long pardessus noir, détonnait au milieu de cette compagnie, comme un croque-mort à un mariage.

Trois garçons s'animèrent au moment où elle s'asseyait. Guy ne s'était pas levé pour l'accueillir.

Elle nota qu'il ne s'était pas très bien rasé. Une plume de duvet d'oie restait accrochée à son menton ainsi qu'un morceau de coton, recouvrant une coupure.

Le serveur lui tendit un menu. Un éclat de rire lui parvint d'une table voisine. «Les jeunes» ainsi que les gens plus âgés surnommaient les personnes de moins de trente ans avaient pris l'habitude de s'inviter mutuellement. Rose et Tor étaient assises en compagnie de deux autres femmes dont elle ne connaissait pas le nom, et d'un jeune fonctionnaire nommé Nigel. Elle vit les cheveux blonds de Rose glisser devant son visage tandis qu'elle s'esclaffait. Un jeune officier de marine versait du vin dans le verre de Tor ; celle-ci, qui lui avait confié qu'elle avait hâte d'être « séduite », battait devant lui des paupières.

« Je suis désolée d'être en retard, dit Viva.

— Ah ? Je ne l'avais pas remarqué. » Il croisa son regard fugitivement, avec une réticence visible, puis détourna les yeux.

« Avez-vous commandé ?

— Non. »

Elle prit le menu avec le sentiment d'exécuter un pensum.

« Alors, qu'aimeriez-vous ? Le plat du jour est la sole Véronique ; c'est probablement très bon. » Elle ignorait ce dont il s'agissait mais voulait le stimuler un peu. « Il y a aussi du steak Rossini, et du homard thermidor. » Sur le *Kaiser*, la nourriture, apparemment cuite au four à bois, était excellente. « Oh ! ajouta-t-elle, vous pouvez même manger des pommes dauphine.

— Je suis capable de lire seul. » Le sarcasme faisait depuis peu partie de sa panoplie, limitée, d'expressions.

« Désolée. »

Au début, elle avait vraiment fait des efforts. Essayant de se comporter comme une sorte de tante, elle avait tenté de l'apprivoiser en lui demandant s'il était impatient de retourner chez lui. « Pas vraiment », avait-il répliqué. Quel genre de sports pratiquait-il à l'école ? « Aucun. » Parce qu'il fallait bien meubler la conversation par quelque chose, elle avait exprimé son admiration envers les fresques de la salle à manger, les lustres scintillants, les airs joués par le pianiste, mais sa patience était près d'atteindre ses limites.

« De l'eau ?

— Oui, s'il vous plaît et une bouteille de pouilly-fuissé, dit-il avec une agressivité mal déguisée. Garçon ! »

Elle l'avait offensé le premier soir en lui demandant si ses parents l'autorisaient à boire : il ne lui avait pas pardonné cette humiliation. « Vous vous rendez compte, n'est-ce pas, que j'ai dix-huit ans et non huit ? » Mrs Bannister avait affirmé qu'il avait seize ans et, à vrai dire, c'était l'âge qu'on lui donnait. « Je ne sais pas pourquoi mes parents ont pensé que j'avais besoin d'une accompagnatrice », avait-il poursuivi.

« Alors que désirez-vous manger ? insista-t-elle. Êtes-vous prêt à commander ?

— Pas encore. » Il disparut derrière son menu.

Elle beurra un petit pain et, pour se calmer, se concentra sur le rire des autres dîneurs et les accords du pianiste qui jouait *La Sonate au clair de lune*.

Cette situation donne une idée de ce que doit être un mariage malheureux, se dit-elle. *Une perspective infinie de repas interminables que l'on voudrait prendre séparément et de scènes où la conversation est une corvée épuisante.*

« Je vais prendre un tournedos Rossini, déclara-t-elle. À point. »

Lorsque les plats arrivèrent, elle écouta le cliquetis des fourchettes et couteaux sur les assiettes ; observa le garçon qui débarrassait ; contempla le vieux couple assis à la table voisine, qui avait également dîné en silence.

«Nous sommes samedi, annonça-t-elle. Il y a un orchestre dans la salle de bal. Il paraît que les musiciens sont excellents. Voulez-vous aller les écouter ?

— Non.» Il poussa un lourd soupir et fit une moue dédaigneuse.

«Y a-t-il autre chose que vous aimeriez faire ?» Honnêtement, elle avait parfois envie de le gifler !

«Je n'attends qu'un mot de vous.

Espèce de sale petit grincheux», marmonna-t-elle tout bas.

Le chariot des desserts arriva, regorgeant de gâteaux au citron meringués, de gelées de fruits, de soufflés aux pommes, de glaces et de *julebis*[1] indiens, qu'elle trouvait un peu écœurants.

«Encore un peu de vin, monsieur ? demanda le garçon avec un sourire éclatant. Nous avons un très bon beaumes-de-venise pour accompagner la crème anglaise. Madame ?

— Pour moi, simplement la tarte au citron, merci.» Elle vida son verre. «Je pense que nous avons assez bu.

— Donnez-nous une bouteille de beaumes-de-venise», lança le grincheux. Lorsqu'il baissait la tête

---

1. Beignets au sirop en forme de serpentins.

en la regardant ainsi, il lui faisait penser à un jeune taureau près de charger.

«Qui va payer cela? s'enquit-elle dans un chuchotement furieux quand le garçon se fut éloigné.

— Mes parents. Arrêtez de faire des histoires.»

Alors qu'elle regardait «les jeunes», bavardant, riant et se rendant par petits groupes à l'étage supérieur, elle pensa que le fait de lui flanquer une claque représenterait un soulagement suprême. Dans la salle maintenant à moitié vide, il la toisait de nouveau avec cette expression de mépris à peine voilé.

«Vos parents seront-ils tous deux à Bombay pour votre arrivée?» Elle avait posé la question délibérément, sachant où elle pouvait mener.

«Je n'en sais rien.» Il fixa son regard au loin de façon à suggérer que ce qui se passait derrière la tête de son interlocutrice était beaucoup plus intéressant que sa conversation. Soudain, elle éprouva le désir de dévier son attention sur elle, de lui faire comprendre qu'elle existait aussi.

«Mes parents à moi ne seront pas là, déclara-t-elle.

— Pourquoi?» C'était la première question qu'il lui posait.

«Ils sont morts aux Indes, ainsi que ma sœur, quand j'avais dix ans. C'est pourquoi je suis venue en Angleterre. Je retourne là-bas en partie pour récupérer leurs affaires. Ils ont laissé une malle dans une remise.»

Il la fixa avec un regard tellement vide qu'elle crut d'abord qu'il ne l'avait pas écoutée. Puis il se leva en faisant tomber sa chaise.

« Est-ce qu'ils ont été assassinés ? s'écria-t-il avec une expression d'horreur sincère, presque excessive. Est-ce que les Indiens les ont tués ? »

Elle éprouva une sensation de honte, ne pouvant croire qu'elle avait dévoilé ainsi une partie intime de son être, surtout devant lui, mais il était trop tard. Il semblait à la fois fasciné et terrifié par son histoire.

« Non, répondit-elle, levant les mains pour le faire asseoir.

— Ils ont été abattus ? »

Le vieux couple voisin les regardait avec stupéfaction.

« Non.

— Alors que s'est-il passé ?

— Ils sont morts, tout simplement, chuchota-t-elle. Je n'ai pas vraiment envie d'en parler. Ils ont eu un accident de voiture, je ne sais pas où. » Elle se sentit envahie par une bouffée de chaleur ; vraiment, elle détestait être interrogée à ce sujet.

« Je ne sais pas quoi dire ; dites-moi ce qu'il faut dire », répéta-t-il de plus en plus fort. Elle s'en voulait d'avoir parlé, ayant le sentiment d'avoir ouvert les vannes d'une sorte de folie et regrettant déjà en lui le garçon silencieux. Il s'éloigna précipitamment.

Lorsqu'elle se rendit sur le pont pour le retrouver, l'air lui parut épais et tiède. La lune reposait sur un lit de nuages.

« Guy ! » appela-t-elle. Le bruit de l'eau, fendue par la proue, et les bribes de musique qui s'échappaient de la salle de bal étouffaient sa voix. D'autres passagers apparaissaient derrière des fenêtres éclairées, telles des natures mortes : quelques femmes jouant aux cartes, un vieil homme aux cheveux blancs tirant un coupe-cigare de la poche de son gilet, un groupe portant un toast et riant. Dans un coin sombre, près de la cheminée, un couple s'embrassait, avec la discrétion de deux silhouettes obscures.

«Guy?» Près des canots de sauvetage, un vent tiède lui soulevait les cheveux. «Guy, où êtes-vous?»

À demi tentée de le laisser mariner, elle devenait inquiète à son sujet. Sa réaction presque hystérique à son histoire, le fait qu'il ne quittait pas son épouvantable pardessus alors que le thermomètre atteignait régulièrement trente-huit degrés, la fausseté criante de son sourire... Se pouvait-il qu'il soit complètement fou, au lieu d'être simplement égocentrique et grossier?

Après une recherche infructueuse le long de corridors déserts, puis sur la passerelle du pont A, elle le trouva enfin, caché dans un canot de sauvetage, allongé dans son long vêtement noir. Il fumait une cigarette.

«Écoutez, un tas de gens ont perdu leurs parents aux Indes, alors n'y pensez pas trop. De plus, je me fiche que vous vous intéressiez à moi ou non.»

Bien que la lune soit momentanément dissimulée par un nuage, elle voyait encore l'intensité désespérée de ses yeux et la peau humide de ses joues. Il était ivre, indéniablement, et en proie à une souffrance.

«Pourquoi la vie est-elle aussi horrible? demanda-t-il.

— Elle n'est pas horrible. Les choses changent, s'améliorent. Je n'aurais pas dû vous parler de cela. Je ne sais pas pourquoi je l'ai fait.

— Ils ont disparu maintenant, disparu pour toujours.

— Oui.

— Votre famille entière. » Le clair de lune baignait son visage d'une lueur verdâtre. «Pour toujours, répéta-t-il, pour toujours.»

Elle était presque certaine qu'il évoquait son propre abandon.

«Non. Non, je ne le crois pas, pas vraiment. Et vous?»

Il s'assit et la regarda.

«Écoutez, oubliez-moi un peu, articula-t-elle, comprenant qu'il s'agissait peut-être de sa seule chance de mettre les choses au point. Je veux que vous me parliez de vous. Vous pensez probablement que j'ai un âge canonique, mais ce n'est pas le cas, et je me souviens très bien de ce que l'on éprouve quand on est arraché à un endroit pour être emmené dans un autre. C'est…» Sa voix tremblait, mais elle ne pouvait faire mieux.

«Non, ce n'est pas ça, pas du tout. Écoutez, désolé… je vais me coucher.»

Alors qu'il se hissait hors du canot, le morceau de coton tomba de son menton, qui saignait de nouveau. Elle le suivit des yeux; les épaules relevées et la démarche raidie, il disparut dans un encadrement de porte éclairé.

«Je t'ai trahi, constata-t-elle à voix haute.

— Désolée, vraiment! dit une voix résonnant derrière une pile de chaises longues. J'ai l'impression d'être indiscrète, ce qui n'est pas du tout dans mes habitudes.» Une ombre se redressa: c'était Rose

113

dans une robe blanche vaporeuse, la chevelure blonde illuminée par la lumière argentée.

«Je suis venue ici pour réfléchir, expliqua-t-elle. Les autres étaient si bruyants.

— Vous avez tout entendu?»

Rose prit un air embarrassé.

«Pas tout. J'avais l'habitude de me disputer avec mon frère tout le temps. N'est-ce pas *de rigueur*[1]?

— J'ai du mal à le supporter. Il est si méprisant!»

Un serveur avait suivi Rose, comme nombre d'hommes le feraient toujours, sans doute.

«Café, madame? Une bonne liqueur? Un cocktail? Emmeline Pitout va bientôt chanter dans la salle de musique.

— Et si nous décidions d'être folles et de boire un brandy? reprit Rose. Ce qui est dommage, dans le fait qu'il ne soit pas votre frère, c'est que vous ne pouvez pas lui en allonger une. Cela vous ferait tellement de bien!»

Elle avait un rire charmant, rauque et chaleureux. Levant les yeux au ciel, elle s'abandonna à son amusement.

Viva leva la tête. La lune poursuivait le bateau, soufflant une légère vapeur dorée sur une brume d'étoiles.

«Retourner aux Indes doit être très étrange pour lui, après toutes ces années, isolé de sa famille, dit Rose en sirotant son brandy.

— Dix ans exactement. Et quitter les Indes quand vous êtes petit est un enfer – vous vivez avec le soleil,

_____
1. En français dans le texte.

114

le ciel bleu et la liberté, entouré de gens en adoration, qui s'agitent autour de vous –, et vous vous retrouvez en train de briser la glace d'une cuvette dans une pension glaciale.

— C'est comme se trouver jeté hors du paradis.

— Oui, mais les Indes ne sont pas le paradis. Elles comportent d'autres horreurs.

— Exemples, s'il vous plaît, mais pas trop effrayants.

— Eh bien, la chaleur pour ne citer qu'elle. Vous n'avez jamais, de votre vie, ressenti cela ; c'est parfois comme si l'on était assommé. Puis les mouches, la pauvreté épouvantable. Mais si vous aimez ce pays, ce qui est mon cas, il vous prend tout entier et s'insinue dans votre âme. Vous verrez. »

Cet échange était leur première vraie conversation depuis l'embarquement ; bien que Viva se sente au bord des larmes, elle ne le regrettait pas.

« Il me semble si étrange de penser que je vais m'y marier bientôt », déclara Rose. Le bout de son nez parfait apparaissait au-dessus de son étole, qu'elle avait remontée sur son menton, comme une couverture. « J'ai tellement de choses à penser. »

Elle est effrayée, songea Viva. *Comme nous toutes.*

Rose lui avait avoué la veille, comme s'il s'agissait d'une inénarrable plaisanterie, qu'elle n'avait rencontré son fiancé que quatre fois au total, cinq si l'on comptait une course de chevaux à laquelle ils avaient assisté ensemble, près de Salisbury.

Comment pouvez-vous vous abandonner avec tant de désinvolture ? avait-elle pensé. Pourquoi les parents de Rose avaient-ils permis cela ? Ce n'était même pas un mariage arrangé comme aux Indes, où les familles se connaissaient depuis des générations.

« Oui, j'imagine. » Viva aurait voulu toucher la main douce et enfantine de Rose, ou passer un bras autour de ses épaules, mais elle ne pouvait pas se le permettre. Elle se remémora la photographie de sa mère en robe de mariée, son regard sombre et rieur, la gaieté de son expression. Ces souvenirs lui donnaient le vertige. *Je suis gelée, gelée depuis ce moment.*

« On s'amuse beaucoup sur ce bon vieux *Kaiser*. » Rose faisait nerveusement tourner le saphir sur son annulaire. « Grâce à nos nouveaux amis et à cette sensation de se diriger vers un ailleurs… En fait… » Elle regarda sa montre. « Nous devrions pouvoir bientôt apercevoir Port-Saïd, ainsi que nous l'a dit notre garçon de cabine. »

Elle sauta sur ses pieds et se dirigea vers le bastingage, sa robe flottant comme des ailes de papillon dans la clarté lunaire.

« Regardez, oh regardez ! s'écria-t-elle en désignant l'horizon. On aperçoit déjà quelques lueurs. »

Viva n'avait pas envie de bouger. Jamais elle n'aurait dû parler ainsi à Guy.

« Allons venez voir ! C'est magnifique. Est-ce Port-Saïd ? Sûrement. »

Toutes deux contemplèrent le fin collier luisant qui bordait la mer ténébreuse, à l'horizon. Dans cette ville inconnue, des étrangers se lavaient les dents, faisaient la vaisselle et songeaient à aller au lit.

« Est-il vrai que nous ayons le droit de dormir sur le pont maintenant ? Ce doit être tellement plaisant ! »

Quand Rose rayonnait ainsi, on devinait quelle enfant délicieuse elle avait dû être.

J'espère que c'est un type bien et qu'il la mérite, pensa Viva. *Quel pari affreux.*

«Vous connaissez cette ville?» La voix de Rose pénétra sa rêverie.

«Pas vraiment, j'y suis passée à deux reprises.» Elle avait six ou sept ans la dernière fois. Quelques images lui revenaient: une orangeade goûtée dans un café sur la place; son père la faisant sauter sur ses épaules.

«Tor veut absolument aller à terre, annonça Rose d'un ton anxieux. Frank y va avec un groupe de passagers, et nous a proposé à tous de venir. Que pensez-vous de lui, au fait?

— Je ne sais pas vraiment. Excepté qu'il semble plutôt sûr de lui et de son effet sur les femmes. J'espère qu'il ne va pas la faire souffrir.

— Moi aussi. Elle a tellement souffert, pendant toute la saison. Je ne comprends pas pourquoi les hommes ne sont pas plus gentils avec elle.»

Elle essaie trop de se faire remarquer, se dit Viva. *Elle ne le fait pas exprès, mais elle pense qu'elle doit agir ainsi parce qu'elle ne se trouve pas assez jolie.*

«Le colonel Patterson m'a appris hier que le frère aîné de Frank a été tué à Ypres. C'est pour cela qu'il est devenu médecin et c'est aussi pourquoi il se montre toujours enjoué. En fait, il s'efforce en permanence de surmonter sa tristesse. Le colonel est au courant parce que son propre fils a lui-même été tué à cet endroit.

— Vous êtes sûre?» Il fallut quelques secondes à Viva pour assimiler cette information et ressentir la bouffée de honte qui l'accompagnait. *C'est ce que je fais tout le temps. Je raye les gens de ma liste avant de les connaître vraiment car je pense que l'élan chaleureux, l'ouverture aux autres, est une forme de faiblesse.*

« C'est ce qu'a dit le colonel, poursuivit Rose, ses yeux magnifiques soudain remplis de larmes. Mon frère aîné est mort en France – celui avec lequel je me querellais, parce que j'étais beaucoup plus jeune que lui et que je voulais l'imiter en tous points. Oh! ne parlons pas de cela, c'est trop affreux. Parfois, je n'arrive pas à supporter sa disparition. Je crois que c'est en partie pour cette raison que mes parents m'ont envoyée ailleurs, parce qu'ils ne peuvent pas la supporter non plus et que ma présence est, en quelque sorte, un rappel constant de son absence. Bon, parlons d'autre chose. Frank connaît un excellent restaurant à Port-Saïd et suggère une excursion jusqu'aux pyramides. Tor adorerait y aller, mais j'ai promis à mes parents que je ne descendrais pas à terre sans chaperon. Vous voulez bien nous accompagner?

— J'adorerais venir, s'écria Viva, essayant de ne pas se montrer trop enthousiaste. Je veux dire, je ne connais pas…

— Il y aura d'autres passagers, mais ce sont des garçons, et je ne voudrais pas donner une fausse impression. Les gens bavardent. Je ne devrais pas prêter attention aux ragots, mais je n'arrive pas à m'en moquer.

— Je comprends. Bien sûr.

— Et pour votre jeune homme? s'enquit Rose avec une expression de politesse circonspecte. Je veux dire, il peut venir s'il le veut, mais nous allons probablement lui apparaître comme une troupe d'anciens.

— Il ne semblait pas intéressé quand nous en avons parlé. Il a dit: "Et alors? Des sièges de chameau? Des usines de parfum? Il y a vraiment de quoi se pâmer!" en laissant tomber la voix sur "pâmer".

— Il serait peut-être content d'avoir un jour de totale liberté : mais amenez-le si vous ne pouvez faire autrement. »

La décision de Viva était prise.

12

PORT-SAÏD, À 1 300 MILLES MARINS DE BOMBAY

Réveillée par les cris des marins dans le port, Tor se leva tôt, avec un sentiment d'excitation presque nauséeux à la perspective de la journée qui l'attendait. Après avoir ramassé son tas de vêtements, elle contourna Rose pour se rendre dans la salle de bains, verrouilla la porte et enfila une robe de toile blanche, achetée sur l'insistance de sa mère. Debout sur le tabouret, elle examina son reflet dans le miroir : trop mièvre et maniérée.

Son tailleur en lin, à veste courte, lui donnait un côté strict et ordinaire. Dix minutes plus tard, énervée et en sueur, elle était entourée d'un monceau d'habits. Vêtue d'une robe vert pâle, une paire de boucles d'oreilles en jade à ses oreilles, elle essayait d'imaginer ce que Frank penserait en l'apercevant dans cette tenue élégante.

Elle leva son petit miroir pour voir ce que donnait son profil, puis bougea les lèvres comme si elle parlait, pour tenter d'évaluer son apparence à travers un œil extérieur. Soudain, elle laissa échapper un rire silencieux.

« Mon Dieu ! se dit-elle en revenant à la réalité, pourquoi chaque fois qu'un homme me plaît, dois-je instinctivement obéir aux principes maternels ? » Si elle n'y prêtait pas attention, elle chercherait bientôt son reflet dans les cuillères de restaurant, ou s'appliquerait pour dormir des tampons antirides – ces sparadraps que portait sa mère la nuit, entre les sourcils, pour éviter la formation de rides d'expression.

Alors que coulait son bain, elle se remémora cet affreux après-midi à la maison, avant son départ, sorte de tournant dans sa vie. Pendant des mois, ses parents avaient bataillé l'un contre l'autre à propos de l'opportunité de son voyage. Son père – qui passait la plus grande partie de ses journées dans une cabane aux parois couvertes de livres (son « bunker », ainsi qu'il l'appelait) à étudier les coccinelles, écouter de la musique et essayer de résister aux tentatives furieuses de son épouse pour le transformer ou transformer la maison –, s'y était violemment opposé.

« J'aime avoir Tor ici, et je pense que nous sommes bons pour de sacrés bouleversements aux Indes. »

Une nuit, pendant un dîner orageux, il avait supplié sa femme de réfléchir une seconde, au lieu de ne penser qu'aux réceptions ou aux matchs de polo, afin de comprendre qu'il était impossible, pour deux mille Anglais, de contrôler un cinquième de la population mondiale. Elle avait répondu « Pfff ! », lui avait reproché d'affoler Tor inutilement, puis était sortie de la pièce en claquant la porte.

Un matin, après une nuit blanche, Tor avait tenté de se confier à sa mère au sujet de sa relation avortée avec Paul.

Toutes deux se trouvaient dans la serre, disposant des fleurs dans des vases. Mrs Sowerby, qui semblait alors fâchée en permanence contre sa fille, coupait des tiges de roses et les jetait dans un panier métallique avec une violence inutile.

« Tu as bientôt fini ? s'exclama-t-elle quand la confession larmoyante de Tor fut terminée, car j'ai décidé d'être très franche avec toi, ma chérie. » Lentement, elle posa ses ciseaux. « Quand on est jeune, on croit que le temps qui nous reste pour être élue par un homme est illimité, ce qui n'est pas le cas. Si moi, ta mère, je ne te dis pas cela, qui le fera ? » À ce moment précis, elle prit la main de Tor et lui adressa un sourire de regret, pire encore que ses manifestations de colère. « Chérie, continua-t-elle après une pause étudiée, comment te le dire ? Tu es une jeune fille raisonnablement séduisante, qui peut faire l'affaire pour la plupart des prétendants. Quand tu le veux, tu es absolument charmante, mais tu n'es pas un modèle de peintre et en général – là, sa mère sépara nettement les mots – tu, vas, devoir, travailler, beaucoup, beaucoup plus dur que maintenant, car il s'agit d'un véritable labeur. »

Tor savait ce qui allait suivre. Sa mère, arborant le sourire figé réservé à cette leçon, était sur le point de produire l'un de ses discours sur l'amour, comparé à un ballet, merveilleux mensonge, enivrant, étourdissant, qui ne savait engendrer que souffrance.

« Mère, s'il te plaît ! » Elle couvrit ses oreilles de ses mains. « J'essayais de vous parler de Paul et de ce qui a été gâché. Je veux dire, il ne voulait même pas m'embrasser ! »

Son interlocutrice, pourpre d'indignation, tira à bout portant.

« Tu t'es fait couper les cheveux comme un garçon ridicule ! À quoi t'attendais-tu ? Tu mets des chaussures qui ressemblent à des chaussons de bébé et tu fais un tas d'histoires lorsqu'on te suggère de porter des vêtements élégants. Étant donné l'argent que Papa et moi dépensons pour ta sortie dans le monde, tu pourrais au moins faire l'effort d'apparaître à ton avantage ! C'est tout ce que nous te demandons. Est-ce une exigence si déraisonnable ? »

Elle s'éloigna, furieuse, pour aller jouer au bridge. Tor s'installa dans le pavillon d'été où Rose et elle avaient joué à la poupée, au vétérinaire, à la maîtresse d'école et s'appliqua à engloutir une bouteille de brandy bas de gamme dérobée dans la cuisine.

Plus tard, à moitié ivre, elle se rendit dans la chambre de ses parents et se déshabilla en ne gardant que ses sous-vêtements, décidée à affronter la vérité. Était-elle si laide, ou même repoussante ?

Elle s'assit devant la coiffeuse en forme de haricot de sa mère – sorte de structure rose chargée et criarde sous laquelle Mrs Sowerby rangeait ses pantoufles de satin assorties, garnies de plumes d'autruche. Lorsque ses orteils rencontrèrent les pantoufles, elle les envoya d'un coup de pied au milieu de la pièce.

Aussitôt, elle se releva et se planta devant la psyché dressée près de la fenêtre, afin de s'examiner sans indulgence. Sans doute était-elle un peu plus grande que nécessaire et de peau plus brune que ne le dictait la mode. Son corps était athlétique, large d'épaules, mais elle n'était pas grosse. *Elle n'était pas grosse.* Ses cheveux, d'un châtain neutre, tombaient en un carré parfait, mettant en valeur les grands yeux bleus tragi-comiques hérités de son père, seul élément de son physique qui suscitait des commentaires élogieux. Un être hybride et indéfinissable, décida-t-elle, voyant son regard se remplir de larmes.

Étendue sur le tapis, elle s'étudia de nouveau dans le miroir. La lumière crue du début de l'après-midi était sans concession.

«Je vous aime», articula-t-elle, se demandant quelle image Paul avait eue d'elle ce jour-là. «Laideron, laideron, tu es un laideron», susurrait une voix de lutin.

«Paul, embrassez-moi», dit-elle, maintenant tout à fait ivre, à son visage déformé par les pleurs.

Elle ouvrit la grande penderie et sortit la robe qui faisait la fierté de sa mère : une composition signée Balmain – ornée de plis et de sequins cousus à la main, ainsi que Mrs Sowerby ne se lassait jamais de le préciser – achetée à Paris des années auparavant en prévision d'une vie de réceptions qui ne s'était jamais concrétisée. Le simple fait d'ouvrir la fermeture Éclair de la housse de tissu et de décrocher les bretelles complexes du cintre semblait un blasphème.

Un flot de soie abricot déferla sur sa tête, la faisant frissonner.

Ayant enfilé la robe, elle s'installa de nouveau devant la coiffeuse. Elle ouvrit le tiroir central et découvrit, près des épingles à cheveux et de la houppette en duvet de cygne, un paquet de cigarettes. Les yeux à demi fermés, elle aspira la fumée par un long fume-cigarette d'ébène. Puis elle vida son verre, ouvrit le flacon ciselé de *Shalimar* et se parfuma.

Après avoir appliqué un peu de rouge à lèvres, elle scruta son reflet dans le miroir et articula enfin : «Je ne veux pas être vous, Maman, vraiment pas.»

Son père, qui venait chercher ses chaussons, la découvrit secouée de sanglots. Pour la première fois depuis qu'elle était petite, il la prit dans ses bras et la serra très fort contre lui.

«Je pense qu'il vaudrait mieux que tu partes aux Indes, déclara-t-il. Je lui parlerai ce soir.»

Maintenant, elle se sentait de nouveau ébranlée et peu sûre d'elle, à cause de Frank, cette fois. Indéniablement, elle avait pour lui un faible prononcé, ce qui ne pouvait manquer de compliquer terriblement la situation. Quand il lui avait demandé, de la façon la plus neutre qui soit, si Rose et elle avaient des projets pour Port-Saïd, elle était assise au bar avec Jitu Singh. Jitu était le charmant jeune maharadjah de retour d'Oxford, avec, disait-on, au moins douze serviteurs occupés à entretenir ses costumes immaculés, ranger son papier à lettres et veiller à la fabrication de ses plats spéciaux. À côté de lui, Frank, qui venait de remplir son service cinq heures d'affilée, se révélait particulièrement attendrissant, avec son uniforme fripé. Il avait précisé qu'il serait libre le lendemain à midi et leur avait proposé de se retrouver pour prendre l'apéritif et déjeuner. Quand il avait souri, elle avait senti sa main se crisper sur son verre et son cœur s'emballer. Depuis un certain temps, elle s'était mise à guetter son arrivée, réfléchissant d'avance aux choses amusantes qu'elle pourrait lui dire. La veille, il s'était promené avec elle sur le pont et, entre deux saluts

124

adressés aux Râleurs (tous les passagers au-dessus de trente ans) qu'ils rencontraient, lui avait livré à voix basse le récit scandaleux de leurs existences. « A assassiné la meilleure amie de sa femme dans un moment de passion sordide », avait-il murmuré en croisant le major Skinner, qui s'apprêtait à jouer tranquillement aux palets avec sa famille, avant de qualifier, sans la moindre hésitation Miss Warner, en train de lire sa Bible sur une chaise longue, de « membre influent d'un gang de l'opium ».

« C'est une idée, lui avait-elle répondu lorsqu'il avait suggéré une excursion au Caire, à partir de Port-Saïd. Cela promet d'être amusant. »

Elle était fière de réussir à donner l'impression que Rose et elle avaient mille autres possibilités de distraction.

« Je serai près du bureau du commissaire de bord à dix heures pour le courrier, précisa-t-il. Pas besoin de me répondre avant. »

Quelle spontanéité, vraiment !

*

« Mon petit chou ? » La voix de Rose lui parvint derrière la porte. « Aurai-je une chance de pouvoir utiliser la salle de bains avant Bombay ?

— Oh Seigneur ! s'écria Tor. Quelle heure est-il ?

— Pas de panique, il n'est que neuf heures, mais viens voir Port-Saïd – une foule de petits hommes dans des bateaux vendent un tas d'objets. Je suis impatiente de tout voir. »

Moins d'une heure plus tard, Tor retrouva le médecin assistant près du bureau du commissaire de bord.

« Oh, hello Frank ! » Elle était agacée par son propre sourire idiot. « Avez-vous bien dormi ? »

Elle ne risquait pas de remporter le prix de la réplique originale !

« Pratiquement pas. J'étais de garde et nous avons été très occupés.

— Aucun scandale croustillant ?

— Bien sûr que si. » Un petit muscle tressaillait sur son visage. « Mais je ne suis pas autorisé à vous en parler, tout au moins jusqu'à ce que j'aie bu trois grenadines au *Windsor*.

— Monstre ! Vous en aurez au moins une, car nous vous accompagnons.

— Je ne peux pas venir avant l'heure du déjeuner, mais je vous ai trouvé un bon guide. Il vous emmènera à la gare à midi quinze, heure du départ, et nous arriverons au Caire quatre heures plus tard. Nous pourrons déjeuner dans le train, ce qui vous laisse le temps de faire des courses ce matin si vous le désirez. »

Elle sentit une chaleur l'envahir en observant sa main bronzée en train d'écrire. Il était beaucoup plus viril que Paul Tattershall, artiste pâle et évanescent. Pourvu qu'il ne tarde pas trop à se déclarer !

Quand elle monta sur le pont A, Viva et Rose s'y trouvaient déjà, prêtes à quitter le bateau. Annonçant une journée particulièrement belle, le ciel bleu se déroulait jusqu'à l'horizon vibrant de chaleur. Au-dessous d'elles, le port bourdonnait de petites

126

embarcations remplies d'hommes agités, tentant de vendre leur marchandise. Un batelier poussait des cris aigus et faisait surgir des oiseaux de ses aisselles ; de petits garçons plongeaient pour retrouver les pièces de monnaie tombées dans l'eau.

Le vent était vif. Maintenant le bas de sa robe en place, Tor, fascinée par le spectacle, se pencha sur le bastingage. Une chose extrêmement embarrassante se produisit alors.

«Madame, madame, regarde !» Un petit homme, les bras couverts de bracelets, criait dans sa direction de son bateau situé en contrebas. «Madame va acheter !» Il inclina la tête de façon touchante sur le côté et lui adressa un sourire d'une blancheur parfaite.

C'était l'homme le plus nu qu'elle ait jamais vu, vêtu d'un simple mouchoir accroché par une ficelle autour de sa taille.

«Oui, s'il te plaît madame ! Très beau !»

Rose et elle se mirent à glousser, puis se turent soudain. Une rafale de vent avait écarté le mouchoir : Rose, Viva, Miss Snow et le général de brigade Chorley Haughtington virent tous cette «chose» – une sorte de tuyau marron entouré d'une toison rougeâtre. C'était énorme. Alors que Miss Snow poussait un cri aigu, la bouche de Tor devint sèche. *Ainsi, c'était cela, ce morceau de plomberie masculine, qui avait le pouvoir de susciter la traversée des continents et de ruiner des vies ?* Rose, une lettre de Jack à la main, détourna le regard.

Tor, qui savait exactement ce qu'elle pensait, lui serra la main. Le mariage était un pas immense dans le brouillard, proprement terrifiant, quand on y réfléchissait.

Sept heures plus tard, Tor, Viva, Rose et un groupe d'amis du bateau étaient réunis au *Windsor Bar*, situé dans l'hôtel *Shepheard* du Caire. Enfoncés dans des fauteuils fabriqués dans de vieux tonneaux, ils étaient entourés de sacs remplis de ce que Frank considérait comme «des bagatelles irréfléchies». Tor avait acheté une pièce de broderie ainsi qu'un casque colonial orné de plumes d'autruches; Rose, outre un plateau de cuivre destiné à sa nouvelle maison, avait choisi pour son futur époux une ceinture au cuir insuffisamment traité, dégageant une odeur particulièrement forte et dont l'utilité commençait à susciter en elle quelques doutes; Viva avait fait l'acquisition d'un carnet poussiéreux orné d'un chameau sur la couverture et une torsade de papier contenant de l'encens qui, selon elle, dégageait un parfum très agréable en brûlant.

«N'est-il pas divin de se retrouver sur la terre solide? dit Tor, regardant autour d'elle avec volupté.

— Chérie, je crois que le terme exact est "terre ferme"», souligna Nigel.

Ce jeune fonctionnaire blond, au corps languide et aux cheveux raides, était devenu l'un des membres les plus appréciés du groupe. Son visage pâle aux traits fins vibrait d'intelligence.

«J'aimerais un jus de citron vert à l'eau de Seltz», indiqua Rose à Frank, qui prenait la commande.

Tor se dit que le médecin, vêtu d'un costume de lin froissé, était également très beau sans son uniforme. Elle aimait les hommes qui n'attachaient pas trop d'importance à leur apparence.

«Un Pink Lady pour moi, dit Tor. Tu devrais essayer, Rose. Il y a de la grenadine au fond et du brandy par-dessus. On dirait des berlingots. Ce n'est pas tous les jours qu'on prend le petit déjeuner à Port-Saïd et le souper au Caire ! »

À la suite du voyage en train, les cheveux de Tor étaient secs et presque granuleux. Elle se sentait courbatue après la promenade en chameau, qui leur avait arraché de petits cris – l'un des animaux avait craché dans l'œil de Nigel – mais elle éprouvait une sorte d'heureuse excitation, grâce à la présence de Frank, souriant avec nonchalance et visiblement heureux d'être là, ainsi qu'à celle de Viva, Rose et Nigel, tous occupés à siroter une grenadine. Par la fenêtre, elle apercevait, sur le ciel pourpre, le soleil déclinant derrière les palmiers couverts de vraies dattes.

« Regardez bien tout cela, dit Nigel, désignant de son verre les tapis anciens, le parquet ciré et les têtes d'animaux ornant les murs. Ce bar était autrefois un club très chic d'officiers anglais ; il ne sera bientôt plus qu'un morceau d'histoire.

— Cet homme est épouvantablement intelligent, expliqua Rose à Viva. Il…

— Nigel, ne commencez pas ce discours catastrophiste, supplia Tor. Nous savourons une journée de détente agréable !

— C'est pourtant la vérité, n'est-ce pas ? » répliqua-t-il en se tournant vers Viva.

Alors que celle-ci le regardait en se contentant de sourire tristement, Tor pensa qu'elle était magnifique, avec sa robe écarlate, son collier exotique, ses cheveux dénoués et mal domptés qui lui donnaient une allure d'artiste bohème. C'était une authentique originale, que Tor admirait parce qu'elle semblait ne jamais s'efforcer de plaire. Frank la contemplait aussi, attendant sa réponse.

« Une autre grenadine, s'il vous plaît, dit Tor à Frank. Je ne trouve pas de mots pour dire à quel point c'est délicieux. »

Le garçon arriva, empâté et souriant, une serviette pliée sur le bras. Ils commandèrent bien plus de plats qu'il n'en fallait : olives grasses et petites tomates rebondies, pois chiches, hoummous et monceaux de poulet et de taboulé, le tout arrosé d'un vin local.

Frank insista pour qu'ils goûtent le *roz bel laban*, dessert de riz égyptien avec des raisins secs et de la cannelle. « Il est meilleur que celui de ma mère. »

« Apprenez-nous un toast égyptien, Mustapha, demanda-t-il au garçon.

— Puisse un chameau surgir de votre cul », répondit son interlocuteur.

Tor adorait le rire de Frank et sa main bronzée autour de son verre. Alors qu'il se tournait pour parler à Viva, elle les observa du coin de l'œil. Il émanait de la jeune femme, qui se tenait toujours en retrait, un calme qu'elle lui enviait. Le médecin devait avoir fait une plaisanterie, car elle sembla soudain rayonner, puis se pencha en avant pour lui dire quelque chose d'emphatique et de malicieux que Tor, à son grand agacement, ne put saisir, mais qui le fit s'esclaffer.

Pourquoi ne puis-je pas comprendre cela ? pensa Tor, sentant son bonheur s'évanouir. *Les gens charmants ont le pouvoir de charmer tout le monde ; le fait d'être sensible à leur séduction ne nous donne pas de droit exclusif sur eux.* Même l'épouvantable Paul avait fasciné sa mère.

«Prenez-en une.» Viva présenta délibérément à Tor le plat d'olives, l'intégrant ainsi de nouveau dans le groupe. «Et dites-moi si Frank me dit la vérité, ajouta-t-elle. Il m'affirme que des archéologues ont découvert, dans la tombe de pharaon récemment mise au jour, des résilles, des pinces à épiler et des pots d'huile pour le visage.

— Il ment probablement.» Elle n'avait pas eu l'intention de paraître aussi amère.

«Je ne mens pas.» Il se tourna vers elle, et elle fut heureuse de nouveau.

«Pourquoi la beauté n'aurait-elle pas été aussi importante pour eux que pour nous? Nous n'avons pas inventé la vanité.

— Je sens venir une citation, dit Viva. Attendez.» Elle réfléchit un moment. «"Je suis convaincue que rien dans la vie d'un homme n'a plus d'importance que la conviction qu'il est séduisant ou non." Tolstoï.

— Parfait, s'écria Frank. Fin de ma plaidoirie.»

Tor, qui n'avait jamais lu Tolstoï, se composa un sourire entendu.

Frank se détourna d'elle à nouveau. «Où allez-vous vous installer à votre arrivée?» demanda-t-il à Viva.

Elle hésita. «Je n'en sais rien encore. On m'a donné quelques adresses, mais je vais vivre d'expédients au début.»

Comme pour détourner l'attention, elle prit un plat de loukoums, qu'elle proposa à chacun de ses compagnons.

«Habiterez-vous seule?

— Probablement.»

Tout le monde attendait qu'elle en dise davantage, mais elle resta muette.

«Irez-vous dans le Nord – n'est-ce pas là que vous avez grandi?» Nigel était intrigué, lui aussi.

«Peut-être. Je n'ai encore rien décidé.»

Là était le secret de sa séduction, se dit Tor. Il fallait se montrer mystérieuse. Elle-même bavardait à tort et à travers.

«Alors, demanda Nigel en se tournant vers elle dans le silence qui suivit. Quels sont vos projets à Bombay?

— Eh bien…» Elle s'apprêtait à se montrer évasive, quand Rose intervint.

«Elle est ma demoiselle d'honneur, expliqua-t-elle, et la meilleure amie que j'aie au monde.

— Est-ce un travail à plein temps? la taquina Frank.

— Oui. Je suis horriblement possessive.»

Tor ne s'était jamais rendu compte que son rôle aux Indes pouvait paraître si dérisoire, si peu intéressant.

«Dès que Rose est casée, je prends le large pour voyager et vivre de palpitantes aventures, déclara-t-elle en soufflant la fumée de sa cigarette.

— Oh!» Rose se leva d'un bond, comme si elle avait reçu une gifle. «Excusez-moi.» Repoussant sa chaise, elle se dirigea vers les toilettes pour dames.

«Est-ce qu'elle va bien? articula Viva en silence.

— Je suis sûre que oui.» Tor se sentait troublée; jamais Rose ne s'était froissée. «Je vais aller la voir. Peut-être a-t-elle eu un petit malaise.»

Quand elle pénétra dans les toilettes, Rose pleurait devant un lavabo au carrelage ornementé.

« Que se passe-t-il ?

— C'est toi.

— Moi ? Pourquoi ? » Tor ne l'avait jamais vue en proie à une telle colère.

« Je suis désolée, mais je pensais que tu étais heureuse d'être demoiselle d'honneur et qu'une fois aux Indes, nous passerions du temps ensemble, nous partagerions toutes nos découvertes. C'est en tout cas ce que ta mère et la mienne avaient prévu. À présent, tu sembles trouver cela terriblement ennuyeux. Alors, eh bien, je commence à me dire… à me dire…

— À te dire quoi, Rose ?

— Que tu t'en moques complètement. »

Soudain, parce que la journée se transformait en une immense déception, parce qu'elle était excédée de toujours se tenir au bord des rêves de chacun, Tor hurla :

« Ainsi, ma seule fonction dans la vie serait de te servir de nounou ?

— Bien sûr que non ! Mais tu ne parles plus maintenant que de partir pour vivre des aventures. » Rose laissa échapper une exclamation de désespoir, le visage ruisselant de larmes. « Tu ne comprends pas, tu ne comprends pas à quel point tout cela va me paraître étrange ? »

Pendant quelques secondes, elles se défièrent du regard, respirant bruyamment. Derrière les barreaux de fer de la fenêtre, elles entendaient un âne braire et des hommes crier dans une langue inconnue.

« Oh, Rose ! » Tor étreignit son amie. « Je suis tellement désolée, poursuivit-elle en lui caressant les cheveux. Vraiment, crois-moi. Je faisais mon numéro

133

devant Frank. C'est simplement que les autres semblent avoir des vies tellement intéressantes. Je voudrais que la mienne le soit aussi.

— Elle le sera, je sais qu'elle le sera.

— Oui, répondit Tor en redressant la coiffure de sa compagne, elle le sera. » Sa voix paraissait rebondir sur le carrelage avec un son creux.

« Amies ? demanda Rose.

— Amies, bien sûr. D'ailleurs, si tu n'y prends pas garde, je ne te quitterai même pas pendant ton voyage de noces ! Et si nous allions rejoindre les autres ?

— Oui. Désolée de m'être montrée un peu idiote, mais tout ce que nous vivons m'est tellement étranger ! »

Elles retournèrent à leur table. Nigel était assis un peu à l'écart, lisant un recueil de poésie arabe. Frank et Viva avaient disparu.

« Où sont passés les autres ? s'enquit Tor.

— Partis. Pendant que vous étiez là-bas, un type est venu du *Kaiser* pour dire à Viva de retourner au bateau le plus vite possible. Il y a eu un incident à bord.

— Où est Frank ?

— Il l'a accompagnée.

— Et nous ?

— Il a commandé une voiture pour nous remmener.

— Quelle sollicitude ! dit Tor, le cœur de nouveau changé en pierre. Il a pensé à tout. »

13

Poona

«Sunita!» Devant la porte de sa maîtresse, sur le porche étroit orné de pots remplis de bougainvillées et de géraniums, Jack cria son nom. Chaque fleur qu'elle venait juste d'arroser était entourée d'une tache humide. Il appuya le front sur le bois de la porte. *Sunita, Sunita, je suis vraiment désolé!*

À l'intérieur, il entendait le doux cliquetis de ses bracelets de cheville alors qu'elle venait vers lui.

«Jack.» Dans ce sourire, elle se donnait tout entière, ce qui était l'une des choses qu'il admirait le plus chez elle. Aujourd'hui, elle était vêtue de l'un des saris qu'il préférait, vert pâle avec une nuance de mauve, évocateur des pois de senteur du jardin de sa mère, dans le Dorset.

Elle joignit les paumes de ses mains et s'inclina devant lui.

«Mon pois de senteur.

— Pois de senteur? répéta-t-elle, perplexe.

— Une fleur magnifique.»

Il suivit son parfum d'essence de rose jusqu'à la pièce où sa vie avait été transformée à jamais. Près de leur lit, divan bas couvert d'un drap blanc et d'une moustiquaire, se dressait une petite table de cuivre portant une lampe ornementée. Elle y avait déjà posé la bouteille de brandy qu'il avait achetée au mess, ses cigarillos favoris et une carafe d'eau.

Alors qu'elle se penchait en avant pour remplir le verre de son visiteur, sa chevelure se déroula en un flot soyeux.

« Tu as l'air fatigué, constata-t-elle. Veux-tu manger quelque chose ? Je suis allée au marché cet après-midi et j'ai acheté deux belles mangues : des Alfonsos.

— Juste un verre, répondit-il, trop nerveux pour manger. Merci, Sunita. »

Observant ses doigts qui décollaient la peau de la pulpe du fruit, il avait horriblement conscience de ce qu'il allait perdre : sa présence bienveillante, sa bouche tendre, son port altier. C'était une Rajput, appartenant à une caste de guerriers, riche de toute la douceur des puissants véritables.

« Sunita, je… » Il lui tenait la main qu'il retourna la paume en l'air, effleurant le bout de ses doigts. Elle ferma les yeux et lui caressa les tempes.

« Nous aurons le temps de parler quand tu auras fini ton verre. »

Tandis qu'il buvait son brandy, la nuit tomba soudainement, comme elle le fait toujours aux Indes, tel un rideau de feu aussitôt éteint. La lumière, aussitôt suivie de l'obscurité.

Leur liaison durait depuis trois ans. Elle lui avait été présentée par un officier qui rentrait en Angleterre, lui assurant qu'elle était une personne distinguée ; pas une fille des rues mais une descendante directe des Nautchs, ces artistes qui avaient tant captivé les Anglais par leurs danses et leurs chants, par leur façon raffinée d'enchanter les hommes avant que les Indes, ainsi qu'il le disait, « devenues presque aussi prudes et coincées que la Grande-Bretagne, ne les aient bâillonnés».

Avant elle, il avait eu plusieurs aventures à Sandhurst avec des femmes sportives, filles de militaires pour la plupart, presque aussi timides que lui, puis une brève liaison avec l'épouse d'un officier subalterne à Jaipur. Les enfants de cette petite femme replète et solitaire avaient été envoyés en pension et son mari était absent pendant des mois entiers. Le souvenir de ses fesses, les plus magnifiques qui soient – rebondies, hautes et d'une rondeur parfaite –, était tout ce qui lui restait d'elle. Il avait connu quelques rencontres maladroites avec d'autres femmes, mais rien ne ressemblant à ce qu'il vivait maintenant.

«Voilà.» Sunita, après lui avoir ôté ses chaussures, lui baigna les pieds.

«Écoute…» Il était déterminé à se comporter élégamment ; à dire ce qu'il avait à dire ; puis à prendre congé et partir.

«Là.» Alors qu'elle déboutonnait sa chemise, il sentit l'odeur de sa propre sueur. Le mieux aurait été de lui parler immédiatement, de ne pas faire l'amour avec elle.

Son excitation se manifestait déjà : il était incapable de réagir. L'odeur de cette femme, le bruissement de sa chevelure sur sa poitrine, le sentiment d'être coupé de lui-même, libéré qu'il était de la vie de garnison, des uniformes, des distractions, bref, de la sensation d'être en représentation permanente, conféraient à cet endroit toute la dimension de ce que signifiait pour lui «être vivant».

La peau de Sunita était douce et légèrement humide sous ses mains. Alors qu'il l'allongeait sur le lit, il sentit ses côtes à travers la soie de son sari, sa taille mince, ses lèvres sur les siennes. De nouveau, il flottait avec elle dans l'obscurité, heureux et désarmé.

« Attends, attends. » Elle posa la main sur la bouche de Jack. « J'ai de la musique pour toi. Je l'allume ? »

Le combiné radio gramophone était l'un des cadeaux de Jack qu'elle appréciait le plus. Il l'avait acheté lors de sa première permission, dans un magasin situé non loin du Camden Passage, à Londres. Elle avait ouvert l'emballage avec une telle révérence, une telle tendresse qu'il en avait eu les larmes aux yeux. Il lui avait offert l'appareil, mais elle l'avait remercié au centuple en lui présentant Khan Ustad Hafiz Ali, qui venait juste de commencer ses enregistrements au Studio Tiger de Bombay. Elle l'avait initié à la richesse des *ragas* indiennes – cette musique sacrée destinée à saluer l'aube, le crépuscule, l'été, les esprits et le feu. Il se souvenait du soir où il lui avait fait écouter *Madame Butterfly* et de la façon dont ils avaient ri après quelques mesures, quand elle s'était couvert les oreilles de ses mains en criant : « Stop ! c'est horrible ! On dirait des chattes en chaleur. »

« Écoute. » Elle mit la musique, leva les bras au-dessus de sa tête et fit onduler son corps, lui chantant doucement à l'oreille « *Chhupo na chhupo hamari sajjano* » – ne te cache pas de moi, mon bien-aimé. C'était leur chanson.

Aussi patiente qu'une mère, elle l'avait initié au long des jours où, malgré ses manières policées et son aisance dans le monde extérieur, il n'était encore qu'un rustre en matière d'amour physique et ne s'exprimait qu'avec des mots de brute, essentiellement

138

parce qu'il manquait de vocabulaire. *J'ai besoin de tirer un coup. Tu veux baiser ? Tu es prête ?*

Il observait dans la semi-obscurité ses yeux magnifiques couleur d'algue. Jouant de lui comme une virtuose, elle le massait parfois et observait son excitation, lui faisant comprendre qu'elle était la source de chaque sensation exquise qu'il avait jamais éprouvée, sensation étendue, prolongée avec une douceur inouïe, jusqu'à la détente.

Très belle, raffinée, elle avait une excellente éducation et des relations. Même si son père, homme libéral et cultivé, était avocat à Bombay, elle ne pourrait jamais aspirer au rôle d'épouse d'un officier anglais. Bien que le snobisme ne puisse être considéré comme une raison suffisante à cet interdit, il entrait en ligne de compte. Le problème se posait ainsi : Jack adorait son régiment et ses compagnons avec une passion qui confinait à l'obsession. Aucune femme, indienne ou anglaise, ne pourrait jamais comprendre ce que tout cela signifiait pour lui. Or, le groupe auquel il appartenait désapprouvait fortement les hommes qui choisissaient pour épouse une indigène et se transformaient en «*junglis*».

Dans une certaine mesure, tous ceux qu'il connaissait vivaient cette double identité : paillards et immatures en privé, courtois et réservés avec la gent féminine en public. Sunita avait réuni les deux hommes en un seul. Au fond, même si ses amis avaient accepté sa maîtresse, une partie de lui savait qu'il ne se marierait jamais avec elle. Ils étaient beaucoup trop différents.

Avec mon corps, je t'adore. Pas de problème avec cela. *Avec mon âme, je t'épouse.*

Là était le hic. S'il avait une âme (il lui arrivait d'en douter sérieusement) elle avait été, de mille façons, forgée différemment de celle de Sunita. Finalement, si l'on exceptait la nuit pénible à venir, il lui serait infiniment plus facile d'épouser une jeune fille comme Rose.

« Tu es bien silencieux ce soir, dit-elle lorsqu'ils eurent fait l'amour. À quoi penses-tu ? »

D'un geste fluide, elle se leva et s'enveloppa de son sari.

Il enfila le peignoir de soie qu'elle gardait pour lui et l'entoura de ses bras.

« Sunita, je vais bientôt me marier. Je suis vraiment désolé. »

Il sentit la respiration de la jeune femme se modifier sous ses mains.

Dans le silence, il n'entendit plus que le ventilateur qui tournait, un insecte qui bourdonnait à l'extérieur de la fenêtre, des bruits de roue dans la rue.

« Je savais que cela arriverait », avoua-t-elle enfin.

Elle se dirigea vers la table où la cire d'une bougie coulait sur la carte postale qu'il lui avait envoyée d'Angleterre, trois semaines après sa rencontre avec Rose. C'était un dessin absurde – dont il avait honte maintenant – celui d'un canard essayant de monter à bicyclette. Elle l'avait conservée comme une sainte relique, comme elle avait gardé tous les autres objets qu'il lui avait offerts : un sac à main, une voiture miniature, un flacon de *Soir de Paris*, toujours dans son étui de carton. Tous les cadeaux étaient rangés sur une étagère où des bougies brûlaient devant une effigie de Shiva.

«Quand a lieu le mariage? demanda-t-elle, le dos très droit et gracieux.

— Le mois prochain.

— Tu la connais, ou est-ce arrangé?» Elle se retourna vers lui, s'efforçant de sourire.

«Je la connais. Pas très bien. Nous nous sommes rencontrés lors de ma dernière permission en Angleterre.

— Elle est jolie?

— Oui, mais…

— Est-elle bonne?

— Oui, je pense qu'elle l'est.

— Dis-lui que je lui enverrai les esprits maléfiques si elle ne l'est pas.»

Elle éteignit la bougie. Fille de guerrier, elle n'avait jamais pleuré devant lui, et ne pleurerait pas maintenant.

«Elle a de la chance, Jack.

— J'espère que tout ira bien. Le verdict n'est pas tombé.

— Quel verdict? Que veux-tu dire?

— Rien.

— Mon père veut aussi que je me marie.» Assise sur le divan dans le clair-obscur, elle parlait d'une voix emplie de tristesse. «Il a quinze ans de plus que moi, mais il est très gentil, beau et convenable.»

Aucun de nous deux n'est libre de choisir, pensa-t-il. Rose avait été élue pour les mêmes raisons: sa classe sociale, sa voix, son apparence, tous éléments non susceptibles d'effrayer ses hommes, son colonel, ses chevaux.

«Penses-tu que je devrais l'épouser?

— Oh, Sunita, je n'en sais rien. Je ne peux pas… »
Il se tut. Puisqu'elle se montrait brave, il devait l'être autant qu'elle.

Je connais à peine la femme que j'épouse, moi aussi, se répéta-t-il avec un sanglot dans la solitude de la *tonga*. En proie à des sueurs froides sur le chemin du retour et tout au long de la nuit blanche qui suivit, il resta obsédé par cette pensée.

14

Port-Saïd, à dix jours de Bombay

Lorsque Viva revint au bateau, Mr Ramsbottom, vague relation des parents de Guy, se tenait au pied de la passerelle. Le front couvert de gouttes de sueur, il était en proie à une telle colère qu'il ne réussissait pas à la regarder.

La jeune femme sentit sa bouche s'assécher. « Qu'est-il arrivé ? Où est Guy ?

— Vous feriez mieux de descendre lui parler. Je vous dirai ce que je pense de votre conduite plus tard. »

Elle suivit ses épaules carrées et ses richelieus grinçants jusqu'en haut de la passerelle. Ils descendirent ensuite trois escaliers de plus en plus étroits, jusqu'aux entrailles du bateau où des marins couverts d'essence parurent surpris de les voir.

« Vous n'aviez pas le droit de nous le refiler, lança-t-il par-dessus son épaule. Nous sommes de vagues

relations de ses parents mais lui, nous ne le connaissons pas du tout. C'est incroyablement gênant.» Ses
chaussures continuaient à grincer, à chaque pas. «Où
étiez-vous toute la journée? Je ne suis pas chargé de
veiller sur lui, et ma femme est cardiaque.

— Écoutez, intervint-elle. Dites-moi vite s'il va
bien.

— Vous allez le savoir dans une minute – on l'a
mis sous les verrous, au cachot ou aux fers, je ne
sais pas comment ils appellent ça», hurla-t-il, toujours
furieux.

Un officier en uniforme les conduisit dans une
suite de petites pièces mal aérées sentant vaguement
l'urine et le désinfectant.

«Ah, l'accompagnatrice! Miss Holloway, merci
de passer nous voir.» L'officier de service, homme
roux au teint coloré, les attendait, assis derrière son
bureau. «Je me nomme Benson.» Les deux hommes
échangèrent un regard de masculine complicité attes-
tant de l'impossibilité de faire confiance à une femme.
«On dirait que Mr Glover n'a pas perdu son temps
pendant votre absence.

— Puis-je le voir seul un moment?»

Mr Ramsbottom ferma les yeux et leva vers elle les
paumes de ses mains comme pour dire: «Je n'y suis
pour rien.» L'officier déverrouilla la porte.

Quand elle entra dans le réduit, Guy était étendu
sur une couchette étroite, face au mur. Bien que la
température soit d'au moins quarante degrés dans
la pièce, il était enroulé dans une couverture grise;

143

son pardessus pendait à un crochet. Dès la porte, elle sentit l'odeur d'alcool et de transpiration.

« Guy, que s'est-il passé ? »

Il se retourna. On aurait dit que son visage avait été piétiné. Sous les yeux rouges aux paupières gonflées, ses lèvres avaient doublé de volume. Du sang pâle s'échappait d'une coupure au coin de sa bouche.

« Pourquoi n'êtes-vous pas à l'hôpital ? »

Il s'adressa d'une voix forte à l'officier qui se tenait derrière elle pour veiller au bon déroulement de la conversation.

« Je veux qu'elle s'en aille, articula-t-il d'une voix pâteuse. Ce n'est pas sa faute. Ce vieux salopard de Ramsbottom n'arrête pas de l'accuser.

— Guy, Guy, chut, je vous en prie ! » Elle s'assit au pied de la couchette, consciente que la porte se refermait doucement.

« Regardez, il est parti, chuchota-t-elle. Dites-moi vite ce qui s'est passé.

— Rien, marmonna-t-il. C'est tout ce que vous avez besoin de savoir. » Il plissa le visage comme un enfant sur le point de pleurer, puis ferma les yeux, sombrant apparemment dans le sommeil.

« Miss Holloway, dit Benson apparaissant à la porte, on lui a fait une piqûre sédative. Je ne crois pas que vous en tirerez grand-chose de plus ce soir. Si cela ne vous ennuie pas, nous aimerions vous poser une ou deux questions.

— Bien sûr. » Elle effleura le pied de Guy. « Êtes-vous sûr que je ne peux rien faire pour vous ?

— Vous pouvez m'apporter une bouteille d'eau de Javel, je la boirai tout entière. » Il se tourna de nouveau vers le mur. « Je plaisante », ajouta-t-il.

Même *in extremis*, il refusait son aide.

144

« Il faut qu'il voie un médecin », dit-elle à l'officier de garde.

Ils étaient assis dans le réduit qui lui servait de bureau. Ses cheveux roux et fins plaqués sur les tempes, Benson ne semblait pas s'apercevoir de la sueur qui dégoulinait sur son visage et tombait sur le buvard. Il mit le ventilateur en marche.

« Il fait beaucoup plus chaud, n'est-ce pas ? Je crois qu'ils ont enregistré quarante-trois degrés à Bab-el-Mandeb hier.

— Que lui est-il arrivé ? Pourquoi n'est-il pas à l'infirmerie ?

— Madame. » Un steward entra avec une tasse de thé à son intention – elle était vaguement consciente du fait que le bateau s'était remis en mouvement. « Vous avez laissé vos achats sur le pont, Miss Holloway. » Lorsque l'homme lui tendit le paquet contenant son nouveau carnet et la torsade d'encens, elle éprouva une bouffée de honte. Tout cela était sa faute ; elle n'aurait jamais dû le laisser seul.

« Que s'est-il passé ? » demanda-t-elle pour la troisième fois lorsque l'officier et elle furent sans témoin de nouveau. Il ne répondit pas.

« Il a les yeux très enflés ; il doit voir un médecin.

— Absolument, répliqua son interlocuteur en se grattant le front. Je vais m'en occuper, mais il faut avant tout le transporter dans sa cabine.

— Ne vaudrait-il pas mieux qu'il soit à l'infirmerie ? »

Benson remua quelques papiers et trouva le formulaire qu'il cherchait. Alors qu'il ôtait le capuchon de son stylo, elle se demanda de façon incongrue si elle pourrait jamais aimer un homme qui avait des poils roux sur les genoux.

«Eh bien, c'est un peu compliqué.» Il fit pivoter sa chaise pour être face à elle. «Pendant que vous faisiez vos emplettes ou du tourisme, enfin, pendant que vous étiez à terre, Mr Glover a attaqué et insulté l'un de nos passagers.» Son regard pâle l'observa tandis qu'elle digérait l'information. «Il s'agit d'un Indien, du nom d'Azim, qui appartient à une famille musulmane éminente du Nord. Glover a été appréhendé dans sa cabine par Mr Azim, qui a retrouvé dans sa poche une paire de menottes et une petite épée ornementale en argent, objets qu'il a voulu récupérer. Une bagarre s'en est suivie, rien de sérieux au début mais à un moment, au dire de Mr Azim, alors que tous deux commençaient à discuter, Mr Glover a soudain reculé pour prendre son élan et l'a frappé violemment au visage et à l'oreille. Mr Azim a passé cinq heures à l'infirmerie, d'où il vient de sortir. Pour le moment, il affirme qu'il ne veut pas porter plainte, mais cela peut changer.»

La sueur coulait à présent sur le front de Viva et tombait sur sa robe. «Qui a battu Guy? demanda-t-elle.

— Eh bien, c'est là le problème. Nous pensons que personne ne l'a frappé. Votre garçon a été aperçu environ une demi-heure plus tard par deux membres de l'équipage, se cognant la tête sur le bastingage de la poupe.

— Mon Dieu!» Elle fixa Benson avec incrédulité. «Pourquoi?

146

— Nous l'ignorons, mais il nous faut maintenant trouver le meilleur moyen d'affronter la situation. Vous comprenez bien qu'avec deux cent cinquante autres passagers de première classe à bord, il va nous falloir réfléchir sérieusement. Une chose est certaine… » L'officier remit en place le capuchon de son stylo et la regarda de nouveau, « … il dit qu'il a fait cela pour vous. Il serait amoureux de vous et aurait entendu des voix lui demandant d'agir ».

Une grosse conduite gargouilla au-dessus de leur tête tel un estomac géant. L'odeur de désinfectant et d'urine lui monta aux narines.

« C'est de la folie, dit-elle.

— Possible. Mais en supposant qu'Azim ne porte pas plainte – pour être franc, votre jeune homme aurait beaucoup de chance –, voici quelles sont nos options : nous prévenons la police, ce qui peut entraîner pour vous le débarquement et une période indéfinie d'attente à Suez ; nous le gardons enfermé ici et provoquons un scandale ; ou nous prenons le risque de laisser les choses en l'état, en espérant que cela ne se reproduira pas. Qu'en pensez-vous ? C'est vous qui le connaissez le mieux. Techniquement, nous pouvons dire qu'il est à vous, bien que je sois surpris que ses parents fassent porter une telle responsabilité à quelqu'un de votre âge. »

Elle le fixa un moment, essayant de réfléchir. Sa tête la faisait souffrir et sa bouche restait sèche après toutes les grenadines avalées depuis ce qui paraissait une éternité.

«Pourriez-vous prévenir Frank Steadman? articula-t-elle enfin. C'est l'un des officiers médecins à bord. Je ne le connais pas bien, mais j'aimerais lui parler avant de prendre une décision; il pourrait examiner Mr Glover en même temps.

— Cela me paraît une excellente idée.» L'officier de garde semblait si soulagé qu'il lui sourit. «Il arrive parfois des choses bien pires en mer. Nous pouvons nous arranger pour ramener Mr Glover à sa cabine ce soir et je m'organiserai pour que Mr Steadman vous retrouve là-bas.

— Merci.» Son mal de tête lui donnait la nausée; elle craignait qu'il ne dégénère en migraine.

«Encore une chose, lui dit-il pendant qu'elle prenait ses sacs. Je ne parlerais à personne de cet incident si j'étais vous. Les bateaux sont de drôles d'endroits, favorables aux rumeurs, ainsi qu'aux mouvements de panique qui se répandent comme de la poudre. J'ai dit la même chose à Mr Ramsbottom, qui est d'accord pour garder le silence sur cet incident.

— Je ne dirai rien, l'assura-t-elle.

— Cela ne serait pas non plus très bon pour vous, ajouta-t-il. Il n'était peut-être pas très sage de le laisser seul. Cela aurait pu être beaucoup plus grave.

— Oui.» Le côté droit de son visage commençait à picoter et la silhouette de son interlocuteur se brouillait.

Ils se regardèrent avec circonspection, puis elle se dirigea vers la porte et la referma derrière elle.

Il fallut deux marins pour transporter Guy, toujours sous l'effet des sédatifs, jusqu'à sa cabine. Lorsqu'ils furent repartis, Viva s'effondra dans un fauteuil. Le garçon s'était presque instantanément endormi.

Tandis qu'elle regardait ses paupières closes, elle éprouva envers elle-même un sentiment de lourd mépris. Certes, elle ne l'aimait pas, mais elle n'aurait jamais dû le laisser tomber ainsi.

Avant qu'ils ne se séparent, Benson lui avait rappelé qu'elle pouvait être tenue pour responsable si une plainte était déposée contre Guy. Quand elle lui avait demandé ce que cela signifiait, il avait répondu que lui expliquer toutes les implications juridiques ne relevait pas de ses fonctions, mais que des conséquences sérieuses n'étaient pas à écarter.

Elle somnolait lorsqu'un coup léger frappé à la porte la fit sauter sur ses pieds.

«Puis-je entrer? C'est le Dr Steadman. Frank.»

Le soulagement l'inonda comme un sang neuf.

«Entrez et verrouillez derrière vous», chuchota-t-elle.

Il était de nouveau en uniforme et paraissait tout autre dans ce décor: professionnel, impersonnel. Elle lui en fut reconnaissante; dans son état d'esprit présent, la plaisanterie ou la familiarité auraient été insupportables. Il s'assit sur une chaise près de la couchette, un petit sac de cuir à ses pieds.

«Ne le réveillez pas maintenant. Expliquez-moi ce qui s'est passé.»

Quand elle ouvrit la bouche pour lui répondre, les yeux gonflés du garçon s'ouvrirent.

« Ah, docteur, articula-t-il entre ses lèvres fendues. C'est gentil de passer. » Alors qu'il essayait de se lever, elle sentit son odeur de rance, de sueur et de vomi.

« Restez où vous êtes une seconde. » Frank se rapprocha de lui et toucha doucement le coin de son œil. « Je veux examiner cela. »

Le visage du garçon s'adoucit et ses lèvres esquissèrent un sourire ; il semblait sensible à la sollicitude du médecin.

Frank releva sa manche, dénudant un bras bronzé, et inspecta le visage du blessé.

« Vous avez eu de la chance de ne pas avoir été frappé dans les yeux, déclara Frank. Qu'est-ce que c'était, au fait ?

— La foudre.

— Quel genre de foudre ?

— Le genre habituel.

— Je ne peux pas vous aider si vous jouez au couillon avec moi, dit Frank doucement. On dirait que quelqu'un vous a donné un sacré coup de poing. Est-ce que je me trompe ?

— Ce sont mes oignons, pas les vôtres, décréta Guy en lui tournant le dos.

— Écoutez, reprit Frank d'un ton neutre comme si son interlocuteur n'avait pas parlé. Avant de vous rendormir, je vais nettoyer vos lèvres et appliquer quelque chose sur vos paupières pour les faire dégonfler. Ensuite – il interrogea Viva des yeux – je pourrais peut-être vous parler tête à tête, d'homme à homme ?

— Bien sûr », s'exclama-t-elle. Ramassant la chemise sanglante du garçon, elle expliqua : « Je vais donner ceci au steward de Guy et lui dire qu'il ne nous dérange pas pour l'instant. Mr Benson m'a conseillé de fermer la porte derrière moi quand je sors.

— Revenez dans une demi-heure. Vous viendrez à l'infirmerie avec moi pour chercher quelque chose qui aidera Guy à dormir.»

Encore assommée et étourdie par son mal de tête, Viva parcourut rapidement le couloir, avec l'espoir qu'en passant devant la cabine de Tor et Rose elle ne verrait personne.

Un homme lourdement maquillé, vêtu d'une robe apparut soudain à la porte d'une cabine. Il gloussa en la bousculant et s'écria «Pardon!» avec une voix d'idiot. Poussant de petits rires intimidés, d'autres surgirent derrière lui, en costume de clown et parés de boas de plumes.

«Espèces de vaches! hurla une femme d'âge mûr déguisée en grille de mots croisés. Attendez-moi!

— Oh, pauvre chérie!» s'écria le clown – favoris jaunes et large bouche rouge – en souriant à Viva. Pendant quelques secondes confuses, elle eut la sensation que toutes ces silhouettes étaient produites par la migraine qui s'installait, puis elle se souvint que la soirée des Excentriques avait lieu ce soir-là. Elle avait dit qu'elle y accompagnerait peut-être Tor et Rose. Pendant quelques heures au moins, un grand nombre de passagers de leur corridor se trouveraient dans la salle de bal du pont A.

Elle atteignit le bureau du commissaire de bord; la pendule extérieure indiquait 20 h 35 et la lumière était allumée à l'intérieur. Afin de passer le temps, désireuse de se cacher de ceux qui se rendaient à la soirée en riant bruyamment, elle entra pour demander si elle avait du courrier.

L'employé lui tendit une enveloppe beige contenant un télégramme.

Il provenait de l'*Hebdomadaire du Pionnier*. «Désolés. Fonds insuffisants pour engager autre correspondant dans bureau Bombay ce mois-ci. Venez nous voir à l'occasion.» Suivait la signature d'un certain Harold Warner. C'était un vieil ami de Mrs Driver; celle-ci avait été convaincue qu'il serait capable de lui trouver «un petit travail».

«Comment s'est déroulée votre journée, Miss Holloway?» Le commissaire fermait sa cabine de verre. «Votre petit voyage au Caire s'est bien passé?

— Nous nous sommes beaucoup amusés.»

Quelle malchance que cet emploi vital lui ait été refusé!

«Voulez-vous jeter ceci dans la corbeille? proposa-t-il.

— Merci.

— Participez-vous au joyeux désordre collectif ce soir?

— Non, j'ai eu assez d'émotions pour la journée.»

Elle regarda sa montre, réussissant à peine à lire l'heure. Dix minutes s'étaient écoulées depuis son départ de la chambre; elle devrait bientôt retourner auprès de Guy.

L'inconvénient d'un bateau, c'est qu'il n'y a aucun endroit où se réfugier quand on a un problème. Si elle retournait dans sa cabine, Miss Snow serait là, débordant sans aucun doute de bons conseils et de «je vous l'avais bien dit»; si elle allait dîner, il lui faudrait affronter les Ramsbottom. Frank était la seule personne avec laquelle elle se sentait en sécurité.

Prenant lentement le chemin du retour, elle pensa un moment à lui, évoquant son regard vert et son sourire nonchalant ; il paraissait joyeux et porté sur le badinage.

Pourtant, si Rose avait raison et que son frère avait été tué à Ypres, il avait souffert et cachait peut-être maintenant trop bien son chagrin. Elle se demanda si le jeune homme avait été tué sur le coup, ou s'il avait lutté pour survivre dans l'un des centres médicaux du champ de bataille, croupissant dans la boue et le sang. Comment, dans ce cas, le luxe de ce paquebot n'agaçait-il pas Frank ? Il avait plaisanté une fois ou deux à propos des rangées de passagers qui l'attendaient le matin pour un lavement d'oreilles ou un renouvellement de sels volatils.

Ce devait être horripilant. Elle se demanda s'il lui arrivait d'en parler, tout en supposant que ce n'était probablement pas le cas.

*

Quand elle entra dans la pièce, il était toujours assis près du lit de Guy. Afin de créer un éclairage tamisé, il avait pris soin de poser une chemise sur l'applique lumineuse.

« Comment va-t-il ?

— Il était agité, mais il est profondément endormi maintenant, et le restera sans doute jusqu'à demain matin.

— Pouvons-nous parler ici ?

153

— Ce n'est pas idéal, mais pour l'instant, je ne vois pas de meilleur endroit.»

Ils restèrent silencieux un moment.

«Quel âge avez-vous? demanda-t-il soudain.

— Vingt-huit ans.

— Vous ne les faites pas.

— Vraiment?» Elle n'aimait pas lui mentir, mais il lui semblait important de maintenir la cohérence de son histoire.

«Que savez-vous de ses parents?

— J'ai rencontré l'une de ses tantes lors de mon entretien. Elle a dit que son père travaillait dans le commerce du thé près d'Assam. Ils avaient engagé une accompagnatrice plus âgée, mais cette femme les a laissés tomber.

— Ils n'auraient jamais dû vous mettre dans cette situation, décréta-t-il en secouant la tête.

— Quelle situation?

— Cela vous ennuierait-il que nous allions dans la salle de bains? Je ne veux pas qu'il nous entende.»

Ils sortirent de la chambre sur la pointe des pieds et s'assirent gauchement à chaque extrémité de la baignoire.

Le peignoir en soie à motifs cachemire de Guy était suspendu à la porte. Dans le lavabo, une brosse à barbe non rincée traînait au milieu de poils retenus par le savon figé.

«Écoutez, dit Frank. Vous devez comprendre que tout cela est confidentiel, et que je n'ai pas toutes les réponses.

— Je comprends.

— Puis-je vous parler franchement?

— Bien sûr.»

Il semblait ne pas savoir par où commencer. «Tout d'abord, comment vous entendez-vous avec Guy?

— Franchement?

— Oui, toujours.» Il la regarda en souriant.

«Je ne peux pas le supporter.

— Voilà au moins qui est sans équivoque.

— Je sais que les garçons de son âge ne se sentent pas à l'aise, mais il m'a à peine adressé la parole depuis deux semaines, et quand il le fait, j'ai l'impression qu'il me déteste.»

Frank réfléchit un moment. «Il ne vous déteste pas, déclara-t-il enfin. Il se déteste lui-même.

— Mais pourquoi?

— Je ne sais pas vraiment. L'avez-vous vu dans son environnement familier, à l'école, par exemple?

— J'y suis allée pour le chercher, mais quand il est parti, tous les autres pensionnaires se trouvaient dehors en train de faire du sport. Son dortoir était désert.

— C'est étrange, vous ne trouvez pas? Il m'a dit qu'il avait quitté l'école définitivement.

— C'est le cas.

— Connaissez-vous la raison de ce départ?

— Oui. Tout cela est ma faute. J'aurais dû vous en parler avant. Il avait dérobé des objets aux autres garçons. Je n'ai pas pris cette information suffisamment au sérieux.

— Qu'a-t-il volé?

— Pas grand-chose, le chapardage habituel.

— Ne culpabilisez pas trop. Le vol peut être révélateur d'un problème plus grave.

— Lequel?

—Je n'en suis pas sûr. Pendant que vous étiez sortie, il m'a dit qu'il lui arrivait d'entendre des voix, qui se manifestaient par sa "radio".

— Cela semble absolument...

—Je sais. Il m'a dit aussi que vous étiez sa mère d'élection, qu'il déteste désormais la vraie. »

Viva sentit fourmiller la peau de son visage.

« Que dois-je faire ? » Sans attendre sa réponse, elle ajouta : « Je n'aurais jamais dû le laisser. Pensez-vous qu'il est dangereux ? Cela risque-t-il de se reproduire ? »

Il posa la main sur son épaule.

« C'est là le hic. Je n'en sais rien. Sa réaction me semble très excessive. Il va falloir que j'en parle à mon chef, le Dr Mackenzie, mais instinctivement, je dirais qu'il faut le surveiller de près pendant quarante-huit heures. Je vais essayer de le convaincre de venir à l'infirmerie et nous allons tenter de ne pas ébruiter l'affaire. Nous arrivons à Bombay dans dix jours et il va faire trop chaud dans l'océan Indien pour la moindre agitation de sa part.

— Quelle est l'alternative ?

— Le débarquer à Suez, mais il lui faudrait attendre l'arrivée de ses parents, ce qui n'améliorerait pas son état d'esprit.

— Et s'il refuse d'aller à l'infirmerie ?

— Eh bien nous nous verrons alors obligés de le maintenir aux arrêts dans sa cabine, avec une serrure supplémentaire, mais vous sentirez-vous en sécurité ? »

Elle frissonna et secoua la tête. « Honnêtement, je n'en sais rien. Savez-vous que sa cabine est à côté de celle de Tor et de Rose ?

— Non.

— Dois-je leur en parler ?

— Pas pour l'instant, inutile de les effrayer.

— Que feriez-vous à ma place ? s'enquit-elle.

— Je ferais le point de la situation demain matin – je vais parler au Dr Mackenzie, nous ne vous laisserons pas affronter ce problème seule. À présent, ajouta-t-il en regardant sa montre, je monterais bien boire un verre là-haut. Vous avez besoin d'une pause. » Il la fixa de nouveau. « Vous sentez-vous bien ?

— Oui, pourquoi demandez-vous cela ?

— Vous êtes très pâle.

— Ce n'est rien. » Elle ne voulait pas lui parler de sa migraine.

« Vous avez eu une journée épuisante.

— Non, non. Tout va bien. » Elle fit un pas en arrière. L'habitude de se passer de soutien était devenue instinctive, impossible à surmonter. « Merci, vraiment. Vous m'avez considérablement aidée. »

Il lui adressa le sourire qui faisait flancher les jeunes filles.

« Cela fait partie de mon service, madame. » Le personnage officiel était réapparu.

Elle ramassa son châle et son sac pendant qu'il éteignait l'une des lampes et remontait la couverture sur Guy.

« Ne vous inquiétez pas trop, déclara-t-il. Je suis sûr qu'il va se rétablir. » Alors qu'il lui frôlait le bras en verrouillant la porte de la cabine, elle recula et heurta quelqu'un dans le couloir. C'était Tor. Vêtue d'une grande cape dont la capuche lui recouvrait la tête, elle portait une corde autour du cou, figurant un nœud coulant, et tenait une bouteille avec une inscription :

157

« Goutte qui fait déborder le vase. » En les voyant tous les deux, son visage se figea.

15

LE DÉTROIT DE BABEL-EL-MANDEB

28 octobre 1928

Maman chérie,
J'ai reçu votre lettre au Caire et j'étais vraiment ravie d'avoir de vos nouvelles. Merci pour toutes les informations utiles à propos des plans de table et des fleurs, ainsi que pour l'article sur les corsages. C'est gentil de votre part de les envoyer aussi à Jack – je suis sûr qu'il peut les faire parvenir à Cissy Mallinson s'il trouve cela trop compliqué ! Je ne pense pas qu'il croira épouser un régiment de femmes : il devrait vous être reconnaissant d'avoir une belle-mère si attentionnée.
Il fait chaud ici, très chaud. Tor et moi avons rangé nos affaires d'hiver dans la malle et avons sorti nos tenues d'été. L'équipage a revêtu l'uniforme blanc, et, le matin, au lieu d'un potage, on nous sert de la glace et du melon.
Mr Bingley, qui est planteur de jute et fait partie de nos nouveaux amis rencontrés sur le bateau, exécute quarante fois le tour du pont tous les matins (dans un short très large). Il nous a annoncé aujourd'hui que la température atteignait plus de trente-huit degrés à l'ombre. La nuit, après dîner, les stewards traînent nos matelas sur le pont – hommes d'un côté, femmes de

l'autre ! Les couchers de soleil semblent appartenir à un autre monde et bien que les parties les plus vastes du canal de Suez nous aient paru plutôt ennuyeuses, maintenant que nous avons dépassé le golfe de Suez, qui ne fait que quinze kilomètres de large, nous pouvons admirer de splendides panoramas de notre bateau – des chameaux, des hommes vêtus de longues robes fluides, des femmes avec des pots sur la tête et une foule d'autres scènes bibliques.

Je prends toujours des leçons de cuisine hindi données par le colonel Gorman – *Bearer, khana kamre ko makhan aur roti lana, ek gilass pani bh*i – Porteur, apportez-moi un verre d'eau, du beurre et de la confiture dans la salle à manger. Je l'ai probablement mal écrit. Tor et moi nous entraînons dans notre cabine, ce qui nous donne des fous rires. Nos réunions entre filles s'appellent des *bishis*.

La femme de Mr Bingley, qui est adorable, m'a prêté sa «bible», *La Parfaite Maîtresse de maison et cuisinière indienne*. L'ouvrage écrit par une certaine Mrs Steel, qui a vécu là-bas pendant des siècles, est rempli de bonnes recettes, de listes de serviteurs, d'adresses de boutiques, etc. Vous voyez donc que je m'entraîne dur pour la vie de *pukkamem*.

(Au fait, lorsqu'on est confrontée à des serviteurs qui ne donnent pas satisfaction, Mrs Steel conseille de leur passer un bon savon, suivi d'une large dose d'huile de ricin.) *Memsahib tum ko zuroor kaster ile pila dena hoga* – la *memsahib* va devoir te donner de l'huile de ricin.

Essayez cela sur Mrs Pludd, vous m'en direz des nouvelles !

Maman chérie, il fait trop chaud pour écrire davantage et la cloche qui annonce les jeux vient de retentir. J'ai un million d'autres questions à vous poser, mais j'y réfléchirai plus tard.

Votre fille aimante et dévouée,
Rose.

P. S. Tor ne va pas très bien. Rien d'inquiétant, grosse chaleur sans doute. Elle affirme qu'elle se sent un peu mieux. N'en parlez pas à Mrs Sowerby.
P P. S. Autre bal costumé samedi ; je ne sais pas du tout quoi mettre.

16

Tor attendait le bal des Mille et Une Nuits depuis sa montée à bord. Organisé un soir de pleine lune, la veille de l'entrée du bateau dans la mer Rouge, il était considéré par les habitués de ce voyage comme l'un des clous de la traversée. Le simple fait d'y penser la mettait dans tous ses états. Les costumes exotiques étant de rigueur, la robe qu'elle avait prévu de porter – en lamé de soie, longue et ondoyante – exigeait un porte-cigarette, un maquillage soutenu et une expression désabusée. C'était une tenue de vamp que toute mère, la sienne exceptée, aurait catégoriquement interdite.

Quelques jours auparavant, alors qu'elle la suspendait dans la salle de bains afin de la défroisser, elle avait littéralement frissonné d'impatience et décidé de lui adjoindre un masque doré, un long rang de perles et du rouge à lèvres. Elle serait alors transformée en déesse égyptienne. Chaque fois qu'elle pensait à la réception, elle imaginait une scène au cours de laquelle Frank lui ôtait délicatement son masque et plongeait son regard dans le sien. Il lui disait qu'elle avait des yeux merveilleux, ou l'entraînait, terrifiée et tremblant de joie, dans sa cabine où il faisait d'elle une femme. De nouveau – qu'est-ce qui clochait chez elle ? – elle laissait son esprit vagabonder en direction de bébés et d'albums de photographies.

La veille du bal, elle se réveilla tôt le matin, encore furieuse contre elle-même. La robe dorée se balançait mollement sur un cintre à l'extérieur de la garde-robe, réitérant ses promesses idiotes. Combien de temps lui faudrait-il pour faire entrer dans sa caboche cette évidence : elle ne plaisait pas aux hommes. Le seul élément de son plan qui restait en vigueur était le port du masque, car elle se sentait misérable.

Elle frappa son oreiller du poing et se retourna dans le lit. La jalousie était un sentiment tellement horrible ! Dès qu'elle avait vu Viva et Frank sortir de la chambre du garçon, la scène s'était insérée dans son film romantique comme l'apparition, dans les histoires d'Abbott et Costello, du méchant muni d'une fourche, le regard mauvais et les oreilles fumantes.

Le fait de les surprendre ainsi – réunis par une complicité indubitable – l'obligeait à admettre que Frank, en dépit de leurs promenades joyeuses sur le pont, n'était pas intéressé par elle, et ne l'avait jamais

161

été. Comment, avec le souvenir de son attachement humiliant à Paul Tattershall, encore si présent à son esprit, avait-elle pu imaginer qu'il pouvait en être autrement ? Mystère. Cette fois, se dit-elle, serrant les mâchoires sur son oreiller, cette fois elle se conduirait en adulte. *Arrête d'y attacher tant d'importance*, s'obligeait-elle à penser depuis quelques jours, *écarte-les simplement de ton esprit.*

La veille au soir, quand leur groupe s'était réuni dans le bar pour quelques liqueurs, elle avait flirté et dansé avec tout le monde pour montrer à quel point elle était en forme. Quand Frank était arrivé brusquement pour boire un verre et repartir aussi rapidement avec Viva, elle avait eu conscience du regard compatissant de Rose et s'était détournée pour rire d'un mot qu'elle venait d'entendre. Elle avait dansé avec Nigel, qui était un amour mais trop gentil et poétique pour elle, puis avec Jitu Singh – selon Rose et elle, l'homme le plus exotique qu'elles aient jamais vu. Maintenant, parce qu'elle avait trop bu, elle se retrouvait accablée d'un mal de tête lancinant et d'un goût horrible dans la bouche.

Alors qu'elle cherchait un remède digestif dans la table de nuit, elle pensa tout à coup, sans raison évidente, à une fille qu'elle avait adorée à l'école et qui semblait déjà, à l'époque, posséder quelque chose d'insaisissable qu'elle-même n'avait pas. Cette créature répondant au doux nom d'Athéna, sorte de beauté sombre particulièrement fascinante, passait toutes ses vacances en Amérique du Sud, où son père se consacrait à des missions importantes et secrètes pour le gouvernement.

Après les vacances scolaires, toutes les filles, au cours du voyage en train qui les ramenait à l'école, jacassaient sans reprendre leur respiration jusqu'à l'arrivée à Cheltenham. Pendant qu'elles décrivaient la pêche à la crevette à Salcombe ou les attractions de l'île de Wight, Athéna gardait un silence plein de mystère.

« Allez, Athéna, suppliaient-elles, dis-nous où tu es allée.

— À Buenos Aires, répondait-elle avec un léger accent, avant de se taire en souriant.

— Et ?

— Athéna, espèce de monstre, dis-nous ce que tu as fait !

— Oh ! les choses habituelles : les réceptions, les garçons. »

À force d'attendre avidement, avec les autres, des précisions qui ne venaient jamais, Tor avait compris quel pouvoir recelait le silence. Elle avait essayé une fois de tirer parti de cette leçon.

Durant un voyage scolaire à Londres, elle avait décidé de garder un secret (extrêmement important bien qu'elle soit absolument incapable de se rappeler maintenant ce dont il s'agissait) au moins jusqu'à Reading. Dès Didcote, elle avait tout révélé à Athéna qui, humiliation suprême, avait poliment levé les sourcils et dit « Mince alors » avec le ton même que sa mère employait pour dire « Bon », lorsqu'elle voulait mettre fin à une conversation téléphonique.

Un autre souvenir se rapportait à Athéna : lorsqu'elles partaient en voyage scolaire, munies de sandwichs et de barres de chocolat, leur compagne gardait ses provisions jusqu'à l'heure du déjeuner.

Tor avait en général dévoré tout son repas à dix heures un quart. Manque de volonté total. Mère avait raison.

Viva se comportait comme Athéna. Quand Frank l'avait interrogée sur ses projets, elle n'avait pas bavardé à tort et à travers, ni cherché son approbation ou ses conseils, comme Tor l'aurait fait. Elle s'était contentée de dire «Je ne suis pas encore fixée», et l'on voyait bien qu'il était complètement mordu.

Rose et elle avaient dû combler les lacunes irritantes causées par cette attitude, en racontant à Frank que Viva allait devenir écrivain; qu'elle irait ou non à Simla, où ses parents avaient été tués – personne ne savait exactement de quelle manière – et où l'attendait une malle mystérieuse, probablement remplie d'objets précieux au sens propre comme au sens figuré; et que dans l'intervalle elle essaierait vraisemblablement de vivre de petits travaux à Bombay.

Tor savait pertinemment que son plus gros problème était son impatience, qu'il s'agisse de la nourriture, de l'amour, ou des gens susceptibles de la trouver intéressante, ce qu'elle n'était pas, de toute manière.

Traversant la cabine sur la pointe des pieds dans les premières lueurs de l'aube, elle prit l'invitation coincée derrière un miroir et l'étudia de nouveau.

Le capitaine et l'équipage ont l'immense plaisir, etc.,

champagne et mets orientaux

servis au lever de la lune à 19 heures

Cette perspective lui semblait maintenant une véritable horreur. Elle considéra un instant la possibilité de se décommander ; Rose pourrait dire qu'elle avait une forte fièvre ou une diarrhée, mais Frank apparaîtrait alors, gentiment protecteur, avec Viva à ses côtés. En outre – elle jeta un coup d'œil à la silhouette dormant calmement dans son lit – cette fois, elle ne voulait pas faire intervenir son amie. Elle en avait assez d'être le laideron, de toujours tenir la chandelle, de rester l'enfant au visage pressé contre la vitre, alors qu'il suffisait à sa compagne de regarder un homme pour qu'il tombe en pâmoison à ses pieds.

« Mais chérie, lui dirait Rose, tu le connais à peine. » Ou elle lui parlerait plus généralement des amours de croisière, ce qui lui donnerait l'impression de vivre un engouement ordinaire.

Je fonds, je suis en furie, je me consume.

Difficile d'imaginer Rose en train de fondre, d'être en furie ou de se consumer. La vie se présentait à elle avec une confondante simplicité, sans doute parce qu'elle était ravissante. *J'ai trop envie de plaire.*

Son gémissement réveilla la dormeuse ; elle s'assit dans sa chemise de nuit de dentelle et étira ses bras vers le plafond.

« Mmm ! divin, dit-elle d'une voix assoupie. J'ai fait un rêve étrange. J'avais un bébé qui allait à dos d'éléphant coiffé du plus petit casque qu'on ait jamais vu.

Tout le monde me disait qu'il était trop jeune, mais cela me ravissait.

— Ça alors ! »

Dans le silence qui suivit, Rose s'exclama : « Oh, c'est vrai ! C'est le bal des Mille et Une Nuits ce soir ? Si nous parlions de nos tenues ?

— Non. Je dors. Bonne nuit.

— D'accord, mais penses-tu que ma robe rose flottante fera l'affaire si le châle me sert de voile ?

— Cela ne m'intéresse pas du tout, désolée.

— Tu me dois cette conversation, Tor, car tu étais très bruyante hier soir – tu t'agitais comme un poisson pris dans un filet.

— Je dors, Rose, mille excuses. Pas d'autre communiqué pour l'instant. »

On ne pouvait même pas dire que Frank était terriblement beau, pensa-t-elle dès que la respiration de Rose redevint régulière. Un sourire charmant, l'esprit de repartie, mais pas assez grand pour un jeune premier et les jambes un peu trop arquées, pour le dire crûment. Maman n'aurait pas été enchantée qu'il soit médecin, bien qu'il ne le soit pas encore réellement. Dès son arrivée aux Indes, il devait se rendre dans le Nord pour effectuer des travaux de recherche sur une affection horrible.

Après tout, s'il préférait Viva, grand bien lui fasse ! Elle n'allait pas en faire un fromage, ni lui donner la satisfaction d'une scène. La meilleure des vengeances ne consistait-elle pas à se montrer joyeuse ? Elle ne s'en priverait pas ce soir car elle avait l'intention de danser, flirter et n'attacher aucune importance au reste. Les hommes désireux de passer un moment avec elle ne manqueraient pas.

Elle alluma le ventilateur au-dessus de son lit, vida le verre d'eau posé sur sa table de nuit et tendit l'oreille à l'affût de bruits dans la cabine voisine. Où était passé Guy Glover, au fait ? Elle ne l'avait pas vu depuis plusieurs jours. Lorsqu'elle avait demandé à Viva pourquoi elle était si vite rentrée au bateau, le chaperon avait répondu en riant qu'il s'agissait d'une fausse alarme.

Rose n'avait rien remarqué. Il était vrai qu'à six jours de Bombay, elle avait l'esprit occupé par la perspective de revoir Jack Chandler : Tor ne devait pas l'ennuyer avec ses interrogations à propos de Frank et du fait qu'il ne voulait pas d'elle. Assez sotte pour succomber à un amour de croisière, elle avait récidivé : tricoté toute une histoire à partir de rien.

Le bal des Mille et Une Nuits battait son plein lorsque Tor monta sur le pont, un peu plus tard que d'habitude. Tous les visages baignaient dans les lueurs de corail et de pourpre qui se déversaient du couchant. Au long de la journée, l'équipage, affairé, avait enveloppé les tables de nappes roses, élaboré des piles de loukoums et de fruits – figues, mangues, papayes et fruits confits – et enroulé des guirlandes lumineuses colorées autour du bastingage. L'endroit qui servait habituellement aux activités sportives avait été magiquement transformé en tente de sultan.

À l'intérieur de cet abri, autour d'un avaleur de feu, circulait une foule de passagers bruyants vêtus de robes vaporeuses, de saris et chaussés de sandales.

Le colonel Kettering, dans un long caftan, se balançait au son d'un orchestre égyptien.

Tor prit une profonde inspiration. *Tiens-toi droite, redresse la tête, souris et fonce !* Elle traversa la foule pour rejoindre les membres de son groupe qui buvaient un verre en s'esclaffant.

« Ciel, voici Nefertiti ! » s'écria Nigel, affublé d'une veste en peau d'ange et d'un fez. Il lui adressa un salut théâtral. « Hum, quel éblouissement !

— Vous êtes un amour, dit Tor en l'embrassant sur la joue. Qui êtes-vous ? demanda-t-elle à Jane Ormsby Booth, femme bien charpentée peu faite pour le sari.

— Je ne le sais pas vraiment. Une étrangère.

— Merci, chéri. » Tor prit la coupe de champagne des mains de Nigel et s'adossa avec nonchalance au bastingage. Le masque doré se trouvait dans son sac à main au cas où la comédie deviendrait trop pesante. « N'est-ce pas divin ?

— C'est notre dernière vraie mer avant les Indes, précisa Jane. Comment allons-nous pouvoir nous réadapter à la vie réelle ? Je… »

Elle fut interrompue par un « Ooooh ! » collectif : Rose apparaissait dans une symphonie de soie fuchsia. Au moment où l'orchestre attaquait « *Ain't She Sweet* ? », elle se trémoussa à l'intention des colonels et de leurs épouses. « Je suis Schéhérazade, s'écria-t-elle gaiement, et je connais un tas d'histoires que je ne vous raconterai pas ! » Ils lui adressèrent un rire indulgent.

Alors qu'éclatait l'orchestre, trompettes retentissantes, une autre exclamation se fit entendre. Marlène et Suzanne venaient de surgir, masquées et vêtues de somptueuses robes savamment audacieuses. Jitu Singh les suivait, l'air important, le regard et les dents brillant de tous leurs feux. Coiffé d'un turban orné d'un gros diamant, il portait une veste de soie bleue et des bottes de cuir souples – dans l'une d'elles, très «Rudolph Valentino», il avait négligemment glissé un poignard. Une ceinture de cuir assortie, garnie de cartouches, enserrait la taille de son pantalon bouffant.

«Jitu! appelèrent-elles, venez ici nous dire qui vous êtes!»

Il donna une petite claque sur les fesses de Marlène, puis de Suzanne et s'inclina très bas, effleurant de la main ses yeux, sa bouche et sa poitrine.

«Mon nom est Nazim Ali Khan, empereur moghol, annonça-t-il. J'apporte de l'or, du parfum et des diamants.»

Alors qu'il posait ses lèvres sur la main de Tor, elle espéra que Frank la regardait.

Le soleil se coucha dans un ultime et somptueux flamboiement. Sous les étoiles brusquement allumées, la plupart des participants à la soirée dansèrent puis se restaurèrent, assis sur des coussins de soie disposés sous la tente. Ensuite, fut organisé un jeu de société baptisé «Qui suis-je?», dans lequel il fallait écrire le nom d'une personnalité célèbre sur un morceau de papier que l'on collait à l'envers sur son front, les autres devant deviner qui l'on était. Après de longs moments d'hilarité, les passagers les plus âgés allèrent se coucher.

Les musiciens égyptiens furent transportés par bateau jusqu'à leurs villages – l'embarcation s'éloigna dans un halo phosphorescent. Ils furent remplacés par l'orchestre du *Kaiser*, qui enfila des morceaux langoureux ; les couples dansaient joue contre joue ; des silhouettes sombres s'embrassaient dans le coin le plus reculé du pont.

Tor, assise derrière la table couverte de serpentins et de mégots maculés de rouge à lèvres, observait la scène. Consciente que sa robe était humide de transpiration, elle sentait qu'une ampoule s'était formée sur l'un de ses talons. Nigel venait de partir. Alors qu'elle s'efforçait de rassembler un peu d'énergie pour aller au lit, Frank se dressa soudain à ses côtés, le visage pâle et visiblement perturbé.

« Avez-vous passé une bonne soirée, Tor ? demanda-t-il avec un formalisme inhabituel.

— Merveilleuse. Et vous ?

— Je suis fatigué. Il me faut un verre. » Il se versa un peu de vin. « Vous en voulez ?

— Non, merci. »

Ils écoutèrent un moment le bruissement des vagues et le gémissement rauque et somnolent de la trompette.

« Tor, dit-il.

— Oui ?

— Attendez un instant. »

Il la regarda intensément et, pendant une seconde saisissante, elle se dit qu'elle s'était trompée et qu'il allait peut-être l'embrasser en fin de compte. Au lieu de cela, il ôta un morceau de papier de son front et le lui tendit.

«Virginia Woolf, lut-il. Non, je ne pense pas du tout que ce soit vous.

— Qui pensez-vous que je sois?» Elle espérait que la question lui paraîtrait légère mais elle attendit, absurdement tendue, dans le clair de lune. «Theda Bara? Marie Stuart?»

Il secoua la tête, refusant de jouer.

«Je ne sais pas, articula-t-il enfin. Je crois que vous ne le savez pas non plus.»

Elle sentit son visage s'empourprer de consternation. Instinctivement, elle se leva et cria: «Jitu, ne restez pas seul, venez vous joindre à nous!

— Nous ne savons pas qui nous sommes.» Frank fixait tristement son verre. «Nous...»

Jitu était arrivé. «Un mortel, appelé par une déesse? Serait-il digne de danser avec elle?» s'enquit-il en s'asseyant.

Elle ouvrit son sac et en sortit le masque, car la réponse de Frank l'avait vraiment blessée. Lorsqu'une larme coula derrière le carton, elle fut heureuse que l'obscurité la dissimule aux regards.

Souriant à Jitu, elle tendit les bras vers lui. «La déesse va danser avec vous. Merci de l'avoir invitée.»

Il la conduisit sur la piste où il lui saisit la taille de façon experte et impersonnelle. Quelques couples dansaient étroitement enlacés. Elle fut choquée de voir Marlène embrasser un officier de cavalerie devant le personnel de cuisine.

«J'adore cette chanson, dit-elle à son cavalier, dont la main était remontée de quelques centimètres dans son dos. C'est tellement chouette!»

Pourquoi disait-elle constamment des choses qu'elle ne pensait pas ? Cette chanson la rendait malheureuse, elle n'aspirait qu'à aller se coucher.

Soudain, elle sentit qu'il se rapprochait d'elle, écartait les doigts et lui caressait le dos ; ses yeux ornés de longs cils la fixaient, comme pour demander « Puis-je me permettre ceci ? Et cela ? »

« Alors, Jitu, poursuivit-elle en s'efforçant de le maintenir à distance, vous êtes-vous amusé ce soir ? »

Il eut ce geste typiquement indien : ni oui ni non, mais un balancement de la tête d'un côté à l'autre.

« C'était bien. Une soirée nécessaire.

— Quel qualificatif étrange !

— Eh bien, vous avez compris.

— Non, pas du tout.

— Encore une mer à traverser, et je suis chez moi.

— Mais n'est-ce pas une bonne nouvelle ?

— Pas vraiment. Je suis resté absent longtemps. » Il soupira et se rapprocha d'elle, projetant une bouffée d'un parfum épicé. « Je me suis senti si libre à Oxford et à Londres. Vous savez, les réceptions, le cosmopolitisme… Les vilaines filles comme vous vont me manquer. »

Cet homme très viril dégageait une odeur trop forte ; elle souhaitait qu'il la lâche maintenant. Avec un art consommé, sans qu'elle s'en aperçoive, il l'avait entraînée à l'extérieur de la piste, dans un coin obscur près de la cheminée.

« Vous avez des yeux merveilleux, déclara-t-il quand elle fut adossée à la paroi. Immenses et d'un bleu fascinant.

— Merci », répondit-elle d'un ton compassé.

Il plaça adroitement une main entre ses jambes et essaya de l'embrasser.

« Jitu ! » Elle le repoussa, horrifiée.

« Vous avez bu, reprocha-t-il en la maintenant fermement. Espèce de méchante ! »

Alors que le bout de sa langue s'insinuait dans sa bouche, il guida sa main vers son entrejambe.

« Nom d'un chien, arrêtez ! » cria-t-elle.

Rassemblant toutes ses forces, elle le repoussa, mais avant de redescendre en courant, elle le vit se frapper la tempe du plat de la main, pas moins déconcerté qu'elle ne l'était.

17

Le lendemain du bal, assise à l'ombre sur une chaise longue, Viva, le teint pâle en raison du manque de sommeil et de grand air, essayait d'écarter Guy de ses pensées pendant quelques instants. Le *Kaiser*, qui venait juste de passer Steamer Point, était entouré d'une tribu de jeunes Arabes dans de petits canots, tous simplement vêtus d'un pagne blanc, attendant que les passagers leur lancent de la monnaie dans ces eaux infestées de requins. Dès que les pièces furent jetées vers eux, ils plongèrent dans les profondeurs d'un vert vif et disparurent de la vue des spectateurs. Après une longue attente, leurs têtes crépues, rougies au henné, jaillirent l'une après l'autre à la surface de la mer, le butin entre les dents.

Le contraste entre ces garçons exubérants et Guy, blême et aussi vif qu'une limace, qui traînait son apathie dans sa cabine depuis des jours, n'aurait pu être plus frappant. Viva, posant un regard nostalgique sur les plongeurs, consulta sa montre et, avec un soupir, partit le rejoindre.

Lorsqu'elle entra, il était étendu sur son lit, non rasé et l'air accablé, en train de jouer avec un poste à galène. Bien que la température avoisinât trente-sept degrés, il était enveloppé dans un drap et une couverture.

La cabine était maintenant jonchée de papiers, d'enveloppes de bonbons froissées, et de pièces métalliques diverses issues du démontage de la radio. Depuis deux jours, il interdisait au steward d'entrer dans la pièce et s'énervait lorsque Viva essayait d'y mettre un peu d'ordre.

Elle alluma le ventilateur. Le brassage de l'air confiné déplaça l'odeur de chaussettes sales et souleva quelques papiers.

«Vous sentez-vous mieux ce matin? demanda-t-elle.

— Non. Et si vous alliez respirer ailleurs, pour commencer?

— Guy, le Dr Mackenzie vient vous voir aujourd'hui. Il va prendre une décision à votre sujet. Nous serons à Bombay dans cinq jours et vos parents seront là.»

174

Elle le vit fermer les yeux mais décida de poursuivre. «Le docteur dit que, bien qu'il y ait un certain nombre de personnes dans l'infirmerie avec des problèmes de digestion, il peut vous y accueillir, si vous préférez.

— Je ne suis pas malade. Pourquoi continuez-vous à affirmer le contraire à tout le monde?»

Elle choisit de ne pas répondre.

«Que voulez-vous que je fasse aujourd'hui? s'enquit-elle. Je crois que Frank va venir vous voir dans une demi-heure.

— Restez jusqu'à son arrivée et allez-vous-en, répliqua-t-il d'un ton somnolent.

— Avant de vous rendormir, je crois que vous devriez vous laver et appeler le steward pour qu'il nettoie votre cabine. Faites-le avant la visite du Dr Mackenzie.

— Impossible… Trop fatigué.»

Pendant qu'il s'assoupissait, elle l'observa avec circonspection. Le médecin-chef, qui ne s'était entretenu avec lui qu'une fois pendant cinq minutes, préférait visiblement éviter de le prendre à l'infirmerie.

Frank hésitait. Tous les soirs depuis Port-Saïd, il venait lui tenir compagnie dans la cabine de Guy. Quand le garçon s'était endormi, ils restaient assis dans la pénombre, échangeant leurs impressions sur un certain nombre de sujets – les livres, la musique, les voyages – rien de très personnel. Une fois, cependant, il lui parla de son frère, Charles.

«Il n'est pas mort à Ypres même, dit-il d'une voix à peine audible, c'est simplement qu'il est plus facile de dire cela à la plupart des gens. On l'a renvoyé chez lui comme invalide car il avait la gorge et la trachée blessées. Il avait écrit sur une feuille de papier qu'il souhaitait que je reste avec lui jusqu'à la fin et me demandait de lui parler, ce que je faisais en lui tenant la main.

— À propos de quoi ?» Viva se raidissait contre l'émotion intense qui pointait en elle.

«Oh, de n'importe quoi ; de banalités : nos matchs de cricket familiaux à Salcombe, où nous allions en vacances, l'été ; nos randonnées de camping ; les gâteaux que nous aimions ; le voyage à la National Gallery où nous avions vu les Turner pour la première fois ; les repas en famille, bref, les choses habituelles. C'était tout de même éprouvant pour lui – il me chuchotait quelques mots, et je lui livrais ce dont je me souvenais.»

Frank avoua que ces cinq nuits, les plus étranges de sa vie, s'étaient révélées les plus tristes, et qu'une fois la fin venue, il s'était senti si libéré qu'il était allé chercher un gâteau au chocolat dans le garde-manger. Après l'avoir dévoré en entier, il s'était senti terriblement honteux, mais attribuait cet acte au soulagement de savoir que son frère n'aurait pas à subir plus longtemps ses horribles blessures.

Viva resta silencieuse après cette confession – qu'aurait-elle pu dire ? Et s'il se mettait à pleurer devant elle ?

«Pensez-vous que c'est la raison pour laquelle vous êtes devenu médecin ? articula-t-elle enfin.

— Probablement, dit-il en se levant. On est très impressionnable à dix-huit ans. Charles avait dix ans de plus que moi.»

Il se tourna vers Guy et ajusta sa couverture. «Je m'inquiète pour ce garçon, déclara-t-il d'une voix qui avait retrouvé sa vigueur, ainsi que pour le temps que vous lui consacrez. Ce n'est ni sain ni drôle pour vous.

— Non, mais quelle est la solution?

— C'est délicat, mais je pense qu'il est temps d'expliquer la situation à Rose et Tor, au moins pour leur sécurité. Elles doivent se demander où vous êtes passée.

— J'ai justifié mon absence en leur disant qu'il avait de sérieux problèmes digestifs.»

Elle ne lui révéla pas que Tor avait réagi très étrangement à ses propos.

«Oh! ne vous fatiguez pas à inventer une histoire, je le savais depuis le début», s'était-elle écriée avec un regard glacial, avant de partir dans la direction opposée.

Le Dr Mackenzie n'allant pas tarder à arriver, elle s'assit pour l'attendre.

Il lui était impossible de lire dans la cabine de Guy, qui aimait dormir les rideaux fermés, et écrire paraissait exclu pour l'instant; elle se sentait uniquement capable de ruminer sur la situation, dont tous les éléments lui semblaient de plus en plus incertains.

Tout à coup, une petite brèche s'ouvrit dans les nuages qui lui masquaient l'avenir. Alors qu'elle se rendait dans la salle de bains pour se rincer le visage, elle entendit le garçon chanter doucement. Il fredonnait une chanson que sa propre *ayah* lui avait apprise quand elle était enfant: «*Bumpti-tumpti gir giya phat.*»

Elle passa la tête par la porte, mais sous les couvertures, le silence reprit ses droits.

«*Talli, talli, badja baba,* reprit-elle à sa suite, provoquant un grognement de plaisir qu'elle reçut comme la première bonne nouvelle de la journée.

— Est-ce qu'elles chantaient toutes la même chanson? demanda-t-il en ouvrant un œil injecté de sang.

— Probablement. La mienne me racontait un tas d'histoires qui commençaient par: "*Ecco burra bili da* – il y avait un grand chat*", précisa-t-elle en adoptant l'accent d'une Indienne.

— Vous pouvez me raconter une histoire, si vous voulez. »

Elle réfléchit intensément, en vain.

«Parlez-moi de votre école, suggéra-t-il.

— Hum! bon, *ecco burra bili da*, récita-t-elle pour gagner du temps. Je vais vous parler de la première fois où j'ai quitté les Indes et où j'ai vu mon école primaire. »

La bosse sous la couverture s'agita de nouveau; elle perçut un autre grognement satisfait.

«Eh bien, c'était une pension religieuse au nord du pays de Galles. J'avais sept ans. Ma mère, ma sœur et moi étions rentrées ensemble en Angleterre; nous logions dans un petit hôtel près de Waterloo Station, à Londres, et c'est là que Josie et moi avons mis nos uniformes gris, nos chemises bleues et nos cravates. Cela ne vous ennuie pas trop, Guy?

— Non, non, continuez.

— Ma mère connaissait notre école, mais pas nous. Je me souviens que nous avons marché sur une plage de galets, de laquelle nous avons vu ce bâtiment sombre, lugubre et menaçant, au bord de la falaise. Pour empêcher ma mère de pleurer, je lui ai dit: "Ne

178

t'inquiète pas, notre école n'a rien à voir avec cette prison." Elle a dû m'avouer que je me trompais.

— Est-ce qu'on vous battait là-bas?» Son visage apparut au-dessus de la couverture, la bouche formant un rond parfait. «Est-ce que les sœurs étaient horribles aussi?

— Elles étaient très strictes. Nous recevions des coups de règle sur les doigts et devions faire pénitence, mais ce n'était pas le pire. Le pire, c'était le mal du pays, la nostalgie des Indes.

«Aux Indes, nous marchions sur des plages au sable doux comme de la soie, nous nagions dans de l'eau tiède comme du lait; à l'école, nous nous tordions les pieds sur de gros cailloux coupants, pour entrer dans une mer dont les vagues nous frappaient violemment le visage. Les religieuses infligeaient toutes sortes de punitions étranges. L'une d'elles, sœur Philomène, portait un appareil orthopédique sur une jambe. Elle nous obligeait à rester debout dans la baignoire et nous visait avec le tuyau d'arrosage.»

Il poussa une brève exclamation.

«Continuez, continuez, dit-il avec impatience, vous racontez bien.»

Elle hésita. Devait-elle lui parler de cet épisode?

«J'étais si malheureuse que j'ai décidé de me rendre vraiment malade. Le soir, je versais le contenu de ma carafe d'eau sur ma chemise de nuit et je restais devant la fenêtre ouverte en espérant attraper une affection grave qui ferait culpabiliser tout le monde et obligerait ma mère à revenir, pour me ramener près d'elle.

— Et qu'est-il arrivé?» Elle sentait son haleine fétide et décida de le convaincre de se laver les dents avant que le Dr Mackenzie ne l'examine.

« Pas grand-chose. J'ai eu une mauvaise toux et j'ai passé une semaine à l'infirmerie. Puis les choses se sont améliorées. Je me suis fait des amies. »

Flûte ! Quel manque de tact, alors qu'il paraissait si seul.

« Rétrospectivement, s'empressa-t-elle de conclure, j'aurais simplement aimé qu'on me dise à quel point cette période, souvent épouvantable, s'écoule vite, vraiment, et qu'ensuite il est passionnant d'être indépendant, de gagner sa vie, et de pouvoir prendre ses propres décisions.

— Je ne pense pas connaître ces choses exaltantes. » Il s'assit, alluma une cigarette et, lorsque la fumée se dissipa, la regarda dans les yeux. « Vous voyez, j'ai plus ou moins décidé de me suicider.

— Je vous en prie, ne dites pas cela, même pour plaisanter.

— Ce n'est pas une plaisanterie, à mon grand regret. »

Elle savait qu'elle aurait dû s'approcher de lui, lui toucher la main ou le prendre dans ses bras, mais l'odeur de ses chaussettes, la chaleur, le pathétique de la situation rendaient ces gestes impossibles.

« Guy, s'il vous plaît, levez-vous, habillez-vous, lavez-vous les dents, faites quelque chose ! Il y a tant de merveilles à voir dehors ! Le canal est très étroit à certains endroits : vous pouvez voir les enfants, les flamants, les pélicans, les oies… C'est extraordinaire. Levez-vous, je vous emmènerai là-haut et je resterai avec vous.

— Peut-être, mais je me tuerai quand même, vous savez. » Il lui adressa un sourire de gamin sournois.

«Parlez-en au Dr Mackenzie quand vous le verrez. Il devrait en être informé.

— Eh bien vous le lui direz vous-même, il vient vous voir ce matin.

— Je ne veux pas qu'il vienne, j'ai changé d'avis.»

Elle l'étudia un moment. Autour de ses yeux, la peau était marbrée, mais elle cicatrisait de jour en jour. En revanche, l'expression de son regard devenait inquiétante ; il était temps pour elle de demander de l'aide.

L'infirmerie, située sur le pont B, était ouverte de neuf heures trente à midi. Lorsque Viva arriva à midi cinq, le service était fermé.

Elle redescendit en courant et, en désespoir de cause, frappa à la porte de la cabine de ses protégées, s'attendant à ne trouver personne.

Tor lui ouvrit, pieds nus, une noix de crème sur chaque joue.

«S'il vous plaît, pourriez-vous m'aider ? Je suis dans le pétrin.

— Ah ?» L'expression de la jeune fille demeura la même.

«Puis-je entrer ?»

Le haussement d'épaules qui lui répondit manquait d'enthousiasme mais son interlocutrice s'écarta pour la laisser passer.

«Écoutez, je suis désolée de m'être enfuie l'autre jour.» Devant l'expression distante de Tor, elle ajouta : «Vous savez bien, l'autre jour, quand nous passions une si bonne journée.

— Bonne pour vous, peut-être», fut l'étrange réponse.

Pendant dix minutes Viva expliqua le comportement de plus en plus étrange de Guy et l'impossibilité dans laquelle elle se trouvait de savoir comment agir.

«Je ne vous l'ai pas dit avant parce que je ne voulais pas vous inquiéter. Frank a été merveilleux, il lui a donné des sédatifs et m'a soutenue moralement, mais nous pensons que nous ne pouvons plus vous cacher la situation à présent. Guy a été renvoyé de son école, parce qu'il a volé des objets à ses compagnons ; il y a peut-être une raison à cela – ses parents lui donnent très peu d'argent. Je n'ai pas encore pu en parler avec lui ; néanmoins, vous devez être prévenue.»

Elle fut surprise de sentir la main de Tor qui lui pressait doucement l'épaule.

«Ma pauvre, je suis désolée. Vous avez l'air absolument épuisée.» Secouant la tête, la jeune fille la serra contre elle. «Vous m'avez tellement exaspérée ! Mais ne parlons pas de cela maintenant, ce que vous me dites est important.»

Elle ouvrit une mignonnette de Drambuie, répartit son contenu dans deux verres et reprit : «Êtes-vous sûre qu'il est aussi mauvais que vous le dites ? J'étais plutôt folle moi aussi à son âge. Je menaçais de me tuer en permanence.

— Non Tor, j'aimerais penser cela ; hélas ! c'est différent, bien pire.

— Et mon propre père se montre très bizarre de temps en temps, mais il a été gazé pendant la guerre, poursuivit Tor. Il faut simplement veiller à lui procurer un tas de petits plaisirs, quelque chose qui lui donne, chaque jour, l'envie d'aller plus loin. Je pourrais prendre mon gramophone et lui faire écouter quelques airs.

« — Oh Tor, vous êtes gentille !

— Pas tant que ça, en fait. Nous sommes quasiment arrivés à Bombay ; nous réussirons bien à le distraire à nous trois ; après, ce sera l'affaire de ses parents. »

Rose apparut, les joues rouges d'avoir joué aux palets.

« Que se passe-t-il ici ? s'écria-t-elle. Une beuverie ? Peut-on s'y joindre ? »

Tor la fit asseoir et la mit au courant : « Je suis sûre que ce pauvre garçon n'a pas besoin d'être jeté aux arrêts.

— Ne vous sentez pas obligée de dire oui, intervint Viva, remarquant la légère hésitation de Rose. Je comprendrai.

— J'aimerais en parler avec Frank d'abord.

— Mais bien sûr, s'exclama Tor en riant. Nous devons toutes en parler avec lui.

— Est-ce que tu n'oublies pas quelque chose ? dit Rose en la regardant.

— Quoi ?

— Ces bruits qui venaient de sa chambre ?

— Quels bruits ? demanda Viva.

— Imite-les », suggéra Rose.

Tor poussa des grognements théâtraux. « "Oh mon Dieu ! Oh ! Oh ! Mon Dieu !" Je pensais que quelqu'un l'assassinait. J'aurais dû aller l'aider.

— Il valait sans doute mieux le laisser seul.

— Pourquoi ? s'écrièrent ses interlocutrices à l'unisson.

— Eh bien… » Viva fixa les yeux sur le tapis. « Ce sont les cris que poussent les garçons quand ils se masturbent.

— Quand quoi ? » Rose semblait déconcertée.

«Vous savez, quand ils touchent à leur… attribut et que cela les excite, leur procure du plaisir.»

Toutes trois s'empourprèrent.

«Pardon? dit Rose, toujours perplexe. De quoi parlez-vous?

— Bon, pour le dire autrement, c'est ce qui arrive au corps d'un homme quand il est sur le point de faire l'amour ou de fabriquer un bébé.

— Oh Seigneur!» Rose déglutit bruyamment. «Mais il est si jeune! Vous en êtes sûre?

— Bien sûr que non, mais c'était sans doute cela. Je suis certaine en tout cas qu'il n'avait pas besoin de votre aide.»

Elles la regardaient, à la fois choquées et impressionnées.

«Est-ce tout ce que vous allez nous dire à ce sujet? Allons Viva, pour une fois dans votre vie, crachez tout! Vous en savez tellement plus que nous!

— Plus tard peut-être. Pas maintenant.

— Promettez-nous de revenir et de nous dire le reste? Nous n'avons pas eu de *bishi* depuis longtemps, protesta Tor, le visage en feu. Je crois qu'il y a un moment où l'on doit tout savoir.»

La pauvre Rose semblait toujours perdue. Avec réticence, Viva intervint:

«Je n'ai rien d'une experte, dit-elle. Je n'ai eu qu'un amant. Je vous en parlerai plus tard.

— Nous voulons les informations pratiques en plus de votre histoire, décréta Tor.

— Nous verrons.»

18

OCÉAN INDIEN, À 500 MILLES MARINS DE BOMBAY

Rose, décidée au départ à éviter Guy autant que possible, avait toutefois commencé à éprouver une étrange et angoissante empathie à son égard. Viva lui avait dit qu'il n'avait pas vu ses parents depuis dix ans et qu'il éprouvait une terreur grandissante au fur et à mesure qu'ils approchaient des Indes. Apparemment, il dormait la tête enfouie sous d'épaisses couvertures.

Elle comprenait ce sentiment. La veille, en utilisant le terme de «fiancé» pour expliquer qui était Jack à l'une des femmes d'officiers, le mot s'était coincé dans sa bouche comme un dentier mal fixé. Ce matin, elle s'était réveillée en suçant son pouce, ce qui ne lui était pas arrivé depuis des années. Elle avait alors regardé la photographie du capitaine Chandler sur son trente et un – en complet uniforme, boutons de cuivre rutilants et épée au côté, fixant l'objectif avec un petit air suffisant – souhaitant que quelque chose dans ce portrait fasse enfler son cœur. Or, elle n'avait ressenti qu'un sentiment de vide, confinant au vertige. Dans deux jours, le bateau arriverait à destination et les dés seraient jetés. La porte se refermerait sur son enfance et sur la liberté qui l'avait accompagnée ; une autre s'ouvrirait sur un monde aussi étranger à ses yeux que la lune.

Cette pensée fit surgir dans son esprit d'autres craintes. Jack la reconnaîtrait-il après ces six mois de séparation ? En supposant qu'il la reconnaisse, ne risquait-il pas d'être déçu ? Le décor de ce premier baiser au *Savile Club* – le clair de lune, le grandiose escalier, les chérubins batifolant au-dessus de leur tête – n'aurait pu être plus romantique, mais le présent était le présent. Tant de choses dépendaient du lieu où l'on se rencontrait et de la façon dont on se sentait ce jour-là. Quand elle descendrait du bateau, le moindre de ses défauts physiques serait accentué par un soleil sans pitié. La regarderait-il en se disant *Quelle énorme erreur* ? Ou penserait-elle aussitôt, en le voyant : *Je me suis trompée, ce n'est pas lui que j'attendais* ?

Après avoir rempli d'eau le lavabo, elle s'arrosa le visage d'un geste brusque. Pourquoi, songea-t-elle en attachant ses cheveux en arrière et en appliquant un doigt de crème sur chaque joue, n'avait-elle pas confié à Tor sa nervosité ? Elle avait l'impression d'être déloyale, sans savoir exactement envers qui : Jack ou son amie d'enfance ? Telle était aujourd'hui la confusion de ses pensées. Ne pouvant plus supporter d'évoquer le moindre détail relatif à Park House – elle avait pleuré plusieurs fois avant de s'endormir, au cours du voyage, rien qu'en évoquant la tristesse de ses parents, désormais seuls dans leur grande demeure –, elle s'efforçait de ne plus se retourner vers ce qui appartenait au passé.

Devait-elle se laver les cheveux ? se demanda-t-elle en les brossant. À présent que le bateau se trouvait au milieu de l'océan Indien, l'air paraissait plus frais et vivifiant, ce qui n'empêchait pas tous les passagers d'être trempés de sueur à l'heure du déjeuner.

Même Tor, se dit-elle en revenant à sa préoccupation essentielle, même Tor n'avait jamais été assez impétueuse pour s'abandonner à un homme qu'elle connaissait à peine. En fait elle semblait s'être réconciliée avec Viva et venait en aide au garçon d'à côté.

Ce matin, elle avait apporté chez lui son gramophone et une pile de disques. Rose percevait les accords étouffés de «Ramona» et deux voix fredonnant «J'ai fait un rêve merveilleux...»

L'humeur du jeune homme connaissait apparemment des hauts et des bas, mais Tor avait découvert qu'il avait une passion pour le jazz et pour le cinéma. Quand il était en forme, elle jacassait en sa compagnie, comme une vieille amie.

La veille au soir, elle avait eu avec lui une vraie conversation, cœur à cœur. Guy lui avait même parlé avec remords des vols auxquels il s'était livré à l'école. Il avait confié qu'il avait agi ainsi parce que ses compagnons revenaient tous de congé avec des gâteaux et des biscuits qu'ils partageaient entre eux. Lui aussi aurait aimé avoir des friandises à partager avec les autres. De même, quand il lui arrivait de séjourner, pendant les vacances, chez des parents éloignés, ces derniers lui en voulaient d'arriver les mains vides.

Rose n'avait pas été touchée le moins du monde par ces arguments fallacieux. À dire vrai, chaque pensée accordée à ce garçon ressuscitait ses craintes. Elle était peut-être égoïste, mais elle ne voulait pas descendre du bateau avec, près d'elle, cet énergumène, qui ne manquerait pas de fumer, de se renfrogner et de marcher en tortillant des hanches, vêtu de son répugnant pardessus. Que penserait Jack d'une telle apparition ?

187

Elle était intimement convaincue qu'il aurait fallu le confier tout de suite au Dr Mackenzie, et avait clairement exprimé son opinion quand elles en avaient discuté toutes trois en buvant un verre avec Frank. Cependant, Tor, qui s'était précédemment montrée si mesquine envers lui, non seulement s'était opposée à cet avis, mais s'était transformée en bonne fée. Elle avait affirmé que tous devaient former autour de Guy un cordon de sécurité, jusqu'à ce qu'il soit confié à ses parents.

De toute manière, il était trop tard : des huîtres avariées avaient rendu malades trois passagers : il n'y avait plus de lit disponible à l'infirmerie.

Rose appuya la nuque contre le mur de la cabine en fermant les yeux. Un autre genre de musique provenait de la pièce voisine : un *raga*, hésitant, aérien et infiniment triste. Quand le disque s'arrêta, elle entendit la voix de Tor, joyeuse et mordante, suivie d'un éclat de rire.

Chère Tor, se dit-elle soudain, avec son gramophone bien-aimé, sa musique et son appétit de vivre. Il était tellement évident qu'elle avait un énorme faible pour Frank ; ses grands yeux ne savaient rien dissimuler.

La pensée que son amie avait également des secrets l'attristait, mais dans un sens elle se sentait soulagée de ne pas parler de Frank avec elle. Quoique très amusant et séduisant, il n'appartenait pas à leur monde. Tout d'abord, il était médecin, raison suffisante pour que Mrs Sowerby ne le trouve pas digne de sa fille. En outre, il semblait témoigner d'une approche peu conventionnelle de la vie, d'une personnalité instable, ce qui était le cas de beaucoup d'hommes depuis la guerre, ainsi que le lui avait expliqué sa mère.

La veille au soir, quand elle lui avait demandé quels étaient ses projets, il avait répondu qu'il avait l'intention de se rendre à Lahore, au nord du pays, où il rejoindrait un ancien professeur d'université, afin d'effectuer à ses côtés des travaux relatifs à une maladie apparemment épouvantable. Il avait ajouté qu'il avait également envie de voyager, affirmant que sa vie était «une quête en progrès». Tout cela était parfait mais...

Puis il s'était tourné vers Viva, dont il était visible-ment amoureux et avait demandé : «Que pensez-vous que je doive faire ?» Elle lui avait répliqué, presque avec froideur : «Pourquoi me posez-vous cette question ?» et s'était détournée. N'était-il pas étrange qu'elle le traite ainsi, alors qu'ils semblaient passer de plus en plus de temps ensemble ? Leur chaperon restait une inconnue, sans le moindre doute. Bien que cela aille à l'encontre des penchants naturels de Tor, Mrs Sowerby avait peut-être raison quand elle lui conseillait de «laisser les hommes sur leur faim». Il faut dire qu'elle bondissait autour de la gent mascu-line comme un chiot en quête de caresses, et se faisait briser le cœur sans répit.

Rose s'en voulait de laisser affluer à son esprit tant de mornes pensées au sujet de l'amour et de ses dangers. Maman l'avait avertie que la plupart des futures mariées étaient gagnées par la panique avant leur mariage ; telle était sans doute la raison de son anxiété. Il fallait qu'elle songe à faire ses bagages et cesse de ruminer. Pour commencer, elle pouvait recoudre l'ourlet de sa jupe.

Un petit sac en tissu tomba doucement sur le sol quand elle prit son nécessaire à couture dans la commode. Oh, Dieu! Voilà une autre question qu'elle avait repoussée au fond de son esprit: ce truc en éponge anticonceptionnel que le Dr Llewellyn lui avait donné. Il lui avait dit qu'elle devait l'imbiber de vinaigre et s'entraîner à l'utiliser plusieurs fois avant la nuit de noces, mais la perspective de toucher son intimité la mettait au supplice.

Bon, le moment présent n'était pas pire qu'un autre. Elle emporta le petit sac dans la salle de bains et verrouilla la porte. Puis elle releva sa robe, baissa sa culotte et, pour la première fois de sa vie, tâtonna pour trouver ce que le docteur appelait le canal de la naissance.

Elle eut un moment de panique – elle n'en avait pas, ne trouvait qu'un sillon de peau humide – et soudain, oui, elle le découvrit, mais y introduire l'éponge lui faisait mal. En fait, songea-t-elle, essouf-flée et cramoisie, il était impossible de faire rentrer cet objet dans ce qui paraissait un espace trop étroit. Quand elle écarta un peu plus les jambes et se pencha avec un grognement peu convenable, l'éponge lui glissa des mains et heurta le miroir. Elle s'assit et versa des larmes de honte mêlées de rage.

Pourquoi sa mère ou qui que ce soit d'autre ne lui avaient-ils jamais parlé de ces pratiques? Tant de conseils déversés sur elle par la famille et les amis à propos de thèmes divers – robes, chaussures, ceintures contre le choléra, morsures de serpents, invitations et visites – et rien, pas une miette, pas un seul mot au sujet de ce qui importait vraiment!

Elle lavait l'éponge sous l'eau lorsqu'elle entendit Tor entrer avec Viva. Prestement, elle la rangea dans son petit étui de vichy qu'elle dissimula dans sa poche, et retourna dans la chambre avec une décontraction étudiée.

«Que se passe-t-il? s'enquit Tor. Tu as l'air misérable.

— Je vais parfaitement bien.

— Sûrement pas, tu as pleuré.

— Eh bien…» Rose regarda Viva. Elle était sur le point de commenter l'arrivée prochaine du bateau, qui serait un grand moment pour eux tous, quand elle éclata en sanglots.

«Voulez-vous que je parte? demanda Viva.

— Non, restez, dit Tor sans consulter son amie. Toutes pour une et une pour toutes.»

Rose sourit poliment. «Je suis désolée d'être aussi stupide.»

Parce qu'il y avait une minuscule chance pour que Viva puisse l'aider, elle décida de la tenter. Elle sortit le petit sac de sa poche et leur montra l'éponge.

«Ce truc anticonceptionnel, expliqua-t-elle, en luttant contre les larmes. Avez-vous la moindre idée de ce que je dois en faire?

— Qu'est-ce que c'est? s'écria Tor en prenant l'objet. C'est trop mignon!

— Oh, tais-toi! aboya Rose. Ce n'est pas mignon, c'est affreux!» Elle saisit l'éponge et la tendit vers Viva en déglutissant bruyamment.

La jeune femme se pencha pour l'examiner. «Je suis désolée, je n'ai pas la moindre idée de ce que c'est. Attendez.»

Elle fila en courant dans sa cabine et revint avec un livre épais couvert d'un papier marron, intitulé *Le Mariage idéal*.

«Je l'ai trouvé dans une librairie près du British Museum, précisa-t-elle. Je déteste avoir l'air d'une ignorante.»

Toutes trois s'assirent sur la couchette, Viva entre les deux amies.

«Veux-tu que je regarde s'il y a des informations sur les éponges, chérie?» demanda Tor, contrite. Elle prit le volume des mains de sa propriétaire. «C'est certainement là-dedans, pousse-toi. Bon, où est le sommaire?» Tournant les pages, elle lut à haute voix: «Voilà: "L'amour, concept abstrait; L'amour, émotion intime; Le langage des yeux; Efficacité sexuelle des petites femmes" – que diantre cela veut-il dire? "Hygiène corporelle; Hygiène mentale; Détente bienheureuse." Il doit bien y avoir une partie sur les éponges!

— Cela ne fait rien.» Les yeux de Rose restaient fixés sur le tapis persan. «Je suis sûre que j'y arriverai.

— Écoute, dit Tor sévèrement, ce n'est pas le moment de faire marche arrière. Que feras-tu à Poona quand Viva ne sera plus là? Il est horrible de se sentir stupide. Quand j'ai eu mes règles pour la première fois, personne ne m'avait rien dit; j'ai bien cru que je me vidais de mon sang. Ma mère se trouvait à Londres; j'en ai donc parlé à mon père qui a failli mourir d'embarras. Il m'a apporté quelques vieux chiffons, puis ne m'en a plus jamais reparlé.»

Rose se leva; elle détestait ce genre de conversation. Toutefois, Tor se montra implacable.

«Assieds-toi. Viva, nous allons boire un verre de Drambuie et lire cet ouvrage.

— Mais il est trop tôt pour boire, argua son amie.

— Je m'en fiche. Bois ça.»

Rose but une gorgée, puis une autre, heureuse de sentir l'effet calmant de la liqueur.

«Ce bouquin ne sert à rien, s'écria Tor après un moment. Vous avez promis dc nous parler, Viva, et vous êtes la plus âgée. Commencez par les baisers. Je veux dire, vous avez forcément embrassé des hommes, même Rose l'a fait, mais qu'est-ce que les hommes préfèrent?

— Honnêtement, je ne suis pas experte.» Elle jeta un coup d'œil impatient vers la porte.

«Viva, allez! commanda Tor.

— Voilà ce que je sais à propos du baiser, mais je n'ai eu qu'une liaison, pas des centaines. La première chose à savoir, c'est que si vous vous tenez très près d'un homme, il va presque certainement essayer de vous embrasser. S'il le fait, il incline sa tête d'un côté, il est donc préférable d'incliner votre tête de l'autre pour éviter le choc des nez.» Ses amies s'esclaffèrent. «Ensuite, bien que je n'en aie pas fait l'expérience, j'ai cru comprendre que certains baisers sont un peu comme une musique, parfois passionnés et profonds, parfois doux. Je pense qu'il faut laisser l'homme guider sa partenaire, et ne pas faire la ventouse quand il désire un baiser léger comme un papillon ou quelque chose de ce genre.

— J'ai embrassé Jack, dit Rose, mais je suis sûre qu'il ne s'est rien passé de tel. Cela semble si froidement scientifique ! Quelle chance vous avez eue de connaître quelqu'un qui vous dise quoi faire !

— Vraiment ? Peut-être. Ce n'était pas vraiment un professeur, tout au moins, ajouta-t-elle mystérieusement, ce n'était pas de lui que j'aurais souhaité recevoir ces leçons. » Elle bégayait presque. Le souvenir de cet homme semblait l'attrister.

« Finissez ceci. » Tor versa un demi-centimètre de liqueur dans chacun de leurs verres. « J'ai aussi une grande question à poser à Viva.

— Allez-y. Je ne suis pas la source de toute sagesse, mais simplement la propriétaire de ce livre.

— Eh bien, je vais tout de même poser ma question, parce que vous connaissez peut-être la réponse. » Elle parut tout à coup embarrassée. « Je crois que j'ai fait une chose très stupide avec Jitu Singh l'autre soir. »

Rose poussa une exclamation.

« Non, tout va bien, ce n'est pas cela. Oh, chérie, tu devrais te voir, tu es blême ! »

Elle leur raconta le flirt, la danse, et la tentative de Jitu qui s'en était suivie.

« Bien sûr, je me rends compte que j'étais inconsciente, mais tous les Indiens se comportent-ils comme des bêtes ? Devons-nous vraiment nous montrer particulièrement prudentes avec eux ?

— Ce ne sont absolument pas des bêtes, déclara Viva, mais je pense que nous les déconcertons.

— Comment cela ? »

Son interlocutrice fit une pause avant de poursuivre : « Eh bien, les Indiens ont probablement constaté que certaines femmes blanches se laissent convaincre plus facilement que les femmes de leur pays de coucher avec eux. Ils nous voient fréquenter librement des hommes auxquels nous ne sommes pas apparentés, et danser dans des endroits publics. Aux Indes, seules les prostituées peuvent se comporter ainsi. Je ne parle pas pour vous, Tor, mais les femmes d'officiers se donnent parfois en spectacle. Quand les hommes comme Jitu les voient s'engager dans des liaisons adultères et flirter ouvertement, ce que n'oserait aucune femme indienne, comment ne seraient-ils pas déconcertés ?

— Alors ils sont fous de nous ? » Tor était en émoi.

« Je ne sais même pas si c'est vraiment le cas. La femme écrivain pour laquelle j'ai travaillé, qui a vécu pendant des années aux Indes, affirme que la plupart des Indiens ne nous trouvent pas particulièrement séduisantes. Ils pensent que nous avons l'air de pâtisseries pas assez cuites. Néanmoins, ce sont des hommes et nous sommes des femmes. La femme blanche est une curiosité et parfois le symbole d'un statut social.

— Ont-ils le sang plus chaud que nos hommes ? insista Tor.

— Probablement, répliqua Viva, rougissante, mais je n'en suis pas sûre. »

Toutes trois soufflèrent bruyamment, puis s'esclaffèrent avec un peu de gêne.

« Il nous faut donc être plus prudentes, conclut Tor.

— Oui.

— Quelle perspective ! »

— Chérie, je t'en prie, dit Rose. Je crois vraiment qu'il faut monter déjeuner. » Elle voulait penser à autre chose ; il faisait trop chaud et elle se sentait vaguement nauséeuse.

« Buvons à… la détente bienheureuse, suggéra Tor avec une grimace.

— Quelle idiote ! » Rose la pinça en pensant *Tu vas tellement me manquer*.

Avant de sortir de la cabine elle demanda : « Viva, viendrez-vous à mon mariage ? »

Le chaperon répondit par l'affirmative.

19

POONA

Les motifs de frayeur n'avaient pas manqué à Jack au cours de ses six années en tant qu'officier de cavalerie. Quatre mois après son entraînement de base à Poona, il avait été envoyé dans un poste de colline reculé, près de Peshawar, à l'extrême Nordest du pays. Durant son séjour, il avait patrouillé le long de l'une des frontières les plus dangereuses et instables du monde, passant des nuits entières à dos de cheval et arpentant des routes montagneuses où chaque ombre représentait une menace.

La chasse au sanglier, passion du régiment et l'un des sports comportant d'innombrables risques – il obligeait le participant à parcourir au galop un terrain accidenté sans être capable de voir à plus d'un mètre devant soi en raison de la poussière –, l'avait terrifié un certain temps.

Un jour, Scuds, son meilleur ami, y avait perdu la vie. Jack avait assisté, horrifié, à la chute du cheval dans un trou de renard et au bond mortel de l'officier, projeté telle une catapulte dans un arbre ; il avait même cru discerner les vertèbres rompues de sa nuque.

Les Indes le terrifiaient. À Bombay, il avait vu une foule furieuse tirer un homme hors de sa voiture, l'asperger d'essence et le transformer en bûcher funéraire, parce qu'il avait accidentellement heurté un enfant.

Mais la peur qu'il éprouvait aujourd'hui, qui lui collait à la peau comme de la poix, était différente. Rose ne se trouvait qu'à quelques heures de lui : dans dix jours il serait marié ! *Je ne te connais pas !* Il s'était brusquement assis dans son lit ce matin-là, les mots résonnant dans sa tête. Depuis des mois, il essayait d'entretenir le souvenir de sa fiancée, mais son image s'était peu à peu évanouie, comme un parfum agréable ou l'un de ces songes vagues qui persistent à la lisière de la conscience dans les premiers instants du réveil. Ce projet commençait à ressembler à une farce hideuse, à un mauvais rêve qui ne voulait pas prendre fin. Bientôt, le cauchemar se concrétiserait sous la forme d'une cérémonie publique.

Les *memsahibs* du club s'étaient déjà répandues sur l'impatience et l'émotion qu'il devait ressentir, ce qui lui donnait l'impression d'être un méprisable imposteur. Le *Courrier du Pionnier* lui avait téléphoné la veille pour connaître l'orthographe exacte du nom de sa promise – Wetherby ou Wheterby ? – et savoir de quel lieu d'Angleterre elle venait exactement ; il lui avait fallu masquer une pause embarrassante tandis qu'il rassemblait ces informations les plus élémentaires la concernant. La guirlande de fleurs dont les serviteurs entouraient sa photographie chaque jour ne réussissait qu'à accentuer son sentiment de culpabilité.

Cette situation invraisemblable lui donnait le vertige. Pour la première fois de sa vie son père lui manquait. Il aurait voulu se promener à cheval avec lui – comme cela s'était déjà produit dans le passé lorsqu'il avait un problème à résoudre –, et entendre son langage sans détour, ses paroles de bon sens au sujet des futurs mariés qui paniquent dans les semaines qui précèdent leur union. Ce désir, il le savait, était stupide : non seulement son père avait fait de son propre mariage un désastre, mais ils n'avaient tous deux jamais eu la moindre conversation intime.

Il avait également songé à se confier à Maxo – le lieutenant Maxwell Barnes, dont le sens de l'humour compensait largement le bégaiement – l'un de ses meilleurs amis du régiment, avec lequel il s'était lié au cours de leur entraînement à Secunderabad. Ils avaient partagé bien des expéditions et subi ensemble la menace d'un fusil tenu à bout portant à Peshawar. Peut-être aurait-il pu aussi partager son anxiété avec Tiny Barnsworth, le doux géant avec lequel il jouait au polo quatre jours par semaine pendant la saison et s'entendait parfaitement, mais l'occasion ne s'était pas présentée et, de toute manière, une règle tacite du mess imposait aux officiers de ne pas parler de femmes.

Consultant sa montre, il constata que le bateau accostait dans vingt-deux heures. La peur s'étendit des muscles de son cou à son estomac qui gargouillait sans relâche. À six heures ce soir, avant l'arrivée de sa fiancée, il se rendrait chez Cécilia Mallinson, à Bombay, pour ce qu'elle appelait «des petits verres».

Au cours du mois précédent, il avait rencontré à deux reprises cette femme déconcertante – «Appelez-moi Cissy» –, aux paupières lourdes soulignant, par contraste, l'acuité du regard, et au flot de conversation brillant. Elle l'avait invité au club à «un papotage» à propos des invitations pour le mariage, des robes, et des dates à fixer pour la succession frénétique de distractions qu'elle avait prévue au cours des dix jours précédant la cérémonie.

«Bien entendu, vous n'êtes pas obligé d'être là chaque fois.» Elle avait croisé les jambes et soufflé une volute de fumée dans sa direction; la tache vive de son rouge à lèvres sur deux mégots traînant dans un cendrier l'avait dégoûté.

«Je n'en aurai pas la possibilité, de toute façon, avait-il rétorqué. Le régiment se tient en alerte partielle en raison de la crise de l'Awali. Il est même possible que nous devions bientôt retourner au nord.

— Nom de nom, s'était-elle écriée en remuant la tête. Est-ce que la petite dame est au courant?

— Quelle petite dame?» Il savait qu'il se montrait grossier mais lui trouvait un culot incroyable.

«Rose, bien sûr.

— Non, pas encore. Je pensais qu'il valait mieux nous connaître un peu avant de le lui apprendre.»

Encore vingt et une heures. Afin de se calmer, il se rendit aux écuries et pénétra dans le box de Bula Bula, son cheval favori au nom urdu signifiant « rossignol ». L'animal n'était qu'un avorton quand il l'avait vu pour la première fois : il n'avait pas encore de nom et n'était jamais sorti de son box. Aujourd'hui, sa robe, où saillaient les muscles puissants, brillait grâce au pansage quotidien. Lorsqu'il le montait, Jack pouvait ramasser un mouchoir sur le sol au grand galop ; il lui avait appris à se tenir tranquille sous un tas de paille, pendant que les autres cavaliers s'exerçaient à tendre une embuscade.

« Boulou, mon vieux pote. » Alors qu'il caressait le creux de l'imposante mâchoire, la bête retint son souffle de plaisir. « Mon B.B., mon beau Boulou. »

Il passa les doigts dans la crinière de l'animal et le sentit s'appuyer contre lui. Tout était si facile avec les chevaux, il suffisait de se donner la peine de les connaître. Ceux qui avaient l'habitude de l'écurie se montraient toujours avides de caresses.

« Bonjour ! *sahib*. » Son palefrenier surgit sous le ventre de l'animal, salua et retourna à sa tâche précisément définie : cinq minutes de bouchonnage pour chaque flanc, dix pour le ventre et cinq pour la tête, avant de cirer soigneusement la bride, de nettoyer le tapis de selle bleu et or, d'oindre les fers et d'étriller de nouveau l'encolure de la bête. Jack se sentait déjà mieux. Dans un claquement de sabots, Maxo et Tiny, qui venaient d'entraîner leur monture dans la cour, l'appelèrent. Il observa un moment leur silhouette se découpant sur le ciel éblouissant. Deux jeunes gens rudes à la fleur de l'âge. Ses meilleurs amis.

Il remarqua leur mine d'enterrement. Dans le petit monde du régiment, tout le monde savait que lorsqu'on se mariait, rien n'était plus pareil.

Cinq minutes plus tard, couverts d'une poussière rouge, tous trois galopaient et hurlaient comme des sauvages le long du terrain de polo, faisant semblant de s'envoyer des balles les uns aux autres. Puis ils empruntèrent la longue allée qui conduisait au champ de courses où les chevaux bondirent en avant, les flancs couverts de sueur.

Jack criait et pleurait en même temps, soulagé que personne ne puisse le voir. Il avait l'impression de vivre le dernier jour de sa vie.

Trois heures plus tard, il était assis dans le bureau du colonel Atkinson, apaisé, baigné, rasé et en uniforme.

Son officier supérieur, petit homme rougeaud et chaleureux, parlait couramment l'urdu et adorait le théâtre d'amateurs. Jack, qui l'appréciait, admirait la façon dont il évitait d'étaler sa bravoure. Aujourd'hui, Atkinson tripotait d'un air distrait le fer à cheval qui lui servait de presse-papiers.

«Nous avons reçu des mauvaises nouvelles de Bannu, déclara-t-il. Trois de nos hommes ont été pris dans une embuscade et ont disparu. Je dois faire une déclaration ce matin. Reynolds, qui est l'officier en charge du commandement là-bas, est certain que d'autres attaques sont prévues.

— Je suis désolé d'entendre cela, monsieur.

— Nous le sommes tous. Voici le problème : il est presque certain que nous allons devoir envoyer des renforts, et nous aimerions que vous commandiez une compagnie. Je sais que le moment est mal choisi.

— Quand serait-ce, monsieur ?

— Dans deux semaines, peut-être plus tôt. Je suis désolé si cela contrarie vos plans de mariage, mais j'ai les mains liées. »

L'expression du colonel, plus exaspérée que contrite, était éloquente. Tous savaient qu'il désapprouvait le mariage de ses hommes avant l'âge de trente ans.

« Ce n'est pas votre faute, monsieur. Ce sera un honneur. » C'en était un, qui aurait dû le ravir.

« Votre femme saura-t-elle s'adapter ?

— Je suis sûr que oui, monsieur, répondit-il, la bouche sèche et le cœur battant.

— Chandler ?

— Oui, monsieur ?

— Bonne chance.

— Merci, monsieur. »

20

Bombay, à 6 284 milles marins de Londres
Décalage horaire : cinq heures et demie

31 octobre 1928

Les malles de Tor et de Rose, remplies et fermées venaient d'être placées à l'extérieur de la cabine lorsque Nigel frappa à la porte.

« Message de la part du capitaine, bégaya-t-il. Le dernier service en mer aura lieu à quatre heures et demie dans le grand salon. Message de ma part, une grosse bouteille de champagne qui réclame toute notre attention nous attend dans ma cabine, à une heure.

— Oh Nigel ! s'écria Tor en l'enlaçant et le serrant dans ses bras. Pensez-vous sincèrement que vous pourrez vivre sans nous ? »

Il lui rendit son étreinte, rouge de gêne.

« Pas sûr, répondit-il. Je vous écrirai pour vous le dire. »

Elle savait que le lendemain, il prendrait le train pour Terrapunji, poste de colline reculé, considéré, selon lui, comme l'endroit le plus humide de la terre. Il avait mentionné en passant, avec le ton de plaisanterie qui le caractérisait, que trois de ses prédécesseurs s'y étaient suicidés, fous de solitude.

« Au moins, je n'aurais plus à vous écouter chanter », ajouta-t-il.

Tor et Rose avaient pris l'habitude d'entonner à tue-tête des negro spirituals chaque fois qu'il se sentait démoralisé. Elles ne se sentaient pas disposées à entendre des propos négatifs sur les Indes.

« Je dois me sauver pour faire mes bagages, conclut-il, mais n'oubliez pas le champagne et dites à Viva de venir aussi.

— Nous le lui demanderons mais je crois qu'elle n'a pas fermé l'œil de la nuit, dit Tor. Le garçon est dans tous ses états à l'idée de voir ses parents. »

Le visage de Nigel devint sérieux.

« Je suis vraiment navré pour lui et pour Viva. La vie ne va pas être facile pour elle aux Indes.

— Oh ! tout ira bien. Elle est très mûre, et va devenir écrivain, vous savez. Elle doit récupérer les affaires de ses parents ; ils lui ont probablement laissé pas mal d'argent pour vivre.

— Il est possible que non, que tout ne se passe pas si bien, je veux dire. Elle est trop originale, trop libre.

— Nigel ! J'espère que vous ne vous êtes pas entiché d'elle, vous aussi !

— Oh ! taisez-vous, Tor. On peut s'inquiéter pour quelqu'un sans en être amoureux.

— Viva est notre puits de sagesse en ce qui concerne les Indes. Elle est née ici et s'y sent chez elle bien plus qu'à Londres.

— Elle était petite quand elle est retournée en Angleterre. Les Indes ont évolué depuis. Elles sont devenues beaucoup plus effrayantes. Les Indiens ne veulent plus de nous ici, et je les comprends. »

Tor avait mis ses mains sur les oreilles et braillait une prière. Nigel se tut puis se mit à hurler tel un chiot, comme si tout cela n'était qu'une bonne farce.

Viva, blême et sur les nerfs, apparut alors que la bouteille de champagne était bien entamée.

Tor, Rose, Frank, Jane Ormsby Booth, Marion – une nouvelle amie – et elle se trouvèrent entassés dans la cabine de Nigel.

« Oh, délicieux, divin ! » Tor souleva sa flûte de champagne vide en fermant les yeux. « Quelle bonne idée vous avez eue ! » Elle s'efforçait de montrer à Frank à quel point elle se sentait joyeuse et excitée.

«Pas si vite, mon enfant.» Nigel posa la bouteille et saisit un livre. «Je vais d'abord vous lire un très court poème. Oh, silence, misérables philistins!» Il fit taire les protestataires qui affirmaient, à grand renfort de grognements et de cris, avoir été attirés sous de faux prétextes. «Cela ne prendra que deux minutes de votre temps et vous ne le regretterez pas. Le poème s'intitule *Ithaque*, mais pourrait aussi bien s'appeler *Les Indes*.

Il s'assit près de Viva et lut:

Quand tu prendras le chemin vers Ithaque
Souhaite que dure le voyage,
Qu'il soit plein d'aventures et plein
d'enseignements.
Les Lestrygons et les Cyclopes,
Les fureurs de Poséidon, ne les redoute pas.
Tu ne les trouveras pas sur ton trajet
Si ta pensée demeure sereine, si seuls de purs
Émois effleurent ton âme et ton corps.
Les Lestrygons et les Cyclopes,
Les violences de Poséidon, tu ne les verras pas
À moins de les receler en toi-même
Ou à moins que ton âme ne les dresse devant toi.

«Désolée, interrompit Jane Ormsby Booth, je ne prise pas la poésie. De quoi parle-t-on?»
Viva et Frank la firent taire. Nigel poursuivit:

Souhaite que dure le voyage.
Que nombreux soient les matins d'été où
Avec quelle ferveur et quelle délectation
Tu aborderas à des ports inconnus!

Arrête-toi aux comptoirs phéniciens
Acquiers-y de belles marchandises
Nacres, coraux, ambres et ébènes
Et toutes sortes d'entêtants parfums
– Le plus possible d'entêtants parfums,
Visite aussi les nombreuses cités de l'Égypte
Pour t'y instruire, t'y initier auprès des sages.

« Est-ce que vous avez débarqué en Égypte ? demanda Jane à Tor... Oh, pardon !

— Continuez, Nigel. » Tor mit une main sur la bouche de Jane. Dans le silence qui suivit, elle entendit le clapotis de la mer.

Leur hôte reprit sa lecture.

Et surtout n'oublie pas Ithaque.
Y parvenir est ton unique but.
Mais ne presse pas ton voyage
Prolonge-le le plus longtemps possible
Et n'atteins l'île qu'une fois vieux,
Riche de tous les gains de ton voyage
Tu n'auras plus besoin qu'Ithaque t'enrichisse.
Ithaque t'a accordé le beau voyage,
Sans elle, tu ne serais jamais parti.
Elle n'a rien d'autre à te donner.
Et si pauvre qu'elle te paraisse
Ithaque ne t'aura pas trompé.
Sage et riche de tant d'acquis
Tu auras compris ce que signifient les Ithaques[1].

---

1. *Ithaque*, Constantin Cavafy, 1911, traduction de Jacques Lacarrière.

Lorsqu'il se tut, tous restèrent silencieux. Il fit sauter un bouchon de champagne et remplit leurs verres. « Aux voyages merveilleux, proposa-t-il. À tous nos Ithaques ! » Tor remarqua qu'il avait les yeux pleins de larmes.

« Bravo, Nigel, dit doucement Viva en posant une main sur son bras. Qui l'a écrit ?

— Cavafy. Je savais que vous l'aimeriez.

— Je l'aime, effectivement. »

Ils échangèrent un regard prolongé.

« Buvons aux ports phéniciens et à Bombay ! » Frank prit la main de Tor dans la sienne, ce qui la fit glousser nerveusement.

« Aux voyages fabuleux, renchérit Viva.

— Et à vous tous pour avoir rendu le nôtre si épatant ! » s'exclama Tor avec une telle ferveur que tout le monde rit, à l'exception de Rose qui fixait pensivement l'horizon.

Une heure plus tard, ils mirent leurs chapeaux et s'assirent dans le salon de l'étage supérieur, provisoirement transformé en chapelle et abritant un autel de fortune recouvert d'un drapeau britannique. Par les fenêtres, ils pouvaient apercevoir le tracé lointain, encore imprécis, de la côte indienne.

Une femme corpulente abattit ses doigts sur un harmonium : une centaine de voix s'élevèrent ensemble. Tor regarda autour d'elle, contemplant les longues rangées de *memsahibs*, vêtues de leurs meilleurs habits, les colonels, Jitu Singh, les missionnaires et les jeunes enfants, debout près de leur mère, que leurs *ayahs*, dans leurs saris de couleurs vives, observaient de l'extérieur de la salle.

L'hymne prit fin. Tous s'agenouillèrent. Rose, qui se tenait près de Tor, priait si fort que les articulations de ses doigts croisés étaient devenues blanches.

Viva arriva en retard, accompagnée de Guy. Dans son éternel pardessus noir, il semblait à la fois étourdi et éteint.

Frank apparut après elle et demeura debout de l'autre côté de la pièce. Il était si séduisant dans son uniforme que Tor dut s'enfoncer les ongles dans la paume de la main pour ne rien laisser percevoir de son émotion.

La veille au soir, elle avait eu avec lui une conversation qui l'avait terriblement blessée. Heureusement, il ne s'était visiblement douté de rien.

Ils se promenaient sur le pont. Dans le décor romantique de ce bateau illuminé, tel un château de verre fabuleux se découpant sur le ciel étoilé, où ils évoluaient, effleurés par la brise soyeuse, elle pensait : *S'il doit m'embrasser, ce sera maintenant.* Au lieu de cela, il tourna les yeux vers la mer obscure et poussa un si grand soupir qu'elle lui demanda, d'un ton qu'elle espérait le plus neutre possible : « Frank, qu'allez-vous réellement faire une fois aux Indes ? Vous vous êtes montré aussi secret qu'un sphinx à ce sujet. »

Il la regarda d'un air surpris. « Vraiment ? Eh bien je suis un sphinx sans énigme à résoudre. Je sais à coup sûr que je vais rester quelques semaines à Bombay pour gagner un peu d'argent, et que je me rendrai ensuite dans le Nord pour mes travaux de recherche.

— À propos de votre fièvre bilieuse hémo… je ne sais quoi ?

— Oui, dit-il d'un air sombre. J'ai dû vous en parler déjà. Une maladie horrible dont on ne sait pas encore grand-chose. »

Dans d'autres circonstances, elle aurait pu essayer de le pousser à se confier davantage – *Tous les hommes adorent parler d'eux-mêmes, intéresse-toi à son travail* – mais il paraissait absolument misérable et se taisait. Tor, désireuse de lui remonter le moral, s'écria : « Je n'arrive pas à croire que nous serons à Bombay demain matin ; tout cela est tellement palpitant !

— Vous êtes adorable, articula-t-il en souriant tristement. Tout est pour vous source d'enthousiasme.

— Allons Frank, vous devez être ravi aussi. C'est une si grande aventure pour nous tous !

— Pas vraiment. » Il alluma une cigarette et souffla la fumée d'un air pensif.

Tout à coup, dans les cinq minutes qui suivirent, elle apprit qu'il la considérait comme une fille charmante, très sympathique, juste la fille qu'il aurait appréciée plus que tout dans n'importe quelle autre circonstance, mais qu'il était amoureux de quelqu'un d'autre.

Tor se força à sourire en hochant la tête.

« Est-ce une personne que je connais ? »

Il se détourna.

« Non, je ne crois pas que quiconque la connaisse. » Il ajouta quelque chose qu'elle n'entendit pas. Puis il se tourna vers elle et déclara, avec un regard désespéré : « J'ai essayé de le lui faire savoir, probablement avec trop d'insistance, mais elle est totalement fermée, glacée. Je sais pourtant que je n'arriverai pas à me la sortir de la tête. Oh, Tor, pourquoi vous ai-je raconté tout cela ? Vous êtes si gentille de m'écouter !

— Pas du tout. À quoi serviraient les amis, sinon ? » Elle ajouta même une petite plaisanterie. « C'est ce que ma mère qualifie de "secrets d'adieu". Ceux que vous laissez échapper soudainement quand vous quittez une pièce. C'est notre dernière soirée à bord, après tout. »

Ils étaient seuls sur le pont. Il se pencha vers elle et lui embrassa doucement le bout du nez, comme un oncle bienveillant.

« Et vous, charmante enfant, qu'espérez-vous de la vie ? Une histoire romantique ? Des bébés ? Une foule de réceptions ?

— Non, répliqua-t-elle, piquée au vif. Je veux plus que cela.

— Ne soyez pas offensée. » Il semblait avoir écarté ses pensées lointaines et la regardait fixement. « Dites-moi ce que vous attendez vraiment.

— Je n'en sais rien, Frank. » Une sorte de brouillard maléfique lui embruma l'esprit un instant. Lorsqu'il s'éclaircit, elle eut la sensation fugitive que son interlocuteur s'était transformé en ennemi.

Donne-lui l'impression qu'il est l'homme important entre tous. Les principes des magazines féminins, brusquement, n'avaient plus la moindre importance.

« De la consistance. Un travail. Un accomplissement, quelque chose qui vous appartient et ne peut vous être arraché.

— Nom d'un chien, vous êtes une suffragette ! s'écria-t-il amèrement. Est-ce-là l'influence de Viva ? »

« Chérie, s'exclama Rose en lui donnant un coup dans les côtes, arrête de le regarder.

— Je ne le regardais pas, répliqua Tor en détournant les yeux de la silhouette de Frank.

— Bien sûr que si ! »

Elles se serrèrent l'une contre l'autre, amies jusqu'au bout.

Tous entonnaient « *Vous, qui sur la terre habitez* » ; Nigel essaya de la faire rire en chantant un peu faux.

Cher Nigel, aimable, intelligent et drôle. Le genre d'homme qu'elle aurait dû épouser. Son bégaiement le classait dans la catégorie à laquelle elle appartenait, celle des laissés-pour-compte. Le pauvre ! Elle lui pressa le bras.

La musique s'évanouit. Lorsqu'ils se relevèrent, elle eut de nouveau conscience du bourdonnement, de plus en plus sourd, du paquebot, et du clapotis de l'eau fendue par la proue. Le capitaine, solennel dans son uniforme de cérémonie, leur demanda de se tenir par la main. Il pria pour la paix – dans un moment difficile de l'histoire des Indes –, la santé du roi et le bien du glorieux Empire britannique, dont ils ne représentaient – tous le sentirent à cet instant – qu'un infime élément.

21

BOMBAY

Viva passa la matinée à trier les vêtements malodorants que Guy avait refusé de faire laver, puis à surveiller ce dernier de près. Elle agissait ainsi en partie pour éviter de penser, car ils étaient presque arrivés. Au tout début de la journée, debout sur le pont, observant la ligne des toits de Bombay qui se découpait sur le ciel, elle s'était revue tenant la main de Josie, un jour ensoleillé comme celui-ci. Son père, jeune, d'une beauté athlétique, s'était détaché de la foule pour venir les chercher ; agitée et heureuse, sa mère parlait à tort et à travers pour dissimuler la gêne qu'ils éprouvaient lors de leurs retrouvailles.

Celles-ci étaient traditionnellement célébrées dans le restaurant situé au sommet de l'hôtel *Taj Mahal*, dont la vue panoramique – ciel bleu, oiseaux, mer et bateaux – émerveillait le regard. Ce déjeuner possédait ses propres rites : les mangues fraîches dont elle rêvait à l'école, puis un curry très épicé pour son père, un *biryani* pour elle-même, une glace, des confiseries, de la limonade fraîche – tous mets absolument délicieux après le hachis Parmentier et cet étouffe-chrétien à la graisse de rognon. Balayés ces jours marqués d'une croix sur le calendrier, balayée la nostalgie. Josie et elle se retrouvaient enfin au milieu de leurs semblables.

Ouvrant les yeux sur la ville, aux contours vibrant de chaleur, elle éprouva une douleur proche de la nausée, comme quelqu'un qui aurait essayé de marcher trop tôt avec une jambe cassée. Les membres de sa famille avaient disparu, disparu à jamais. Malgré les quinze ans écoulés depuis, ses blessures se rouvraient et saignaient à nouveau.

La plage de Chowpatty Beach se trouvait juste au-delà de la mince bande de terre de l'île de Bombay. C'était à cet endroit, lors de leur dernier après-midi aux Indes avant de retourner à l'école que Josie et elle, accablées de détresse, avaient plongé sans relâche dans l'eau tiède couleur turquoise. Debout sur la plage, leur mère les surveillait.

«Il est l'heure de rentrer, mes chéries !» avait-elle fini par crier. Josie, l'aînée de treize mois, plus responsable, s'était dirigée vers le rivage.

Viva avait résisté. «Je ne rentre pas ! s'était-elle exclamée. Vous ne pouvez pas m'y obliger !»

Elle s'était soudain mise à sangloter, tournant le regard vers l'horizon pour que Maman ne la voie pas. À la fin, elle avait obéi. Quel choix avait-elle ?

«Espèce de saucisse !» avait déclaré sa mère, avant de lui acheter une glace.

«Miss Holloway ?» L'assistant du commissaire de bord surgit à son côté avec une pile de notes de bar, pour Guy et pour elle. Son estomac se noua de nouveau. Le total dépassait de trente livres les vingt-cinq que les parents du garçon lui avaient envoyées ; elle devait les rencontrer dans moins d'une heure.

Elle imaginait le père de Guy comme une version plus grande et plus corpulente de son fils, avec des dents menaçantes. *Je suis désolé,* le voyait-elle dire, *mais mettons les choses au point. Non seulement vous avez autorisé un garçon de seize ans à boire de l'alcool, mais vous avez débarqué du bateau et l'avez laissé seul à Port-Saïd ?*

Qui, excepté Frank, l'épaulerait quand elle essaierait de leur expliquer le comportement étrange de leur fils et la difficulté de sa propre position ? Le médecin responsable du bateau, après lui avoir tendu les quelques doses de phénobarbital qu'il désignait sous l'expression de « rations d'urgence », semblait se désintéresser complètement du jeune homme. « Nous n'avons jamais eu de problème avec lui auparavant », affirmeraient les Glover, et s'ils refusaient de payer son billet de bateau, elle se retrouverait dans un bel embarras.

La somme qui lui restait se montait à l'impressionnant total de cent quarante livres, déjà virées à la Grindley Bank de Bombay, dont une partie serait consacrée à son logement ainsi qu'aux impondérables, et le reste, au transport jusqu'à Simla pour récupérer la malle de ses parents. Si elle ne trouvait pas de travail en arrivant, elle aurait devant elle, selon son estimation, tout juste de quoi vivre pendant un mois.

Elle pouvait maintenant humer l'odeur de l'Inde – épices, excréments, poussière, pourriture –, indescriptible, inoubliable. Du port, parvenaient les notes brisées d'une trompette et des roulements de tambour, mêlés aux cris des vendeurs de pois chiches cuisinés, de cacahuètes et de graines diverses.

«Madame, s'il vous plaît!» Un homme âgé se tenait sur le pont d'un bateau muni d'une roue à aubes qui venait de glisser harmonieusement aux côtés du *Kaiser*. Il dressait devant elle un vieux singe efflanqué coiffé d'un chapeau rouge, qu'il obligeait à saluer de la main. «Hello, madame!» Personne en Angleterre n'aurait souri à des étrangers avec tant de jovialité.

Alors qu'elle joignait les paumes et saluait à l'indienne, des larmes jaillirent de ses yeux. Derrière son interlocuteur, une foule bigarrée s'était amassée sur la jetée, attendant le bateau. Elle remarqua, déton-nant parmi toutes les couleurs de l'arc-en-ciel, un ou deux uniformes kaki évocateurs d'automne.

Après avoir consulté sa montre, elle l'avança d'une heure pour obtenir un décalage total de cinq heures et demie par rapport à Londres. À Earl's Court, à cette heure-ci, elle aurait été en train de regarder de sa fenêtre la parade des chevilles, pataugeant pour attraper l'omnibus ou le tramway.

Alors qu'à Bombay, au début de l'hiver, elle sentait sa peau s'épanouir comme une fleur vers le soleil.

«Viva! Viva!» Tor, nerveuse, bondit vers elle. «N'est-ce pas extraordinaire?

— Est-ce que Rose va bien? s'enquit Viva calmement.

— Bien sûr que non, elle est en bas, terrifiée. Elle a décidé de ne pas retrouver son fiancé sur la jetée, devant les regards avides des *memsahibs*. Nigel est

215

parti en avant pour aller le chercher et le conduire jusqu'à notre cabine.

— Comment est-il habillé, en uniforme ou en mufti ?

— Pas la moindre idée, et Rose non plus. Ne faut-il pas être marié pour savoir ce genre de choses ? susurra la jeune fille, le regard plein d'humour.

— Mon Dieu, c'est effrayant !

— Oh, Viva ! s'écria son interlocutrice, lui pressant le bras. Je vous en prie, promettez-moi de ne pas me laisser tomber dès notre arrivée. Vous pourrez me faire visiter la ville et je vous inviterai aux réceptions. »

Le chaperon sourit sans répondre. Comment pouvait-elle expliquer ses craintes financières à quelqu'un comme Tor pour qui une allocation mensuelle, même réduite, paraissait aller de soi.

« Nous allons tous ce soir prendre un verre dans un endroit appelé le *Taj Mahal*. Le connaissez-vous ?

— Oui.

— Ne vous avisez pas de vous enfuir quand le bateau accostera.

— Je ne le ferai pas. » Timidement, elle pressa le bras de Tor, ne sachant comment se comporter dans ce genre de situation. « Il vaut mieux que j'aille chercher Guy, dit-elle en regardant de nouveau sa montre.

— Il va bien ?

— Pas vraiment. Je serai heureuse, ce soir, quand la journée sera écoulée. »

Il vint lui ouvrir, bâillant, dégageant toujours une odeur nauséabonde et affectant une nonchalance qu'il ne ressentait pas. Encore vêtu de son pyjama, il avait le menton couvert d'une barbe de plusieurs jours.

«Guy, s'il vous plaît, il est presque midi et quart. Lavez-vous le visage, coiffez-vous, bougez un peu!» L'exaspération menaçait à nouveau de l'envahir. «Vous avez seize ans, bon sang de bonsoir, aurait-elle voulu lui dire. Pas six!»

«Je ne peux pas, déclara-t-il. Il y a quelqu'un dans la salle de bains qui occupe mes ondes radio.»

La veille au soir, elle était en train de faire les bagages du jeune homme. Au milieu de ce qui paraissait une conversation tout à fait normale, il avait secoué la tête et poussé un gémissement lugubre, telle une âme en enfer. Elle avait senti les cheveux se dresser sur sa tête.

«Pourquoi ai-je fait ça?» Il l'avait regardée comme si c'était elle qui perdait la raison.

«Écoutez, si quelque chose vous tracasse, dites-le-moi. Je n'aime pas les bruits effrayants.»

Comme elle s'y attendait, il lui avait demandé quelques minutes plus tard, d'une voix faussement neutre: «Quand mes parents arriveront demain, resterez-vous un peu avec moi? Ils vont sûrement me poser un tas de questions embarrassantes.

— Oui, Guy, mais donnez-vous du temps. Vous vous sentirez bientôt de nouveau en famille.

— Ce sont de foutus étrangers pour moi, mais merci du conseil.

— Je sais que j'ai raison», avait-elle menti. Frank et elle pensaient qu'il était important de lui éviter toute émotion. La nuit précédente, le médecin lui avait fait avaler deux pilules roses, pour plus de sécurité.

217

Ils étaient arrivés : elle sentit le choc final et le frémissement du bateau qui accostait, avant que ne s'élève le rugissement de la foule.

« Sortez, sortez ! Trouvez ces crétins ! s'écria Guy, la voix tremblant de nervosité. Et éteignez cette maudite radio en sortant. »

22

Rose s'était décidée à monter sur le pont, en fin de compte. Agrippant les mains de Tor, elle lui enfonçait les ongles dans la paume.

« Où est-il ? Est-ce que tu le vois ? demanda-t-elle à son amie qui se levait sur la pointe des pieds.

— Pas encore, mais j'aperçois Viva. » Elles plongèrent le regard sur une mer de visages et contemplèrent leur chaperon se frayer un chemin parmi la foule. Quelques secondes plus tard, Tor secoua le bras de Rose. « Mon Dieu ! s'exclama-t-elle. Regarde ! »

Nigel se dressait à côté d'un homme blond de grande taille, vêtu d'un costume kaki, qui tenait un bouquet de fleurs de canna écarlates ; il leur fit un petit signe pudique, bougeant à peine le poignet – elles savaient pouvoir compter sur lui pour être discret.

Les doigts de Rose se serrèrent en une poigne de fer.

« Je redescends, dit-elle brusquement. Je ne veux pas que tout le monde m'observe. Peux-tu l'attendre ici et le conduire en bas ?

« — Bien sûr, ma chérie. Il est séduisant, n'est-ce pas ? » Elle avait remarqué l'expression sévère du visage de Jack, sa posture rigide.

« Oui, répondit son amie d'une voix éteinte.

— Quand tu le verras, souris et prends l'air détendu. Mon Dieu, je me mets à parler comme ma mère ! »

Sa compagne resta silencieuse ; elle regardait de nouveau la foule.

« Tu le connaîtras mieux bientôt, Rose.

— Je sais. »

Après un dernier regard, la fiancée se précipita vers sa cabine et adopta une pose nonchalante dans un fauteuil en osier. Au-dessus de sa tête, elle entendait des pas précipités et le grincement de chaussures le long du couloir. Elle patienta ce qui lui parut une éternité, consciente des lourds battements de son cœur. Lorsque le coup retentit à la porte, elle sauta sur ses pieds.

« Rose », articula une voix profonde. Il était là, debout sur le seuil, casque dans une main, bouquet dans l'autre. Plus grand que dans son souvenir, et moins séduisant, peut-être en raison des traits vaguement crispés de son visage.

« Oh, hello ! » Elle ne l'avait pas imaginé non plus si vigoureux. Il lui tendit les fleurs de canna. « C'est pour vous ; elles poussent comme du chiendent par ici. »

Quand il mit son casque sur la couchette, elle pensa qu'il allait l'embrasser, mais au lieu de cela il demanda « Puis-je ? », s'assit, et étendit ses jambes musclées, comme s'il posait pour une photographie. Visiblement mal à l'aise, il s'éclaircit la gorge puis, après un moment d'hésitation, lui prit la main.

« Elles sont ravissantes, Jack, dit-elle en enfouissant le nez dans le bouquet sans odeur. Merci.

— Un brave type, ce Nigel qui est venu me chercher. Apparemment quelqu'un de très bien.

— Oui, c'est un fonctionnaire, il se rend à… Flûte ! je ne m'en souviens pas. Quelle idiote ! Je me renseignerai…, balbutia-t-elle comme s'il aspirait à tout savoir de leur ami. Ces fleurs sont vraiment très jolies. »

Souriant aux corolles, elle ressentit une désagréable impression de vide à l'endroit du cœur.

« Un peu poussiéreuses, j'en ai peur. » Dans cette position, il paraissait remplir la cabine entière. « Elles ont voyagé sur une moto entre Poona et ici. J'espère que vous ne m'en voulez pas de ne pas encore posséder de voiture. J'ai oublié de vous le mentionner.

— Bien sûr que non ! » s'exclama-t-elle. Il se racla de nouveau la gorge.

À cet instant, sa mère, si sociable et à l'aise avec les étrangers, lui manquait cruellement.

« Tor et moi avons fait un voyage formidable, déclara-t-elle après un silence. Reprendre pied dans la vie réelle risque de nous paraître terriblement difficile ! » Le sourire mourut sur les lèvres de son fiancé.

Oh non ! Quelle parfaite imbécile je suis ! Maintenant, il va être certain que je regrette d'être venue !

« Eh bien, vous n'allez pas avoir le temps de souffler ici », commença-t-il, avant de s'interrompre.

Le ventilateur s'était éteint ; sa main dans la main de Jack devenait poisseuse.

« Écoutez, il y a un léger changement en ce qui concerne nos projets. Je voulais vous en parler moi-même avant que vous ne l'appreniez par une autre source. »

Elle sentit aussitôt son moral remonter : le mariage était annulé, tout cela n'était qu'un mauvais rêve.

« Nous avons eu récemment des soucis sur la frontière nord-ouest ; je pourrai bientôt vous expliquer plus en détail ce qui se passe. » Elle remarqua à la fois qu'il transpirait et qu'il avait une fossette au menton. « Mon officier supérieur m'a demandé de rejoindre une compagnie là-bas, mais je ne sais pas encore quand ce déplacement aura lieu. S'il faut changer la date de la cérémonie, Cissy Mallinson dit que vous pourrez habiter chez elle quelque temps. La saison démarre en novembre, il y aura un tas de réceptions.

— Chéri. » Troublée par l'utilisation de ce mot, elle rit nerveusement. « Tout ce que vous déciderez me conviendra. »

Le soulagement illumina le visage de son fiancé, comme un rayon de soleil.

« J'apprécie que vous le preniez ainsi, affirma-t-il. Je crains bien qu'une seule chose soit certaine aux Indes : aucun plan ne se déroule jamais comme prévu. »

Dix minutes plus tard, alors qu'ils descendaient la passerelle ensemble, une femme mince aux lèvres peintes, coiffée d'un chapeau cloche, sortit de la foule pour les saluer.

« Mes chéris ! s'écria-t-elle. Roméo rencontre enfin Juliette ! Je suis Cécilia Mallinson, appelez-moi Cissy. »

221

Elle embrassa Rose légèrement sur les deux joues, dans un effluve soutenu de cigarettes et de parfum auxquels se mêlait une odeur d'eau mentholée.

« Tout va bien ? s'enquit Tor à voix basse tandis qu'ils se dirigeaient vers la voiture de Cissy.

— Bien, merci, chuchota Rose sans bouger les lèvres. Tout est parfait. »

Elle se tut brusquement. « Oh, c'est terrible ! J'ai oublié de dire au revoir à Viva ! Je ne peux pas le croire !

— Ne t'inquiète pas. Elle savait que tu étais anxieuse et elle l'était aussi ; les parents du garçon venaient d'arriver. Je lui ai donné notre adresse. »

Les porteurs indigènes marchaient devant elles avec leurs bagages sur la tête. Elles les suivirent à travers la foule, précédées du petit chapeau élégant de Mrs Mallinson. Une fillette au visage sale et aux cheveux emmêlés s'approcha en gambadant et tira sur la manche de Rose.

« Pas papa, pas maman, madame achète. » Elle crispa ses doigts maigres sur sa bouche.

« Ignorez-la, ignorez, ordonna Cissy. Ne vous arrêtez pas, c'est une arnaque. »

Ce tourbillon de sensations étourdissait Rose ; il y avait trop de choses à assimiler : le soleil éblouissant, la puanteur des égouts et de l'encens mêlés, les visages sombres et les saris de couleurs vives. Au carrefour, un homme qui s'examinait dans un miroir fendu se coupait les poils du nez à l'aide de gros ciseaux.

Ils durent s'immobiliser au milieu de la rue. Accompagné de flûteaux et de cornets à pistons, un petit groupe avançait, portant un éléphant de papier mâché sur un trône clinquant.

Cissy se couvrit les oreilles de ses doigts aux ongles écarlates. « Une pure horreur ! » s'exclama-t-elle.

Tor sautillait d'excitation.

« C'est Ganesha, cria Jack, le dieu indien du Savoir et de l'Intelligence. »

Rose l'observait timidement, les yeux à demi fermés. Elle se dit que force et virilité composaient finalement un ensemble non dépourvu de charme.

Mrs Mallison les transporta dans sa mignonne petite Ford vert foncé. Tor, assise devant, s'exclamait et riait à chaque découverte. Son amie, installée à l'arrière près de Jack, restait absurdement concentrée sur la distance qui séparait les genoux kaki de Jack des siens, recouverts de soie rose. Lorsque la conductrice donna un coup de volant pour éviter un cheval étique, elle se raidit pour ne pas toucher son voisin – leurs retrouvailles se révélaient trop soudaines, trop précipitées.

Cissy se retourna pour les regarder. « Début de la visite guidée ! » lança-t-elle d'une voix chantante. Elle semblait déterminée à être drôle, ce qui mettait Rose extrêmement mal à l'aise. « Ce grand bâtiment typique aux allures de palace, avec un dôme, est le fameux hôtel *Taj Mahal* où nous fêterons le réveillon du Nouvel An. Une histoire étrange est liée à cet édifice, ajouta-t-elle. Il a été construit par un Indien, offensé de ne pas être autorisé à pénétrer dans les hôtels européens. L'architecte, un balourd de Français qui a placé la piscine au mauvais endroit, derrière l'hôtel et non devant, a fini par se suicider.»

Les jeunes filles laissèrent échapper un rire peu convaincu et Jack ne réagit pas du tout. Il avait des poils sur les phalanges, remarqua Rose, des poils fins et blonds. Maintenant qu'elle avait un peu de temps pour y penser, elle admira rétrospectivement la sobriété de son accueil, dénué de toute fioriture. Il leur faudrait du temps pour se réadapter l'un à l'autre.

«À votre gauche, le Yacht Club, sorte de station balnéaire que nous apprécions car nous y faisons du bateau à voile, et derrière… Oh!»

La voiture freina brusquement, projetant les jambes de Jack contre celles de sa fiancée. Un homme chargé de bananes traversait devant eux.

«Et derrière…» Cissy semblait déjà lasse de son rôle de guide. «Les Indes, remplies de dieux païens, très éloignées du Hampshire.»

Elle leur jeta un regard malicieux dans le rétroviseur. Rose rougit et sentit son cœur s'emballer: Jack lui tenait de nouveau la main.

23

2 NOVEMBRE 1928. FOYER DE JEUNES FILLES, BOMBAY
EXTRAIT DU JOURNAL INTIME DE VIVA HOLLOWAY

Je dois écrire ce qui s'est passé tant que les événements restent frais dans ma mémoire. Guy Glover est un rat; il m'a tendu un piège. Il m'a suppliée de rester près de lui pour retrouver ses parents qui, venus d'Assam, où Mr Glover est un planteur de thé, avaient accompli un voyage de quatre jours en train. Étant donné l'état d'esprit de Guy (incroyablement instable au cours des derniers jours – il affirme qu'il entend des voix dans sa radio, ou une absurdité de ce genre ; ne dort pas ; sent très mauvais ; ne se lave pas, etc.), je pensais qu'il était important de l'assister au moment des retrouvailles. Bien entendu, je comptais également recevoir le solde de la somme convenue au départ.

Dans l'éventualité où les choses deviendraient épineuses pour moi, Frank avait accepté d'être là pour donner son avis de professionnel sur Guy (le Dr Mackenzie s'étant lavé les mains de toute cette histoire). Cependant, à la dernière minute, il a été appelé à l'infirmerie pour une urgence. Je suis donc restée seule pour gérer la situation.

Dix minutes avant leur arrivée, Guy s'est mis à fumer une cigarette après l'autre et, à un certain moment, il est sorti et a commencé à se cogner la tête contre le mur. Quand je suis allée le rejoindre, il m'a déclaré, à ma grande stupéfaction : « J'ai essayé de vous aimer, mais vous avez rendu les choses très difficiles pour moi. » Je n'ai rien su répondre d'autre que : « Guy, pourquoi ne vous asseyez-vous pas pour boire une tasse de thé ? » Quel réflexe ridiculement anglais !

Finalement, Dieu merci, ils sont arrivés. Elle, Gwen Glover, petite souris terne et larmoyante ; lui, sorte de matamore au visage congestionné. Il a immédiatement serré la main de son fils et lui a donné une grande claque sur l'épaule.

« Bravo ! mon vieux, tu es parvenu à bon port. Temps beau et chaud, hein ? Vous vous êtes bien amusés tous les deux ? » Amusés ! Ce n'est pas le terme qui me serait venu spontanément à l'esprit !

Au cours des cinq ou dix premières minutes, Guy a plutôt bien joué le rôle du fils prodigue, mais lorsque nous avons rassemblé ses affaires, il est brusquement sorti de la pièce en claquant la porte derrière lui.

Pendant son absence, j'ai donné à ses parents les deux lettres que l'école m'avait confiées pour eux. Mr Glover les a enfouies dans sa poche, arguant qu'il n'avait pas le temps de les lire pour l'instant, ce qui m'a fait penser qu'il était peut-être déjà au courant des vols, des résultats des examens, etc.

J'ai essayé d'expliquer (très vite et peut-être, à cause de mon anxiété, pas très adroitement) que leur fils avait paru souffrir d'une extrême tension nerveuse au cours du voyage, et qu'il avait été placé sous la surveillance d'un médecin. J'ai précisé – ce qui me paraissait important – qu'il s'était, à plusieurs reprises, cogné la tête contre le bastingage.

« C'est totalement absurde ! s'est écrié Mr Glover en s'empourprant davantage. Êtes-vous en train de suggérer que mon fils est mentalement dérangé ?

— J'ai bien peur que oui. » Peut-être aurais-je dû me montrer moins directe.

Mrs Glover s'est mise à pleurer en s'exclamant : « Je savais que quelque chose comme ça allait se produire. » et : « Ce n'était qu'une question de temps. »

Mr Glover a dit : « Tais-toi, Gwen ! » puis il s'est tourné vers moi en hurlant « Comment osez-vous ? » Il est ensuite sorti chercher Guy.

« Assieds-toi sur ce lit, a-t-il ordonné, soudain transformé en arbitre intransigeant capable de régler cette question en deux temps trois mouvements. Miss Holloway prétend que tu as été mêlé à une bagarre à bord. Tu as frappé un type, ou tu as été frappé, je n'ai pas bien saisi. »

226

Guy avait apparemment oublié sa déclaration d'amour précédente. Il m'a regardée très froidement en secouant la tête. « C'est une menteuse, a-t-il affirmé, et elle boit ; elle a dit de tout inscrire sur ta facture. »

À ce moment, avec un horrible sens du minutage, le steward de Guy est entré avec une autre pile de notes de bar, toujours impayées. Mr G., avec l'air d'un homme obligé de manipuler des crottes de souris, les a étalées sur le lit. (Mrs G. pleurnichait en tirant nerveusement sur les bouloches de sa robe.)

Mr G. a sorti de sa poche un petit carnet et un crayon argenté : « Une bouteille de pouilly-fuissé, une bouteille de beaumes-de-venise… » La facture se montait à près de dix livres ; ce jeune rat avait bu en cachette.

La tête de Mr G. a semblé enfler de rage, comme celle d'un cobra. Il m'a accusée d'être une ivrogne menteuse et irresponsable ; si je n'avais pas bu autant, je me serais montrée plus sensible aux sentiments les plus délicats d'un jeune homme qui n'avait, en raison de circonstances indépendantes de la volonté de ses parents, pas vu ces derniers depuis dix ans et se sentait, de façon compréhensible, extrêmement nerveux. En conclusion, il n'avait pas l'intention de me verser davantage d'argent, et considérait que j'avais beaucoup de chance qu'il ne me dénonce pas à la police.

Peut-être y avait-il un peu de crainte derrière cette tempête : quand je lui ai proposé de s'entretenir avec le médecin du bateau pour vérifier mon histoire, il n'a pas répondu mais a décidé de se montrer magnanime en réglant les notes de bar, à la condition que je signe un papier déclarant que je le rembourserai petit à petit. Pendant ce temps, Guy, qui est soit très fou, soit très intelligent, fixait le mur d'un air impérial, comme si cela ne le concernait pas.

Ils sont repartis pour Assam par le train de nuit. L'un de mes derniers gestes à l'égard de Guy fut de lui glisser la boîte de phénobarbital dans la poche. Il est parti entre ses parents, puis a fait volte-face et s'est précipité vers moi. En me serrant dans ses bras, il a récité : « *Non illegitimi te carborundum – Ne laisse pas les salauds t'abattre.* » Quel culot !

Pour finir, je me suis retrouvée sur le quai Apollo Bunder, avec une douzaine de porteurs affairés autour de moi. J'ai alors demandé à un conducteur de *tonga* de m'emmener au foyer de jeunes filles que Miss Snow m'avait recommandé, affirmant que c'était un endroit respectable, propre et bon marché.

Je paie deux roupies la nuit pour une chambre seule. La chambre double en coûte trois, mais je ne pouvais pas me faire à l'idée de partager mes moments de tranquillité, surtout après ce qui s'était passé. Ma chambre, quoique petite (10 m² environ), donne sur un arbre immense et magnifique (acheter un livre sur la végétation du pays) ; elle abrite un lit en fer d'une personne, une table et un placard dans l'entrée, muni d'une penderie.

La clientèle, si j'en juge par le peu que j'ai vu, est constituée d'un mélange d'Anglaises et d'Indiennes qui travaillent, la plupart d'entre elles comme missionnaires, enseignantes ou étudiantes. La direction du foyer paraît chaleureuse mais autoritaire. Une foule de règles nous sont imposées.

Je peux tout juste me permettre le prix de ce logement, mais la dépense de cette somme, quoique modique, me terrifie. Je n'ai pas d'argent, ou quasi pas, et si le chèque relatif à mon premier article n'arrive pas, il faudra que je trouve rapidement un travail rémunéré.

Plus tard

L'extinction des feux sonne ici à dix heures et demie ; les portes ferment à onze heures.

Au crépuscule, je suis sortie dans la rue où l'air doux et tiède était presque palpable. Au coin de la rue, un vieil homme, assis sur ses talons, confectionnait du *bhel puri*[1] dans une poêle. Son goût m'a bouleversée. Je suis de nouveau à la maison, ai-je pensé. C'est vraiment ridicule, car je n'ai jamais considéré Bombay comme chez moi. Le vendeur de *puri* était visiblement ravi de ma façon de manger et de mes grognements de plaisir. Quand j'ai fini mon festin, il m'a lavé les mains dans un récipient qu'il gardait près du réchaud, puis il a sorti un melon qu'il a pelé et découpé de façon experte. C'était délicieux, mais j'ai senti qu'il fallait que je le paie un peu plus. Je suis très angoissée au sujet de l'argent.

Le lendemain matin

Réveil aux sons de la rue – cris du porteur d'eau, meuglement d'une vache et bruit de voiture – mêlés à un rire dans la chambre voisine.

Après le petit déjeuner – *chapatis*[2] et *dhal*[3], exquis – je suis allée consulter les annonces sur un tableau, où étaient affichées trois offres d'emploi pour jeunes Anglaises respectables.

1) *Institutrice recherchée à l'école de la mission locale.* Question : Faut-il être très croyant et pratiquante pour enseigner dans un tel endroit (candidature hypocrite dans mon cas) ?

---

1. Plat constitué de riz soufflé, de pommes de terre et d'une sauce au tamarin.
2. Pain indien sans levain.
3. Plat à base de lentilles corail.

2) *Dame de compagnie pour Mrs Van de Velde, près du temple jaïn, sur Malabar Hill; personne fiable pour organiser la correspondance et, si possible, jouer au bridge.* À moins d'être dans une situation désespérée, je vais éviter les emplois d'accompagnatrice pendant un moment. G.G. m'a dégoûtée pour un bon bout de temps.

3) *Agence de publicité: J. Walter Thompson cherche secrétaire anglaise, bonne dactylo et sténo. Laxmi Building.* Laxmi, déesse de la Richesse. Prometteur. Dommage que je ne connaisse pas la sténo. Je vais tout de même répondre.

Quand j'ai interrogé la dame de l'accueil au sujet des loyers d'appartements à Bombay, elle m'a affolée en me disant qu'aucune Anglaise qui se respecte ne vivrait seule dans cette ville, sauf à Malabar Hill ou dans le quartier de Colaba, où les loyers sont très élevés. Elle a cependant ajouté que certaines âmes audacieuses – essentiellement des assistantes sociales et des enseignantes – habitaient dans des banlieues moins salubres. Une certaine Daisy Barker, qualifiée de « sacrée bonne femme », s'est installée à Bombay pour prodiguer un enseignement de niveau universitaire aux femmes indiennes. Je veux la rencontrer.

Une autre Anglaise est récemment passée ici, en route pour le Nord, où elle doit enseigner dans une école britannique; la dame de la réception semblait anxieuse de me faire remarquer qu'elle était une grande amie des gouverneurs et aurait pu vivre où elle le voulait, mais qu'elle était allée rejoindre une amie. Bien que ces deux exemples représentent probablement une exception, notre conversation m'a redonné du courage. Ainsi, toutes les femmes de ce foyer n'appartiennent pas au groupe des grandes dames adeptes des cocktails et de la chasse au sanglier ? Pourquoi ne pas organiser une série d'entretiens sur ces âmes non conformistes (peut-être pour le magazine *Ève*) ? Je vais y réfléchir ce soir.

Le travail va – doit – se présenter.

24

BOMBAY, CINQ SEMAINES PLUS TARD

Une semaine avant le mariage de Rose, Tor était assise sur la véranda de la maison de Cissy, à Malabar Hill, les jambes relevées, le visage doucement caressé par la brise aux effluves de fleurs. Elle écrivait avec retard une longue lettre à sa mère qui lui envoyait chaque semaine de longues missives remplies de questions. Le temps en Angleterre se révélait pire que mauvais ; Mr Thaw, le jardinier, était alité après avoir glissé sur des feuilles humides, chute au cours de laquelle il s'était cassé le poignet ; il était impossible de trouver des chapeaux décents à Winchester. Comment allait Tor, avec toutes ses distractions ? Une foule de réceptions, sans doute, et beaucoup d'autres plaisirs ? Comment Rose prenait-elle le délai de son mariage, repoussé de deux semaines ? Elle devait être furieuse !

Tor, la plume hésitant au-dessus de la page, ne savait pas par quoi commencer. En fait, loin d'être furieuse que son mariage soit remis à plus tard, Rose avait paru soulagée. «Cela me laisse le temps de respirer», avait-elle expliqué de cette façon retenue

231

que son amie trouvait inquiétante. D'un point de vue tout à fait égoïste, Tor s'était sentie enchantée de passer deux semaines de plus avec elle dans cette demeure de conte de fées.

La maison. Comment parler à sa mère, sans la rendre folle de jalousie, de la perfection de cet endroit et de la situation enviable de sa cousine éloignée? Celle-ci semblait avoir vraiment réussi dans la vie, en épousant Mr Mallinson qui, apparemment, avait fait des merveilles dans le coton; il devait être d'une richesse indécente, même selon les critères de Malabar Hill.

De l'endroit où elle se tenait, Tor pouvait admirer une belle courbe de pelouse qui s'inclinait en pente douce jusqu'à la mer d'Arabie; une terrasse débordant de bougainvillées et de jasmins; un ciel d'azur; et une foule de serviteurs, en train de balayer, ranger, nettoyer, ratisser, bref, de faire en sorte qu'aucun détail n'entache la perfection du décor.

À ce moment précis, six d'entre eux dressaient la spectaculaire tente de maharadjah où, selon les projets de Cissy, se tiendrait le cœur de la réception de mariage, la semaine suivante.

Le chapiteau – d'un rose flamboyant, orné de morceaux de miroir et de riches broderies – était typique de la célèbre «touche» de Cissy. Alors que les autres grandes demeures de ce quartier chic, très européen de Bombay étaient baptisées de noms assommants tels que *Mon Repos* ou *Le Cytise*, celle de Cissy se nommait *Le Tambourin*. À l'intérieur de son hall de marbre, un grand oiseau de verre, suspendu devant une fenêtre orientée à l'ouest, tournait sur lui-même et scintillait au coucher du soleil dans un embrasement éblouissant. Le salon s'ornait de soieries de couleurs pastel et de divans bas. À l'étage, dans la chambre d'amis qu'elle partageait avec Rose, toutes deux disposaient d'une boîte à gâteaux remplie de biscuits importés de France et d'une chemise de cuir comportant un papier à lettres armorié, de couleur crème. La salle de bains attenante offrait d'épaisses serviettes-éponges et des flacons de sels divers, munis de petites louches de bois. À leur arrivée, elles avaient eu peine à en croire leurs yeux.

La nourriture, elle aussi, se révélait divine – rien à voir avec les *réchauffés*[1], ainsi que les appelait sa mère. Le matin, leur étaient apportés des fruits frais : ananas, mangues ou oranges cueillis sur l'arbre. Personne ici ne cherchait à économiser l'eau ou la lumière, ne brandissait le spectre du gaspillage affamant les pays sous-développés.

Quand elle y réfléchissait, en mordillant le bout de son porte-plume, la seule ombre au tableau était Geoffrey, homme corpulent et rougeaud aux sourcils particulièrement fournis, qui ne savait que palabrer sur l'état de l'industrie du coton aux Indes, sur le point de s'effondrer, selon lui. Fort heureusement, ce trouble-fête disparaissait chaque matin, s'éloignant dans sa voiture conduite par un chauffeur vers Dieu savait où, et ne réapparaissait chaque soir qu'à l'heure du gin tonic.

Tor trempa sa plume dans l'encre et soupira. Quel pensum ! Sa mère semblait avide de savoir tant de choses. Il était clair que sa question principale « Rencontres-tu beaucoup d'agréables jeunes gens, là-bas ? » dissimulait un âpre calcul qui aurait pu s'exprimer différemment : *Toutes ces dépenses que nous*

---

1. En français dans le texte.

avons effectuées en robes, billets, etc. représentent-elles globalement un investissement rentable ? La réponse la plus évidente – si l'on considérait la succession incessante de réceptions et de pique-niques organisés par leur hôtesse – aurait pu se formuler ainsi : « Mère, cela ne se présente pas trop mal. »

En fait, Cissy, alors qu'elles buvaient du café sur la véranda un matin, avait décrit exactement en termes objectifs – légèrement choquants aux yeux de Tor – le genre d'hommes qu'elle devait rechercher pendant la durée de son séjour.

« Le fonctionnaire se situe absolument en haut de la liste, avait-elle assuré. C'est un très bon parti, mort ou vif. En tant que veuve, vous touchez trois cents livres par an, ce qui signifie, d'une certaine façon, avait-elle ajouté avec un clin d'œil appuyé, que pour vous, il a encore plus de valeur mort que vif. Je plaisante, bien sûr, chérie. »

Tor avait déjà oublié les autres catégories suggérées par Ci, mais se souvenait néanmoins que les officiers de cavalerie se situaient à une place élevée dans la liste – de préférence quand ils appartenaient à des régiments anglais et non indiens, ce qui était une sorte de reproche déguisé à l'égard de Jack.

Cissy lui avait également assené de sévères mises en garde contre les femmes mi-indiennes mi-européennes dont certaines, extrêmement belles, se révélaient de véritables prédatrices. Elles n'avaient absolument aucun scrupule à s'immiscer dans une relation et à provoquer une rupture de fiançailles. « Toutefois, ne vous inquiétez pas, ma petite fleur, avait-elle conclu avec une tape sur le genou de Tor. Ils vont tomber à vos pieds, surtout si nous… » La fin de la phrase s'était dissoute dans la fumée de cigarette. Cette fois, cependant, Tor était déterminée à se montrer prudente. Bien que plusieurs hommes lui aient demandé son numéro de téléphone, aucun d'entre eux n'avait encore manifesté d'intentions. Elle en savait assez sur sa mère pour comprendre que lorsque celle-ci plaçait ses espoirs très haut, elle devenait dangereusement envahissante.

4 décembre 1928

Chère Maman

Cette lettre, je le crains, risque d'être très courte car je dois sortir bientôt. Nous sommes tous de plus en plus excités par le mariage de Rose, qui aura lieu dans une semaine. Aujourd'hui, nous avons prévu de faire des achats de dernière minute au magasin Army & Navy, près de l'enceinte fortifiée de la ville. J'ai été désolée d'apprendre que Mr T. s'est blessé le poignet. Je vous écrirai une lettre beaucoup plus longue demain et vous raconterai tout. Je vais très bien. Merci, Maman, pour les patrons de robes. Je vais voir si je peux les faire faire pour vous ici à moindre coût.

Recevez, vous et Papa, toute mon affection,
Victoria.

Lorsque Cissy apparut soudain, vêtue d'un kimono lilas et chaussée de ballerines, dans un nuage d'*Arpège*, son parfum favori, Tor dut résister à la tentation de cacher sa lettre comme une enfant à l'école primaire. Les mots qu'elle venait d'écrire semblaient tout à coup terriblement ennuyeux et terre à terre.

Lors des premiers jours au *Tambourin*, tout ce qui concernait Cissy – ses lèvres rouge vif, sa démarche traînante, ses vêtements chics – donnait à Tor le sentiment d'être énorme, stupide et primaire. Maintenant, la gêne avait cédé la place à une sorte d'admiration inconditionnelle. Elle se disait que l'observation quotidienne d'une femme tellement accomplie pouvait lui apprendre à devenir, elle aussi, sophistiquée, amusante et indifférente à l'opinion des autres.

« Alors, comment va notre petite orpheline, ce matin ? » Ci effleura de ses ongles immenses la chevelure de la jeune fille.

Cette allusion à une orpheline était une nouvelle plaisanterie entre elles, car Ci avait un garçon et une fille, tous deux pensionnaires en Angleterre et réduits à l'état de personnages fantomatiques dans des cadres en argent posés sur la cheminée. Elle en parlait rarement, excepté en termes moqueurs : « Mes petits rats » ou « les affreuses créatures », avait-elle coutume de les baptiser. Parfois elle lisait à haute voix leurs lettres hésitantes d'une voix flûtée.

Aucun des deux enfants ne paraissait avoir laissé son empreinte sur la vie ou l'imagination de Ci ; tout ce que lui inspirait Flora, qui semblait, d'après la photo, avoir hérité des yeux de chien soumis de son père, était que douze ans représentaient « un âge abominable » et qu'il fallait espérer qu'aux prochaines vacances cette gamine serait redevenue au moins « à moitié humaine ».

« Eh bien ! s'exclama Ci en parcourant une pile d'invitations qui avaient été placées près de son fauteuil avec le café du matin. On nous réclame de partout ! Je me demande comment nous allons pouvoir satisfaire tout le monde ! »

Elle ouvrit la première lettre à l'aide de son coupe-papier. «Exposition de chrysanthèmes, 10 janvier, Willoughby Club, suivi d'un thé servi sur la pelouse. Merci, Mrs Hunter Jones, mais non.» Elle plia la lettre comme une flèche et l'envoya dans la corbeille à papier. «C'est la femme la plus barbante que j'aie jamais rencontrée», expliqua-t-elle.

Tor laissa échapper un gloussement.

«Puis-je vous demander de me verser encore une tasse, chérie?» Elle saisit l'enveloppe suivante. «Pas de sucre, s'il vous plaît… Ah! voilà qui est mieux: un pique-nique de minuit à la plage de Chowpatty avec les Pendergast. Ils pèsent lourd et ont un fils séduisant. Mettez-la sur la pile des possibles, mon petit.»

Tor posa la carte sur la cheminée devant le portrait confiant de Flora, presque oblitéré par une pile d'invitations à des soupers, pique-niques, matchs de polo et parties de chasse.

Le téléphone sonna. «Malabar 444», articula Ci de sa voix traînante. Elle leva les yeux au ciel et tendit le récepteur à Tor. «Encore un admirateur! s'exclama-t-elle, veillant à être entendue. Un certain Timothy.»

La semaine précédente, Tor avait rencontré à l'hôtel *Taj Mahal* ce petit homme roux qui s'occupait de forêts. S'excusant de prévenir si tard, il voulait savoir s'il pouvait l'emmener dîner ce week-end.

«Que c'est gentil à vous! M'en voudriez-vous beaucoup de vous rappeler dans dix minutes?»

«Je ne suis pas sûre de vouloir y aller, dit-elle à Ci.

— Alors n'y allez pas, chérie. Le *poisson*[1] ne manque pas.»

Ce n'était pas faux. Au club comme au *Taj Mahal*, où elle avait assisté à des cocktails et à des bals, Tor avait rencontré de jeunes officiers de marine, très attirants dans leur uniforme blanc, ainsi que des officiers de cavalerie et des hommes d'affaires venus à Bombay pour exploiter fructueusement le coton ou le jute. Bien que son tête-à-tête avec Jitu l'ait rendue plus prudente dans ce domaine, elle trouvait certains des Indiens de haute caste très séduisants avec leurs yeux noirs luisants et leur teint parfait. Bien qu'aucun de ces hommes, à dire vrai, ne l'ait encore «séduite», elle ne s'était pas privée de flirter. Après la foule de petites humiliations de sa saison londonienne, elle n'arrivait pas à croire qu'un choix aussi large lui soit maintenant accordé en la matière.

«Oh, merveilleux!» Cissy ouvrait une grande enveloppe écarlate armoriée au dos. «Que ce sera amusant! Geoffrey va adorer cela. Cooch Behar nous invite à chasser avec lui dans trois semaines. Il possède une propriété absolument somptueuse.»

Dans trois semaines. Rose sera mariée et partie. Cela va me paraître tellement étrange!

«"Malheureusement, les places sont comptées, lut Ci. Veuillez répondre sitôt possible." Sitôt possible! Je croyais qu'il avait étudié à Oxford! Il va nous falloir trouver une baby-sitter pour notre petite orpheline, n'est-ce pas, chérie? Je suppose que vous serez toujours là?»

---

1. En français dans le texte.

La voyant lever les yeux, Tor eut un moment de panique. Où pourrait-elle bien être ailleurs qu'ici ? Pour le moment, elle n'avait pas d'autre projet.

« J'adorerais abuser encore un peu de votre hospitalité, si vous voulez bien de moi, dit-elle avec humilité.

— Nous verrons si vous êtes sage. Zut ! » Ci avait ouvert une autre lettre et paraissait mécontente. « Les Sampson ne peuvent pas venir au mariage de Rose, quel ennui ! Ce qui me rappelle que je voulais vous poser une question, dit-elle en buvant une gorgée de café. La semaine dernière, j'ai eu une discussion un peu tendue avec le rigide et peu amène capitaine Chandler. J'ai trouvé qu'il avait un certain culot, car il avait l'air de ne vouloir à la réception de mariage que cinq personnes environ, sous l'unique prétexte qu'il les connaît bien. Un tel projet ne convient absolument pas à notre pelouse – si elle est nue, elle va ressembler à un terrain de golf – et l'hôtesse, c'est bien moi, n'est-ce pas ? J'ai donc invité quelques amis amusants pour gonfler les rangs. Je ne crois pas que Rose attache beaucoup d'importance à cette question, qu'en pensez-vous ? »

Flattée que Cissy sollicite son avis, Tor répondit sans réfléchir. « Bien sûr que non, elle s'en moque. » Sur l'instant, elle fut même fière de s'entendre décréter : « Nous aurons besoin de quelques bricoles et autres brimborions », car c'était le genre de remarque sibylline et pleine d'assurance que Ci aurait pu proférer. En fait, quand elle y réfléchit plus tard, elle se souvint que son hôtesse l'avait déjà faite au club, quelques jours plus tôt.

Sans avoir vu la semaine passer, les deux jeunes filles se retrouvèrent à la veille du mariage de Rose. Tor se réveilla couverte de sueur. La première chose qu'elle vit en ouvrant les yeux fut la robe de mariée en soie ivoire, suspendue à l'extérieur de la garde-robe ; la tenue de demoiselle d'honneur était suspendue à côté d'elle.

Elle resta allongée un moment, ressassant ses pensées au sujet de la réception. Tout au long de la semaine, le téléphone avait sonné continuellement. Chaque fois, Ci s'était exclamée : « Venez, chéri(e), vous gonflerez les rangs. » Devant l'air pensif de Rose, Tor n'avait pas ouvert la bouche ; quand elle avait parlé à son amie des autres invités, elle avait omis de mentionner le fait que Jack ne souhaitait pas leur présence, car il était trop tard pour remédier à la situation. Son amie, qui était déjà dans tous ses états, devenait de plus en plus silencieuse à l'approche de la cérémonie.

Nerveuse, elle se leva et se dirigea vers la fenêtre. Dans le jardin, Pandit et ses aides mettaient les touches finales à la tente de maharadjah, absolument magnifique. Elle observa la fourmilière de serviteurs allant et venant de la maison au jardin. Ils installaient des lampes à kérosène autour de la pelouse, polissaient les morceaux de miroirs et dressaient un grand nombre de tables.

À onze heures, Rose et elle se rendirent au salon de coiffure de l'hôtel *Taj Mahal*, où les cheveux soyeux de Rose, comme à l'accoutumée, soulevèrent des exclamations admiratives. Toutes deux comptaient les heures, conscientes de la lenteur insupportable avec laquelle le temps s'écoulait, dans la touffeur de l'après-midi.

Quand la nuit tomba et que le moment fut venu pour elles de prendre leur dernier dîner ensemble, elles descendirent, plus réservées que d'habitude, écrasées par la perspective de ce qui les attendait dans les heures à venir. Rose s'était montrée très ferme en affirmant qu'elle souhaitait une soirée tranquille avec Tor et, pour une fois, Cissy (maintenant dans sa chambre, en train de se changer) les avait laissées libres d'agir à leur guise.

Les deux amies s'installèrent l'une près de l'autre dans la véranda, attentives au bruit des vagues s'écrasant au loin. Devant elles, les lumières – lampes et feux de camp des quartiers indigènes – s'alignaient, telles des lucioles, en milliers de petits points brillants, le long de la côte.

Pendant un certain temps, elles demeurèrent assises en silence.

«Je suis terrifiée, Tor.» La voix de Rose s'élevait dans l'obscurité. «Est-ce que ce n'est pas idiot?

— Tout va très bien se passer, répondit Tor en lui prenant la main. Tu seras si belle!»

Elle avait conscience de la banalité de ses paroles, uniquement destinées à masquer ses doutes: elle n'était pas du tout convaincue que son amie serait heureuse avec ce Jack, qu'elle trouvait personnellement d'un abord plutôt difficile.

«Ce n'est pas le mariage en lui-même qui m'inquiète, c'est tout le reste. L'absence de Maman et de Papa paraît tellement… Je…» Tor l'entendit respirer bruyamment. «Bien sûr, je comprends pourquoi ils

241

n'ont pas pu venir. Je n'aurais pas voulu que l'état de Papa s'aggrave, mais…»

Ci entra dans la pièce en dansant, suivie de deux serviteurs portant un plateau de boissons et quelques disques de jazz arrivés de Londres le jour même.

«Les filles, vous avez l'air de deux veuves grecques, lança-t-elle. Souriez!»

Quatre heures avant le mariage, Rose dormait encore. Tor sortit pour une promenade matinale afin de se calmer les nerfs.

La mer scintillait au loin, comme des saphirs éblouissants. Au bout de l'allée, un jardinier qui arrosait des géraniums lui adressa un sourire radieux et s'inclina profondément. *Comme tous les serviteurs de Ci ont l'air joyeux, comparés aux serviteurs anglais!* se dit-elle. Doreen, la femme de ménage détestable de sa mère et le vieux jardinier, au tempérament aigri, se plaignaient toujours de ne pas être assez payés et savaient donner à ses parents l'impression de faire preuve d'une incroyable mesquinerie chaque fois qu'ils leur demandaient un service.

Cissy, qui traitait son personnel avec une sorte de mépris amusé, paraissait être adorée en retour. *Et pourquoi pas*? pensa Tor en retournant vers la maison.

Bien sûr, les huttes étroites dans lesquelles vivaient les serviteurs évoquaient malencontreusement des cabanes à lapins, mais le climat était si différent ici! Ils étaient bien nourris, vivaient dans un endroit magnifique où ils avaient la chance de pouvoir apprendre à travailler correctement, et recevaient un salaire raisonnable. Une fois tout cela résumé, Tor aurait eu envie de serrer ce petit homme dans ses bras, pour avoir eu l'air si gai le jour du mariage de Rose. Il semblait attacher de l'importance à cet événement.

*

Lorsqu'elle entra dans la chambre, non seulement Rose était réveillée, mais elle avait pris son bain et se tenait devant le miroir, dans ses sous-vêtements de soie et ses bas de couleur claire.

La première chose qu'elle dit fut : « Tu sais, je suis vraiment contente en fin de compte que Papa n'ait pas fait le voyage ; je suis sûre que ç'aurait été beaucoup trop dur pour lui. » Au-dessus de son jupon, sa peau fine s'était couverte des rougeurs qui l'affligeaient souvent quand elle était particulièrement nerveuse. Dessus, elle avait appliqué un peu de lotion calmante à la calamine.

Après un petit déjeuner que ni l'une ni l'autre ne purent avaler, elles retournèrent ensemble dans leur chambre. Rose s'appliqua avec soin un nuage de poudre sur le visage et un peu de parfum de violette derrière les oreilles.

« Es-tu prête ? demanda Tor, déterminée à se montrer maternelle et protectrice, bien qu'elle se sente complètement bouleversée.

— Oui. »

Tor décrocha avec précaution la robe ivoire, la souleva et laissa glisser le flot de soie sur le corps de son amie. Celle-ci, totalement immobile, se regardait dans la glace.

« Oh ! s'exclama-t-elle. Nom d'un chien !

— Le voile maintenant. »

En épinglant doucement le tissu de dentelle sur les cheveux de Rose, Tor pensa que son amie incarnait une sorte d'innocence, malgré tout joyeuse et pleine d'espoir. La dernière fois qu'elle l'avait aidée à se vêtir, c'était pour un spectacle de la fête de l'école. Rose y interprétait le rôle de la Vierge Marie alors qu'elle-même, campant l'aubergiste de Bethléem, était déguisée à l'aide de deux sacs cousus ensemble.

« Là, s'exclama-t-elle en reculant de quelques pas. Voyons le résultat. Je pense que tu devrais faire l'affaire », ajouta-t-elle pour faire sourire son amie, qui lui jetait un regard terrifié.

On frappa à la porte.

« Le spectacle commence dans une heure ! chantonna Cissy.

— Oh, flûte ! » Tor, qui s'efforçait d'enfiler sa robe, n'arrivait pas à atteindre les boutons-pression. « Oh mon Dieu !

— Voilà, dit Rose en les attachant pour elle avant de lui planter un baiser sur le front. Tu es magnifique, Tor. La prochaine fois que nous ferons cela, ce sera pour toi. »

À dix heures et demie, Pandit, coiffé d'un turban de soie rouge, amena la Daimler devant la maison. Le visage couvert de sueur, Geoffrey s'assit à l'avant près de lui. Ci, qui arborait un chapeau cloche violet orné d'une grande plume écarlate, semblait distante et agacée. Lorsque son époux se lança dans un monologue à propos du siège d'une compagnie devant lequel ils passaient, affirmant que cette firme traversait aussi une période difficile, elle s'exclama : « Tais-toi, elle ne veut pas entendre ça le jour de son mariage. »

Rose ne paraissait pas entendre quoi que ce soit ; elle fixait les rues poussiéreuses en remuant les lèvres.

Dès qu'ils arrivèrent à l'église St Thomas, tout sembla s'accélérer. Le vicaire de la garnison, qui avait l'air contrarié d'avoir dû spécialement effectuer le trajet de Poona à Bombay, après que le mariage avait été repoussé, les arracha presque de la voiture et les poussa dans la sacristie. La *Marche nuptiale* retentit. Rose et Tor remontèrent l'allée au milieu d'une foule de chapeaux. Lorsque les têtes pivotèrent pour admirer la mariée, Tor ne reconnut personne, excepté Cissy, debout à l'écart de son mari qui n'avait pas apprécié qu'elle lui demande de se taire devant des tiers.

Jack, élégant et sévère dans son uniforme bleu et or, pratiquement recouvert de boutons de cuivre et orné d'une tresse, apparut soudain près de Rose devant l'autel. Tor aurait souhaité qu'il se tourne vers sa fiancée et retienne son souffle devant sa beauté de princesse éthérée, mais il regardait devant lui et ne tourna pas les yeux, se contentant de se racler la gorge une fois ou deux. Le vicaire mena la cérémonie au pas de charge, et commit au passage une erreur de prononciation en articulant le nom de famille de la jeune fille. Le « oui » de cette dernière fut à peine audible, même pour son amie qui se tenait derrière elle.

Une fois le service terminé, les mariés sortirent sous un soleil brutal ; une douzaine d'hommes du régiment de Jack surgirent et formèrent une haie d'épées entre-croisées le long de l'allée. Rose cilla devant ce spectacle ainsi que devant la foule des invités de Cissy qui se déversaient hors de l'église, dont certains bavardaient déjà en riant. Devant Tor, le cœur serré, elle sembla filer comme un lapin apeuré sous la haie des armes, jusqu'à la sortie où son amie l'attendait, aveuglée par un éclat de soleil sur le métal.

«Ne m'abandonne pas pendant la réception», murmura-t-elle avant de disparaître avec Jack dans la Daimler.

Elles se retrouvèrent au *Tambourin*. Au bord d'une marée de convives – les amis de Ci étaient venus en force – Rose paraissait pâle et beaucoup trop jeune pour être mariée. Elle chercha des yeux Viva, qui avait promis de venir, mais ne la vit pas.

Ci sortit de la cohue, leur mit un verre de champagne dans les mains et cria: «Le moment de s'amuser est arrivé!»

Tor avala un verre, puis un autre. La matinée entière avait représenté une telle tension, qu'elle était heureuse de pouvoir se détendre.

Après que les invités eurent consommé des boissons et des mets délicieux, Ci grimpa sur une chaise, en hurlant dans un porte-voix: «Mesdames et messieurs!» Au son de rires sonores, elle annonça que Geoffrey allait faire un discours avant que tout le monde ne parodie *Le Songe d'une nuit d'été* en s'effondrant sur la pelouse à cause de la chaleur et que les gens qui ne s'étaient pas vus depuis longtemps ne se mettent à rattraper le temps perdu. Tous devaient se diriger vers le jardin de l'étang.

Munis de leur verre, les invités passèrent sous une arche de glycine conduisant à la partie sombre du jardin, où deux nymphes de pierre gambadaient sous des cascades. Prenant la main de Jack et de Rose, Ci essaya de les faire trottiner pour conduire la foule. Le marié, qui semblait encore en état de choc et qui, de l'avis de Tor, ne trottinait sans doute pas spontanément, lâcha ses doigts et continua à marcher à son rythme, avec une raideur appuyée.

Tout le monde fut enfin rassemblé. Geoffrey Mallinson se leva, un verre à la main, devant les nymphes. «Un grand nombre d'entre vous ne me connaissent qu'en tant que directeur des Cotons alliés, commença-t-il prosaïquement. Nous nous sommes rencontrés au club, aux courses, au gymnase, jusqu'à...

— Bon sang, Geoffrey! abrège, s'écria distinctement Cissy.

— Mais aujourd'hui, je suis ici pour remplacer le père de Rose Wetherby, que je n'ai jamais eu l'honneur de rencontrer mais qui semble être un homme remarquable. Comme il serait fier, en cette occasion, de voir cette magnifique jeune femme, qui se tient devant nous, telle une fleur tout juste cueillie!»

Tor fut heureuse de voir Rose sourire à l'orateur, puis, plus timidement, aux personnes qui l'entouraient. Elle distingua soudain Viva dans la foule et se dit que cette fête commençait à ressembler à un vrai mariage. C'est alors que Geoffrey gâcha cette lueur d'espoir en s'écriant: «Levons nos verres à Rosemary!»

S'agit-il bien de moi? songea amèrement la mariée. Personne ne l'avait jamais appelée Rosemary; ce n'était absolument pas son nom.

À quatre heures ce jour-là, le soleil atteignit son zénith sur fond d'azur immaculé ; quelques invités, comme Ci l'avait prédit, s'étaient évanouis en raison de la chaleur.

Lorsque Rose sortit sur le seuil de la maison dans son costume de voyage, Tor monta les marches du perron pour lui dire au revoir. Elle aurait voulu trouver des mots consolants pour compenser le vide de cette journée étrangement irréelle, remercier Rose d'être la meilleure amie que l'on puisse rêver et lui souhaiter beaucoup d'amour et de bébés. À la dernière minute, submergée par la tristesse, elle se contenta de planter un baiser rapide sur la joue de la jeune épouse et de dire d'un ton bourru « Bon, allez, sauve-toi ! » comme si elle était impatiente de la voir partir, ce qui, bizarrement, n'était pas tout à fait faux.

Après que la voiture eut disparu dans un nuage de poussière, Tor monta dans sa chambre. La pièce avait déjà un aspect différent. Les serviteurs l'avaient rangée pendant la réception ; ils avaient éliminé toute trace de la présence de Rose et ciré sa table de chevet. Dans sa robe de demoiselle d'honneur, la jeune fille s'allongea sur le lit de son amie dont l'édredon avait été tiré, ferma les yeux et somnola pendant une demi-heure, vaguement consciente des cris et des rires distants qui résonnaient à l'extérieur.

Quand elle ouvrit les yeux, le soleil déclinait au-dessus de la mer. Pour la première fois depuis son arrivée, elle fut envahie par une bouffée de nostalgie. Elle prenait tout à coup conscience de l'immensité du pays qui l'entourait, où des millions d'inconnus naissaient, vivaient et mouraient, et de la place qu'elle-même occupait au sein de cette foule, dérisoire grain de poussière arrivé par hasard du mauvais côté du monde.

Elle ôta sa robe humide et se recoucha, toujours vêtue de ses sous-vêtements, en tirant le drap au-dessus de sa tête. Alors qu'elle était sur le point de sombrer dans le sommeil, elle entendit Cissy qui l'appelait du bas de l'escalier.

«Tor, venez me rejoindre, je prends un verre sur la véranda.

—J'arrive!» cria-t-elle à contrecœur. Comment aurait-elle pu refuser quoi que ce soit à son hôtesse?

Elle se rhabilla et descendit. Ci, vêtue d'un kimono, était étendue sur une chaise longue, dans l'obscurité.

«Je suis vannée, déclara la maîtresse de maison. Et vous?»

Ayant sans doute remarqué que Tor avait pleuré, elle poussa un verre de brandy vers elle. Toutes deux sirotèrent leur boisson pendant que les serviteurs nettoyaient les détritus de la fête. Soudain Cissy articula: «La plupart des mariages de Bombay tombent à plat, chérie. Elle va être heureuse maintenant, ajouta-t-elle avec un sourire artificiel. C'est un homme très séduisant.»

Tor la fixa. «Je ne l'aime pas, avoua-t-elle. Je pense qu'il...

— Qu'il quoi? répondit Ci avec impatience.

— Qu'il est trop froid, poursuivit Tor bravement. J'aurais bien aimé qu'il ait l'air plus heureux.

— C'est idiot, mon petit. Personne d'entre nous ne le connaît. » Comme si cela prouvait quoi que ce soit. « En outre, mariage et romantisme vont très rarement ensemble. »

Elles burent quelques gorgées dans un silence embarrassé, puis Ci prit la main de Tor dans la sienne. Elle frôla la paume de la jeune fille de ses ongles longs et dit d'un ton léger : « Me permettez-vous de vous parler ? Le moment présent me semble opportun.

— Bien sûr.

— Ne soyez pas trop exigeante ; je n'aimerais pas vous renvoyer chez vous comme une bouteille consignée. »

Tor eut une grimace douloureuse ; son interlocutrice riait comme s'il s'agissait de faire croire à une plaisanterie qui n'en était pas une.

L'hôtesse alluma une nouvelle cigarette et, une fois la fumée dissipée, étudia sa compagne d'un regard scrutateur.

« Chérie, m'autorisez-vous à être terriblement franche avec vous ? Je pense que je peux vous aider si vous me laissez faire.

— Bien entendu. » Tor s'arma intérieurement, s'attendant au pire.

« Vous êtes un peu enrobée, n'est-ce pas, ce qui n'est pas une fatalité, si vous décidez d'y remédier. Il vous suffit de ne pas manger de gâteaux pendant deux semaines et de boire de l'eau citronnée le matin. Je pense… » Elle tendit la main et saisit une mèche de cheveux de la jeune fille « … qu'une conversation avec Mme Fontaine s'impose. Un centimètre de moins et vous allez devoir chasser les prétendants à l'aide d'un bâton. Cela ne serait-il pas agréable?

— Si.» À ce moment précis, elle aurait pu mourir de honte. Pourtant, elle s'efforça de sourire. «Très agréable», répéta-t-elle.

Le lendemain soir, un événement stupéfiant se produisit. Cissy entra dans la chambre de Tor suivie de Pandit, les bras chargés de robes aux couleurs vives, de chemises emperlées, de châles délicats, de turbans, de plumes, et même de boucles d'oreilles. L'hôtesse prit les vêtements des mains de son serviteur et les jeta négligemment sur le lit.

«Chérie, rendez-moi service, gardez tout cela. Il me faut une excuse pour acheter de nouvelles affaires.

— Je ne peux pas accepter!» Tor, toujours piquée au vif à cause de la conversation de la veille, se sentait à la fois honteuse et fébrile.

«Pourquoi pas? Les nouveaux jouets ne sont-ils pas toujours beaucoup plus amusants?»

Pendant deux heures, Ci, la cigarette à la bouche et les yeux à demi fermés, regarda Tor se prêter aux essayages. Une fois quelques ourlets rallongés et quelques tailles élargies, toutes les robes lui iraient parfaitement. La jeune fille avait hâte de les porter. Jamais elle n'avait senti sur sa peau des soies si souples, des cotons si doux. Jamais elle n'avait eu auprès d'elle une femme avec le flair de Ci, capable de lui montrer à quel endroit accrocher une broche pour obtenir l'effet le plus spectaculaire, ou de lui révéler l'effet produit par trois rangs de perles – au lieu du

251

rang unique offert à Tor par sa tante Gladys, à l'occasion de son dix-huitième anniversaire, collier que sa mère lui recommandait de garder pour les grandes occasions et de ne jamais porter dans son bain.

Le lendemain matin, Ci la conduisit à l'hôtel *Taj Mahal* où Mme Fontaine, adroite petite Française, qui n'officiait qu'auprès d'une clientèle choisie, souleva une mèche de ses cheveux et s'écria : « Qu'est-ce que c'est que ça ? » suscitant chez Ci un vif éclat de rire. Durant l'heure suivante, cette femme, apparemment considérée comme une artiste véritable, ne cessa de tourner autour d'elle, coupant, évaluant, ajustant, tandis que s'agrandissait le tas de cheveux sur le sol. Lorsqu'elle eut terminé, Tor, se regardant dans la glace, vit apparaître une créature tout à fait différente. Madame lui montra comment appliquer du khôl pour souligner ce qu'elle avait de mieux, « ces yeux merveilleux ».

Une heure plus tard, assise près de Ci dans le bar du Yacht Club, Tor était stupéfaite par sa transformation. Elle n'avait pas eu les cheveux aussi courts depuis que Doreen, de Basingstoke, lui avait coupé la frange, de façon désastreuse. Cette coiffure, moderne et raffinée, n'avait vraiment rien à voir.

De l'autre côté du bar, deux jeunes officiers de marine s'étaient tus en la voyant entrer. L'un d'eux continuait à la regarder subrepticement.

« Je vais offrir du champagne à ma petite Cendrillon, déclara Cissy en la contemplant pour la première fois avec approbation. Les pantoufles de vair vont proliférer, à mon avis.

— J'ai l'impression de vivre un conte de fées.

— Cela relève effectivement de la magie et ne nécessite pourtant qu'un miroir, vous verrez», répliqua Ci avec un clin d'œil.

25

7 JANVIER 1929. FOYER DE JEUNES FILLES, BOMBAY
EXTRAIT DU JOURNAL INTIME DE VIVA HOLLOWAY

À l'agence Cook, lettre de William. Regrette son absence au départ du *Kaiser*, en raison d'une «audience imprévue à la Cour». Espère que mon avenir sera «heureux et fructueux» et que nous nous reverrons peut-être à mon retour.
J'aurais voulu lui dire: «William, nous ne nous rencontrerons jamais plus.» Ma plus grosse erreur à ce jour. Oui, entièrement mienne, inutile de rendre les autres responsables – je suis assez vieille maintenant pour ne pas m'accrocher à des fétus de paille. Nous ne nous reverrons jamais.
Aujourd'hui: écrire à Tor et à Rose, aller à la banque pour voir si le mandat est arrivé. Budget de la journée, cinq roupies, maximum. Apprendre dix nouveaux mots de marathi.

À l'origine, Viva avait prévu de se rendre directement à Simla pour récupérer la malle, afin de pouvoir rayer cette tâche pénible de sa liste et reprendre ensuite le cours de sa vie. Cependant, ce plan n'avait maintenant aucun sens, car elle n'avait presque plus d'argent. En outre, son esprit semblait lui jouer des tours : une voix lui soufflait « Vas-y », une deuxième hésitait, et une troisième suscitait en elle une peur incontrôlée.

« Espèce d'imbécile ! disait cette dernière. Tu penses que tu peux revenir ici et te faire une vie toute seule ? » Ou parfois « Un écrivain ? Quelle plaisanterie ! En matière d'amour comme pour le reste, ta vie est un échec total ! » Lorsqu'elle était dans cet état d'esprit, sa mémoire l'entraînait vers le souvenir le plus noir de tous. Elle avait dix ans, et attendait avec sa valise sur le quai de la gare, à Simla. Josie et son père étaient morts. Après lui avoir montré leur pierre tombale, Mère l'installait dans le train. Pourquoi ne voulait-elle pas la garder auprès d'elle ? Pourquoi fermait-elle violemment la porte du wagon et s'enfuyait-elle ? Qu'est-ce qu'elle, Viva, avait fait de mal ? *M'avait-elle embrassée avant de me quitter ?*

Lorsque ces voix l'assaillaient, elle haïssait presque Mrs Driver, qui clamait haut et fort que l'on pouvait pratiquement tout accomplir si l'on s'appliquait vraiment à réussir. Et si cette affirmation n'était qu'une belle phrase stupide, le plus grand mensonge de tous ?

Elle se battait depuis plusieurs jours contre ces idées noires, mais ce matin-là, sans raison apparente, elle se réveilla plus optimiste. Ouvrant les yeux, elle entendit pour la première fois les oiseaux chanter dans le banian devant la fenêtre. Le choix qui se présentait à elle devenait tout à coup ridiculement clair : ou elle se laissait couler, ou elle nageait vers le rivage ; elle se sentait prête à nager de nouveau.

Un travail, telle était sa priorité : un mât de tente autour duquel s'organiserait la structure entière de son existence. Elle se leva et consulta son carnet. Avant son départ, Mrs Driver avait griffonné de son écriture élégante le nom de quelques personnes qui pourraient l'aider à Bombay. Au sommet de la liste figurait une certaine Mrs Daisy Barker, le nom même qu'avait mentionné la secrétaire du foyer. Au-dessous, sa patronne avait inscrit : « Mr Woodmansee, correspondant retraité du *Courrier des Pionniers* (très âgé mais en possession de tous ses moyens, adore donner des conseils). »

Viva prit son crayon et souligna de deux traits le nom de Mrs Barker. Elle l'appellerait après le petit déjeuner. Satisfaite d'avoir pris au moins une décision, elle longea le couloir jusqu'à la salle de bains commune où le séchoir de bois croulait sous le poids de bas, de camisoles et de culottes jaunissantes encore humides. Elle remplit le lavabo, se déshabilla entièrement, et se lava des cheveux aux pieds. Qu'il était agréable de se préparer ainsi comme si l'on pouvait croire en soi-même ! Après avoir enfilé sa robe rouge, elle planta un peigne d'argent dans ses cheveux. Le fait qu'elle soit pauvre ne l'empêchait pas de se montrer soignée et élégante.

La salle à manger du foyer, pièce lumineuse du premier étage, donnait sur un parc poussiéreux. Tous les matins, deux sortes de petits déjeuners y étaient proposés : pour les Anglaises, des œufs brouillés, des saucisses, du pain, de la marmelade d'oranges et du thé tiède, insuffisamment infusé ; pour les Indiennes, des petits pains appelés *pavs*, des œufs et des flocons de riz, ou *poha*.

Trois jeunes filles bengalies que Viva connaissait de vue mais dont elle ignorait le nom lui sourirent à son entrée. Elles étaient venues à Bombay, lui avait-on dit, pour se former à l'enseignement et devenir institutrices – quitter leur foyer pour vivre ainsi témoignait d'un courage considérable. Très aimables, elles se joignaient aux prières du matin mais ne se mêlaient pas aux autres pensionnaires, probablement parce qu'elles préféraient ne manger qu'avec des coreligionnaires hindoues.

Elles interrompirent leur conversation et secouèrent la tête.

« Votre robe est jolie, avança timidement l'une d'elles.

— Merci. Comment se passe votre formation ?

— J'adore ça, répliqua la jeune fille indienne en souriant. Nous disions justement que nous nous sentions comme des oiseaux hors de leur cage. »

Soudain, Viva se rendit compte qu'elle avait une faim de loup. Pendant sa période de rumination, elle n'avait pratiquement rien mangé.

Elle déposa des œufs, une saucisse et un peu de riz sur son assiette, puis s'assit à une table près de la fenêtre. De l'endroit où elle se trouvait, elle voyait, dans le parc, un petit garçon jouer avec un cerf-volant, que le vent lui arrachait des mains et qui courait en riant ; une voix chantonnait dans la cuisine voisine, d'où provenait l'odeur du curry destiné au repas de midi. Elle dévora le contenu de son assiette jusqu'à la dernière miette.

Après le petit déjeuner, elle téléphona à Daisy Barker avant que le courage ne la déserte.

« Allô ? »

La voix nette à l'autre bout de la ligne lui parut brusque et chaleureuse à la fois. Viva demanda à sa propriétaire si elle pouvait la rencontrer le jour même. Mrs Barker expliqua qu'elle donnait un cours à l'université dans la matinée, mais qu'elles pouvaient se voir après le déjeuner, dans son nouvel appartement de Byculla. Miss Holloway connaissait-elle le quartier ? Non, eh bien il se trouvait un peu à l'écart, mais facile à trouver avec quelques indications précises. « Bus ou pousse-pousse ? » Viva se sentit soulagée ; pour le moment, les taxis étaient hors de question.

Vêtue de son costume de chaperon et de sa meilleure paire de chaussures, elle sortit du foyer. Ayant quatre heures à perdre avant son rendez-vous avec Mrs Barker, elle décida de se rendre d'abord à l'agence Cook de Hornby Road pour y prendre son courrier. Ensuite, elle irait à la banque consulter son solde et, si nécessaire, s'entretenir avec le directeur.

Il avait plu pendant la nuit ; les trottoirs mouillés dégageaient des nuages de vapeur. Viva sentait la ville vibrer autour d'elle, grâce au roulement sonore des chars à bœufs, au grincement de freins des nouveaux camions très bruyants, au braiment d'un âne et à cette foule incroyable d'humains en route vers le travail.

« Bonjour, m'selle ! », dit le vendeur de jus de palme, assis en tailleur sur une banquette en corde tressée, au coin de la rue. Elle avait pris l'habitude de lui acheter, chaque matin, un verre de cette boisson dont le goût évoquait le souvenir de Josie. Celle-ci adorait le jus de palme et suppliait chaque jour leur *ayah* de lui en donner. Depuis son arrivée, sa sœur – depuis longtemps remisée dans un coin de son esprit, là où elle n'occasionnait pas de douleur – reprenait réalité. Toutes deux couraient sous la pluie, agitant leurs jambes maigres ; grimpaient à poney sur la colline ; ou restaient assises sur le pont de la péniche aménagée dans laquelle elles avaient vécu, au Cachemire.

Chère Josie. Ma sœur.

Alors que ses lèvres touchaient le jus de palme, le vendeur ouvrit la bouche une fraction de seconde comme un oisillon. Elle l'avait observé parfois de sa fenêtre, assis sur ce coin de rue poussiéreux, pendant dix, douze, parfois seize heures d'affilée. Lorsque les étoiles apparaissaient, il allumait sa lampe à pétrole et s'enveloppait dans une couverture. Elle n'avait pas le droit de considérer sa propre vie comme particulièrement difficile.

« Délicieux ! » Au moment où elle lui rendit le verre, il lui sourit comme à une vieille amie.

Elle se dirigea vers Hornsby Road, s'immobilisant au carrefour pour laisser passer des femmes en saris, tels des oiseaux de couleurs vives. Leurs murmures, leur rire spontané lui firent penser à Tor et Rose ; étrangement, elles lui manquaient. Tout d'abord, elles n'avaient représenté pour elle qu'un revenu indispensable, rien de plus. Désormais, un lien nouveau l'unissait à ces deux jeunes filles – s'étant toujours sentie spectatrice de la vie des autres (peut-être était-ce le destin de tous les exilés), pouvait-elle utiliser, pour le qualifier, le nom d'«amitié»? En tout cas, elle regrettait, en bloc, leurs dégustations quotidiennes de crème de menthe, leurs histoires, les gaffes de Tor, ainsi que son gramophone, et ses cours de charleston.

Et Frank. Cette manifestation de nostalgie n'était-elle pas stupide au-delà de tout? Elle l'avait regardé descendre seul la passerelle. Cette démarche désinvolte, légèrement chaloupée dissimulait, elle le savait maintenant, une personnalité complexe et sensible ; il avait revêtu ses vêtements civils, un costume de lin et un chapeau laissant apparaître ses cheveux blond foncé. *C'est un oiseau de passage, comme moi,* pensa-t-elle, sautant brusquement sur le trottoir pour échapper au char à bœufs qui ne tenait pas compte de sa présence. Elle aurait pu l'appeler pour lui dire au revoir, mais, aux prises avec les Glover, accablée par cette atmosphère lourde et confuse, elle n'en avait pas eu le courage. Lorsqu'elle pensait à cette scène, elle éprouvait un serrement de cœur, toujours suivi d'un agacement envers elle-même. Le fait de ne pas avoir pris congé l'un de l'autre avait-il tant d'importance? Il s'était probablement déjà tourné vers d'autres horizons, exerçant son charme sur une foule d'autres écervelées. Certains hommes n'avaient pas besoin d'efforts pour cela. Il leur suffisait d'être dotés par la nature du sourire qu'il fallait et de la tranquille assurance du séducteur-né : peu de femmes savaient leur résister. De toute manière, elle avait décidé de ne plus le revoir.

Le personnel en uniforme de l'agence Cook répartissait le courrier dans les petits compartiments de cuivre lorsqu'elle arriva. Sa boîte, qui portait le numéro six, se trouvait près de la porte ; en sortant la clé jaune de son porte-monnaie, elle se sentit pleine d'appréhension.

Deux lettres l'attendaient. L'une contenait une publicité pour le magasin Army & Navy, proposant des offres spéciales. Rien de Mr Glover : *le glaive de la justice reste en suspens*, plaisanta-t-elle intérieurement. Elle refermait la boîte lorsque l'employé lui tendit une enveloppe écarlate ornée d'une ample écriture d'écolière arrondie.

Cher Chaperon,
Des nouvelles intéressantes pour vous. Je serai seule pendant deux semaines dans cette maison à partir du 20 janvier. Avec une voiture ! Les Mallinson partent chasser. Je vous en prie, je vous en supplie, venez me tenir compagnie, ne serait-ce que pour une nuit si vous ne pouvez pas rester pendant les deux semaines. Nombreuses chambres d'amis où vous pourrez écrire. J'essaie de faire venir Rose aussi pour que nous ayons

un *bishi*. Je m'amuse follement, à peine le temps de respirer, encore moins d'écrire.

Bien à vous,
Tor.

P. S. : Quelles nouvelles de Guy l'Infâme ?

Cette invitation déclencha en Viva une lutte intérieure. La réception de mariage à la maison Mallinson s'était révélée ridiculement pompeuse, mais quel plaisir elle éprouverait de revoir Tor et d'écouter ses anecdotes, tout en profitant de serviteurs, d'eau chaude à volonté et de mets délicieux.

Pourrait-elle, toutefois, supporter de se trouver dans la demeure de la redoutable Cissy Mallinson ? Cette femme était odieuse. Au mariage de Rose, chaque fois que Viva et Tor essayaient d'échanger quelques mots, elle leur avait foncé dessus comme un féroce oiseau de proie, les priant de circuler ou faisant d'étranges remarques sur la rareté du « sang nouveau » dans cette ville.

« Où avez-vous posé vos valises à Bombay, amie de Tor ? » avait-elle demandé de sa voix affectée quand elles s'étaient trouvées réunies près du chariot à champagne. Elle avait répondu « Au foyer de jeunes filles ». Son hôtesse avait alors étouffé une exclamation et lui avait plongé ses ongles dans le bras en s'exclamant : « Comme je vous plains, chérie, j'ai entendu dire que les pensionnaires là-bas sont de véritables repoussoirs. » Se tournant vers l'une de ses amies, elle avait ajouté : « Ce ne sont pas du

261

tout les Indes véritables, vous savez.» Peut-être Mrs Mallinson était-elle un peu ivre, ou particulièrement nerveuse en organisant la réception; Viva n'en avait pas moins éprouvé une folle envie de verser le contenu de son verre, très lentement, sur la tête audacieusement coiffée de son hôtesse. Le simple fait de penser à cette scène la faisait bouillir.

Comment cette grande oisive osait-elle se moquer des sages-femmes, des assistantes sociales et des institutrices qui habitaient au foyer? Elle n'avait pas la moindre idée de ce à quoi elles ressemblaient, ni de la tâche énorme qui était la leur.

Aux yeux de Mrs Mallinson, toutes les Indiennes étaient stupides et soumises. Quelle imbécile!

Où se trouvaient donc ces «Indes véritables» dont elle parlait? Si elle en faisait partie, pourquoi deux gardes en armes, accompagnés d'un berger allemand, protégeaient-ils sa porte? Viva avait surpris leurs propos alors qu'ils parlaient de quelques émeutes récentes près de l'esplanade; elle avait compris que les indigènes ne s'étaient jamais montrés aussi énervés.

Elle déjeuna d'une mangue au marché Crawford, assise au bord d'une fontaine, ornée de serpents, de tigres, d'oiseaux et de chiens sculptés. Une fois installée dans l'autobus qui l'emmenait à Byculla, chez Daisy Barker, en voyant le corps rond et souple de la femme assise près d'elle, dont la chevelure dégageait une odeur d'huile de coco, elle éprouva soudain une sensation de faim totalement inexpliquée. Sa voisine tenait contre son ventre un bébé endormi, éloignant doucement les mouches des joues duveteuses, balayées par de longs cils. Un homme, accroché à une poignée en hauteur, vêtu d'un maillot de corps sans manches sous lequel apparaissaient les poils humides de ses aisselles, racontait une histoire à d'autres hommes à l'arrière du véhicule. Quand il parvint à la chute, elle assista à une telle explosion de rires et de claquements de cuisses qu'elle rit aussi, sans avoir compris un mot.

Au bout d'une dizaine d'arrêts, le chauffeur lui dit avec un signe de la main : « Nous sommes à Byculla. Vous pouvez descendre, madame. Merci. »

Elle sortit de l'autobus et, après avoir consulté sa carte, longea une rue étroite qui conduisait à une série d'allées d'aspect sinistre. Le sol était parsemé de nids-de-poule, de légumes pourris et de flaques laissées par l'averse de la nuit précédente. De l'autre côté de la rue, un petit garçon accroupi déféquait au bord du trottoir, sa chemise en haillons relevée jusqu'à la taille. Quand il la regarda avec curiosité, elle détourna les yeux.

Daisy avait expliqué que sa maison, d'aspect délabré, se trouvait près d'un hôpital, mais Viva ne voyait que des boutiques misérables creusées comme des niches sombres dans le mur. Elle passa la tête à l'intérieur de l'une d'elles et distingua un homme accroupi qui repassait un tas de chemises.

« Où se trouve l'hôpital ? demanda-t-elle en hindi.

— Par là-bas. » Il désigna du doigt un immeuble en ruine muni de balcons de fer forgé dont un grand nombre étaient brisés. Elle traversa la rue et décida de sonner à la porte du bâtiment lorsque des volets s'ouvrirent au-dessus de sa tête.

«Hello, hello! Je suppose que vous êtes Miss Holloway?» Une petite femme replète coiffée d'un chapeau de plage la scrutait de son balcon, les yeux plissés. «Attendez, je viens vous chercher.»

Après un bruit de pas dévalant les marches, la porte s'ouvrit brusquement sur une personne relativement âgée aux yeux de Viva, qui lui donna environ trente-cinq ans. Dotée d'un visage vif et intelligent, orné de lunettes sans monture, elle était vêtue d'une simple robe de coton.

«Excusez la pagaille, j'ai déménagé la semaine dernière; la moitié de mes affaires est restée bloquée sur un char à bœufs cassé à Colaba», expliqua-t-elle en gloussant comme une petite fille.

L'escalier sentait la cuisine au curry et le produit tue-mouches, mais lorsqu'elles entrèrent chez Daisy, Viva fut instantanément charmée. L'appartement, haut de plafond, comportait des pièces claires dont les murs étaient blanchis à la chaux. Des piles de livres posées dans le salon aux coussins de couleurs vives semblaient souligner la fonction du lieu; sur le bureau trônait une machine à écrire avec des tas de feuilles ressemblant à des copies d'examen.

«Venez voir ma nouvelle vue.» Daisy la conduisit jusqu'à un grand balcon au sol carrelé de blanc, qui donnait sur un paysage de toits et une mosquée. «Ce sera un endroit idéal pour les réceptions, déclara-t-elle, la peau blême de son visage paraissant réfléchir le soleil. Nous y avons joué au badminton hier.

Bon, je vous offre un thé? Des sandwichs? Êtes-vous affamée?»

En buvant son thé, Viva décida qu'elle aimait Daisy. Derrière le regard aimable et doux, elle sentait un esprit pratique et énergique qui savait comment mener ses projets à bout. Sans pouvoir encore l'expliquer, elle éprouvait à ses côtés un sentiment de sécurité. Son hôtesse, dégustant sa deuxième tasse, lui dit qu'elle faisait partie d'un mouvement appelé *La Colonie*, constitué de femmes diplômées d'Oxford et de Cambridge qui se trouvaient «tellement gâtées et privilégiées qu'elles étaient venues aux Indes pour enseigner aux étudiantes, à l'université».

Bien plus tard, Viva apprit que cette forte personnalité, avec ses robes et son accent ordinaires, avait un père titré qui possédait des domaines dans le Norfolk. Elle ne désirait pas vivre en accord avec les principes de sa famille mais voulait, au contraire, faire quelque chose pour les autres, ce qui lui attirait les sarcasmes de ses pairs.

«Des Indiennes, à l'université?» Viva ne pouvait cacher sa stupéfaction. À l'endroit d'où elle venait, jamais personne n'avait jamais fait d'études supérieures. «Je croyais que la plupart d'entre elles étaient illettrées?

— Beaucoup de villageoises le sont, c'est vrai, répondit Daisy pensivement. Mais Bombay est très en avance sur certains plans. On y trouve des avocates, poétesses, doctoresses, artistes, et même des femmes ingénieurs. En outre, mes élèves, intéressantes et intelligentes, posent une foule de questions et se montrent très motivées. Si cela vous intéresse, vous pourrez les rencontrer. »

Elle expliqua qu'en dehors de son enseignement elle s'était elle-même inscrite à un cours de six semaines à l'université, afin d'améliorer son urdu. « Vous connaissez cette langue ? Elle est d'une telle richesse ! Si vous aimez un peu la poésie, permettez-moi de vous prêter quelques recueils. C'est une précieuse découverte !

— Cela me plairait.

— Et vous ? s'enquit Daisy, le visage rayonnant derrière ses grandes lunettes. Avez-vous déjà vécu aux Indes ?

— Jusqu'à l'âge de dix ans. Mes parents sont morts tous les deux dans un accident de voiture dans le Nord. » Le mensonge lui venait de plus en plus naturellement. « Je suis ensuite retournée en Angleterre, puis je suis revenue en partie pour récupérer leurs affaires ; ils ont laissé une malle à Simla.

— Ma pauvre. Cela risque d'être très triste pour vous.

— Eh bien... » Elle ne savait jamais quoi répondre.

« Avez-vous l'intention de travailler ? »

Viva s'éclaircit la gorge. « Je voudrais devenir écrivain. » Lorsque rien n'allait pour elle, le fait de prononcer ces mots lui paraissait presque une imposture. « Une ou deux de mes histoires ont été publiées en Angleterre.

— Mais c'est formidable !

— Pour le moment, pas vraiment, je le crains. J'aimerais que ce soit le cas. En fait, je cherche en ce moment n'importe quel travail qui pourrait me permettre de vivre. »

Daisy remplit de nouveau leurs tasses.

« Vous venez d'arriver, déclara-t-elle. Il est merveilleux de se trouver aux Indes pendant cette période extraordinaire. Tout est en train de changer, n'est-ce pas l'idéal du point de vue d'un écrivain ? »

Elle parla à Viva du parti du Congrès indien qui se montrait maintenant plus déterminé que jamais à reprendre le pays aux Britanniques ; des mouvements organisés pour boycotter les biens des occupants ; et de la façon dont Gandhi, « véritable inspiration » pour le peuple, mobilisait paisiblement les indigènes.

« Pensez-vous alors que les Indiens commencent à vraiment détester les Anglais ? demanda Viva, confuse de ne pas savoir décider de quel côté elle se situait.

— Non. Les Indiens pardonnent facilement. Ce sont les gens les plus chaleureux et les plus amicaux du monde, jusqu'à ce qu'ils soient acculés à la violence. Ils peuvent passer d'un état à l'autre comme ça, affirma-t-elle en faisant claquer ses doigts. Quelques têtes brûlées peuvent mettre le feu aux poudres. Montrez-vous prudente. Bon, revenons à nos moutons. » Munie d'un carnet et d'un crayon, elle se concentra furieusement. « Combien de temps comptez-vous rester aux Indes ?

— Au moins un an.

— Parlez-vous le hindi ?

— Un peu.

— Splendide ! Essayez d'apprendre aussi un peu de marathi, cela fait une grande différence. »

Daisy expliqua qu'elle connaissait aussi Lloyd Woodmansee. «Il écrivait des éditoriaux dans le *Temps des Indes*, tout en travaillant pour le *Courrier des Pionniers*. Je ne suis pas absolument sûre que ces journaux emploient beaucoup de femmes, et s'ils le font, c'est sans doute pour parler uniquement de robes et d'expositions florales, mais cela vaut la peine d'essayer. Il est très vieux maintenant et ne se voit plus confier de travail. Apportez-lui un gâteau au chocolat.»

Elle sortit une feuille de papier de la sacoche d'ouvrier qui lui servait de sac et écrivit le nom et l'adresse du journaliste. «Il vit en face de Crawford Market.

— Que pourrais-je gagner si j'avais la chance de pouvoir leur écrire une histoire? s'enquit Viva, le cœur battant la chamade.

— Oh! presque rien, je pense. À moins, bien sûr, d'être un nouveau Rudyard Kipling. Ils ne m'ont pas payée pour les deux articles que j'ai écrits pour eux récemment.

— Ah...?

— Oh, pardon! je ne...

— Cela ne fait rien, s'écria Viva en se détournant. C'est si gentil à vous d'essayer de m'aider.»

Daisy posa les tasses sur le plateau en les alignant d'un air appliqué.

«Avez-vous besoin d'argent?» demanda-t-elle.

Viva hocha la tête, mortifiée par la larme qui coulait le long de sa joue. «Il ne me reste que vingt-cinq livres environ, précisa-t-elle enfin. Mon billet aurait dû être payé, mais mon employeur a vu les choses différemment.

— C'est malhonnête.

— Je le pense aussi.

— Écoutez, restez assise encore une seconde. J'ai une autre idée, rien de sensationnel, mais qui pourrait vous dépanner.»

Pendant la demi-heure qui suivit, elle exposa son plan à Viva. Outre son programme éducatif, *La Colonie* finançait deux foyers pour enfants à Bombay : l'un à Byculla, *Le Tamarinier*, servait un repas de midi aux gamins des rues et leur enseignait les principes de base de la lecture et de l'écriture ; il accueillait aussi quelques pensionnaires temporaires. Or, l'équipe avait besoin d'une nouvelle collaboratrice. Le salaire était maigre – une roupie par jour – mais les horaires, flexibles, pouvaient convenir à un écrivain. Le poste s'accompagnait d'une petite chambre, rien d'un palais, dans une maison voisine appartenant à un parsi, Mr Jamshed, dont les filles étudiaient à l'université.

«Les enfants vous raconteront assez d'histoires pour écrire des livres pendant votre vie entière, ajouta-t-elle. Ce qui peut vous éviter le pensum des robes et des expositions florales.»

Viva réfléchit un instant. «J'accepte, dit-elle d'un air décidé.

— Splendide!» Daisy lui serra la main.

Pendant leur conversation, le ciel au-dessus de la ville s'était enflammé. Au loin, un porteur d'eau criait : *Pani* !

«Peut-être faut-il vous trouver un bus pour rentrer. Il va bientôt faire nuit.»

Pour la première fois depuis quelques jours, Viva n'appréhendait pas les heures d'oisiveté qui l'attendaient. Les choses ne se déroulaient pas comme elle l'avait prévu, mais c'était un début.

26

Poona, janvier 1929

Le jour même où Viva commençait à travailler à Bombay, Rose, silencieuse, regardait défiler le paysage par la fenêtre d'un wagon du *Decan Express*. Jack et elle, unis depuis trois semaines, se rendaient à Poona, où ils allaient s'installer dans leur première habitation de mariés. Cette période lui avait suffi pour comprendre que son époux n'aimait pas être interrompu quand il lisait son journal et qu'il considérait généralement ses propres projets comme plus importants que ceux de sa femme.

Ce point avait été fixé, patiemment mais fermement, à Mahabaleshwar, dans la chambre à coucher de la vieille pension de famille où ils avaient passé les quatre jours de leur tardive lune de miel.

« Quel plaisir ! s'était-elle exclamée en frappant des mains de ravissement quand il lui avait expliqué qu'ils s'arrêteraient un jour ou deux à Bombay sur le chemin du retour. Je pourrai rendre visite à Tor, et peut-être même à Viva ! »

Elle avait hâte de les retrouver et d'entendre leurs nouvelles. Cependant, elle avait vu Jack froncer les sourcils et repéré, en même temps, ce petit tressautement de la joue qu'elle commençait à interpréter comme un avertissement.

Il lui avait précisé qu'il devait aller examiner un cheval et qu'ils devraient faire des courses pour la nouvelle maison. Ridiculement désappointée, elle s'était efforcée de ne pas bouder.

« Vous aurez tout le temps d'aller les voir quand nous serons installés. » Immédiatement radouci, il lui avait entouré les épaules de son bras. « Il nous faut être mobiles. »

« Être mobiles » était l'une des expressions favorites de Jack, tout comme « Accrochons-nous », ou, s'il voulait plaisanter, *« Avanti »*, ou *« Jaldi ! »*, terme hindi signifiant « Dépêche-toi ! ».

Parfois, elle le surprenait en train d'observer les indigènes avec stupéfaction. Nombre d'entre eux semblaient capables de passer de longues heures à rester assis, les yeux dans le vide, comportement qui lui paraissait incompréhensible.

Doucement, en évitant de frôler le bras de son mari, Rose sortit son nécessaire de correspondance en cuir et le stylo à plume en or que son père lui avait offert avant le départ.

Eh bien, mes parents chéris, écrivit-elle, la vieille mariée est maintenant dans le train. Nous avons quitté Bombay il y a plus d'une heure, pour un trajet de deux cent cinquante kilomètres. Je suis très impatiente de découvrir notre logement cet après-midi. Au fait, ma nouvelle adresse est « n° 2, Les Mélèzes, Cantonnement de Poona ». De la fenêtre du wagon, je vois des collines boisées très sauvages. Le paysage, de plus en plus dégagé, illustre parfaitement notre conception des Indes romantiques !

À dire vrai, le panorama se révélait uniformément ocre et poussiéreux – bien que Jack l'ait assurée, entre la lecture de la section sport du journal, et celle, minutieuse, des petites annonces, qu'une fois la mousson venue, le paysage reverdirait.

Rose se remémora soudain le spectacle moins charmant auquel ils avaient assisté tous les deux, plus tôt dans la journée – elle en rougissait encore. Dans un grand champ à l'entrée de Bombay, des dizaines d'indigènes se soulageaient en plein jour. La grosse commission.

« Ne regardez pas », lui avait ordonné Jack, mais elle avait vu du coin de l'œil toutes ces fesses, hideuses et choquantes, tels des champignons géants.

Nous avons fait des choses passionnantes le dernier week-end, écrivit-elle. J'ai participé à ma première chasse au tigre dans un camp près de Tinai Ghat. Au crépuscule, nous avons vu une bande de chiens rouges[1] traverser la rue. (Jack m'a expliqué ensuite qu'ils font partie ici des animaux les plus cruels et terrifiants.) Notre *shikari* (guide) avait laissé un daim mort étendu sur la piste ; le tigre marchait vers le cadavre. Quand il a remarqué la présence des chiens, il s'est arrêté, comme s'il était profondément dégoûté, et s'est lentement éloigné. Bien que les chiens l'aient sans doute aperçu, ils se sont tout de même jetés sur le daim. Alors que quatorze animaux environ étaient en train

1. Le dhole ou « chien rouge », ainsi nommé en raison de sa couleur, est un chien sauvage.

de manger, cinq ou six servaient de gardes. Le son de la chair qui se déchirait, les gémissements de satisfaction des animaux, tout cela était absolument horrible et fascinant à la fois. Quand Jack a éclairé la scène de sa torche, les flancs des prédateurs étaient tellement gonflés qu'il leur était impossible de recevoir davantage de nourriture. Ils sont partis à deux heures du matin aussi silencieusement qu'ils étaient arrivés.

Ses parents ne tenaient pas à un discours d'une page sur les chiens rouges, elle le savait. Ils attendaient des détails sur le mariage, sur Jack, et désiraient savoir si elle était heureuse, si elle ne pleurait pas de nostalgie tous les soirs, sur son oreiller, en pensant à eux. Toutefois, certaines émotions intimes se révélaient trop dures pour être exprimées avec des mots.

La lune de miel ne s'était pas bien passée. Avant leur nuit de noces, dans la pension de Mahabaleshar, où régnait une odeur d'humidité, Jack et elle avaient soupé paisiblement au milieu d'une pièce mal éclairée. À la table voisine, était installé un autre couple qui était resté silencieux pendant tout le repas. Ce mutisme avait fait paraître les timides tentatives de conversation de Rose encore plus empruntées et ridicules. Elle avait un peu parlé de Middle Wallop et de ses poneys, puis avait demandé à son mari de lui conter l'histoire du Troisième de Cavalerie, ce qu'il s'était longuement appliqué à faire. Jamais elle ne l'avait jamais vu aussi animé. Le visage rayonnant, il lui avait expliqué que ce n'était ni le plus grand ni le plus ancien des régiments, mais qu'il était vraiment heureux et fier de lui appartenir, car il ne s'agissait pas d'un corps d'armée anglais prétentieux, mais de militaires à la fois britanniques et indiens. En travaillant aux côtés des indigènes, il avait pu se rendre compte de leurs grandes capacités et de leur bravoure qui n'avaient rien à envier à celles de ses propres compatriotes.

Lorsqu'elle eut fini son verre de vin – n'ayant pas l'habitude de boire elle l'avait trouvé horriblement amer et se sentait maintenant étourdie et distante – Jack la regarda avec un air étrange, se pencha sur la table et murmura : « Vous êtes magnifique, vous le savez, Rose ? »

Elle baissa la tête et fixa son assiette. Il reprit alors, de la même voix rauque : « Voulez-vous monter avant moi et vous préparer pour aller au lit ? »

L'autre couple tourna la tête et la suivit des yeux tandis qu'elle traversait la pièce ; elle les vit échanger un sourire entendu. En parcourant le couloir qui menait à sa chambre, au-dessus de la salle à manger, elle eut le sentiment qu'ils suivaient le bruit de ses pas. Une fois dans la salle de bains, elle entreprit, les doigts tremblants, de mettre la petite éponge en place. Celle-ci lui échappa à deux reprises et atterrit, la seconde fois, sous la baignoire. Elle dut ramper pour la récupérer, terrorisée à l'idée de tomber sur un serpent ou un scorpion. Alors qu'elle la lavait de nouveau, elle entendit la porte de la chambre à coucher s'ouvrir, puis se refermer.

« Est-ce que tout va bien là-dedans ? cria Jack.

— Bien… merci, répondit-elle.

— Venez, chérie », l'appela-t-il cinq minutes plus tard.

Le pied sur un tabouret, elle luttait toujours désespérément avec l'objet. En sueur, essayant de ne pas pleurer, elle le sentit tout à coup glisser au bon endroit. Le négligé de soie abricot semblait absurdement luxueux pour cette pièce spartiate ; au moment où elle baissa la jambe, ses orteils accrochèrent l'ourlet qui faillit se déchirer.

En la voyant entrer dans la pièce, il ne dit pas un mot. Il était étendu sous la moustiquaire dans une robe de chambre à rayures, faisant semblant de lire le journal. Un ventilateur soufflait au-dessus de sa tête.

Lorsqu'il tira les couvertures, elle vit qu'il avait étendu des serviettes sur toute la surface du drap de dessous. Il la fixa sans sourire. « Nous ne sommes pas obligés de faire cela si vous ne le voulez pas, proposa-t-il.

— Je le veux », répliqua-t-elle sans lever les yeux.

Tor lui avait dit que, pour les jeunes filles habituées à monter à cheval, « la chose » ne faisait pas mal. C'était faux. Quand tout fut terminé, la peau couverte de sueur, ils glissèrent l'un sur l'autre, embarrassés, incapables de se regarder. Non, cela n'avait pas été un bon début, et au cours des deux nuits suivantes, la situation ne s'était pas améliorée. En fait, la nuit dernière, c'était lui qui s'était attardé dans la salle de bains presque une heure avec, horreur suprême, une violente diarrhée. Laissant couler le robinet, il avait beaucoup toussé pour qu'elle n'entende pas ce qui se passait, mais cet épisode s'était révélé mortifiant pour eux deux.

À quatre heures du matin, il avait dit d'une voix coupante : « Bonne nuit, Rose ! je sais que vous ne dormez pas. » Elle était restée les yeux grand ouverts dans l'obscurité, en proie au désarroi, écoutant un insecte volant se cogner contre la moustiquaire de la fenêtre. La respiration de Jack, soudain sonore, était devenue de plus en plus régulière. Tout à coup, elle avait su qu'il dormait.

Le train traversait une zone de broussailles parcheminées. S'arrêtant au niveau de leur wagon, le vendeur de thé leur proposa une boisson couleur brique, du cake aux fruits et une pile de bonbons aux couleurs criardes. «Je ne mangerai rien de tout cela, chérie, déclara son mari en posant son journal de côté. Je suppose que Durgabai fait la cuisine pour tout un régiment ce matin.»

Durgabai était l'un des quatre nouveaux serviteurs qu'elle n'avait pas encore rencontrés. Oh, Seigneur, elle se sentait tellement nerveuse! Peut-être Jack, plus silencieux encore que d'habitude, l'était-il aussi? Combien de temps un homme pouvait-il consacrer à la lecture de son journal?

Six heures plus tard, ils parvinrent à destination. À la gare de Poona, un taxi les conduisit le long de rues impeccables bordées d'arbres, au-delà du club et du terrain de polo, et les déposa devant un petit bungalow insignifiant. Rose, qui avait les yeux clos, arborait une expression de ravissement. Tandis que Jack la portait à l'intérieur de la maison, la partie fragile de sa cheville frappa douloureusement la serrure ; toutefois, appréciant ce geste romantique, elle continua à sourire.

Dès qu'elle posa les pieds sur le sol, elle ouvrit les yeux.

« Que je suis heureuse d'être ici ! » s'écria-t-elle, levant le visage vers lui pour un baiser.

Elle espérait qu'il ne remarquerait pas à quel point elle était déçue. Qu'avait-elle imaginé ? Eh bien, quelque chose comme l'une de ces nombreuses maisons, magnifiques et spacieuses qu'ils avaient aperçues pendant leur voyage, munies de larges vérandas et d'arbres majestueux. En tout cas, pas un jardin aussi sec et aride que celui-ci, ni ce couloir noir comme un trou, dégageant une légère odeur de moisi. Il l'avait prévenue que leur habitation était celle d'un officier subalterne, et qu'ils auraient droit à quelque chose de plus grand quand il aurait une promotion.

« Alors, voilà, articula-t-il d'une voix enjouée. Vous êtes contente ?

— Chéri, je l'adore, honnêtement. Comment pourrais-je ne pas être contente ? »

Il l'emmena dans le salon, petit et dénué de meubles, à l'exception d'un divan de bambou qui faisait face à un chauffage électrique muni d'une seule résistance. Un tableau sur le mur représentait un paysage évocateur des landes d'Écosse comportant, au premier plan, un cerf aux bois fournis fixant sur elle un regard plaintif. Soudain, un cri d'oiseau lui parvint par la fenêtre, suivi d'un lourd silence. Elle avait le sentiment que la maison entière attendait son avis. De nouveau, elle se planta devant le tableau avec une curiosité appuyée.

«Oh, ce pauvre petit daim, il est trop mignon!»
Elle rougit de nouveau, consciente de ressembler à
une gourde.

«Écoutez, nous pouvons nous acheter des meubles,
s'empressa de dire Jack, les lèvres serrées comme
chaque fois qu'il était en colère. Et trouver des bricoles
au bazar.

— J'adore arranger une maison.» Elle s'était
contentée jusqu'ici d'aligner ses poupées sur son lit ou
d'accrocher ses cocardes de concours dans l'écurie.

«Il va nous falloir compter pendant quelque temps,
précisa-t-il en lui tournant le dos. Beaucoup de gens
louent leur mobilier, surtout en ce moment.

— Ils le louent? Je ne l'avais jamais entendu dire.

— Les choses changent vite par ici. Les gens
déménagent tout le temps. Bon, je vous en parlerai
plus tard.» Il consulta sa montre.

Elle le fixa en silence. Il semblait immense, trop
grand pour cette petite maison. Ensemble, ils retournèrent dans l'entrée, où des cartes de visite s'empilaient sur une petite table de cuivre.

«Elles sont arrivées pour vous, expliqua-t-il en
les lui tendant. Les dames du club ont hâte de vous
rencontrer. Une ou deux d'entre elles sont de véritables
viragos, mais les autres paraissent très gentilles. Il y
a deux lettres.» Il lut l'adresse à haute voix: «À Mrs
Jack Chandler.

— L'une est de Tor.» Elle eut le premier vrai
sourire de la journée. «L'autre, je ne sais pas.» Rose
ne reconnaissait ni l'écriture ni l'adresse, celle d'une
institution indienne, inscrite en haut à gauche de
l'enveloppe.

Jack lui demanda de repousser leur lecture à plus tard. Il n'avait qu'une demi-heure pour déjeuner et voulait d'abord lui montrer la cuisine. « Bien sûr, chéri, s'écria-t-elle. Je ne pensais pas les lire maintenant. » Elle les glissa dans sa poche, contrariée tout de même ; c'était la deuxième fois qu'il l'éloignait de Tor.

La cuisine était une pièce sombre située à l'arrière de la maison. Jack semblait heureux que les serviteurs du locataire précédent – un capitaine du troisième de cavalerie qui s'était cassé le cou dans un accident de polo – aient laissé, sur une étagère de bois, une série de flacons de verre dépareillés renfermant de petites quantités de lentilles et de sucre ; cela leur ferait des économies. Rose vit une marmite de riz en train de bouillir sans surveillance sur le fourneau.

« Où sont les serviteurs ? s'enquit-elle soudain.

— Vous sentez-vous prête à les rencontrer ? dit-il gentiment. Je leur ai demandé de retourner dans leur hutte pour vous laisser découvrir les lieux tranquillement.

— Bien sûr, bien sûr, s'exclama-t-elle, avec un sentiment immédiat de culpabilité. Puis-je voir le reste de la maison avant ? » Elle réussit à lui faire croire qu'il s'agissait d'un plaisir énorme.

« Il n'y a pas grand-chose. » Il lui adressa un sourire presque honteux, qui lui fendit le cœur. Cette situation représentait un tel changement pour eux deux !

Tout deviendrait beaucoup plus facile la semaine suivante, pensa-t-elle pour se consoler, quand Jack retournerait au régiment et qu'elle pourrait relever ses manches pour s'atteler à une tâche quelconque.

D'après ce qu'il avait laissé entendre, il risquait de partir pour deux semaines, en raison d'une mission secrète dans un endroit qu'elle avait oublié mais dont le seul nom évoquait l'éloignement. Il lui avait déjà dit qu'elle devrait aller rejoindre Tor tant qu'il serait absent. Le fait qu'elle attende déjà avec impatience son départ était-il un mauvais signe pour leur mariage?

Ils avaient fini de visiter la cuisine. Il lui enlaça la taille et la conduisit dans un autre couloir en chuchotant: «Notre chambre.

— Je n'ai encore jamais dormi au rez-de-chaussée», s'exclama-t-elle gaiement comme s'il lui offrait un cadeau précieux. Il ouvrit la porte sur une petite pièce éclairée par les stries de lumière qui filtraient à travers les volets. Au milieu se trouvait un lit double recouvert d'une courtepointe en chenille de coton, sur laquelle quelqu'un avait dessiné, à l'aide de brindilles, le mot «Bienvenu».

«C'est sans doute Durga et Shukla qui ont fait cela, murmura-t-il. Comme ils sont gentils.»

Elle rougit en baissant la tête. La moindre allusion au lit la pétrifiait encore, tout en lui donnant étrangement envie de rire.

«Où sont nos vêtements? s'empressa-t-elle de dire, car, bien qu'il fasse grand jour, il fixait tout à coup sur elle le regard brillant qu'elle appréhendait.

— Ici.» Il s'écarta et ouvrit la porte qui donnait dans la pièce voisine. «C'est un peu la pagaille, mais je n'étais pas sûr que vous vouliez laisser les serviteurs toucher à vos affaires.»

Sa robe de mariée était étendue sur le sol dans sa housse de coton, tel un cadavre. À côté traînaient sa malle, maintenant couverte de rayures et d'étiquettes, ses raquettes de tennis, une pile de robes, ainsi que les vêtements d'équitation qu'elle avait portés à l'école, le tout mêlé aux mallettes de polo de Jack, à ses uniformes, et à un tas de vieux magazines militaires.

«Je vais ranger tout cela», déclara-t-elle, déterminée à se montrer aussi efficace que sa mère, qui prenait en charge avec aisance les moindres détails domestiques. «C'est mon travail maintenant.

— Rappelez-vous que vous avez quatre serviteurs. Vous n'avez pas à faire quoi que ce soit si vous n'en avez pas envie.»

Cissy l'avait déjà prévenue que le zèle de la domesticité était ici un mythe partagé par tous les maris.

«Ils seront pour vous le test le plus révélateur. Règle numéro un, ce sont des enfants dans tous les domaines», avait-elle affirmé, le doigt levé et les yeux au ciel.

«Je sais, répliqua Rose à Jack, mais j'aimerais faire certaines choses par moi-même.

— Eh bien, à votre guise.» Semblait-il un peu irrité ou commençait-elle à lire dans ses réactions des intentions qu'il n'y mettait pas?

«J'ai vraiment hâte de les rencontrer», s'empressat-elle d'ajouter au cas où il aurait été vraiment contrarié.

Un par un, les serviteurs sortirent de l'ombre pour lui être présentés.

Tout d'abord apparut Durgabai, bonne à tout faire et cuisinière, belle Marathi aux grands yeux bruns lumineux et aux pommettes saillantes, accompagnée de Shukla, sa fille de sept ans, à demi cachée derrière les jupes de sa mère dont elle était la magnifique réplique.

Lui succéda Dinesh, mince, sec et immaculé, qui s'inclina sans sourire. Jack expliqua que cet homme le servait depuis trois ans. Ashish, le *dhobi wallah*, chargé de la lessive, lui parut aussi timide que la petite fille, peut-être en raison de sa jambe atrophiée et de son œil couvert d'une taie. Durgabai, chaleureuse, secoua la tête en souriant et répéta plusieurs fois «Bienvenue, *memsahib*», comme pour compenser le malaise de ses compagnons.

Pendant le déjeuner – soupe au jambon et aux pois, suivie d'une côtelette d'agneau – Rose confia à Jack, en partie pour l'égayer, qu'elle avait beaucoup de mal à mémoriser les noms indiens. Il en était de même des visages, car elle trouvait que les indigènes se ressemblaient tous.

Il posa son couteau et lui rétorqua, avec une certaine rudesse, qu'elle ferait bien de se concentrer sur ce problème, car il était hors de question d'offenser qui que ce soit. Il lui cita l'exemple d'un major de son régiment qui avait retenu le nom de tous ses hommes en une semaine.

Elle fixait sa côtelette d'un air misérable, désolée de se montrer aussi stupide. Lorsqu'elle releva la tête, deux paires d'yeux la scrutaient curieusement dans l'entrebâillement de la porte.

Jack aboya quelques mots d'hindi, qui parurent susciter des gloussements. La porte se referma brusquement.

«Qu'avez-vous dit?

— Je lui ai dit que s'il ne cessait pas de regarder la *memsahib*, je viendrais chez lui et regarderais sa femme.

— Jack, ce n'est pas bien!

— *Memsahib*?» Durgabai s'adressait à elle directement. «Désolé d'interrompre votre repas mais le *dhobi wallah* attend à la porte de derrière.»

Rose leva vers Jack un visage désemparé. «Que dois-je faire?»

Il posa de nouveau sa fourchette et son couteau. «Dites-lui de revenir quand nous aurons fini de déjeuner et que nous ne voulons pas être dérangés. C'est un bon entraînement pour vous.

— Nous sommes en train de déjeuner, répéta-t-elle d'une voix vacillante. Nous ne voulons pas être dérangés. Je suis désolée.»

Elle déglutit et étudia ses mains. «Je ne sais pas si je vais y arriver, avoua-t-elle. Il y a une foule de choses à apprendre.

— Il suffit d'un peu de temps», répliqua Jack, en se grattant la tête avec un soupir.

Après le déjeuner, il la conduisit dehors pour lui montrer ce qu'il appelait «le parc» – une étendue de béton avec une petite pelouse au centre et quelques pots en terre plantés de rosiers visiblement assoiffés. Le tout aurait pu être contenu dans le potager de Park House.

À l'extrémité du jardin, s'élevait un treillis derrière lequel elle apercevait, devant une hutte, une femme directement assise par terre, un bébé au sein.

« Déjeunez-vous régulièrement à la maison ? lui demanda-t-elle poliment alors qu'ils revenaient vers la maison, faisant crisser le gravier sous leurs pieds.

— Non, au mess, ou à l'extérieur, quand nous sommes en mission. » Elle sentit une vague de soulagement l'envahir. « Il sera très agréable de rentrer et de vous trouver ici, ajouta-t-il galamment.

— Merci. » Elle lui jeta un bref coup d'œil. « Mon Dieu ! s'écria-t-elle, éblouie par l'azur immaculé du ciel, se peut-il que nous soyons en hiver ? Il fait si merveilleusement chaud !

— Oui, n'est-ce pas ? Cela n'a toutefois rien à voir avec la chaleur de l'été.

— J'adore la chaleur.

— Parfait. »

Il lui demanda de l'excuser un moment, et rentra dans la maison. Elle resta au soleil, coiffée de son casque colonial qui lui serrait un peu la tête, l'écoutant se racler la gorge alors qu'il faisait couler de l'eau dans les toilettes. Lorsqu'il revint, il se montra heureux d'avoir un message à lui transmettre.

« Rose, Mrs Clayton-Booth va peut-être vous rendre visite demain. C'est une mine d'informations sur les boutiques, les serviteurs et ainsi de suite. J'espère que vous ne m'en voudrez pas d'avoir organisé cette rencontre.

— Bien sûr que non ! » Elle se leva sur la pointe des pieds, plus ou moins décidée à l'embrasser, quand elle entendit un bruissement de feuilles derrière le treillis.

« Chérie, s'écria-t-il en la repoussant. Ne faites plus jamais cela en public. Cela n'est pas convenable devant les serviteurs.

« — Oh !

— Leur pudeur en est offensée.

— Excusez-moi, Jack.

— Rose, ne prenez pas cet air-là. Il y a tellement de choses à retenir ! »

De quel air parlait-il ? Elle aurait voulu se précipiter à l'intérieur et pleurer. « Excusez-moi », répétat-elle d'une voix étouffée.

Il pénétra de nouveau dans la maison pour prendre ses affaires ; elle resta au milieu du jardin, se demandant si elle n'avait pas commis la plus grosse erreur de sa vie.

Quand elle se réveilla, deux jours plus tard, elle se rendit compte qu'elle n'avait même pas pris la peine de lire la lettre de Tor, qui se trouvait toujours dans sa poche, avec l'autre enveloppe.

Elle avait rêvé de marmelade d'oranges, si intensément qu'elle en sentait presque l'odeur. Chaque année, à cette époque, sa mère et Mrs Pludd faisaient toute une affaire de l'achat des fruits, de l'ébouillantage des pots de confiture, du rinçage des linges de gelée, de l'écriture des étiquettes et, finalement, de la recherche de la cuillère spéciale, tachée par des décennies d'utilisation, qui devait servir à remuer la précieuse préparation.

Pendant des jours entiers, la maison sentait l'orange. Le mal du pays avait des origines parfois inattendues ; elle en était saisie lorsqu'elle contemplait les étoiles, imaginant que celles qui scintillaient au-dessus de sa tête brillaient de même au-dessus de ses parents endormis, à l'autre bout du monde. La veille, la vue de deux fillettes sautant à la corde, au club, avait suscité une bouffée de nostalgie et ressuscité le souvenir de Tor, non pas la Tor adulte, tourbillonnant au cœur de Bombay dans la Ford de Cissy, mais la plus jeune qui, en sa compagnie, au cours des précieux jours d'été où le temps s'arrêtait et où aucun sujet d'inquiétude ne pouvait les tourmenter, se promenait à cheval puis s'étendait sur l'herbe, la robe froissée sur ses genoux contusionnés, cueillait des pâquerettes, cherchait des trèfles à quatre feuilles et jacassait à propos de tout et de rien.

Elle se leva sans faire de bruit et récupéra les deux enveloppes dans la poche de sa robe. Ainsi, Viva travaillait, elle avait un lieu à elle, c'était stupéfiant. En outre, Tor l'invitait à séjourner chez Cissy, ce qui lui arracha quelques larmes. Elle mourait d'envie d'y aller, mais savait que cela dépendrait à présent de nombre d'éléments nouveaux. Assise devant sa coiffeuse, elle se brossa les cheveux avec de longs mouvements réguliers. Jack appréciait-il Tor ? Probablement pas. Il était étonnant de constater que la plupart des hommes ne semblaient pas voir à quel point elle était pourtant absolument merveilleuse – drôle, gentille, généreuse, bref, dotée de toutes les qualités qu'ils semblaient demander aux femmes.

Posant doucement sa brosse sur la table, elle se retourna pour regarder Jack. Il dormait, une longue jambe brune allongée sur le drap.

Tandis qu'elle l'observait, il fit un petit bruit avec ses lèvres, leva les bras au-dessus de sa tête et les posa sur l'oreiller. Elle distinguait les touffes de poils blonds de ses aisselles, et les doigts qui l'avaient touchée ici et là. *Oh, bon sang, que tu es stupide, ma fille !* se gourmanda-t-elle, sentant monter en elle une explosion de sanglots. Que lui arrivait-il ? Elle ne devait pas – plus – pleurer.

27

BOMBAY, FÉVRIER 1929

Bombay commençait à suffoquer sous la chaleur lourde et humide qui l'étreignait. Seule une averse aurait pu atténuer ce malaise.

Tor, qui souffrait d'une éruption cutanée, était plongée dans un bain de solution de Jeyes, quand elle entendit sonner le téléphone.

Quelques instants plus tard, Ci, agacée par les appels de plus en plus fréquents destinés à son invitée, cria derrière la porte : « Un certain Frank, médecin du bateau, cherche une dénommée Viva. Je ne comprends fichtre rien à ce qu'il raconte. »

Tor sentit tressaillir son cœur.

« Hello ! étranger au sein de cet étrange pays, lança-t-elle quand elle le rappela, vingt minutes plus tard. Qu'est-ce qui vous amène ? »

Frank répondit qu'ils devaient se voir afin qu'il lui raconte tout, mais en attendant, avait-elle une idée de l'endroit où se trouvait Viva ? Il avait des nouvelles urgentes pour elle.

« Cela semble passionnant, rétorqua Tor. Ne direz-vous pas ce dont il s'agit à un vieux compagnon de voyage ? »

Peut-être se serait-il laissé convaincre, mais Cissy apparut à ce moment précis, soufflant avec rage la fumée de sa cigarette et désignant sa montre d'un geste impatient. Tor n'eut que le temps de donner l'adresse de Viva et de raccrocher.

Honnêtement, elle ne ressentait qu'un petit pincement au cœur. Au tréfonds de son être, elle avait toujours su qu'il avait un faible plus prononcé pour Viva que pour elle. De surcroît, elle avait pour l'instant à sa disposition bien plus que ce qu'il lui fallait, car elle était plongée dans les affres de ce que Cissy appelait un *amour fou*[1], en réalité une folle passion.

Cette liaison avait commencé le 21 décembre 1928, à environ dix heures et demie du soir, lorsqu'elle avait offert sa virginité à Oliver Sandsdown dans une cabine de Juhu Beach. Plus tard, elle avait soigneusement rapporté cet épisode dans son journal intime, ce petit carnet de cuir que sa mère lui avait donné pour qu'elle y consigne ses récits de voyage. «Juhu, merci mon Dieu!» avait-elle écrit, entourant la date d'un trait jaune, orné de quelques étoiles. Le seul point noir de la soirée avait été la tache de goudron sur la veste de soie chinoise que son hôtesse lui avait prêtée.

Ollie était apparu à la réception de Noël que Cissy et elle avaient organisée au Yacht Club. C'était un banquier d'affaires de vingt-huit ans qui adorait le bateau à voile et dont la peau était tannée par le soleil. Plutôt petit et brun, il ne bénéficiait pas de l'approbation de Ci – qui le considérait comme très inférieur à ses critères d'élection – mais Tor le trouvait très séduisant, essentiellement parce qu'il débordait d'assurance. Lorsqu'ils s'étaient rencontrés pour la première fois, il avait dansé avec elle et lui avait déclaré, un sourire parfaitement mondain sur le visage, «J'aime-

---

1. En français dans le texte.

rais vraiment coucher avec vous», déclaration qu'elle avait trouvée à la fois amusante et osée. En se dirigeant vers la plage, ils avaient chanté à tue-tête «J't'emmène à la campagne» dans la voiture qu'il conduisait à une vitesse imprudente. Quand ils étaient arrivés devant la mer, ils avaient retiré leurs chaussures et marché sur le sable tiède et compact. La houle, baignée par le clair de lune, composait une masse lumineuse aux reflets bleus et argentés, alors que sur l'horizon se détachaient les silhouettes des pêcheurs installant leurs filets. Il l'avait embrassée – non pas comme un garçon testant les limites de sa partenaire, mais comme un homme désireux d'assouvir son désir. Elle avait senti ses genoux faiblir.

La cabine elle-même, imprégnée d'une odeur plutôt agréable d'eau de mer et de poisson séché, abritait un lit de cordes à ras du sol, sur lequel il l'avait prise efficacement, sans cérémonie particulière. Plus tard, il lui avait demandé de rester debout devant lui, avait arrangé son collier de perles sur sa peau nue, et l'avait poursuivie en courant jusqu'à la mer. En la voyant se baigner avec ses perles, sa mère aurait probablement prononcé des mots qui auraient heurté ses oreilles, mais elle n'y avait pas pensé une seconde. En nageant dans l'eau aussi douce que du lait, elle s'était sentie sauvagement heureuse, ce qu'elle n'avait jamais éprouvé auparavant. À ce moment précis, elle avait apprécié qu'il ne fasse pas partie de ces hommes qui éprouvaient le besoin de tout transformer en mots. Il l'avait enlacée de nouveau dans l'eau, qui transformait leurs doigts en traînées de diamants phospho-rescents. Intensément vivante et détendue, elle s'était dit qu'elle avait atteint son objectif. C'était accompli ! Merveilleux ! Parfait ! Plus de soucis à se faire. Avec le temps, elle était certaine d'apprendre à aimer cela énormément.

Après avoir nagé, il l'avait séchée avec une vieille serviette, lui avait donné un rapide baiser et avait boutonné en hâte la veste de soie, se trompant de boutons. Elle avait alors espéré qu'il ferait preuve d'un peu de poésie et resterait avec elle sur la plage, pour parler de la vie en regardant les pêcheurs regagner le rivage, mais il avait simplement déclaré que quelques-uns de ses amis se trouvaient en ville et qu'il voulait boire un verre avec eux au *Harbour Bar*.

Oliver n'était pas le seul homme s'intéressant à elle. Il y avait aussi Simon, ex-étudiant d'Eton, venu aux Indes pour la saison, essentiellement dans le but de chasser, qui l'avait invitée à dîner au Yacht Club, et Alastair de Veer, jeune fonctionnaire plutôt anémique, chez qui un simple fox-trot sur la véranda avait déclenché une avalanche de coups de téléphone qu'elle trouvait rebutante. Les choses bougeaient du côté de l'amour, souvent trop vite, pour être honnête, dans la mesure où elle n'arrivait pas à les maîtriser. Le coup de fil de Frank ne l'avait pas du tout contrariée.

Depuis la nuit de Juhu Beach, Oliver et elle s'étaient plusieurs fois retrouvés dans l'appartement du banquier, à Colaba Beach. Pendant une bonne semaine, elle avait dû recouvrir de poudre les suçons qu'il avait laissés sur son cou et son épaule gauche.

Ci les avait aperçus. « Ne le laissez pas vous marquer ainsi. » Elle avait levé un sourcil épilé devant l'omoplate de Tor. « C'est commun. »

À ce moment, la jeune femme, devenue rouge comme une pivoine, avait essayé de changer de sujet en demandant à Ci une énorme, énorme faveur. Serait-elle vraiment ennuyée si Rose venait passer un jour ou deux avec elles la semaine suivante, pour une journée de pure régression ?

Cissy l'avait initiée au concept de pure régression dès son arrivée à Bombay ; il désignait des journées uniquement consacrées à l'hédonisme intégral, au cours desquelles il était interdit de se comporter en adulte. On devait les utiliser exclusivement à boire des cocktails, voir des gens amusants et faire sans retenue ce que l'on voulait. Selon son hôtesse, il y avait beaucoup trop de choses sérieuses dans le monde.

Dès que Ci répondit en souriant « Chérie, quelle bonne idée », le visage de son invitée s'illumina. Le voyage des Mallinson au nord du pays était tombé à l'eau, contraignant Tor à repousser la proposition qu'elle avait faite à Rose et à Viva. C'était dommage, car elle aspirait à une conversation à cœur ouvert avec son amie. Il y avait des périodes, comme celle-ci, où il se passait tant d'événements nouveaux qu'aucune autre confidente que Rose ne pouvait faire l'affaire. Elle savait écouter et attachait de l'importance à ce qu'on lui disait, tandis que Ci – amusante, merveilleuse et plus encore – ne pouvait être considérée comme quelqu'un à qui l'on pouvait se livrer en toute sécurité ; elle était trop impatiente pour cela. Tor commençait d'ailleurs à mal supporter certains travers de son hôtesse, par exemple sa tendance prononcée à critiquer toute personne autre qu'elle-même d'un air excédé, laissant entendre qu'elle seule était parfaite ou encore la façon dont elle lisait le courrier de ses enfants, adoptant une insupportable voix de fausset, alors que la petite Flora, qui avait récemment fait un séjour à l'infirmerie à cause d'un horrible problème de santé appelé impétigo, laissait transparaître dans ses lettres un profond mal du pays, une immense soif d'amour.

De même – était-ce un fruit de l'imagination de Tor? – Ci changeait de comportement. Auparavant, dès que la voiture de Geoffrey disparaissait, elle énumérait un tas de projets pour elles deux; maintenant, elle se révélait plus secrète, plus distraite. Elle s'était énervée sur sa compagne l'autre jour parce qu'elle monopolisait le téléphone.

Les serviteurs semblaient aussi avoir remarqué cette transformation. La veille, quand Tor avait demandé à Pandit où se trouvait la *memsahib*, il lui avait jeté un regard narquois et avait écarté les mains pour montrer qu'elle ne s'y trouvait pas, ce qui dénotait un manque de respect total. Aussitôt après, elle avait entendu les serviteurs rire dans l'office.

Elle se demandait si tout le monde était au courant de quelque chose qu'elle ignorait, ou si elle n'abusait pas de l'hospitalité qui lui était offerte. Dans son for intérieur, elle espérait que non, car elle continuait à s'amuser énormément.

De toute manière, non seulement Ci s'était aussitôt enthousiasmée à l'idée de la venue de Rose, mais elle avait aussi proposé à Tor de lui prêter la voiture.

«Vraiment, vous me prêtez la voiture? Pourquoi êtes-vous si gentille avec moi?»

Cissy, peu démonstrative de nature, avait lancé un baiser dans le vide. « Parce que vous êtes agréable à vivre et que vos jours sont comptés ici. J'ai reçu une lettre de votre mère ce matin ; elle me demande de prendre votre billet de retour pour la fin de la saison, en février. »

Il avait fallu à Tor au moins deux heures pour absorber l'impact de cette nouvelle, tout en refusant catégoriquement de croire à sa réalité. Quelqu'un allait la demander en mariage, ou quelque chose se produirait pour dévier le cours des événements. Il devenait maintenant absolument capital de voir Rose aussi vite que possible.

Jack décrocha le téléphone.

« S'il vous plaît, est-ce que Rose peut venir jouer avec moi ? demanda-t-elle d'une voix d'enfant geignarde. Je vais crier à me rendre malade si vous n'êtes pas d'accord. »

Quel esprit étriqué que celui de cet homme ! Il lui répondit comme si elle avait parlé très sérieusement.

« Il faut que je consulte mon agenda, mais je pense que c'est envisageable. »

D'une voix monotone, il lui avait parlé d'un colonel en visite et d'ordres de sa compagnie, comme si elle l'avait inclus dans son invitation, ce qui n'était pas le cas. Elle perçut un bref grognement, puis un choc.

« Tor, oh Torrie chérie ! chantonna Rose. Je suis tellement heureuse de t'entendre !

— Rose, c'est une urgence. Tu dois venir me voir. Prends le *Decan Express*. Nous aurons une journée de pure régression et un bon papotage.

— Une quoi ?» La voix de son interlocutrice se perdait dans les grésillements.

«École buissonnière, champagne, chocolats… Rose, je vais exploser, j'ai tellement de choses à te raconter !

— Reste en ligne une minute.» Murmures étouffés au bout de la ligne.

«C'est tout à fait d'accord, chérie. Jack dit que le wagon des dames est parfaitement sûr.»

Tor n'avait pas besoin du capitaine Chandler pour le savoir.

Toutefois, ce dernier la surprit en la rappelant une heure plus tard. Il chuchota : «Je veux faire une surprise à Rose. Voudrez-vous bien commander du champagne lorsque vous irez déjeuner ? Vous lui direz que c'est de ma part.»

Elle se dit qu'Ollie n'y aurait probablement pas pensé.

Tous les hommes ne trouvaient-ils pas Rose irrésistible ? Tor avait accepté cette évidence depuis fort longtemps ; elle devrait toujours se donner bien plus de mal que son amie pour arriver à un résultat similaire.

Le jeudi de la semaine suivante, une demi-heure avant l'arrivée du train de Rose, Tor, penchée sur le volant de la voiture de Ci, tremblait de peur. Entièrement livrée à elle-même, elle se demandait si elle ne s'était pas un peu illusionnée sur ses compétences de conductrice. Jadis, elle avait pris trois leçons dans l'Austin de son père, le long d'un chemin de ferme boueux, et effectué deux promenades paisibles dans des allées peu fréquentées. Jamais, même de loin, elle n'avait conduit dans un contexte aussi chaotique que le trafic grouillant de Bombay.

La petite Ford vert bouteille de Ci, expédiée d'Angleterre l'année précédente, sur l'*Empress of India*, jouissait au *Tambourin* d'une vénération égale à celle d'un dieu du foyer. Tous les matins, Pandit en polissait les parties chromées qui brillaient d'un éclat éblouissant. Il lavait soigneusement le marchepied, utilisant une vieille brosse à dents pour en nettoyer les interstices, et renouvelait le contenu du réservoir d'eau. Ensuite, il appliquait de la cire d'abeille sur les sièges de cuir, puis remplaçait les bonbons à la menthe de la boîte à gants, qui attendaient près du petit briquet en onyx de Ci. Tor était certaine qu'il aurait garni les rétroviseurs de guirlandes de fleurs et parsemé les sièges d'offrandes de riz s'il avait été autorisé à le faire.

Les yeux écarquillés à force de concentration, elle tourna à droite dans Marine Drive, où la circulation ne semblait pas trop mauvaise. Au feu rouge, elle immobilisa la voiture et respira profondément. Alors qu'elle activait la petite flèche mobile de couleur orange et tournait à gauche dans une pagaille tourbillonnante de pousse-pousse, chars à bœufs, bicyclettes, chevaux, ânes et automobiles, son cœur battait si fort qu'elle l'entendait cogner dans sa poitrine.

« Au secours ! » Un conducteur de pousse-pousse s'élançait négligemment devant elle.

« Oh, non ! » Un char à bœufs traversait lentement la rue.

295

«Désolée!» Un vendeur de bananes, croulant sous le poids de son chargement, se frayait un chemin au milieu de la circulation.

Dix minutes plus tard, elle passait entre les portes de l'immense et majestueuse gare Terminus Victoria. Donnant un coup de volant pour éviter un mendiant, elle ralentit enfin, dans un violent soubresaut, devant une place de parking située sous un palmier.

Après avoir garé le véhicule à grand-peine, elle courut à travers la foule et arriva juste à temps pour voir entrer en gare le train de Poona. Rose, claire et dorée, presque incongrue au milieu de tous les visages bruns, sortit d'un wagon de première classe, vêtue de la robe qu'elles avaient choisie ensemble à Londres. Les porteurs se battaient pour porter son bagage.

«Rose!» Tor l'enlaça avec enthousiasme. «Mon caneton adoré, tu m'as tellement manqué!»

Pendant le trajet du retour, Tor ne put résister à la tentation de se donner en spectacle. «Cigarette, s'il te plaît, jeune Rose. Elles sont à gauche, dans la boîte à gants. Bon, ajouta-t-elle, voilà le programme: premier arrêt, Mme Fontaine. Il y a là-bas une fille nommée Savita qui coupe merveilleusement les cheveux. Ensuite, déjeuner et un bon papotage au club – je ne t'ai pas encore raconté ma réception –, puis je t'emmène chez les Mallinson pour un gin tonic. Certains amis passeront sans doute et nous irons danser.»

Rose eut un claquement de mains enthousiaste. «Oh, Tor! s'écria-t-elle en posant doucement la tête sur l'épaule de sa compagne, je n'arrive pas à croire que tu es autorisée à faire tout ça.

— Je le suis, répliqua son interlocutrice, en soufflant la fumée avec une allure de star, mais je t'en supplie, n'en parle pas à ma mère ! Cette idiote veut déjà que je rentre à la maison. » Elle avait prononcé ces mots d'un ton tellement léger que Rose ne répondit rien ; Tor en fut heureuse – elle n'aurait pas voulu l'attrister un jour comme celui-ci.

Alors qu'elles descendaient Hornby Road, toutes deux poussèrent un cri aigu en voyant un petit garçon et son père uriner contre un mur.

« N'est-il pas affreux qu'ils "laissent pisser" sur la voie publique ? » s'écria Tor. Elles s'esclaffèrent. « Je pensais que nous l'avions interdit. Quelle grossièreté ! ajouta-t-elle avec la voix de leur ancienne directrice d'école.

— Cela me fait penser… » Rose sortit une liste de courses de son sac à main. « Un petit service. Est-ce que cela t'ennuierait beaucoup que nous passions au magasin Army & Navy ? J'ai besoin de moustiquaires, j'en ai vu dans le catalogue, en mousseline blanche ordinaire et à un prix abordable. Il m'en faut pour la chambre d'amis.

— Des rideaux ! s'exclama Tor, consternée. Sûrement pas ! C'est une journée de pure régression : tu connais les règles, rien que du bon temps.

— Espèce de tyran !

— Bon, si tu es très sage, ce qui veut dire très déraisonnable, tu seras peut-être autorisée à acheter des rideaux en rentrant à la maison. »

Alors qu'elle expliquait à Rose que Frank avait téléphoné la semaine précédente, elle dut freiner brusquement pour éviter un homme qui traversait la rue, tirant un chariot rempli d'oranges, et faire redémarrer le moteur qui venait de caler. Tout à coup, le visage du jeune imprudent apparut derrière la vitre de la portière. Il les fixait de ses grands yeux méprisants, les lèvres déformées par une grimace.

«Foutez le camp! articula-t-il distinctement.

— Pardon?» Rose le regardait bouche bée.

«Foutez le camp! répéta-t-il, avec une visible expression de dégoût.

— Ce n'est absolument pas mon intention», cria Rose. Tandis qu'elles s'éloignaient, l'homme, immobile au milieu de la chaussée, secouait le poing vers elles en hurlant quelque chose qu'elles ne pouvaient pas distinguer.

Lorsqu'elles furent à bonne distance, elles eurent un rire nerveux.

«Ce n'est absolument pas mon intention, répéta Tor. Bien envoyé! Il ne va pas fermer l'œil cette nuit.

— Je déteste qu'on me toise de cette façon.» Rose ne riait plus. «Crois-tu que les choses commencent à chauffer ici?

. — Geoffrey et Ci affirment que cela s'aggrave, à cause des embrouillaminis commerciaux, des sanctions, et de Gandhi qui les fait tous bouger; mais ils pensent aussi que la plupart des indigènes seraient horrifiés si les Britanniques rentraient chez eux. Qu'en dit Jack?

— Il ne me parle pas beaucoup de ces choses.» Rose s'arracha à la contemplation des rues encombrées. «Pas du tout, en fait.»

Dans le salon rempli de vapeur de Mme Fontaine, la tête penchée en arrière sur un long lavabo, elles respiraient une odeur de bois de santal, de pin et de café frais mêlés.

Une traînée de parfum dans son sillage, Savita apparut devant elles. « Shampooing à l'huile d'olive ou au henné ? » murmura-t-elle.

Elles se décidèrent pour l'huile d'olive ajoutée à de l'eau de rose. Quatre jeunes filles se consacrèrent à leur lavage de cheveux, vingt doigts effectuant ensemble le massage de chaque tête avant de l'envelopper dans une serviette tiède.

« Vera pourrait s'inspirer de ce salon. » Vera tenait dans le Hampshire un salon de coiffure plein de courants d'air où elles avaient régulièrement fait tailler leurs nattes, puis exécuter leurs coiffures montantes et sophistiquées pour la saison londonienne. Elle avait des mains de terrassier et cognait la tête des clientes contre le robinet lorsqu'elle leur rinçait les cheveux.

« *Memsahibs*, chuchota l'une des employées. Voici les rafraîchissements. »

Elle leur présenta un plateau orné de grosses fleurs d'hibiscus.

Alors qu'elles sirotaient leur café frappé, les jeunes filles revinrent. Elles étaient fascinées par les cheveux blonds de Rose, qu'elles démêlèrent avec révérence.

« Les gens d'ici sont de véritables "dorloteurs", dit Rose en souriant au reflet de son amie dans le miroir. Ils semblent adorer s'occuper de nous.

— Tes serviteurs se comportent-ils ainsi ? » Tor se pencha pour scruter ses sourcils. « Seigneur ! de vraies chenilles, il faut que je les épile.

— Pas encore. Nous nous débrouillons tant bien que mal pour le moment, mais je suis sûre qu'au fil du temps, nous viendrons à bout de la situation. »

Sa compagne la regarda. Par moments, Rose paraissait tragiquement mûre pour ses dix-neuf ans.

« Bon, s'exclama-t-elle. Revenons à la grande question de la journée. Ils prennent huit roupies ici pour la coupe à la garçonne, et c'est l'endroit où il faut se lancer. Tu ne dois le faire que si tu en as envie, mais cesse de dire que cela ne t'ira pas – tu pourrais te mettre un pot de fleurs sur la tête, tu resterais magnifique. »

Elles s'esclaffèrent de nouveau, heureuses d'avoir de nouveau six ans.

« Le modelé de ton visage est ravissant et il va bientôt faire très chaud. Réfléchis. Ta vie ou tes cheveux ? »

Rose enroula sa chevelure pour la raccourcir et tourna la tête pour étudier l'effet produit dans le miroir. « Nous avons déjà des restrictions d'eau au régiment.

— Est-ce que Jack risque de mal réagir ? »

Son amie réfléchit un moment.

« Il ne m'a jamais dit qu'il aimait ceci. » Elle passa les mains sous ses cheveux, les souleva et les laissa retomber sur ses épaules telle une étoffe de soie. « Honnêtement, je n'en sais rien. »

La note de rébellion qui sous-tendait ces propos rassura Tor. Être beaucoup trop gentille, ce qui était indéniablement le cas de Rose, ne laissait pas d'être parfois inquiétant.

Le lendemain, lorsqu'elles y arrivèrent à une heure et quart, pour déjeuner, le Yacht Club était plein. Dès que Rose, un peu intimidée par ses cheveux courts, traversa le restaurant à côté de Tor, les conversations s'interrompirent ; un homme âgé ajusta son monocle et la contempla ouvertement, bouche bée.

« Ta coupe est un succès », souffla son amie.

Leur garçon les conduisit, dans un coin de la salle, à une table d'où elles pouvaient admirer le port, et releva les volets pour qu'elles puissent mieux contempler les yachts. Un rayon de soleil illuminait leurs couverts d'argent, les verres immaculés, ainsi que les rince-doigts comportant chacun une tranche de citron.

« Excellent menu aujourd'hui. » Le séduisant maître d'hôtel italien étala de grandes serviettes de lin sur leurs genoux. « Homard fraîchement pêché, sole Véronique, pintade et faisan à la mode. Le champagne est sur la glace, madame, murmura-t-il dans l'oreille de Tor.

— Écoute, chuchota Rose soudain saisie de panique, je ne veux pas jouer les rabat-joie, mais je ne peux pas me perm… »

Tor leva la main. « Tais-toi, mon enfant. Le champagne a été commandé par ton époux, le capitaine Jack Chandler, probablement parce qu'il se sent coupable de t'avoir fait rater ma réception.

— Jack ? Tu es sûre ?

— Tout à fait sûre. » Elles échangèrent un regard soutenu.

Le garçon versa le champagne dans les coupes. Rose porta le verre à ses lèvres et fronça le nez, chatouillée par les bulles.

«Arrives-tu à croire que nous soyons devenues aussi sophistiquées? demanda-t-elle après avoir bu une gorgée. Aussi mûres?

— Rose, je ne suis ici que depuis trois mois. Je ne veux pas rentrer à la maison, je ne peux…

— Tais-toi. Je ne supporte pas non plus cette idée.

— N'en parlons pas maintenant. C'est un sujet trop sérieux pour le champagne.

— Très juste. De toute manière, je suis sûre que tout Bombay est déjà follement amoureux de toi.»

Tor écarquilla ses immenses yeux rieurs et leva trois doigts en silence.

«Espèce de monstre! s'écria Rose en levant une main jusqu'à sa bouche. Quelqu'un qui compte pour toi?

— Il y a Oliver, c'est un banquier et nous passons ensemble un sacré bon temps.

— J'ai l'impression que tu rougis. Est-ce un mari possible?

— Je n'en sais rien, répondit Tor, réduisant son petit pain en miettes. Probablement pas. Comment pourrais-je le savoir? Il est vraiment amusant, et très viril, mais…

— Est-ce que tu me permets de te dire une chose excessivement sérieuse? Quoi qu'il arrive, ne te précipite pas. Le mariage est un tel changement dans la vie, et Middle Wallop n'est pas si horrible que ça. Tu dois être au moins absolument sûre que tu peux aimer… je veux dire, que tu aimes vraiment la personne concernée.»

De nouveau, elles échangèrent un regard. Tor éprouvait une angoisse soudaine devant le visage de Rose empourpré d'émotion. Elle aurait voulu lui demander «Est-ce que tout va bien? Est-ce qu'il te rend heureuse?», mais il était impossible de poser à son amie ce genre de question. C'était une fille de soldat. «Bien sûr, aurait-elle répondu. Tout est merveilleux.»

Que pourrait-elle dire d'autre, à moins qu'il ne lui fasse vivre un enfer ou ne la batte tous les soirs?

Au bout de deux heures de conversation, le garçon leur apporta du café et des confiseries. Tor se laissa aller contre le dossier de sa chaise et contempla la salle en souriant.

«Seigneur!» Elle se figea soudain. «Est-ce que je deviens folle ou vois-tu ce que je vois?»

À deux tables de distance, un groupe d'une huitaine de personnes, indiennes et européennes, rassemblaient leurs affaires et se préparaient à partir.

«Oh non! C'est lui!

— Lui qui?» s'enquit Rose en suivant son regard.

Guy Glover les avait reconnues. Un appareil photo à l'épaule, il se leva en voyant Tor, marqua un temps d'arrêt artificiel, puis s'approcha avec un air important.

«Bon sang, quelle surprise! articula-t-il de sa voix traînante.

— Que faites-vous ici, Guy? répliqua Tor sans lui rendre son sourire. Viva nous avait dit que vous étiez malade et que vous deviez partir rapidement.

— J'ai été malade, mais je vais beaucoup mieux maintenant.» À sa table, trois personnes se levèrent, un Indien occidentalisé et deux Indiennes magnifiques, de toute évidence décidés à l'attendre. Il déglutit visiblement, faisant glisser sa pomme d'Adam de haut en bas de son cou. « En fait, j'ai un travail. Je suis devenu photographe.

— Photographe ? » Tor était stupéfaite. « Pour qui travaillez-vous ?

— Pour une compagnie de cinéma d'ici, qui fait venir les films parlants à Bombay ainsi que des actrices anglaises. Elles ont besoin… Excusez-moi d'être aussi grossier, mais il faut que je vous quitte. Tout le monde m'attend.

— Alors vous allez mieux ? souligna Tor d'un ton glacial qui ne lui était pas coutumier. Viva sera soulagée de le savoir.

— Oui, beaucoup mieux, merci. »

Quand il commença à tâter l'extérieur de ses poches, Tor remarqua qu'il avait toujours les ongles sales.

« Mince, j'ai laissé toutes mes cartes à la maison, mais si vous voyez Miss Holloway, dites-lui que je ne l'ai pas oubliée. Elle n'a pas reçu tout ce qui lui était dû. Au fait, poursuivit-il en reculant d'un pas tout en adressant à Rose un petit sourire efféminé, j'adore votre coupe. On dirait un joli garçon. »

28

« J'adore votre coupe. » Quand Guy fut sorti, les deux amies s'amusèrent à l'imiter, mais Rose se sentait moins sûre d'elle avec cette nouvelle coiffure.

La veille au soir, quand elle s'était regardée dans la glace de la salle de bains des Mallinson et avait tenté de se voir avec les yeux de Jack, elle avait senti sourdre en elle les prémices d'une crise de panique. En se contorsionnant, elle avait constaté qu'indéniablement, elle était à la pointe de la mode ; toutefois, ce changement donnait aussi l'impression qu'elle était devenue différente, qu'elle incarnait un tout autre genre de femme. Soudain elle avait éprouvé une véritable colère envers elle-même. Ce n'était qu'une stupide coupe de cheveux, bon sang de bonsoir ! Seulement, elle ne savait pas si Jack l'aimerait ou non. Force lui était de constater que les réactions de son mari restaient encore le plus souvent imprévisibles et que des pans entiers de sa personne lui paraissaient aussi impénétrables que des territoires inexplorés.

Récemment, au club, Maxo, le meilleur ami de Jack, un peu éméché, lui avait parlé de quelques frasques auxquelles son ami et lui s'étaient livrés. *Avant votre arrivée*, aurait-elle pu lui souffler en guise de préambule à ses anecdotes. Ils avaient épinglé l'uniforme d'un collègue sur sa porte avant une inspection ou bien, invités par le quatorzième régiment de hussards, avaient bu à la santé de l'Empereur dans le pot de chambre de Napoléon « capturé à la bataille de Waterloo ». Maxo étouffait de rire à ce souvenir, alors que Rose, souriant poliment, se sentait envahie de tristesse. Il lui semblait que son interlocuteur lui décrivait une personne totalement étrangère à celle qu'elle connaissait – quelqu'un d'espiègle et d'indiscipliné, qu'elle aurait aimé fréquenter.

Tandis que le train approchait de la gare de Poona, le soleil se déversa du ciel couleur de turquoise sur les fleurs de canna. Elle apercevait Jack qui l'attendait sur le quai en costume de cavalier, inclinant la tête d'un côté et de l'autre en cherchant à l'apercevoir. *Mon mari*, pensa-t-elle. *Mon époux.* Comme si la modification des termes pouvait entraîner une modification parallèle des sentiments.

Elle songea aux films qu'elle avait vus, dans lesquels de jeunes mariées allaient retrouver leur moitié. Ouvrant impatiemment la portière du train, elles poussaient une exclamation de bonheur et volaient vers leur bien-aimé, portées par les ailes de l'amour. Pourquoi un nœud se formait-il dans son estomac en voyant approcher la silhouette de Jack qui lui apparaissait de plus en plus menaçante? Elle ne voulait pas avoir peur de lui à ce point; au contraire, elle désirait l'aimer de tout son cœur.

Avec un grincement prolongé, le train ralentissait. Elle passa la tête au-dessus de la vitre ouverte et articula «Jack!» en désignant ses cheveux. «Cela vous plaît-il?»

Le visage de son mari se figea, puis il secoua la tête.

Au moins, il ne mentait jamais. Elle en était certaine, car il en faisait un sujet de fierté. N'était-il pas cependant parfois préférable de se montrer gentil plutôt que sincère, surtout à propos de choses qui n'avaient aucune importance?

Le train s'immobilisa. Des porteurs en veste rouge vif se précipitèrent vers eux, mais Jack les repoussa d'un geste de la main. Il planta un rapide baiser sur la joue de Rose, posa la main sur ses reins et la propulsa à travers la foule.

«À moi, cela me plaît, déclara-t-elle à haute voix, ne sachant s'il pouvait l'entendre. Infiniment.»

En marchant rapidement vers la voiture, avec la sensation d'être poussée par un bâton dans le dos, elle éprouva la même appréhension que celle suscitée, à la fin des vacances d'été, par son retour à l'école en compagnie de Mrs Pludd.

Ces quelques jours auprès de Tor s'étaient révélés tellement agréables ! Elles avaient nagé, s'étaient promenées à cheval, avaient partagé des fous rires et de longues conversations détendues. Plus elle approchait de chez elle, plus elle sentait sa gaieté s'évanouir.

Elle essaya d'engager la conversation, en précisant à son compagnon qu'elle lui avait acheté une chemise au magasin Army & Navy ; il répondit que c'était gentil de sa part, puis lui parla d'une soirée à laquelle tous deux devraient assister la semaine suivante et d'un match de polo auquel il participerait le vendredi. Au son de sa voix, délibérément neutre, elle comprit qu'il était fou de rage.

Une fois chez elle, elle parcourut du regard son jardin poussiéreux. Personne n'avait pris la peine d'arroser les géraniums en son absence. Devant leurs feuilles brunes et ridées, elle se dit que le moment était mal choisi pour faire la moindre remarque. Dinesh, le regard féroce, le corps tendu comme un arc, l'aidait à porter ses valises, tout en semblant lui aussi l'accueillir avec raideur. *Il m'en veut de revenir à la maison ; il préfère être seul avec Jack.*

Durgabai entra à pas feutrés et tendit à Rose une tasse de thé. Un thé horrible avec les habituelles bulles de graisse flottant à la surface. Elle se sentit néanmoins très reconnaissante de cette attention et dut se retenir d'embrasser la servante lorsque celle-ci désigna ses cheveux en disant : « Joli, *memsahib*. »

Dinesh, qui sentait l'orage approcher, regarda Jack pour voir ce qu'il pensait de la coiffure de sa femme, mais son maître tourna rapidement la tête et déclara qu'il voulait faire un brin de toilette avant de retourner au régiment. De la même voix contenue, il annonça qu'il avait une réunion avec le comité du club de polo après le travail. Rose n'en crut pas un mot.

Il sortit de la maison en claquant violemment la porte derrière lui, sans le plus petit geste d'au revoir. Lorsqu'il fut parti, elle se précipita dans la salle de bains pour examiner de nouveau ses cheveux. Un visage pâle et défait la contemplait de l'autre côté du miroir. Elle passa les doigts sous sa frange et se dit qu'elle aimait cette sensation de l'air sur son cou, cette impression de liberté. Toutefois, maintenant qu'elle s'étudiait de près, elle se demandait si cette coupe n'évoquait pas un peu trop le frère Tuck – Tor et elle faisaient toujours référence à ce moine de *Robin des bois* quand elles voyaient une coupe à la garçonne ratée. La réaction de Jack n'en était pas moins très mesquine, et particulièrement infantile.

Elle pénétra dans leur chambre. Un insecte bourdonnait faiblement dans le globe du verre de lampe au-dessus du lit de fer, alors que plusieurs autres gisaient, inertes près de lui. Dans un coin de la pièce s'élevait une pile de vêtements sales – les chemises de Jack et ses propres jodhpurs, que le *dhobi* avait oublié de venir chercher.

Quelle vanité que tout cela ! Sortant de son emballage la cravate à pois qu'elle avait achetée pour Jack dans la boutique de cadeaux du Yacht Club, elle la laissa reposer sur ses doigts, molle et ridicule. Il la détesterait sûrement. De toute manière, il la trouverait trop chère.

Courbatue par le voyage en train, elle se dit qu'un bain l'aiderait à passer le temps et à se calmer. Elle sortit dans le jardin pour chercher le porteur d'eau et vit Shukla assise sur les marches devant la cabane de sa mère, éminçant des oignons. La fillette sauta sur ses pieds ; avant qu'elle ne ferme la porte, Rose aperçut une statue bon marché couverte de guirlandes de fleurs. Une forte odeur d'encens lui fit froncer le nez.

Elle éprouva une bouffée d'impatience. Où était l'homme chargé de l'eau et pourquoi les choses les plus simples débouchaient-elles toujours sur d'exaspérantes complexités ? À Park House, quand on voulait un bain, il suffisait de tourner un robinet. Ici, Durgabai, qui n'aimait pas Dinesh, devait lui demander de trouver Ashish, le blanchisseur. Celui-ci vivait dans une misérable cabane à la limite de l'enceinte du régiment. Il vidait tous les jours leur chaise percée et apportait l'eau du bain, qui était ensuite chauffée dans les bidons d'huile de huit litres alignés devant le bungalow, puis transportée à l'intérieur. Pauvre Ashish, pas étonnant qu'il ait la maigreur d'un enfant de dix ans. Jack avait expliqué que c'était un intouchable, un paria, relégué hors du système de castes de la société indienne.

En attendant que son bain soit prêt, Rose, assise sur une chaise dans sa chambre, feuilletait sans enthousiasme la liste des recettes située à la fin de *La Parfaite Ménagère indienne*. Dessert à la marmelade d'oranges, gelée aux deux tapiocas... ces desserts lui faisaient penser aux dîners de l'école.

Jack avait récemment laissé entendre qu'après la ronde des réceptions destinées à souhaiter la bienvenue à son épouse, il leur faudrait rendre les invitations. Cela semblait tout à fait raisonnable. Toutefois, la cuisine étant pour elle une occupation récente, elle avait quelques appréhensions à l'idée d'organiser toute une soirée. Elle n'ignorait pas à quel point les femmes du club pouvaient se montrer sans pitié envers celles qui n'étaient pas considérées comme de parfaites hôtesses. «Ma chère, c'était dur comme du cuir ; une sauce horrible ; pourquoi proposer trois fromages, par cette chaleur ?»

Elle essayait de se souvenir des desserts que concoctait Mrs Pludd : crumbles de pommes, blancs-mangers – des choses simples – mais les auteurs de *La Parfaite Ménagère indienne* (véritables autorités sur tout ce qui allait des vers intestinaux des enfants aux pièges pour lézards) donnaient l'impression que tout était terriblement difficile. D'abord, elle devait choisir le type de dessert qu'elle désirait : à base de farine, de crème, de gélatine ? Préférait-elle des gâteaux ou des entremets ? Le blanc-manger au chocolat s'accompagnait d'un avertissement sévère : «Les cuisinières indiennes ne le font jamais suffisamment bouillir. Elles utilisent trop de farine, ce qui lui donne un soupçon d'aigreur.» Rose, qui n'était pas portée sur les sucreries, poussa un soupir.

«*Memsahib.*» Ashish frappa à la porte. «L'eau est prête.»

En voyant ses épaules maigres s'éloigner, elle se sentit tout à coup lasse de toutes ces complications : de cet homme au regard fuyant ; des serviteurs, dehors, chuchotant et attendant d'être appelés ; de Jack et de sa mauvaise humeur ; des dames du club, dont la plupart sauraient, dès demain matin, qu'elle s'était fait couper les cheveux.

Une fois la grande baignoire de fer remplie, elle se mit à quatre pattes pour vérifier qu'il n'y avait pas de scorpions ni de serpents cachés près de la vidange ou sous le bac.

« C'est parfait, dit-elle à Ashish, merci. »

Une heure exactement après avoir pensé à prendre un bain, elle retira sa robe et s'assit dans l'eau.

Un long moment, elle pleura, en silence pour ne pas être entendue des serviteurs. Lorsqu'elle rouvrit les yeux, elle se dit qu'elle se comportait comme une enfant gâtée et geignarde, qui avait le sentiment d'être la personne la plus malheureuse du monde. Pas étonnant que Jack ne se donne même pas la peine de lui parler. Elle prit sa montre et essuya la vapeur qui en recouvrait le verre. Il était quatre heures. Dans quatre autres heures, Jack rentrerait pour souper. Serrant les mâchoires sous son bonnet de bain, elle s'intima l'ordre de se secouer et de se conduire non comme une enfant, mais comme l'adulte de dix-neuf ans qu'elle était. Une fois lavée, elle suivrait le conseil que sa mère lui avait souvent donné : elle agirait comme si de rien n'était ; elle mettrait une jolie robe et un peu de parfum, avant de préparer pour Jack son plat favori – tourte à la viande de bœuf et aux rognons –, qui ne devait pas être bien difficile à confectionner.

311

Stimulée par son enthousiasme, elle envoya Dinesh chez Youssouf Mehtab, le meilleur boucher de Poona. L'expression austère du serviteur s'était adoucie quand elle lui avait expliqué que ce plat était le préféré de son maître. Il s'était même esclaffé quand elle avait poussé des meuglements et dressé deux doigts pour figurer des cornes au-dessus de sa tête, en répétant, à l'aide de son manuel de conversation : «Je voudrais du rumsteak, s'il vous plaît.»

Ensuite, elle sortit du placard une série de plats de Bakélite piquetés. En dévissant le bouchon du pot de farine, elle constata que son contenu s'était légèrement amalgamé mais paraissait encore utilisable. Tout à coup, elle se rendit compte qu'elle avait oublié de demander à Dinesh d'acheter les deux cuillerées de saindoux nécessaires à la croûte. Tant pis, elle se contenterait du beurre clarifié.

Shukla fut chargée de ramasser dans le jardin tous les légumes pouvant être employés. Les choux précoces qu'elle rapporta avaient un peu jauni à la base de la queue, mais ils devraient faire l'affaire. Le *wallah* des légumes ne venait que deux fois par semaine.

Le décor. Rose, suivie de Durgabai et de Shukla, se rendit au jardin, où les seules fleurs épanouies, hormis les géraniums assoiffés, étaient des bougainvillées. La mère tenait la corbeille, la fille le sécateur.

«Laissez, je vais le faire moi-même», s'écria Rose. Elle coupa quelques tiges poussiéreuses.

«S'il vous plaît, *memsahib*.» Les yeux magnifiques de Durgabai l'implorèrent tandis qu'elle reprenait le panier. Le mari de la servante, invalide, reculait au fond de sa cabane chaque fois qu'il apercevait sa maîtresse car, selon Jack, la famille entière vivait dans la terreur de perdre ce travail et le logement qui l'accompagnait. Rose comprenait leur anxiété, voire se montrait compatissante, mais elle tenait malgré tout à couper elle-même ses fleurs. C'était l'une des rares tâches qu'il lui était permis d'accomplir.

Quand Dinesh rapporta le steak à la maison, elle fut sur le point de fondre en larmes. Son odeur était perceptible à travers la porte fermée. Il posa la viande faisandée sur la table de la cuisine, et tenta de la couper, les muscles de ses bras gonflés par l'effort. En outre, alors qu'elle lui avait illustré le mot «rognon» en pointant un endroit au-dessous de ses côtes, il lui avait rapporté une guirlande de saucisses peu appétissantes.

«Merci, Dinesh.» Elle déposa la monnaie dans sa poche. Plus d'une *memsahib* du club lui avait conseillé de punir ce genre de fautes par des amendes, mais elle avait le sentiment de s'être mal exprimée. Le serviteur avait fait tout son possible pour la satisfaire. Peut-être avait-il pensé qu'elle lui désignait les intestins? Elle l'avait induit en erreur, comme elle semblait le faire mille fois par jour.

Avant de commencer à cuisiner, elle essaya de se remémorer le déroulement des journées de Jack, afin de calculer le moment où elle devrait mettre le plat au four. Habituellement, il travaillait jusqu'à trois heures de l'après-midi, puis se rendait au terrain de polo où il s'entraînait avec l'équipe «A» du troisième de cavalerie, qui s'était baptisée du nom de «Toqués». Rose, bonne cavalière elle-même, aimait aller le regarder jouer quand elle le pouvait.

Elle était ravie de le voir galoper dans un grand bruit de sabots, sur Bula Bula, Topaze ou Simba, ses montures favorites, observant la façon dont il se tournait vers son cheval, dont il écoutait la respiration ou anticipait le moindre changement de direction – ses chevaux étaient si bien entraînés qu'ils se retournaient au moindre signe de tête de leur cavalier. Plus d'une fois, en le regardant rire, maculé de poussière comme un petit garçon turbulent, elle avait pensé *En ce moment, il est vraiment heureux*. Elle aurait aimé savoir illuminer son visage ainsi.

Après l'entraînement de polo, ils allaient souvent au club, où elle appelait déjà une demi-douzaine d'épouses d'autres militaires par leur prénom, et où Mrs Atkinson, glaciale et condescendante, lui accordait à l'occasion un signe de tête.

Avant que Jack ne l'emmène là-bas, il l'avait prévenue que certaines épouses d'officiers subalternes buvaient trop ou se montraient trop familières avec les femmes d'officiers supérieurs. Bien qu'il ait l'air de plaisanter, elle savait qu'il parlait sérieusement. Il l'encourageait à boire du whisky allongé, noyé dans du soda comme un gin tonic, ce qui lui donnait néanmoins l'impression d'être terriblement mûre.

« Ce n'est pas considéré comme vulgaire ici, l'avait-il assurée. C'est presque un remède médicinal. » Il l'avait également mise en garde contre le bavardage. « Toutes ces femmes ne cessent de répandre les mêmes histoires parce qu'elles n'ont pas grand-chose à faire. »

C'était probablement vrai. La semaine précédente, elle avait entendu relater à plusieurs reprises deux anecdotes, l'une relative à l'épouse d'un certain major Peabody, légèrement éméchée, qui s'était donnée en spectacle en dansant de façon très suggestive avec un officier subalterne ; et l'autre à propos d'une réception où avait été servi un repas immangeable, à la suite duquel tous les invités avaient eu la diarrhée pendant plusieurs jours.

Trois fois déjà depuis leur mariage, Jack, en grand uniforme paré de ses médailles miniatures, avait fait sonner ses éperons en se rendant à des dîners au mess. Là, si l'on en croyait les potins indulgents des *memsahibs*, les hommes se comportaient comme des gamins. Rose avait su qu'ils avaient introduit un poney dans la salle, à quatre heures du matin, afin de le faire sauter par-dessus un sofa ; son mari lui avait raconté comment il s'était cassé le poignet au cours d'un parcours d'obstacles de minuit.

De nouveau, ces épisodes faisaient surgir une image moins conventionnelle de son époux, qu'elle ne connaissait pas encore, ou n'entrevoyait que partiellement quand il rentrait à la maison après ces soirées, à moitié ivre, sentant le brandy et désireux de faire l'amour. La dernière fois, elle avait vécu un moment horrible. Il était devenu cramoisi et avait fait preuve de brutalité, ne prenant même pas la peine de retirer sa chemise.

« Détendez-vous, détendez-vous, laissez-vous faire ! » avait-il crié avec une détermination empreinte de colère. Elle avait détesté chaque seconde de cet affrontement.

Il était en retard. Rose fixait la pendule au-dessus de la table de la salle à manger, essayant de ne pas s'inquiéter des odeurs âcres provenant du four, ou de la cire des bougies dégoulinant sur le chandelier bien astiqué. *Où était donc Mrs Pludd quand on avait besoin d'elle ?* Mieux valait plaisanter pour se remonter le moral. Elle avait mis la tourte à cuire beaucoup trop tôt, ce qui l'avait obligée à éteindre et rallumer le four à deux reprises depuis sept heures et demie.

Décidant d'attendre au salon, elle s'assit dans le fauteuil le plus proche de la porte d'entrée. Elle avait revêtu une robe fluide orange pâle, très féminine, pour contrebalancer sa coupe de cheveux ; avait mis ses plus jolies boucles d'oreilles en perle – héritées de sa grand-mère, célèbre beauté qui lui avait transmis sa peau très fine –, puis s'était appliqué un soupçon de parfum à la violette derrière les oreilles. Et voilà qu'elle se retrouvait seule et ridicule, telle une comédienne sans public. Elle secoua les pieds pour se débarrasser des chaussures recouvertes de soie que Mère et elle avaient achetées à Londres. Leur simple vue lui serrait le cœur. Comme la jeune fille d'alors paraissait juvénile à celle qui, maintenant, buvait du whisky, dormait chaque nuit avec un homme et connaissait cinq sortes d'entremets différents.

Lorsque la portière de la voiture claqua, à neuf heures moins le quart, elle sauta sur ses pieds. Jack entra dans la pièce, empestant l'alcool. Elle le vit ciller en regardant de nouveau ses cheveux – ou bien était-ce un effet de son imagination ? – comme pour lui faire comprendre qu'il restait furieux et n'était pas près de lui pardonner.

« Hello, chéri ! s'écria-t-elle du ton mesuré que prenait sa mère quand son père faisait des frasques.

Voulez-vous un verre avant le souper ? J'ai préparé une tourte à la viande de bœuf et aux rognons.

— Non merci. Je suis affamé », répliqua-t-il en regardant les volutes de fumée qui s'échappaient de la cuisine.

Les doigts tremblants, Rose ferma les rideaux sur les ténèbres nocturnes et alluma une lampe à pétrole. Elle avait essayé de donner un aspect de fête à la salle à manger, ce qui n'était pas facile avec ses nattes de paille et son mobilier dépareillé. Shukla avait poli les couverts et disposé les trois dernières fleurs de bougainvillées dans un vase, sur la table.

Jack prit le vase aussitôt. « Cela ne vous ennuie-t-il pas que je le déplace ? Leur odeur me coupe la faim. »

Les bougainvillées ne dégageaient aucun parfum, mais c'était sans importance.

« Pas du tout, assura-t-elle d'une voix sereine. Posez-les sur le buffet. »

Fier comme un poney de concours et ravi de servir à Jack son plat favori, Dinesh surgit de la cuisine en portant la tourte.

Shukla, trop timide pour croiser le regard de Rose, apporta les légumes d'un pas léger. Les épinards, maintenant décomposés, s'étaient transformés en une sorte d'algue verdâtre étalée en un dépôt visqueux.

« Pouvons-nous commencer ? » La croûte se réduisit en miettes lorsque Rose plongea le couteau dans la tourte. Tandis qu'elle s'efforçait de couper la viande, elle s'empressa de parler de tout et de rien, répétant que son séjour auprès de Tor avait été très amusant, et qu'elle adorerait l'inviter, ce qui leur permettrait peut-être d'aller chasser tous les trois ?

«Eh bien alors, invitez-la», répondit-il sans enthousiasme particulier. Elle était certaine maintenant qu'il n'aimait pas son amie. Il fallait reconnaître, à la décharge de Jack, que Tor en avait fait un peu trop le jour du mariage, quand elle s'était trouvée en sa présence ; elle l'avait taquiné constamment, s'était montrée artificielle et avait parlé trop fort. Toutefois, quand on la connaissait, on savait qu'elle ne se comportait ainsi que lorsqu'elle était timide ou mal à l'aise.

«Je suis sûr que nous pourrons lui trouver un cheval.» *S'il le faut*, aurait-il pu aussi bien ajouter.

Quand il voulut découper la viande sur son assiette, la croûte s'émietta. Rose se sentit humiliée : la tourte se révélait dégoûtante – la viande était trop cuite et la sauce, insuffisamment remuée, remplie de grumeaux blancs.

Son mari but une gorgée de vin en détournant le regard. Les serviteurs se tenaient à la porte de la cuisine, guettant sa réaction. Elle posa brutalement sa fourchette et son couteau sur la table.

«Laissez-le, Jack. C'est absolument répugnant.»

Une grosse larme coulait le long de sa joue ; en face d'elle, il continuait son repas.

«C'est mangeable, déclara-t-il. Tout juste.

— C'est infect. Pourriez-vous, s'il vous plaît, renvoyer les serviteurs pour ce soir?» Les yeux fixés sur la nappe, elle ne pouvait refouler ses pleurs. Être vue ainsi constituait pour elle une torture.

Jack se leva et soupira bruyamment. Il se dirigea vers la porte de la cuisine. «Durgabai et Dinesh, *Jao* ! *Jaldi* ! la *memsahib* et moi désirons rester seuls.»

Une fois la porte fermée, il s'assit près d'elle.

«Je suis désolée, articula-t-elle enfin. Je me comporte comme une parfaite idiote.» Poussant un gémissement, elle s'essuya les yeux avec sa serviette.

«Que se passe-t-il, Rose?

— Vous détestez ma coupe de cheveux, n'est-ce pas?

— Eh bien...» Il semblait stupéfait. «Puisque vous me posez la question, c'est vrai, je ne l'aime pas beaucoup, mais bon sang, Rose, ne pleurez plus jamais comme cela devant les domestiques!

— Je suis désolée», répéta-t-elle.

Il se leva et marcha vers la fenêtre. Elle regarda son dos, réprimant une terrible envie de lui crier que, bien sûr, le problème ne venait pas seulement de ses pauvres cheveux.

Sa chaise racla le sol quand elle se leva à son tour. «Je vais aller me coucher si vous n'y voyez pas d'inconvénient.

— C'est une bonne idée.

— Je ne me comporte pas ainsi d'habitude, dit-elle sur le seuil de la pièce.

— Tant mieux», répliqua-t-il sans un sourire, avant qu'elle ne referme la porte.

Elle découvrit ce soir-là cette sorte de crise de larmes qui ne soulage pas, fait gonfler les yeux et provoque une soif inextinguible.

Juste avant l'aube, toutefois, alors qu'elle s'était presque convaincue que son mariage était un désastre, il quitta la chambre d'amis où il dormait pour venir la retrouver. Il entra dans leur lit et l'enlaça en murmurant : «Ma pauvre Rose, je vous en prie, calmez-vous.»

Elle redoubla de pleurs et s'écria, dans une parodie de rire : «Vous devez penser que vous avez épousé une folle !» Puis elle posa sa joue brûlante contre la peau de son époux et le serra aveuglément contre elle.

«Tout est tellement nouveau pour vous.» Sa voix résonnait dans sa poitrine. «C'est très difficile, et j'ai tendance à l'oublier.»

Elle voulait qu'il la garde serrée contre lui, elle ne désirait que cela, mais il souleva sa chemise de nuit, caressa le haut de ses cuisses et se livra aux autres privautés qui la remplissaient toujours de gêne.

«Ne luttez pas contre moi, Rose. Laissez-vous faire…»

Cette nuit-là, elle ressentit un certain plaisir. Non le bouleversement intense dont elle avait rêvé et dont l'absence l'avait tellement déçue pendant sa lune de miel, mais un soupçon de satisfaction animale, à la fois donnée et reçue, infiniment plus rassurante que n'importe quelle parole.

«Allons, c'est fini, ma petite sotte, la taquina-t-il ensuite. C'est assez maintenant.

— Jamais je ne pleure. Demandez à Tor.

— Je le ferai la prochaine fois que nous nous verrons», assura-t-il en lui caressant les seins.

Pour la première fois, ils s'endormirent dans les bras l'un de l'autre.

29

Lorsque Frank appela Viva chez Mr Jamshed pour lui annoncer qu'il était de retour à Bombay et désirait venir la voir, elle ne répondit pas tout de suite.

« Frank, du bateau, insista-t-il. Vous souvenez-vous de moi ?

— Bien sûr, je me souviens de vous. » Une sensation de chaleur l'envahissait.

« J'aimerais venir vous voir pour vous parler de Guy Glover, déclara-t-il d'une voix prudente. Il est arrivé quelque chose que vous devriez savoir, je pense.

— Oh non, pas Guy ! Qu'a-t-il encore fait ? » Elle l'entendit pousser une sorte de soupir.

« Je vous le dirai de vive voix, mais ne vous inquiétez pas.

— Bien sûr que non. J'essaie de ne jamais penser à lui. » Elle perçut un choc au bout de la ligne, comme s'il était sur le point de raccrocher.

« Comment allez-vous, Frank ? Où vivez-vous ? Avez-vous réussi à trouver un travail ? » Pourquoi s'exprimait-elle de façon si distante, comme si elle lui faisait subir un interrogatoire, alors qu'elle souriait malgré elle, heureuse d'entendre de nouveau sa voix. À dire vrai, lui-même paraissait un peu étrange.

« J'ai fait quelques travaux de recherches dans le Nord. Nous avons parcouru les dispensaires dans la campagne autour de Lahore, essentiellement pour examiner les enfants, mais nos fonds se sont épuisés.

Je suis donc de retour à Bombay pour quelques mois, à l'hôpital Gokuldas Tejpal.

— Où se trouve-t-il?

— Pas loin de Cruickshank Road. Et vous, que devenez-vous?» Sa voix était devenue plus douce.

«Je vais très bien, merci.» Elle avait décidé de ne raconter à personne ces horribles premières semaines qui lui avaient fait frôler la dépression nerveuse. «C'était difficile au début mais je travaille maintenant dans un foyer pour enfants, j'écris un peu et j'ai ma propre chambre à Byculla – rien d'extraordinaire, mais je suis chez moi.

«Est-ce que Guy a le numéro de mon propriétaire? poursuivit-elle, voyant qu'il ne répondait pas. Que s'est-il passé que je devrais savoir?

— N'en parlons pas au téléphone, dit-il en baissant la voix. Puis-je venir vous voir? À quelle heure rentrez-vous du travail?»

Elle évalua rapidement le temps qu'il lui faudrait pour se laver, s'habiller, se coiffer, bref, être présentable. Tout à coup elle fut irritée contre elle-même. En quoi son aspect pourrait-il avoir la moindre importance?

«Je suis occupée ce soir, déclara-t-elle. Nous pourrions nous voir demain?»

Il répondit qu'il n'y avait aucun problème.

Elle lui donna son adresse et raccrocha. Lorsqu'elle détacha la main du récepteur, elle y vit l'empreinte humide de ses doigts, comme la trace d'une étoile de mer sur le sable.

Après leur conversation, elle parcourut sa chambre des yeux, essayant de la voir à travers les yeux de son futur visiteur. Quand elle y était arrivée, moins d'un mois auparavant, elle avait trouvé cette petite pièce affreuse, presque effrayante, y lisant le signe d'une dégradation de sa situation qui ne pouvait probablement manquer de s'aggraver.

Ainsi que Daisy l'avait promis, le logement était libre, et sa situation, au-dessus du magasin de Mr Jamshed, sur Jasmine Street, offrait beaucoup d'avantages. Toutefois, avec ses murs peints à la hâte sur lesquels des lézards couraient la nuit, son ampoule électrique nue, sa mince natte de paille et son rideau qui dissimulait le réchaud à gaz, elle lui rappelait les chambres meublées les plus miteuses de Londres, en plus chaud et humide. La première nuit, elle s'assit sur son minuscule balcon et observa la rue insignifiante en fumant une cigarette, se demandant quel coup de folie l'avait amenée ici.

Le lendemain, après avoir récuré l'endroit jusqu'à ce qu'il soit immaculé, elle fit brûler un bâton d'encens parfumé au bois de santal pour dissiper l'odeur tenace de nourriture qui subsistait dans la pièce. Ensuite, elle étala sur le lit l'édredon de soie de ses parents, dont les carreaux rouges, verts et violets s'illuminaient comme des vitraux au lever du soleil, projetant des reflets colorés sur le sol.

Daisy vint lui rendre visite le deuxième soir avec dans les mains un coussin brodé, un poème persan et un bouquet de jacinthes.

Quand, de tes biens terrestres
Tu te trouves privé

Et que de tes amples provisions
Ne te restent que deux miches de pain
Vends en une, et avec ce qu'elle te rapporte
Achète des jacinthes pour remplir ton âme.

Le lendemain, Viva suspendit le poème au-dessus de son lit, dans un cadre sculpté.

Le week-end suivant, Daisy et elle se rendirent au Chor Bazaar – le marché des Voleurs – pour y acheter des couverts, une bouilloire et une jolie chaise qu'elle recouvrit d'un châle de cachemire. Elle y trouva un miroir entouré d'émaux bleu et vert, qu'elle accrocha au-dessus de l'évier. Enfin, elle avait l'impression d'être chez elle.

Le premier soir, Mr Jamshed, parsi corpulent, chaleureux et bien éduqué, l'avait accueillie au seuil de sa demeure comme si elle était une fille prodigue de retour après une très longue absence. Il l'avait fait asseoir dans un fauteuil près de sa fenêtre afin qu'elle puisse voir ses pigeons voyageurs voler dans la lumière dorée, et lui avait apporté du thé, avant de lui présenter ses filles, Dolly et Kaniz, ravissantes jeunes filles pleines d'assurance, aux cheveux courts et aux lèvres maquillées, visiblement expertes à profiter de la naïveté de leur père. «Elles n'arrêtent pas de me taquiner», avait-il confié à Viva, les yeux brillants de fierté.

Mrs Jamshed, dodue et timide au premier abord, avait insisté pour l'inviter à dîner. Tous s'étaient assis autour d'une longue table dans la cour. Son hôtesse avait rempli son assiette d'un poisson farci enveloppé dans une feuille, accompagné de riz et de légumes verts ; elle lui avait ensuite servi un entremets sucré.

Viva avait l'impression d'éclater. Ultérieurement, Mrs Jamshed lui avait expliqué qu'en langue indienne il existait un mot : *russa*, qui désignait une façon de cuisiner et de servir la nourriture avec amour. Elle lui avait précisé que si elle ne laissait rien dans son assiette, elle serait servie de nouveau jusqu'à n'en plus pouvoir.

Cette nuit-là, ayant pour une fois mangé à sa faim, heureuse, elle s'était couchée dans son nouveau lit et avait contemplé les étoiles scintillant entre ses rideaux miteux. Le cœur empli de honte, elle avait pensé au peu d'hospitalité qu'elle avait manifesté envers ceux qui venaient frapper chez elle à Nevern Square, même si ce n'était que pour lui emprunter une tasse de sucre ; en particulier quand elle écrivait. À l'idée de l'accueil que les Jamshed, si bien éduqués et courtois, recevraient à Londres – où peu de logeuses leur offriraient un lit – elle frémit. La gentillesse qu'ils lui avaient montrée la remplissait d'humilité. Elle avait encore tant de choses à apprendre.

Son travail au foyer pour enfants, à Byculla, commença deux jours plus tard. Elle avait accepté ce poste avec l'intention plutôt cynique de gagner suffisamment d'argent pour écrire, peut-être aussi de glaner quelques bonnes histoires, puis de se rendre ensuite à Simla, pour récupérer ce qu'elle désignait maintenant sous le terme de « cette maudite malle ». Rien ne se déroula comme prévu.

Le premier matin, elle descendit du bus pleine d'agitation. *Le Tamarinier*, qui de loin, paraissait sombre et délabré, avait autrefois appartenu à un riche fleuriste. De près, ses fenêtres élégantes, ses sculptures à demi rongées et ses balustrades de fer forgé rouillées, révélaient une beauté fanée.

Dès son arrivée, elle visita les dortoirs spartiates et les longs couloirs sombres en compagnie de Joan, une sage-femme écossaise enjouée qui devait partir dans le Nord pour mener une enquête sur ses collègues indigènes rurales et sur le taux de mortalité des nourrissons.

Joan lui précisa que le foyer pouvait accueillir de quinze à vingt fillettes, essentiellement des orphelines, dont quelques-unes avaient été abandonnées à la porte de l'institution, et d'autres avaient été trouvées par une équipe de volontaires qui sortaient trois fois par semaine à la recherche d'enfants ayant besoin d'un toit temporaire au-dessus de leur tête. La maison pouvait recevoir quelques garçons, mais l'équipe préférait séparer les sexes. «Cela nous facilite la vie», déclara l'Écossaise avec un clin d'œil complice.

Le Tamarinier, ouvert tant aux pensionnaires hindous que musulmans, se donnait pour mission de rendre ceux qui n'étaient pas orphelins à leur famille ou de trouver aux autres un foyer d'accueil approprié.

«Ne croyez pas que nous leur faisions une grande faveur, précisa son guide. S'ils meurent de faim, ils nous sont reconnaissants de les nourrir, mais certains d'entre eux détestent dépendre de notre charité, en particulier les plus grands. Ils préféreraient parfois rester dans les taudis les plus misérables plutôt que de venir ici.»

Joan apprit à Viva que le jeudi était un jour de consultations ouvertes. Tous les enfants pouvaient demander à être examinés par une équipe de médecins bénévoles, certains européens, d'autres marathis. Ceux qui avaient besoin de voir un spécialiste pouvaient être reçus gratuitement au Pestonjee Hormusjee Cama, hôpital pour femmes et enfants, situé un peu plus loin sur la route.

Le plâtre qui s'écaillait sur les murs et le manque de mobilier révélaient clairement que toute cette entreprise fonctionnait avec un budget insuffisant. L'intégralité de l'argent collecté servait aux soins des enfants malades. Tandis qu'elles traversaient la cour, un groupe animé de fillettes vêtues de saris aux couleurs vives apparut soudain à leurs côtés et l'une d'elles toucha le bras de Joan, tout en souriant à sa compagne. «Elles veulent vous chanter une chanson», déclara Joan. Lorsque les voix s'élevèrent, Viva se dit : «Jamais on ne verra une jeune Européenne avec des yeux aussi brillants et un sourire aussi joyeux.» Ces enfants étaient pauvres, peut-être, mais éclatantes de vie.

Au déjeuner, pris sur des tables à tréteaux dans la cour, en compagnie des petits pensionnaires, elle fut présentée à Clara, infirmière irlandaise de grande taille, pâle, au visage constellé de taches de rousseur figé en une expression grincheuse, qui versait brutalement le *dhal* dans les assiettes. Pendant que les enfants mangeaient, elle apprit à Viva, dans un aparté plein de rancœur, qu'elle avait travaillé dans un autre orphelinat de Bombay. *Le Tamarinier* «était le *Ritz* comparé à celui-là».

Joan expliqua que certains orphelinats indiens étaient des endroits terrifiants où l'on battait sévèrement les enfants et où il arrivait que des fillettes

327

soient vendues à des vieillards. « Il a fallu beaucoup de temps pour gagner la confiance des gens d'ici. Il nous faut toujours être très vigilants, n'est-ce pas, Clara ? » L'interpellée refusa de sourire. Elle jeta à la visiteuse un regard hostile qui disait : « Vous ne convenez pas à cet endroit. » Les jours suivants, chaque fois qu'elle faisait équipe avec l'infirmière, Viva se sentit extrêmement mal à l'aise dans le rôle d'apprentie indésirable qui lui était dévolu.

Que faisait-elle ici ? Elle n'était ni infirmière ni assistante sociale ; elle n'était même pas sûre d'aimer beaucoup les enfants. Au long de ces premiers jours, elle avait le sentiment d'être éloignée d'elle-même.

Les choses ne tardèrent pas à changer pour elle. Dès le deuxième jour, Clara l'emmena voir la file des petits patients qui attendaient d'être examinés par le docteur. Les enfants en haillons et les pieds nus se tenaient debout derrière un portail fermé. Presque tous la regardaient avec une expression de total désespoir dans les yeux. Ils la saluèrent en joignant les mains, firent mine de mâcher et essayèrent de la toucher à travers la grille. Chacun d'entre eux, sans exception, semblait crier : « Aide-moi. »

L'une des fillettes adressa à Clara un torrent de paroles. « Son père est mort et sa mère est morte aussi il y a quelques mois, traduisit l'infirmière. Elle a parcouru cent vingt kilomètres pour venir ici. Aucun membre de sa famille ne veut d'elle. »

Viva éprouva la sensation d'avoir son âme à nu. L'aide à apporter paraissait incommensurable, alors qu'elle n'avait aucune formation lui permettant de se montrer efficace.

Au début, on lui confia des tâches très simples. Joan lui demanda de s'asseoir à une table dans la cour et, avec l'aide d'une femme marathie qui lui servait d'interprète, d'enregistrer le nom des enfants dans un grand registre de cuir. Elle notait la date de leur arrivée, leur adresse, s'ils en avaient une, le nom du médecin qui les examinait, les médicaments qui leur étaient délivrés et le besoin éventuel d'une autre consultation, ce qui était très rare.

Il n'y avait jamais suffisamment de médecins présents. Joan, Clara et parfois Daisy faisaient tout ce qu'elles pouvaient en fonction des réserves limitées de matériel et de médicaments, adressant les enfants vraiment malades à l'hôpital.

Au milieu de sa première matinée au *Tamarinier*, Daisy, merveilleusement rassurante, franchit le portail, totalement à l'aise, suivie par une file de petites filles bavardes qui se battaient pour lui apporter un verre d'eau. Elle s'assit près de Viva. « Vous survivez ? s'exclama-t-elle.

— Tout va bien », répondit la jeune femme, bien qu'elle se sente secouée jusqu'au tréfonds de l'être.

Ce matin-là, la foule d'enfants implorants se mua pour elle en un groupe d'individus identifiables. Elle rencontra Rahim, petit musulman maigre au visage grêlé et au regard intense, qui arborait une expression de colère : son père avait été arrosé d'essence et brûlé vif, visiblement lors d'une guerre des gangs. Le garçonnet ne pouvait plus nourrir sa sœur qui venait d'avoir la grippe. Ne voulant pas la garder dans la rue avec lui, il souhaitait la laisser au foyer pendant qu'il tâcherait de gagner un peu d'argent. Au moment de la séparation, il toucha simplement le bras de la fillette; elle regarda sa silhouette s'éloigner dans la rue, puis disparaître dans la foule.

«Lui est-il impossible de rester? demanda Viva à Joan.

— Il a honte et veut la faire sortir d'ici le plus vite possible.»

Elle rencontra également Sumati, âgée de douze ans. Lorsque sa mère était morte de la tuberculose, elle avait essayé de subvenir aux besoins de ses quatre frères et sœurs plus jeunes en ramassant des chiffons dans une décharge d'ordures, jusqu'à l'épuisement total.

Vers l'heure du déjeuner, une troupe de garçons bruyants, nus à l'exception d'un pagne, fit irruption dans la cour car le foyer proposait aussi une soupe populaire, en grande partie préparée et distribuée par des femmes du quartier. La plupart de ces enfants dormaient sur des cartons, dans la rue, près de la voie de chemin de fer. Parcourant des kilomètres chaque jour pour un petit bol de riz accompagné de *dhal* et d'un morceau de fruit, ils en profitaient pour utiliser le robinet d'eau froide de la cour et se lavaient entièrement en faisant preuve d'une grande application et d'une réelle pudeur. Selon Daisy, grâce au fait de pouvoir disposer d'un peu d'eau, ils se considéraient comme les individus les plus heureux de la terre.

«Cela fait réfléchir, n'est-ce pas?» déclara-t-elle avant de partir. Il n'y avait pas le moindre doute à ce sujet. «Vous savez, un jour, vous pourriez écrire plus que leur nom dans un livre, reprit-elle. Vous pourriez raconter leur histoire. »

Le lundi de sa deuxième semaine au *Tamarinier*, la situation évolua de nouveau. Joan, écarlate et à bout de souffle après avoir traversé la cour, vint l'avertir d'une pagaille monstre dans un taudis voisin, derrière l'usine de coton.

Une conduite d'eau avait éclaté, noyant une vingtaine de personnes. Une demi-heure plus tard, un flot continu d'habitants des taudis arrivèrent à pied, en char à bœufs, dans de vieux taxis et dans des chariots, tous couverts d'une boue nauséabonde ; nombre d'entre eux pleuraient et imploraient du secours.

Les adultes furent envoyés vers un hôpital où ils pourraient trouver un abri temporaire ; les enfants non accompagnés restèrent au foyer. Des bassines de fer apparurent dans la cour, quelques fourneaux au kérosène furent allumés pour faire chauffer de la nourriture.

« Vous feriez mieux d'arrêter cela et de nous aider », lança Clara à Viva avec un regard méprisant, en refermant d'autorité son registre. Elle lui tendit un tablier. « Vous êtes enfoncée là-dedans jusqu'au cou maintenant. »

Une fillette nommée Talika fut extraite de la foule des enfants recroquevillés près du portail. Sept ans environ, dotée d'immenses yeux bruns et de cheveux emmêlés, elle était d'une maigreur à faire peur que soulignait une robe à fleurs beaucoup trop grande pour elle. À son cou décharné, pendait une pancarte sur laquelle on pouvait lire : « *Hari kiti* : Aidez-moi. »

Lorsque la petite fille se prosterna devant elle, sa petite poupée de chiffons tomba dans la poussière. Viva, sentant la chevelure compacte de l'enfant frôler ses chaussures, fut en proie à un tourbillon d'émotions diverses. Tristesse pour ce petit bout de chou pathétique ; colère devant le sort qui l'accablait ; révulsion devant la traînée de morve qui souillait ses bas ; et frayeur de se voir tout à coup désignée comme la personne chargée de la secourir.

Une rangée de cabines de toile fut prestement érigée dans la cour. Daisy et Clara s'affairaient avec précipitation, installant une bassine dans chacune d'elles et distribuant savon et serviettes.

Viva avait conduit Talika dans l'un de ces abris. Son unique sœur ayant disparu très jeune, elle ne s'était jamais occupée d'enfants ; toutes deux se sentaient extrêmement gênées.

« Déshabille-toi », dit-elle en désignant la robe boueuse de la petite qui la regardait d'un air affolé. Celle-ci lui obéit pourtant, posa sa poupée sur le tapis de liège et se dévêtit. Agitée d'un frisson en entrant dans l'eau froide, elle se savonna entièrement, les yeux obstinément baissés. Dans la cabine voisine, Viva entendait Daisy chantonner et rire avec sa protégée : elle-même se sentait pétrifiée.

Elle versa de l'eau sur la tête menue de Talika, dégoûtée par la saleté qui s'échappait de ses cheveux, et lui frotta soigneusement le crâne à l'aide d'un savon au phénol contre les poux. L'enfant, stoïque, étourdie par le choc ne versa pas une larme. Lorsqu'elle fut lavée et séchée, Joan entra et lui donna une nouvelle robe.

Talika fut ensuite emmenée au dortoir du premier étage qu'elle allait partager avec dix autres enfants, jusqu'à ce qu'elle soit réclamée par des membres de sa famille, ou considérée comme abandonnée. On lui attribua un matelas et une couverture, ainsi qu'un crayon.

À la fin de la journée, Viva se trouvait près de la grille d'entrée, étourdie de fatigue, quand elle revit Talika. Armée d'un balai haut de deux fois sa taille, elle balayait les feuilles tombées du tamarinier de la cour, avec une expression de grave docilité. Chargée d'un travail à effectuer, elle avait l'intention de l'accomplir le mieux possible. *Si elle peut rassembler ainsi les morceaux de sa vie, comment ne le pourrais-je pas aussi ?*

Frank venait le soir même. Sur le chemin du travail, ce matin-là, elle se demanda pourquoi il avait eu l'air si sérieux, si différent au téléphone. Il était possible, se dit-elle en évitant une large crevasse sur le trottoir, qu'il n'ait pas seulement l'intention de lui parler de Guy. Peut-être allait-il lui annoncer, par exemple, qu'il s'était lié à une autre femme, à Lahore. Non qu'ils aient tous deux été particulièrement unis, reconnut-elle, faisant un signe de la main à l'homme de la boutique de thé qui la saluait tous les matins. C'était la situation de Guy qui les avait amenés à s'ouvrir curieusement l'un à l'autre, comme si, au cours de leurs veilles auprès du garçon, ils s'étaient retrouvés, en quelque sorte, hors du monde. Cette situation avait conduit Viva au sentiment curieux, voire illusoire,

333

d'avoir connu cet homme presque intimement, et de s'être livrée à lui avec une relative authenticité.

La foule commençait à devenir plus dense, car c'était jour de marché. Elle croisa un homme qui portait deux poulets vivants dans les bras. Au carrefour suivant, l'un des enfants des rues qu'elle avait rencontrés au foyer se mit spontanément à danser dès qu'il l'aperçut.

Frank. S'il ne lui faisait pas faux bond ce soir, elle accepterait de boire un verre, éventuellement de dîner avec lui, mais rien de plus, décida-t-elle en atteignant la rue du *Tamarinier*. William lui avait écrit, cette semaine, une lettre mesurée, de son écriture régulière, lui conseillant vivement de revenir en Angleterre après avoir récupéré la malle.

«Je suis absolument sûr que c'est ce que tes parents auraient désiré; il est inimaginable qu'ils aient souhaité te voir parcourir les Indes seule.»

Elle secoua la tête en silence. Comment osait-il agir en nom et place de ses parents, alors qu'il ne s'intéressait à elle que sur le plan physique? Quand elle pensait à lui, à ses chaussettes noires sur ses jambes blanches, à son sourire crispé quand il se laissait tomber sur le lit à ses côtés, son cœur se contractait. Toute cette histoire s'était muée en un épouvantable gâchis. Elle ne lui en voulait même plus vraiment, car l'erreur venait d'elle; le sentiment de solitude n'avait rien à voir avec l'amour. Avec le recul, elle comprenait maintenant combien, à cette époque, elle avait été perdue et déstabilisée. «Cela ne m'arrivera plus jamais», murmura-t-elle en poursuivant son chemin.

À son arrivée au foyer, la chaleur s'élevait du macadam avec une odeur de terre brûlée. Une longue file de patients attendant de voir le médecin s'étalait dans la rue. Assise sur le trottoir sous un parapluie cassé, une jeune mère regardait son bébé jouer sur ses genoux. Près d'elle, un homme éventait sa femme appuyée contre une balustrade. Cet assemblage de gens portant sur eux tous les stigmates de la pauvreté – vers, furoncles, tuberculose, gastro-entérite, typhoïde, choléra, et même lèpre – semblait se prolonger jusqu'à l'infini et poussait un individu après l'autre au pied des docteurs bénévoles, épuisés, qui les examinaient derrière des rideaux, sur la véranda.

Huit heures plus tard, après avoir baigné des enfants, fait des lits et apporté son aide à l'office, Viva rentra chez elle dans la poussière rose du soleil couchant. Frank. Son image s'était imposée à elle avec de plus en plus de précision au long de la journée, mais à cet instant précis, alors qu'elle ne sentait plus ses pieds et que le tissu de sa robe collait à sa peau, elle appréhendait de le voir arriver trop tôt. Il lui fallait du temps pour se laver, dormir un moment et se sentir un peu moins vulnérable.

Elle monta l'escalier, espérant que Mr Jamshed ne surgirait pas, comme cela lui arrivait parfois, pour lui proposer de boire un verre et de «papoter un peu».

Habituellement, au retour, après un bain et un repas frugal, elle allumait sa lampe et se mettait à écrire. Ce soir-là, elle s'allongea sur le lit, ferma les yeux et réfléchit à la tenue qu'elle allait revêtir pour recevoir son visiteur. La robe rouge, trop habillée, donnerait l'impression de se préparer pour un événement choisi. Bon, alors la jupe bleue et le corsage assorti? Trop strict et compassé. Soudain une bouffée de colère l'envahit. Ce que Frank aimait importait peu, au fond. Sur cette pensée, elle s'endormit.

Elle se redressa brusquement en entendant frapper à la porte. Derrière le verre dépoli, elle devina une forme sombre et mouvante. Avec hâte, elle enfila un kimono et appuya sur l'interrupteur pour allumer la lumière. En vain.

«Une minute! s'écria-t-elle en s'efforçant de trouver la bougie à tâtons. Il n'y a plus d'électricité.» Les coupures étaient très fréquentes.

«Viva, appela-t-il d'une voix étouffée.

— Frank, attendez.»

Lorsqu'elle ouvrit la porte, elle découvrit sa silhouette qui se découpait sur la lumière jaune d'une lampe à pétrole que Mr Jamshed avait posée sur l'escalier. Plus mince que dans son souvenir, il paraissait moins juvénile, mais arborait toujours le même sourire.

«Je suis en retard, déclara-t-il. Il y a eu une urgence à l'hôpital et personne ne pouvait me remplacer.»

Il la regardait comme s'il ne pouvait croire qu'elle se trouvait en face de lui.

«Puis-je entrer?

— Accordez-moi un moment, dit-elle en resserrant le kimono autour d'elle. Je me suis endormie, je…»

Craignant qu'il n'interprète sa tenue comme une sorte d'invitation, elle s'écria: «Oh! accordez-moi une toute petite seconde.»

Elle lui ferma la porte au nez et s'affaira dans l'ombre, se cognant au lit tandis qu'elle enfilait sa robe rouge. Elle ficha un peigne argenté dans sa chevelure et alluma deux autres bougies.

« Voilà, dit-elle en ouvrant la porte de nouveau, vous pouvez entrer maintenant. La pièce est dans un désordre épouvantable, je le crains. »

Il restait immobile sur le seuil, comme s'il éprouvait quelque réticence à avancer. Elle sentait qu'il embrassait tous les détails du regard : le lit de cordes, la machine à écrire, le dessin que Talika lui avait donné, accroché sur le mur au-dessus de sa table de travail.

« Vous ne verrouillez pas votre porte ? s'enquit-il.

— Quelquefois, pas toujours. Mon propriétaire a posé un verrou sur la porte d'entrée. »

Devant son air sceptique, elle éprouva un sentiment de contrariété. La façon dont elle se protégeait ou non ne le concernait pas.

« Les pannes d'électricité sont-elles fréquentes, ici ?

— Constantes, mais Mr Jamshed affirme qu'avec la chaleur, les rats qui rongent les câbles vont commencer à mourir. Cela me paraît tiré par les cheveux. Est-ce vrai ? »

Elle parlait trop, jacassait comme une pie.

« C'est possible. » Voyant la moue qu'il adoptait en ayant l'air de soupeser la question, elle pensa que lui aussi était mal à l'aise. Tout à coup, elle se sentit irritée. Non seulement la spontanéité de leurs rapports s'était envolée, mais elle n'était pas du tout certaine de vouloir la retrouver.

La lumière tremblotante donnait à l'atmosphère une sorte de caractère instable, provisoire. Lorsqu'il proposa de sortir, elle se sentit soulagée. «Je ne peux pas réfléchir dans le noir, expliqua Frank. Laissez-moi vous inviter à dîner.»

Dans Jasmine Street régnait une tiédeur nocturne bienvenue. Des rectangles de lumière jaune, tombant des maisons irrégulièrement alignées, éclairaient les passants qui rentraient lentement chez eux à la fermeture des bazars. Quelques filles des rues aux yeux lourdement maquillés, couvertes de bijoux clinquants, traînaient au carrefour.

«Si cela ne vous ennuie pas de marcher une dizaine de minutes, il y a un endroit appelé Mustapha à quelques rues d'ici, dit-elle. On y mange les meilleurs *pani puri* de Bombay.

— Ça me paraît très bien.» Il lui adressa un sourire presque timide. L'assurance de jeune coq qu'il affichait sur le bateau semblait s'être évanouie.

Un peu plus loin, ils virent un groupe d'hommes assis dans un café, en train de jouer aux dames au milieu d'un nuage de fumée. Elle sentit les doigts de Frank se serrer sur son bras.

«Vous promenez-vous à pied toute seule par ici?

— Oui. Je n'ai pas peur.

— Peut-être avez-vous tort.

— À quoi cela sert-il de craindre ce que l'on ne peut pas contrôler!» s'écria-t-elle. *Quand le pire est déjà arrivé*, ajouta-t-elle intérieurement. «De toute manière, les gens sont ici d'une gentillesse incroyable. Ils nous font honte de notre méfiance.

« — Vous ne pouvez compter que sur vous-même, ne vous montrez pas trop confiante. »

Cette remarque l'agaça. Il n'avait pas le droit de lui parler ainsi. Accélérant l'allure, elle marcha à deux pas devant lui ; elle en avait assez de la prétendue sollicitude des hommes – William n'en était-il pas débordant ? En réalité, ils ne souhaitaient qu'exercer leur pouvoir ou parvenir à un but précis.

« Écoutez, articula-t-il en la rattrapant. Je suis inquiet et vous allez comprendre pourquoi quand je vous aurai tout dit. Guy Glover a-t-il essayé de vous contacter ?

— Non. » Elle s'immobilisa sous un réverbère presque voilé par des insectes volants. « Cependant, Rose m'a écrit pour me dire que Tor et elle sont tombées sur lui au Yacht Club. Je crois qu'il leur a parlé de l'argent qu'il me devait. »

Frank tourna la tête vers elle.

« Ne l'acceptez pas.

— Pour quelle raison ? J'ai travaillé pour le gagner. Il me le doit et a probablement les moyens de me régler. Rose dit qu'il travaille maintenant comme photographe pour le cinéma.

— Ne l'acceptez pas, insista-t-il. Promettez-le-moi. Si vous avez besoin d'argent, je vous en prêterai. Éventuellement, empruntez-en à vos parents.

— Mes parents sont morts il y a des années.

— Je suis désolé.

— Ce n'est pas votre faute.

— Bien sûr », dit-il avec une tristesse visible. Il était sur le point d'ajouter quelque chose, mais elle l'interrompit. « Nous sommes arrivés chez Mustapha. »

Elle avait appris à aimer ce café rempli de tables éraflées, de vieilles chaises et d'images recroquevillées de l'Acropole. Son propriétaire, un Grec mal rasé, chaleureux et plein d'humour, arborait une longue tunique à motifs géométriques. Il leur adressa un large sourire, leur apporta une bouteille de vin, essuya soigneusement leurs verres et les servit, avant de les laisser déguster le *mezze*, accompagné d'olives et de noix.

« Accepteriez-vous de me parler de votre famille ? Je serais heureux que vous me fassiez suffisamment confiance pour cela, déclara Frank quand ils furent de nouveau seuls.

— Merci. » Elle était navrée de l'avoir accablé à ce point. « En réalité, il n'y a rien de plus à dire. » Avec une amertume virant à la nausée, elle se souvenait de ce qui s'était passé quand elle avait tout raconté à William. Ses propres vêtements sur le sol, le costume qu'il avait soigneusement suspendu, et tant de sincérité affectée.

« Parlez-moi de Guy, reprit-elle. Je pensais que c'était pour cela que nous étions venus ici. »

Frank resta silencieux un moment. « Très bien, dit-il enfin. Je vais vous dire ce que je sais. »

Il lui versa un verre de vin et patienta pendant qu'elle buvait.

« Les parents de Guy l'ont renvoyé le mois dernier ; je crois qu'ils commençaient à avoir peur de lui. Sa mère m'a écrit une lettre pathétique, qui se voulait une sorte de *mea culpa*. Elle avouait que son mari et elle n'avaient eu aucune idée de l'état mental de leur fils ; après son départ, voulant ranger sa chambre, elle y a trouvé un tas de choses étranges : des diagrammes, des journaux intimes. Il y mentionne souvent votre nom, et délire au sujet d'un ange sombre et vengeur.

— Seigneur!» Elle éprouvait une répulsion mêlée de lassitude. «Qu'est-ce que cela signifie? Est-il fou?

— Je n'en suis pas sûr. J'ai lu pas mal d'écrits sur les troubles mentaux depuis que j'ai rencontré Guy, car je m'intéresse à son cas, aux voix qu'il entend, ainsi qu'à son comportement. On a découvert une maladie qui s'appelle la schizophrénie, c'est un type nommé Freud qui a mené des travaux là-dessus. Ce mot signifie cerveau divisé. Auparavant, les traitements pour les gens comme lui s'appliquaient en partant du principe qu'ils étaient soit dépravés, soit naturellement mauvais, mais on commence à penser qu'il s'agit d'une véritable maladie mentale. En fait, je ne veux pas vous faire peur, mais je pense de toute façon que ce garçon pourrait se révéler dangereux. L'homme qu'il a battu sur le pont n'était pas beau à voir.»

Pendant un instant, elle le regarda avec suspicion, se demandant s'il exagérait le danger pour l'impressionner.

William s'était montré expert dans ce domaine, la faisant marcher sur le trottoir du côté opposé à la chaussée peu fréquentée, ou lui faisant la leçon à propos des hommes qui se comportaient souvent comme des goujats – n'était-elle pas bien placée pour savourer, rétrospectivement, l'ironie de ces propos!

«Cela vous ennuierait-il que je fume?

— Pas du tout, répondit-elle paisiblement.

— Il se peut qu'il ne se manifeste pas. Je vous transmets simplement les faits.

— Selon vous, ses parents savent-ils qu'il est fou?

— C'est possible, ce qui expliquerait pourquoi ils avaient pris la précaution de lui trouver une accompagnatrice, malgré son âge.

— D'accord, articula-t-elle après une pause. Mais je ne vois toujours pas ce que je peux faire à ce sujet.

— Commencez par verrouiller votre porte et soyez vigilante en ce qui concerne les personnes que vous invitez dans votre chambre. L'un des diagrammes que sa mère a retrouvés concernait la maison de Jasmine Street. Elle pense qu'il s'est trouvé une chambre près de cet endroit. Il fait très probablement une fixation sur vous.

— Mon Dieu ! » Elle secoua la tête. « Quel embrouillamini ! Je n'invite personne dans ma chambre, précisa-t-elle en le regardant.

— Bien, répliqua-t-il en la fixant à son tour.

— Est-ce tout ?

— Non, pas tout à fait. Il y a une autre chose. La police est venue me voir. Je ne sais pas comment ils m'ont trouvé, mais ils m'ont demandé si je savais quelque chose à propos de la Ligue musulmane. C'est un parti politique très actif qui prône aux Indes la création d'une nation musulmane séparée.

— Pourquoi Guy serait-il impliqué là-dedans ? Il n'a jamais parlé de politique.

— Non ? Peut-être n'est-il pas impliqué, mais il y a un certain nombre de jeunes Anglais ici qui travaillent pour ce parti. Quelques-uns d'entre eux se considèrent simplement comme radicaux, d'autres y voient un moyen d'empêcher l'accession des Indes à l'indépendance. Les nouveaux amis de Guy qui gravitent autour de l'industrie du cinéma n'ont pas tous l'air de ce qu'ils sont vraiment : il y a des révolutionnaires, des têtes brûlées, qui trouvent un avantage à infiltrer un monde où Européens et Indiens se mélangent plus librement. Certains d'entre eux s'élèvent violemment contre la politique de non-violence de Gandhi, si cela signifie quelque chose pour vous.

— Pas vraiment.

— Eh bien, une fois le moment venu de flanquer les Anglais hors des Indes, ces gens auront à cœur de faire couler le sang.

— Je ne vois toujours pas ce que j'ai à voir avec tout cela. »

Frank souffla un nuage de fumée, une expression tourmentée sur le visage.

« Je n'en sais rien encore et il se peut que je me trompe entièrement, mais ce garçon est un obsessionnel. Vous êtes sur sa liste. S'il commence à venir vous voir, je crains qu'il ne vous harcèle et que la police ne finisse par croire que vous êtes impliquée dans les mêmes activités. »

Du coin de l'œil, Viva voyait Mustapha s'agiter avec les menus. Il finit par interrompre leur conversation, ironisa sur leur mine sérieuse et fit l'article sur le plat du jour, composé de boulettes de viande épicées et de pain sans levain.

« Il a raison, approuva Frank en souriant. Mangeons et oublions cet épouvantable gamin. »

Ils dînèrent puis savourèrent un café dans la rue, où il faisait chaud et lourd. « On entend quelqu'un chanter », dit-il doucement. Elle tendit l'oreille et perçut un air qui provenait d'une maison située de l'autre côté de la rue : au son du tambour indien, une voix nasale et mélancolique accomplissait des vocalises.

«Je commence à adorer ce pays, déclara-t-elle. Je l'ai de nouveau dans la peau.

— Moi aussi, bien que je ne comprenne pas pourquoi.»

Au fil de la soirée, en dépit des réticences de Viva, une grande partie de la timidité qui avait caractérisé leurs retrouvailles avait disparu. En buvant une liqueur, il lui parla de Tchekhov, dont il venait de découvrir les nouvelles, avec un visage illuminé qui incita de nouveau son interlocutrice à se demander si elle ne s'était pas trompée sur lui. Non seulement il se montrait intelligent et passionné, mais elle aimait aussi la façon dont il développait ses idées, les élaborant avec la rigueur d'un philosophe avant de les exposer. La vue d'un bouton sur le point de tomber sur son costume de lin suscita en elle l'envie de le recoudre, une sorte de bouffée de tendresse qu'elle s'efforça de réprimer. En évoquant la quantité de jeunes filles qui succombaient immédiatement à son charme, elle comprit que le fait de ne pas réagir ainsi provoquait en elle un autre type de sentiment, moins romantique, une sorte d'intérêt passionné.

Cet état de choses lui paraissait tout à fait satisfaisant. Afin de l'entretenir, elle lui demanda en quoi consistait son travail à l'hôpital.

«C'est comme la vision que se fait Blake du paradis et de l'enfer. Dans certains domaines, nous nous trouvons face à des conditions très primitives, mais notre mission reste de toute manière très intéressante. On m'a confié au bout de deux mois des responsabilités que je n'aurais pas obtenues au bout de vingt ans en Angleterre.»

Soudain, il fit ce que William n'avait jamais fait : il cessa de parler de lui et l'interrogea sur sa vie.

«Êtes-vous déjà allée à Simla?» demanda-t-il.

Un instant désorientée – elle ne se souvenait plus exactement de ce qu'elle lui avait dit au sujet de la malle – elle fut rassurée par la certitude de ne pas lui avoir révélé la vérité sur ses parents. Elle devait vraiment se montrer le plus discrète possible, dans la mesure où le moindre détail pouvait compromettre la cohérence de son récit, même dans son esprit, parfois.

«Non, répondit-elle, pas encore.

— Vos parents vivaient là-bas.» C'était moins une question qu'une constatation. Tandis qu'il la fixait de ses yeux intelligents, elle sentit qu'il réfléchissait de nouveau, s'efforçant de faire la synthèse de ses informations.

«Oui, il y a fort longtemps.

— Ah!» Il soutint son regard un moment. Vaguement paniquée par cette attention qui risquait de l'acculer aux confidences, elle lui parla des enfants du *Tamarinier*, de leur gaieté, de leur incroyable courage et de leur détermination à survivre.

«Allez-vous écrire sur eux?» s'enquit-il. Il se rappelait cela aussi. Elle ne put rien contre la bouffée de bonheur paisible qui l'envahissait. «Vous avez dit que vous étiez venue pour cela, écrire.

— Si je pouvais y parvenir, ce serait merveilleux.

— Vous y arriverez, je le sens.»

345

Ce fut tout. Quand elle constata qu'il n'essayait même pas de l'embrasser en la raccompagnant, elle n'éprouva aucune déception.

Il a raison, pensa-t-elle. *J'y arriverai.*

Étendue dans son lit, une heure plus tard, alors qu'elle tirait vivement les rideaux pour masquer le ciel étoilé, elle se sentit plus sûre d'elle que jamais : c'était d'un travail dont elle avait besoin, non d'un homme.

30

BOMBAY, AVRIL 1929

Avril, qui surgissait tel un dragon crachant le feu, apporta à Viva et à Rose un message de Tor. Les Mallinson, trouvant la chaleur insupportable, s'étaient transportés pour trois semaines dans un hôtel de Mahabaleshwar, sur les collines. Elle avait donc la maison pour elle seule et suppliait ses amies de venir lui tenir compagnie car elle éprouvait un besoin urgent de les voir. C'était aussi simple que cela. Elle fut tentée d'ajouter : « c'est une urgence », mais espérait qu'en prenant suffisamment de bains et en buvant assez de gin elle pourrait garder pour elle seule son mortifiant secret.

Rose – si fiable – avait rappelé immédiatement, déclarant que, bien sûr, elle adorerait venir, pour une semaine, si cela était possible. Jack approuvait totalement (*Quelle générosité* ! pensa Tor, peu charitable-

346

ment) car le temps à Poona se révélait aussi chaud qu'à Bombay, et il n'ignorait pas qu'elle serait plus confortablement installée dans la maison de Cissy.

« Si nous nous baignons, prévint-elle, il faudra que ce soit en privé et que tu ne te moques pas de mon maillot ; quand je l'enfile on dirait un bébé baleine ! » Elle était enceinte de quatre mois.

Viva, à la grande surprise de Tor, avait également répondu très vite, expliquant qu'elle travaillait dans une institution pour enfants et ne pourrait venir qu'une ou deux fois, tout au plus. Elle travaillerait dans la journée mais passerait les soirées en leur compagnie.

La veille de leur arrivée, Tor s'éveilla, comme chaque matin depuis qu'elle n'avait pas vu arriver ses règles, en transpirant de peur et suppliant Dieu de la délivrer de sa malédiction. Pendant le reste de la journée, elle contraignit Balbir, l'homme chargé de l'eau, à monter et descendre les escaliers pour entretenir la température élevée de son bain. Elle avait déjà avalé cinq mignonnettes de gin prélevées dans le buffet de Cissy et soigneusement dissimulé ensuite les bouteilles vides sous son matelas. Après son deuxième bain, elle s'était pratiquement évanouie avant de se cogner l'orteil violemment contre le pied de son lit, mais rien ne s'était produit. Entre chaque immersion, elle n'avait cessé de se promener en trébuchant dans la touffeur aveuglante du jardin.

Dieu merci ! Rose et Viva n'allaient pas tarder. Elle était en train de devenir folle.

À trois heures cet après-midi-là, alors que le mercure montait presque à quarante-deux degrés, elle décida de tenter sa chance une dernière fois. Elle fit venir Balbir dans sa chambre et lorsqu'elle lui ordonna de remplir de nouveau la baignoire avec l'eau la plus chaude possible, elle sentit que l'homme – dont la peau brune était déjà luisante de sueur – levait intérieurement les yeux au ciel devant cette folie. Qui d'autre qu'une *memsahib* dérangée pouvait prendre des bains brûlants par une chaleur pareille ?

Quelqu'un, probablement l'*ayah* de Cissy, petite femme brune qui se déplaçait à pas feutrés et à qui rien n'échappait, avait trouvé les bouteilles de gin vides sous le lit et les avait étalées en une rangée bien nette sur la coiffeuse, comme pour dire : « Je sais ce que tu mijotes. »

Rose arrivait à quatre heures. Dans l'intervalle, Tor errait pieds nus dans la maison, observant les traces humides qu'elle laissait sur le parquet, et cherchant à savoir quelle était la pièce la plus fraîche pour y installer son amie. Elle se décida finalement pour une chambre aux volets clos située à l'arrière de la maison, ornée de jolis rideaux de chintz et munie d'un ventilateur. Quand elle expliqua à Dulal, garçon chargé d'humidifier les portières de fibres végétales, que lorsque la *memsahib* Chandler serait là, il faudrait veiller à la fraîcheur de la température car elle était comme cela – de ses mains elle dessinait un gros ventre – le jeune homme, beau et plutôt impertinent, la regarda en riant bruyamment, ce qui suscita en elle un nouveau sentiment d'insécurité.

Pourquoi se moquait-il d'elle ainsi? Tout le monde était-il déjà au courant de l'affaire des bouteilles de gin?

Enfin, Rose fut là. Vêtue d'une robe de grossesse de couleur bleue, elle avait grossi, mais conservait son teint de porcelaine et sa beauté évanescente, en dépit de ses cheveux mi-longs dont la coupe ne ressemblait plus à rien. Dès que Tor sentit ses bras autour d'elle, qu'elle l'entendit s'écrier «Oh, bon sang, que tu m'as manqué!» et qu'elle sentit le ventre dur et gonflé contre le sien, elle se mordit l'intérieur de la lèvre pour ne pas pleurer. Pourquoi Rose faisait-elle toujours les choses exactement comme il le fallait alors qu'en ce qui la concernait, tout semblait toujours aller de travers?

La visiteuse avait l'air si contente de la voir qu'elle ne voulut pas gâcher ce moment. Elle la conduisit jusqu'à la véranda où les attendaient du thé et des gâteaux.

Rose se laissa tomber dans un fauteuil profond. «Oh, merci Seigneur! s'écria-t-elle en croisant ses jambes toujours parfaites. Quelle bénédiction de pouvoir retrouver un semblant de fraîcheur!»

Alors qu'elles bavardaient un moment de tout et de rien, Rose s'endormit comme un loir dans le fauteuil, ainsi qu'elle le faisait, enfant, quand, au terme d'une journée de chasse, elle s'effondrait sur la table après avoir avalé son œuf dur.

Tor l'observa pendant son sommeil. Quelle précieuse amie, capable de se précipiter à sa demande, en donnant l'impression qu'elle ne faisait que réaliser son désir le plus sincère ! Elle glissa un coussin sous la tête de la dormeuse et se traîna jusqu'à sa propre chambre.

Elle avait encore le temps de prendre un bain avant le souper. Pandit, qui devait aller chercher l'homme chargé de l'eau – probablement occupé à manger dans sa cabane –, descendit bruyamment l'escalier sans chercher cette fois à dissimuler son irritation. Il en parlerait probablement à Ci quand elle serait de retour.

Un quart d'heure plus tard, elle trempait dans l'eau chaude, nue et en larmes. *Mon Dieu, je vous en prie, mon Dieu, je vous en supplie, ne me laissez pas avoir cet enfant!* Elle but une autre rasade de gin dans son verre à dents, poussant aussitôt après une exclamation de dégoût. Elle avait toujours détesté le gin. Après quelques minutes, étourdie et nauséeuse, elle se leva et vit son reflet rouge comme un homard dans le miroir embué de la salle de bains. Elle enjamba le bord de la baignoire, se sécha lentement et se lava les dents, attendant toujours l'arrivée d'un miracle. Rien, juste ce maudit oiseau qui poussait un cri moqueur derrière la fenêtre *Trop chaud, trop chaud, trop chaud…*

Il était temps de s'habiller. Pour se remonter le moral, elle enfila sa robe bleu nuit, puis l'une des vestes brodées de Ci (trop serrée maintenant qu'elle reprenait du poids), un double rang de perles – «un rang, c'est infiniment trop timoré» était l'une des maximes préférées de Ci – et descendit au rez-de-chaussée, toujours déterminée à ne pas gâcher la soirée.

«Tor, tu vas bien? s'exclama Rose en la voyant entrer dans le salon. Tu es violette. Est-ce que quelque chose te contrarie?»

Chanakya, l'homme des lumières, entra avec une bougie enflammée pour allumer les lampes à pétrole de la véranda, suivi d'un autre serviteur portant une assiette de bâtonnets au curry. Tor leur jeta un regard appuyé. « Nous en avions une mais elle a perdu ses roues », dit-elle à Rose d'un ton neutre – c'était leur code secret depuis toujours signifiant « Je ne peux pas te parler maintenant ».

Dans son uniforme du soir d'un blanc immaculé, Pandit se présenta, la moustache solennellement retroussée, pour leur demander à quelle heure elles voulaient dîner. Il avait apporté des bouteilles d'eau de Seltz, des verres contenant du whisky et de petits bols d'olives et de canapés au fromage.

Tor, qui mangeait toujours plus quand elle était contrariée ou inquiète, dévora deux canapés coup sur coup. À quoi cela lui servirait-il maintenant de suivre les régimes ridicules de Ci ?

« Allons, mon lapin, dis-moi tout, s'écria Rose quand Pandit fut sorti. Il se passe quelque chose. »

Son amie, après une profonde inspiration, était sur le point de répondre quand la sonnette retentit. Viva était arrivée, à l'arrière d'une moto conduite par l'une de ses amies du foyer pour enfants. Elle jaillit par la porte, les cheveux en désordre et couverts de poussière, des vêtements de rechange dans un vieux cartable.

« Désolée d'être en retard. Il y avait un grand rassemblement devant la gare Victoria Terminus. Les manifestants brûlaient des drapeaux britanniques ; des camions de pompiers et des cars de police nous empêchaient de passer. Je ne pensais pas pouvoir arriver ici.

— Oh ! cela se produit tout le temps, dit Tor. J'ai mis plus d'une heure à aller aux courses l'autre jour ; la rue était bloquée par des partisans de Gandhi tous assis. Il s'agissait peut-être d'une démonstration paisible, mais elle a bloqué la circulation pendant des heures. Vous pensez qu'ils vont s'arrêter bientôt ? »

Parler d'un sujet neutre et intelligent la soulageait, car elle était consciente du regard inquiet de Rose posé sur elle.

« Non, je ne crois pas, répondit Viva. Un grand nombre des enfants que nous voyons au foyer sont déjà acquis à la cause de Gandhi. Je pense que cet homme va tout changer à jamais.

— Oh, la politique ! s'écria Tor écartant le sujet d'un geste de la main. Geoffrey Mallinson est tellement obsédé par Gandhi que nous lui faisons payer une amende chaque fois qu'il prononce son nom – quel intérêt, de toute façon, de rester assis avec une couche en faisant tourner un rouet ! Bon, est-ce que quelqu'un veut se rafraîchir avant le dîner ? Vi ? »

*

Tor suivit Viva à l'étage, jusqu'à l'élégante salle de bains en marbre de Ci. « Merci d'être venue, articula-t-elle en versant de l'eau dans le lavabo afin que la visiteuse puisse éliminer la poussière de son visage.

— Eh bien, vous m'avez donné l'impression qu'il s'agissait d'une urgence.

— Oh, ça… Ce n'était qu'une excuse pour vous attirer ici. »

Viva posa sur elle un regard scrutateur. « Est-ce bien certain ?

— Dînons d'abord, nous parlerons ensuite. »

Le gin, qui atténuait agréablement les aspérités de la situation, la rendait sentimentale ; elle désirait simplement oublier tous ses problèmes et s'amuser avec ces deux jeunes femmes, ses précieuses amies.

« Comme vous voudrez. » Viva plongea le visage dans le lavabo. « Oh ! l'eau, l'eau, murmura-t-elle, quel divin bienfait. Tout ce que j'obtiens de mon robinet en ce moment, c'est de la rouille et des mouches mortes. Est-ce que cela vous ennuierait si je prenais un bain rapide avant le repas ? »

Pandit descendit bruyamment l'escalier, accompagné de l'homme chargé de l'eau.

Lorsque Viva réapparut, elle était vêtue d'une simple robe corail qui accentuait à la fois la finesse de sa taille et la sombre profusion de sa chevelure dont les lourdes mèches retombaient librement sur ses épaules. Son seul ornement était une paire de boucles d'oreilles en argent artisanales qu'elle avait achetée dans un marché local. *Pourquoi certaines personnes naissent-elles avec une séduction incroyable, sans avoir à faire le moindre effort ?* pensa Tor aussitôt. Par comparaison, elle se sentait grosse et trop habillée, comme une enfant qui aurait pillé la garde-robe de sa mère.

Le dîner fut servi tôt, à la lueur des bougies, dans une longue pièce à la fraîcheur entretenue par des ventilateurs tournant lentement au plafond. L'air tiède, saturé des effluves du mimosa et de la frangipane, pénétrait par les portes-fenêtres ouvertes. Au-delà de l'étendue des pelouses et des terrasses, qui s'assombrissaient lentement, une immense lune jaune plongeait dans la mer.

Les cheveux blonds de Rose éclairés par les flammes brillaient comme ceux d'une enfant. Quand elles l'interrogèrent sur le bébé, elle décréta que «c'était une jolie surprise» en ajoutant «n'est-ce pas?» Ni Jack ni elle n'avaient vraiment prévu cet événement, mais le futur père était ravi; il allait sans dire qu'elle l'était aussi.

«Tu es devenue tellement adulte! s'exclama Tor, les yeux écarquillés, non sans une certaine contrariété.

— Oui, c'est très juste.» Il y avait un seul hic: le régiment entier de Jack pouvait être bientôt déplacé à Bannu, sur la frontière nord-ouest, très dangereuse. Ils franchiraient cette étape quand le moment serait venu, déclara-t-elle avec sérénité. «Bon sang, regardez cette lune! N'est-ce pas la plus belle chose que vous ayez vue?»

Ses deux compagnes avaient docilement levé la tête, mais Tor posa sa cuillère à soupe sur son assiette. «Continue, Rose, qu'est-ce que cela signifie pour toi? Dois-tu y aller aussi?

— Je n'en sais rien encore, ils n'ont pas encore décidé si les femmes feraient partie du voyage.»

Elle prononça ces mots avec légèreté, comme s'il s'agissait d'un trait d'humour. Toutefois, Tor avait reconnu le petit muscle qui tressaillait sur la joue de son amie, comme lorsqu'elles avaient huit ans et qu'elle se raidissait pour affronter quelque chose d'effrayant.

«Vous n'avez vraiment aucun mot à dire? s'exclama Viva, scandalisée. Enfin, vous allez avoir un enfant!

— Non, aucun. Je suis une femme de soldat maintenant, et ce n'est pas vraiment la faute de Jack. »

Tor sentait tout à coup son cœur battre très fort.

Comme nos vies sont précaires, songea-t-elle en contemplant le reflet des bougies sur les fenêtres ténébreuses : Rose, dix-neuf ans et enceinte, se trouvait à des milliers de kilomètres de ses parents ; Jack en déplacement allait probablement risquer sa vie ; Viva habitait un appartement apparemment hideux, avec des mouches mortes dans les robinets ; et elle-même subissait une épreuve à laquelle elle ne pouvait supporter de penser, pas avant le dessert en tout cas.

« Pandit, reste-t-il un peu de cette glace merveilleuse et quelques mille-feuilles par hasard ? » s'enquit-elle lorsque le serviteur répondit à son coup de sonnette. Pourquoi ne pas profiter de ce qui leur était offert tant qu'elles le pouvaient ?

« Viva, et vous ? demanda Rose. Parlez-nous de votre travail. Vous êtes toujours tellement mystérieuse ! ajouta-t-elle en lui touchant doucement le bras.

— Vraiment ? Ce n'est pas mon intention.

— Je veux dire… » Rose cherchait ses mots. « Vous êtes si différente de la plupart des filles que nous rencontrons, et si imprévisible… dans le bon sens du terme, précisa-t-elle vivement.

— Très juste », renchérit Tor. Depuis l'arrivée de Viva, elle essayait de définir une sensation qui sourdait en elle : quelque chose comme de l'envie… ou de la consternation.

« Vous élaborez vos propres projets, dit Rose. Vous gagnez votre propre argent, est-ce que cela ne vous gêne jamais ?

— Pourquoi cela me gênerait-il? répliqua Viva en souriant. Quel mot étrange dans ce contexte, je n'ai jamais vu les choses de cette façon.

— Voulez-vous toujours devenir écrivain? demanda Tor.

— J'en suis un, ou tout au moins j'espère l'être. Je viens juste de vendre ma première histoire, courte mais authentique, au *Magazine de Blackwood.*»

Sa voix trahissait une excitation que son expression soigneusement impassible ne laissait pas transparaître.

«*Blackwood*! mais c'est incroyable, merveilleux! s'écria Rose. Pourquoi ne l'avez-vous pas dit immédiatement?

— Parce que j'ai moi-même peine à y croire! Mes toutes premières semaines ici ont été affreuses. Je pouvais à peine payer ce que je devais au foyer où je vivais, puis j'ai obtenu ce travail à l'institution. J'écris la nuit.

— Épatant!» Tor, consciente du peu d'enthousiasme de sa voix, s'efforça de sourire en sirotant sa boisson. «Et maintenant?

— Je vais essayer d'amener les enfants du foyer à raconter leur histoire avec leurs propres mots.

— Ciel! s'exclama Tor, voilà qui semble intéressant.

— Admettez tout de même que cela doit être terriblement déprimant quelquefois, intervint Rose. Ces pauvres petits orphelins!

— C'est justement là l'intérêt.» Les yeux de Viva brillaient maintenant d'un vif éclat.

«Vous venez d'exprimer la raison pour laquelle je suis heureuse de travailler à cet endroit, poursuivit-elle. Rien n'y est comme je le prévoyais. Nous sommes la proie de tant de clichés, de tant d'ignorance. Ces enfants sont pauvres, mais ils sont pleins de vie, d'espoir. Ils rient beaucoup plus que la plupart d'entre nous, voire beaucoup plus que les enfants anglais.

«Oui, je suis blanche et supposée les aider, mais il y a des moments où je suis près de les détester aussi, à cause de leur pauvreté, de leurs besoins, de leur total dénuement. Cela m'amène à m'interroger sur tous les mensonges, tous les procédés que nous utilisons pour nous simplifier la vie, en nous empressant de classer les gens dans des compartiments bien définis : noir ; blanc ; bon ; mauvais ; alors que nous sommes tous victimes de nos propres préjugés. Pour vous donner un exemple : il y a au foyer deux femmes de haute caste qui ne veulent jamais déjeuner avec moi. À leurs yeux, c'est moi qui suis souillée, je suis une intouchable. Autre exemple : il y a aussi là-bas une petite musulmane, qui est en ce moment envoyée à Coventry à cause de sa religion, et nous ne pouvons rien y faire. Ces opinions sont si profondément ancrées en nous !

— Mince !» Rose plia soigneusement sa serviette et la plaça dans le rond en argent. «Je vous admire vraiment. Je ne crois pas que je pourrais en faire autant.

— Bien sûr que si, décréta Viva. Ma vie est probablement bien plus facile que la vôtre. C'est une question de choix.»

Ah ! le choix, se dit Tor. Elle était trop déconcentrée pour suivre la totalité du discours de Viva, mais ce qu'elle en avait perçu tendait plutôt à la démoraliser de nouveau. Qu'avait-elle accompli, réellement accompli au cours des quatre derniers mois ? Absolument rien, à part mincir puis regrossir, perdre sa virginité, aller à une foule ininterrompue de réceptions et se retrouver dans cette épouvantable situation.

« À vous, Tor. » Viva la scrutait par-dessus son verre de vin.

« Oh ! je me suis terriblement amusée ici, répondit-elle. Terriblement, c'était très chouette. »

Elle ne pouvait pas encore en parler, surtout maintenant.

Sur la véranda, elles burent le café, ainsi qu'une crème de menthe en souvenir du bon vieux temps, ce qui étourdit Tor un peu plus encore. Pendant qu'elles mangeaient, l'un des serviteurs avait allumé un chemin de petites lampes dont les flammes tremblo-taient jusqu'à la mer. De leur fauteuil, elles enten-daient le bruissement soyeux des vagues qui se dérou-laient dans la baie.

« Tu as tellement de chance de vivre ici, s'écria Rose. Je crois que c'est la maison la plus magnifique où j'aie jamais pénétré. »

Sous ses yeux ébahis, Tor éclata en sanglots, tâtonna dans la poche de sa robe et en sortit un morceau de papier qu'elle tendit à son amie.

« *Empress of India*, lut Rose à haute voix. Miss Victoria Sowerby, 25 mai, cabine individuelle. » Elle examina le billet, puis le tourna et le retourna entre ses doigts. « Oh, bon sang ! Tor, dit-elle doucement. Je ne peux pas le supporter. Toi qui as été si brave toute la soirée ! »

La mère de Tor avait souvent dit à sa fille que le fait de pleurer en public agissait sur les autres comme un repoussoir. Peu importait. Elle s'abandonna aux grands sanglots qui la secouaient, se lamentant sur le gâchis immonde qu'elle avait fait de sa vie.

Ses deux amies s'assirent à côté d'elle et lui prirent chacune la main. «Je suis désolée, finit-elle par dire. Je suis une horrible mauviette et je gâche votre soirée. Bien sûr, je savais bien qu'il me faudrait rentrer un jour, mais j'espérais tellement que ma mère m'avait oubliée. Je devais retourner en Angleterre au mois de mars.» Elle s'essuya les yeux en hoquetant.

Rose proposa qu'elles montent ensemble dans la chambre de Tor car les serviteurs se mouvaient dans l'ombre, laissant ressortir le blanc de leurs yeux, or cette question devait rester d'ordre privé.

Il faisait trop chaud pour rester à l'intérieur; elles s'installèrent sur le balcon dans des fauteuils de rotin, Tor au milieu de ses compagnes, puis ôtèrent leurs bas, savourant la sensation de la brise sur leurs jambes nues.

«Qu'est-il arrivé à Ollie? demanda Rose. Je sais de source sûre, ajouta-t-elle en se tournant vers Viva, qu'il était absolument fou d'elle.»

Tor éprouva un immense sentiment de gratitude envers elle pour ces paroles.

«En fait, j'étais presque fiancée à un homme nommé Oliver Sandsdown, expliqua-t-elle à Viva. Il travaille ici pour un agent de change. Nous nous sommes rencontrés à une réception à l'hôtel *Taj Mahal*, et sommes tombés éperdument amoureux l'un de l'autre.»

Le terme « éperdument » était un peu exagéré, mais on ne pouvait pas aller au-delà d'une certaine quantité de souffrance à la fois.

« J'avais suivi un régime strict et perdu plusieurs kilos, assura-t-elle comme s'il leur fallait comprendre ce point avant de la croire. Nous avons eu quelques semaines merveilleuses – pique-niques, soirées, bains de minuit. Il m'offrait des cadeaux, des fleurs, des bijoux, une boîte de cirage rouge.

— Du cirage rouge ! s'exclamèrent ses amies à l'unisson.

— Rose, tu sais bien à quel point j'aime les chaussures rouges. Sans doute l'ignores-tu, reprit-elle, mais il est quasiment impossible de trouver du cirage ici et Ollie connaissait quelqu'un… oh, il était tellement amusant ! » s'exclama-t-elle dans un gémissement.

Elle poussa un profond soupir et se moucha. Une partie d'elle-même avait toujours su qu'Ollie, avec ses cheveux ébouriffés et ses vestes de smoking bourrées de cigarettes et de tickets de jeu, était un mauvais garçon. Cela faisait partie de son charme. Qui voulait d'un fonctionnaire aux jambes blanches et aux genoux poilus ? Mais il y avait un problème : avec lui, l'amusement ne cessait jamais ou, ainsi que l'exprimait Cissy, le cintre ne voyait jamais le smoking – formule qui paraissait un peu choquante dans la bouche d'une personne qui n'avait jamais travaillé un seul jour de sa vie.

« Que s'est-il passé ? » s'enquit Rose. Un groupe d'insectes verts grésillait sur l'ampoule d'une lampe posée près du fauteuil de Tor. La jeune femme les prit un par un et les jeta par-dessus la balustrade.

« Eh bien, nous sommes allés à cette splendide réception à l'hôtel *Taj Mahal*, par une nuit merveilleuse de pleine lune. D'innombrables bougies illuminaient la terrasse. Il m'a dit que j'étais la fille la plus merveilleuse du monde et qu'il m'aimait. » Tor leur jeta un regard de défi : c'était son histoire, elle pouvait la raconter comme elle le voulait. La suite ferait état de suffisamment d'humiliations.

« Ci m'a laissée là-bas, disant qu'Ollie me raccompagnerait. Je ne suis d'ailleurs pas certaine qu'elle ne vive pas elle-même une aventure, car elle est partie avec un autre homme. Bref, lui et moi sommes montés dans la calèche. Se promener dans les rues la nuit était si romantique ! Nous sommes allés sur le front de mer, pour admirer les lumières des bateaux. Lorsque nous sommes arrivés sur l'esplanade, il s'est tourné vers moi et m'a demandé de l'épouser. »

En réalité, il avait dit, ou plutôt marmonné car il avait trop bu, qu'elle était le genre de fille qu'il devrait épouser s'il avait un peu de bon sens. Ce soir, assise entre Rose et Viva, elle voulait éprouver un moment de fierté, en repoussant la tristesse qui se mêlait au sentiment d'avoir été gravement flouée.

« Vous ne serez pas trop choquées, je suppose, d'apprendre que je suis rentrée avec lui à son appartement cette nuit-là ? »

En fait, il avait vomi dans l'escalier. Patiemment, elle l'avait déshabillé et l'avait aidé à enfiler son pyjama en soie, avant qu'il ne s'effondre sur le sol. Elle avait ensuite dû le soulever à grand-peine et le tirer sur le lit.

« Je n'avais l'intention de rester que le temps de boire un café, poursuivit-elle, mais il m'a suppliée de rester et… je n'ai pas honte de dire que j'avais déjà couché avec lui plusieurs fois, car il me disait qu'il m'aimait. »

L'espace d'une seconde, elle revécut ce bref mais glorieux moment – les filles comme Rose et Viva ne pourraient pas éprouver une telle sensation. Il avait dit qu'il l'aimait… en quelque sorte. Le lendemain matin, alors qu'elle le regardait dormir, elle avait, une fois de plus, laissé son esprit vagabonder, baptisant leurs enfants, imaginant la lettre qu'elle allait écrire à sa mère, exprimant, en substance : « Tu vois, je l'ai fait ! Je vais me marier, me marier, me marier ! Je ne rentrerai jamais à la maison. »

« Et alors ? » Rose et Viva brûlaient d'impatience.

« Oh ! » L'histoire de Tor s'effondra comme un parachute troué. « Eh bien… » Elle respira profondément. « Quand je me suis levée, je suis allée dans la salle de bains et j'ai trouvé dans le placard une crème pour le visage et une bouteille à moitié pleine de parfum d'Elizabeth Arden. Certes, je n'aurais pas dû ouvrir ce meuble sans sa permission, mais j'avais mal à la tête. Quand je lui ai demandé s'il avait une autre maîtresse, il est entré dans une rage folle. »

La scène avait été pire que cela. Il avait déclaré : « Bon Dieu ! Tu es pénible, Tor. À quoi t'attendais-tu ? » Comme si tout était de sa faute depuis le départ.

« Oh, quel rat ! s'écria Rose. Quel monstre absolu ! Et qu'est-il arrivé ?

— Rien. » Tor n'avait plus l'énergie d'embellir son récit.

Le mot « rien » n'était que trop juste. Pas d'excuses larmoyantes, pas de coups de téléphone tardifs, l'assurant de son amour éternel. Rien.

«Mais peut-être le parfum appartenait-il à une tante en visite ou quelque chose comme ça, argua Rose.

— Non.»

Trois jours plus tard, en imitant l'accent écossais, elle avait appelé son bureau et demandé à lui parler. «Est-ce Mrs Sandsdown?» avait demandé la voix. «Non, avait-elle répondu, c'est Victoria Sowerby.»

«Seigneur! Excusez-moi!» Elle avait entendu rire avant de raccrocher.

«Il est marié! articula Rose, stupéfaite.

— Oui. Sa femme est en Angleterre. Je suppose que tout le monde le savait, sauf moi. Non seulement il est marié, mais il a un tas de maîtresses. Vous pouvez me faire confiance pour tomber sur ce genre d'individu.

— Peu de gens étaient au courant, sans doute, sinon Cissy t'aurait prévenue.

— Cela n'a plus d'importance maintenant.» Tor saisit un autre insecte mort sur l'ampoule et le laissa tomber dans la corbeille à papier. «Je retourne à Middle Wallop, auprès de ma mère, sous la forme d'un fruit pourri, sans valeur marchande, dit-elle avec amertume.

— Oh, je t'en prie, Tor, ne parle pas de toi ainsi!

— C'est ainsi que les vieilles peaux du club parlent des filles comme moi. Cissy va évidemment en faire des gorges chaudes après mon départ. Elle n'est pas très bonne, tu sais.

— Bon sang, je ne peux plus supporter de vous entendre! s'écria Viva en se levant, les yeux brillant avec force dans le clair de lune. Vous ne pouvez pas accepter tout cela sans réagir! Je veux dire que vous pourriez travailler ou partir vers le Nord et devenir gouvernante. Vous pourriez enseigner ici. Tout cela est ridicule !

— Non, pas du tout, déclara Tor en levant la main pour interrompre ce déluge de protestations. Taisez-vous un instant, je n'ai pas terminé. La situation est bien pire encore. J'ai trois semaines de retard ; j'attends un enfant. »

31

Poona, mai 1929

Sur le terrain d'entraînement n° 2, Jack alignait des balles de polo et les envoyait à l'aide de coups violents comme s'il avait voulu fracasser l'univers entier. Couvert de sueur, Bula Bula, son poney favori, créature docile qui aurait pu s'allonger et mourir pour lui le cas échéant, paraissait à bout de souffle. Les gestes du cavalier, au corps ployé sous l'effort, trahissaient une certaine fatigue, mais il insistait, comme mû par quelque démon.

Debout sur ses étriers avec un équilibre parfait, il se dirigea au trot vers une rangée de balles située à près de quarante-cinq mètres du but, se pencha et envoya l'une d'elles entre les deux poteaux.

Si seulement la vie pouvait se gagner aussi facilement, se dit-il, pensant à son nouvel officier supérieur, le colonel Dewsbury, ce salaud froid et rigide qui avait brusquement annoncé, au cinquième mois de la grossesse de Rose, que les permissions des officiers subalternes étaient supprimées pour un temps indéfini. Après des mois de tergiversations et d'incertitudes, une partie du régiment devait partir pour Bannu, l'un des endroits les plus dangereux de la terre. Simultanément, un petit type servile, au mess, s'était soudainement rappelé une note de bar remontant à une soirée entre hommes vieille de plusieurs mois. Jack avait dû, en même temps, payer pour les meubles loués en hâte à la venue de Rose, sans parler de la facture du tailleur qui avait confectionné ce foutu costume de marié qu'il ne remettrait probablement jamais.

Calme-toi, s'ordonna-t-il en rentrant à pied à l'écurie. *Rien de tout ceci n'est la faute de Bula.*

Ni celle de Rose. Il leva les yeux et la vit en train de l'observer. Assise sur un banc à une distance d'environ soixante-dix mètres de lui, elle n'était qu'une touche de bleu innocente posée sur le vaste horizon. Il éprouva un sentiment de honte et, pendant un instant béni, une bouffée de tendresse à son égard.

Ce n'était pas sa faute s'il avait gravement sousestimé le coût d'un mariage et de l'entretien d'une épouse ; s'il devait probablement, au cas où il serait envoyé dans le Nord, vendre l'un de ses chevaux pour payer ses factures ; et si Sunita lui avait inopinément écrit, la semaine précédente, pour lui dire qu'elle était mariée, très heureuse, et qu'elle se sentait beaucoup plus en sécurité. «*J'espère que tu es heureux aussi*», avait-elle innocemment ajouté. Il en avait pleuré.

Il se dirigea vers son épouse, tenant Bula par la bride. Le poney, encore essoufflé, inclina pesamment le museau vers le sol.

«Pauvre Bula, dit Rose en tapotant l'encolure de l'animal. Il fait beaucoup trop chaud pour tout le monde, n'est-ce pas?»

Elle adressa à Jack un sourire misérable car elle ne comprenait pas son énervement. D'habitude, il bichonnait ses chevaux, d'autant plus que le grand match contre l'équipe des Légers de Calcutta avait lieu le samedi suivant.

«Je vous ai apporté un peu de limonade, chéri. J'avais peur que vous n'attrapiez une insolation.

— C'est gentil.» Il se sentit tout à coup accablé de fatigue. À cause de la touffeur constante, tous deux dormaient mal, surtout la pauvre Rose qui se retournait toute la nuit, sans pouvoir trouver la moindre position confortable.

Bien que le renflement sous la robe bleue de sa femme soit presque imperceptible, il lui sembla, tandis qu'ils se dirigeaient ensemble vers l'écurie, qu'elle marchait en canard. Tout à coup, il remarqua son visage pourpre et les mèches de cheveux blonds s'échappant de son chapeau.

«Voyez-vous le vieux Patterson aujourd'hui? demanda-t-il.

— Peut-être», répondit-elle en lui jetant un regard anxieux.

Patterson était le médecin militaire qui l'accoucherait dans quatre mois. Tout comme Rose détestait apparemment parler de lui, Jack détestait l'idée de ses doigts épais et poilus s'approchant de son épouse. Quelques jours auparavant, au club, ils étaient tombés sur le docteur. Ce dernier, légèrement éméché, s'était écrié: «Alors, comment va notre petite femme aujourd'hui ?», en jetant à Rose un regard concupiscent, comme si elle leur appartenait maintenant en commun. À la grande honte de Jack, la rage qu'il avait alors ressentie – ce désir violent de décocher à l'insolent une droite au menton – avait été pour lui l'émotion la plus forte éprouvée jusqu'ici envers le bébé. Avant cet épisode, il n'avait été en proie à rien d'autre qu'à une surprise hébétée, un sentiment d'irréalité. Cet enfant était une erreur ; ainsi que son nouveau supérieur l'avait plus ou moins exprimé, s'il n'était pas indiqué de se marier jeune, «avoir une nouvelle recrue militaire» équivalait carrément à «sauter les étapes».

Oui, cette nuit au club avait été la pire. C'était le jour même que la lettre de Sunita était arrivée. *J'espère que tu es heureux aussi.* Il avait passé des heures assis, à boire plus de whisky que d'habitude, harcelé par cette pensée lancinante qui provoquait en lui des spasmes aussi douloureux qu'une fracture osseuse ou une rage de dents.

Rose était assise en face de lui. Rose-la-boulotte, maintenant, car son visage s'était indéniablement arrondi. Dans sa robe de grossesse bleue ornée d'un motif de brindilles, elle était si chaleureuse, si gentille, si belle ; si parfaite pour lui, vraiment. Pourtant, la pensée de sa maîtresse occupait son esprit. *Tu me manques, Sunita. Je te désire encore. Notre liaison fut l'époque la plus heureuse de ma vie.*

«Juste une citronnade et de l'eau gazeuse pour moi, merci.»

Rose souriait au garçon qui lui retournait son sourire avec affection, avec attendrissement, comme Jack aurait aimé pouvoir le faire. La bonté de son

367

épouse envers tout leur entourage était l'une des qualités qu'il appréciait le plus chez elle. Loyale, elle aimait réellement les gens. *Sunita, Sunita, détache tes longs cheveux*. Jamais Rose ne deviendrait comme ces monstrueuses *memsahibs* qui méprisaient et bousculaient leurs serviteurs. Elle possédait d'authentiques bonnes manières, fondées sur la sympathie et le respect, ce qui expliquait l'adoration que lui vouait le personnel de la maison. Durgabai se montrait beaucoup plus excitée par le bébé que lui-même.

À sa façon, son épouse témoignait d'une paisible vaillance face à sa situation. Jack se sentait effrayé – le cimetière de Poona était rempli de bébés anglais, morts de typhoïde, de malaria, de déshydratation, voire de morsures de chiens. De bébés et de leurs mères.

Il se rapprocha de son épouse. « Alors, comment va Tor ? »

Elle était surprise non seulement qu'il s'asseye près d'elle et lui enlace les épaules, mais également qu'il l'interroge à propos de Tor. « Vous ne m'avez encore rien raconté, reprit-il.

— Je ne pensais pas que cela vous intéresserait. » Il éprouva un soudain embarras en voyant son menton trembler. *Ce doit être sa condition*, décida-t-il. Elle s'était révélée une fontaine pendant les trois premiers mois de leur mariage, mais elle ne pleurait pratiquement plus maintenant.

« Je vais chercher un pousse-pousse, s'écriat-il précipitamment. Vous me raconterez tout sur le chemin du retour. »

«Mais bien sûr, cela m'intéresse. Vous ne devriez pas garder ces choses-là pour vous.»

Il était désolé que sa phrase sonne comme un reproche, car il essayait de se monter attentionné.

Affalée contre le siège de toile souillé du véhicule, elle venait de lui apprendre que Tor repartait le 25 mai. «J'aurais dû vous le dire avant, mais cela me semblait si…

— Si quoi?

— Si soudain.

— Elle va vous manquer.» Il l'entendit déglutir dans l'obscurité.

«Oui.»

Il lui effleura la main et constata qu'il n'avait pas envie de la prendre dans la sienne; la menace des larmes le refroidissait.

En silence, ils parcoururent les rues désertes du cantonnement. Près du portail, où les veilleurs de nuit montaient la garde, des flaques de lumière répandaient une lueur glauque; au-delà des bâtiments, la fumée des feux indigènes s'élevait en volutes irrégulières. Jack se disait qu'il aurait sans doute dû apprécier Tor davantage, mais il n'y parvenait pas. Il existait entre elle et lui une sorte de rivalité sous-jacente, qui semblait se rapporter à Rose, et dont il n'arrivait pas à comprendre la raison.

De toute manière, Tor l'exaspérait parce qu'elle n'avait pas l'air de comprendre les règles qui régissaient les rapports entre hommes et femmes dans ce pays. Pour dire les choses clairement, elle n'était pas assez jolie pour se permettre d'être aussi bruyante et directe. Il aurait souhaité qu'elle baisse le ton, écoute davantage et se montre reconnaissante de l'intérêt qu'elle pouvait éventuellement susciter. Ce constat était cruel, il était prêt à l'admettre, mais les autres hommes pensaient la même chose. Les jolies femmes comme son épouse ne pouvaient évidemment pas comprendre cela.

«Je suis surpris que personne ne se soit intéressé à elle.» Il avait décidé de faire preuve de tact, d'autant plus que Rose était bouleversée. «Elle n'est pas laide.»

Il entendit son exclamation étouffée et la vit secouer la tête.

«Est-ce tout ce qui intéresse les hommes? dit-elle d'une voix rauque et empreinte d'amertume. Tor est drôle, aimante, loyale, et je la trouve très belle. N'avez-vous pas remarqué ses yeux?» Une bouffée de rancœur la fit taire.

«Rose, j'ai simplement dit qu'elle n'était pas laide.» Il entendit ses propres intonations furieuses, signifiant *Si tu me pousses à bout, je vais exploser.* Elle n'aurait pas dû élever la voix sur lui comme cela. «De toute façon, nous allons tous dégager bientôt», ajouta-t-il.

Voilà une autre chose que les femmes ne comprenaient pas: à quel point la situation devenait périlleuse. Il y avait un terrible remue-ménage au Congrès, dont leur nouveau supérieur leur rapportait la teneur. Du côté blanc, Gandhi prônant la paix; du côté rouge, une soif de sang.

«En tout cas, je suis déterminée à me rendre à Bombay et à lui dire adieu sur le quai, décréta-t-elle franchement. Je le dois.

— Et le bébé? Je ne pense pas qu'il soit convenable de vous montrer dans cet état.

— Il viendra aussi, par la force des choses.

« — Eh bien, il me semble que votre décision est prise.

— Parfaitement. »

Il s'efforça de réprimer sa colère – ce n'était pas à elle de dire où elle avait l'intention d'aller, et quand elle s'y rendrait. Soudain, il se sentit soulagé. Plus tôt dans la journée, il avait pris la folle décision de rencontrer Sunita une fois encore.

J'espère que tu es heureux aussi. Des mots on ne peut plus ordinaires, mais qui faisaient horriblement mal. Loin de lui l'envie de gâcher son bonheur ; il désirait tout simplement la revoir. Si Rose insistait pour n'en faire qu'à sa tête, pourquoi n'agirait-il pas de même ?

*

Plus tard cette nuit-là, incapable de dormir, il se leva et se rendit à la cuisine pour boire un verre d'eau. À l'extérieur, sur la véranda, le serviteur chargé des éventails s'était endormi, la ficelle toujours attachée à l'orteil ; il le réveilla et l'expédia au lit.

Sa montre indiquait 3 h 15. Les murs de la petite maison semblaient se refermer sur un air lourd et dense qui l'empêchait presque de respirer. Il décida de s'installer confortablement dans un fauteuil du salon. Alors qu'il s'apprêtait à relire la lettre une fois encore, Rose pénétra dans la pièce.

Le fin coton de sa chemise de nuit laissait deviner la courbe de son ventre, de ses cuisses et de ses seins gonflés. À moitié engourdie par le sommeil, elle prit place dans un fauteuil en face de lui. Avec lenteur, elle souleva les cheveux sur sa nuque et arrondit les lèvres en soufflant bruyamment.

«La chaleur m'a réveillée, déclara-t-elle. C'est insupportable.»

Alors qu'il levait la tête, il vit des lézards colorés filer sur le mur derrière elle, et sentit sa vie entière s'effriter devant ses yeux.

«Jack, s'écria-t-elle, pourquoi pleurez-vous?»

Il n'avait pas senti les larmes couler sur ses joues.

«Je pleure?

— Oui.»

Il aurait voulu éviter qu'elle ne vienne vers lui, qu'elle ne s'asseye sur le bras de son fauteuil pour lui caresser la joue. Si elle était restée à sa place, il aurait pu refouler ses émotions. Maintenant, il sentait monter en lui une rage irrépressible à l'idée de cet immense gâchis dont il était responsable et que cette adorable femme s'efforçait de réparer.

Elle l'enlaça tendrement, mais il se raidit sous son étreinte.

«C'est moi, n'est-ce pas? dit-elle à voix basse comme si elle s'y attendait depuis longtemps. C'est moi qui vous fais cela; je vous rends si malheureux. Je le sens.»

Il tenta de nier, enfouissant son visage dans ses mains pour qu'elle ne voie pas à quel point sa propre lâcheté lui répugnait. Il aurait été si facile de la blâmer maintenant.

«Ce n'est pas vous, réussit-il à articuler.

— Alors, c'est le bébé? Vous ne paraissiez pas très enthousiaste quand je vous en ai parlé.» Sa voix douce ne recelait aucun reproche.

Enthousiaste! Ce n'était certainement pas le mot adéquat. S'il avait exprimé ce qu'il éprouvait ce soir-là, il aurait dit: *Je suis furieux que vous dirigiez ma vie de cette façon, que vous m'en fassiez totalement perdre le contrôle, que vous ne sachiez pas utiliser votre éponge correctement. Je ne veux pas qu'on me coupe ainsi les ailes. Je n'en ai pas les moyens, je ne vous connais pas suffisamment, je ne suis même pas sûr de vous aimer.*

Il s'était contenté de quelques paroles compassées de félicitations et s'était rendu au mess pour boire un verre, s'immergeant dans la compagnie d'autres hommes, presque désespéré à l'idée de devoir retourner chez lui et endosser le costume du père heureux. Il détestait mentir.

«Qu'est-ce que ceci?» Rose bascula soudain en avant et ramassa la lettre qui venait de tomber de la robe de chambre de son époux alors qu'il tendait le bras pour prendre une cigarette.

«Ne la lisez pas! hurla-t-il. Elle est à moi!

— De quoi s'agit-il?» Il vit la peur se répandre dans ses yeux comme un incendie. «Jack, dites-le-moi. Je vous en prie, dites-le-moi! Qu'est-ce que c'est?»

Il la regarda et pensa *Je ne peux pas lui faire ça; agir comme mon père. Elle ne le mérite pas.*

«Alors, lisez-la.» Il resta immobile, tapi comme un chien dans son fauteuil, tandis qu'elle se rasseyait et déchiffrait l'élégante écriture.

«Qui est-ce? demanda-t-elle d'une voix tremblante. Je ne comprends pas.»

Il eut le sentiment de se jeter, du haut d'une falaise, dans une mer ténébreuse dont il ne connaissait pas la profondeur.

«Elle s'appelle Sunita et vit à Bombay maintenant. C'était ma maîtresse.

— Votre maîtresse?» Elle élevait la voix, une lueur de colère dans les yeux. «"Était" ou "est"?

— Je ne sais pas.

— Est-elle indienne?

— Oui.

— Une indigène?

— Oui, mais éduquée. Son père est avocat.

— L'aimez-vous?

— Je ne sais plus.

— Vous devez l'aimer. Si vous ne l'aimiez pas, vous répondriez non, tout simplement.»

Elle se leva, faisant fuir les lézards. Sa chevelure emmêlée par le sommeil lui donnait l'air d'une enfant, mais son regard paraissait si étrange qu'il eut l'impression, l'espace d'un instant, qu'elle était peut-être sur le point de le gifler. D'une certaine manière, il aurait préféré cela. Toutefois, elle se contenta de le fixer avec une expression de telle souffrance et de confusion, qu'il eut envie d'hurler à la mort. Quel être méprisable il était!

«L'aimez-vous?» répéta-t-elle.

«*Sahib*?» Ni lui ni elle n'avaient entendu le coup léger frappé à la porte. «Tout va bien?» Durgabai, affolée, à demi nue, veillait à ne pas croiser les yeux de sa maîtresse mais foudroyait son maître du regard.

«Oui, Durgabai. La *memsahib* a mal à la tête, mais elle va bien. Merci», répondit Jack.

«Comment osez-vous agir ainsi! s'écria Rose quand la porte fut refermée. Je vous hais! Pour avoir gardé ce secret, pour ne m'avoir rien dit, pour m'avoir laissé penser que je ne savais pas m'y prendre ! Pourquoi, bon sang, m'avez-vous laissée venir ? »

Elle posa les mains sur son ventre comme pour couvrir les oreilles en formation du bébé.

« Je suis désolé, Rose. »

D'un geste de la main, elle écarta ses mots d'excuse.

« Allez-vous la revoir ?

— Non… De toute façon, le régiment est toujours en alerte pour Bannu.

— Est-ce la seule raison ? »

Le fait de la voir aussi furieuse le fit reculer.

« Non.

— Je l'espère bien ! »

Une petite part de lui-même admira la façon dont elle se redressait en quittant la pièce. Il y avait de la dignité dans ce dos bien droit, un refus de s'effondrer, de se laisser abattre.

Un peu plus tard, à travers la cloison mince de la chambre d'amis, il l'entendit vomir et pousser des gémissements étouffés. Jamais il ne s'était autant détesté.

32

En cette fin de matinée, Viva était assise sous le tamarinier, dans la cour du foyer, en train de couper des bouts de papier pour les cerfs-volants que fabriquaient les enfants. De l'endroit où elle se trouvait, elle entendait babiller les pensionnaires dans une variété de langues inimaginable : hindi, marathi, anglais pour certains, tamil et gujarati, le tout mêlé au roucoulement rauque des pigeons ayant élu domicile sous les avant-toits de la maison.

Ce bruit ambiant n'étouffait pas la voix flûtée de Daisy qui s'adressait aux petits appliqués à leur tâche.

« Il est étrange, n'est-ce pas que les adultes prennent rarement le temps de s'arrêter pour regarder le ciel – nous nous agitons avec tous nos soucis, comme des insectes. Les seules personnes qui prennent le temps de regarder le ciel sont les fous et les enfants ou… Pourrais-tu finir cette phrase, Neeta ?

— Je ne sais pas, répondit la fillette timide, au regard anxieux.

— Les pilotes de cerf-volant, proposa Suday, garçon rondouillard, fier de montrer qu'il avait déjà manié un engin de ce genre.

— Et qu'apprenons-nous en regardant le ciel ?

— Qu'il est bleu, intervint enfin Neeta.

— Bien. Quand nous levons les yeux, nous élargissons notre horizon. Nous constatons que nous ne sommes que de petits grains dans l'univers, totalement insignifiants. Nous nous prenons très au sérieux, mais dans le ciel, il n'y a pas de frontière. Pas de différences de castes – attention avec la colle, Suday – ni de religions, ni de races. "Il y a plus de choses sur la terre et dans le ciel, Horatio, que n'en rêve ta philosophie." C'est un homme nommé Shakespeare qui a écrit cela. »

Viva éprouva un pincement en observant les enfants qui écoutaient avec une telle intensité. Quelle sorte de ciel et de terre pouvaient-ils trouver ?

Ensuite, Daisy décrivit le programme de la journée : quand les cerfs-volants seraient terminés, Viva emmènerait leurs créateurs à Chowpatty Beach pour qu'ils les fassent voler. À cette nouvelle, certains des enfants se tournèrent pour fixer la jeune femme de leurs grands yeux graves ; quelques-uns d'entre eux n'avaient jamais vu la mer. Elle avait le sentiment d'être tout à coup transformée en illusionniste, en magicienne.

Elle jeta un coup d'œil à Talika, assise à l'extrémité d'un banc et complètement absorbée par son travail. Les petites mains maniaient les ciseaux avec agilité tandis que les jambes maigres se balançaient au-dessus du sol. Personne n'aurait pu reconnaître la boule de haillons pathétique que Viva avait baignée quelques mois auparavant, quoique l'enfant se révélât encore beaucoup trop maigre et frêle.

« Regarde-moi, regarde-moi, *Wiwaji* », s'écria Talu, garçonnet de haute taille, très mince, affligé d'une claudication prononcée. Aucun des enfants ne savait prononcer correctement son nom. Ils l'appelaient *memsahib*, Miss Viva, ou *Wiwaji*, surnom affectueux. Un ou deux des plus jeunes utilisaient le terme de *Mabap* (tu es ma mère et mon père) compliment qui ne manquait jamais de lui serrer le cœur.

« Je découpe ma queue de paon, poursuivit Talu.

— Je ne vois qu'une queue de rat ! » répliqua Suday, le plaisantin. Il la saisit et la fit tournoyer ; lorsque Talika la vit s'enrouler autour de sa tête, elle rit à gorge déployée.

Elle-même se leva avec son cerf-volant à moitié terminé. « Le mien est un oiseau, affirma-t-elle en déroulant le fil. Regardez-moi. »

Secouant les jambes pour se débarrasser de ses sandales, elle se mit à danser, frappant le sol des pieds selon des pas précis. Tandis qu'elle tournoyait et se balançait, le cerf-volant formait un tourbillon de couleurs au-dessus de sa tête. Elle ferma soudain les yeux et se mit à chanter d'une voix ténue, la gorge vibrante, totalement absorbée par ses mouvements, comme sous l'effet d'un charme qui rayonnait ensuite vers les spectateurs. Personne ne pouvait détacher les yeux de sa gracieuse silhouette. Viva avait à peine remarqué que Daisy s'était assise près d'elle.

« Eh bien, je vois quelqu'un qui a l'air d'aller beaucoup mieux, dit cette dernière.

— N'est-ce pas merveilleux ! s'écria Viva. Où a-t-elle pu apprendre à danser ainsi ?

— En fait, c'est de vous que je parlais, déclara Daisy. Vous semblez beaucoup plus heureuse que lorsque vous êtes arrivée ici. »

La queue du cerf-volant de Talika s'était accrochée aux branches du tamarinier. Viva, après plusieurs sauts infructueux, réussit à la décrocher.

« Je me plais ici, Daisy, affirma-t-elle en se rasseyant. Pourtant, je n'aime pas beaucoup les enfants. Ou plutôt, je croyais que je ne les aimais pas.

— On peut dire que vous le cachez bien ! s'écria son interlocutrice. Cependant, permettez-moi de vous donner un conseil. Il est délicieux de voir une enfant faire preuve d'une telle liberté, d'une telle sponta-néité, mais même au sein de cet établissement, nous devons nous montrer prudents. En ce moment, il y a des espions partout. S'ils assistaient à une scène comme celle-ci, ils pourraient aller raconter que nous entraînons les fillettes à devenir des prostituées de temple.

— Est-ce une plaisanterie?

— Non, je le voudrais bien. Nous avons subi cette accusation précise l'année dernière. Les gens ne comprennent pas toujours ce que nous faisons.

— Mon Dieu!» Viva avait déjà entendu ce genre d'histoires auparavant, sans y croire. Le fait de voir du danger partout semblait excessif. «C'est tellement innocent. Je détesterais priver Talika de sa joie de vivre.

— Je le sais. Déformer quelque chose d'aussi pur est détestable, mais voilà, nous ne vivons pas dans un monde parfait. J'ai un autre conseil à vous donner, si vous me le permettez, poursuivit-elle : n'en faites pas trop. L'année dernière, les membres de notre personnel sont tombés comme des mouches; cette année, nous insistons pour qu'ils prennent des congés. N'avez-vous pas dit, quand vous êtes venue me voir, que vous aviez l'intention d'aller au nord voir l'ancienne maison de vos parents?

— Vraiment? articula Viva en se raidissant. Je ne me souviens pas de vous en avoir parlé.

— Oh! désolée.» Daisy cilla derrière ses lunettes. «Je ne me souviens plus d'où je tiens cela.» Elles échangèrent un regard étrange. «Je voulais aussi vous suggérer quelque chose. Cette chaleur va tous nous rendre fous avant l'arrivée des pluies. Si vous avez envie d'une semaine de vacances, des amies à moi tiennent une délicieuse pension à Ootacamund – c'est un endroit peu coûteux et parfaitement calme pour écrire – je serai ravie de vous offrir ce séjour si vous êtes à court d'argent.

— Comme vous êtes gentille. Pourtant, c'est étrange, j'ai presque l'impression de ne pas pouvoir partir en ce moment.

— C'est ce qui se passe au début. Pour la première fois de votre vie, vous ne pensez pas à vous. Ne trouvez-vous pas que c'est un énorme soulagement ? »

Quand Viva leva la tête, Daisy attachait innocemment la queue d'un cerf-volant à sa carcasse, les yeux baissés.

« Saviez-vous que les premiers cerfs-volants ont été créés en Grèce, au XIVe siècle, pour tester la vue d'un prince aveugle ? J'ai un livre excellent sur ce sujet si cela vous intéresse ; le symbolisme religieux y joue un rôle étonnant.

— Je veux bien le lire. Daisy, croyez-vous que je sois plus égocentrique que la moyenne des gens ? »

La directrice la regarda posément à travers ses lunettes épaisses et répondit, après un silence prolongé : « À la réflexion, le terme d'égocentrique serait injuste. Vous êtes très observatrice et curieuse des autres, c'est ce que j'aime en vous. Disons plutôt que vous cherchez à vous protéger. Vous êtes quelqu'un de très réservé, ou peut-être gardez-vous ce que vous pensez pour votre écriture. » Daisy la taquinait de nouveau.

« Peut-être. » Viva se sentit blessée malgré elle. Parfois, elle se sentait lasse d'être accusée de garder des secrets qu'elle n'avait absolument pas conscience de détenir.

Au fond, pourquoi se montrait-elle maladivement discrète au sujet de ses parents et de son passé ?

Les circonstances de leur mort n'avaient rien de honteux.

Nombre de décès subits se produisaient aux Indes. C'était un fait, les cimetières étaient remplis de leurs victimes. Entretenir leur mystère équivalait à se comporter comme ces enfants qui croient être des héritiers illégitimes et cachés de rois ou de princes, car ils ne peuvent supporter l'idée d'être des gens ordinaires.

La rareté des détails relatifs à la disparition de ses parents – son père tué lors d'un raid de bandits sur la voie de chemin de fer, sa mère morte quelques mois plus tard (de chagrin, selon les religieuses qui l'avaient assistée) – était probablement due au fait que personne, en Angleterre, ne les connaissait assez bien. Exilés depuis de longues années, ils avaient perdu tout contact avec leur famille et leurs amis. Après les premiers témoignages de sollicitude qu'elle avait reçus, elle s'était laissé emporter par les événements qui avaient jalonné sa vie, et qui l'avaient séparée de ces lointaines connaissances, comme cela arrivait souvent aux personnes désireuses de faire leur vie en toute indépendance. Ainsi en allait-il de la vie.

Quand, à dix-huit ans, elle était devenue assez mûre pour se poser des questions au sujet des disparus, elle avait désespérément éprouvé le désir de trouver quelqu'un, n'importe qui, susceptible de lui parler d'eux sans agacement ni hypocrisie. C'était là, bien sûr, que William était entré en scène. Quel cadeau de la vie il lui avait paru au départ, non seulement parce qu'il était l'exécuteur testamentaire de ses parents, mais aussi parce qu'il était beau, s'exprimait bien – n'était-il pas un grand avocat ? – et se montrait plein de compassion ; il lui avait consacré beaucoup de temps passé en dîners, longues promenades et soirées autour d'une bouteille de vin dans sa garçonnière de la cour de justice.

Il avait très bien connu ses parents, lui apprit-il lors de leur première rencontre. Non seulement il avait étudié avec son père à Cambridge mais, quand celui-ci s'était installé au Cachemire avec sa jeune épouse, il avait également séjourné là-bas avec le couple avant sa naissance.

Il se souvenait avec précision de Josie, bébé tout rouge et mignon, aussitôt surnommée « le nabab » à cause de la façon impériale dont elle buvait le biberon sur son lit de cordes. Le soir où il lui avait parlé de sa sœur, il avait séché ses larmes, avec une douceur extrême et, après lui avoir fait avaler une gorgée de vin, l'avait attirée dans son lit.

Beaucoup plus tard, elle avait commis l'immense erreur de l'interroger sur sa mère.

Alors qu'ils se trouvaient dans l'ascenseur menant à sa garçonnière, elle avait demandé à William tout à trac : « Est-ce que Maman était malade du cœur quand tu l'as connue ? » Elle tenait cette information de l'une des religieuses.

Il s'était tourné vers elle – cette scène restait gravée dans son esprit comme si elle s'était déroulée la veille – et avait froidement décrété : « J'étais son exécuteur testamentaire, pas son médecin. » Au moment où l'ascenseur s'arrêtait avec un sursaut devant la chambre bien rangée – où il allait ensuite plier son costume et poser ses boutons de faux col dans une boîte, avant de lui accorder des baisers froids et experts –, il avait articulé : « Finalement, en quoi cela te concerne-t-il?» comme si elle faisait preuve de curiosité malsaine à propos d'une vague connaissance.

Maintenant encore, elle étouffait de honte en pensant à la docilité avec laquelle elle avait accepté cette rebuffade. Il pouvait se montrer verbalement cruel et ne s'en privait pas. À la fin, constamment sur ses gardes pour ne pas l'irriter, elle était devenue si soumise qu'elle semblait lui avoir abandonné sa propre volonté.

Quand elle se leva pour ôter les miettes de sa jupe, Talika se précipita vers elle et, afin d'imiter son expression sérieuse, avança le menton en faisant semblant de rire et de pleurer simultanément.

« *Wiwaji*, dit-elle en marathi, n'aie pas l'air si triste. Le soleil brille et nous allons voir la mer. »

Chowpatty Beach paraissait étonnamment vide lorsque Talika, Suday, Talu, Neeta et Viva descendirent du bus un peu plus tard. Quelques vieillards, assis sur un muret, mâchonnaient compulsivement on ne savait quoi en fixant l'horizon. Au loin, quelques familles éparpillées déambulaient le long de la plage ; un poney rachitique allait et venait, promenant chaque fois un enfant différent et, sous un arbre rabougri, un yogi d'âge vénérable, au visage couvert de rides, le corps uniquement vêtu d'un pagne, effectuait des contorsions destinées à attirer l'attention des passants.

Talika et Neeta n'osaient pas avancer vers la mer. Elles saisirent «Miss Wiwa» par le bras, les yeux écarquillés. «Ram, ram, hello, hello!» s'écria Talika d'une voix inquiète, comme si les vagues allaient lui répondre. «Est-ce que ça va me faire mal?» demanda-t-elle à Viva. Quelques minutes plus tard, pieds nus, toutes deux couraient sur le sable, poussant des cris de joie. Suday, gonflé de fierté – il avait déjà vu la mer – se pavana un peu, le cerf-volant à la main, avant de le ranger soigneusement sous une pierre et d'encourager les autres à barboter dans l'eau. Tandis que les filles relevaient leur sari et trempaient timidement leurs orteils dans l'écume, le soleil s'infiltra à travers le tissu du vêtement, métamorphosant les petites filles en fleurs multicolores. Comme elles étaient attendrissantes! Elles évoquaient à Viva de jeunes biches s'avançant vers un ruisseau pour se désaltérer.

Tous les enfants voulaient faire voler leur cerf-volant les premiers, mais en l'absence presque totale de vent, la chose semblait difficile; celui de Talika étant aussitôt tombé dans l'eau, il fallut le récupérer et le mettre à sécher. Suday demanda alors à Neeta de s'éloigner avec l'extrémité du fil en tournant le dos au vent, tandis qu'il tenait le cerf-volant devant sa poitrine. Soudain, il le lança vers le ciel, où, soulevé par un souffle inattendu, il s'élança et tournoya, suscitant chez les petits spectateurs des cris entrecoupés de hourras enthousiastes. Il parut sombrer, puis jaillit de nouveau vers le vaste espace bleu. «Je vole! hurla Suday, je vole!»

Au bout d'une heure, tout le monde avait faim. Ils étendirent un drap de coton sur le sable, sous un parasol. Les garçons s'en furent acheter du riz soufflé et des pains fourrés de pois chiches au curry, à un petit éventaire sur la plage. Ils revinrent chargés de samosas fumants aux pommes de terre et aux petits pois dans des cônes de papier, ainsi que de pâtisseries à la poudre d'amandes. Tous s'assirent autour du drap sur lequel s'étalait la nourriture, en se tortillant comme des anguilles, et contenant difficilement leur impatience.

À une certaine époque, Viva aurait appréhendé le risque présenté par un tel pique-nique : il y avait tant de maladies présentes aux Indes – la typhoïde, la jaunisse, la dysenterie – et qui pouvaient si facilement être contractées. Aujourd'hui, entourée par ces petites mains avides, elle oublia de se tracasser à ce sujet.

Pendant tout le repas, Talika resta collée contre elle, tel un crampon. Elle prit un tout petit morceau de pain fourré et le mâcha avec application, sans lâcher sa poupée.

« Mange encore un peu. » Viva lui tendit l'une des pâtisseries qu'elle adorait.

Talika secoua la tête.

« Tu ne te sens pas bien ?

— Non », répondit la fillette. Dès que leur pique-nique fut terminé et que Viva eut secoué le drap, elle s'étendit dessus avec sa poupée et s'endormit sur-le-champ.

Les autres enfants s'élancèrent de nouveau sur le sable, traînant leurs cerfs-volants colorés derrière eux, et riant de les voir s'élever de plus en plus haut. « *Kaaayyypoooche !* », hurlaient-ils, nous sommes les meilleurs ! »

Viva courut un moment avec eux. Depuis son retour à Bombay, la vie lui avait si souvent pesé ; mais aujourd'hui, comment ne pas apprécier tout ce qui lui était offert ? Cette plage magnifique ; le soleil se déversant du ciel ; le courage insensé de ces enfants qui oubliaient si vite qu'ils étaient orphelins et pauvres, dans l'une des villes les plus impitoyables de la terre.

Un chien noir et blanc, qui les avait rejoints, fonçait sur les cerfs-volants de Suday et de Neeta, à la grande joie de leurs propriétaires.

« Attention, les enfants ! » s'écria Viva. La rage représentait un risque énorme en raison du grand nombre de chiens errants dans tout le pays.

Lorsque Talika ouvrit les yeux, ses paupières tressaillirent de surprise devant la plage, le ciel et ses petits compagnons en train de jouer. Glissant sa main dans celle de sa compagne, elle se rendormit.

Viva, serrant les petits doigts poisseux dans les siens, essayait de retrouver un souvenir. Combien de fois s'était-elle baignée ici quand elle était enfant ? Une, deux, six ?

Chowpatty faisait partie d'une tradition familiale ; c'était l'endroit où ses parents, sa sœur et elle venaient passer leur dernier jour de vacances, avant de quitter Bombay pour le couvent. Un jour de deuil déguisé en journée de détente. Ou peut-être pas. *Les enfants savent tellement mieux que les adultes mélanger le plaisir et la douleur*, se dit-elle en observant Suday au loin, totalement absorbé maintenant par son nouveau jeu, les ricochets sur l'eau. Pendant ces journées, sans doute avait-elle aussi sauté à travers les vagues, s'abandonnant tout entière au pur plaisir de se trouver dans l'eau scintillante ? Peut-être même l'intensité de ce plaisir était-elle à l'origine de l'insensibilité, du vide qu'elle éprouvait quand elle pensait aux moments passés ici ? Elle s'était fabriqué une carapace beaucoup trop solide.

Alors qu'elle somnolait à moitié, un autre souvenir jaillit dans sa mémoire. Sa mère sur cette plage. Elle portait des lunettes noires et une écharpe enroulée autour de son visage comme si elle souffrait d'une rage de dents. Les larmes coulaient sous ses verres foncés, comme des pois géants. Elle était en colère ; sa fille n'était pas supposée la voir ainsi. Viva était également furieuse ; les mères avaient pour devoir de toujours se montrer joyeuses.

La jeune femme s'assit avec tant de brusquerie que les yeux de Talika s'ouvrirent. Oui, ce souvenir se rapportait à la toute dernière fois, pas à celle que sa mémoire lui avait substituée. Josie n'était pas là ; elle avait disparu. Papa n'était pas là non plus, elle en était presque certaine. Seules restaient sa mère et elle, assises toutes les deux sur une plage, en bordure du continent, avant qu'elle ne retourne à l'école. Elle éprouvait alors une colère mêlée de haine, qui lui avait insufflé l'envie difficilement réprimée de frapper sa mère. *Et si une bouteille verte accidentellement tombait, il resterait deux bouteilles vertes sur le mur.* Cette chanson avait encore le pouvoir de l'effrayer.

Lorsque les enfants revinrent vers elle en courant, ce fut un soulagement car ils la détournèrent de ses pensées. Chaque enfant s'assit, son cerf-volant sur les genoux. « Le fil représente le vol de l'âme vers les cieux, avait expliqué Daisy. Celui qui le tient est le Tout-Puissant. » Neeta fixait sur Suday un regard furieux parce qu'il se vantait d'avoir gagné.

« Tu t'es amusé ? demanda Talika au vainqueur.

— Beaucoup, madame la Reine », répliqua le garçonnet, visiblement jaloux de la voir allongée près de la jeune femme.

À l'arrivée du bus, autour de cinq heures, personne ne voulait rentrer à part Viva qui était fatiguée et espérait pouvoir écrire un peu en rentrant chez elle. Un groupe de pêcheurs, venus ramasser le poisson salé mis à sécher sur des planches, fascinait les enfants. Le véhicule les raccompagna par des rues que le soleil couchant teintait de rouge. Au moment où ils atteignirent le portail de l'institution, Viva constata que tous ses compagnons s'étaient assoupis.

Elle fut heureuse de les remettre entre les mains de Mrs Bowden. Cette épouse de soldat, boulotte et dotée d'un grand sens pratique, travaillait au foyer deux jours par semaine en tant que bénévole. Ayant perdu deux de ses enfants en Inde, elle affirmait que cette activité l'aidait à se sentir mieux.

« Eh bien, vous êtes vraiment sales, dit-elle aux petits. Mais vous n'aurez pas de bain. Cette fichue plomberie a de nouveau rendu l'âme, expliqua-t-elle.

« Et toi, ma poupée ? demanda-t-elle à Talika devant son visage blême. Quelle petite mine ! Tu as trop mangé, c'est sûr ! »

Mrs Bowden ne faisait pas de sentiment. Au foyer, les petites mines des enfants n'avaient rien d'inhabituel.

Une demi-heure plus tard, Viva, rentrant chez elle à pied, avait le sentiment d'avoir fait provision suffisante de soleil et de grand air. Trop fatiguée pour avoir faim, elle acheta une mangue dans la rue, avec l'intention de la manger en prenant ses notes.

Les soirs comme celui-ci, quand elle avait mal aux pieds et que son esprit était embrumé par la chaleur, l'écriture exigeait un énorme effort. Pourtant, elle était également devenue une nécessité, comme le fait de se laver les dents et de se lever le matin ; Viva en avait besoin pour se sentir elle-même.

L'obscurité tomba avec sa soudaineté habituelle pendant qu'elle marchait. De fragiles guirlandes de lumière apparurent sur les éventaires situés à l'extérieur des boutiques, proposant du jus de palme, des fruits, des vêtements bon marché et des effigies de dieux en papier mâché. Lorsque toutes les lampes s'éteignirent d'un coup, elle entendit le rire des marchands – l'apparition de l'électricité à Byculla restait encore un sujet d'étonnement, alors que les pannes n'en suscitaient plus aucun.

En ouvrant la porte de la maison, elle vit que Mr Jamshed avait allumé une lampe à pétrole dans la cage d'escalier. Elle gravit les marches, observant les ombres tremblotantes sur les murs.

Son sac brodé, rempli de livres, était particulièrement lourd. Elle fit une pause sur le palier pour le poser et reprendre des forces. En levant les yeux vers sa porte, au-dessus des quatre marches qui lui restaient à gravir, elle vit une silhouette passer derrière le verre dépoli.

« Monsieur Jamshed ? appela-t-elle. C'est vous ? »

Il lui avait dit le matin même qu'il viendrait dans la journée pour regarder son robinet cassé. Toutefois, un bruit d'eau et de friture lui parvenait du rez-de-chaussée, ainsi qu'une odeur d'épices.

«Monsieur Jamshed? c'est Viva», dit-elle plus doucement.

Elle souleva son sac, gravit les dernières marches et ouvrit la porte.

Dans le coin de la chambre, elle distingua la forme sombre d'un corps allongé sur son lit.

L'ombre se déploya et se redressa sur le sol. C'était Guy Glover, vêtu de son pardessus noir. Il l'attendait.

«Chut, chhhhut! ordonna-t-il à voix basse en l'entendant crier à l'aide. C'est moi.»

Dans le clair-obscur, elle ne distinguait que la fenêtre baignée d'une lumière verte et un tas de vêtements sur sa chaise; elle était partie en hâte ce matin-là. Un air de musique leur parvenait de la rue, mêlé à des braillements.

«Que faites-vous ici, bon sang? demanda-t-elle. Qui vous a laissé entrer?»

Ses yeux s'étant adaptés à l'obscurité, elle remarqua qu'il ne portait pas de chemise sous son pardessus; sa poitrine blanche et osseuse était couverte de sueur.

«Personne. J'ai dit à votre propriétaire que vous étiez ma grande sœur. Pour eux, les Blancs se ressemblent tous, vous savez.»

Quand il sourit, tout ce qu'elle détestait chez lui remonta à sa mémoire: sa voix suraiguë d'adolescent qui ne savait pas se décider entre le bébé et la brute;

son sourire sournois et son odeur sûre de corps mal lavé.

Elle alluma une bougie et parcourut la pièce du regard pour voir s'il avait touché à quoi que ce soit ; le dessus-de-lit de ses parents gardait encore l'empreinte de son corps.

« Écoutez, Guy. » Il ne fallait à aucun prix qu'il ne devine à quel point elle était près de lui hurler dessus. « Je ne sais pas pourquoi vous êtes là, mais nous n'avons plus rien à nous dire. Je veux que vous partiez maintenant, avant que j'appelle la police.

— Du calme, Miss Holloway. Je vous ai apporté l'argent que nous vous devons, c'est tout. »

Devant son air profondément blessé, elle se remémora l'art qu'il avait de la prendre à contre-pied.

La lumière revint brusquement, les éblouissant presque.

« Est-ce que vous ne mourez pas de chaud dans ce manteau ? demanda-t-elle.

— Absolument, mais je ne peux pas le retirer. Jamais. »

En le regardant, elle sentit son esprit également divisé. Était-ce l'une de ses tentatives d'adolescent pour se rendre intéressant, ou était-il complètement fou ?

« Pourquoi pas ? s'enquit-elle.

— Parce que mon cadeau pour vous est à l'intérieur. »

Il fouilla dans sa poche et en sortit une poupée de chiffons rouge et jaune aux yeux écarquillés et aux dents en éventail, le genre d'objets de mauvais goût que l'on trouvait au marché.

Pourquoi ce garçon agit-il toujours de façon à me donner mauvaise conscience? La méfiance de Viva commençait à se muer en rage pure. *Pourquoi n'est-il jamais lui-même?*

«Elle s'appelle Durga, déclara-t-il en lui mettant la poupée dans les mains. C'est la déesse de la Guerre; elle prendra soin de vous.

— Je n'ai besoin de personne pour prendre soin de moi.» Elle posa son présent sur la table.

«Gardez-la dans vos bras», insista-t-il.

La patience de Viva était à son terme. «Je ne suis pas d'humeur à jouer à ce petit jeu avec vous, décréta-t-elle. En fait, je me demande comment vous avez eu le culot de venir ici de cette façon. Vous avez raconté un tas de mensonges à vos parents en ce qui me concerne. Je…

— J'ai un travail maintenant, l'interrompit-il.

— Ça m'est complètement égal. À cause de vous, je n'avais pas du tout d'argent quand je suis arrivée ici.

— Vous avez de la chance d'avoir perdu vos parents. Je n'ai rien en commun avec les miens.

— Je vous ai raconté n'importe quoi sur le bateau, s'écria-t-elle, avec un sentiment de dégoût envers elle-même. Et je suis fatiguée. Prenez votre poupée et allez-vous-en.

— Vous ne voulez même pas savoir où j'habite?

— Non. Je m'en moque complètement. Ma responsabilité envers vous a cessé dès que le bateau est arrivé à Bombay.»

Il y eut un silence. Elle percevait distinctement le tic-tac de sa propre montre-bracelet.

«Ce n'est pas ce que pense la police, articula-t-il si bas qu'elle ne l'entendit presque pas. Ce sont des salauds, mais vous risquez d'avoir beaucoup d'ennuis si vous ne payez pas.

— Bon sang, Guy, arrêtez cette comédie! cria-t-elle.

— Je ne joue pas. Je suis terrifié, un homme me poursuit.» Il s'assit sur son lit, posa le visage sur ses mains et la regarda à travers ses doigts écartés. Puis il déglutit et fixa le sol. «Il dit que j'ai blessé son frère sur le bateau, mais il m'a blessé aussi.

— De quoi vous accuse-t-il exactement?»

La voix de Guy se transforma en un geignement infantile. «Il dit que je lui ai blessé l'oreille et qu'il ne peut plus entendre, mais il m'a frappé le premier. C'est la raison pour laquelle vous avez besoin de ça.»

Il posa la poupée à plat ventre sur un de ses genoux, défit quelques pressions au dos de sa veste brodée, puis inséra la main dans l'ouverture ainsi pratiquée.

«Prenez ça.» Il lui tendit un rouleau taché de roupies tenues par un élastique. «Vous en aurez besoin quand ils viendront. On ne se montre jamais trop prudent dans ce quartier.

— Quand? Qui viendra?

— La police. Vous voyez, sur le plan légal je suis sous votre responsabilité.»

Tournant le rouleau de billets dans ses mains, elle réfléchit furieusement.

Était-ce de cela que Frank avait essayé de la prévenir? De l'horrible, impensable possibilité qu'aux yeux de la loi, il dépendait d'elle?

Elle retira l'élastique. Il y avait là, à vue d'œil cent, deux cents roupies: assez, en tout cas, pour offrir

393

un pot-de-vin à la police si elle se présentait. Cela ne couvrait pas le montant de ce qu'elle avait perdu en accompagnant Guy jusqu'aux Indes.

« Vous devriez me présenter des excuses pour votre accueil grossier, affirma-t-il. Vous voyez bien maintenant que j'essayais simplement de vous aider.

— Je ne crois pas avoir besoin de m'excuser pour ce qui m'appartient. »

Il lui adressa un sourire radieux. « Je vous appartiens, alors ?

— Non, non, ce n'est pas ce que je voulais dire. Je voulais dire ceci, précisa-t-elle en agitant les billets. Cet argent m'était dû. »

Sans le moindre état d'âme, elle vit la lueur s'éteindre dans ses yeux.

« Qui vous a dit que je vivais ici ? demanda-t-elle.

— Il m'a fallu des siècles pour vous trouver. J'ai appelé Tor qui m'a renseigné.

— Je vois. »

Il tapotait nerveusement le sol du pied.

« Ne m'avez-vous pas dit que vous aviez un emploi ? Où travaillez-vous exactement ? s'enquit-elle du ton le plus neutre possible.

— Nulle part. En fait, j'ai perdu mon travail. Je prenais des photographies de cinéma, mais ceux qui dirigeaient la compagnie étaient des incapables.

— Alors vous rentrez chez vous maintenant ? » Cette simple pensée la soulageait.

« Non, dit-il en secouant la tête. Je vis ici, dans la rue principale, derrière le marché aux fruits. » Il cessa de tapoter du pied et la regarda. « Oh ! il y a autre chose. Arrêtez de dire à tout le monde que j'ai seize ans alors que j'en ai dix-neuf.

— Je ne vais pas discuter de cela. Quelle différence cela fait-il puisque vous ne vous considérez pas comme responsable de vous-même ?

— Si.

— Non, vous n'avez aucun caractère. » Ses yeux lançant des éclairs, elle le fixait, furieuse de cette intrusion dans son intimité et du gâchis de la soirée. «Vous ne savez que raconter des mensonges pour vous sortir d'affaire. »

Il recula d'un pas. «C'est vraiment dégoûtant de dire ça ! J'avais toujours l'intention de vous rembourser. J'attendais le bon moment, c'est tout.

— Vraiment ? répliqua-t-elle sans même faire mine de le croire. Eh bien, la prochaine fois, comportez-vous comme il faut, sonnez et attendez que je vous invite à entrer. »

Elle le raccompagna jusqu'à la porte.

«Ne revenez pas ici, Guy, dit-elle en le regardant sortir.

— D'accord, d'accord, répondit-il comme si elle avait besoin d'être rassurée ; mais j'ai promis de vous rembourser et je le ferai. »

33

Le lendemain matin, Viva téléphona à Tor en furie.

«Comment avez-vous pu faire cela ! Comment avez-vous pu être aussi idiote ! Il va me harceler maintenant !

— Un instant. » Son interlocutrice avait l'air ensommeillé, comme si elle était en train de se réveiller. « De qui parlez-vous ?

— De Guy, espèce d'idiote ! Vous lui avez donné mon adresse !

— Il disait qu'il voulait vous rembourser. J'ai cru que ça vous ferait plaisir.

— Plaisir ! Il m'a fait une peur bleue. Il m'attendait dans ma chambre, étendu sur le lit dans l'obscurité, et il prétend maintenant que la police le recherche ! »

Elle entendit l'exclamation de Tor à l'autre bout de la ligne. « Oh, Viva, je suis tellement désolée ! mais il m'a dit qu'il avait un travail et de l'argent. J'ai cru que…

— Vous auriez pu réfléchir ! »

La coupable se moucha et décida, imprudemment, de changer de tactique.

« Êtes-vous sûre de ne pas réagir de façon disproportionnée, Viva ? Je me suis toujours plutôt bien entendue avec lui.

— Oh, bon sang ! Il est complètement cinglé ! Même votre Frank chéri le dit.

— C'est une réflexion inutilement mesquine. Il n'a jamais été mon Frank chéri, mais plutôt le vôtre. »

Viva raccrocha brutalement, puis rappela aussitôt.

« Excusez-moi, c'était effectivement mesquin de ma part.

— Je comprends, articula Tor en pleurant. C'est simplement que je m'obstine à tout faire de travers, et je suis toujours tellement inquiète au sujet de ce que vous savez. » Elle posa le récepteur et se moucha de nouveau. «Pourquoi la vie est-elle si compliquée? s'écria-t-elle en gémissant.

— Tor, vous êtes toujours là?» Viva entendit un bruit de talons aiguilles sur le parquet et la voix de Cissy donnant des ordres à un serviteur.

«Je ne peux pas vous parler maintenant, chuchota Tor. Pourrions-nous nous rencontrer pour boire un verre? Au *Taj Mahal*, au *Wyndham* ou chez vous?»

Viva hésita un instant. Elle travaillait de dix à cinq heures ce jour-là et avait prévu de consacrer sa soirée à l'écriture. Le magazine *Ève* avait commandé deux articles sur les Indes, de mille mots chacun, dans un délai d'une semaine.

«Je ne suis pas sûre que vous réussirez à trouver ma maison, Tor. Elle est en dehors des sentiers battus.

— Bien sûr que si.» Elle paraissait soulagée. «J'adorerais voir où vous habitez et je pourrais apporter mon gramophone. Merci, vraiment, de me pardonner au sujet de Guy, ajouta-t-elle d'un ton léger. Au moins vous avez de l'argent maintenant, alors que je suis complètement à sec.»

Parfois, Viva avait envie de l'assommer.

Après avoir raccroché le téléphone de la cabine, Viva retourna chez elle, prit les billets graisseux dans le tiroir de la table de nuit où elle les avait jetés la veille et les recompta: trois cent vingt-deux roupies au total, c'est-à-dire exactement la moitié de la somme qui lui avait été promise au départ. Elle rangea l'argent dans une boîte en fer qu'elle attacha sous son lit à l'aide d'une ficelle.

Chaque fois qu'elle regardait sa chambre, elle revoyait Guy allongé sur le lit, avec son regard étrangement vide, ainsi que l'empreinte de son corps sur le dessus-de-lit de ses parents. La veille au soir, après son départ, elle avait changé les draps, en guise de conjuration, mais elle n'avait pas réussi à fermer l'œil de la nuit.

Cet abri qu'elle avait appris à aimer, en particulier grâce à la présence réconfortante des Jamshed au-dessous, lui paraissait maintenant précaire. Les murs étaient trop fins, et la porte en verre dépoli trop facile à briser.

Dans des périodes comme celle-ci, elle aurait aimé avoir un frère aîné ou un père qui puisse lui donner un conseil ferme ; lui dire qu'elle n'avait rien à craindre d'un garçon aussi stupide ; ou se montrer prêt à frotter les oreilles de quiconque s'aviserait de lui causer des ennuis.

Il n'y avait personne d'autre que Frank, mais lui demander de l'aide équivaudrait à reprendre le rôle qu'elle avait dû jouer auprès de William, celui de la demoiselle en détresse, de la nunuche ayant besoin d'une protection masculine. Son embarras se doublait du fait qu'elle avait refusé de prendre l'avertissement du médecin au sérieux, en sous-estimant l'état mental de Guy, puis en acceptant l'argent qu'il lui avait conseillé de refuser.

Blême et épuisée, elle consulta sa montre. Neuf heures moins dix. Il fallait absolument réfléchir à la situation avant de partir travailler. Elle se mit à marcher, les bras serrés autour de sa poitrine, allant et venant dans la pièce, s'asseyant sur le lit, se relevant puis recommençant à marcher. Finalement, elle se rendit de nouveau à la cabine téléphonique et composa le numéro de l'hôpital que Frank lui avait donné.

Le téléphone fut décroché par une employée de la réception.

«L'hôpital Gokuldas Tejpal, dit une voix chantante à l'autre bout de la ligne. Puis-je vous aider?

— J'ai besoin de parler au Dr Frank Steadman.»

Elle entendit un bruit de pages que l'on tournait. «Je ne sais pas où il se trouve, annonça la voix, voulez-vous patienter?»

Cinq minutes plus tard, elle entendit la voix de Frank.

«Frank, c'est Viva. Je ne peux pas vous parler longtemps sinon je serai en retard au travail. Je me demandais si vous accepteriez de me donner votre avis professionnel sur un ou deux des enfants du foyer qui ne vont pas bien?

— Ce ne peut être qu'après le déjeuner.» Les grésillements de la ligne donnaient à sa voix une nuance impersonnelle. «Dois-je me rendre au foyer?

— Oui.

— Bien. Disons, à deux heures et demie?

— Parfait. À tout à l'heure.»

À deux heures, Viva, assise sous le tamarinier, supervisait un groupe de six enfants, Talika, Neeta, Suday et trois petites filles en état de choc qui avaient été abandonnées devant le portail deux jours auparavant.

Seule la plus âgée avait parlé. Les deux autres fixaient la jeune femme avec un regard misérable; elles semblaient avoir perdu tous leurs repères, ne sachant ni pourquoi elles se trouvaient en ce lieu, ni qui elles étaient désormais.

Selon Mrs Bowden, il fallait entraîner ces enfants dans une sorte de routine d'apprentissage, afin de les distraire de ce qui leur était arrivé. Viva avait donc passé la dernière demi-heure à leur apprendre ce qui était considéré au foyer comme un «comportement civilisé», c'est-à-dire globalement à leur dresser une liste de «on ne doit pas»: on ne doit pas jeter des ordures dans la rue; cracher en public; déféquer dans un fossé. Suday, le plaisantin, avait suggéré: «Maintenant, Miss Wiwa, vous pouvez s'il vous plaît m'apprendre à faire des clins d'œil? C'est un comportement civilisé?» Elle s'était exécutée, tout en sachant pertinemment que Mrs Bowden n'aurait pas approuvé cette initiative.

Frank, muni de sa sacoche, entra au moment où les enfant se tordaient de rire. Elle se sentit inquiète d'éprouver un tel plaisir à le voir.

«Les enfants, dit-elle en marathi, asseyez-vous et tenez-vous tranquille un moment. Nous avons un visiteur.

— Mon Dieu! s'exclama le médecin en tirant une chaise près d'elle. J'aimerais avoir un accent aussi bon que le vôtre!» Elle rougit violemment, suscitant une série de gloussements et de coups de coude dans l'assistance.

«C'est Daisy Barker qui m'enseigne le marathi, que je ne parle pas aussi bien qu'il y paraît. Je sais simplement dire "Un peu moins de bruit", "finis ton assiette" ou "va te coucher". Vous connaissez Daisy? Elle dirige cet endroit et travaille également à l'université féminine de Bombay ; je pensais que vous aviez peut-être participé à l'une de ses réceptions. »

De nouveau, elle bavardait à tort et à travers. Les enfants écoutaient bouche bée, observant les deux adultes comme s'ils regardaient une partie de badminton.

Viva regarda sa montre. « Garçons et filles, vous avez droit à une récréation d'une demi-heure. Dites au revoir au docteur Frank.

— Au revoir, *daktar* Frank », s'écrièrent-ils en chœur, avant de s'éloigner en courant. Quelques instants plus tard, Talika revint avec deux verres de citronnade sur un vieux plateau de fer. Avec une grande concentration, elle souleva chaque verre des deux mains et le déposa doucement sur la table.

« Reste un moment, dit Viva. Voici l'une des enfants dont je vous ai parlé. Je vous présente Talika. » Elle serra la main de la petite qui paraissait tendue et au bord des larmes, et se retint de donner à Frank les précisions qu'elle aurait aimé lui fournir, dans la crainte que la fillette, dont l'anglais s'améliorait, ne se sente honteuse ou humiliée. « Elle se débrouille très bien, en fait, nous sommes très contents d'elle. Simplement comme vous le voyez, elle ne grossit pas.

— Puis-je écouter sa poitrine ? »

Viva alla chercher l'un des écrans de coton utilisés pour les consultations dans la cour.

« N'aie pas peur », dit-elle. L'écran, qui les entourait, jetait une lueur verte sur le visage de l'enfant. « Le docteur ne te fera aucun mal. »

Frank sortit son stéthoscope. Alors qu'il le fixait dans ses oreilles et écoutait avec gravité la respiration de Talika, les yeux de celle-ci ne quittaient pas le visage de Viva.

« Ton cœur est fort et ta poitrine claire. » Il essaya de sourire à sa patiente, qui refusa de se laisser charmer. « Je suis sûr que le médecin consultant a fait faire tous les tests, tuberculose, vers intestinaux… Cette jeune fille ne semble pas rachitique. »

Lorsqu'il libéra l'enfant, elle s'élança vers ses compagnons comme un faon désespérément impatient de rejoindre son troupeau.

« Pauvre petite, dit-il en la voyant s'éloigner. Elle paraît terrifiée. »

Il leva les yeux vers Viva et soutint un moment son regard. « Avez-vous une idée de la raison de son angoisse ?

— Pas vraiment. Sa mère est morte de tuberculose – c'est ce que nous pensons en tout cas – mais la fillette espère toujours qu'elle est vivante. Il y a eu une inondation dans le taudis où elle habitait, ce qui explique qu'elle ait été déposée devant notre portail. Elle est capable de se mettre à danser, ce qu'elle a fait hier, puis soudain quelque chose se produit à l'intérieur, et elle devient impossible à atteindre, je ne comprends pas pourquoi.

— Peut-être regrette-t-elle ses anciennes conditions de vie ? » Il se tenait si près d'elle qu'elle voyait les reflets moirés de ses yeux verts.

« Un taudis peut abriter une vie très riche, mais la plupart des Européens ne le comprennent pas. Et vous ? ajouta-t-il. Pourquoi faites-vous tout cela ? »

La sécheresse de sa question la prit au dépourvu.

« Je me plais ici. Vraiment. Et j'écris toujours. En fait, deux de mes histoires ont été publiées.

— Mais c'est merveilleux! Félicitations!» Il avait un sourire bouleversant, ce qui était un problème, car lorsqu'il la regardait ainsi, elle éprouvait comme une bouffée de nostalgie.

«Je vais bien, vous savez, dit-elle en se levant.

— Je le sais, répondit-il doucement. C'est parfait.»

Il replia son stéthoscope et le rangea dans sa sacoche.

«Sauf que je crois avoir fait quelque chose d'idiot hier soir, reprit-elle, sentant qu'il allait partir. Guy Glover a surgi dans ma chambre. Il m'a affirmé qu'il venait uniquement pour me rendre mon argent.

— L'avez-vous accepté? demanda-t-il d'un air anxieux.

— Oui, en partie.

— Je croyais que vous étiez décidée à ne pas le prendre?» Il serrait les poings, les sourcils froncés.

«Je pensais que je pourrais en avoir besoin.» *J'avais besoin d'agir à ma façon,* aurait-elle dû dire.

«Il aurait été préférable que vous ne le fassiez pas.

— C'est ce que je pense aussi, mais j'étais…» Sur le point de dire «troublée», elle s'interrompit. «Il m'a persuadée que la police pourrait venir me voir et que j'en aurais besoin pour un pot-de-vin. Admettez qu'il y a une certaine logique dans tout cela.»

Frank la fixait avec sévérité. «Ce qu'il veut surtout, c'est vous harceler. C'est un obsessionnel et vous êtes sur sa liste. Pourquoi diable l'avez-vous laissé entrer?

— Je ne l'ai pas fait. Il était dans ma chambre quand je suis rentrée, allongé sur mon lit.»

Frank laissa échapper un grognement. Il réfléchit un moment. «Écoutez, Viva, je ne veux pas vous inquiéter, mais cette situation peut mal tourner. Y a-t-il quelqu'un ici à qui vous puissiez faire entièrement confiance?

— J'ai totalement confiance en Daisy Barker.

— Eh bien informez-la tout de suite. Quand la police viendra, elle saura à quoi s'en tenir.

— Pensez-vous vraiment qu'ils pourraient venir ici?» Viva sentit le cœur lui manquer.

«C'est possible. Ils vous surveillent sans doute déjà. Un groupe d'Européennes qui gèrent un endroit comme celui-ci, à une période comme celle-ci, alors que tout est devenu incertain…

— Seigneur!

— Voilà que je vous ai effrayée. Ne vous inquiétez pas trop. La police a beaucoup d'autres choses à faire en ce moment. Cependant, je vous en prie, montrez-vous très prudente.»

Ils trouvèrent Daisy dans ce qui était pompeusement désigné comme «le bureau de derrière», réduit sombre et humide situé dans les profondeurs du bâtiment. Équipée d'un ventilateur au plafond et d'un sol au carrelage élaboré, la petite pièce possédait un bureau, une chaise, un vieux meuble de classement et un calendrier accroché au mur, sur lequel une femme au sari flottant descendait le Gange sur un bateau prônant les vertus d'une boisson chocolatée.

«Daisy, voici Frank, dit Viva en entrant. Il est médecin suppléant au Gokuldas Tejpal. Nous nous sommes rencontrés sur le bateau.

— Oh, salutations ! » Daisy sauta sur ses pieds et lui secoua violemment la main. « Eh bien, nous ne sommes pas du genre à faire la fine bouche si un docteur nous tombe du ciel – à condition que vous ayez un peu de temps. » Elle ôta ses lunettes et lui adressa un sourire engageant. « En fait, hier soir, nous avons accueilli deux enfants des rues avec des brûlures mineures, mais cette chaleur nous inquiète. Pourriez-vous les examiner rapidement ? Oui ? Oh ! vous êtes adorable. »

Les enfants, maigres et intimidés, furent amenés, accompagnés des informations qui les concernaient. Tous deux avaient été pensionnaires de l'un des orphelinats de la ville. On les avait battus avec tant de violence qu'ils s'étaient enfuis, trouvant refuge dans une cabane, près de la voie de chemin de fer, à trois kilomètres de la gare Victoria Terminal, en compagnie de six autres garçons. Il y avait eu une bagarre à propos d'une casserole de riz fumant : les deux fuyards avaient été ébouillantés.

Tandis que Frank les examinait, Viva remarqua ses mains brunes magnifiques, aux longs doigts agiles, qui tâtaient maintenant avec délicatesse une blessure sur la jambe de l'un des deux enfants.

« En fait, la plaie a très bien cicatrisé. Qu'as-tu mis dessus ? » demanda-t-il à Savit en hindi.

Le garçon répondit qu'il avait « pissé dessus » puis appliqué aussitôt de la « cendre de feu » alors transformée en pâte.

« Eh bien, Dieu était avec toi », lui dit Frank avec gravité.

Quand les deux enfants eurent été examinés et leurs blessures soignées à l'aide d'une crème antiseptique, ils s'éloignèrent avec un large sourire comme si l'attention dont ils avaient fait l'objet était un cadeau suprême. Frank se tourna vers Viva. «Je pense que vous devriez expliquer maintenant à Daisy l'autre raison pour laquelle je suis ici.

— J'allais le faire.» Elle prit une profonde inspiration. «Daisy, vous vous souvenez du garçon sur le bateau, dont je vous ai parlé? Le jeune monstre que j'étais malheureusement obligée d'accompagner? Eh bien, il y a eu un nouvel épisode. Il a donné un coup de poing à l'un des passagers du bateau, le fils d'un important homme d'affaires indien. Aucune plainte n'a été déposée à l'époque, mais il semble que la famille de la victime cherche à présent une sorte de vengeance et il se pourrait que je sois impliquée.

— Pourquoi vous?

— Parce que légalement, techniquement, nous étions dans des eaux étrangères et j'étais responsable de lui.

— Cela me paraît totalement tiré par les cheveux. En êtes-vous absolument sûre?

— Non, pas du tout. Ce garçon adore le mélodrame, il raconte un tas de choses étranges pour attirer l'attention, et cette menace pourrait en faire partie. Seulement, il est venu me voir hier soir et prétend avoir versé un pot-de-vin à la police. Si celle-ci vient me voir au foyer... Frank a pensé que je devais vous mettre au courant.

— Vous savez, les pots-de-vin n'ont rien de nouveau à Bombay.» Daisy semblait prendre la situation avec calme, ainsi que Viva l'avait espéré. «Toutefois, je n'aime pas l'idée qu'il puisse surgir ainsi dans votre chambre. Il faut absolument en parler à Mr Jamshed et lui demander de changer vos serrures. Je pense aussi que vous devriez quitter la ville quelques jours pour dissuader ce jeune homme d'insister. J'essaie de la convaincre de partir depuis plusieurs semaines, expliqua-t-elle à Frank. Elle a l'air fatigué.»

Il regarda Viva d'un air impersonnel comme si elle était devenue, à ce moment précis, une autre de ses patientes.

«Je ne suis pas épuisée à ce point, argua-t-elle.

— La température va bientôt devenir encore plus chaude, dit Daisy. Il est impératif de prendre des vacances. N'êtes-vous pas d'accord, Frank?» Viva était surprise que sa directrice se laisse presque aller à flirter ainsi avec lui. Tous deux semblaient oublier sa présence.

«Bien sûr que si. Je crois qu'il est essentiel de s'arrêter de temps en temps.» Il se leva et prit sa sacoche. «Mesdames, permettez-moi de prendre congé, dit-il en regardant sa montre. Je suis de garde à quatre heures. Laissez-moi un message à l'hôpital si vous avez besoin d'aide.»

«Dites donc! s'exclama Daisy quand il fut sorti. Quel bel homme! Et quelle chance pour nous qu'il travaille au Gokuldas! ajouta-t-elle d'un ton plus professionnel.

— Oui.» La soudaineté du départ de Frank laissait Viva légèrement frustrée, comme si elle avait eu d'autres choses à lui dire.

Par la porte ouverte, elle le vit traverser la cour à grands pas, ouvrir le portail et le refermer derrière lui.

«Il a parfaitement raison de vous encourager à partir quelques jours. Allez à Ooty, insista Daisy. Il y fait frais, c'est magnifique et la maison dont je vous ai parlé est vraiment charmante. Avez-vous une amie qui pourrait vous accompagner?

— Peut-être, ma foi.» Elle gardait sur la conscience l'orage qu'elle avait fait éclater sur la tête de Tor.

«Cela ne peut que vous faire du bien. Collines, brise fraîche, petits chalets, oiseaux de montagne…» Alors que les mains de son interlocutrice dessinaient un paysage imaginaire, Viva éprouva une angoisse diffuse, déclenchée par le mot «chalet». *La pluie, une femme en train de pleurer.*

«Vous allez bien, chère amie?»

Elle leva les yeux et vit Daisy qui lui parlait.

«Très bien, oui.

— Parfait.» Daisy éclata de son rire tonitruant. «L'espace d'un instant, j'ai cru que vous aviez vu un fantôme.»

34

Tor était persuadée que Viva avait exagéré les défauts de Guy dès leur voyage sur le *Kaiser*. Bien sûr, il pouvait se montrer idiot et affecté; peut-être à l'occasion inventait-il des choses, mais existait-il un jeune homme ou une jeune fille de seize ans qui n'aient jamais agi ainsi?

Elle-même avait passé la plus grande partie de sa dix-septième année à imaginer que Nigel Thorn

Davies, régisseur rougeaud de son père, était secrè-
tement amoureux d'elle, qu'il allait se déclarer à tout
moment, au crépuscule, dans le pavillon d'été, ou dans
un chemin de verdure écarté. Rétrospectivement, elle
avait le sentiment d'avoir passé sa vie à imaginer des
événements qui ne s'étaient jamais produits.

Elle se remémora, et ce souvenir lui dessina un
sourire sur les lèvres, le moment où, sur le bateau,
elle avait fait écouter à Guy son disque de Jelly Roll
Morton. Sa réaction de diablotin, agité et enthousiaste
tout à la fois, l'avait comblée. Ce retour dans le passé
la rendait notalgique.

Néanmoins, elle fut extrêmement soulagée quand
Viva lui téléphona le mardi matin pour s'excuser une
fois encore de son éclat. Dès que sa correspondante
lui proposa de courtes vacances à Ooty, elle répondit
qu'elle serait ravie de venir.

«Le moment ne pouvait pas être mieux choisi,
ajouta-t-elle d'un ton lourd de sous-entendus en
baissant la voix. Elle est enfin venue.

— Qui?

— Vous savez bien. Elle, dont je déplorais l'absence.
Le fléau.

— Quel fléau? répliqua Viva, décontenancée.

— Notre malédiction mensuelle.» Franchement,
pour une femme intelligente, Viva pouvait parfois se
montrer très lente à comprendre. «J'ai pris tellement
de bains chauds que j'ai failli me dissoudre mais… Oh,
quel bonheur! Ces quatre semaines ont été les pires de
ma vie. Je pensais qu'à mon arrivée en Angleterre je
devrais descendre du bateau, la démarche hésitante,

pour me rendre aussitôt dans un foyer pour femmes perdues.

— Je comprends votre soulagement ! Dieu merci !

— Certes. Je suis certaine que c'est ce qui m'a troublé la tête à propos de Guy. Je ne dormais plus, je ne pouvais même plus manger, vous vous rendez compte ? En outre… » Tor jeta un regard autour d'elle pour voir si l'un des serviteurs était à portée de voix. « Ci et moi avions eu une dispute terrible. Quand nous nous verrons, je vous en parlerai. Je commence à la détester. Elle raye sur le calendrier les jours qui la séparent de mon départ, je parie. Sincèrement, je pense qu'elle est devenue folle. J'ai hâte de m'en aller d'ici. »

Bien que Tor ait essayé de plaisanter avec Viva au sujet de sa dispute avec Cissy, elle en avait été extrêmement blessée. En raccrochant, elle y réfléchit. Quelle partie de cette scène pourrait-elle supporter de raconter et quels détails devrait-elle dissimuler dans le casier de ses grandes humiliations, pour qu'ils y restent enfouis à jamais ?

Même Ci sentait qu'elle avait dépassé les bornes. Elle avait ensuite attribué son humeur à la chaleur et au fait que l'usine de coton de Geoffrey perdait de plus en plus d'argent, ce qui était peut-être vrai. Avant l'explosion, l'atmosphère de la maison s'était progressivement chargée d'électricité.

La tension avait commencé à monter quand Ci était rentrée de ses vacances à Mussoree, apparemment encore plus fatiguée et tendue qu'avant son départ. Elle avait commencé à fixer le téléphone d'une façon étrange et à fumer plus que d'habitude. Une scène choquante s'était produite devant Tor, qui avait vu l'hôtesse gifler violemment Pandit parce qu'il avait apporté son gin tonic sans la glace qui l'accompagnait habituellement; le serviteur avait réagi par un sourire et des excuses, mais elle l'avait entendu marmonner sombrement alors qu'il retournait en hâte à la cuisine, une marque rouge sur la joue.

Tor était maintenant convaincue que Ci avait un amant. Ollie lui avait affirmé, avec son manque de tact caractéristique, que c'était le cas de la plupart des *memsahibs*.

«Honnêtement, je pourrais traverser le Malabar Hill à deux heures de l'après-midi un jour de semaine et faire l'amour à n'importe laquelle des femmes qui se trouvent là, avait-il fanfaronné. Elles meurent d'ennui et de désespoir.»

Il lui avait également raconté – combien elle avait aimé ses papotages au début! – qu'un hôtel de Meerut, station très prisée des amours clandestines, avait pris la précaution d'employer un porteur aveugle, chargé de faire sonner une cloche à deux heures du matin pour permettre aux amants de regagner leur lit à une heure décente.

En tout cas, la personne qui envoyait des fleurs à Cissy avait cessé de le faire. Non seulement Tor n'entendait plus son hôtesse roucouler «Chériiiii» dans le téléphone, mais une lueur presque féroce avait envahi son regard, ravivée chaque matin lorsque, après avoir trié le courrier, elle jetait avec rage toutes les lettres sur la table. Elle semblait prête à tuer, et Tor constituait une victime toute désignée.

La dispute débuta un soir, assez tard. Alors que Tor était assise devant sa coiffeuse, à moitié déshabillée, Cissy entra dans la pièce.

«Chérie, tous ces vêtements que je vous ai prêtés quand vous avez commencé à sortir? J'aimerais les récupérer.»

La jeune femme aurait voulu pleurer devant tant de mesquinerie, car à l'époque Ci lui avait dit de les garder. Elle s'était sentie si bien dans ces nouvelles tenues, si sûre que quelque chose allait changer dans sa vie!

«Les voulez-vous maintenant?» s'enquit-elle avec circonspection, se demandant si elle aurait le temps d'en confier un ou deux au *dhobi* chargé du nettoyage des habits. Lorsque cet homme retournait en ville avec sa bicyclette le matin, les vêtements de soirée de Ci flottaient dans son sillage; le soir, ils revenaient parfaitement repassés. Elle avait déchiré un ourlet ou deux, et la veste chinoise gardait au coude sa tache de goudron datant de la nuit où Ollie l'avait emmenée à Juhu Beach. Elle l'avait enfouie au fond de sa garde-robe en se disant qu'elle s'en occuperait plus tard.

«Ne remettons pas à demain ce que nous pouvons faire le jour même.» Le sourire de Cissy ressemblait à une grimace. «Geoffrey vient juste de m'annoncer une diminution de mon budget vêtements. Je pense de toute façon que vous ne rentrez plus dedans, n'est-ce pas?»

Tor, qui se sentait énorme dans sa chemise de nuit sans manches, se vit forcée, sous le regard d'aigle de Ci, d'étaler tous les vêtements sur le lit.

«Seigneur!» Ci prit sa veste de chasse et passa ses ongles dans les trous au niveau des aisselles. «Qui a pu faire cela?

— Je ne l'ai portée qu'une fois, balbutia Tor». C'était vrai; Ollie l'avait emmenée faire une promenade à cheval. «Elle était un peu trop étroite.» Beaucoup trop, en fait, pour monter à cheval, mais Ci avait toujours privilégié le style au détriment du confort. «Nous avons sauté par-dessus un obstacle… j'étais sur le point de la faire recoudre.

— Sur le point de la faire recoudre?» Un rictus déforma la bouche de Ci. «Qu'est-ce qui vous en a empêchée? Vous n'êtes pas vraiment débordée de travail ici.»

Elles se défièrent du regard un long moment.

«Chérie, il faut que je vous explique quelque chose, reprit Cissy d'une voix nouvelle, qui se voulait plus consternée que furieuse. Vous savez, rien ne peut vous arriver dans la vie sans autodiscipline. Par exemple, pouvez-vous me donner votre poids actuel?» susurrat-elle en parcourant du regard les bras et la taille épaissis de son interlocutrice.

Je te hais, pensa Tor. *Je hais la façon dont tu t'exprimes, je hais la façon dont tu fumes et je hais tes plaisanteries à mon sujet auprès de tes amis.* Elle imaginait les qualificatifs dont Ci ne tarderait pas à l'affubler bientôt: «Énorme, de nouveau aussi grasse qu'une truie» ou bien encore «une outre vide, de grande contenance, bien entendu».

À ce moment précis, elle fut vraiment tentée d'effacer le sourire supérieur de Ci en lui déclarant que non seulement elle était grosse, mais qu'elle attendait un bébé, et qu'il y avait donc des choses plus importantes sur terre que ses fichus vêtements.

«Soixante-cinq kilos.» C'était un mensonge; elle était trop effrayée pour s'approcher d'une balance. Maintenant, parce qu'elle était dans tous ses états, elle imaginait Ci, articulant avec un sourire sournois: «Vous avez beaucoup pleuré, ces derniers temps. Vous seriez-vous mise dans de mauvais draps?» Mais non. L'hôtesse brandissait sa veste chinoise en soie entre ses longs ongles recourbés.

«Qu'est-ce que vous lui avez fait! s'exclama-t-elle. Cette veste a été brodée à Paris!» Sa voix se brisa dans un couinement piteux. «Elle est absolument, définitivement fichue!

— Je l'ai portée sur la plage!» Tor se demanda un instant qui était la harpie capable de hurler ainsi, avant de se rendre compte, avec une excitation étrange, que c'était elle. «J'ai mis du goudron sur la manche, poursuivit-elle sur le même ton. Mettez-moi aux fers, hein, n'hésitez pas!

— Ah oui, c'est comme ça!» Cissy rugissait, les yeux exorbités. «Tant de gratitude, c'est touchant! Alors que depuis six mois je ne fais rien d'autre que vous habiller et vous distraire, ma grosse!»

Elle se tut aussitôt, les lèvres serrées, sachant pertinemment qu'elle était allée trop loin.

Plus tard seulement, Tor réfléchit à la merveilleuse ironie de ce qui s'était produit. Tandis qu'elles s'affrontaient, le visage cramoisi et la respiration bruyante, la jeune femme avait soudain senti couler entre ses jambes le flux poisseux du sang tant attendu. La contrariété et les hurlements avaient accompli ce que les bains chauds et le gin n'avaient pas réussi à faire. Elle adressa un sourire épanoui à Ci qui devait penser qu'elle devenait folle. « Je vais bien ! s'était-elle écriée. Je vais parfaitement bien ! »

À ce moment précis elle avait compris que le fait de ne pas être enceinte pouvait, en certaines circonstances, comporter autant de magique exaltation que celui d'attendre un bébé.

Après en avoir parlé à Viva, Tor téléphona à Rose pour voir si, par miracle, elle pourrait se joindre à elles pour leur séjour à Ooty.

« Il paraît que c'est magnifique, là-bas. Essaie de venir ! Dis à Jack que je quitte les Indes bientôt, que j'ai désespérément besoin de te voir et que tu ne me reverras probablement jamais !

— Pas besoin de tout ça. Je lui ai déjà dit que j'en avais l'intention. »

Eh bien, tu es un chef ! pensa Tor. Son amie semblait en pleine possession de ses moyens, voire pleine d'assurance, quand elle parlait de Jack.

Daisy donnait une petite fête le mercredi soir. Il était prévu que Tor dorme chez Viva et que toutes deux prennent le train pour Ooty le lendemain matin ; Rose les rejoindrait là-bas. Cela laissait à Ollie quatre jours pour lui téléphoner, lui dire qu'il avait fait une énorme erreur et lui annoncer qu'il allait divorcer de sa femme afin de l'épouser.

Quelle idiote tu fais ! songea-t-elle en se ressaisissant. Les rêves n'étaient-ils pas à l'origine des plus grandes souffrances ? Elle était grosse, mise sur la touche où, à moins d'un miracle soudain, elle resterait à jamais.

415

Dans la mesure où elles s'étaient à peine adressé la parole depuis leur dispute, Tor fut surprise de voir Ci insister pour la conduire chez Viva, le mercredi suivant. Elle se demanda si son hôtesse, qui se montrait parfois extrêmement sensible à l'opinion des autres, ne cherchait pas finalement à lui laisser une bonne impression. Peut-être voulait-elle simplement s'amender pour sa colère soudaine.

« Byculla, chérie, est l'un des bas-fonds de Bombay. Il est hors de question que vous vous y rendiez en taxi », avait simplement décrété Cissy.

Le trajet en voiture avait mal commencé. Après avoir demandé à Tor de lui allumer une cigarette, la conductrice avait enfumé le véhicule et s'en était de nouveau prise à elle.

« C'est la toute dernière chose que je vous demande à propos des vêtements, déclara-t-elle en négociant la traversée d'une file de chars à bœufs traînant des charrettes de canne à sucre. Êtes-vous vraiment sûre que je ne vous ai pas prêté ma veste Lanvin ? Elle fait partie d'une collection limitée.

— Absolument sûre, répondit Tor, fixant les bœufs efflanqués et se demandant comment des animaux aussi maigres pouvaient tirer des charges aussi lourdes. Je l'ai essayée, mais elle était mille fois trop petite pour moi.

— Même quand vous avez beaucoup maigri, au début, je veux dire ?

— Oui.

— Combien de kilos aviez-vous perdus en tout ?

— Six. » Bon Dieu ! cette femme était aussi obsédée que sa mère.

« Les haltères vous ont-ils beaucoup aidée ?

— Pas vraiment. Écoutez, Ci, je ne me trouve pas si grosse que cela ; simplement je suis bien charpentée. Je n'ai pas beaucoup de graisse superflue et ma taille est plutôt fine. » Ollie avait apprécié ses « courbes » et un ou deux de ses autres galants l'avaient qualifiée de « sculpturale ». Il fallait parfois rendre coup pour coup.

« Seigneur, regardez cette affreuse créature ! » s'écria soudain Cissy. Un homme nu couvert de cendre marchait entre les véhicules, dressant le poing contre leur voiture. « Six kilos ? Bon, je suppose que cela n'aura pas beaucoup d'importance dans le Hampshire », conclut-elle.

C'est alors que Tor, chargée de guider son hôtesse, malgré son absence totale de sens de l'orientation, se trompa dans ses indications.

Elles se retrouvèrent non loin du Bora Bazaar, vaste marché aux puces où la moitié des habitants de Bombay semblaient se réunir pour vendre leurs vieux objets.

« Vraiment, Tor, vous êtes désespérante. Il me faut une autre cigarette. Et maintenant, que faisons-nous ? s'enquit-elle d'un ton hargneux lorsque la voiture parvint au bout d'une impasse. Nous sommes en *terra incognita*, en ce qui me concerne. »

Arrêtez la voiture maintenant ! aurait voulu crier Tor. *J'en ai ma claque de devoir être reconnaissante envers vous, d'être un problème pour vous, de toujours avoir tort !* Toutefois, prisonnière du carcan des conventions, elle se contenta de rester assise dans l'atmosphère enfumée, se sentant triste et dévalorisée, osant à peine respirer de peur d'attirer sur elle un surcroît de rancœur.

Quand elles arrivèrent finalement à Jasmine Street, Ci, qui faisait la tête depuis une vingtaine de minutes, refusa de se garer, arguant que l'endroit était trop dangereux et qu'il était trop tard. Elle allait rentrer directement.

«Je suis désolée», furent les derniers mots de Tor, que le petit haussement d'épaules de sa compagne blessa encore plus profondément que sa colère.

35

Tor avait paru si déprimée au téléphone que Viva, ouvrant la porte, fut stupéfaite de la voir aussi radieuse.

«Excusez mon humble chaumière, dit-elle en la précédant dans les escaliers, où régnait une odeur d'ail et de cumin émanant de la cuisine de Mrs Jamshed.

— L'excuser! Je suis si heureuse d'être ici que je pourrais éclater de joie. Oh, Viva, quel endroit merveilleux! s'écria-t-elle en entrant dans la chambre. C'est délicieusement bohème!» Elle leva les yeux vers le plafond maintenant orné de cerfs-volants, effleura de la main le couvre-lit de soie, et bondit sur le lit.

«Nous serons un peu à l'étroit car j'ai emprunté un lit de camp, expliqua Viva. C'est moi qui dormirai dedans. Nous allons chez Daisy ce soir et nous partons tôt demain matin.»

Elle servit deux verres de citronnade avec lesquels elles se rendirent sur le balcon. Tor lui raconta alors en détail sa dispute avec Cissy ; Viva faillit s'étouffer de rire.

« La seule chose dont je suis contente, c'est de ne pas lui avoir parlé de mes possibles problèmes de grossesse. Ç'aurait été le pompon. Et au club ! Vous imaginez ? Les vieilles peaux auraient eu un sujet de conversation pour plusieurs mois.

— Pourquoi attachez-vous tant d'importance à ce que pensent les autres ? Vous ne pouvez pas plaire à tout le monde !

— Je le sais, mais je voudrais pourtant que tout le monde m'aime, ce qui est loin d'être le cas. J'aimerais vous ressembler.

— Qu'entendez-vous par là ? » Viva poussa une assiette de biscuits vers sa visiteuse. « Précisez votre pensée.

— Être un chat solitaire. Regardez tout cela, répondit-elle en désignant d'un geste ample le décor environnant. Je ne pourrais jamais arriver à assumer mon indépendance.

— Être fauchée, vous voulez dire, et habiter dans une maison qui sent le curry ? Pauvre Tor !

— Non, ne me taquinez pas. Je veux dire vivre ainsi en sachant que je le dois uniquement à moi-même. »

Viva ne voulait pas gâcher la bonne humeur de Tor en expliquant, d'une part, qu'il lui arrivait de se sentir terriblement seule et désespérée et, d'autre part, qu'elle avait été terrorisée par la visite de Guy. Elle but une gorgée de citronnade.

« Je crois que gagner sa vie est moins difficile maintenant qu'auparavant, si c'est l'autonomie que vous recherchez. »

Tor poussa un énorme soupir.

«Qu'est-ce que vous désirez, alors?

— Un mari.» Pour une fois, les grands yeux de Tor arboraient une expression sérieuse. «Des bébés, un endroit qui m'appartienne. Pour moi, tout le reste ne consiste qu'à faire preuve de bravoure.»

En pleine possession de ses moyens, Viva aurait soulevé face à ce discours un tas d'objections stimulantes: elle aurait incité Tor à suivre une formation quelconque, lui aurait proposé de la présenter à différentes femmes que connaissait déjà Daisy – enseignantes, archéologues, traductrices, assistantes sociales – qui avaient trouvé une foule d'autres choses à faire aux Indes que de dénicher un mari. Toutefois, ce soir, elle se sentait étrangement peu encline à orienter Tor vers de sérieuses visées.

Frank venait à la soirée.

Un peu plus tôt, Daisy avait négligemment laissé tomber ce détail dans la conversation

«J'ai invité cet exquis jeune médecin de vos amis. Il m'a dit qu'il viendrait s'il était en ville et s'il n'était pas de garde.»

Elle ne comprenait pas pourquoi cette information l'avait tout à coup rendue nerveuse. Alors qu'elle avait prévu d'écrire pendant une heure avant l'arrivée de Tor, elle avait passé son temps à monter et descendre de sa chaise pour examiner dans l'unique miroir de sa chambre, posé sur une commode, l'effet produit par ses diverses tenues.

D'abord, elle avait essayé sa plus belle robe, en soie couleur flamme, ornée d'un petit ruban dans le dos, dont les longues pinces soulignaient la finesse de sa taille. Elle avait revêtu par-dessus une veste bleue brodée qu'elle aimait particulièrement et qu'elle avait ôtée aussitôt, pour la remplacer par le seul autre vêtement présentable qu'elle possédait, une chemise constituée d'un tissu blanc vaporeux. Avec ses boucles d'oreilles d'argent et de corail, l'effet lui parut plutôt heureux.

Au moment où elle se réjouissait de sa réussite, la vue de son visage lumineux et souriant l'effraya. *Il ne viendra pas*, s'obligea-t-elle à penser. *Et s'il vient, de toute manière, je ne veux pas de lui.*

La soirée de Daisy battait son plein quand elles arrivèrent. De la rue, elles perçurent des éclats de rire et un air de jazz. Une guirlande lumineuse multicolore brillait sur le balcon.

« Entrez, entrez ! » Daisy, vêtue d'une robe rose vif, ouvrit la porte sur un brouhaha de conversations. Bien que vivant avec très peu de ressources, elle adorait organiser des réceptions et recevait avec une assurance aristocratique inébranlable que Viva admirait. De la part de Daisy, pas de calculs savants pour réunir des personnes du même monde, pas de plan de table, pas de distractions particulières. Elle invitait tous les gens qu'elle aimait – collègues, voisins, musiciens, enfants – les nourrissait, remontait son gramophone et laissait les choses se dérouler d'elles-mêmes. Ces soirées constituaient une véritable leçon de vie.

« Venez ! » Elle les dirigea vers le balcon. « Je veux que vous rencontriez tout le monde. »

L'assemblée se composait du riche mélange habituel : Mr Jamshed et ses deux splendides filles, Dolly et Kaniz – dont l'une s'essayait au charleston ; une grande et majestueuse sculptrice dans un caftan, sur le point d'aller étudier les grottes d'Elephanta ; des universitaires ; des écrivains ; un homme fort corpulent, professeur de musique, venu à Bombay pour un enregistrement... Certains des convives étaient installés sur des sofas, d'autres se trémoussaient sur une piste de danse.

Tor fut immédiatement enlevée par Daisy pour parler à un avocat de Bombay, Mr Bhide, qui, selon elle, avait bravé les conventions en épousant une veuve indienne – la veuve en question, âgée de vingt-cinq ans, se montrait intelligente et timide. Viva resta un moment seule à l'extérieur de la foule bruyante, à siroter l'un des punchs redoutables de leur hôtesse, dans l'espoir de se calmer les nerfs.

Pendant la demi-heure suivante, elle déambula parmi les différents groupes, bavardant et riant, toutes ses antennes orientées vers la porte d'entrée. Il n'était pas venu, en fin de compte. Eh bien tant mieux, en un sens. Son absence rendait la situation beaucoup moins compliquée.

Au milieu de la soirée, les serviteurs de Daisy apportèrent des bols de riz fumant, trois currys différents, des chutneys et du pain plat. Ils posèrent la nourriture de façon informelle sur les tables basses du balcon entourées de coussins. Quelqu'un avait mis en route « Lady Be Good » sur le gramophone.

« Veuillez vous joindre à nous, je vous en prie », dit Mr Jamshed avec un large sourire. Assis en tailleur devant une assiette remplie de nourriture, il était entouré de sa progéniture. « Venez, mangeons. Mes filles m'accusent d'être trop vieux jeu et j'ai besoin de vous pour les réprimander», déclara-t-il à Viva dans son anglais merveilleux.

«Vous voyez, dit Dolly à Tor qui observait la scène, les yeux écarquillés, nous parlions d'éducation. Ce que mon pauvre père n'arrive pas à comprendre, c'est que nous avons sauté une génération. Ma mère se comporte comme votre grand-mère, alors que je suis aussi moderne que vous.

— C'est faux, répliqua Tor avec cette intensité particulière que Viva aimait tant chez elle. Viva m'a dit que vous étudiiez le droit à l'université, ce qui veut dire que vous êtes à des kilomètres en avant de moi, car j'ai quitté l'école à seize ans.

— Je suis sûre que vous êtes très intelligente, dit Dolly avec tact.

— Pas vraiment. Je suis plutôt bornée mais vous savez, très peu de mes amies sont allées à l'université. À la place, nous avons appris à coudre et à parler un mauvais français. Cependant, je sais danser le swing si cela peut vous servir.

— Oui!» s'écrièrent en chœur Dolly et Kaniz, dents blanches brillant au clair de lune. Leur nouvelle amie les enchantait.

«Parfait, dit Tor en se levant. Mais il faut d'abord que je nous trouve un autre verre et que je me repoudre le nez. Vous venez avec moi, Viva?»

Alors qu'elles se tenaient l'une à côté de l'autre dans la salle de bains, Viva remarqua que Tor était à la fois éméchée et heureuse.

«Quelle merveilleuse soirée! s'exclama-t-elle en retournant d'un pas légèrement vacillant vers le balcon, baigné par la douceur laiteuse de la nuit. C'est

423

étrange, je n'ai pas pensé une seule fois à Ollie de la soirée. C'est un tel soulagement !

— J'en suis ravie. » Viva, qui n'avait cessé de surveiller la porte, avait le sentiment d'être une parfaite hypocrite. Elle regarda subrepticement sa montre une fois de plus. Minuit moins vingt-cinq. Frank ne viendrait plus. Trop occupé, sans doute, ou écrivant à une jeune fille, en Angleterre, dont il était follement amoureux. À moins qu'il ne soit allé à une autre réception… Il y avait toujours tant de raisons pour que les choses ne se passent pas comme on le désirait.

Mr Jamshed avait surgi près d'elle. Pour se faire entendre au-dessus des rires et des conversations, il lui criait quelque chose au sujet d'un concert à venir, de la musique d'un nouveau compositeur exceptionnel, semblable à Bach sur le plan de la symétrie… Elle souriait et hochait la tête mais ne réussissait pas à se concentrer, car elle se sentait brusquement épuisée.

Le tissu de sa robe collait à sa peau, elle avait mal aux pieds et sa seule pensée l'entraînait vers son lit, avant un retour à la vie normale. Soudain, elle leva les yeux et aperçut Frank près de la porte, en train de la regarder.

« Voulez-vous m'excuser une minute ? dit-elle à Mr Jamshed. Je… » Elle était déjà partie.

Sans un mot, Frank lui attrapa le bras et l'attira vers lui.

« Je suis en retard. » Il paraissait échevelé et tendu, comme s'il venait de traverser une rude épreuve. « De plus, je suis affamé.

— Vraiment ? » répondit-elle, détestant soudain le désir qui lui étreignit le cœur.

Elle lui apporta de la nourriture. Lorsqu'il eut mangé, ils dansèrent. Une danse, puis la suivante.

Vers trois heures et demie, Frank, Viva et Tor se retrouvèrent assis ensemble sur le balcon.

« Comme au bon vieux temps, dit Tor. Nous pourrions nous trouver de nouveau sur le *Kaiser*. »

Viva tourna la tête vers Frank et le vit hocher doucement la tête, avec une expression d'incrédulité.

Une vague lueur rose se devinait à l'horizon, où le soleil était sur le point d'apparaître. La ligne irrégulière des toits devenait de plus en plus précise.

« J'ai trop bu », avoua Tor. Étendue sur un lit de cordes, un oreiller sous la tête, elle en était à son cinquième gin-fizz. « Permettez-moi néanmoins de dire que cette soirée est l'une des meilleures auxquelles j'aie assisté. Magnifique. Ces gens sont merveilleux. Byculla est l'un des endroits les plus agréables au monde.

— Vous avez raison, déclara Frank sérieusement. C'était une très belle soirée.

— Comment vais-je réussir à la réveiller demain matin ? dit Viva en regardant son amie somnoler. Le train part pour Ooty à dix heures et demie.

— Je sais, Tor m'a invité à partir avec vous. »

Il se pencha, repoussa une mèche de cheveux humides du front de son interlocutrice et la fit glisser derrière son oreille.

« Que pensez-vous de cette éventualité ? » demanda-t-il.

Viva hésita. « Je ne sais pas », répliqua-t-elle. La caresse des doigts de Frank sur ses cheveux à la fois l'apaisait et enflammait ses sens. Elle n'arrivait plus à se contrôler, ce qui lui déplaisait.

« J'ai quelques jours de congé, laissa-t-il tomber négligemment. De plus, un homme ne vous serait peut-être pas inutile en ce moment.

— Guy ? s'écria-t-elle aussitôt.

— Oui, en partie. J'ai reçu une lettre de la police il y a deux jours. Il a dû se produire quelque chose. Ils veulent me parler de lui.

— Quand veulent-ils vous voir ?

— La semaine prochaine.

— Pourquoi ne me l'avez-vous pas dit avant ?

— Parce que vous aviez l'air heureux. »

Ils se regardèrent un moment. Soudain Tor fit un mouvement.

« Fatiguée, murmura-t-elle. Je suis très fatiguée et j'ai horriblement chaud. »

Viva retrouva toute sa tête.

« Je serai de retour d'ici là, déclara-t-elle avec une légèreté cruelle, et Ooty est un séjour entre femmes. Désolée. »

36

Lorsque Viva avait annoncé à Tor qu'elle avait réservé des billets de troisième classe, la jeune femme avait répondu que cela lui convenait parfaitement. Elle n'avait pas non plus beaucoup d'argent et la perspective éventuelle de passer Noël à Middle Wallop la rebutait.

Cependant, tandis qu'elles montaient dans le train sous la chaleur de mai, écrasante malgré l'heure matinale, Viva se demandait si elle avait fait le bon choix.

Elles avaient pénétré tôt dans la splendide gare Victoria Terminus, ornée d'arcs-boutants et de vitraux, afin d'éviter la foule, mais leur wagon débordait déjà d'une foule variée et grouillante au sein de laquelle elle distinguait des familles en train de pique-niquer, des écoliers en train de gambader, des grands-mères en sari et un homme muni d'un matelas de coton, roulé sur ses genoux.

Tor s'assit près d'une vitre maculée ; Viva s'installa au milieu de la banquette, face à une jeune mère gironde qui serrait contre elle de nombreux paquets graisseux. Un court instant, alors que le train sortait de la gare en haletant pour plonger dans une brume de chaleur vibrante, le déplacement de l'air, aux effluves d'essence, apporta un léger soulagement.

Pendant la première heure, Viva fut ravie de voir les grands yeux de Tor s'écarquiller à la vue de plusieurs scènes auxquelles elle était inaccoutumée, qu'il s'agisse d'un sâdhu quasiment nu, sautant dans le train au premier arrêt, la peau ridée, les fesses à peine couvertes par un pagne sommaire ; ou des marchands de boissons et de nourriture traversant les wagons à toute allure comme s'ils fuyaient un incendie, afin de proposer thé, omelettes, biscuits, soupes, *dhals* et *chapatis*.

Trois heures s'étaient maintenant écoulées. La chaleur, qui diffusait les exhalaisons de sueur, de brillantine, de mets épicés et de flatulences, rendait la fenêtre brûlante. Il était devenu impossible d'y appuyer la tête. Tor, assommée à cause des gin-fizz de la nuit précédente, commençait à gémir et répéter qu'elle se sentait nauséeuse.

Sa compagne semblait à peine la remarquer. Elle quittait la ville pour la première fois depuis son arrivée et sentait une étrange exaltation l'envahir à la vue des petites gares, des femmes portant un pot sur la tête et, à la limite d'une étendue désolée, d'une petite file de chameaux presque aussitôt dissoute dans un nuage de poussière.

Daisy avait raison ; il était merveilleux de changer de décor.

Le train descendait le long d'étroites ravines et traversait des plaines parcheminées. Bercée par les murmures de voix indiennes qui l'entouraient, Viva ferma les yeux et sombra dans une vague rêverie au sein de laquelle elle était accompagnée non de Tor, mais de William.

Leurs voyages ensemble ne s'étaient jamais très bien passés. Lorsqu'ils s'étaient rencontrés, il l'avait emmenée à deux reprises en vacances avec lui. La première fois, au cours d'un séjour touristique en Suisse, ils s'étaient arrêtés dans des hôtels prévisibles, tout à fait irréprochables, qu'il connaissait déjà. Un soir, près de Berne, il avait longuement boudé parce que leur réservation avait été annulée par erreur.

Elle s'était assise sur un balcon dominant l'un des lacs. À ce moment précis, elle avait compris que William, en dépit de son intelligence et de son esprit remarquables, était un homme timoré, attendant du voyage le moins de bouleversements possible et s'organisant toujours pour se sentir au maximum comme chez lui. Elle ne lui en voulait pas d'être ainsi, mais avait soudain éprouvé une soif intérieure d'air et de lumière ; de liberté, en un mot.

À moitié endormie, elle l'imagina assis en face d'elle, le coude de son nouveau costume élégant reposant sur les paquets maculés de graisse de sa voisine ; il se mettait en colère parce que Viva lui avait imposé cette épreuve et s'irritait de son enthousiasme. *Quel est le but de tout cela ?* disait-il. *Alors que nous avons les moyens de voyager en première classe ? Que cherches-tu à prouver ?* Peu à peu, le plaisir de la journée s'érodait jusqu'à disparaître complètement.

Frank ne se comportait pas ainsi. Les plus petites surprises semblaient le réjouir. Il avait apprécié le café miteux de Mustapha l'autre soir ; lui avait parlé avec excitation de certains endroits inattendus de Bombay, tels que le marché aux voleurs. Mon Dieu ! Tout à fait réveillée, elle fixa un buisson d'épineux qui défilait lentement. Elle ne devait pas penser à lui de cette façon. Quand ils avaient dansé, la veille, son corps lui avait paru doux et viril à la fois. Elle avait respiré son odeur boisée et acidulée, comme celle d'un citronnier, et avait perçu en lui une densité et une profondeur qu'il était inutile de nier.

Brusquement, elle secoua la tête. Le souvenir de cette danse restait imprimé sur son corps. Elle se remémorait la chaleur de ses mains au bas de son dos ; le rayonnement qui semblait émaner de sa peau ; et la façon dont il avait fermé un moment les yeux, comme s'il souffrait, quand elle avait approché son visage du sien.

Elle s'efforça de penser à William pour rendre à ces sensations leurs justes proportions. Après qu'il l'avait quittée, elle s'était sentie brisée et souillée pendant des mois, comme si elle avait été renversée par un camion. Elle avait d'autant plus souffert que personne, autour d'elle, ne l'avait aidée à ramasser les morceaux. Démunie, dépouillée de son amour-propre, elle avait erré comme un animal blessé, attendant qu'il la rappelle, qu'il lui avoue que tout cela n'était qu'une stupide plaisanterie de sa part. Si elle n'avait pas eu son travail – elle venait d'être engagée comme dactylo par Mrs Driver et avait commencé à écrire – elle serait probablement devenue folle.

N'oublie pas.

Le train passa de la lumière à l'obscurité. Il avançait à travers un tunnel creusé dans la roche à l'aide d'explosifs. Si Frank venait à Ooty (Tor s'était réveillée au moment où Viva affirmait qu'il s'agissait d'un séjour entre filles et avait protesté, réitérant son invitation), elle devait comprendre clairement qu'il ne manifestait envers elle qu'un intérêt ordinaire. Ou qu'il profitait aussi de l'occasion pour voir Rose et Tor. Quelle prétention, après tout, de penser qu'elle pouvait faire l'objet d'une attirance particulière ! Quoi qu'il arrive, elle ne perdrait pas le contrôle d'elle-même, pas de la façon détestable dont elle s'était laissée aller auparavant. Elle se le promettait.

Le wagon jaillit de nouveau dans le soleil, avec un crissement. Viva ouvrit les yeux. La petite femme replète assise en face d'elle lui tapotait le genou, doucement mais avec insistance. Elle avait commencé à déballer la nourriture entreposée dans ses paquets.

Noix, pois chiches frits, et beignets ronds laissaient des cercles gras sur le papier brun qui les enveloppait.

« Mangez avec nous », proposa la femme en marathi. Malgré ses vêtements et ses sandales bon marché, elle arborait un sourire radieux à l'idée d'offrir de la nourriture à de parfaites inconnues.

« Comme c'est aimable à vous ! s'écria Viva. Quelle est votre destination ?

— Nous vivons à côté de Bombay et nous allons à Coonor, près de Madras. » Ravie de découvrir que Viva parlait un peu le marathi, elle précisa qu'elle se rendait chez des parents là-bas et rêvait d'apercevoir Ghandi à l'occasion d'un rassemblement. Elle s'était levée tôt, le matin même, pour préparer à manger, et ne voyait apparemment aucun paradoxe dans le fait de partager son repas avec une Anglaise. « Ce sont des friandises de Bombay. Je vous en prie, goûtez-les. » Après avoir sorti une autre portion de riz soufflé aux oignons et à la coriandre, elle tendit à Viva des pommes de terre aux épices servies dans un pain roulé en cornet.

Tor ouvrit un œil. « Viva, articula-t-elle avec un agréable sourire dirigé vers la femme, si vous espérez que je pioche là-dedans, vous vous mettez le doigt dans l'œil. »

Son amie prit l'un des beignets et le dégusta. « Délicieux ! dit-elle à la femme, mais malheureusement ma compagne est malade. Voulez-vous l'un de nos sandwichs ? »

Elle déballa le pique-nique qu'elles avaient préparé ensemble – fromage et pickles, sur du pain de la veille. Son interlocutrice se détourna, embarrassée. Peut-être était-il contre sa religion de manger la nourriture d'intouchables. *Il y a tant de façon de commettre des indélicatesses,* songea Viva.

Lorsqu'elles eurent fini de manger, la femme lui essuya la main avec un morceau de flanelle humide sorti de son sac, puis elle désigna la fillette qui était assise près d'elle, mangeant de bon appétit. Sa fille aimerait chanter pour les dames anglaises; elle avait une jolie voix et beaucoup de coffre. La femme appuya son propos d'un geste, en posant la main sur sa poitrine et inspirant fortement.

«Je veux que vous ayez l'air très contente, dit Viva à Tor. Cette personne va chanter pour nous, ce qui est un grand honneur.»

La fillette fixa ses grands yeux veloutés sur elle et emplit ses poumons. Sa voix haute et claire, empreinte de tristesse s'éleva dans le wagon.

Viva ne comprit que quelques mots: «J'adore; terrible désespoir; j'aime; je veux.»

«C'est la chanson d'amour de Sita et Ram, expliqua sa mère, rayonnante de fierté. C'est son cadeau pour vous.»

L'artiste, entièrement absorbée par sa chanson, s'était rapprochée de son attentive auditrice. Elle était si proche d'elle que la jeune femme pouvait distinguer les motifs gravés de l'anneau qu'elle avait au bas du nez. *Nous sommes si différents,* pensa Viva. *Nous pourrions vivre ici pendant cent ans et ne jamais vraiment tout comprendre.*

La voix aiguë se muait maintenant en un son plus grave, qui ramena Viva au sentiment de malheur, et à William. Deux semaines avant leur séparation, il l'avait emmenée dans un petit hôtel près d'Édimbourg. Plus triste que fâché, il lui avait déclaré que «l'obsession» qu'elle manifestait pour son travail était pour lui trop difficile à supporter.

(Plus tard, elle avait compris que ce n'était qu'un prétexte. Une autre femme avait téléphoné de Bath, un soir, dans un état de totale hystérie, pour dire que William lui avait promis de l'épouser.)

Cette nuit-là, à l'hôtel *Buchan*, il l'avait gentiment mais fermement rejetée. Elle était jeune, certes, et sans famille, mais la vie devait continuer et ne pourrait jamais évoluer de façon heureuse pour elle si elle n'apprenait pas à être moins entière. Il était heureux qu'elle écrive ; pourtant, si elle lui permettait d'être direct, les bas-bleus égocentriques n'avaient rien de particulièrement attirant pour un homme.

Elle s'était mise à pleurer, non sous l'effet du remords, mais plutôt sous celui de l'étonnement et de la colère. Il lui avait affirmé ne lui dire tout cela que pour son bien. Plus tard, au lit, il lui avait fait l'amour et elle ne l'avait pas repoussé, n'osant pas affronter le puits de solitude qui l'attendait à l'extérieur de cet hôtel glacial.

Trois semaines plus tard, il s'était installé chez la jeune veuve de Bath, qui se révéla très riche et ennuyeuse – c'est ce qu'il lui avait écrit six mois plus tard, non pour lui demander de revenir (il était trop intelligent pour cela) mais pour suggérer qu'étant son tuteur officieux, il souhaitait rétablir un pont entre eux et désirait avant tout qu'ils restent amis. Tous deux le devaient aux parents de Viva.

Elle lui avait alors parlé de son désir de se rendre aux Indes. Ce n'était qu'à cette occasion, qu'il lui avait appris ce qu'il avait eu l'intention de lui dire depuis un certain temps : ses parents avaient laissé pour elle, à Simla, une malle sans grande valeur, d'après ce qu'il avait compris, mais qu'elle aimerait peut-être néanmoins récupérer. La dame qui l'avait en garde se nommait Mrs Mabel Waghorn. Si elle le voulait, il pouvait lui communiquer son adresse.

«Pourquoi ne m'en as-tu pas parlé avant? lui avait-elle demandé.

— Tes sentiments étaient trop à vif», avait-il répondu de la façon nette et précise qui donnait toujours à ses paroles l'accent de la vérité.

D'une certaine façon, il avait eu raison. Pourquoi éprouvait-elle une telle réticence à retourner à Simla? Pourquoi cette décision lui paraissait-elle la plus dangereuse de toutes?

La fillette termina sa chanson. «Elle chante magnifiquement, merci beaucoup!» s'écria Viva. La mère, qui avait scruté le visage de la jeune femme, lui tapota de nouveau la jambe avec une grimace émue.

Tor releva un coin du linge humide qu'elle avait posé sur ses tempes. «Est-ce que je peux réapparaître maintenant? Je pensais vraiment que cela allait durer des heures.

— Merveilleux, insista Viva auprès de la fillette. Merci, c'était bouleversant.»

«Non, je ne dormais pas, avoua Tor quand elles se retrouvèrent seules. Je pensais à mon retour à la maison et à Ollie. Je me disais que je pourrais lui envoyer un télégramme en arrivant à l'hôtel. Peut-être est-il vrai que sa femme ne le comprend plus? Après tout, si elle l'aimait, elle ne le laisserait pas partir tout le temps. Et s'il attendait que je lui pardonne ? Qu'est-ce que j'ai à perdre ? »

Beaucoup plus que vous ne le croyez, pensa Viva, éprouvant pour elle un grand élan de pitié. *Votre amour-propre, voire votre existence.*

« Est-ce réellement ce que vous voulez ? » demanda-t-elle. Le visage de Tor exprimait un tel espoir !

« Non, vous avez raison, bien sûr. » Tor appliqua de nouveau son linge mouillé sur les tempes.

Quelques secondes plus tard, ses grands yeux bleus réapparurent par-dessus le linge, exprimant cette fois une profonde confusion. « Comment les gens peuvent-ils savoir qu'ils sont amoureux ? s'enquit-elle. Je veux dire, dans les romans et les pièces de théâtre, les personnages ont un coup de foudre éblouissant ; ils se précipitent vers des trains ou des bateaux et se rejoignent avant le mot "fin" ou le tomber du rideau. Pourquoi la vie réelle est-elle beaucoup plus compliquée ?

— Je n'en sais fichtre rien », répondit Viva, totalement sincère.

37

OOTACAMUND

Il avait plu la nuit précédant leur arrivée. La calèche qui transportait Tor et Viva bringuebalait sur la pente conduisant à l'hôtel *Woodbriar*, parsemée de pétales de roses dont le parfum se mêlait à l'odeur d'herbe humide. Après vingt-quatre heures de train, les deux jeunes femmes, courbatues, respiraient profondément, savourant la bénédiction de cette relative fraîcheur.

Au bout d'une avenue bordée de pins, elles grimpèrent vers une maison sur pilotis qui semblait flotter dans la brume, au sommet d'une colline. Une silhouette floue se leva sur la véranda et leur fit de grands signes.

« Rose ! » s'écria Tor en sautant du véhicule. Évitant de peu le cheval, elle remonta l'allée en courant et étreignit son amie. « Rose chérie ! » Elle eut un large sourire. « Regarde-toi ! Tu te répands ! »

Cette exclamation témoignait d'une légère exagération, car le ventre de Rose, petit et bien dessiné, se voyait à peine sous sa robe bleue.

« Oh Tor ! dit la future mère en fermant les yeux. Tu m'as tellement manqué !

— Viva s'est montrée horrible avec moi, décréta Tor en glissant son bras sous le sien. Non seulement elle m'a fait voyager en troisième classe, mais elle m'a forcée à écouter pendant trois heures une gamine qui bourdonnait comme une mouche, je te jure. On bouillait de chaleur et tout le monde sentait mauvais.

— Comment oses-tu être aussi méchante envers mon amie ! s'exclama Rose en serrant Viva dans ses bras. Et toi, arrête ce bruit affreux, ajouta-t-elle devant le grondement qui sortait des lèvres de Tor. Venez à l'intérieur boire du thé. Vous allez adorer cet endroit. »

Elles s'avouèrent séduites. Les propriétaires de l'hôtel, Mrs Jane Stephenson et son amie Bunty Jackson, étaient des veuves de militaires joyeuses. Minces et vigoureuses, elles élevaient des poneys gallois des montagnes, adoraient leur jardin et servaient le genre de nourriture – hachis Parmentier et biscuits à la rhubarbe – qui faisait naître aux yeux de leurs clients, essentiellement britanniques, des larmes de nostalgie. Le salon comportait des divans confortablement déformés, disposés devant la cheminée; des numéros moisis de *La Vie rurale* reposant sur des tables anciennes; et, sur les murs, des reproductions de Stubbs, ainsi que des photographies de leurs hôtesses à cheval ou accompagnées de leurs chiens favoris.

Alors qu'elles buvaient un thé sur la véranda, Rose leur expliqua qu'elle avait été amenée à Ooty par un ami de Jack, un certain colonel Carstairs et sa femme. Tous deux l'avaient réprimandée d'oser voyager dans son état. «Vous n'avez pas du tout l'air en forme, ma chère», singea-t-elle avec un sourire. Elle était incapable de se montrer mesquine avec qui que ce soit.

«Une vieille chouette curieuse», commenta Tor.

Viva, elle aussi, trouvait que Rose avait les traits tirés; des cernes sombres s'étalaient sous ses yeux autrefois sans nuages. Elle semblait avoir perdu en spontanéité ce qu'elle avait gagné en maturité et en circonspection.

«Jack n'était-il pas contrarié de votre départ?» s'enquit-elle. Il n'était effectivement pas tout à fait normal qu'un homme permette à son épouse enceinte

437

de voyager seule aux Indes; la réaction des Carstairs ne lui paraissait pas totalement déplacée.

«Je ne crois pas qu'il l'était, répondit Rose en triturant son biscuit. La chaleur est épouvantable à Poona. Il est très occupé et ce séjour est mon dernier… vraiment, être ici me paraît merveilleux.»

Il y eut un instant de silence, interrompu par l'entrée de Jane, en tenue de cheval, qui venait leur demander si elles accepteraient de souper plus tôt – Bunty et elle devaient jouer dans un spectacle d'amateurs et répétaient à sept heures. Le repas serait servi dans un petit salon privé où elles pourraient parler en paix. «Que diriez-vous d'un potage au curry, d'une truite fraîchement pêchée, de pommes dauphines et d'un crumble meringué aux pommes pour dessert?»

— Cela semble délicieux répondit Rose poliment, mais où sont les autres pensionnaires?

— Ils ne sont que quatre cette semaine et s'occupent tous à pêcher ou à monter à cheval. Nous sommes en très petit nombre ici, vous ne vous apercevrez même pas de leur présence. Oh! au fait, je devais vous montrer quelque chose.» Elle disparut derrière le fumoir et revint quelques instants plus tard avec, dans les mains, un grand cahier relié de cuir vert.

«L'un de nos pensionnaires de la semaine dernière nous a dit qu'il était un ami à vous, regardez.» Elle désigna du doigt une signature aux caractères arrondis, au milieu de la page. «Attendez…» L'un des serviteurs lui dit que son cheval était prêt. «Si je n'y vais pas maintenant, il sera trop tard. Je vous quitte si cela ne vous ennuie pas.

— Seigneur!» Une mèche blonde de Rose tomba sur le cahier. «Comme c'est bizarre!»

«Panoramas magnifiques, nourriture excellente, je reviendrai. Guy Glover», avait-il écrit dans la colonne des commentaires, avec une tache à droite de son nom.

Viva sentit son estomac se contracter.

«Qu'est-ce qu'il pouvait bien faire ici? murmura-t-elle en regardant Tor.

— Ah, cette fois, je n'y suis pour rien! protesta Tor. Est-ce si curieux, au fond? Un tas de gens apprécient cet endroit quand il fait chaud. Cissy m'a dit qu'elle y avait déjà séjourné.

— Je ne vous accuse pas.» Viva se sentait néanmoins irritée.

«A-t-il à nouveau essayé de vous contacter?

— Non.»

Alors que Tor demandait à Rose de lui passer un autre scone, des rideaux se refermèrent au premier étage. Il allait bientôt faire nuit.

«Il est sans doute venu ici pour faire des photos», déclara Viva négligemment à ses amies.

Que savaient-elles exactement à propos de l'incident du *Kaiser* et de la police? Instinctivement, comme au cours de leur traversée, elle s'efforçait de les protéger.

«Il n'est resté que quelques jours, remarqua Tor, mais quelle différence cela aurait-il fait s'il était resté plus longtemps?

— Absolument aucune», répliqua Viva avec un sourire forcé. Tor avait raison; pourquoi chercher constamment des raisons à ce qui n'avait, le plus souvent, pas besoin d'être expliqué?

439

Il fut entendu que Viva s'installerait dans le cottage – en réalité une pièce unique et minuscule, joliment meublée, totalement indépendante de la maison – et que Tor et Rose partageraient une chambre au premier étage, dans la partie principale de la demeure. Après le souper, dès que leur compagne fut allée se coucher, Tor et Rose l'imitèrent. Lorsqu'elles eurent fait un brin de toilette et revêtu leur chemise de nuit, Rose se dirigea vers la fenêtre.

«Regarde!» s'écria-t-elle.

La pluie avait cessé. Une lune blême, suspendue entre les rideaux de mousseline, reposait sur un écheveau de brume.

«Te souviens-tu qu'autrefois, nous étions convaincues qu'un homme habitait là-haut? reprit-elle.

— Nous étions vraiment nunuches!» Tor, qui ne se sentait pas d'humeur nostalgique, lui donna une petite tape sur le côté.

Le grand lit, situé près de la fenêtre, offrait de magnifiques draps de lin amidonnés. Elles s'y allongèrent toutes les deux et ouvrirent les volets afin de pouvoir contempler la silhouette des vastes collines pourpres dans le lointain. La pluie s'était remise à tomber avec un doux bruissement. Trônant sur la table de chevet, des roses anciennes exhalaient une vague odeur de citron et de miel.

Rose ferma les yeux et remonta l'édredon sur son ventre.

«Ferme les yeux, murmura-t-elle et dis-moi que nous sommes à la maison. Dans une minute, Mrs Pludd va nous apporter notre chocolat. Copper est en train de mâchonner du foin dans le champ d'à côté.»

Tor s'exécuta, mais ce jeu ne lui plaisait pas.

«Tu as raison, Rose; évoquons toutes ces promenades dans la boue jusqu'à la taille, l'eau de la cuvette couverte de glace le matin, les engelures…»

Mais soudain, elle eut honte de son attitude mesquine. Non seulement Rose avait parfaitement le droit d'avoir le mal du pays, vu son état, mais elle leur avait confié au dîner, qu'elle avait reçu une lettre de sa mère, lui apprenant que son père venait d'avoir une affection pulmonaire et qu'il «ne se sentait pas au mieux de sa forme». En langage Wetherby, cela signifiait qu'il se trouvait aux portes de la mort et que sa fille, très probablement, risquait de ne jamais le revoir.

«Est-ce que cela te manque beaucoup?» Dans la lueur de la lampe, Tor distinguait le duvet blond des tempes de son amie et sa peau sans défaut; elle semblait vraiment trop jeune pour avoir un bébé.

«Quelquefois, mais je suppose que tout le monde, à un moment ou à un autre, déteste ce pays: la chaleur, la puanteur, le club.»

Jamais Rose ne s'était plainte auparavant.

Tor titillait les breloques du bracelet de sa compagne: le poisson doré, le cheval porte-bonheur, le minuscule Saint-Christophe.

«Te rappelles-tu que tu le portais le soir où nous avons endormi la reine Mary?»

C'était toujours ainsi qu'elles désignaient leur présentation à la Cour.

Rose sourit. «J'étais tellement nerveuse! Maman nous a servi du champagne pour la première fois et m'a offert les breloques dans une boîte de cuir rouge. Je ne sais pas pourquoi, elles me faisaient envie plus que tout le reste. Je me souviens qu'elle m'a dit : "Elles étaient à ta grand-mère, maintenant elles sont à toi." J'avais l'impression qu'on me donnait les clés du royaume !

— C'était comme le début de tout.» Tor défit le petit fermoir en or et le bracelet tomba avec un bruit mat sur le plateau de la table de nuit. «Je me rappelle que nous nous sentions très adultes de disposer de notre propre taxi pour Buckingham Palace et que nous avions passé des siècles à nous habiller. Le résultat : des pâtés à la viande rassis et la queue pendant deux heures sous une pluie battante. Puis enfin, la reine ! Complètement apathique, la pauvre femme ! Nous devions terriblement l'ennuyer !

— As-tu remis ta robe à une autre occasion ?

— Tais-toi ! J'avais l'air d'une tente ! Tout ce satin hideux et ce diadème… Comme cela semble stupide maintenant. Cette dépense a presque ruiné mes parents, ainsi que ma mère n'a jamais cessé de me le rappeler. Veux-tu me dire à quoi tout cela a servi ?

— À rien. C'était néanmoins un geste très généreux de leur part.

— Mais dis donc ! N'est-ce pas à l'une de ces réceptions que tu as rencontré Jack ?

— Oh oui, Jack.» Rose repoussa soudain l'édredon. «J'ai rencontré Jack.»

Alors qu'elle se détournait, la courbe de son ventre se déplaça.

«Est-ce que tout va bien, Rose ?

— Parfait.

— Ce doit être sensationnel d'avoir un bébé ?

— Quelquefois.» Tor entendit le froissement d'un mouchoir. «C'est… étrange de le sentir bouger.

— Est-ce excitant?

— Oui. »

Tor leva mentalement les yeux au ciel. Pourquoi Rose se taisait-elle obstinément chaque fois que quelque chose la contrariait?

Elles entendirent un son à l'extérieur, un cri presque humain. Tor frissonna. « Qu'est-ce que c'était?

— Des singes. » Rose lui prit la main. « Jane dit qu'il y en a une famille entière dans les arbres, près du court de tennis. Ils sont énormes, gris, et ressemblent aux humains.

— Rose, écoute, je sais que nous nous sommes engagées à ne pas parler de cela, mais je rentre à la maison très bientôt. Quand je verrai ta mère, que veux-tu que je lui dise à ton propos?

— Ne lui parle que des choses agréables. » La voix de Rose traversait l'obscurité en hésitant. « Dis-lui que je m'amuse follement, que le bébé va bien, que Jack est… que Jack va bien. Mais je t'en prie, si tu le peux, découvre la vérité à propos de Papa. Je sais que cette histoire de poitrine est beaucoup plus grave qu'ils ne le prétendent.

— Pourquoi les gens esquivent-ils toujours la réalité dans les lettres qu'ils envoient dans leur famille?

— Je ne sais pas. Je ne sais même pas quelle est la réalité.

— Dis-moi ce qui ne va pas, je t'en prie.

— C'est impossible.

— Pourquoi?

— Parce que lorsqu'on est mariée, on ne peut pas se laisser aller à critiquer… ce n'est pas bien. Ce n'est pas loyal pour la personne que tu as épousée :

tu ne donnes à ton interlocuteur qu'une version de l'histoire. »

Tor se laissa tomber sur son oreiller. De la part de l'être qui lui était le plus proche et le plus cher, cette attitude était épuisante, voire décevante. Elle enlaça les épaules de sa compagne, qui lui serra la main très fort.

« Désolée si je me montre indiscrète, dit-elle.

— Tu n'es pas indiscrète, répondit Rose, la voix étouffée, en lui faisant face. Tu es la meilleure amie que l'on puisse avoir. »

Tor patienta un moment, en vain, puis s'aperçut que sa voisine dormait.

Elle resta éveillée plusieurs heures, les yeux ouverts, à l'écoute du vent, du vacarme des singes et de la respiration calme et régulière de son amie.

Une angoisse diffuse lui étreignait le cœur comme celle d'un nageur qui, au moment où il désire s'arrêter, s'aperçoit tout à coup qu'il n'a pas pied.

38

Quelques jours plus tard, Jane Stephenson entra dans la salle à manger après le petit déjeuner, un pékinois sous le bras, pour leur suggérer d'aller pique-niquer au lac Pykeva. Elle leur prêterait volontiers la *tonga*.

« Le poney est-il fiable ? s'enquit Rose avec anxiété.

— À l'épreuve des bombes, répliqua leur hôtesse. Remarquez, je trouve votre époux très audacieux de vous laisser venir dans cet état.»

Tor, qui attaquait un toast derrière Jane, leva ses grands yeux au ciel et s'affaissa sur sa chaise.

«N'est-ce pas?» articula Rose aimablement.

Lorsque les trois jeunes femmes sortirent sous le soleil matinal, elles furent aveuglées: chaque feuille, chaque fleur, lavée par la pluie, resplendissait, dans l'air résonnant de chants d'oiseaux.

«Aimez-vous les oiseaux autant que nous?» Bunty les suivait, un gros livre écorné à la main. «Si c'est le cas, vous allez être gâtées. Gobe-mouches du Cachemire, rossignol indien, garrulaxe… c'est un spécimen extrêmement bruyant, vous allez l'entendre ricaner. Prenez ceci.»

Le manuel d'ornithologie et une paire de jumelles furent confiés à Rose. La *tonga* arrivait, tirée par un poney nourri au biberon à la mort de sa mère, leur expliqua l'hôtesse.

Le cocher, bel homme coiffé d'un turban écarlate et muni de jambières blanches, les salua et les invita à monter dans la petite calèche. Quelques secondes plus tard, le véhicule s'élançait sur une route sinueuse dominant un panorama somptueux de collines et de lacs, surmonté d'une vaste étendue de ciel qui offrait au regard une symphonie de nuances bleutées.

Tor faisait le clown avec les jumelles. «Bon sang! s'exclama-t-elle en imitant Bunty. Ne serait-ce pas l'énicure ardoisé? Par Zeus, mais c'est bien lui!» Quand il les entendit rire, leur chauffeur tourna la tête vers elles et se mit à chanter, d'une voix tremblante, plusieurs airs qu'elles fredonnèrent en chœur. Viva connaissait même quelques-unes des paroles – apprises auprès des enfants – ce qui stupéfia et enchanta leur compagnon.

À l'heure du déjeuner, l'homme au turban leur trouva un site magnifique pour le pique-nique, sous un bosquet de banians donnant sur les collines. Dès qu'elles furent assises, un groupe de grands singes gris musclés sautèrent des branches pour les examiner avec attention, de leurs petits yeux perçants.

Tor se leva et les fixa à son tour.

«Je suppose que vous vous demandez pourquoi je vous ai priés de venir aujourd'hui, déclara-t-elle avec un ton d'institutrice. Je tenais simplement à vous préciser que de la minute présente à la fin de la réunion, la consommation de puces est strictement interdite. Me suis-je bien fait comprendre?»

L'un des singes incurva la lèvre inférieure et poussa un cri grinçant.

«Pas de regard indiscret, et pas de lavage d'arrière-train en public! poursuivit Tor.

— Ne l'excite pas, supplia Rose. Je t'en prie, ce n'est pas drôle. Je les déteste.

— Du calme. Ils ont beaucoup plus peur de nous que nous n'avons peur d'eux.

— Comment le sais-tu?

— Je n'en sais rien mais je l'ai entendu dire.»

Le cocher avait sauté sur ses pieds au cri du singe. Il montra ses dents blanches aux trois femmes, frappa le tronc d'arbre de son bâton et rit de bon cœur en voyant fuir les animaux.

«On raconte que Hanuman, le dieu des singes, sait très bien répondre aux prières, déclara Viva.

446

— Ils sont horribles, protesta Rose, le visage blafard. Je les déteste vraiment.

— Ils sont tous partis, remarqua Tor en déroulant une couverture écossaise et y déposant le panier de pique-nique. Mangeons, je meurs de faim, comme d'habitude.»

Sous des petits pains frais enroulés dans des serviettes à carreaux bleu et blanc, elles découvrirent leur déjeuner : tranches fines de rosbif, œufs au curry, mangues fraîches, gâteau, et une bouteille de citronnade soigneusement enveloppée dans des pages du *Courrier d'Ootacamund*.

«C'est le meilleur pique-nique que j'aie jamais fait ! s'exclama Tor entre deux bouchées de sandwich. Au fait, pourquoi notre conducteur porte-t-il un poignard terrifiant à sa ceinture, Viva ?

— Pour nous protéger des *badmash*, les bandits de grand chemin. Mais nous ne risquons rien. Ne sommes-nous pas au cœur du "mondain et hautain Ooty", après tout ? Les gens d'ici aiment les Anglais.

— C'est ce qu'on disait à Amritsar, plaisanta Tor, avant d'avoir la tête coupée.

— On n'a pas coupé de tête, argua Viva, on…

— Changeons de sujet, implora Rose. Ce genre de conversation me rend malade. On n'entend parler que de cela à Poona.

— Tu as raison, s'exclama Tor en versant la citronnade. Pas de pensées morbides, donc pas d'allusions au retour en bateau, à la maison ou à ma mère ! Buvons à nous trois. Aux *bishis*.»

En entendant le cliquetis des verres, un grand singe dévala la branche inférieure de l'arbre et leur jeta un regard enjôleur à travers le feuillage. Sautant sur une autre branche, il incurva sa lèvre et parut rire d'elles en silence.

« Affreux, dit Rose, au bord des larmes. Mon médecin m'a raconté qu'ils enlèvent les bébés. »

Tor fut envahie par une bouffée d'inquiétude ; jamais auparavant elle n'avait vu son amie aussi nerveuse.

Après le repas, Viva sortit son journal et se mit à écrire.

« Oh, bon sang, Viva ! la taquina Tor. Posez cela et comportez-vous comme une personne normale, pour une fois ! »

La jeune femme l'entendit à peine. Dans la *tonga*, elle avait pensé à Talika. La veille de son départ, la fillette, peut-être effrayée à l'idée qu'elle ne reviendrait pas, était entrée dans le bureau, s'était hissée dans le fauteuil face à elle et lui avait demandé si, à son retour, elles pourraient toutes deux sortir dans les rues pour chercher sa mère.

« Nous essaierons », avait répondu Viva, le cœur serré.

Talika avait continué à parler de sa mère « parce que je l'oublie », avait-elle expliqué, fixant sur son interlocutrice un regard sombre.

Elle avait ensuite montré à Viva un dessin représentant une cabane, entourée par des gouttes de pluie et par trois petits personnages filiformes, portant des pots sur la tête. « C'est ma maison. C'est là que ma *mamji* faisait cuire les *chapatis*, avait-elle affirmé en désignant un feu. Et ici, c'est moi parce que je l'aide. Il y a aussi ma grand-mère, avait-elle ajouté en posant

le doigt sur une silhouette allongée sur un *charpoï*[1].
Je fais un *dhal* pour elle.»

Les yeux voilés de tristesse, elle s'immergeait dans
ses souvenirs. «Ce sont mes *bhoot kal*», avait-elle
conclu. «Le temps de mes fantômes», avait traduit
Daisy.

Viva interrompit son écriture quelques instants.
Les collines au loin, le goût du citron dans sa bouche
lui rappelaient un vague souvenir, comme une percée
dans la brume, comme un écran sur lequel apparaissaient un autre arbre rempli de singes, une femme
effrayée et se faisaient entendre des voix fortes, l'une
riant, l'autre terrifiée.

Tel un éclair, l'image surgit: sa propre mère
pleurant au cours d'un pique-nique familial. Pourquoi
son père l'emmenait-il au-delà du rideau d'arbres? La
consolait-il? Pour quelle raison la résurgence de cette
scène faisait-elle si mal?

«Viva! s'écria Tor en lui arrachant son crayon des
mains, vous avez l'air trop grave. Mangez ceci.» Elle
lui déposa un morceau de gâteau dans les mains.

Dès la première bouchée, Viva trouva la pâtisserie
délicieuse. Au goût de beurre se mêlait celui du glaçage
au citron.

«N'est-ce pas la perfection même?» Son amie la
regardait en souriant. «Cela ne vous donne-t-il pas
envie de chanter?

— C'est exquis», dit Viva en lui rendant son
sourire. L'une des choses qu'elle aimait le plus chez
Tor, et qui lui manquerait lorsque celle-ci rentrerait
en Angleterre, était sa faculté à s'enthousiasmer

---

1. Sommier indien tressé de cordes.

pour les choses les plus ordinaires, les airs de Jelly Roll Morton, les chiens, les couchers de soleil et les gâteaux au citron.

Une file de nuages gris accourait au-dessus de leur tête. L'enthousiasme. N'était-il pas ironique que William, l'un des êtres au monde les moins enclins à succomber à cette sensation, lui ait appris la signification de ce mot? En grec, de surcroît?

«Cela signifie être possédé par un dieu», avait-il déclaré de sa voix nette.

Au cours de la même soirée – tous deux se trouvaient dans un restaurant de Soho, dégustant une excellente mousse au chocolat – il avait décrété que la souffrance constituait l'essence de la vie humaine. Selon lui, cette constatation était d'ailleurs l'un des rares points sur lesquels se rejoignaient les bouddhistes et les chrétiens.

Lorsqu'elle avait argué qu'elle appréciait un tas de choses dans la vie et qu'il lui arrivait de se lever le matin avec une joyeuse impatience, il avait presque tressailli devant tant de vulgarité.

«Je ne parle pas de poupées, de poneys, de l'odeur du café ou de je ne sais quoi d'autre qui puisse faire partie des préoccupations les plus ordinaires. Je parle d'un bonheur réel et durable. S'il existe, il naît du travail, de l'autodiscipline et du fait que l'on n'attend pas des autres plus qu'ils ne peuvent nous donner ; ils ont d'ailleurs plutôt tendance à nous décevoir.»

Aujourd'hui, elle se demandait pourquoi elle avait écouté si docilement ces petits sermons, auxquels elle refusait d'adhérer totalement, sachant qu'il ne s'agissait que de demi-vérités. Aussitôt lui revint l'image de Talika dans la cour du *Tamarinier*, dansant pieds nus avec son cerf-volant, en dépit de tout ce qu'elle avait perdu. Le bonheur se révélait parfois d'une simplicité éblouissante.

Elle s'allongea sur la couverture, ferma les yeux et laissa s'éloigner le souvenir de William. Quel plaisir, après la frénésie et la chaleur de Bombay, de somnoler dans la nature, avec vos amies à vos côtés ; de percevoir les reflets de la lumière à travers vos paupières closes ; et d'entendre le vent chuchoter dans les pins, avec un bruissement semblable à celui des vagues molles s'échouant sur le sable. Alors qu'elle sombrait dans le sommeil, consciente du goût durable du citron dans sa bouche, elle sentit soudain sur ses lèvres le doux contact des lèvres de Frank.

« Mon Dieu ! »

Brusquement, elle s'assit, heurtant près d'elle le corps de Tor.

« Que s'est-il passé ? Vous avez été piquée par une guêpe ?

— Non, tout va bien, dit Viva. J'ai failli m'endormir. »

Le cœur battant, elle s'allongea de nouveau. Il ne fallait pas qu'elle pense à lui de cette façon, s'ordonna-t-elle en s'efforçant de rassembler en une liste toutes les choses qu'elle n'aimait pas chez lui. Pour commencer, il était trop séduisant – un élan de puritanisme lui soufflait que cet avantage pouvait conduire au mépris des autres, à la négligence et à la paresse, car le don arbitraire et immérité de la beauté équivalait à se voir distribuer chaque jour des cartes gagnantes dans le jeu de la vie. Ensuite, il s'habillait négligemment et semblait toujours avoir besoin d'une coupe de cheveux. Sans parler de son sourire, son merveilleux sourire qui faisait fondre les cœurs et dont il fallait donc absolument se méfier. Oui, c'était cela : elle ne pouvait toujours pas lui accorder la moindre confiance. William lui avait également appris l'étymologie du mot « charme », qui signifiait à l'origine « capable de jeter un sort ». Peut-être ce qu'elle avait ressenti dans les bras de Frank, quand ils avaient dansé, procédait-il d'une sorte d'envoûtement ? N'étant que vaguement étourdie et déstabilisée, elle était capable de se ressaisir. De toute manière, elle n'avait pas le choix, car pour survivre, elle avait besoin de conserver tous ses esprits.

*

Il recommençait à pleuvoir. Viva se leva et vit leur conducteur se diriger vers elles, pointant du doigt l'autre côté de la vallée où s'amoncelaient d'épais nuages noirs.

« Flûte ! s'écria Tor. On va se faire arroser. »

Le poney ne cessa de trotter tout le long du chemin, ce qui ne les empêcha pas d'arriver à l'hôtel complètement trempées.

Alors que toutes trois couraient vers la véranda, Rose s'immobilisa si brusquement que Viva se cogna le nez contre l'arrière de sa tête.

Les regardant avancer avec un sourire, Frank se tenait près de la porte, vêtu de son costume de lin fripé, le chapeau à la main.

À sa vue, Viva sentit son cœur s'emballer, puis éprouva aussitôt à son égard une réelle bouffée de rancœur. Quel culot de la part de cet homme, d'imaginer qu'il lui suffisait d'apparaître, au milieu de leurs vacances, pour qu'elles se montrent ravies de le voir!

«Madame.» Avec une fausse solennité, il s'inclina sur la main de Rose et l'effleura de ses lèvres. «Il y a eu un problème à Bombay. J'ai pensé que je devais venir vous chercher pour vous escorter sur le chemin du retour.

— Oh, pas de balivernes, Frank! s'écria Tor, le visage écarlate et les vêtements ruisselants. Je ne suis pas idiote, je sais exactement pourquoi vous êtes là!»

Viva la fusilla du regard et enfonça ses ongles dans la paume de l'indiscrète.

«Frank, articula-t-elle en lui serrant froidement la main. Qu'est-ce qui vous amène ici?

— J'ai commandé du thé dans le petit salon, où nous pourrons parler tranquillement», répliqua-t-il.

Elles partirent se changer en hâte et vinrent le rejoindre. Une violente averse fouettait maintenant les vitres de la fenêtre, encadrée de rideaux rouges. Frank s'assit sur le garde-feu, dos à la cheminée, les jambes nonchalamment allongées devant lui.

Bunty apparut avec un plateau de scones. Elle avait revêtu une robe à fleurs – c'était la première fois depuis leur arrivée qu'elle arborait une tenue féminine – et avait appliqué un nuage de poudre sur ses joues tannées. Viva éprouva une autre bouffée de colère. Comment ce séducteur pouvait-il afficher cette insupportable assurance? Le pouls de la maison semblait s'être accéléré depuis son arrivée.

L'hôtesse tendit à Frank la première tasse de thé et s'affaira pour tartiner ses scones de confiture. Concentrée sur le tic-tac de l'horloge près de la fenêtre,

453

Viva s'aperçut soudain que le visiteur la regardait par-dessus sa tasse. Rougissante, elle se détourna et s'appliqua à décrire au bénéfice de Bunty la journée parfaite qu'elles avaient vécue, n'hésitant pas à l'interroger sur le fameux rossignol indien. Sa couleur était-elle réellement bleue ?

Le ton de fausset de sa propre voix lui parvenait, pitoyable, tel celui d'une vieille fille.

« Oui, c'est un oiseau merveilleux, tout à fait fascinant. » Bunty, visiblement peu intéressée par ce sujet maintes fois abordé avec ses pensionnaires, montrait une hâte peu équivoque à reprendre la conversation qu'elle avait entamée avec Frank à propos de son métier. « Vous travaillez donc pour de bon dans un hôpital de Bombay ? s'exclama-t-elle comme s'il avait atteint le dernier cercle de l'enfer. Quel courage ! Êtes-vous ce que les indigènes appellent un *niswarthi* ?

— Qu'est-ce que cela veut dire ? s'enquit Tor sans détour, en jetant à Frank un regard interrogateur.

— C'est un mot hindi qui signifie "homme altruiste", expliqua Bunty avec un large sourire.

— Oh mon Dieu non, ce n'est pas cela du tout ! Je ne fais ce travail que pour la bière et les cigarettes ! »

La scène se reproduit à l'identique, se dit Viva. De façon prévisible, le jeune et beau mâle est entouré par une troupe de femelles admiratives. Elle retrouvait le Frank dont elle s'était tant méfiée sur le bateau. Au moins, elle se sentait soulagée d'avoir tiré cela au clair.

Bunty se retira après le thé pour superviser le nettoyage des gouttières et vérifier que les abris des

454

animaux ne prenaient pas l'eau. S'adressant directement à Frank, elle avait raconté que la région subissait parfois, en mai, des signes avant-coureurs de la mousson. L'année précédente, au cours d'une tempête monstrueuse, cinquante centimètres d'eau étaient tombés en une journée, ce qui avait causé un grave affaissement de terrain au niveau de l'allée.

«Ciel, s'exclama Rose d'une voix éteinte. On n'a pas le temps de s'ennuyer ici.»

Quand leur hôtesse fut sortie, un serviteur pénétra dans la pièce. Il tira les rideaux et alluma les lampes dont il régla les mèches, avant de refermer la porte derrière lui.

«Alors, Frank, dit Rose d'un ton taquin. Parlez-nous de ce qui est arrivé à Bombay, ou bien s'agissait-il simplement d'un prétexte pour venir passer des vacances entre filles?

— Malheureusement non.» Installé dans un rocking-chair, près de la fenêtre, il s'était départi de toute trace d'humour. «Les musulmans et les hindous provoquent des émeutes dans la ville depuis deux jours. Rien d'anormal à cela, mais il y a eu des combats féroces. Je les ai vus mettre le feu à un homme dans la rue. Après qu'ils l'ont arrosé d'essence, il s'est enflammé comme un mannequin.

— Seigneur!» Viva pensa instantanément à tous les gens qu'elle connaissait.

«Ne vous inquiétez pas trop pour l'instant. La lutte est localisée dans les baraquements autour de Mandvi. Byculla reste calme, ainsi que Malabar Hill. Tout cela va se dégonfler très vite, mais je n'aimais pas l'idée de vous savoir rentrer seules, et j'avais deux jours de congé.»

Il ne regardait que Viva, comme s'il devait s'expliquer auprès d'elle.

« Nous avons pensé que vous devriez rentrer avant mardi – il y a un grand congrès ce jour-là, ce qui pourrait provoquer un soulèvement dans le quartier de la gare. On installe des lits supplémentaires à l'hôpital. Votre mari a téléphoné à Mrs Mallinson, dit Frank à Rose. Il voulait prendre le train jusqu'à Bombay pour venir vous chercher, mais il ne pourra pas le faire, toutes les permissions sont supprimées. »

Le visage de Rose resta impassible.

« Vous serez en sécurité dans le compartiment des dames pour rentrer à Poona, poursuivit-il. Après tout, ces événements n'ont rien à voir avec nous – ils se battent entre eux –, mais il est normal que votre mari s'inquiète.

— Vous êtes vraiment gentils tous les deux de penser à ma sécurité, répliqua Rose froidement, mais je suis sûre qu'il n'y a pas de raison de se tracasser. »

Elle se leva, déclarant qu'elle se sentait fatiguée et désirait aller se coucher. Sa chevelure dorée en mouvement effleura presque la flamme de la lampe. Avant de franchir la porte, elle se retourna et affirma qu'elle avait passé une journée délicieuse, qu'elle n'oublierait jamais.

« Il n'y a pas de raison de s'inquiéter, répéta-t-elle.

— Qui est inquiet ? s'écria Tor en se levant pour la suivre. Tout ce qui m'empêche de retourner à la maison est bienvenu. » Tous rirent comme s'il s'agissait d'une plaisanterie.

« Je vais me coucher aussi, décréta Viva dès que les deux jeunes femmes furent sorties.

— Restez un moment, j'ai autre chose à vous dire, dit Frank. Asseyez-vous d'abord. »

Il prit sa main dans les siennes.

« J'ai bien peur qu'il n'y ait pas d'autre moyen de vous annoncer cela ; je vais donc droit au but. On raconte que Guy a été assassiné. Je suis vraiment désolé.

— Pardon ? » Elle le fixa d'un air hébété. « De quoi parlez-vous ?

— C'est une rumeur. Il se peut qu'elle soit fausse, mais la police a constaté qu'il n'était pas chez lui et quand ses parents ont été contactés, ils ont affirmé ne pas l'avoir vu depuis plusieurs semaines. Un pardessus brûlé avec son nom a été retrouvé dans une rue près de chez vous. Apparemment, il s'est installé à cet endroit depuis des mois.

— Il était ici la semaine dernière, je ne sais pas pourquoi, avoua-t-elle, l'estomac serré.

— Je n'en sais rien non plus.

— Pourquoi disiez-vous qu'il ne se passait rien à Byculla ?

— Il ne s'y passe rien, à part cette étrange découverte.

— Mr Jamshed est-il au courant ?

— Non, tout au moins je ne le crois pas. Il se peut encore une fois que cela ne soit pas aussi grave qu'il n'y paraît, mais j'ai pensé que vous deviez être mise au courant.

— Qui vous a prévenu ?

— Un policier de Byculla, qui surveillait Guy.

— Oh non ! Êtes-vous en train de dire qu'ils l'ont brûlé ! » Elle crut qu'elle allait vomir.

Frank l'obligea à s'asseoir.

Elle se frotta les yeux et secoua la tête. « Racontez-moi ce qui s'est passé.

— Personne ne le sait encore, mais le policier m'a appris que le frère de l'homme que Guy a frappé sur le bateau se nomme Anwar Azim. C'est un homme très politisé et très puissant, qui fait partie de la Ligue musulmane. Pour des raisons toujours peu claires, Guy s'est trouvé impliqué dans cette organisation. Azim a mené sa propre enquête à propos de l'incident sur le *Kaiser* – probablement en se contentant d'acheter des informations, et a décidé de prendre les choses en main.

— Mais la police va faire quelque chose pour l'en empêcher ?

— Pas nécessairement. Franchement, la situation est inextricable. Cela ne pouvait pas plus mal tomber.

— C'est à ce point ? »

Sa voix commençait à vibrer. Il lui enlaça les épaules mais elle se dégagea.

« Personne ne sait vraiment ce qu'il en est, je vous l'ai dit.

— Oh, je vous en prie ! Ne cherchez pas à me ménager. Dites-moi la vérité. Oh, Guy ! » Elle l'imagina soudain comme une poupée de chiffons en flamme.

« Je ne sais rien de précis, seulement des faits isolés.

— Lesquels ?

— Eh bien, articula-t-il en la regardant avec anxiété. Il se peut qu'il y ait bientôt une scission dans ce parti, ce qui pourrait déclencher un énorme désordre, ou rien du tout, personne ne peut le prédire.

— Qui vous a dit tout cela à propos de Guy ? » Elle avait l'impression que son esprit s'embrouillait.

« La police, je vous le répète. Ils m'ont donné ceci. » Il lui tendit un portefeuille plat et un paquet de photographies. « Ces objets lui appartenaient ; ils m'ont demandé de les rendre à ses parents.

— Peut-être devrions-nous les examiner avant.

— Je l'ai déjà fait. Certains clichés sont de vous, regardez. » Il désigna un gros plan de Viva marchant dans la rue près du foyer. Vêtue d'une robe d'été, elle souriait à Parthiban, le vendeur auquel elle achetait des mangues sur le chemin du travail. En bas de la photo, Guy avait tracé à l'encre noire, d'une écriture infantile, le mot *« Mataji »* – ma mère.

Sur la seconde photographie, elle était assise sur la plage de Chowpatty, près de Talika endormie sur le sable ; derrière elles, des cerfs-volants emplissaient le ciel. Au-dessous du cliché, il avait griffonné son nom avec une faute, « Miss Viva Hallaway », et ajouté « Est-elle Abel ou Caïn ? »

« Il m'a suivie, constata-t-elle.

— Si cela n'avait pas été vous, ç'aurait été quelqu'un d'autre. Il lui faut absolument quelqu'un à aimer ou à blâmer.

— C'est tellement horrible ! » Elle s'était mise à trembler. « Je ne l'aimais pas du tout, en fait, je le haïssais presque. Je n'aurais jamais dû m'occuper de lui.

— Ce n'est pas votre faute. Il a été renvoyé en Angleterre, seul, à l'âge de six ans. Dès ce moment, quelque chose s'est faussé en lui, il en était d'ailleurs très conscient. De toute manière, je suis de plus en plus convaincu qu'il avait de sérieux troubles mentaux. »

Une flamme s'éleva au-dessus des autres dans la cheminée. Elle y vit la silhouette de Guy, son regard fixe, ses dents découvertes par un large sourire.

« N'en parlons ni à Rose ni à Tor jusqu'à ce que la nouvelle soit confirmée, dit-elle. Évitons de les inquiéter inutilement. »

Frank eut une grimace dubitative. « J'y ai pensé tout au long du trajet, mais cela représente un fardeau beaucoup trop lourd à porter pour une seule personne.

— Daisy est-elle au courant ?

— Pas encore. »

Elle se leva pour aller se coucher ; au bord de l'étourdissement, elle sentit que le bras de Frank la soutenait.

« Laissez-moi vous aider.

— Je suis installée dans le cottage, de l'autre côté de la pelouse. »

Alors qu'ils traversaient l'herbe détrempée, une rafale de vent plaqua le manteau de Viva contre son corps. Une lueur blafarde éclairait brusquement les collines, de l'autre côté de la vallée.

« Un gros orage s'annonce, déclara-t-il.

— C'est horrible, trop horrible ! » Elle pleurait maintenant, imaginant les cheveux, les vêtements de Guy en feu. « Il ne méritait pas cela. »

Le bras de Frank se resserra.

« Gardons le mince espoir qui nous reste. Bombay résonne d'un tas de rumeurs. »

Au loin retentit un grondement, suivi d'un autre éclair. Une pluie brutale se déversa sur eux, trempant leurs vêtements.

Les mains de Viva tremblaient si fort qu'elle mit un siècle à retrouver ses clés dans son sac. En les lui tendant, elle prit conscience du torse viril de son compagnon, que soulignait le tissu mouillé de sa chemise.

«Vous êtes trempée jusqu'aux os», dit-il. Lorsqu'il l'effleura, elle poussa un cri léger. Il toucha de nouveau son bras puis frôla son cou, ses seins et son ventre; elle ferma les yeux et posa la tête sur son épaule.

Une petite lumière brûlait près du lit, éclairant une robe qu'elle avait abandonnée sur le plancher. Sur son bureau, traînaient ses stylos, une carafe d'eau et ses journaux.

Il prit une serviette et lui essuya doucement le visage. En silence, les larmes coulaient sur ses joues, sans qu'elle tente de réprimer le tremblement qui la secouait. Avec une infinie tendresse, il frotta ses cheveux, dégrafa son manteau détrempé, puis son cardigan qu'il laissa tomber sur le sol. Il l'entoura ensuite d'une serviette sèche.

«Restez avec moi un moment», articula-t-elle en claquant des dents, sentant qu'il était sur le point de partir.

Il s'allongea près d'elle. Tandis qu'elle l'étreignait comme une enfant, les yeux clos, elle entendit, à l'extérieur, le tambourinement de la pluie sur un toit de tôle et le gémissement du vent. Tout devint simple dès qu'elle attira sur elle ce corps d'homme, intensément vivant, qui avait, l'espace d'un moment, le pouvoir de conjurer la mort.

Plus tard, étendu à ses côtés, il la contempla en secouant la tête. Tous deux se regardaient, emplis de crainte et d'émerveillement. Il l'enlaça contre lui et poussa un grognement.

«Ne dites surtout pas que vous m'aimez», ordonna-t-elle.

39

Pour leur sécurité, Frank les contraignit à voyager en première classe, mais malgré ce confort, Tor avait envie de pleurer, car personne ne semblait dans son état normal. Frank et Viva étaient assis de l'autre côté de l'allée centrale, aussi loin que possible l'un de l'autre ; Rose, silencieuse, se recroquevillait contre la fenêtre ; et elle-même, ne trouvant personne avec qui parler, sentait son moral s'effondrer.

Elle rumina pendant un certain temps à propos de son poids. La veille au soir, après le souper, elle s'était assise sur la balance munie d'un siège que Jane laissait sur le palier, sous une photographie de l'équipe de polo d'Ooty où ne figuraient que des jeunes gens minces et musclés.

Avec fierté, Jane avait affirmé que cet appareil aux ciselures ornementées, réplique exacte de celui du Yacht Club de Bombay, affichait une précision à vingt grammes près. En voyant l'aiguille monter vers soixante-dix kilos, Tor s'était sentie effarée. Elle dépassait le poids maximal qu'elle avait jamais atteint à Londres ; sa mère ne tarirait pas de reproches à son égard.

« Je suis énorme, dit-elle à Rose d'un ton désolé quelques instants plus tard, en pinçant sa peau devant la psyché. Me voilà transformée en bébé éléphant et ce qui me tracasse le plus, c'est que cela me donne envie de manger encore davantage.

— Tu n'es pas grosse, déclara Rose, qui avait entendu cette rengaine des milliers de fois mais veillait toujours à réagir avec indignation. Qui a envie d'être filiforme ? N'oublie pas que tu as ces immenses yeux bleus dans lesquels un homme se noiera un jour, ajouta-t-elle avec le ton d'une diseuse de bonne aventure.

— Sûrement pas. Je suis pratiquement difforme, hideuse. Et regarde ces boutons dans mon dos.

— Pas question de sortir de mon lit pour regarder tes pustules, décréta Rose, adossée à deux oreillers. Dis-moi, chuchota-t-elle, veux-tu voir un vrai bébé éléphant ? »

Sous les yeux de Tor, choquée, elle baissa le drap et la couverture, puis releva sa chemise de nuit – attitude qu'elle n'aurait jamais eue avant son mariage – pour découvrir son ventre orné d'un nombril proéminent. « Touche-le, dit-elle. Tu t'imagines à quoi je vais ressembler au bout de neuf mois ? »

Tor posa délicatement une paume sur le renflement, puis la seconde, plaçant les mains en forme de coupe.

« Mon Dieu ! mais c'est… – elle faillit dire « horrible » – c'est… si étrange ! Tu n'es pas grosse mais c'est tellement inattendu ! Qu'il est bizarre de penser qu'un petit bébé dort à l'intérieur ! Est-ce que Jack l'a vu ?

— Oui.

— Qu'a-t-il dit ? Il l'a embrassé ? Il a pleuré ?

— Tu es si romantique, articula son interlocutrice d'une voix éteinte. Je ne crois pas qu'il ait dit quoi que ce soit. »

De nouveau, Tor eut le sentiment d'avoir franchi une frontière nouvellement tracée dans la vie de Rose. Derrière cette limite, rôdait un monde plein de soucis d'adultes, que son amie, la jugeant primaire et inexpérimentée, évitait de partager avec elle.

Le train poursuivait son chemin. Tor, la joue pressée contre la vitre, pensait maintenant aux Indes. Dans deux semaines, tout cela – le vaste ciel bleu, les huttes de tourbe, cet âne, cette femme en sari rose, saluant les passagers de la main – se serait évanoui et pâlirait peu à peu dans sa mémoire comme des photographies dans un album. Quelle maudite injustice alors que, malgré tout ce qui avait mal tourné, elle se sentait si heureuse dans ce pays !

Son soupir déposa un rond de vapeur sur la vitre. Tandis que le train passait devant des champs de canne à sucre, une pensée plus positive lui vint à l'esprit : et si les émeutes de Bombay prenaient une telle ampleur que personne ne soit autorisé à partir ? Le bateau serait maintenu à quai ; sans doute pourrait-elle aller vivre un certain temps avec Rose, au moins jusqu'à ce qu'elle ait son bébé ? Cissy, elle en était quasi certaine, ne voudrait plus d'elle.

Ou peut-être Ollie, à la dernière minute, se fraye-rait-il un chemin à travers la foule pour la sauver ? Il lui arracherait le billet de retour des mains et le déchirerait sur la passerelle ; les morceaux de papier s'envoleraient, portés par la brise. Ils danseraient à nouveau ensemble comme ils l'avaient fait au *Taj Mahal* ; il lui dirait, les larmes aux yeux, quel homme chanceux il était, de se voir donner une seconde chance.

Idiote ! Un torticolis mit fin au rêve éveillé. Elle ouvrit les yeux et vit Rose, penchée sur elle.

« Tout va bien ? s'enquit-elle, tu as sursauté.

— Je ne veux pas rentrer à la maison », s'écria-t-elle, regrettant aussitôt ses paroles. Selon un accord tacite, ni l'une ni l'autre, pendant les vacances, n'avait fait allusion à l'impensable : d'ici deux jours, Rose repren-drait le train pour Poona. Que se passerait-il alors ? Jack n'aurait de permission que tous les deux ou trois ans. Que ferait-il de ce temps libre ? Où le passerait-il avec son épouse ? Rose et elle risquaient bel et bien de ne jamais se revoir.

« Je suis désolée aussi, articula Rose la gorge serrée, en regardant par la fenêtre. Tu crois que je vais m'amuser en rentrant à Poona après ces jours exquis avec vous deux ? »

Tor la fixa un moment, et se lança.

« Rose, je pensais à quelque chose. Si jamais je revenais aux Indes, ou si je trouvais le moyen de rester, est-ce que je pourrais venir habiter chez toi pendant quelque temps ? »

Son amie parut saisie.

« Tu veux dire, après l'arrivée du bébé ?

— Oui.

— Eh bien… peut-être.» Elle ne semblait pas enthousiaste. «Bien sûr, j'adorerais cela, mais il faudrait que je demande à Jack. Et que ferais-tu exactement? Comment vivrais-tu? Est-ce que tes parents t'entretiendraient?

— Je n'en sais rien.» Tor s'affaissa contre le dossier de son siège. «Je n'en sais vraiment rien… ce n'était qu'une pensée stupide en passant. Oublie cela. Je veux dire, je ne vais pas m'imposer à toi, n'est-ce pas?

— Ce n'est pas ça, dit Rose d'une voix vacillante, après un silence. C'est juste que j'ai pas mal de préoccupations pour le moment.» À la grande surprise de son interlocutrice, elle s'empourpra.

«Je fais de gros efforts pour ne pas me montrer indiscrète, répliqua Tor, mais est-ce que tout va bien?

— Non, répondit Rose quand elle réussit à parler. Oui, je veux dire. C'est juste que Jack va sans doute être envoyé à Bannu pour une opération militaire. La plus grande partie du régiment est rentrée, mais on parle de cette menace depuis des mois et, tu le sais, ma vie ne m'appartient plus.

— C'est vrai.» La pauvre Rose semblait si bouleversée et embarrassée! Pour changer de sujet, Tor, avec une expression entendue, désigna du menton Frank et Viva.

«Que se passe-t-il là-bas? chuchota-t-elle. Ils ont l'air si mystérieux, on dirait des statues.

— C'est très étrange. Je ne devrais pas être indiscrète, mais tant pis. J'ai vu Frank quitter la chambre de Viva ce matin – comme je ne parvenais pas à dormir, je regardais le soleil se lever. Pourtant, ils ne se sont pas dit un mot de tout le trajet. Il a dû arriver quelque chose.

— Allons-nous lui poser la question ?» demanda Tor.

Alors que Rose articulait «Non !» en silence, Viva ouvrit les yeux, jeta un coup d'œil vers elles et referma les paupières. Elle ne jouait pas bien la comédie du sommeil.

Le train parvint à la gare Victoria Terminus sous la pluie. Geoffrey Mallinson, rougeaud et agité sous son parapluie, joua des coudes à travers la foule pour les rejoindre. Forcé de couvrir de sa voix le vacarme ambiant, il expliqua en hurlant qu'il conduisait lui-même la Daimler parce que les murs avaient des oreilles et qu'il ne pouvait plus faire entièrement confiance à ses serviteurs pour le moment. Frank monta à l'arrière avec Viva et Rose, Tor s'installa devant, à la place du passager.

Au sortir de la gare, la voiture roula dans des flaques de boue où traînaient des banderoles jetées par les manifestants.

«Eh bien, vous avez choisi le bon moment pour quitter la ville, déclara Geoffrey en se tournant à demi vers Frank. Nous en avons vu de belles ici : d'abord la pluie – quinze centimètres en une heure – puis les émeutes. Il m'a fallu deux heures pour aller au travail hier.»

Tor feignit de frissonner. «Pensez-vous que cela va durer longtemps ?» s'enquit-elle avec espoir.

Geoffrey semblait ne pas l'entendre. Il faisait partie de ces hommes qui, en présence d'autres hommes, ignoraient systématiquement les femmes. «J'espère que vous allez tous accepter de venir déjeuner, s'écria-t-il soudain. Cissy a préparé un merveilleux buffet.»

Tor vit Frank et Viva échanger un regard hésitant. Ils n'avaient toujours pas dit un mot.

«Venez.» Geoffrey les fixait avec anxiété dans le rétroviseur. «Toutes les *memsahibs* sont coincées chez elles depuis cinq jours à cause des troubles ; et qui sait, vous ne nous reverrez peut-être pas au *Tambourin*.

— Que voulez-vous dire ? intervint Tor.

— Eh bien, Londres s'inquiète de plus en plus devant ces manifestations, et les affaires connaissent une décroissance vertigineuse depuis la guerre. Je ne crois pas que nous allons tenir encore longtemps.

— Quoi ! aboya Tor, effarée.

— Quel est le nombre d'usines qui ont fermé ? demanda Frank.

— Au cours de ces derniers mois, cinq ou six – de jute et de coton, essentiellement. Nous ne tenons plus que par un fil, si j'ose dire. C'est une véritable tragédie, quand on pense à la quantité de travail et de temps qu'il a fallu pour construire tout cela.»

Des perles de sueur s'étaient formées sur son front. Il les tamponna avec son mouchoir.

«Il se peut que ce ne soit qu'une tempête dans un verre d'eau, argua-t-il pour se consoler. Ce n'est pas comme si cela ne s'était encore jamais produit.»

«Mes chéris !» s'écria Ci dès qu'ils entrèrent dans la maison. Vêtue d'une robe de soie orange, plus adaptée à une soirée qu'à un déjeuner, elle avait soigneusement appliqué sur ses lèvres un rouge très vif, dont elle laissa l'empreinte sur la joue de Tor.

« Quel délice de vous voir tous ici ! reprit-elle. À qui donc appartient ce jeune homme divinement beau ? » Tout à coup plus joyeuse, elle posa la main sur le bras de Frank. « Pandit ! hurla-t-elle, je crois que nous avons tous besoin d'un bon gin. Dans le salon, s'il te plaît, ajouta-t-elle en claquant des doigts.

« Comment me trouvez-vous ? demanda-t-elle soudain à Tor tandis qu'ils traversaient tous le vestibule de marbre.

— Magnifique, Cissy, très belle. Que vous êtes gentille de rester ici pour nous recevoir ! »

Tor comprenait tout à coup que, sous le vernis de son existence, Ci ne cessait de contrecarrer l'avancée du temps à l'aide de ses haltères, de ses épilations, de ses vêtements.

« Rester pour vous ! » Cissy se tourna vers elle avec le regard d'un oiseau effrayé. « Je n'ai pas mis le pied hors de cette maison depuis cinq jours ! Quand je me suis réveillée ce matin, mes joues étaient carrément blêmes.

— Eh bien, c'est encore plus généreux de votre part de nous inviter à déjeuner, intervint Rose.

— Bon, que fait Pandit ? Il est temps de déguster notre apéritif !

— En fait, j'ai bien peur de ne pas pouvoir rester », déclara soudain Frank. Il jeta un coup d'œil à sa montre, les sourcils foncés. « Je commence une garde à six heures », expliqua-t-il en s'adressant à Viva comme si elle était la seule personne présente dans la pièce. La jeune femme se détourna.

«Oh, ne partez pas ! Un petit verre ne vous fera pas de mal !» Ci le suppliait presque. «J'ai fait tout cela pour vous, en réalité, pour vous remercier d'avoir sauvé les filles. Les plats se trouvent déjà sur la table. Notre chauffeur vous raccompagnera tous les deux – aucun taxi ne viendrait vous chercher ici en ce moment.»

Dans un silence gêné, Frank et Viva échangèrent de nouveau un regard.

«C'est vraiment très aimable à vous, dit le médecin, mais je dois partir à quatre heures au plus tard.»

Quatre serviteurs en livrée, debout derrière les chaises, s'animèrent à leur entrée dans la salle à manger ; ils s'inclinèrent profondément.

La pièce, claire et bien proportionnée, donnait sur une terrasse où s'épanouissaient des héliotropes et des arums. L'énorme lustre de cristal, inutilement allumé, étant donné l'éclat de la lumière du jour, projetait des bulles de lumière sur la table couverte d'une nappe damassée, de verres vénitiens et de petits vases de tubéreuses.

Cissy s'assit en vacillant au bout de la table. «Pandit, dit-elle, oublie le gin et remplis les verres de champagne pour que nous fêtions dignement ce moment.

— Mon amour, j'ai oublié ce que nous fêtions exactement ? s'écria Geoffrey nerveusement.

— La vie, répondit-elle en lui jetant un regard de fouine. La vie. Il n'a aucun sens de la fête, expliqua-t-elle à Frank. Il n'en a jamais eu. Allons, dépêchez-vous. *Jaldi* !» ordonna-t-elle aux trois serviteurs qui s'agitaient autour de plats de mousse de saumon et de toasts. Il y eut un bruit de bouchon alors que Pandit, d'une main experte, ouvrait une bouteille de Moët & Chandon.

« Bon, reprit-elle quand tout le monde eut trempé ses lèvres dans le breuvage pétillant. Je vis enfermée ici avec Geoffrey depuis plusieurs jours, j'ai donc besoin de potins. Racontez-moi quelque chose, étonnez-moi », insista-t-elle avec une étrange grimace.

Elle avala une autre gorgée de champagne ; Tor, Rose et Viva échangeaient des regards désespérés.

« Elles ont dit qu'elles avaient eu un séjour délicieux à Ooty, chérie, avança Geoffrey, venant à leur rescousse.

— Oh vraiment ? demanda-t-elle à Frank. Y a-t-il des gens amusants à cette période de l'année ? »

Rose intervint courageusement. « Eh bien, c'était plutôt calme, mais nous étions très heureuses de nous retrouver toutes les trois. La pension a répondu à tous nos espoirs, vous aviez raison. Jane nous a gâtées, nous a organisé des pique-niques splendides. Nous avons vu des fleurs superbes et savouré la fraîcheur relative qui régnait là-bas. »

Elle avala quelques gorgées d'eau et s'immobilisa ; le regard de Ci était devenu totalement vide, presque vitreux.

« Et vous, Tor ? Quelques prétendants, ou uniquement des pique-niques entre filles ?

— Pas d'hommes du tout. » Tor détestait l'air salace qui avait accompagné la question et ne se sentait tout à coup plus d'humeur à apaiser son interlocutrice. « Mais un excellent gâteau au citron, à volonté.

— Oh, je me souviens de ce gâteau ! » Le pauvre Geoffrey parvenait difficilement à remplir son rôle d'hôte.

« Donc, Tor s'est remise à manger, vraiment, cela me surprend, ironisa Cissy.

— Chérie ! » Geoffrey se leva avec brusquerie, bousculant un rince-doigts de cristal qui se brisa sur le sol. Ci contempla les morceaux et le liquide répandu sur le tapis persan avec un regard sans expression.

« Seigneur ! quel balourd tu es. Le roi des balourds. »

Geoffrey s'esclaffa en claquant des mains, comme s'il s'agissait d'une simple taquinerie. « Sais-tu que tu as raison, pour une fois ? Vivash va nettoyer tout ça.

— Pas pour longtemps, Geoffrey », articula Cissy doucement.

Avant que Ci ne monte dans sa chambre pour sa sieste, elle se souvint qu'un homme avait appelé Tor et qu'elle avait promis de transmettre le message.

« Mon Dieu, qui était-ce ? » *Oh Ollie, faites que ce soit Ollie !*

« Voyons, de qui pouvait-il bien s'agir ? » Cissy posa sa cigarette pour mieux réfléchir. « Oh ! je sais. Quel était son nom déjà ? Toby Williamson. Il a dit que nous nous étions tous rencontrés chez les Huntington. Je ne m'en souviens pas du tout. Il voulait savoir s'il ne vous était rien arrivé pendant les émeutes et a laissé un numéro de téléphone. »

Le cœur de Tor se serra. « C'est gentil de sa part.

— Est-ce que c'est celui qui a une collection d'insectes et qui écrit de la poésie ? s'enquit Ci d'un air railleur. C'était trop drôle, ajouta-t-elle en se tournant vers les autres. Tor m'a lu quelques vers "Mon cœur est un outil/Mais que j'étais gentil !" improvisa-t-elle d'un ton enjoué. Tor sentit ses joues s'enflammer de honte.

Elle mesurait sa propre cruauté d'avoir montré ce très sympathique poème à Ci, qui avait probablement distrait son cercle d'amis du club aux dépens de son auteur. Celui-ci avait croisé sa route au Palais du Gouverneur. Très agréable, cet homme, qui enseignait aux enfants, lui avait parlé d'oiseaux et ensuite de vêtements féminins. À l'époque, totalement absorbée par sa relation avec Ollie, elle n'avait retenu aucun de ses propos. Elle se souvenait simplement de son gentil sourire et du fait qu'à un moment de leur conversation il avait abordé la question de la poésie moderne. Finissant par lui avouer qu'elle n'y connaissait rien, elle lui avait suggéré d'en parler à son amie Viva. Il ne s'était pas moqué d'elle mais l'avait contemplée d'un air songeur.

« Je vous envie, avait-il conclu. Vous avez encore tout à découvrir. »

Je téléphonais juste pour savoir si vous alliez bien. C'était adorable, mais elle ne se souvenait même pas du son de sa voix.

Lorsque Ci eut quitté la pièce, Rose demanda : « Vas-tu le rappeler ?

— Je n'en sais rien, répondit Tor qui se sentait soudain épuisée. C'est un intellectuel.

— Qu'as-tu à perdre, à part ton billet de retour ?

— C'est vrai. »

473

— Jouons à pile ou face.» Rose sortit de son sac une pièce de trois roupies. «Pile, tu appelles, face, tu n'appelles pas.»

Elle lança la pièce en l'air puis la fit claquer sur la paume de sa main.

«Pile», annonça-t-elle.

40

Lorsque Frank et Viva montèrent à l'arrière de la voiture après le déjeuner, celle-ci abaissa aussitôt l'accoudoir séparant leurs deux sièges.

«Je ne peux pas supporter cette femme! explosa-t-elle dès qu'ils furent en mouvement. Comment ose-t-elle parler à Tor sur ce ton?

— Attention.» Frank jeta un coup d'œil au chauffeur qui tendait visiblement l'oreille dans leur direction. «Peut-être boit-elle parce qu'elle est effrayée, ajouta-t-il à voix basse. Tout ce qui comptait dans sa vie est en train de disparaître.

— Eh bien, je la déteste quand même, marmonna Viva. C'est un pur poison.»

Il posa sa main sur celle de sa compagne.

«Viva, je suis inquiet à l'idée que vous rentriez seule à Byculla. Laissez-moi vous accompagner un peu.

— Non, non, il n'en est pas question.

— Parlez-moi, je vous en prie. Il nous reste si peu de temps, maintenant.

474

— Ne suis-je pas en train de vous parler ? dit-elle en se dégageant.

— Nous ne pouvons pas faire comme si rien ne s'était passé. »

Bien sûr que si, pensa-t-elle. Ce n'était pas la première fois qu'elle se sentait contrainte à agir ainsi.

Néanmoins, elle éprouvait un trouble particulier à se sentir si vivante aux côtés de Frank. Elle était consciente des muscles de ses cuisses sous le pli de son pantalon et de son avant-bras, reposant négligemment sur l'accoudoir. Son propre corps s'enflammait de sensations nouvelles. Pourtant, elle n'en retirait qu'un sentiment de dégoût envers elle-même. Il lui avait annoncé la mort possible de Guy, et au lieu d'être en proie au moins à un semblant de tristesse, elle s'était abandonnée à ses instincts les plus primaires.

« J'ai beaucoup de travail à rattraper et Mr Jamshed n'est pas loin. Regardez », s'écria-t-elle alors qu'ils remontaient Queen's Road. Elle désigna les rues paisibles, les palmiers et la mer au-delà. « Tout semble redevenu parfaitement normal, c'est comme si les émeutes n'avaient jamais eu lieu. »

Il poussa un soupir d'exaspération, la regarda et se détourna de nouveau.

« Je veux vous revoir, dit-il. Il le faut. Ce qui s'est passé n'a rien à voir avec les émeutes ni avec Guy. Vous savez que c'est la vérité. »

Elle jugea plus prudent de rester silencieuse. La nuit précédente avait été un moment de folie passager, un manquement à la discipline qu'elle s'imposait. Rien ne faisait plus souffrir que l'amour, elle devait absolument garder cela à l'esprit.

« Pas encore. C'était beaucoup trop tôt et… »

Un haut-le-cœur la fit taire. Elle désirait avant tout se laver, dormir, cesser de penser pendant quelques heures.

« Avez-vous peur que l'on me voie monter dans votre chambre ? »

Alors qu'il approchait sa tête de la sienne, elle sentit l'odeur de ses cheveux et de sa peau.

« Oui.

— Je pensais que vous vous moquiez de l'opinion des autres, c'est ce que j'aime chez vous. »

Devant son sourire, elle se mit à trembler.

« Eh bien, je ne m'en moque pas. » La voiture s'était immobilisée au feu rouge, près de Churchgate. Sur le trottoir, tout près d'eux, deux hommes se savonnaient et se rinçaient en se versant mutuellement un seau d'eau sur la tête. « Personne ne se moque de ce que pensent les autres, en fin de compte, ajouta-t-elle. À moins d'être fou ou malade. »

Un essaim de petits mendiants entoura leur voiture, rivalisant d'efforts pour lustrer la carrosserie. Lorsque Frank baissa la vitre et leur donna quelque menue monnaie, son bras effleura Viva dont le corps se mit à frissonner.

« Quand le saurons-nous ? » demanda-t-elle tandis que la voiture démarrait et prenait la direction de l'hôpital. « À propos de Guy, je veux dire. La police a-t-elle annoncé la nouvelle à ses parents ?

— Je n'en sais rien. J'obtiendrai peut-être quelques informations à l'hôpital en rentrant. Voulez-vous que je vous laisse un message ou que je vienne vous dire ce que j'ai appris en personne ?

— Laissez un message. Ne venez pas. »

Il la regarda sans rien dire.

«J'ai été horrible avec lui, reprit-elle. S'il était malade – je veux dire vraiment atteint d'une maladie mentale – j'aurais dû demander de l'aide.

— Viva, vous n'avez pas été horrible, argua-t-il patiemment. N'oubliez pas que j'étais là aussi et que ce n'était pas votre faute.

— L'hôpital est-il encore loin ? » Elle était soudain impatiente de se débarrasser de sa présence gênante.

« À deux rues d'ici. Tor et les Mallinson quittent les Indes, dit-il en s'efforçant visiblement d'adopter un ton neutre. Avez-vous l'intention de partir aussi ?

— Pas encore. Et vous ?

— On m'a proposé un poste à Lahore, ce travail de recherche dont je vous ai parlé.

— Allez-vous l'accepter ? demanda-t-elle, le regard fixé au loin.

— Je n'ai pas encore pris ma décision. »

Tout en observant les vendeurs de rue dressant leurs étals, les lumières s'allumant autour de la fontaine Flora, les fins nuages se dessinant sur le ciel couleur d'arc-en-ciel, elle se demanda si elle ne risquait pas de regretter, pendant le reste de sa vie, d'avoir laissé cet homme lui filer entre les doigts. Pendant que le chauffeur garait provisoirement la voiture, elle suivit Frank sur le perron qui menait à l'entrée principale de l'hôpital.

« Sans doute devrais-je vous remercier d'être venu à notre secours, mais je ne sais pas quoi ajouter. Je crois que je n'ai pas encore vraiment assimilé ce qui s'est passé. »

Il s'immobilisa, une main sur la porte. «À propos de nous ou à propos de Guy? N'oubliez pas que c'est une rumeur pour le moment.

— Les deux.»

Elle remarqua la pâleur de son visage. L'air épuisé, il la scrutait fiévreusement, à la recherche du moindre indice lui permettant de mieux la comprendre. «Ne dites rien que vous ne pensez pas, supplia-t-il, et promettez-moi que vous n'aurez pas honte de ce qui est arrivé.

— Je n'en ai pas honte; j'ai l'impression d'avoir vécu un tremblement de terre.

— Ah! cela, je peux le comprendre.»

Alors qu'il allait ajouter quelques mots, elle posa la main sur sa bouche.

«Non s'écria-t-elle, non, je vous en prie. Pas encore.»

Sur le trajet du retour, elle ne vit aucun signe d'émeute. Byculla avait toujours ses vieilles rues percées de nids-de-poule, ses bâtiments délabrés, ses marchés et ses étals de fleurs.

Elle pénétra dans la maison. Rien n'avait changé non plus, les bicyclettes se trouvaient toujours dans l'entrée où régnait, comme à l'accoutumée, une odeur de curry.

Mr Jamshed se tenait dans la pièce de devant. Se livrant à ses prières de l'après-midi, face au soleil, il était vêtu de la tunique blanche nécessaire à la pratique de sa religion et de la ceinture de laine enroulée trois fois, symbole des trois grands principes qui guidaient

478

sa vie : veiller à n'avoir que de bonnes paroles, de bonnes pensées et de bonnes actions.

Elle attendit sur le seuil, immobile. Lorsqu'il priait, son visage habituellement jovial paraissait réservé, sévère, tel celui d'un prophète de l'Ancien Testament.

Au grincement de la porte, il avait ouvert les yeux. « Miss Viva.

— Pardonnez-moi de vous interrompre, mais allez-vous tous bien ? s'enquit-elle. J'étais tellement inquiète à votre sujet !

— Nous allons à peu près bien, répondit-il en jetant sur elle un regard distant. Pas d'émeutiers dans la rue, heureusement, et je n'ai rien entendu d'alarmant au sujet de votre école, votre foyer, ou je ne sais quel nom vous lui donnez.

— Oh tant mieux ! Quel soulagement !

— Pas vraiment. » Son visage gardait une expression fermée. « Il s'est passé ici d'autres événements graves. Venez, l'invita-t-il d'un geste. Mieux vaut que je vous montre cela moi-même. »

Il enfila ses sandales usées et verrouilla la porte d'entrée derrière eux, ce qu'elle ne l'avait jamais vu faire auparavant.

« Voyez-vous, précisa-t-il en gravissant l'escalier, pendant que vous étiez partie, des perturbateurs ont pénétré dans notre maison. Ils ont mis votre chambre sens dessus dessous et causé d'autres dommages. Au début, j'ai pensé qu'il s'agissait de voyous, mais je pense maintenant qu'il s'agissait probablement de l'un de vos amis.

— Un ami ?

— Attendez.» Arrivé devant la chambre de Viva, il leva la main. «Je m'expliquerai dans une minute.»

Dès que la porte s'ouvrit, elle poussa un cri de saisissement. Malgré les rideaux fermés, elle distinguait, dans la semi-obscurité, sa machine à écrire gisant sur le sol, ainsi que ses robes, chemisiers, culottes et dessins, jetés au hasard. Un porte-jarretelles avait été suspendu à un crochet de tableau, en guise de piteuse décoration.

«Oh non!» Elle se précipita vers le petit placard en pin à côté du lit, où elle conservait le premier jet de son livre. Il était toujours là.

Mr Jamshed ouvrit les rideaux d'un geste ferme.

«Ce n'est pas tout. Regardez», dit-il en désignant le mur. Elle vit au-dessus du lavabo, trois photographies. Sur la première, elle était appuyée contre la balustrade du *Kaiser-i-Hind*, la chevelure soulevée par le vent; près d'elle, Nigel, doté, pour une fois, d'une allure de personnage interlope grâce à son blazer à rayures, lui donnait un coup dans les côtes. La deuxième photo la montrait quittant la réception de Daisy, étourdie et heureuse, ses chaussures à la main; une légende tracée en grandes lettres irrégulières s'étalait au-dessous: «Putain.» La troisième exposait sa sortie avec Frank, saisie au moment où ils quittaient le café de Mustapha. Viva baissa les yeux et aperçut soudain sur la courtepointe, à côté d'un marteau et d'une poignée de clous, un quatrième cliché, plutôt flou, pris par Tor et qui la représentait allongée sur une chaise longue à côté de Guy.

Alors qu'elle se dirigeait vers le lit, elle sentit le crissement du verre brisé sous ses semelles. Elle venait de marcher sur un récipient votif, contenant un petit cierge presque entièrement consumé.

«Des bougies brûlaient sous toutes ces photos lorsque je les ai trouvées, expliqua Mr Jamshed. Ma maison aurait pu être réduite en cendres.»

Elle s'assit sur des vêtements épars qui jonchaient le lit et secoua la tête.

«Je sais qui a fait cela, déclara-t-elle. Il se peut qu'il soit mort, mais je n'ai pas encore de certitude.»

Dès qu'elle eut prononcé ces paroles, elle sentit qu'elles pouvaient paraître étranges. «Vous devez penser que je suis folle, reprit-elle.

— Madame, articula Mr Jamshed d'un ton très formel, je ne crois pas que vous soyez folle, mais je ne peux pas vous permettre d'introduire le danger dans notre maison.

— Que voulez-vous dire?»

Il poussa une exclamation de dégoût. «Vous savez parfaitement ce que je veux dire. Comment votre père ou vos frères peuvent-ils vous laisser vivre ainsi?

— Je n'ai ni père ni frère.

— Écoutez, je ne sais rien de vous. Je ne vous ai jamais fait part de mes convictions, mais je vais le faire maintenant. Le dieu que je priais quand vous êtes arrivée s'appelle Ahura Mazda. Je ne reçois dans la vie que ce qu'il m'envoie. Quand je vois tout cela, fit-il en désignant la chambre d'un geste ample, je sais que je l'ai déçu. Je suis comme un enfant qui a rapporté un jouet dangereux dans la maison. Non, non! s'exclama-t-il alors qu'elle était sur le point de protester, laissez-moi finir. Ceci est en partie de ma faute. Mes filles veulent être aussi modernes que vous et je souhaite qu'elles soient éduquées, mais c'est aussi là que réside le danger. Dans notre religion, la pureté est au centre de toutes nos actions. Alors maintenant…» Les mots lui manquèrent et il leva les bras, le visage décomposé. «J'ai l'impression que ma maison est salie.

— Vous connaissez mes amis.» Viva sentait le sol s'écrouler sous ses pieds et ne savait pas quoi faire. «Vous les avez vus à la réception. Vous les aimiez bien.»

Il haussa les épaules. «Je ne les connais pas. Et lui…» Mr Jamshed secoua le doigt vers la photo de Nigel. «Qui est-ce? Et lui? s'écria-t-il en désignant Guy. Est-ce un autre homme qui vient dans votre chambre?

— C'est juste un jeune garçon que j'ai accompagné sur le bateau, on m'a payée pour cela. Je ne le connaissais pas avant.

— Vous ne le connaissiez pas! Et vous, une jeune fille, avez été payée pour l'amener ici? Non, c'est inimaginable. Même en Angleterre, on ne devrait pas laisser faire ce genre de choses.»

Sous les sourcils froncés, ses yeux n'étaient plus que chagrin.

«Madame, je suis un parsi. Nous avons les idées larges mais j'ai également trouvé dans votre chambre des bouteilles d'alcool. Je suis très inquiet pour ma famille. Je me fais déjà éreinter par les gens du quartier parce que j'envoie mes filles à l'université. Et tous ces enfants, que vous êtes supposée aider!» Il se frappa la tempe dans un geste de réprobation incrédule.

Elle baissa la tête. Toutes leurs différences, auparavant source d'enrichissement mutuel, creusaient aujourd'hui entre eux un gouffre impossible à franchir.

« Monsieur Jamshed, articula-t-elle. J'imagine ce que vous pensez, mais je dois vous poser une question urgente. Quelqu'un a-t-il vu ce garçon dans la maison ? ajouta-t-elle en désignant la photographie de Guy.

— Ce garçon ? Mon voisin Mr Bizwaz a décrit quelqu'un qui lui ressemble, qui avait l'air d'un Anglais. Dans la rue, il a retiré son manteau et ses chaussures, puis y a mis le feu. Mon voisin a couru après lui mais il s'est enfui.

— Il n'a brûlé que son manteau et ses chaussures ?

— Exactement. »

Elle assimila lentement cette information.

« Vous en êtes sûr ?

— Mr Bizwaz ne ment pas, déclara-t-il avec un regard de colère.

— Mon Dieu ! s'écria-t-elle, mais ce sont de bonnes nouvelles. Nous pensions qu'il pouvait être mort.

— Vous pensiez qu'il pouvait être mort ? dit-il en se grattant la tête comme pour chasser des pensées importunes. Mrs Daisy Barker m'a affirmé que vous étiez une jeune fille anglaise très respectable… Pour moi, la situation est critique, Miss Viva. Je ne peux pas vous permettre de rester. Sauf cette nuit, car il fait sombre, mais vous devrez partir demain.

— Monsieur Jamshed ! Honnêtement, je peux tout vous expliquer. Laissez-moi vous amener Mrs Barker, qui vous confirmera…

— Madame, pardonnez-moi, intervint-il en levant les bras comme pour se protéger. Mais vous êtes toutes deux des étrangères et vous ne savez pas tout. Je ne peux que me répéter : certains hommes, par ici, sont des fanatiques. Ils pensent déjà que les femmes comme vous sont… » Il s'interrompit, incapable de prononcer l'insulte. « … impures, reprit-il. Je vous ai défendue jusqu'à présent. Je ne peux plus le faire, c'est trop dangereux.

— Je comprends ; je ne suis pas idiote. »

Les mots se déversaient maintenant de la bouche de son hôte. « Vous n'êtes pas idiote et cela me peine de vous parler ainsi. Si je suis tellement inquiet, ce n'est pas seulement pour vous, mais aussi pour mes enfants. Vous ne savez pas de quelle façon les gens ordinaires vous regardent. Ils vous sourient mais en réalité ils sont complètement déroutés. Vous n'avez pas de famille, pas de mari, pas d'enfant, pas de bijoux. Qu'êtes-vous exactement ? Qui êtes-vous ? Croyez-moi, madame, il est horrible de dire de telles choses à une étrangère dans notre pays, mais je le dois. » Il hocha la tête en se dirigeant vers la porte.

« Puis-je dire au revoir à Mrs Jamshed, Dolly et Kaniz ? demanda-t-elle.

— Non, je suis désolé. Mes filles sont là mais je ne veux pas que vous les revoyiez. »

41

Viva avait entendu parler du phénomène selon lequel certaines personnes – faibles d'esprit, avait-elle supposé jusqu'ici – une fois accusées d'un crime qu'elles n'ont pas commis, se sentent pourtant coupables. Le lendemain matin, en franchissant le portail du foyer, elle comprit cette réaction ; elle avait l'impression de transporter une bombe.

Une fois que Mr Jamshed était sorti de la chambre, elle avait passé deux heures à décrocher les photos, les jeter, ranger la pièce et faire ses bagages.

Elle n'avait ensuite quasiment pas dormi, incapable de réprimer les pensées qui tournoyaient dans sa tête, mêlant Guy, Frank (elle ne pouvait se départir de l'idée que sa folle nuit à Ooty avait, d'une certaine façon, été instantanément punie), Daisy et le foyer, le tout associé au fol espoir d'un revirement soudain de Mr Jamshed.

Où pouvait-elle aller maintenant ? Selon le cours normal des choses, Daisy lui aurait proposé un lit, mais la directrice allait être extrêmement contrariée de perdre Dolly et Kaniz, ses précieuses étudiantes ; et si elle prenait au sérieux les rumeurs au sujet de l'immoralité de son assistante, que se passerait-il ? Il était possible qu'elle refuse dorénavant sa collaboration, ce qui signifierait un retour au foyer de jeunes femmes. Sombre perspective.

Elle poussa la porte d'entrée ornementée. Avec soulagement, elle constata que l'atmosphère restait absolument identique à celle de tous les autres jours à l'intérieur, comme à l'extérieur de la maison. Mrs Bowden faisait la lecture à sa classe de couture, articulant, avec son accent typique du Yorkshire, une comptine extraite d'un recueil que Viva reconnut : *Poésie anglaise pour les petites Indiennes*

Petite gouttes d'eau,
Petits grains de sable

Font le vaste océan
Font la terre jolie

Petits gestes gentils
Petits mots d'amour
Font un paradis
Comme celui du ciel.

En traversant la cour, Viva observa le jardinier, coiffé d'une chéchia, en train de balayer quelques feuilles humides. Sur les bancs, des rangées de patients attendaient paisiblement l'ouverture du dispensaire à dix heures et quart.

Elle longea le couloir, presque étourdie par la tension nerveuse qu'elle s'efforçait de contenir. Et si Daisy ne croyait pas sa version au sujet de Guy, des photographies, du faux suicide ou de la raison pour laquelle Frank était inopinément apparu à Ooty ? De l'extérieur, tout cela semblait vraiment tiré par les cheveux.

La directrice se trouvait dans son bureau, petite silhouette solitaire, assise derrière une pile de lettres, griffonnant avec diligence, dans une totale concentration. Lorsqu'elle aperçut Viva, elle sursauta et se leva avec un large sourire.

« Oh, salut à vous ! Que je suis contente de vous voir ! Avez-vous passé de bonnes vacances ? » Elle planta distraitement son crayon dans son chignon.

« Excellentes. » Viva avait décidé de prendre le taureau par les cornes. « Mais j'ai peur d'avoir de très mauvaises nouvelles à vous annoncer. »

La directrice écouta avec attention le récit de son interlocutrice, qu'elle ponctua de quelques «Ooh!» et «Non, pas possible!»

«Quel dommage, vraiment, s'il empêche Dolly et Kaniz d'aller à l'université! fut sa première réaction. Ce sont des étudiantes brillantes qui adorent travailler. Quant à cette histoire avec Guy…» Des plaques rouges apparaissaient dans son décolleté, malgré son visage serein. «Croyez-vous qu'il va continuer à répandre des rumeurs à notre sujet? Cela pourrait avoir de graves conséquences.

— Oh Daisy, je suis tellement désolée! Rien de tout cela ne serait arrivé si je n'étais pas venue travailler ici.

— Je refuse de vous entendre parler ainsi, c'est un raisonnement idiot. Mr Jamshed a raison, il y a des espions partout et les habitants du quartier ne savent pas quoi penser de nous: comment le pourraient-ils? Ils n'ont jamais vu de femmes de notre genre auparavant.

«De plus Mr Gandhi, en prêchant la non-violence, montre aux hommes et femmes pauvres, qui ont jusqu'à présent été terriblement opprimés, qu'ils peuvent faire la différence. La colère enfle envers les Anglais, la colère de la misère, la colère de voir éduquer leurs femmes. Dans un sens, nous somme coincés entre deux révolutions. À plus ou moins longue échéance, le couvercle de la marmite va sauter. Quand des gens comme ce Guy répandent des rumeurs, cela n'arrange rien, mais n'imaginez pas un seul moment qu'il soit l'unique cause de la situation.

— Que pouvons-nous faire à son sujet?

« — Bonne question. On ne peut pas arrêter quelqu'un parce qu'il met le feu à son manteau.

— Mais il s'est introduit dans ma chambre.

— À quoi pensez-vous exactement ?

— Je pourrais le dire à la police.

— Peut-être. » Daisy hésitait. « En faisant cela, nous risquons cependant d'ouvrir la boîte de Pandore. La police subit déjà des pressions de la part de têtes brûlées du Congrès pour essayer de nous mater. Jusqu'ici, nous avons pu résister.

— Et du côté des Anglais, qu'en pense-t-on ?

— La dernière fois qu'un membre officiel du gouvernement est venu ici, il a admis que nous faisions du bon travail, mais nous a conseillé de fermer l'établissement, sous le prétexte qu'on ne pouvait plus garantir notre protection. C'était avant votre arrivée. J'aurais sans doute dû vous le dire. »

Les deux femmes échangèrent un regard.

« Quand j'en ai parlé au personnel et aux enfants, tout le monde s'est mis à pleurer et à nous supplier de ne pas partir. C'était horrible et pathétique. Ces enfants n'ont rien. Je ne veux pas dire qu'ils souhaitent tous être ici, ce qui n'est pas le cas, mais si nous les abandonnons, ils meurent ou se retrouvent dans la rue. Ce n'est pas difficile à comprendre ! »

Elle avait retiré ses lunettes qu'elle tournait distraitement entre ses doigts.

« Que faire, Daisy ? Vous avez travaillé si dur pour réaliser tout cela ! »

Les yeux de la directrice, sans l'écran des verres correcteurs, semblaient tout à coup vieillis – vieillis et effrayés.

«J'ai besoin des enfants autant qu'ils ont besoin de moi, déclara-t-elle doucement. Voilà la vérité. Bon, allons de l'avant, poursuivit-elle en chaussant de nouveau ses lunettes. Revenons à ce problème particulier. Pensez-vous que ce Guy peut encore frapper, ou que ce n'était qu'une farce de mauvais goût?

— Je n'en sais rien, mais ce que je sais c'est que je détesterais qu'on ferme ce foyer à cause de moi.»

Des pensées contradictoires se bousculaient dans l'esprit de Viva: oui, elle avait peur de Guy et oui, s'il était vraiment malade, elle aurait dû éprouver de la compassion à son égard. Pourtant, elle ne ressentait, purement et simplement, que de la rage. Comment ce petit poseur faible d'esprit pouvait-il provoquer de tels dégâts? Il avait passé des années difficiles en pension, et alors? Il n'avait jamais éprouvé la faim, au contraire des enfants de cette institution, ni trimé sans relâche comme Daisy, pour nourrir et éduquer ses petits protégés. Sans parler d'autres conséquences, plus difficiles à admettre. Il avait déclenché en elle un sentiment d'insécurité qui l'avait propulsée dans les bras de Frank, tels une désespérée ou un animal sauvage terrorisé. Deux jours après, que pouvait-il bien penser d'elle?

Elle s'assit un moment, pour réfléchir. Au-dehors, les enfants chantonnaient: «Une poule sur un mur, qui picote du pain dur, picoti picota, un p'tit tour et puis s'en va.»

«Je n'irai pas voir la police, déclara-t-elle enfin. Nous avons trop à perdre.

— En êtes-vous sûre? Je ne veux pas que vous vous mettiez en danger.

— Tout à fait sûre. Je crois qu'il s'est donné en spectacle et va rentrer chez lui.

— Sans regret ?

— Sans regret. » Elles se regardèrent en souriant, comme si elles comprenaient toutes deux que certains mensonges valaient la peine d'être proférés.

Le soir même, Viva emménagea dans une nouvelle chambre, au premier étage du foyer. La pièce, aussi nue qu'une cellule de nonne à son arrivée, abritait un lit de fer, un placard aux portes éraflées, et un bureau sommaire, constitué d'une planche posée sur deux caisses d'emballage. Cette sobriété convenait à la nouvelle occupante, qui y voyait une incitation au travail, voire à la pénitence – elle ne parvenait pas à étouffer totalement son sentiment de culpabilité. Quand elle se levait du bureau et ouvrait les volets délavés, elle avait devant les yeux le feuillage duveteux du tamarinier. Daisy lui avait raconté qu'au nord du pays l'ombre de cet arbre était considérée comme sacrée par Krishna. Le dieu, qui personnifiait l'amour idéal, s'était assis sous un tamarinier lorsqu'il avait été séparé de Rhada, et avait éprouvé la grâce de sentir l'esprit de sa bien-aimée pénétrer en lui.

Talika lui avait rapporté une histoire beaucoup plus sinistre : selon elle, l'arbre était hanté. Elle lui avait montré de quelle façon les feuilles se repliaient la nuit, en raison de la présence de nombreux fantômes ; tout le monde le savait.

Le matin, Viva entendait le son funèbre de la conque sonnant l'heure du réveil, le murmure des voix d'enfants provenant du dortoir et, occasionnellement, le tintement étouffé d'une cloche lorsque quelques-uns d'entre eux se livraient à leurs prières.

Après sa conversation avec Daisy, toutes deux s'étaient mises d'accord sur un nouvel emploi du temps. Viva devait délivrer quatre heures d'enseignement chaque matin, puis, après le déjeuner, consacrer l'après-midi à recueillir par écrit les récits des enfants. Tâche atroce entre toutes. La veille, elle avait passé deux heures avec Prem, petite fille gujarati aux yeux tristes, qui lui avait relaté le tremblement de terre de Surat, la ville où elle était née. Sa famille entière avait disparu ; elle avait été recueillie par une gentille dame qui lui avait dit de l'appeler «tata», l'avait amenée à Bombay, puis l'avait contrainte à se prostituer – à devenir une «fille de joie», avait-elle articulé avec un petit sourire chagrin. Elle avait été utilisée, brutalisée par toutes sortes d'hommes avant de s'enfuir et de venir au foyer.

À la fin de son histoire, Viva lui avait proposé de changer son nom dans le récit.

«Non, avait-elle répondu. C'est la première fois que je raconte cette histoire à quelqu'un. Le nom de Prem ne doit pas disparaître.»

Deux autres fillettes, qui avaient accompli le trajet à pied depuis Dhulia, lui avaient raconté ce qui leur était arrivé. Promises à des hommes de leur village, vieux et brutaux, elles avaient refusé de se soumettre et avaient été battues sauvagement par leurs parents.

«Nous ne sommes que des villageoises, mais nous changeons, avait décrété l'aînée des deux,

491

adolescente au regard fier. Nous ne méritons pas de servir de monnaie d'échange, comme une vache ou une jument. »

Quelques jours plus tard, Viva était assise à son bureau, tapant comme une mitraillette, sur sa machine, les notes relatives à Prem, lorsqu'un coup léger fut frappé à la porte.

« Une dame vient vous voir, madame, articula une timide petite orpheline nommée Seema. Elle s'appelle Victoria. »

Tor jaillit dans la chambre et enlaça son amie avec élan.

« Viva, j'ai besoin de vous parler immédiatement. Je suis dans un tel état de nerfs que j'ai l'impression de devenir folle.

— Seigneur ! » Viva jeta un coup d'œil mélancolique à son travail. « Que se passe-t-il ? »

Tor se débarrassa de son chapeau, s'assit sur une chaise et souffla bruyamment. « Avez-vous quelque chose à boire ? Je ne sais pas par où commencer. »

Son hôtesse se leva et versa de l'eau dans un verre.

« Commencez par le commencement, suggéra-t-elle.

— Eh bien, vous vous souvenez de cet affreux déjeuner chez les Mallinson, au cours duquel Geoffrey nous a annoncé qu'ils pourraient quitter les Indes ? Je pensais qu'il plaisantait, mais ce n'était pas le cas. Après votre départ, Ci a fini à elle seule la bouteille de champagne, a bu autre chose, et ne s'est pratiquement pas arrêtée de boire depuis. C'est horrible ! Elle était épouvantable avec moi depuis des mois, mais l'autre jour nous avons eu une terrible dispute», déclara-t-elle, avant d'engloutir son verre d'eau d'un trait.

— À quel sujet?

— Elle était allée au club le matin et elle s'était disputée avec Mrs Percy Booth, l'une de ses perfides amies, à propos d'un manteau qu'elle lui avait prêté et qui ne lui avait pas été rendu.

«Elle est entrée dans une colère noire. Quand Mrs Percy Booth lui a téléphoné le lendemain, elle lui a raccroché au nez. Le téléphone a immédiatement sonné de nouveau : elle a chargé Pandit de prendre le message, ce qu'il a fait. Tout à coup, elle s'est énervée après lui, en le sommant de lui rapporter exactement les paroles de son interlocutrice, tout en lui jurant qu'il n'aurait aucun ennui. Le pauvre a réfléchi un moment, a pâli et s'est exécuté : "Cette dame a dit que vous étiez complètement folle. Excusez-moi, madame." Une demi-heure plus tard, il sortait de la maison entre deux gardes armés. Il ne pouvait pas s'empêcher de pleurer. C'était insupportable injuste. J'ai hurlé : "Comment pouvez-vous être aussi mesquine ! Vous lui aviez promis qu'il n'aurait aucun ennui !" Elle m'a fixée de son regard d'aigle. Je l'ai presque frappée, Viva, mon bras droit me démangeait ! Depuis, elle se fait porter des plateaux dans sa chambre et ne m'adresse plus la parole.

— Mais vous partez la semaine prochaine ! Comment peut-elle se comporter ainsi?

— C'est maintenant que vient la partie la plus incroyable de mon histoire. Vous vous souvenez de cet homme, Toby Williamson? Il avait téléphoné quand nous étions à Ooty pour savoir si j'allais bien.

Je me souvenais à peine de lui, je revoyais vaguement quelqu'un de très mal habillé et d'un peu excentrique – en fait il avait emprunté le smoking de son père ce soir-là.

« Après plusieurs jours de quarantaine imposés par Ci, j'avais tellement hâte de sortir de la maison que j'ai téléphoné à ce Toby au Willoughby Club. Je n'avais rien à perdre. Maman m'avait envoyé une liste de choses qu'elle voulait que je lui rapporte et je savais que je devais lui trouver un cadeau. Pandit parti et Ci enfermée, j'avais besoin d'un chauffeur.

« Il est venu immédiatement. Sa voiture était un vrai bric-à-brac, remplie de vêtements et de livres. Cissy, qui était descendue avec l'espoir que quelqu'un d'amusant venait la distraire, le regardait comme s'il n'était rien d'autre que du pipi de chat.

« Un moment, il est resté muet ; je faisais presque la tête. Vous savez bien à quel point je peux être stupide. Cette scène me semblait si décevante !

« Puis il m'a proposé de m'emmener d'abord à un endroit appelé Bangangla. Cette perspective me paraissait particulièrement ennuyeuse – il s'agissait de voir des lieux de sépulture et un lac. J'ai insisté pour aller faire des courses, en lui expliquant qu'il était important que je m'incline devant les desiderata de Maman.

« Il m'a emmenée au magasin Army & Navy. "Dites-moi comment est votre mère, a-t-il demandé au rayon des chapeaux. Je suis doué pour les cadeaux." "Vous n'allez pas le croire, ai-je répondu. Elle est minuscule, comme un oiseau."

« Il a tendu la main, a saisi l'un de ces horribles casques coloniaux à plume d'autruche et se l'est enfoncé sur la tête. Nous avons échangé un regard et sommes partis dans un fou rire. Cela ne m'était jamais arrivé avec quelqu'un que je ne connaissais pas ; c'était vraiment délicieux. Je devais avoir les nerfs à bout ou j'étais simplement soulagée de me trouver avec quelqu'un d'à peu près mon âge, et loin des Mallinson.

— Qu'est-il arrivé ensuite ?

— Nous avons fini par acheter un éléphant en teck. Toby m'a appris que les têtes d'éléphant doivent toujours être tournées vers la porte pour porter chance – en fait je ne me souviens plus s'il a parlé de la tête ou de la queue. Dès que l'objet a été emballé, j'ai su que ma mère ne l'aimerait pas, car mes cadeaux ont toujours l'art de l'agacer prodigieusement. Pour revenir à notre sujet, après nos courses, il m'a emmenée à Bangangla. C'est un endroit très étrange et paisible, une sorte de lac secret, en plein milieu de Bombay, avec des marches tout autour.

« Nous avons déjeuné dans un petit restaurant non loin de là. Ensuite, nous nous sommes assis sur les marches et nous avons parlé très longtemps, d'abord à propos de son travail – c'est un biologiste, un spécialiste des oiseaux, ou quelque chose comme ça ; il enseigne dans une pension de garçons dans le Nord, pour gagner de l'argent. Après, nous avons abordé un tas de thèmes, notre enfance, nos parents, tous les événements ordinaires dont je ne parle pas aux hommes comme Frank ou Ollie, parce qu'ils sont trop séduisants et que les avertissements de ma mère ou de Cissy me reviennent toujours à l'esprit dès que je me montre trop sincère ou que je pense ne pas être assez intéressante pour eux. Avez-vous de la poudre contre la migraine, Viva ? Désolée, je sais que je parle trop mais je vais en venir à mon sujet. »

Le médicament fut dissous dans de l'eau. Tor s'étendit une seconde, un linge humide sur le front, puis se releva aussitôt.

« Voilà le plus intéressant, reprit-elle. Pendant notre conversation, j'ai remarqué qu'il avait une jolie bouche et qu'avec une coupe de cheveux décente il serait presque beau. Quand il a commencé à me réciter un poème, je l'ai interrompu. "Écoutez, lui ai-je dit. Je vous préviens, je ne suis pas très futée ; je ne connais qu'un seul poème, intitulé *Ithaque* et je trouve que c'est de la foutaise."

— Qu'a-t-il dit ? demanda Viva en riant.

— Il a dit : "Pourquoi ?" et j'ai répondu : "Parce que c'est un mensonge. Ce poème prétend que le simple fait de voyager fait découvrir des diamants et des perles, nous enrichit en un mot. En ce qui me concerne, mon séjour aux Indes va plutôt m'appauvrir une fois rentrée, car si je n'étais pas venue, je ne saurais pas aujourd'hui à quel point la vie peut être merveilleuse ailleurs qu'en Angleterre."

« Il s'est tu pendant un bon moment ; nous sommes tous deux restés silencieux. Une petite procession funèbre se dirigeait vers le lac. Nous avons regardé un homme se déshabiller, se laver, puis répandre les cendres de son père sur l'eau. C'était vraiment triste. Toby m'a expliqué que le fils du défunt était en train de faire ses adieux. Lorsque je lui ai raconté ce qui s'était passé avec Pandit, il s'est montré aussi horrifié que moi.

« Dans la voiture, sur le chemin du retour, il m'a dit qu'il n'était pas d'accord avec moi au sujet d'*Ithaque*, qui, selon lui, ne parlait pas seulement du plaisir de se lancer vers l'inconnu, mais traitait plutôt de l'importance de trouver qui l'on était vraiment.

« Il a arrêté la voiture près de Chowpatty Beach, devant le coucher de soleil et il m'a embrassée. Oh Viva, est-ce que je suis devenue folle ! s'écria-t-elle, le visage rayonnant.

— La suite, vite ! implora Viva maintenant assise sur le bord de son fauteuil, le corps raidi par l'attention.

— Il m'a dit : "J'ai une idée grotesque à vous soumettre. Vous ne voulez pas rentrer chez vous et je veux me marier. Épousez-moi. Ce sera une aventure, et je sais déjà que vous me faites rire."

— Non, non, non, s'exclama Viva en se couvrant les oreilles des mains, cela ne peut pas être vrai !

— C'est pourtant le cas. » Tor croisa les doigts sur ses genoux et les contempla un moment.

« Vous n'êtes sortie avec cet homme qu'un seul après-midi ! Vous ne pouvez pas faire cela, c'est impossible !

— Cela n'a rien à voir, expliqua son interlocutrice en appliquant de nouveau le linge sur son front. Ne vous est-il jamais arrivé de savoir intuitivement, profondément, ce que vous deviez faire ?

— Non. Jamais de cette façon.

— Toby dit que c'est comme un mariage indien, sauf que nous l'avons arrangé nous-mêmes.

— Mais vous ne savez rien de lui, de ses parents et eux ne savent rien à votre sujet !

— Je sais que sa mère vit à Hampstead avec son père, qui est architecte. Elle écrit de la poésie et va nager tous les matins dans un étang à Hampstead Heath, une bouilloire à la main.

— Oh parfait! C'est très rassurant!

— C'est pour réchauffer l'eau.

— Magnifique!

— Essayez de comprendre, mon amie, implora Tor en joignant les mains comme une enfant. Je n'ai pas à rentrer à Middle Wallop, et je vais avoir une maison à moi. Il dit que notre vie sera un voyage d'exploration – comme celui qu'accomplissent les moines bouddhistes qui partent dans la forêt à la recherche de je ne sais quoi.

— De leur essence intérieure. Je cherche désespérément le moindre élément monacal dans votre récit. Quel âge a-t-il, Tor? s'enquit Viva d'une voix plus douce.

— Vingt-sept ans et demi. Il gagne mille cinq cents livres par an pour son enseignement aux garçons indiens, à Amritsar. Nous y aurons notre propre maison.

— Vous a-t-il sérieusement demandée en mariage?»

Sa compagne prit un air mystérieux.

«Allons, j'attends! insista Viva.

— Je suis fiancée.» Tor roula la manche de sa robe, laissant apparaître un bracelet d'argent autour de son poignet. «Il m'a donné ce bijou – dans la religion hindoue, cela signifie "bien-aimée".

— Vous n'êtes pas hindoue.

— Je sais, et je m'en moque. Nous sommes allés hier au bureau de l'État civil de Bombay et je dois aussi vous montrer ceci.» Elle exposa un anneau d'or accroché à une chaîne autour de son cou. «Nous nous enfuyons ce soir. Je vais laisser un mot à Cissy, et j'ai déjà envoyé un télégramme à ma mère. La chose la plus merveilleuse, Viva, s'écria-t-elle, ses yeux magnifiques brillants d'excitation, c'est qu'il est trop tard pour que quiconque puisse se mettre en travers de notre chemin.»

42

Une fois sa visiteuse repartie aussi brusquement qu'elle était venue, Viva s'assit sur son lit, assommée par ce qu'elle venait d'entendre. La rapidité folle avec laquelle Tor s'abandonnait à ce Toby relevait presque de l'aliénation mentale, et la pensée qu'elle parte ainsi, pour le nord du pays, dans cette vieille voiture, faisait frissonner. Son amie n'était plus qu'une brindille inexorablement emportée vers de dangereux rapides. Une seule chose se révélait positive : Tor avait été tellement absorbée par ce qu'elle avait à raconter, qu'elle n'avait posé aucune question au sujet de Frank.

Viva ne voulait plus parler de lui. C'était terminé.

Elle lui avait envoyé une lettre une semaine auparavant, pour lui apprendre que Guy était vivant ; que son prétendu suicide était apparemment une sorte de «farce» à leur intention ; et qu'elle avait dû, à la suite de cet incident, partir de chez Mr Jamshed.

«Vous avez vraiment été adorable d'adopter ce rôle de chevalier à la brillante armure», avait-elle d'abord écrit. Comprenant soudain qu'il pouvait considérer cette expression comme sarcastique, elle l'avait remplacée : « de nous avoir escortées à la maison. Je pense néanmoins qu'il vaut mieux que nous ne nous revoyions pas ». Dans le premier jet, elle avait ajouté « pendant une longue période, tout au moins », mais elle avait supprimé ce morceau de phrase en songeant qu'une amputation chirurgicale valait mieux qu'une mort à petit feu.

« Mr Jamshed et Daisy m'ont clairement fait comprendre qu'il est, en ce moment, très important de ne pas faire quoi que ce soit qui puisse endommager la réputation du foyer. » S'ils n'avaient pas couché ensemble, elle aurait pu lui parler de la profanation de sa chambre et des reproches pénibles de Mr Jamshed mais, en raison de ces accusations, Frank restait associé à la honte qu'elle éprouvait.

« Je souhaite terminer mon livre. Lorsque ce sera fait, je partirai pour Simla afin de récupérer la malle de mes parents. Bonne chance pour vos entreprises futures. Avec mon bon souvenir, Viva. »

Elle avait posé le point final de cette lettre, dont la rédaction lui avait demandé plus d'une heure. Dès que l'enveloppe avait été fermée, elle s'était sentie si désorientée qu'elle avait voulu se ressaisir en se mettant au travail. Incapable de se concentrer, elle y avait renoncé et s'était contentée d'aller et venir, les bras serrés contre sa poitrine haletante de détresse.

Ce soir-là, incapable de dormir, elle s'était remémoré la petite chambre d'Ooty, sous la pluie battante. Sa souffrance s'était alors muée en colère. Elle méritait tout ce qui lui était arrivé. Le simple souvenir de ses propres larmes, de ses gémissements, de la façon dont elle s'était accrochée à Frank, désemparée, lui répugnait. De tout son être, elle regrettait de n'avoir pas su garder ses distances. Il ne s'agissait pas simplement, pour elle, d'une figure de style. Après la mort de Josie et de ses parents, elle avait appris – et partiellement réussi, hormis le fiasco relatif à William – à se confier le moins possible et à n'entretenir aucun espoir inutile : bref, à ne compter que sur elle-même, ce qui rendait sa vie beaucoup plus facile.

Frank lui répondit deux jours plus tard.

Chère Viva,
Merci de m'avoir mis au courant pour Guy. Le fait de savoir qu'il est vivant est un grand soulagement. Vous allez, sans aucun doute, savoir gérer la situation comme vous l'entendez et n'aurez plus besoin de mes services. Ayant pris la décision d'accepter le travail à Lahore, je pars la semaine prochaine. Bien que vous n'en ayez sans doute pas l'intention, n'essayez pas de me contacter avant mon départ.

Sincèrement vôtre,
Frank.

Elle froissa la lettre et la jeta dans la corbeille à papier. Tout à coup prise d'une frénésie de rangement, elle saisit un balai et élimina soigneusement du sol le moindre grain de poussière. Elle nettoya ensuite le placard à fond et empila ses vêtements avec une précision maniaque. Une fois son papier, ses stylos et sa machine à écrire bien rangés sur le bureau, elle classa ses carnets dans l'ordre chronologique et rédigea un emploi du temps qu'elle épingla sur le mur. Parfait. L'ordre revenait dans sa vie ; le travail pouvait commencer.

501

Ce soir-là, hébétée de fatigue, elle s'allongea dans son lit de fer, près de la fenêtre. Avant de sombrer dans le sommeil, elle entendit le cri d'un bébé chouette qui nichait avec sa mère dans le tamarinier. Talika lui avait affirmé qu'il s'agissait d'un présage annonciateur de désastre. Heureusement, elle ne croyait pas à ce genre de superstition.

43

Le télégramme que Tor avait envoyé à Middle Wallop : « DÉSOLÉE STOP NE RENTRE PAS MARIÉE HIER STOP VAIS ÉCRIRE ET EXPLIQUER STOP TRÈS HEUREUSE STOP BAISERS VICTORIA » entraîna un échange de correspondance acerbe entre Cissy Mallinson et la mère de Tor, chacune convaincue de la responsabilité de l'autre.

Jonti Sowerby tira la première en s'interrogeant : comment il était possible pour une jeune fille de manquer de surveillance au point de pouvoir disparaître ainsi dans les profondeurs des Indes ? Cissy avait-elle entendu parler de ce Toby ? Que pouvait-elle proposer à sa cousine éloignée qui se retrouvait maintenant avec un billet de bateau inutile, d'un prix de soixante livres, ayant nécessité de grands sacrifices financiers ?

Cissy – privée de Pandit et totalement absorbée par la préparation de ses bagages – répondit par retour du courrier, en commençant par demander à Jonti si elle se souvenait du dicton : « Toute bonne action est toujours récompensée. »

« Puis-je faire remarquer, poursuivait-elle, que vous m'aviez simplement demandé au départ d'accueillir Tor pendant la durée de la saison de Bombay, qui dure de novembre à février, au plus tard ? Si Victoria n'avait pas ensuite été "opportunément oubliée", rien de cela ne serait arrivé. »

Puisque Jonti se montrait suffisamment vulgaire pour mettre la question de l'argent sur le tapis, ajoutait-elle, lui était-il permis de souligner que le fait de ne pas avoir Victoria à charge pendant le temps de son séjour aux Indes, avait dû représenter une sérieuse économie ? « Faut-il que je vous rappelle qu'elle adore prendre des bains et fait preuve d'un appétit considérable ? »

Cissy adoucissait néanmoins le choc en affirmant qu'elle avait mené une enquête sur « ce Toby ». Les choses n'étaient peut-être pas aussi graves qu'il y paraissait. Les parents de cet homme, quoique des intellectuels, quand ils étaient venus aux Indes l'année précédente, avaient séjourné chez le maharadjah de Baroda – nouvelle rassurante, bien qu'il s'agisse sans doute d'un seigneur antibritannique, soit dit en passant.

À sa lettre, Ci joignait une note de couturière pour Tor et précisait que son invitée avait laissé « un twin-set plutôt usagé » au fond de la garde-robe ; si Jonti lui envoyait un mandat postal pour le timbre, elle se ferait un plaisir de le lui expédier.

Mrs Sowerby écrivit ensuite à la mère de Rose. Pouvait-elle éclairer un peu cet enlèvement, qui

« brisait le cœur d'une mère dévouée. Seule une autre mère pouvait comprendre à quel point la perspective de revoir Victoria lui avait procuré une joie intense », concluait-elle pathétiquement.

Mrs Wetherby, qui avait accueilli Tor pendant plus de vacances scolaires qu'elle n'en pouvait compter, prit ces propos avec beaucoup de recul, mais promit néanmoins de transmettre la lettre à Rose.

« Ma fille, précisait-elle, vient de déménager au poste frontière de Bannu, dans le Nord. Nous avons essayé de la convaincre de rester à Poona, mais elle s'est montrée catégorique. Comme vous le savez sans doute, elle approche de son dernier mois de grossesse ; il se peut donc qu'elle ne vous réponde pas immédiatement.

Contrairement à son habitude, elle ne nous a pas écrit depuis plusieurs semaines, ce qui est paradoxalement une bénédiction car mon mari a eu une sérieuse crise cardiaque. Aucun d'entre nous n'a pu se résoudre à la prévenir – elle a suffisamment de préoccupations pour l'instant. En tout cas, voici sa nouvelle adresse : Quartier 312, Cantonnement de Bannu, Frontière nord-ouest, Indes britanniques. »

La lettre de Jonti mit trois semaines à atteindre Bannu, petite ville lugubre où vivaient maintenant Rose et Jack. Après des mois de spéculation, vingt membres du troisième régiment de cavalerie avaient été envoyés à cet endroit pour fermer quelques percées de la frontière nord-ouest, après un raid qui avait tué cinq membres d'une colonne d'infanterie. Jack était chargé d'organiser des randonnées de deux ou trois jours dans les collines afin de décider quelles zones conviendraient aux futures opérations militaires. À certains endroits, le relief était tellement escarpé que la communication avec Bannu ne pouvait se faire que par pigeon voyageur.

Jack avait supplié Rose de ne pas venir : tout le monde savait que ce secteur, aux montagnes et ravins perfides peuplés de bandits armés, était l'un des lieux les plus dangereux de la planète. Quelques années auparavant, une femme nommé Mollie Ellis avait été enlevée à Kohat. Depuis cet événement, une immense barrière de fil de fer barbelé ayant été érigée autour du cantonnement, il était formellement interdit à toute Anglaise de la franchir sans permission.

Rose avait néanmoins insisté pour accompagner son mari. Tous deux pensaient habiter dans le cantonnement de Peshawar, qui renfermait un hôpital militaire convenable, mais une inondation éclair, survenue deux semaines avant leur arrivée, avait rendu la cinquantaine de bâtiments du camp inhabitables. La seule alternative qui se présentait, selon l'officier de garde, consistait à loger Jack dans le mess des officiers et à renvoyer Rose à Poona.

« Si vous pouvez nous trouver une autre maison, elle restera », avait décrété Jack, sachant qu'il était inutile de discuter davantage avec elle.

Par une journée de fournaise, à la fin du mois d'août, on leur donna les clés d'un bungalow désert entouré de buissons d'épineux et de poussière rouge. En descendant de la voiture, Rose, assommée de chaleur, la plante des pieds brûlée à travers ses semelles, jeta un coup d'œil vers l'horizon vibrant. La sueur dégoulinait entre ses seins qui avaient atteint la taille de gros melons mûrs.

En état de choc, elle visita la maison avec Jack, étourdie par la touffeur qui régnait à l'intérieur. Dans la pièce qui devait leur servir de chambre à coucher, le lit de fer et le matelas de paille étaient souillés de fientes d'oiseaux. La dernière mousson avait laissé sur les murs du salon poussiéreux des traces d'humidité verdâtres. Non seulement le dernier occupant – qualifié d'«ivrogne» par l'officier de garde – avait abandonné une boîte de conserve entamée sur la table de la cuisine, mais il avait aussi oublié, dans la salle de bains, une chaise percée au siège brisé encore remplie d'une urine brun foncé.

À l'extérieur de la fenêtre de la cuisine, s'étendait une véranda vermoulue donnant sur la piste de terre rouge qui conduisait à Bannu, situé à six kilomètres. De l'autre côté de la piste, une rivière, la Kurram, parcourait la vallée avec un léger rugissement audible jour et nuit. Au-delà des hautes montagnes s'alignaient les nombres géants marquant la limite de l'Empire britannique, zone où d'âpres combats se déroulaient probablement, imaginait Rose, dans le chaos et dans le sang. Jamais elle n'aurait dû venir. C'était de sa faute si elle se trouvait là, non de celle de son époux qui avait essayé de l'en dissuader sans relâche.

Jack arrivait dans un état d'énervement extrême. D'une part, Bula Bula – qu'il avait amené en train avec lui pour chevaucher dans les collines et jouer au polo – était totalement abattu par la fièvre miliaire ; d'autre part, lui-même sortait d'une grosse frayeur : il avait momentanément égaré son fusil en route, faute passible de la cour martiale et d'une terrible disgrâce.

Heureusement, Rose avait retrouvé l'arme sous un monceau de vêtements dans la chambre de l'hôtel délabré de Bannu où ils avaient passé leur première nuit sans échanger un mot.

En découvrant la maison, Jack hurla : « Bon Dieu, quel bordel infâme ! » C'était la première fois qu'elle l'entendait jurer, malgré les quelques affrontements verbaux qu'ils avaient eus après qu'il lui avait parlé de Sunita. Lorsque, pour détendre l'atmosphère, elle lui affirma qu'elle ne lui demanderait pas, cette fois, de lui faire franchir le seuil dans ses bras, il se contenta de la fusiller du regard, semblant laisser entendre que si elle n'avait pas été là, il aurait été libre d'aller s'installer, avec ses amis, au mess des officiers.

Dix minutes plus tard, on frappa à la porte. Une femme pathan de haute taille, aux yeux et au port magnifiques, se présenta. Vêtue d'une longue tunique bleu nuit, elle arborait un anneau d'or à la base de son nez. S'adressant à Jack en pachto, elle leur apprit qu'elle s'appelait Laïla et qu'elle vivait dans le village voisin. Elle allait les aider dans la maison – cette déclaration sonnait comme une affirmation plutôt que comme une question. Derrière elle se tenait son mari, Hassan, doté d'yeux verts au regard perçant, aussi spectaculaire que son épouse. Il leur déclara qu'il serait leur chauffeur et jardinier. Lorsque Jack demanda à Laïla si elle avait de la famille, des enfants, elle répondit qu'elle en avait eu six, mais que trois d'entre eux étaient morts. Aux paroles de compassion de son interlocuteur, elle répliqua qu'il s'agissait de la volonté de Dieu.

Il fallut à Laïla et à Rose quatre jours pour nettoyer toute la maison au savon phéniqué, ainsi qu'une quantité énorme de seaux d'eau, chauffés sur un poêle à bois.

Une fois le logement à moitié habitable, Baz et Imad, les deux fils de Laïla qui travaillaient à Bannu chez un menuisier, vinrent installer des étagères, et réparèrent le lit ainsi que la charnière de la boîte en bois destinée aux vêtements du futur bébé.

Deux semaines avant la naissance de ce dernier, Rose se trouvait dans la chambre qui lui était destinée, s'efforçant de trier les petits habits. Elle était seule depuis huit jours – Jack patrouillait près du village de Mamash, où une tribu avait abattu un soldat britannique.

Couverte de sueur, les cheveux attachés en arrière et les pieds nus, elle observait ses chevilles, enflées comme celles d'une vieille femme. En soupirant, elle s'appliqua à plier les minuscules maillots, culottes, couches et brassières en liberty ; dire que ce moment était l'un de ceux qu'elle avait jadis attendus avec impatience ! Aujourd'hui, il lui semblait totalement irréel à cause de la chaleur intense et de leur horrible maison. Elle avait le sentiment de se préparer à habiller une poupée fantôme qui ne viendrait jamais.

Le matin où le camion déposa la première livraison hebdomadaire de journaux et de courrier, Rose était assise dans un fauteuil du salon, entourée d'un tapis noir et poisseux de punaises surgies la veille, de nulle part – au moment où le nuage d'insectes avait pénétré dans la maison, deux énormes grenouilles avaient sauté à l'intérieur pour en gober quelques-uns. Les laissant où elles étaient, elle se prépara un sandwich à la confiture et retourna au lit avec la lettre longuement attendue de sa mère, accompagnée de celle de Jonti. Avidement, elle les lut, incapable de répondre à toutes les questions qui se posaient. Elle n'avait pratiquement aucune nouvelle de Tor, qui lui avait simplement écrit qu'elle était follement amoureuse et ne rentrerait jamais en Angleterre. Était-elle supposée transmettre ces informations ?

Depuis que Jack lui avait parlé de Sunita, elle n'avait cessé de mentir à ses parents. En outre, elle ne pouvait plus supporter celle qu'elle était devenue : énorme et encombrante à l'extérieur, vulnérable et totalement ébranlée à l'intérieur.

Il lui fallait du papier à lettres. Elle sortit de son lit et prit sur une étagère sa « boîte honteuse », remplie de missives de parents et d'amis qui assuraient Rose de leur joie de la savoir bientôt mère, et partageaient le bonheur certain du futur père. Elle ne leur avait pas encore répondu ; depuis les révélations de Jack elle se sentait à la fois blessée, désorientée et folle de rage envers elle-même. Au moins, son mari avait-il eu le courage de lui dire la vérité. Il lui avait juré qu'il ne reverrait jamais Sunita. Ne pouvait-elle pas lui en être au moins reconnaissante ?

Non, elle ne le pouvait pas. L'atmosphère était tellement tendue entre eux que, lorsqu'il quittait la maison, elle éprouvait un soulagement physique comme si elle venait d'ôter un chapeau trop étroit. Les soirs où il restait près d'elle, leur conversation se révélait empruntée, comme s'ils s'étaient trouvés, en mer, sur deux embarcations différentes en train de s'éloigner inexorablement l'une de l'autre.

Elle ne rendait pas Jack entièrement responsable de cette situation. Nombre d'autres préoccupations la taraudaient en ce moment, illustrant à ses yeux le peu de courage dont elle témoignait, face aux épreuves.

D'autres femmes affrontaient sans faire d'histoires l'expérience parfaitement naturelle de mettre au monde un enfant. De quel droit s'autorisait-elle à tant de laisser-aller, de paresse, de faiblesse ? Quand Jack l'avait gourmandée sèchement, la veille de son départ, pour avoir laissé traîner sur le buffet un rôti de chèvre qui avait aussitôt été envahi par des fourmis, elle avait éprouvé pour lui de la compassion. Ce pauvre homme vivait avec une faible d'esprit.

Aujourd'hui, elle devait prendre de bonnes résolutions. Si elle restait assise à son bureau, près de la fenêtre, et répondait à quatre lettres, elle n'aurait pas perdu son temps.

Chère Maman,
Un conseil, je vous en prie ! Je comprends à quel point Jonti Sowerby peut être inquiète, mais je n'ai quasiment reçu aucune nouvelle de Tor depuis qu'elle est partie.
Elle m'a écrit au retour de sa lune de miel au Cachemire, en m'expliquant qu'elle s'installait dans un bungalow avec Toby près d'Amritsar et qu'elle allait accompagner son mari pour observer les oiseaux dans les collines. Elle semble extrêmement heureuse, mais je ne sais pas ce qu'elle a raconté à sa mère et je ne veux pas trahir sa confiance. En ce qui me concerne, j'ai l'esprit un peu embrouillé depuis mon arrivée ici. Excusez-moi, Maman chérie, si je ne vous écris pas très longuement, je vous promets de vous réécrire

bientôt. Quand vous me répondrez, n'oubliez pas de me dire comment va Papa. Vous n'en parlez pas dans votre lettre et le fait de me trouver si loin, me pousse parfois à imaginer le pire !!!

Vous me manquez, Maman chérie, mais surtout ne vous inquiétez pas pour moi. Nous avons vaincu les fourmis et maintenant que notre nouvelle chaise percée est arrivée, nous nous sentons très modernes. Jack se joint à moi pour vous envoyer toute notre affection. J'ai atteint la corpulence d'un hippopotame, mais le docteur affirme que la mère et l'enfant se portent au mieux, alors ne vous faites aucun souci.

J'écrirai plus longuement très bientôt,

Avec tout mon amour,
Rose.

Pendant qu'elle scellait l'enveloppe, elle ressentit un coup de pied de son bébé. Soudain pliée en deux de douleur, elle fut submergée par une vague d'anxiété. Bien qu'encore très ignorante en ce qui concernait l'accouchement, elle ne voulait pas se ridiculiser en se faisant admettre trop tôt au très rudimentaire hôpital militaire de Peshawar. Elle avait attendu avec impatience, la semaine dernière, son entrevue avec le médecin de la garnison, auquel elle avait posé une foule de questions. Était-il normal que le bébé donne autant de coups de pied la nuit ? N'était-il pas inquiétant qu'elle se sente parfois étourdie ? Elle s'était évanouie dans la cuisine l'avant-veille, alors qu'elle parlait avec Laïla, et s'était réveillée sur le sofa.

Peut-être le médecin était-il également fatigué, mais il l'avait regardée par-dessus ses lunettes en lui donnant l'impression d'être une enquiquineuse. «Vous vous créez bien des sujets d'inquiétude, madame Chandler, avait-il déclaré avec une impatience contenue. Il aurait sans doute été préférable pour tout le monde que vous restiez près d'un grand hôpital comme celui de Poona.»

Elle avait souri et s'était efforcée d'avoir l'air raisonnable, alors qu'elle se trouvait maintenant en proie à la frayeur de vivre dans une maison éloignée de tout, de ne pas savoir s'occuper d'un bébé et d'exposer, par cette situation, son enfant à un tas de maladies et de dangers.

En la raccompagnant à la porte de son bureau, le médecin lui avait expliqué sèchement qu'il avait dû le matin même s'occuper d'un homme qui avait été poignardé par quelqu'un de sa propre tribu, sans doute pour lui faire comprendre que la réalité brute n'avait rien à voir avec les gesticulations d'un bébé. En rentrant, elle s'était sentie envahie par une bouffée de colère et avait été tentée d'emmener cet homme voir tous les petits monticules minuscules surmontés de pierres tombales provisoires. Ne faisaient-ils pas partie aussi de la réalité brute ? Il n'avait pas le droit de la traiter ainsi.

Encore trois lettres à écrire, et elle pourrait s'allonger. Tout à coup les coups de pied recommencèrent, réguliers comme des battements de tambour et accompagnés d'une nausée ; la sueur dégoulinait sur son corps entier.

Lorsque l'agitation du bébé cessa, elle prit une profonde inspiration et se rassit à son bureau, soulagée de se sentir de nouveau dans son état normal. Elle prit son stylo, le remplit d'encre, et ouvrit le nécessaire à correspondance que son père lui avait offert pour son treizième anniversaire. À l'époque, les différents compartiments, intitulés «Lettres», «Timbres» et «Destinataires» l'avaient enthousiasmée, lui donnant l'impression d'accéder à l'âge adulte, d'être capable d'organiser sa vie.

Dans le compartiment des timbres, son père avait glissé une plume – aujourd'hui décolorée – du pivert qui vivait dans le pommier sauvage de leur jardin, ainsi que deux petits coquillages qu'il avait ramassés pour elle sur la plage de Lymington, lieu de leurs vacances d'été.

Elle prit la plume et la fit tourner entre ses doigts. Elle reconnaissait bien là sa sensibilité, la façon qu'il avait toujours eue de partager avec elle la beauté de la nature. En fermant les yeux, elle pouvait presque sentir son odeur de bois et de laine, à laquelle se mêlait celle du tabac qu'il conservait dans la poche de son gilet. Il était malade ; les silences de sa mère le prouvaient. Peut-être même était-il mort. Elle rangea lentement la plume dans le nécessaire. C'était cela, il était mort et sa mère ne voulait pas le lui dire, car elle se trouvait à des dizaines de milliers de kilomètres d'elle.

Stop ! C'en était assez ! Il fallait qu'elle cesse de se parler intérieurement comme une vieille dame sénile !

Les deux premières feuilles de son bloc étaient humides et sentaient le moisi. Elle les arracha et les jeta dans la corbeille.

Chère Mrs Sowerby, Merci pour votre lettre… Si elle couchait déjà ces quelques mots sur le papier, peut-être seraient-ils susceptibles de l'inspirer pour la suite.

Elle posa son stylo et se concentra sur les bruits de la maison. À travers les minces parois, elle distinguait les pas légers de Laïla, qui ornait de tissu le nouveau berceau, et le poussait doucement, occasionnant un raclement sur le sol. Dans une minute, elle viendrait demander à sa maîtresse de venir admirer son œuvre.

Depuis quelque temps, Rose faisait des cauchemars récurrents au sujet de son enfant. Dans l'un d'entre eux, elle l'oubliait sur le comptoir d'un magasin de Londres pendant qu'elle essayait des chapeaux ; dans un autre, elle l'installait négligemment sur un poêle brûlant – ce rêve lui avait laissé une impression de réalité telle qu'elle avait senti l'odeur de la peau calcinée. La semaine précédente, elle l'avait abandonné plusieurs jours au pied d'une montagne qu'elle escaladait ; lorsqu'elle redescendait, l'*ayah* hurlait de le voir bleu et inerte, dans son moïse.

« Chère Mrs Sowerby,
Quel plaisir d'avoir de vos nouvelles ! Je n'ai reçu qu'une ou deux lettres de Tor, qui m'ont donné l'impression qu'elle est très heureuse et se porte très bien. Bien que je comprenne quel choc a pu représenter pour vous ce mariage, je ne pense pas que vous deviez trop vous inquiéter pour votre fille.
Merci pour vos gentils conseils à propos de ma grossesse. Le docteur m'a dit que le bébé devrait arriver dans deux semaines. Je vais accoucher à l'hôpital du cantonnement de Peshawar, qui ne se trouve pas très

loin et s'avère mieux que notre hôpital local. Je vais très bien, merci beaucoup.
Notre installation dans la nouvelle maison s'est révélée une véritable aventure. Devant moi, je vois...

Elle s'interrompit. L'horizon semblait osciller sous l'effet de la chaleur. La nuit précédente, elle avait caressé l'idée de dormir sur la véranda mais Jack étant absent, elle n'avait pas osé s'y risquer, surtout à cause des punaises et des grenouilles.

« *Memsahib* ? » Laïla déposa un verre de citronnade sur la table.

« Merci. Je crois que nous devrions déballer le service à thé aujourd'hui. » Elle désigna une caisse d'emballage posée dans le coin de la pièce. « Dès que j'aurai fini ma lettre, je vous aiderai. »

La servante, qui ne comprenait pas un mot, sourit d'un air attentif. Quelques instants plus tard, Rose, à genoux, dépouillait des tasses de porcelaine du papier qui les enveloppait. Tout à coup, elle eut la sensation d'un bouchon qui sautait entre ses jambes.

Un liquide transparent dégoulinait le long de ses cuisses, maculant le sol. Quelle humiliation ! Uriner ainsi devant une indigène ! Alors qu'elle se redressait pour essuyer le sol, elle se sentit extrêmement soulagée que Jack n'ait pas assisté à cet incident.

Laïla ne paraissait pas étonnée. Elle leva la main en souriant.

« Bébé vient, articula-t-elle en lui caressant la joue. C'est bien. » Elle lui tapota le dos gentiment.

Sa maîtresse, le souffle coupé par la violence de sa première grosse contraction, s'écria : « Va chercher le médecin, s'il te plaît. *Daktar, daktar* ! »

Quelques minutes plus tard, elle vit Hassan fouetter son maigre cheval qui galopait vers la ville.

« *Memsahib*, assise. » Laïla installait des coussins et un drap sur la chaise longue cannée de la véranda.

« C'est une fausse alerte, j'en suis certaine », dit Rose. Elle désigna les tasses à moitié déballées. « Continue, continue, insista-t-elle en pachto. Je vais bien, merci. »

Lorsque la servante eut terminé son rangement, elle transporta la vaisselle dans la cuisine. Rose eut l'impression de se trouver seule, au milieu des montagnes, bercée par le rugissement de la rivière et le pépiement des oiseaux dont elle ne connaissait pas encore le nom. Tirant le drap sur elle, elle s'interdit de paniquer, même lorsqu'une autre violente douleur au ventre lui arracha un cri. Une arrivée prématurée du bébé ne serait pas forcément une mauvaise nouvelle. Le médecin viendrait et elle accueillerait Jack, à son retour, avec une belle surprise.

Que ce serait merveilleux ! songea-t-elle, légèrement essoufflée. Ils s'étaient tellement disputés à propos de sa venue ici, s'affrontant violemment pendant des semaines dans l'intimité de leur chambre à coucher, avant qu'il ne finisse par céder ! Le Nord-Ouest n'était pas un endroit pour une femme, ne cessait-il de répéter, encore moins pour une femme enceinte. Elle n'y connaîtrait personne, car la plus grande partie du régiment était revenue à Poona. Sa présence pourrait même entraver sa promotion.

«Pourquoi êtes-vous si déterminée à m'accompagner?» avait-il hurlé au cours de leur querelle la plus violente. Le voyant penché sur elle, le visage furieux, elle avait craint qu'il ne la frappe. S'il l'avait fait, elle l'aurait frappé en retour.

«Vous le savez pertinemment! Parce que je vais avoir votre enfant, parce que je ne veux pas rester à Poona, au milieu de toutes les rumeurs, et parce que si je vous perds maintenant, je ne vous retrouverai jamais!»

Elle avait l'impression de n'être attachée à lui que par le plus ténu des liens. Si elle laissait ce fil se briser, tout serait terminé entre eux.

Ce soir-là, en rentrant, il lui avait annoncé, avec un spasme nerveux de la joue, qu'il existait un hôpital à Peshawar, où elle pourrait accoucher. Tristement, elle s'était rendu compte qu'à ce moment précis, elle éprouvait pour lui de la haine.

Rose, étendue sur la véranda, s'habituait aux élancements de ses contractions, qui avaient commencé environ une heure auparavant et restaient très supportables. Elle attendait la tasse de thé que Laïla lui préparait et se demandait pourquoi ni le médecin de Poona ni le *Manuel de beauté et d'hygiène de la femme moderne*, qu'elle lisait de façon obsessionnelle depuis des mois, n'avaient mentionné la perte d'urine.

Elle devait avant tout rester calme. Les douleurs qu'elle ressentait au fond de son ventre évoquaient des vagues, que l'on pouvait aisément accompagner et qui, en reculant, la laissaient comme étendue sur une plage lisse.

Quand Laïla revint avec le thé et une assiette de biscuits, elle se sentit rassurée par son port majestueux, son franc sourire et son extrême propreté ; vêtue de sa tunique bleue, elle dégageait son parfum coutumier de fleurs et d'épices.

Rose but son thé, puis s'endormit. Soudain, la douleur la réveilla alors que le soleil plongeait derrière les montagnes. « Hassan est-il revenu ? demanda-t-elle. *Daktar* ? »

Laïla, la main sous le coude de sa maîtresse, lui fit respectueusement faire le tour de la véranda. Dès que celle-ci se courbait en deux sous l'effet de la souffrance, la servante lui frottait doucement le dos. Le soleil poursuivait son déclin et les oiseaux avaient cessé de chanter. Rose, qui s'efforçait de ne pas crier trop fort devant sa servante, décida de s'allonger de nouveau ; sa compagne lui apporta un abricot sec, ainsi qu'une tartine de pain et de beurre. Hassan allait revenir bientôt, accompagné de Jack ou du docteur.

Elle s'entendit soudain gronder comme un animal. « Excuse-moi, désolée », s'écria-t-elle quand Laïla sauta sur ses pieds pour la soutenir. « Mon Dieu, aidez-moi !! »

Une pluie fine tombait sur les carreaux de la fenêtre. Jamais elle ne s'était sentie plus seule. « Où est Hassan ? *Daktar* ! Le capitaine Chandler ? » Elle s'efforçait de ne pas crier, mais Laïla se contenta de hausser les épaules en faisant un signe de la main, comme si elles se trouvaient de chaque côté d'une rivière et tentaient vainement de communiquer.

« Aide-moi, supplia Rose en s'imposant de rester calme. Je crois que le moment est arrivé. »

Laïla l'emmena jusque dans sa chambre et l'assit sur une chaise. Puis elle débarrassa le lit de ses draps et étendit sur le matelas une toile, qu'elle recouvrit d'un linge propre.

«Ce n'est pas la peine», dit Rose qui l'observait impatiemment de sa chaise. Ne souffrant plus pour l'instant, elle désirait simplement s'allonger.

«*Memsahib*, pardon!»

Quand la servante chercha à déboutonner sa chemise, en la poussant pour qu'elle s'allonge, elle commença par résister. Puis elle s'entendit soudain crier. Personne ne lui avait dit que cela faisait aussi mal!

«Tout va bien, articula-t-elle quand la contraction cessa. Merci. Désolée de me donner ainsi en spectacle.»

La douleur revenait, sauvage, frappant de l'intérieur. Quand elle finit de hurler, elle se concentra sur le contour violacé de la montagne et sur le parfum de sa servante, qui la serrait contre elle en prononçant des paroles apaisantes. Tout à coup, sa compagne lui écarta les jambes et la regarda.

Elle murmura quelques mots dans sa langue et forma avec ses doigts un cercle de la taille d'un pamplemousse.

Puis plus rien. Le bébé ne venait pas. Rose étouffa d'abord ses cris dans son oreiller, puis appela sa mère en hurlant: «Maman, Maman, je vous en supplie, aidez-moi!» Elle n'était plus que douleur, prête à se laisser tomber dans un abîme sans fond. Peu importe que le bébé vive ou non, elle voulait simplement que cesse cette intolérable souffrance.

Compulsivement, elle serrait les mains rudes et fortes de Laïla, en qui se concentrait son univers. La servante était la corde qui l'empêchait de tomber.

Une heure avant l'aube, convaincue qu'elle était près de mourir, elle expulsa le bébé. Aussitôt, une femme qu'elle ne connaissait pas, sans doute la sage-femme du village le plus proche, se précipita dans la pièce et coupa le cordon.

Dans le chaos qui s'ensuivit, elle sentit que Laïla posait l'enfant dans ses bras. Elle s'écria « Mon bébé, mon fils ! » d'une voix qu'elle avait peine à reconnaître. Son premier miracle. La douleur, toujours présente, n'avait plus la moindre importance. Elle regarda par la fenêtre ; un soleil rouge apparaissait au-dessus des montagnes, lui insufflant tout à coup l'extraordinaire bonheur d'être en vie. Elle voulait du thé, de la nourriture ; elle désirait embrasser le monde entier.

Après lui avoir apporté le petit garçon, lavé et enveloppé d'une chemise de nuit de mousseline, la servante frotta les gencives de l'enfant avec un morceau de datte qu'elle avait mâché. Rose, qui ne savait pas ce que cela signifiait, décida néanmoins de lui accorder toute sa confiance.

« Donne-le-moi. » Bien qu'elle ne puisse s'arrêter de sourire, elle avait les larmes aux yeux. Les deux femmes échangèrent un regard réjoui.

Le bébé, un toupet blond sur le sommet de la tête et la peau fripée par les épreuves de la nuit, semblait poser sur sa mère un regard las, plein de sagesse. Elle posa son menton contre la tempe duveteuse.

Sa compagne lui mit alors l'enfant au sein. Quelle sensation étrange ! Mais elle adorait le petit bruit de succion qu'il produisait. Jamais elle ne s'était sentie à la fois aussi lasse et indispensable.

«Dormez, *memsahib*», conseilla Laïla lorsque le nourrisson s'assoupit en tétant. En la voyant baisser la lumière et redresser la couverture, Rose eut une terrible envie de l'embrasser, mais elle se retint, car si elle l'avait fait, la servante aurait été mal à l'aise.

«Laïla, s'écria-t-elle. Jamais je ne pourrai assez vous remercier.»

La servante joignit les mains et inclina la tête. Son sourire, doux et compréhensif, semblait partager la joie de sa maîtresse, exprimer le ravissement d'avoir vécu avec elle ce moment.

À dix heures ce soir-là, Jack pénétra dans la chambre où dormaient Rose et le bébé. Il souleva la lampe à pétrole qu'il avait à la main et distingua dans le berceau ce qui lui parut tout d'abord être un petit tas de vêtements. S'approchant davantage, il vit alors que l'enfant, dont le visage arborait la couleur d'une tomate mûre, avait autour du cou une guirlande de soucis. Auprès de lui, Rose paraissait très pâle, impression accentuée par les cernes sombres qui s'étalaient sous ses yeux.

«Chérie», appela Jack doucement en tendant la main. Il effleura les cheveux du nourrisson, puis ceux de Rose, encore humides de sueur. Lentement, il examina les doigts minuscules, posés sur le drap.

Elle ouvrit les yeux et le vit debout dans ses jodhpurs, sanglotant si fort qu'il ne pouvait plus parler. Alors qu'elle lui essuyait les yeux avec un coin de sa chemise de nuit, il l'embrassa.

«Il est magnifique», dit-il enfin.

Avec un sourire radieux, elle posa ses mains sur les lèvres de Jack.

«Oui, chuchota-t-elle en lui tendant le bébé. C'est le plus bel enfant du monde.»

Il s'allongea près d'elle.

«Le médecin va arriver bientôt. Il est en chemin mais il a été retardé par un petit glissement de terrain. La route est dégagée maintenant. Vous vous êtes montrée si courageuse!»

Étendus dans l'obscurité, ils se tenaient la main, le nourrisson couché sur eux comme un petit bouddha endormi.

«J'ai un fils, articula-t-il, et je ne le mérite pas.

— Bien sûr que si!» s'écria Rose en lui serrant les doigts.

44

Viva jouait au tennis avec Eleanor, sa meilleure amie, quand la religieuse était venue lui apprendre que sa mère était morte. Sœur Patricia, jeune Irlandaise décharnée, l'avait appelée hors du court et lui avait annoncé la nouvelle sur le chemin de l'école. Viva se souvenait uniquement de la concentration extrême qu'il lui avait fallu pour ne pas se tordre les pieds sur les pavés de pierre irréguliers. De ce moment lui restait une impression de vide et d'émotions étouffées comme les sons peuvent l'être par la neige.

Il lui avait fallu des mois pour pleurer vraiment, ce qui était arrivé juste avant les vacances de Noël qu'elle devait passer avec une cousine éloignée de sa mère, près de Norwich. Cette femme, à l'allure revêche, l'avait emmenée prendre le thé dans un hôtel voisin de l'école pour organiser ce séjour. Sans la moindre équivoque, elle avait fait comprendre à Viva que s'occuper d'une enfant était pour elle un pensum, dans la mesure où elle avait à peine connu ses parents. « Ils étaient toujours aux Indes, avait-elle déclaré avec un ton de reproche. Ils disaient qu'ils adoraient ce pays. » Elle donnait l'impression que leur mort devait être imputée à leur seule négligence.

La fillette n'avait pas réagi à cela – à l'époque, elle ne se préoccupait pas beaucoup de ses états d'âme – mais deux jours avant la fin des classes, l'école avait emmené un groupe d'élèves à une représentation théâtrale de *Blanche-Neige* à Chester. Confortablement assise sur son fauteuil, un sac de bonbons sur les genoux, Viva avait été enchantée par le spectacle, jusqu'à ce que le prince, assis sur un arbre de carton-pâte, n'entonne pour l'héroïne « Une jolie fille est comme une mélodie », chanson préférée de son père. Elle avait dû quitter la salle avec une sœur novice. Celle-ci, furieuse de devoir quitter cette rare distraction, lui avait néanmoins prêté son mouchoir et s'était contentée de l'observer alors que, sous le sapin de Noël illuminé, étouffant de sanglots, elle feignait de contempler les mannequins de la vitrine voisine. Finalement, elle s'était ressaisie et avait pu rejoindre ses compagnes.

Tout le monde avait considéré qu'il valait mieux ne pas faire allusion à cet incident. Pendant le trajet du retour, dans l'autobus, Viva s'était sentie si honteuse qu'elle avait décidé que cela ne se reproduirait plus jamais. Le monde n'allait cesser de lui tendre des pièges, qu'elle devrait s'efforcer d'éviter à tout prix. Le meilleur moyen d'y arriver consistait à ne plus se départir de l'attitude distante qui, jusqu'à présent, l'avait protégée. Il lui fallait dorénavant éviter les chansons et la sensiblerie.

Cette discipline bien rodée l'avait convaincue d'accueillir de façon positive le départ de Frank ; elle se sentait en tout cas soulagée qu'il n'ait pas cherché à la revoir. Daisy avait dit une fois, en passant, qu'elle avait entendu parler de son départ pour Lahore et trouvait ses travaux très intéressants. La fièvre bilieuse hémoglobinurique était une maladie horrible ; plus vite on découvrirait un traitement, mieux cela vaudrait.

Il n'avait pas appelé pour dire au revoir, ce qui était également préférable.

Seul son travail comptait maintenant. Le soir, bien après le coucher des enfants, elle restait assise à son bureau, près de la fenêtre. Un moment, elle écoutait les gargouillis de l'antique plomberie, le hululement des chouettes dans l'arbre voisin, ou la voix des petits pensionnaires parlant dans leur sommeil, puis elle se mettait à écrire, souvent jusqu'aux premières heures du matin, les histoires des enfants, ces êtres que l'on disait courageux et résistants – comme elle l'avait été autrefois – mais qui, au fond, avaient essentiellement appris à ne pas se tordre les pieds sur leur chemin accidenté.

Le livre se révélait plus difficile à composer qu'il n'y paraissait au départ. Bien que Daisy l'ait souvent mise en garde contre les clichés, elle s'était toujours imaginé que le fait de vivre au *Tamarinier* représentait, pour nombre de leurs protégés, un privilège évident, une occasion d'approcher de près un style de vie dont ils s'étaient jusqu'à présent contentés de rêver. Elle comprenait désormais que ce point de vue faisait preuve à la fois de sentimentalisme et d'arrogance. Certains d'entre eux se montraient reconnaissants pour le gîte et le couvert, mais d'autres trouvaient très inconfortable cette situation entre deux mondes. Non seulement la vie pleine d'embûches et d'imprévus des taudis leur manquait, mais ils craignaient que de l'extérieur, leurs anciens compagnons puissent croire qu'ils étaient devenus des «chrétiens de riz», qu'ils vendaient leur âme pour un repas chaud. Deux enfants lui avaient fermement et fièrement déclaré que leur présence au foyer n'empêchait pas qu'ils soient et restent avant tout des enfants de Gandhi.

Peu importait la teneur de leurs propos : Viva avait décidé de les rapporter le plus fidèlement possible. Jour après jour, les feuilles s'empilaient sur son bureau. Daisy avait déjà montré certaines de ces histoires à un ami qui travaillait chez un célèbre éditeur. L'homme avait décrété qu'avec d'autres chapitres de cette qualité, une publication pouvait être envisagée.

La jeune femme apportait à son travail une telle concentration et une telle détermination, que lorsqu'elle ouvrit le *Courrier des Pionniers* et lut l'annonce de la naissance de Frédérick, fils du capitaine Jack Chandler et de Rose, son épouse, elle fut la proie d'un sentiment trouble qui la surprit. De quoi s'agissait-il ? Il aurait été exagéré de dire qu'elle était jalouse, mais il était certain que des émotions enfouies, ravivées par cette nouvelle, remontaient à la surface. En étouffant dans l'œuf sa relation avec Frank, elle avait pensé retrouver sa sérénité. D'une certaine façon, ce plan avait fonctionné. Ses longues heures de labeur lui avaient apporté une sorte de joie paisible, le sentiment de combler un vide. Toutefois, en particulier quand elle se trouvait entre la veille et le sommeil, territoire où s'effondraient tous les remparts, elle sentait de nouveau ses bras autour d'elle, l'intimité de ses baisers, tous les gestes qui l'avaient secouée tout entière en l'emplissant d'une terreur infinie.

Elle envoya immédiatement un mot de félicitations à Rose, accompagné d'un joli châle confectionné par une petite pensionnaire du foyer. Puis elle se remit à la tâche, car il restait une grande quantité de travail à accomplir avant que le livre ne puisse être présenté à l'éditeur. Le mois de septembre se déroula ainsi, suivi du mois d'octobre et de l'hiver de Bombay, dont les jours clairs et chauds s'achevaient sur de brusques couchers de soleil. Certaines nuits, le vent en provenance de l'Himalaya et du Deccan l'obligeait à mettre sur le lit une couverture supplémentaire.

Au début de novembre, tous les enfants furent saisis d'une grande excitation car la venue de la pleine lune annonçait la célébration hindoue la plus importante de toutes : Diwali ou fête des lumières, qui durait cinq jours et marquait à la fois l'arrivée de l'hiver et le retour des divinités indiennes, Sita et Ram, symbolisant la victoire de la lumière sur les forces des ténèbres.

Depuis plusieurs semaines, les cours étaient interrompus par des marchands du quartier venus demander des donations afin de construire des *pandals*, ces chars géants sur lesquels les dieux parcourraient bientôt les rues de Byculla. Le dortoir situé au-dessus de la chambre de Viva vibrait des pas des enfants, qui récuraient la pièce du sol au plafond, blanchissaient les murs et élaboraient leur propre effigie de Durga – impressionnant édifice de papier, de guirlandes et de lumières – au sujet de laquelle on avait beaucoup sollicité les compliments et les conseils de Viva.

Les feux d'artifice, qui avaient commencé très tôt, empêchaient les petits pensionnaires de se coucher. À l'extérieur du portail, au coin de Jasmine Street et de Main Street, quatre chèvres pathétiques, les pattes avant enveloppées dans de vieux cardigans, étaient attachées à une tête de lit rouillée, pour engraisser jusqu'à la date de la célébration.

Le mardi 3 novembre, veille de la fête, Vijay, incarnant lord Ram, courait partout, l'épée à la main; Chinna, petite orpheline de Bandra, jouait le rôle de Sita.

Alors que tous les autres enfants applaudissaient, Daisy passa la tête dans l'entrebâillement de la porte et demanda à Viva, Mrs Bowden et Vaibhavi, assistante sociale indienne, de venir jusqu'à son bureau.

«Je sais à quel point vous êtes occupées, s'excusat-elle quand elles se serrèrent dans la petite pièce. Je ne crois pas qu'il faille nous inquiéter, mais il est arrivé quelque chose hier que ma conscience me dicte de ne pas garder pour moi. »

Elle se leva et redressa quelques livres sur une étagère.

« Comme la plupart d'entre vous le savent, le coffre se trouve ici. Il contient, hélas ! peu d'argent, mais renferme quelques papiers importants relatifs au foyer. Il y a deux jours, quand je suis arrivée, il avait été fracturé. On y a pris mon carnet d'adresses, les listes des enfants et on m'a laissé un mot plutôt impertinent.

« Je ne veux pas gâter les préparatifs de la soirée. » Elle retira ses lunettes et les essuya avec application. « Après les feux d'artifice, je donnerai ma réception de Diwali, comme d'habitude, à laquelle vous êtes tous, bien sûr, cordialement invitées. Soyez simplement conscientes de la nécessité d'être prudentes.

— Qu'êtes-vous en train de nous dire ? s'enquit Mrs Bowden, qui appelait un chat un chat et avait déjà déclaré clairement qu'elle n'assisterait pas à la réception.

— Simplement ceci : premièrement, faites attention à vos affaires ; deuxièmement, comptez régulièrement les enfants quand vous sortez avec eux dans la rue. Diwali est une période d'excitation et, même si la plupart des habitants du quartier sont merveilleux, tout le monde n'apprécie pas ce que nous faisons ici. C'est tout. »

Elle leur adressa un sourire rassurant, qui leur donna aussitôt l'impression que tant qu'elle était là, rien de grave ne pouvait arriver.

Les enfants insistèrent pour que Viva s'habille élégamment. À cinq heures ce soir-là, elle enfila sa robe de soie rouge, au son des tambours qui retentissaient dans les rues environnantes, des cors, des cris et des rires. Au-dessus de sa tête, le piétinement devenait de plus en plus frénétique.

Quelques instants plus tard, on frappa à sa porte. C'était Talika, vêtue de ses plus beaux atours – un sari orange pâle –, les yeux soulignés de khôl, les oreilles et les bras ornés de bijoux. À la fois timide et radieuse, elle était accompagnée du petit Savit, à la jambe brûlée. Arborant une tunique flambant neuve il portait sur la tête une couronne dorée. Derrière lui, Neeta, parée d'un sari violet et d'un diadème orné de fausses pierres, la fixait avec espoir.

« Comment tu me trouves ? demanda Savit.

— Magnifique, comme lord Ram lui-même. »

Il ferma les yeux en secouant sa jambe blessée, en proie à plus d'exaltation qu'il n'en pouvait presque supporter.

Une heure plus tard, elle sortit dans la rue, accompagnée de son petit groupe. Tous l'observaient. Lorsqu'ils la virent pousser une exclamation admirative, ils rirent et applaudirent. Les vitrines et les vérandas délabrées scintillaient désormais avec le même éclat que les étoiles au-dessus de leur tête : les fenêtres regorgeaient de bougies et les arbres faméliques s'ornaient de guirlandes multicolores. Une foule de passants, tous en habit et en parures de fête, se saluaient au passage.

Elle déambula un moment avec les enfants au milieu des étalages de sucreries, de halva et de gâteaux aux amandes. Savit refusait d'enlever sa couronne de carton, qui ne tenait pas bien. En claudiquant près d'elle, il lui expliqua en criant que Uma Ooma, déesse de la lumière, était arrivée.

« Elle éclaire notre obscurité », déclara-t-il.

Au son de tambours et de trompettes dissonantes, apparut, au-dessus des têtes oscillantes de la foule, un *pandal* abritant une déesse richement décorée de guirlandes de magnolia et entourée de pétales de roses et de jasmin.

Un homme tenant un petit enfant replet sur ses épaules leur cacha un moment la vue. Savit attendit patiemment.

Talika tirait sur la manche de Viva. « *Mamji*, s'écria-t-elle. Lakshmi va venir. »

Lakshmi était la déesse de la richesse. Ce soir, toutes les portes de Byculla, sans exception, seraient grandes ouvertes afin qu'elle puisse venir répandre partout sa magnificence. Tout à coup, le feu d'artifice fut lancé : roues et feux de Bengale répandaient leurs étincelles, tandis que les fusées explosaient dans le ciel, éclairant les visages de leurs reflets et suscitant dans la foule des exclamations émerveillées.

Deux semaines plus tôt, quand les marchands locaux avaient harcelé le foyer pour obtenir des dons, interrompant leur travail, Viva s'était plainte à Daisy de laisser partir tant d'argent en fumée. Elle comprenait maintenant qu'elle avait eu tort.

Au cours de la nuit la plus obscure, dans l'un des pays les plus pauvres du monde, avait lieu la célébration de l'espoir. Elle y participait, bouche bée, rendue plus humble par la joie inaltérable qui se manifestait autour d'elle, témoignage de l'aspiration à un avenir meilleur.

«N'est-ce pas amusant?» Daisy surgit à ses côtés, un morceau de guirlande accroché à son chapeau. «J'espère que vous avez l'intention de venir à ma réception, tout à l'heure?

— Essayez de m'en empêcher!» s'exclama Viva en souriant. Après deux semaines de dur labeur, elle se sentait stimulée par toute cette énergie, et prête à s'amuser.

Il était minuit quand, après avoir couché les enfants, elle ressortit dans la rue qui se vidait peu à peu. De petits groupes rentraient chez eux à travers la fumée multicolore des feux d'artifice. Un chien blanc et noir errait, dévorant des restes de nourriture sous une table à tréteaux.

Alors qu'elle descendait du trottoir, elle entendit le tintement d'une clochette et un bruit de roues. Une main se posa doucement sur son bras.

«*Memsahib*.» Un petit homme filiforme, dont un œil était couvert d'une taie blanche, désigna son pousse-pousse. «Mrs Barker m'a envoyé vous chercher. Montez, je vous en prie.»

Elle s'exécuta et il s'élança. Fatiguée par la soirée, elle s'installa confortablement et somnola quelques instants. Dès qu'elle releva la tête, elle constata qu'ils dévalaient une rue étroite et sale, bordée de chaque côté par du linge en train de sécher.

«Vous vous trompez d'itinéraire, s'écria-t-elle. Mrs Barker vit près de l'hôpital. Arrêtez-vous, s'il vous plaît.»

Il poursuivit son chemin sans se retourner.

« Arrêtez, maintenant ! » Il l'ignorait toujours entraînant le pousse-pousse qui fit tout à coup un bond sur une bosse. Le cœur battant, elle ne reconnaissait rien alentour. « Excusez-moi, excusez-moi », répétait-elle. Il fallait absolument qu'elle reste polie. « Ce n'est pas là que je veux aller ; ce n'est pas le bon trajet ! »

Elle tenta de se pencher en avant, mais une soudaine accélération la projeta contre le dossier du véhicule.

Ils longeaient une autre rue dont les pavés la faisaient claquer des dents. À sa droite, elle distinguait des taudis, où logeaient les ouvriers itinérants et dont l'aspect ténébreux n'était atténué que par les faibles lueurs de lampes à pétrole. Soudain, le pousse-pousse bifurqua vers la droite. À un carrefour, elle vit deux femmes en saris, debout dans une flaque de lumière jaune, s'entretenant devant un bâtiment étroit aux fenêtres grillagées. Des prostituées.

La voie s'incurvait. Le pousse-pousse ralentissait, en raison d'une pente soudaine. Elle songea un instant à sauter en marche au moment opportun ; tandis qu'elle serrait son châle autour de ses épaules, pour mettre son projet à exécution, un virage à gauche du chauffeur lui fit perdre l'équilibre. Le contenu de son sac – rouge à lèvres, poudre, carnets et stylos – se renversa sur le sol.

Le véhicule s'arrêta enfin. Le chauffeur surgit près d'elle, l'œil vitreux et les dents teintées de jus de bétel. Elle sentit aussitôt la pointe d'un couteau sous son oreille.

« Sortez ! » ordonna-t-il.

Le carnet noir de Viva, qui contenait toutes les notes qu'elle devait taper le lendemain, était tombé dans le caniveau.

«Je veux reprendre ce carnet, déclara-t-elle s'efforçant de rester immobile et de ne pas battre des paupières. Est-ce que je peux le ramasser?»

Le couteau s'enfonça un peu plus à la jonction de l'oreille et de la mâchoire.

«Ne bougez pas», lui intima-t-il.

D'un coup de pied, il envoya le carnet sur un monticule d'ordures près d'une bouche d'égout.

«Je vous en prie. Prenez tout mon argent, mais rendez-moi mon carnet.»

L'arme descendit vers sa gorge.

Elle entendit l'homme soupirer; de son pied gauche, il ramena le carnet vers elle.

Au moment où il se baissait pour le ramasser, la lame s'écarta d'elle un court instant. «Merci», dit-elle. Il se contenta de secouer la tête vers l'entrée d'un passage.

Le chemin qu'ils longeaient était si étroit qu'elle dut marcher devant lui. D'un côté, un égout ouvert exhalait des odeurs d'excréments. Çà et là, elle vit d'autres tas d'ordures, des morceaux de bicyclette et quelque chose qui ressemblait aux restes décomposés d'un animal, un âne, peut-être. Elle aperçut soudain une fourrure, et un regard fixe.

Tendant l'oreille, elle perçut des bribes de sons: le cri d'un bébé, le bruit d'une bouteille qu'on posait sur une table, quelques notes de musique. De temps en temps, son ravisseur la poussait violemment, en marmonnant le mot «*Gora*», «étrangère», ainsi que des obscénités qu'elle avait entendu prononcer par les enfants des rues.

À l'extrémité du passage, l'homme s'arrêta. Ils avaient atteint une maison haute et étroite dotée d'une solide porte cloutée ; les fenêtres, couvertes de volets à claire-voie délabrés, ne laissaient passer aucune lumière.

« Nous y sommes », dit-il.

La porte s'ouvrit. Tandis que des bras la tiraient le long d'un couloir éclairé par une lampe à huile, elle entendit un bruit de pas légers. Brusquement, ses cheveux furent agrippés et tirés en arrière. Avant d'avoir eu le temps de crier, elle sentit qu'on forçait entre ses lèvres un chiffon dégageant une forte odeur d'essence.

Une autre porte s'ouvrit. Propulsée à l'intérieur d'une pièce avec brutalité, elle se cogna la tête sur un objet en bois, une chaise ou un appui de fenêtre. Au moment où elle tombait, une voix d'homme hurla. Quelqu'un noua des cordes autour de ses poignets et de son cou, puis la frappa d'un coup violent. Elle sombra dans l'inconscience, qui avait un goût de métal.

45

Viva ouvrit les paupières. Un homme d'âge moyen, coiffé d'une chéchia brodée, la fixait de ses yeux légèrement exorbités.

«La femme est réveillée», dit-il en hindi à quelqu'un qu'elle ne pouvait pas voir.

Elle avait froid. Sa peau apparaissait rouge et enflée sous la corde étroitement serrée autour de ses poignets. Du morceau de toile grossière qui lui entourait les épaules, émanaient des effluves de chanvre et de moisissures.

«Je m'appelle Anwar Azim», déclara l'homme à la chéchia.

Robuste, bien que de petite taille, il avait un grand nez légèrement décentré et une profusion de dents en or que laissaient apparaître les mouvements de sa bouche charnue. Juste au-dessous de la lèvre inférieure, une plaie récemment recousue commençait à cicatriser. Il s'exprimait dans un anglais correct auquel sa voix rauque de fumeur n'insufflait cependant pas la moindre nuance de chaleur. «Il y a longtemps que je voulais vous rencontrer.»

La prisonnière avait un tel mal de tête qu'elle n'arrivait pas à voir clairement son interlocuteur, ni la pièce où elle se trouvait. Elle distinguait simplement des taches sur le mur et des déchirures sur le tapis, près de sa chaise. Non loin d'elle, sur une table maculée de brûlures de cigarettes, se dressait un autel criard consacré à Ganesha, le dieu éléphant. L'animal de plastique portait une guirlande de soucis autour du cou, et soutenait, inexplicablement, dans ses bras, une voiture miniature rouge.

Il suivit le regard de Viva. «Ce n'est pas chez moi ici», expliqua-t-il.

Elle dut perdre conscience car, lorsqu'elle se réveilla de nouveau, elle se trouvait en compagnie d'un jeune homme au visage grêlé, orné d'une barbe fine, étendu sur un lit de cordes placé devant la porte. Une douleur lancinante martela son crâne au moment où elle tournait la tête pour mieux le voir.

« J'ai soif, dit-elle. Pourrais-je avoir à boire ? »

À sa grande surprise, il sauta immédiatement sur ses pieds.

« Bien sûr. » Il saisit une carafe d'eau couleur de rouille et lui en versa un verre.

Il tint le récipient pendant qu'elle buvait bruyamment, puis détourna la tête, comme dégoûté par un tel comportement féminin.

« Je suis désolé, articula-t-il. Cet endroit est miteux. Je ne sais même pas où vous pouvez vous soulager. »

Elle l'écoutait, bouche bée.

« Pourquoi suis-je ici ? Qu'ai-je fait ?

— Je ne peux pas vous le dire. Cela ne relève pas de mes fonctions. Mr Azim va revenir. En attendant, voulez-vous manger quelque chose ?

— Laissez-moi rentrer chez moi. Je n'ai rien fait de mal. »

Sa migraine s'intensifiait, provoquant une nausée. Bien qu'une part d'elle-même sache qu'elle était en danger, une immense lassitude l'envahissait comme un brouillard épais. Elle désirait par-dessus tout s'allonger, dormir, et s'abandonner à son destin.

Quand elle rouvrit les yeux, elle tourna la tête vers la fenêtre dont les volets clos laissaient passer des faisceaux de lumière. Ses poignets, délivrés de leurs liens, reposaient, inutiles, sur ses genoux.

Une femme vêtue d'un sari douteux, debout devant elle, tenait un plateau comportant deux *chapatis* et une petite assiette de *dhal*. Le jeune barbu, qui lui avait parlé la veille au soir, apparut dans l'encadrement de la porte. Il s'adressa avec rudesse à la femme qui s'empara de l'éléphant de plastique, le coinça sous son bras, et sortit sur-le-champ.

Viva n'avait pas faim, mais elle s'obligea à manger, espérant que reprendre des forces contribuerait à éclaircir ses pensées. L'oreille aux aguets, elle cherchait à percevoir le moindre son qui aurait pu l'aider à comprendre ce qui lui arrivait : elle entendit à l'extérieur un bruit de métal, une porte qui se fermait, le raclement d'une charrette à bras, le pépiement d'un oiseau.

Son bracelet-montre ne lui avait pas été retiré ; elle le consulta : huit heures et demie. Quelqu'un était probablement déjà allé chez elle, voir ce qui se passait. Daisy savait qu'elle venait à sa réception ; elle ne la laisserait pas tomber. Soudain, une pensée contrariante lui vint : ce matin était celui du mercredi, or, ce jour-là, Daisy enseignait à l'université. Si personne ne s'était encore inquiété de son absence, la veille au soir, ses collègues pourraient imaginer qu'elle avait accompagné sa directrice comme il lui arrivait parfois de le faire. De toute manière, comment pourrait-on la retrouver ici, dans une petite chambre, au milieu de nulle part ?

Le jeune homme, étendu sur son lit, l'observait. Sur le matelas, près de lui, elle remarqua tout à coup un fusil et deux gros couteaux.

Dès qu'elle eut terminé son repas, il sortit brusquement sur le seuil de la pièce et hurla quelque chose dans l'obscurité. La femme entra, portant un seau dégageant une odeur nauséabonde et l'incita d'un geste à l'utiliser. Elle s'exécuta.

Quand elle se fut soulagée, l'Indienne lui attacha de nouveau les poignets, portant sur elle un regard vide de toute expression. Toutefois, alors que des pas lourds retentissaient dans l'escalier, ses gestes devinrent plus nerveux et saccadés.

Anwar Azim ouvrit la porte.

Ses vêtements représentaient un mélange parfait de l'Orient et de l'Occident. Par-dessus sa tunique, il portait un magnifique manteau de poil de chameau, que tout Anglais aurait pu arborer sans démériter dans l'enclos du vainqueur d'Ascot et, sous son pantalon de lin, apparaissaient des richelieus marron parfaitement cirés.

Il ôta son manteau et le plia soigneusement avant de tirer une chaise et de s'asseoir devant elle, si près qu'elle sentit nettement son odeur de tabac ainsi que celle de l'huile de moutarde dont il avait oint ses cheveux.

« Bonjour, Miss Holloway ! », dit-il doucement. Ses yeux se promenèrent lentement sur son visage, sa poitrine, et ses jambes. « Comment avez-vous dormi ?

— Très mal. Je ne sais pas pourquoi je suis ici, répliqua-t-elle en le regardant sans ciller.

— Je suis désolé que vous ne soyez pas satisfaite de notre accueil. Y a-t-il quelque chose que je puisse faire pour vous ?

— Oui. J'aimerais avoir une couverture. J'ai froid.

— Froid, selon les critères anglais ? Ne vous inquiétez pas. Vous allez répondre à quelques questions très faciles, et vous rentrerez chez vous. »

Il se tourna et dit quelques mots au jeune homme, qui se leva avec un morceau de tissu noir à la main. Il s'en servit pour boucher les ouvertures des volets, puis alluma une lampe à pétrole, qu'il posa sur la table.

« Désolé pour ces précautions. Puis-je vous souhaiter un joyeux Diwali, dit-il sans sourire. Trouvez-vous nos coutumes indigènes étranges ? »

Il frotta de ses doigts le devant de sa chemise.

« Non, déclara-t-elle, honteuse de la faiblesse et du tremblement de sa voix. Je ne les trouve pas étranges. Je les apprécie. » Elle baissa les yeux sur les dessins que les enfants avaient tracés sur ses mains, maintenant à moitié brouillés et effacés. « Comme vous pouvez le voir », ajouta-t-elle.

Il prit un étui de nacre et inséra entre ses dents une cigarette qu'il alluma à l'aide d'un briquet en argent identique à celui avec lequel Mrs Driver allumait ses petits cigares.

« Bien, articula-t-il, la tête enveloppée dans une brume bleuâtre. Je ne vais pas y aller par quatre chemins. C'est très simple. Premièrement, je veux que vous me disiez où se trouve Guy Glover, et j'aimerais ensuite savoir de votre propre bouche comment vous vous occupez le vendredi soir, dans votre foyer pour enfants. »

Cette requête la surprit. « Que voulez-vous savoir ?

— Mr Glover a gardé un œil sur vous là-bas. Tout au moins jusqu'à ce que nous l'ayons perdu. Dites-moi ce que vous faites.

— Rien d'exceptionnel. Nous dînons toujours avec les enfants, nous leur lisons des histoires et ils vont se coucher.

— Quel genre d'histoires ?

— Tous les genres : aventures, légendes, histoires de la Bible, de Ramayana.

— Rien d'autre ?

— Non. Nous essayons d'en faire un jour spécial de la semaine en dînant avec eux ce soir-là. Nous attendons tous ce moment.

— Il n'y a donc aucune vérité dans la rumeur qui prétend que vous baignez les filles et les garçons ensemble ? » Il s'interrompit pour éliminer un brin de tabac de sa lèvre inférieure. « Où que vous vous lavez devant les enfants ? » ajouta-t-il d'une voix coupante comme de l'acier.

Elle sentit son cœur sauter dans sa poitrine. « C'est ce que Guy Glover vous a raconté ? »

Il se contenta de la regarder.

« S'il l'a fait, il ment. Nous respectons les enfants et ils nous respectent. Venez nous voir, vous le constaterez vous-même.

— Certains de nos gens sont allés voir. » Il la fixa pendant un long moment en se frottant la bouche. « Nous avons pu observer et entendre un tas de mauvaises choses. Question suivante, pourquoi vivez-vous à Byculla ? »

Elle prit une profonde inspiration. La cicatrice de son interlocuteur, sans doute une blessure due à une lame, lui donnait un air méprisant, même quand il souriait.

« Parce que cela me plaît. J'ai un travail là-bas.

540

— Pourquoi questionnez-vous les enfants tout le temps et écrivez-vous leurs noms dans un livre?»

Il fouilla dans la poche de son manteau et en retira le carnet de son interlocutrice.

«C'est à moi!» s'écria-t-elle en avançant le corps vers lui. Aussitôt, elle entendit le claquement du fusil; le garde s'était levé.

«Asseyez-vous et répondez à mes questions!» aboya-t-il.

Avec un énorme effort pour garder son calme, elle expliqua: «J'écris les histoires des enfants.

— Pourquoi?

— Parce qu'elles sont intéressantes.

— Ils ne sont rien. Ce sont des enfants des rues, de la poussière. Vous avez sans doute mieux à faire. Quels autres livres avez-vous écrits? Est-ce que je peux les acheter?

— Non, c'est le premier. Votre anglais est excellent, reprit-elle pour tenter de l'amadouer. Où l'avez-vous appris?

— J'étais à Oxford, comme mon frère. Et avant, à St Crispin.»

Elle avait entendu parler de cet endroit, l'une des écoles publiques qualifiées d'«Eton des Indes», qui délivrait un enseignement occidental aux fils de maharadjahs et d'autres riches Indiens désireux de faire briller leur progéniture d'un vernis tout anglais.

Subitement, il se leva et quitta la pièce. Un moment plus tard, elle entendit de l'eau couler et l'imagina en train de faire ses prières. Au foyer, les enfants musulmans les accomplissaient cinq fois par jour.

Pendant son absence, le jeune homme garda le fusil pointé dans sa direction.

541

Une demi-heure plus tard, Azim revint.

« Êtes-vous allé prier ? demanda-t-elle.

— Non. Je ne suis pas un homme religieux. Aucun d'entre nous ne l'est. »

Elle s'était donc trompée. Il s'approcha de sa prisonnière. « Je vais vous expliquer clairement pourquoi nous vous gardons ici. Ce qui se passe au foyer est une question secondaire. Notre but essentiel est de retrouver Guy Glover.

— Ce n'est pas un ami.

— Vraiment ? Vous avez pourtant partagé une cabine avec lui sur le *Kaiser-i-Hind*.

— Je n'ai pas partagé sa cabine. J'étais son accompagnatrice. »

Il prit un air perplexe.

« On m'avait payée pour prendre soin de lui. »

— Ne commencez pas à me raconter des mensonges, Miss Holloway. Je ne veux pas être obligé de vous faire mal.

— C'était un écolier, balbutia-t-elle, au bord d'un haut-le-cœur. Tout au moins je pensais qu'il l'était. J'avais besoin de travailler. J'étais là pour veiller sur lui.

— Vous n'avez pas vraiment bien accompli votre tâche », décréta-t-il.

Il sortit de sa poche la photographie d'un élégant jeune homme aux cheveux noirs ondulés et gominés. Assis en habit de soirée dans le fauteuil d'une cabine très luxueuse, il avait le visage tuméfié, une lèvre enflée, et un œil à demi fermé. Sur le lit, derrière lui reposait sa veste de smoking, tel un pingouin mort. Une paire de chaussures vernies immaculées traînait sur le sol.

«Voici mon jeune frère, dit Azim. C'est votre ami Guy qui a fait cela.

— J'étais au courant, admit-elle, mais je n'y suis pour rien.

— Alors, pourquoi ne pas l'avoir signalé à la police ? Parce que mon frère est une sorte de moricaud ?

— Non ! s'exclama-t-elle. C'est un mot horrible. Je ne l'utilise jamais. On m'a dit qu'il y avait des circonstances particulières et qu'il valait mieux étouffer l'affaire.

— Quelles circonstances ?

— Je ne sais pas, chuchota-t-elle en regardant ses mains.

— Saviez-vous que Guy Glover était un voleur ?

— Oui. » Elle avait la bouche tellement sèche qu'elle ne pouvait plus parler. «Votre frère aussi. Pourquoi n'a-t-il pas porté plainte ? »

Il pinça les lèvres entre ses doigts et la contempla un moment.

«Parce que cela nous permettait de persuader Mr Glover de travailler pour nous, ce qui explique pourquoi nous sommes aujourd'hui furieux qu'il nous ait glissé entre les doigts. Nous avons entendu dire qu'il pourrait retourner en Angleterre. Il se peut même qu'il soit déjà reparti. Dès que vous nous aurez aidé à le retrouver, nous vous libérerons. »

Une fois qu'il fut sorti de la chambre, le jeune garde banda les yeux de Viva. Elle entendit distinctement les pas d'Azim qui descendaient l'escalier, un bruit de liquide et le gargouillis des tuyaux. Tendant l'oreille vers l'extérieur, elle perçut le raclement d'une charrette et le cri du livreur d'eau mais n'osa pas crier pour l'alerter. Avec un sentiment de honte, elle s'avoua que ce Mr Azim avait réussi à lui faire peur ; il n'avait visiblement pas l'air de plaisanter.

Juste avant de partir, il avait déclaré, avec un calme sinistre : « Mon frère est un homme bien, qui ne désire que la paix. Il ne voulait pas que je m'occupe de son affaire, car il ne croit pas en la loi du talion. Seulement, à cause de votre jeune ami, il est sourd d'une oreille et portera donc à vie la marque de cette agression. Au lieu de tuer Mr Glover, j'ai pensé par erreur qu'il pouvait nous servir. Non seulement il ne nous a pas été utile, mais il nous a trahis. Il est maintenant de mon devoir de nous venger. »

Au quatrième jour de sa détention, après un petit déjeuner de *dhal* et de *chapatis*, Viva fut autorisée par la femme à se laver dans un peu d'eau rouillée. Une fois de nouveau attachée, elle se concentra sur le cliquetis des bracelets de cheville qui s'éloignait. Quand elle entendait ce bruit approcher, son cœur s'accélérait et sa bouche devenait sèche, car il annonçait la proche venue d'Azim.

Tout en étant effrayée, elle décelait en son geôlier une sorte de peur. Il lui faisait penser à un homme qui aurait pillé un atelier de costumes de théâtre, sans idée claire du rôle qu'il devait jouer. Quelquefois il était vêtu d'un costume trois pièces anglais parfaitement coupé, qu'il portait avec sa chéchia brodée, mais à deux reprises, il était arrivé dans un costume indien en coton, l'œil recouvert d'un monocle qui ne cessait de tomber.

Sa façon de mener ses interrogatoires restait imprévisible : le choix de ses vêtements indiquait peut-être une sorte d'instabilité mentale également suggérée par ses discours contradictoires. Parfois, il lui délivrait une leçon sur ses croyances religieuses – «Je suis musulman avant d'être indien. Le Coran nous enseigne nos droits en matière de justice, d'honneur, de mariage, de dignité, d'amour-propre» – et, la fois suivante, lui affirmait qu'il ne croyait pas à la religion, mais au progrès et aux réformes. Il était temps pour le peuple de l'Inde de cesser d'être reconnaissant pour chaque miette qui lui tombait dans la bouche, de se dresser contre les maudits Britanniques et d'arrêter de se comporter en esclave soumis.

Ce jour-là, il enfourcha de nouveau l'un de ses chevaux de bataille.

«Que faites-vous le vendredi soir, au foyer?

— Rien de spécial. Nous dînons avec les pensionnaires et nous faisons de temps en temps de la lecture.

— Quel genre de lecture?

— Je vous l'ai dit; de la poésie, des histoires de la Bible. Parfois les enfants nous racontent un épisode du *Mahabharata* ou d'autres légendes indiennes. Cela nous permet de comprendre nos cultures respectives.»

Il posa sur elle un regard de profond dégoût. «Et comment expliquez-vous cela aux enfants? demanda-t-il en brandissant un livre devant son visage. Savez-vous ce que c'est?

— Oui, c'est un livre saint, le Coran.

— Et ceci? s'écria-t-il, les mains tremblant d'émotion tandis qu'il feuilletait l'ouvrage dégradé. Ceci est une grande insulte pour un musulman.» Il lui agrippa les cheveux et la força à incliner la tête vers le volume ouvert, dont plusieurs pages avaient été arrachées.

«Je le sais.» Pour la première fois, elle se demanda si elle sortirait vivante de ce lieu.

«Nous l'avons trouvé dans votre chambre.

—Je… personne d'entre nous n'a fait cela, monsieur Azim, déclara-t-elle d'un ton aussi neutre que possible. Aucun d'entre nous n'aurait pu le faire. Nous ne sommes pas sectaires.

— N'essayez pas de m'embobiner, Miss Holloway. Mon propre père est mort en 1922, pendant les émeutes de Bombay, je sais donc parfaitement ce qui se passe quand les Britanniques se mêlent de nos religions. Il paraît d'ailleurs que votre gouvernement n'avait rien à voir avec ça et que tout était de notre faute à nous, maudits indigènes, si perfides et sauvages! C'est pourtant vous qui avez provoqué ces événements, pour nous prouver à quel point nous avions besoin de vous! Vous avez fait la même chose avec mon frère et dans votre foyer! Et vous vous trouvez tellement merveilleux d'aider les pauvres Indiens!

—Je n'ai pas déchiré ce livre! monsieur Azim, et je suis désolée pour votre père.

—Je vous interdis de parler de lui. Vous déshonorez son nom.

— Et pour votre frère, poursuivit-elle, sachant qu'il s'agissait peut-être de sa seule chance de s'en sortir. Je n'ai pas participé à son agression, et je ne suis pas une espionne.»

Il poussa une exclamation railleuse.

«Vous ne me croirez peut-être pas, mais au foyer, nous avons une immense admiration pour Gandhi. Nous pensons qu'il est temps que les Indes se gouvernent elles-mêmes. Nous avons accompli quelques bonnes choses et commis de terribles erreurs.

—Je n'aime pas Gandhi, il n'agit que pour les hindous.

—J'ai autre chose à vous dire. Mon père est mort à Cawnpore, en 1913. J'avais neuf ans. Il était parti là-bas pour travailler à une nouvelle ligne de chemin de fer, ce qui n'avait rien à voir avec la politique. On m'a dit qu'il avait été tué par des bandits, en même temps que sept hommes du Pendjab, avec lesquels il travaillait et qu'il respectait. Ma mère est morte quelques mois plus tard. Les Anglais ne sont pas les seuls à avoir du sang sur les mains.»

Un long silence suivit ses paroles. Devant le regard vide de son interlocuteur, elle se demanda s'il l'avait entendue. Peut-être pensait-il à son propre père?

«J'ai oublié comment on prie», murmura-t-il pour lui-même.

L'espace d'un instant, elle se sentit totalement piégée, telle une mouche dans un bloc d'ambre.

Sans se lever, il se rapprocha d'elle en faisant traîner bruyamment sa chaise sur le sol. Puis il ferma les yeux pour rassembler ses pensées.

«Je suis membre de la Ligue musulmane. Certains d'entre vous collaborent avec nous en secret. J'ai donné à votre ami Guy l'occasion de nous aider aussi. Votre collègue du foyer, Mrs Barker, soutient notoirement Gandhi – il se peut même que son engagement aille plus loin. Pouvez-vous nous aider?

— Que voulez-vous dire?

— Vous ne le savez pas?

— Non.»

Il se leva. «C'est très dommage. Ce soir est le dernier de la fête du Diwali. Il est temps pour nous de décider ce que nous allons faire de vous.

— Je ne suis pas une espionne, répéta-t-elle d'un ton monocorde, devant l'obstination d'Azim à ne pas l'écouter.

— Ne vous fatiguez pas à nous raconter des mensonges, Miss Holloway», dit-il en refermant la porte.

46

Viva voulait essayer de dormir pour conjurer la peur ; elle se réveilla une demi-heure plus tard, gelée, avec un torticolis. La dernière soirée de Diwali approchait. La veille, elle avait cru entendre, à quelques rues de sa geôle, des roulements de tambour assourdis mêlés à des cris et à des sifflements de fusées. L'idée qu'à l'extérieur des gens vivaient une vie normale – riant, mangeant ou serrant leurs enfants dans leurs bras – accentuait son sentiment d'isolement, celui-là même du navigateur solitaire, perdu au milieu de l'océan, qui aperçoit soudain les minuscules lumières d'un rivage lointain.

Elle craignait de plus en plus pour sa vie. Si ce groupe avait contraint Guy à espionner les membres du foyer, Dieu seul savait ce qu'il avait pu raconter à Mr Azim à leur sujet. *À qui manquerais-je si je mourais cette nuit ?* songea-t-elle. *Pour qui cela aurait-il de l'importance ?* Elle imagina ses funérailles, auxquelles

548

assisterait Daisy, peut-être accompagnée de Talika et de Suday. Sans doute Mrs Bowden et Clara, l'infirmière irlandaise qui ne l'aimait pas beaucoup, seraient-elles présentes pour accomplir leur devoir de chrétiennes. Tor, c'était certain, ferait le voyage d'Amritsar ainsi que Rose, malgré l'éloignement et ses nouvelles préoccupations de mère. Viva comprenait plus clairement que jamais la fragilité de la bulle dans laquelle elles vivaient, et combien la gaieté et l'affection de ses amies lui étaient précieuses.

Et Frank ? Penser à lui aujourd'hui représentait une véritable souffrance. Il viendrait lui faire un dernier adieu, elle en était presque sûre. Il avait essayé de nouer avec elle une relation intime mais les personnes fragiles, telles que Mr Azim et elle-même, passaient leur temps à protéger leur famille, leur religion, leur fierté, leur être secret et blessé. Frank lui avait ouvert son cœur, n'avait pas fait mystère de ses sentiments. Cette attitude semblait maintenant très courageuse.

Dans la pièce assombrie, elle évoqua cette journée merveilleuse du Caire, pendant laquelle ils avaient tant ri, inconscients de la tempête qui couvait sur le bateau. Et le cottage d'Ooty. « Ne vous avisez pas d'avoir honte de ce qui s'est passé », lui avait-il ordonné ensuite.

Elle se souvenait de la pluie ruisselant sur la fenêtre, de l'humidité de leur peau sous les draps entortillés ; plus tard, avant d'avoir eu le temps de décider de leur réaction – devaient-ils se sentir choqués ou honteux ? – ils s'étaient assis, s'étaient regardés et avaient éclaté d'un rire incrédule. Il avait pris son visage entre ses mains, dans la lueur de l'aube qui filtrait à travers les volets, et l'avait contemplée. Lorsqu'il souriait, la malice qui s'allumait dans ses grands yeux verts se répandait jusqu'aux deux fossettes de ses joues, insufflant à son visage une rayonnante beauté. Ce jour-là, elle s'était appliquée à se refermer sur elle-même, paniquée par la violence de ce qu'elle éprouvait. Laissons ce genre d'émotions aux autres femmes, s'était-elle dit ; elle, l'exceptionnelle Viva Holloway, était beaucoup trop intelligente pour se laisser prendre à ce jeu !

Ce souvenir la fit grimacer de dégoût. Quelle idiote, vraiment ! Qu'avait-elle à reprocher à ce pauvre garçon, hormis le fait qu'il avait osé franchir une ligne tracée de nombreuses années auparavant, et maintenant dénuée du moindre sens ?

Au contraire de Tor et Rose, qui la trouvaient mystérieuse et aventureuse, Frank l'avait appréciée telle qu'elle était et avait essayé de l'aider. Il lui avait fait l'amour tout naturellement, comme un homme véritable.

L'esprit de Viva s'affolait. Oui, c'était cela. Sachant accepter ce que la vie lui donnait, il avait laissé tomber ses vêtements sur le sol, parce qu'il la désirait et qu'elle le désirait aussi. Pourquoi avait-elle dit non le matin suivant ?

« Frank », murmura-t-elle dans les ténèbres. Tout ce qu'elle voulait, c'était le serrer dans ses bras. Malheureusement, elle avait laissé passer sa chance.

Le lendemain matin, à l'arrivée de Mr Azim, elle lui fit part de ses réflexions.

« Il y a une maison à Byculla où Guy pourrait se cacher. »

Il la regarda d'un air soupçonneux. «Pourquoi me dites-vous cela maintenant?» Les grands cernes sombres sous ses yeux laissaient penser qu'il avait aussi peu dormi qu'elle.

«Je pensais à votre frère hier soir. J'imagine le choc que vous avez éprouvé en voyant son visage dans cet état.

— Effectivement. Il ne méritait pas un tel sort.»

Elle avança la tête vers lui et se força à le regarder dans les yeux.

«J'ai aussi songé au foyer des enfants. Je ne suis pas non plus particulièrement portée sur la religion, ce que je vais dire n'a donc rien à voir avec Dieu, mais je me demandais ce que j'éprouverais si des Indiens venaient dans notre pays et essayaient d'enseigner à nos enfants leur façon de penser. Je serais très méfiante, en colère même…» Se montrait-elle trop volubile? Azim la fixait avec un scepticisme évident, faisant tourner une bague autour de son doigt. «Je dois vous avouer que je suis épuisée, ajouta-t-elle. Si je vous mène à lui, j'espère que vous me laisserez partir.

— Il sera furieux après vous; ce n'est pas un gentleman.

— Je m'en moque. Je veux m'en aller d'ici.

— La décision ne vous appartient pas. Elle me revient.

— Bien sûr. Je pensais simplement que si je pouvais vous aider, je serais stupide de ne pas le faire.»

Du coin de l'œil, elle voyait les élégantes chaussures anglaises tapoter nerveusement le sol. Il se leva et poussa un profond soupir.

«Où vit-il, à Byculla?

— Dans un appartement, près du marché. Je ne me souviens pas de l'adresse exacte, mais si vous m'y emmenez, je serai capable de retrouver le chemin.

— Je reviens à cinq heures et demie », déclara-t-il.

Il se présenta à l'heure dite et jeta sur les genoux de sa prisonnière une tunique et un châle en cachemire. Il avait lui-même revêtu sa robe d'un blanc immaculé, aux magnifiques boutons de nacre.

« Il faut se dépêcher, décréta-t-il en s'asseyant face à elle et allongeant les jambes.

— Où allons-nous ?

— Dans la rue, pour voir si votre mémoire vous revient.

— Croyez-moi, je vais faire tout mon possible.

— Je vous mets toutefois en garde. Si vous aviez l'idée de filer à la police, ce serait votre parole contre la mienne. Qui l'emporterait, à votre avis ?

— Bien sûr. Je pense simplement que j'ai tout intérêt à vous aider.

— Redites-moi où il vit à Byculla ? » demanda-t-il.

Elle ferma les yeux, faisant semblant de réfléchir.

« Soit près du marché aux fruits, soit dans un petit appartement non loin du temple jaïn, sur Love Lane. Mais il va falloir que vous soyez patient avec moi, je suis une *gora*. » Elle utilisait délibérément le mot hindi pour « étrangère ». « Tout semble différent pendant la fête de Diwali », reprit-elle.

Il posa sur elle un regard froid. « Pas si différent que cela, l'avertit-il. Et Byculla n'est pas très étendu. Si vous essayez de m'échapper, je vous tuerai. » Il ajouta quelques paroles en urdu qu'elle ne comprit pas.

Quand elle le vit sortir un grand couteau de son vêtement, elle s'efforça de ne pas ciller.

En tombant, la corde laissa apparaître trois marques rouges sur sa peau.

«Ne bougez pas», s'écria-t-il alors qu'elle se frottait les poignets pour se soulager. Toute démonstration de sympathie avait disparu; il rangea le couteau dans un étui de cuir accroché à sa ceinture.

Après qu'il fut parti, elle s'habilla, surveillée par la femme qui posait sur elle des yeux sans expression. Elle mangea un *chapati*, but un peu d'eau saumâtre et, soudain, fut invitée à descendre et sortir dans le soleil.

Une fois dans la rue, elle fut propulsée dans un pousse-pousse. Sa cuisse contre celle de Mr Azim, elle se sentait terrifiée. Avant que le véhicule ne démarre, il lui montra un revolver. «Si vous me rendez les choses difficiles, vous serez sacrifiée», déclara-t-il, suscitant aussitôt en elle l'évocation des chèvres maigres suspendues devant la boucherie de Main Street. Sans doute n'aurait-il aucun mal à mettre sa promesse à exécution.

Il était six heures. Bien qu'il ne fasse pas vraiment froid, l'atmosphère, grise et humide, semblait avoir décoloré le ciel. Hormis une ou deux portes décorées et quelques lumières émanant de modestes maisons, la célébration de Diwali paraissait peu suivie dans cette partie de la ville.

«Alors, où habite-t-il?

—Je crois que c'est près du Temple jaïn mais je n'y suis allée que deux fois.

— Dès que nous descendrons du pousse-pousse, cachez votre visage avec le foulard. Quand je vous parlerai, répondez-moi de façon naturelle. Ce soir, Lakshmi, déesse de la fortune, vient à Byculla. Peut-être aurons-nous un peu de chance ? » Le voyant éclater d'un rire artificiel, elle se força à rire à son tour.

Les femmes battues doivent éprouver ce sentiment, se dit-elle : *elles sont conscientes de chaque mouvement de leur compagnon, dont elles soupèsent chaque mot.* Elle devait jouer le jeu, rester calme, et accepter de converser avec lui de façon amicale. Si elle libérait en lui la brute, elle était perdue.

Sur leur droite, au milieu d'une rangée de maisons délabrées, elle vit un petit temple dont l'autel, entouré de centaines de bougies, scintillait comme un somptueux bijou.

Elle prit une profonde inspiration.

« Monsieur Azim, combien de temps dure le Diwali ?

— Beaucoup trop longtemps. Le Diwali est destiné à ceux qui restent des enfants dans leur tête.

— Vous ne l'avez donc jamais célébré ?

— Je vous répète que mon frère et moi avons été élevés par vous, les Britanniques. Nous avons appris l'histoire anglaise, récité vos poèmes et été battus – comment dites-vous ? – "comme plâtre". Jusqu'à ma sortie de l'école, je ne connaissais pas un seul poète indien, s'écria-t-il. Imaginez cela dans votre propre pays. »

Avant qu'elle ait pu répondre, il leva la main. « Stop ! dit-il au chauffeur. Tournez à droite. Et vous, plus un mot, j'ai besoin de me concentrer, déclara-t-il à Viva.

— J'étais sur le point de dire que c'était vraiment dommage, articula-t-elle. Il y a tant de merveilleux poètes indiens.

— Où est-il? demanda-t-il soudain.

— Je n'en suis pas encore sûre. Pouvez-vous me dire où nous sommes?

— Le marché aux fruits est là.»

Il désigna un vaste bâtiment presque méconnaissable sous sa parure de lumière.

«Comprenez ceci, madame, dit-il en haussant la voix pour couvrir le bruit des fêtards qui commençaient à se manifester autour d'eux. Je sais que vous nous prenez pour des adorateurs d'idoles. En ce qui me concerne, je n'en fais pas partie. Cette attitude tue notre pays. Il est temps de se révolter.»

Elle vit les doigts de Mr Azim se serrer autour du revolver.

«Gandhi nous tuera aussi, reprit-il. Nous nous montrons polis depuis trop longtemps.

— Ce qui est arrivé à votre frère a dû être la goutte d'eau qui a fait déborder le vase, intervint-elle.

— Je dois absolument trouver Glover ce soir. J'ai entendu dire qu'il pourrait quitter les Indes demain sur un autre bateau.» Les doigts tremblant légèrement, il s'épongea le front avec un mouchoir.

«Voilà ce dont je me souviens, dit-elle. Lors de mes deux visites chez lui, j'ai pris un raccourci à travers le marché et… je suis désolée, il faut que je reprenne le même chemin.»

Le voyant tourner la tête dans sa direction, elle crut qu'il avait deviné son mensonge. Il se raidit et haussa les épaules.

«Je marcherai derrière vous. Si vous essayez de vous enfuir, je vous abats, pas maintenant, mais plus tard. Personne ne comprendra jamais ce qui vous est arrivé. Vous m'avez bien compris?

— Parfaitement.

— Descendez!»

Au moment où elle posait le pied par terre, une fusée de feu d'artifice fut lancée tout près d'eux. Ils pénétrèrent dans le marché où régnait un vacarme assourdissant de bêlements de moutons et de chèvres, mêlés au pépiement strident des oiseaux en cage.

Une bouffée de panique envahit Viva; la peur donnait à sa bouche un goût amer. À l'intérieur du bâtiment, les sons semblaient enfler jusqu'à l'intolérable. Elle se trouvait face à un mur infranchissable de corps en mouvement, sans autre plan que l'évasion à tout prix.

Deux jeunes filles marchaient très lentement vers elle. Sur leur trente et un, elles babillaient gaiement. Lorsqu'elles bloquèrent le passage, Viva éprouva l'envie de les étrangler. Azim, qui ne les voyait pas, lui enfonçait le canon de son arme dans le dos. «*Jaldi, jaldi*! cria-t-il.

— Je ne peux pas aller plus vite.»

Elle pouvait maintenant voir, à l'extrémité du marché, la vaste porte béante sous les chevrons couverts de pigeons. Près de l'ouverture se trouvaient des cages à oiseaux décorées.

Au cœur de la cohue, elle sentit une forte poussée, puis la dureté du revolver dans son dos, l'avertissant de ne pas courir. Cependant, la foule ne lui laissait pas le choix. Elle entendit un rire, puis un cri. Une odeur de fumée s'éleva, quelqu'un cria «*Jaldi, jaldi* !» Alors qu'elle tombait sur le sol, elle reçut un violent coup de chaussure dans la mâchoire et entendit un craquement. Une douleur aiguë lui martela la tempe, des milliers de pas résonnèrent dans son cerveau et elle sombra dans l'inconscience.

47

Elle s'éveilla avec dans le palais un goût de fruit blet et la sensation d'avoir perdu presque toutes ses dents. Allongée sous une table, le coude dans une cage de poulets abritant encore quelques plumes, elle voyait un défilement de pieds passer bruyamment à quelques centimètres de sa tête – nus, dans des sandales, ou des chaussures. Ce tambourinement l'étourdissait. Elle se laissa retomber dans la poussière et tenta de se cacher dans un vieux sac de jute.

Dès qu'elle se mit en mouvement, un liquide dégoulina le long de sa tempe, provoquant une vive douleur. Elle effleura l'endroit sensible et regarda avec stupéfaction ses doigts couverts d'un sang qui semblait appartenir à quelqu'un d'autre.

Le bruit de pas précipités ne s'interrompait pas. Des cris stridents lui perçaient les tympans et provoquaient dans sa bouche une montée de salive.

Elle s'obligea à attendre, cinq minutes, puis dix. À en juger par ce qui se déroulait près d'elle, la foule qui l'avait séparée d'Azim restait compacte, mais elle ne voulait pas prendre le risque de le voir réapparaître. *Patience, patience*, se répétait-elle, dans un état de semi-conscience.

Alors qu'elle tentait d'ouvrir les paupières, elle les referma aussitôt; la lumière se révélait trop éblouissante. Elle était étendue sur un matelas bosselé, dans un endroit qu'elle ne connaissait pas. Une jeune Indienne, au visage doux et paisible, lui humectait le front. Levant la main vers sa tête, elle constata qu'un bandage entourait son crâne. Une douleur atroce lui martelait les gencives.

«Où suis-je? demanda-t-elle. Que s'est-il passé?

— Vous avez reçu des coups et vous avez été assommée, répondit la femme. Ne vous inquiétez pas, ajouta-t-elle en marathi, tout va bien maintenant, ils viennent vous chercher pour vous ramener à la maison.»

Me ramener à la maison. La maison; Daisy vient me chercher.

Elle réussit à garder les yeux ouverts. Un plafond inconnu s'étendait au-dessus de sa tête, jaune, et visiblement poisseux, traversé par une poutre couverte de toiles d'araignées. Une ampoule nue couverte d'insectes morts pendait au centre de la pièce. Elle toucha le bandage, maintenant humide de sang. Ses douleurs buccales restaient très vives, mais en avançant sa langue, elle constata que ses dents étaient toujours en place.

Soudain, elle entendit une porte s'ouvrir et le parquet craquer sous des pas peu assurés.

«Daisy?» appela-t-elle.

Pas de réponse.

«Daisy, est-ce vous?»

Alors qu'elle essayait de s'asseoir, une main lui enserra le poignet. Une bouche s'approcha de la sienne, dégageant une odeur fétide.

«C'est Guy.»

Elle ferma les yeux avec tant de force que sa tempe se remit à saigner.

«Guy, que faites-vous ici?

— Je n'en sais rien, dit-il d'une voix saccadée. Je ne peux pas vous aider, je ne sais pas pourquoi je suis là.

— Que m'est-il arrivé?» Elle tenta de s'asseoir mais ce mouvement lui fit voir des étincelles.

«Une idiote vous a trouvée au marché, assommée. Ils ont dit qu'une Anglaise était blessée. Je voulais vous aider mais maintenant, je ne... vous me faites peur comme ça.

— Calmez-vous, je vous en prie.» Elle avait l'impression d'avoir la bouche remplie de coton. «Il faut simplement que vous alliez prévenir Daisy Barker; elle m'aidera.»

Elle l'entendit pousser un cri de frustration et se frapper violemment la tête.

«Je ne peux pas, ils vont m'attraper. Je suis en danger.

— Je vous en supplie, il faut juste la prévenir.

— Demain je pars; demandez à quelqu'un d'autre de le faire», marmonna-t-il.

Il tapotait la table de ses doigts et fredonnait à mi-voix comme il le faisait, sur le bateau, quand il était particulièrement agité. Elle entendit le frottement d'une allumette. Il fallait à tout prix qu'elle dissipe la brume qui régnait dans son esprit.

«Pourquoi tout cela m'est-il arrivé? demanda-t-elle. Qu'avez-vous fait?»

Pas de réponse.

«Rien, répondit-il.

— Bien sûr que si. Je le sais.

— Je voulais vous faire sortir du foyer, chuchota-t-il. L'ambiance y était néfaste pour vous.»

Elle gémit en remuant la tête. «Non!

— Écoutez, écoutez-moi bien! lui intima-t-il. Vous êtes ma mère; je vous ai choisie.

— Non Guy, vous faites erreur!

— Taisez-vous. Vous avez vu cette école. Ils m'ont suspendu à l'extérieur du bâtiment avec des draps. C'est mon autre mère qui a choisi cet endroit; elle voulait que je reste là-bas. Vous, je vous aimais», conclut-il en haletant.

Il me hait désormais, songea-t-elle, sentant la frayeur l'envahir de nouveau.

«Je vais vous raconter une histoire sur ma mère», déclara-t-il. Debout devant elle, il frémissait de rage. «Quand j'avais douze ans, ils sont venus tous les deux en Angleterre. Je ne les avais pas vus depuis très longtemps. Mon père a trouvé qu'il serait amusant de me déguiser en garçon d'étage, pour que je fasse à ma mère une surprise en lui portant son petit déjeuner. J'ai emporté le plateau. Je lui ai dit: "Maman" et j'ai essayé de l'embrasser. Elle a appelé en hurlant mon père qui était dans la pièce voisine. Ah oui! Quelle merveilleuse surprise elle a eue ! Elle m'aimait tellement qu'elle ne savait même pas qui j'étais !

— C'était une idée terrible.» Son effort pour suivre la conversation la faisait transpirer. Elle se pencha pour lui prendre la main, mais il recula. «C'était vraiment une mauvaise farce, reprit-elle.

— Je veux la tuer, déclara-t-il avec calme. Elle brouille ma radio. Ne me regardez pas, lui ordonna-t-il en la voyant s'appuyer sur un coude. Vous me faites peur. Je ne vous aime pas comme ça.

— Écoutez-moi. Tournez le dos si le bandage vous gêne, mais écoutez-moi bien. Je sais exactement ce que vous devez faire.

— Mmm!» Il se détourna, les épaules affaissées et les pieds en dedans, puis fit le geste de tourner un bouton derrière son oreille. «Alors?

— Je sais qu'un tas de choses vous préoccupent depuis très longtemps. Vous avez besoin de faire cesser ce harcèlement, de vous reposer.

— C'est impossible. Ils nous cherchent, vous et moi. C'est pourquoi je dois retourner en Angleterre.

— Que leur avez-vous dit à mon sujet?

— Que vous ne pouviez plus continuer à travailler au foyer. Que j'avais besoin de vous.

— Vous avez sans doute parlé d'autre chose.

— Je ne m'en souviens pas, ça se brouille dans mon esprit. Mr Azim a essayé de me blesser. Il m'a fait peur.

— Tout ce que vous avez à faire, c'est d'aller au foyer, dire où nous nous trouvons.

— Je ne peux pas, répliqua-t-il d'une voix étouffée. Ils vont me retrouver et me faire du mal.

— Alors, trouvez quelqu'un qui puisse leur porter un message. Ce sera beaucoup mieux pour nous deux. Dites-leur de venir chercher Viva. Si vous voulez, vous pouvez nous accompagner ; nous trouverons quelqu'un qui puisse s'occuper de vous jusqu'à ce que vous alliez mieux. »

Il se leva et marcha en long et en large, les bras serrés autour de sa poitrine. « Je ne suis pas si mauvais, vous savez. Je n'avais pas l'intention de saccager votre chambre.

— Je le sais. Vous êtes épuisé, c'est tout.

— Ce n'est pas sûr. Mes ondes sont encombrées, en ce moment. Mon père me cherche aussi. Il est très en colère. Il m'a fouetté quand nous avons débarqué, en disant que j'étais grossier avec lui.

— Regardez, dit-elle en faisant le geste d'éteindre sa radio. Tournez le bouton si vous ne voulez pas les entendre. Personne ne peut vous contrôler du dehors. Ils peuvent toujours essayer ; insister pour que vous fassiez certaines choses ; mais vous avez la liberté de dire oui ou non. Tout ce que je vous demande, c'est de me laisser vous aider. Je ne vous laisserai pas tomber.

— Tout le monde me laisse tomber. Personne ne m'aime.

— C'est ce que vous pensez, mais c'est faux. Vous arrivez à un moment de votre vie où vous ne pouvez pas continuer à être en colère contre les autres. »

Il l'écoutait visiblement, sans trahir toutefois la moindre pensée.

« Le moment est venu de marcher droit devant vous, sinon vous ne ferez que répandre le malheur. Je sais de quoi je parle, je lutte contre cette tendance tous les jours de ma vie, depuis la mort de mes parents.

— Ne me parlez pas de ça, c'est horrible.

— Les gens vous aimeront si vous leur permettez de le faire.

— Pourtant vous ne m'aimez pas, alors que je vous ai demandé d'essayer. »

Il y eut un silence. « Nous pourrions être amis, articula-t-elle enfin.

— Et marcher main dans la main, sous un coucher de soleil ? railla-t-il.

— Ne soyez pas stupide. Je veux dire que je peux vous écouter. Vous en avez assez de fuir et vous avez besoin de repos. »

Elle espérait l'avoir au moins ébranlé, mais l'effort que lui demandait sa plaidoirie l'avait épuisée. Alors que sa tête glissait de l'oreiller, elle sombra dans le sommeil, avant même d'avoir entendu sa réponse.

48

St Bartholomew, Amritsar, décembre 1929

Quelques semaines avant Noël, Daisy écrivit à Tor, de façon inattendue, pour lui dire que Viva avait été blessée dans un «accident regrettable, », au cours des célébrations de Diwali, mais qu'elle était suffisamment remise pour voyager de nouveau. Elle-même retournait en Angleterre pour une période indéfinie et le foyer allait pratiquement fermer. Y avait-il la moindre chance pour que Tor accepte de recevoir son amie pour les vacances de Noël? Elle avait besoin d'un changement de décor et se chargerait de tout expliquer en arrivant.

Tor fut surprise que Viva n'ait pas écrit elle-même, mais il était vrai qu'elle ne faisait jamais rien comme le commun des mortels. Perturbée d'apprendre que son ancien chaperon avait été blessé, elle se réjouissait néanmoins de la revoir. Elle avait hâte que la jeune femme admire le bungalow et s'émerveille de sa nouvelle vie à Amritsar. Plus que tout, elle désirait que Viva fasse la connaissance de Toby et constate quel trésor elle avait déniché.

Une idée naquit dans sa tête et se précisa rapidement : si Viva venait pour Noël, pourquoi Rose et Jack ne viendraient-ils pas aussi? Toutefois, les principes que lui avait inculqués sa mère, pour qui le fait de recevoir représentait toute une affaire, l'incitèrent à parler de ce projet à Toby, qu'elle aborda avec un certain degré de nervosité.

« Qu'est-ce qui vous fait hésiter? s'enquit-il d'un ton surpris. Il y a une multitude de chambres vides à l'école si notre maison se révèle trop petite. »

Notre maison. Elle adorait l'entendre prononcer ces mots. Leur bungalow de trois chambres était une version miniature de St Bart, ainsi que tout le monde appelait l'école, édifice vaste et excentrique qui s'enorgueillissait d'arches mogholes, de poutres Tudor, de fenêtres victoriennes, de vérandas aux sculptures élaborées et de toits pentus en chapeau de sorcière.

Quand elle avait découvert leur logement, dressé dans une clairière de manguiers située entre le terrain de cricket et un jardin sauvage, la vigne vierge avait poussé devant les ouvertures – l'occupant précédent était parti à la retraite cinq ans auparavant ; de grandes taches verdâtres, dues au mildiou et à l'humidité, s'étalaient sur le sol de la véranda.

Son cœur se serrait encore de tendre pitié quand elle se souvenait qu'à son arrivée, elle avait constaté que la chambre de Toby était la seule pièce habitée de la maison. Elle avait examiné son lit de fer, le mince couvre-lit vert, les moustiquaires jaunissantes et les insectes naturalisés et encadrés ornant les murs. On aurait dit la chambre d'un jeune garçon, abandonnée pendant les vacances dans une école déserte.

Heureusement, les dommages subis par le petit bungalow s'étaient révélés superficiels. Après une journée consacrée à défaire les bagages, Tor, dans un élan d'énergie, avait entrepris de le décorer avec l'aide de deux nouveaux serviteurs, Jai et Benarsi, jeunes gens beaux et intelligents venus de la ville voisine, qui adoraient Toby parce qu'il parlait couramment l'hindi et les faisait rire.

À son grand étonnement, sa mère lui avait envoyé un chèque de cinquante livres, en précisant que cet argent devait être consacré à l'ameublement. Ce cadeau était bienvenu – Toby enseignait à temps partiel ce trimestre pour terminer son livre *Oiseaux et autres animaux sauvages du Gujarat*. Avec une excitation fiévreuse, ils avaient acheté leur premier lit double, un dessus-de-lit orné d'oiseaux et de fleurs, ainsi qu'un nouveau tapis de sisal. Ensuite, Tor avait supervisé le blanchiment des murs à la chaux, les travaux de menuiserie et le nettoyage du sol.

Le jardin avait été débarrassé des mauvaises herbes, et replanté. Leur petit salon s'ornait maintenant de tapis en coco, d'un vieux sofa et de deux chaises longues cannées que Toby désignait sous le nom de «fornicatrices de Bombay». Tor disposait maintenant d'une vraie table pour son gramophone; son époux avait passé cinq soirées à concevoir et construire ce qu'il appelait «la Rolls-Royce des étagères», pour y ranger ses livres et les disques de sa compagne.

«Alors, je peux vraiment les inviter?» demanda-t-elle en le regardant d'un air vaguement incrédule. Elle n'arrivait pas à croire qu'elle disposait de ce genre de liberté. Il l'embrassa sur le bout du nez.

«Le dernier Noël a été si affreux pour moi que j'ai presque failli rentrer en Angleterre boire de l'arsenic», expliqua-t-il d'un ton mélodramatique. Il avait passé la fête au club de Rawalpindi, avalant du porto coiffé d'un chapeau de papier poussiéreux, en compagnie d'un planteur de thé ivre et d'un missionnaire. «Ma vie a terriblement changé», ajouta-t-il paisiblement. L'une des choses que Tor préférait chez Toby était sa capacité de passer en un instant d'une humeur joyeuse et frivole, au sérieux le plus profond.

Rose avait répondu presque immédiatement qu'elle serait ravie de venir et que Jack, dont le régiment accomplissait une mission dangereuse dans les montagnes, essaierait de les rejoindre au moins un jour ou deux. Pourrait-elle, sans être considérée comme particulièrement grossière, profiter de cette invitation un peu plus longtemps? Elle était impatiente de présenter à son amie le petit Freddie.

Au début du mois de décembre, Tor intima à Toby l'ordre de cesser de se comporter comme un vieil érudit barbant, incapable de sortir de ses livres, et de lui consacrer une journée de pure régression. Pendant les trois dernières semaines, il avait travaillé fiévreusement sur son ouvrage pour essayer de le terminer avant Noël. Il l'attira sur ses genoux, s'écria «Désolé, chérie», de sa voix de mari soumis, puis il l'embrassa et ajouta «Quelle excellente idée!»

Tôt le lendemain, ils firent l'amour sous leur moustiquaire, sautèrent du lit avec une faim de loup et passèrent quelques heures à travailler ensemble. Ils s'appliquèrent ensuite à vider la chambre d'amis de l'école, en déménageant les télescopes et les livres d'ornithologie de Toby, ainsi que son sitar et ses piles de photographies de la vie sauvage. Une fois cette tâche accomplie, Tor rechercha des recettes de Christmas pudding dans un livre de cuisine intitulé *Noël pour les colons*.

Toby se rendit dans les bois pour chercher un arbre de Noël. Il revint avec un monstre aux branches tourmentées, qui ne ressemblait à rien et qu'il trempa dans un pot, en affirmant qu'il l'arroserait jusqu'à Noël et le replanterait ensuite. Après le souper, au son de disques divers, ils peignirent la pointe des branches en doré, éteignirent les lumières et dansèrent dans la lumière de la lune qui se déversait par les fenêtres.

Le lendemain, ils se rendirent au bazar d'Amritsar pour y acheter les ingrédients nécessaires au Christmas pudding. Toby bavarda avec les vendeurs jusqu'à ce que Tor sorte sa liste, puis commanda une grosse quantité de raisins de Smyrne et de raisins secs ; les doses indispensables de cannelle et de muscade furent prélevées sur des tas d'épices immenses et brillamment colorés, pesées sur d'antiques balances de cuivre et versées dans de petits tortillons de papier.

Alors qu'ils se dirigeaient vers le *Murphy's Bar* pour un gin tonic, Toby s'immobilisa et chaussa ses lunettes. D'un éventaire regorgeant de vieilles pièces et de verreries cassées, il souleva une boîte contenant quatre globes de verre colorés, gros comme des œufs de canard, exquisément décorés. «Aussi beaux que les Fabergé», décréta-t-il en soufflant la poussière. Alors qu'il les levait vers la lumière, leurs teintes – rouge, violet et vert – tournoyèrent sur son visage.

«Ils sont parfaits, constata-t-il. N'est-ce pas, chérie ?

— Pouvons-nous nous permettre de les acheter ?» Il l'avait prévenue que le livre d'ornithologie ne risquait pas de les enrichir.

«Oui, répondit-il aussitôt. Pour notre premier Noël, nous pouvons nous permettre ce cadeau, accompagné de champagne.»

Le cœur soudain enflammé de bonheur, elle le regarda.

L'amour pur, voilà ce qu'il incarnait.

Elle avait Toby, qu'elle attendait avec impatience chaque nuit ; elle avait une maison à elle – enfin presque ; la perspective d'une vie entière particulièrement excitante et, comme si cela ne suffisait pas, Rose et Viva venaient pour Noël.

Cette humeur béate ne dura pas. Cinq jours plus tard, elle se trouvait dans les affres d'une réelle crise domestique. L'imbécile qui avait rédigé le livre de cuisine avait écrit en tout petits caractères qu'il fallait préparer le Christmas pudding à l'avance, l'envelopper dans un papier sulfurisé et le conserver dans une boîte de métal dès la mi-novembre.

«J'étais supposée le nourrir – l'arroser – pendant un mois? se lamenta-t-elle. Pourquoi bon sang devrait-on nourrir un gâteau! Je croyais que c'était le contraire!»

Toby, qui avait travaillé dans le pavillon d'été, entrait inopinément dans la cuisine, les doigts maculés d'encre et les cheveux ébouriffés. Certain que sa mère préparait ses puddings la veille de Noël, il décréta que cela n'avait pas la moindre importance.

Consolée par ces paroles apaisantes, Tor attacha ses cheveux, enfila un tablier, aligna ses ingrédients et, après avoir avoué à Toby qu'elle avait l'impression d'être une apprentie sorcière, mesura les quantités nécessaires de farine, de cherry et de raisins, qu'elle versa dans un grand saladier posé sur la table.

Jai et Benersi, intrigués, la regardèrent remuer le tout, ajoutant une pincée de cannelle, un peu de macis, les œufs, le beurre et le zeste d'orange tout en commentant la procédure. L'auteur du livre conseillait aux maîtresses de maison d'enseigner à leurs serviteurs de nouveaux talents. Vraiment, songea Tor en versant le mélange odorant dans un moule à cake, pourquoi sa mère faisait-elle toute une histoire de cette préparation? Elle expliqua à Toby, qui passait la tête par l'entrebâillement de la porte, que la pâtisserie était un jeu d'enfant.

Après avoir lissé le dessus du gâteau, elle l'enveloppa dans du papier brun. Jai le transporta cérémonieusement vers le fourneau à bois, et activa le feu. Toby retourna travailler ; le cliquetis de sa machine à écrire, son réconfortant entre tous, leur parvint bientôt au-delà de la pelouse. Tor, disposant de trois heures avant la fin de la cuisson, pensa à faire une promenade à cheval. D'une part, la matinée était radieuse et d'autre part, elle n'aurait peut-être pas d'autre occasion de se distraire avant Noël.

Une fois le cheval rentré à l'écurie, elle prit le temps de papoter un moment avec Elsa Chambers, l'une des secrétaires de l'école. Originaire du Norfolk, cette femme, qui était arrivée aux Indes en tant que nurse pour une famille indienne de haute caste, lui avait raconté qu'elle retournait en Angleterre pour Noël, et que dans deux jours, elle prendrait l'aéroplane pour accomplir le trajet de Bombay à Londres – audace que Tor considérait comme particulièrement admirable. Alors qu'elle prenait congé de son interlocutrice, un garçon d'écurie l'appela pour lui montrer une jolie petite pouliche destinée à des fils de maharadjahs. Tor lui caressa les oreilles et lui susurra des mots doux un moment. Soudain, elle poussa un cri perçant, traversa la cour comme un éclair et jaillit dans la cuisine.

« Bon sang, que s'est-il passé ? » Toby apparut sur le seuil de la pièce, visiblement secoué.

Tor fixa sur lui ses grands yeux, qu'elle posa ensuite sur le gâteau, trônant dans un nuage d'épaisse fumée.

«Ciel, oh mon Dieu!» Jai couvrit le pudding d'une serviette et le prit dans ses bras, tel un enfant. «Mr Kurtz, mort!» s'exclama-t-il d'un ton dramatique.

Ni Tor ni Toby n'avaient la moindre idée de ce dont il parlait, mais son expression tragique provoqua un fou rire qui explosa comme un ballon. Jai et Benarsi poussaient de petits cris en regardant leur maître. Celui-ci, le corps agité de secousses et le visage couvert de larmes, articula: «Désolé, chérie. Je vous aiderai à en faire un autre ce soir, et nous enverrons une lettre anonyme à l'auteur du manuel.» La jeune femme hoquetait si fort qu'elle dut s'asseoir en se tenant les côtes. Lorsque leur hilarité se calma, elle fit mine de menacer Toby et les deux serviteurs de sa cuillère en bois.

Tor espérait que Rose et Viva sauraient apprécier Toby comme elle-même le voyait: simple, plein de vie et formidablement intelligent, car il avait lu toutes sortes de livres. Elle concevait que ses amies se montrent un peu méfiantes envers lui: il avait demandé sa main si vite qu'elles le considéraient probablement comme un criminel; comme un homme pris dans une situation désespérée; ou encore comme quelqu'un de très sûr de lui. Pourtant, il n'était rien de tout cela et pouvait même se montrer timide et gauche en face de gens qu'il ne connaissait pas, ce qui avait été le cas avec elle.

Le lendemain de leur mariage civil à Bombay, l'humeur de Tor, qui était jusque-là restée au beau fixe, menaçait de retomber comme un soufflé trop tôt sorti du four. Alors qu'ils se dirigeaient vers le nord dans sa Talbot délabrée, Toby avait parlé d'un ton monocorde, pendant ce qui avait paru des heures à sa nouvelle épouse interloquée, de boutiques et de vêtements – il devait lui avouer plus tard qu'il avait essayé de suivre les préceptes de sa propre mère selon laquelle, il suffisait, pour toucher le cœur d'une femme, de s'intéresser à ses sujets de prédilection. Ce jour-là, quand il lui avait demandé si elle préférait les chapeaux cloche ou les chapeaux à fleurs, et si elle affectionnait le rose ou plutôt le vert, elle avait senti la panique l'envahir. Ce type était épouvantablement rasoir ; elle venait de commettre la plus grande erreur de sa vie !

Parcourant des kilomètres de désert, la voiture s'était éloignée inexorablement de Bombay. La chaleur, devenue de plus en plus intense, décourageait toute tentative de conversation, elle s'était endormie.

En se réveillant, ses yeux s'étaient posés sur l'anneau d'or qui ornait son annulaire. Elle avait alors décidé d'interroger son mari avec précision sur ses activités. Avec une énergie renouvelée, il lui avait appris qu'outre son enseignement de l'histoire et de la science, dont il lui avait déjà parlé, il avait entrepris d'écrire un livre sur l'une des passions de sa vie, l'observation de milliers d'oiseaux merveilleux qui existaient aux Indes, dont un grand nombre étaient considérés comme sacrés.

Elle s'était dit alors qu'au pire, elle pouvait envisager ce mariage plus ou moins comme un arrangement pratique. Si elle n'en attendait pas trop, elle ne risquait pas d'être déçue.

Maintenant, elle s'en voulait de l'avoir un jour considéré de cette façon froide et intéressée. Elle aimait ses cheveux fins, soyeux sous ses doigts ; la manière dont il s'endormait, les bras autour d'elle ; ses plaisanteries ; et le fait qu'il tenait à lui apporter le thé du matin au lit, toujours accompagné d'une petite friandise. Elle adorait l'énergie passionnée qu'il mettait dans son travail, les romans et poèmes qu'il lui lisait le soir – de Joseph Conrad, Dickens, T. S. Eliot – toutes ces œuvres qui, autrefois, ne paraissaient pas accessibles à son esprit limité.

Leurs deux visiteuses, elle l'espérait, sauraient percevoir la richesse intérieure de son époux. Il fallait parfois du temps pour bien connaître une personne.

Cet après-midi-là, après l'enterrement solennel du pudding, ils décorèrent la maison. Deux heures plus tard, presque chaque centimètre du bâtiment scintillait sous les guirlandes et les bougies.

« Ne pensez-vous pas que nous en avons fait un peu trop ? s'enquit-elle en pensant tout à coup à Cissy, qui prônait en général la sobriété.

— Absolument pas. » Il enroulait des guirlandes dorées autour des boutons de leur hideux combiné radio et tourne-disque. « L'une des règles de Noël, c'est de pécher par excès. »

Elle le serra dans ses bras et lui planta un baiser sur l'oreille.

«Qu'en dites-vous? demanda-t-elle tandis qu'ils reculaient bras dessus bras dessous pour admirer leur œuvre.

— C'est somptueux. Un véritable paradis.»

Le cœur de Tor se gonfla d'amour; lors de ce Noël, c'était Toby qu'elle célébrerait : le plus beau cadeau de sa vie.

49

Après la mort de ses parents, Viva avait souvent passé Noël chez des quasi-inconnus, essentiellement des cousins éloignés. Une fois, alors que personne d'autre ne s'était manifesté, elle avait été reçue par le chef jardinier de son école, dont la femme sans enfants, au cours d'un morne déjeuner, lui avait fait clairement comprendre qu'elle espérait un dédommagement pour le privilège de lui avoir servi de la dinde.

Quand l'invitation de Tor arriva, sous la forme d'un affreux éléphant de carton sur lequel était inscrit «Noël à Amritsar, venez absolument!», sa première réaction fut de refuser. Non seulement elle vouait à cette fête une haine absolue, mais elle se sentait encore extrêmement déstabilisée.

Elle sortait de son enlèvement avec un œil blessé qui avait nécessité cinq points de suture, une côte cassée, des maux de tête et des insomnies. Sa confiance en elle était profondément ébranlée. Longuement interrogée par le sergent Barker, Écossais irritable qui transpirait dans son uniforme, elle s'était entendu dire que, si une femme célibataire choisissait de vivre dans l'une des banlieues les plus insalubres de Bombay et d'ignorer les conseils du gouvernement britannique, elle ne pouvait que s'attendre à des complications et avait bien de la chance de ne pas avoir été tuée.

Daisy et elle avaient toutefois trouvé pour Guy une chambre dans une maison de repos de Bombay. Le Dr Ratcliffe, homme doux au visage émacié qui dirigeait cette institution, victime du gaz moutarde pendant la Première Guerre mondiale, se montrait compréhensif et efficace avec les patients souffrant de troubles nerveux. Lui aussi pensait que Guy pouvait souffrir d'un genre de schizophrénie. Il prêta à Viva et Daisy un article écrit par un certain Dr Boyla, établissant que ce que l'on considérait comme les symptômes d'un esprit dégénéré devait être abordé avec davantage de compassion. « Il ne suffit pas de traiter les gens de fous, leur avait dit Ratcliffe en leur faisant visiter le bâtiment. Nous devons permettre à ces patients de vivre le mieux possible, voire les soigner. »

Guy fut installé dans une chambre calme et claire, donnant sur un petit jardin – où il aimait beaucoup travailler la terre –, et soumis à un régime de nourriture saine et d'exercice.

Quand Viva fut suffisamment rétablie, elle lui rendit visite. Ils s'installèrent dans le jardin, buvant de la citronnade. Il lui dit : « Je suis désolé si je vous ai blessée, je n'en avais pas l'intention. » Jamais elle ne l'avait vu aussi calme, heureux et maître de lui-même.

Quatre jours plus tard, le père de Guy arriva. Il se rendit au foyer pour dire à Viva et à Daisy que Guy n'avait certainement pas besoin de femmes s'agitant autour de lui. Il avait pris pour son fils un billet d'aller simple pour l'Angleterre, où l'un de ses amis militaires trouverait une place pour lui dans son régiment. En dépit de tout ce qui s'était produit, lorsque Guy, pâle et défait, était venu la voir pour lui dire au revoir, elle avait éprouvé un sentiment de culpabilité et cette sorte d'angoisse diffuse à l'idée qu'il allait de nouveau être livré aux loups. Tous deux étaient assis à l'extérieur sur un banc, devant le bureau de Daisy. Il l'avait soudain enlacée et avait posé sa tête dans son cou, comme un enfant.

« Je ne veux pas y aller, implora-t-il. Est-ce que vous pouvez faire quelque chose ?

— Non. » Les parents de Guy n'avaient aucune confiance en elle et se méfiaient également du Dr Ratcliffe. Elle n'avait aucun moyen d'agir pour lui venir en aide.

Daisy, qui retournait en Angleterre pour Noël, insista pour que Viva prenne également des vacances. Il resterait six enfants au foyer, que Mrs Bowden et Vaibhavi seraient heureuses de garder.

« Prenez deux semaines de congé, vous en avez bien besoin. En outre, je vous interdis absolument de vous tracasser pour ce garçon et de travailler sur votre maudit livre. Partez ! »

Lorsque le train arriva à Amritsar, deux semaines avant Noël, elle fut soulagée de constater que Tor était seule. Rencontrer quelqu'un de nouveau lui paraissait presque insurmontable.

«Viva!» Un sourire de bienvenue illuminait le visage de sa compagne, qui la serra dans ses bras, et la scruta sous le bord de son chapeau.

«Mon Dieu! s'exclama Tor. Votre œil! Que s'est-il passé?

— Oh rien! Rien, vraiment.» Viva avait redouté ce moment. Sa blessure la remplissait de honte et, bien que vivant dans la peur de revoir Azim, elle essayait de minimiser au maximum l'incident. «J'ai eu une petite mésaventure et je suis tombée. C'est beaucoup moins grave qu'il n'y paraît. Je vous raconterai tout ce soir. Oh, Tor! je n'arrive pas à croire que je suis là, poursuivit-elle. Quelle merveilleuse journée!»

Le ciel, d'un bleu immaculé, avait la pureté du cristal.

«Eh bien, Toby et moi sommes déterminés à ne pas laisser un rayon de soleil gâcher notre Noël, plaisanta Tor, tandis qu'elles se dirigeaient vers le parking en se tenant par le bras. Il dit qu'il va faire tomber des morceaux de coton du grenier pour imiter la neige et que nous nous sentions chez nous. Viva, je suis impatiente que vous le rencontriez! s'écria-t-elle. Vous allez l'adorer, j'en suis sûre.»

Viva l'espérait. Savait-il à quel point elle avait essayé de détourner Tor de son projet de mariage? Quelle grande experte elle était, vraiment! Elle n'avait, pour seule excuse, que d'avoir cherché à protéger son amie.

Alors que la Talbot reprenait le chemin du bungalow, Viva s'imposa de rester calme. Son enfermement avait provoqué une conséquence inattendue: elle souffrait maintenant d'un genre de claustrophobie. Le voyage en train s'était accompagné de divers signes : accélération du pouls, paumes moites et sentiment d'étouffer. Ces symptômes menaçaient de réapparaître. Elle fit un effort pour se concentrer sur certains détails du village qu'elles traversaient : cet homme, sur un cheval blanc ou cette vieille dame, longeant la rue, un fagot sur la tête.

Oublie tes préoccupations, pendant un jour ou deux, s'ordonna-t-elle intérieurement. C'était au tour de Tor de prendre la vedette. À sa descente du train, tout à l'heure, elle l'avait trouvée magnifique, rayonnant de toute l'intensité de son bonheur nouveau. Il fallait qu'elle mette ses ennuis de côté quelque temps. Était-ce vraiment trop demander ?

Une demi-heure plus tard, Tor immobilisa le véhicule devant un immense portail, orné d'un blason.

« Nous y sommes. *"Home, sweet home"*. »

Elles remontèrent une courte allée qui menait à l'édifice flamboyant de l'école, tout de petites tourelles et de frises sculptées, devant lequel s'étalait une pelouse où deux paons déambulaient majestueusement. Près de la porte, figurait une pancarte : « Collège St Bartholomew pour les fils de gentlemen et maharadjahs, de sept à quatorze ans. »

« Ce n'est pas notre maison, ne vous énervez pas ! s'écria Tor gaiement. Nous sommes les parents pauvres. »

La voiture longea un chemin de gravier bordant un terrain de cricket, puis passa devant une écurie aux murs blanchis et un terrain de polo.

« Maintenant nous brûlons, dit Tor alors qu'elles se dirigeaient vers un bosquet. Fermez les yeux. Voilà, nous y sommes », s'exclama-t-elle au bout de quelques secondes.

Viva éclata de rire pour la première fois depuis longtemps. Elle pénétrait dans un conte de fées : un Père Noël était assis sur la cheminée ; des bougies illuminaient chaque fenêtre ; des stalactites constituées de ficelle pendaient des pots de bougainvillées ; et des peintures exécutées à la hâte sur des rouleaux de papier ornaient les espaces vides de la véranda. L'une d'elles montrait un sage, coiffé d'un turban paré de pierres précieuses ; une autre, des enfants en train de jouer au milieu de tigres, de singes et de serpents.

L'inscription « Joyeux Noël », en lettres argentées, s'étalait au-dessus de la porte.

« Nous avons installé cela beaucoup trop tôt, avoua Tor, mais nous étions trop impatients.

— C'est magnifique, Tor. Quel génie vit ici ?

— Plusieurs génies, en fait. » Toby apparaissait, suivi de deux serviteurs en grande tenue, portant des verres, du champagne et des bâtonnets de fromage.

« Bonjour ! amie de Tor, s'écria-t-il en tendant gauchement la main à la visiteuse. J'ai dû empêcher mon épouse d'allumer le feu, car il ne fait que dix-neuf degrés à l'ombre. » En le voyant sourire à sa femme, avec ses cheveux hérissés, ses doigts maculés d'encre et sa chemise mal rentrée dans son pantalon, Viva lui trouva un air juvénile et candide ; elle l'avait imaginé beaucoup plus cauteleux et cynique.

«Chéri, dit Tor en lui enlaçant la taille. Un peu de sobriété avant de sombrer de nouveau dans la fantaisie. Voici mon amie Viva, dont je vous ai beaucoup parlé. Elle nous parlera de son œil plus tard. Ne l'interrogez pas maintenant.

— Bienvenue, Viva! articula-t-il en lui serrant chaleureusement la main. Aimeriez-vous un verre de champagne?

— Avec grand plaisir.

— Oh zut!» s'exclama-t-il en faisant déborder le liquide pétillant. *Il est aussi nerveux que moi*, pensa la visiteuse.

Dès qu'ils lui apportèrent un nouveau verre, elle but une gorgée. *Bien!* se dit-elle, considérant qu'elle avait trois choses à célébrer: elle avait voyagé seule en train; Toby n'avait apparemment rien d'un ivrogne ni d'un tortionnaire; et Tor n'avait pas encore fait allusion à Frank, de qui elle ne voulait pas parler. Il fallait qu'elle se laisse gagner par les réjouissances de Noël. Pas de geignements, pas de ruminations, pas d'appréhensions, pas de regards en arrière ni en avant.

Elle leva sa coupe vers Tor. «Joyeux Noël!» dit-elle.

50

Rose apparut le lendemain, avec dans les bras Freddie, âgé de quatre mois, ce qui suscita chez Toby quelques taquineries envers ces trois femmes, selon lui soudain devenues « gaga ». En réalité, c'était un bébé magnifique, doté des cheveux blond cendré de sa mère, de grands yeux bleus et d'une fossette au menton. Lorsque Viva le prit dans ses bras, elle fut choquée de ressentir un sentiment qu'elle ne pouvait exactement qualifier de jalousie, mais qui s'apparentait à une admiration stupéfaite vis-à-vis de Rose, qui avait su produire une créature si adorable.

Alors que Rose et Tor montaient surveiller le bain du bébé, Viva resta sur la véranda, pour contempler le coucher de soleil et analyser les sentiments qui l'agitaient. Elle était heureuse pour Rose. Toutefois, le fait d'avoir un enfant, au sein d'un groupe d'amies, reléguait à l'arrière-plan celles qui ne connaissaient pas cette expérience. Accoucher signifiait affronter une terrible crainte de souffrir – comme le faisaient ces adolescents de Bornéo qui s'attachaient une corde autour d'une cheville et se lançaient du haut d'un arbre au cours d'un rite d'initiation – et représentait un certificat de passage dans le monde des adultes. Rose semblait y avoir gagné une sorte d'assurance paisible. Elle avouait avoir souffert et avait promis de tout leur raconter quand Toby ne serait pas là. Bien qu'elle n'ait pas encore fait allusion à Jack, l'arrivée de Freddie signifiait qu'elle avait pu placer toute sa confiance en un homme, qu'une famille s'était formée.

Viva se dit que Tor aurait bientôt un bébé, cela ne faisait aucun doute. Pourquoi cette perspective semblait-elle approfondir son sentiment de solitude ?

Leur amitié en souffrirait. Tout serait bouleversé. Et les bébés avaient pour caractéristique de capter tout l'amour et l'attention de leur entourage.

Des pensées importunes se bousculaient soudain dans sa tête. Quel bilan pouvait tirer de sa première année aux Indes cette bonne vieille Viva, autrefois considérée comme la femme posée, sage et expérimentée du groupe ? Un livre presque terminé que personne, probablement, n'accepterait de publier ; pas de logement fixe ; très peu d'argent ; et aucun projet concret pour l'avenir.

Comment ceux qui la côtoyaient ne percevaient-ils pas aussitôt qui elle était vraiment ?

Sombrant derrière l'horizon, le soleil couchant répandait encore une lueur orangée sur les terrains de jeux et les bois. Une bande d'oiseaux s'éleva et tournoya au-dessus des arbres, avant de se poser de nouveau. Quelques secondes plus tard, la nuit était tombée, allumant une poussière d'étoiles sur la voûte céleste. Toby apparut sur la véranda et s'assit près de Viva.

« Tout va bien ? demanda-t-il gentiment. Peut-être préféreriez-vous rester seule avec vos pensées ?

— Pas du tout, mentit-elle. Quel luxe de ne pas avoir à courir partout comme une folle ! Je n'ai jamais vu Tor si heureuse.

— Je l'espère bien ! Je n'arrive toujours pas à croire que nous soyons mariés. J'ai entendu dire que vous aviez quelques doutes à ce sujet ? » ajouta-t-il avec un sourire malicieux.

Elle eut un rire embarrassé. «Eh bien, admettez…
que même d'après les critères indiens, ce mariage était
un peu précipité.

— C'est vrai. Nous avons pris un risque gigan-
tesque, mais c'est ce type de pari qui donne les
meilleurs résultats, ne croyez-vous pas ?

— Je n'en sais rien. Je n'ai pas ce genre de courage.

— Oh allons ! Tor m'a parlé de votre travail, de votre
livre. Vous me paraissez extrêmement courageuse.»

Elle ne répondit rien.

«Buvons un gin tonic et racontez-moi tout. Je ne
rencontre pas beaucoup d'écrivains par ici.»

Ils bavardèrent agréablement en savourant un verre.
Toby manifesta un tel enthousiasme qu'il l'encouragea
à lui livrer plus de détails qu'elle n'aurait été encline
à le faire : elle lui relata l'histoire de Talika puis, sur
son insistance, celle de deux nouveaux pensionnaires
du foyer, Prepal et Chinna, qui avaient pris soin de
leurs sept frères et sœurs quand la maison de leurs
parents avait été réduite en cendres.

«Ces enfants sont si braves, poursuivit-elle. Ils
rient, chantent, plaisantent et refusent absolument
de se laisser sombrer.»

Tandis qu'un oiseau s'ébrouait dans les arbres, au
son de ce qui ressemblait à un cri de chacal, il fixa sur
elle un regard intense.

«Ils vous font énormément confiance, déclara-t-il.
Si ce n'était pas le cas, ils ne vous livreraient pas ce
qu'ils ont vécu.

— La plupart des gens n'aiment-ils pas raconter
leur histoire ?

« — Tout dépend de ce que vous entendez par "histoire". Je pense que les Anglais sont d'une pudeur maladive. Oh ! bien sûr, si vous rencontrez un vieux fossile au club, il va vous parler de son régiment et vitupérer le gouvernement. Mais la plupart de nos compatriotes ne parlent pas de ce qui les blesse vraiment ni de ce qu'ils aiment par-dessus tout. N'êtes-vous pas d'accord ?

— Si.

— Alors, avez-vous trouvé un éditeur ici ? s'enquit-il après un silence.

— Pas encore. J'ai eu un mot d'introduction pour un contact chez Macmillan, qui a aimé les deux chapitres que je lui ai soumis.

— Mes éditeurs sont Scott et Greenaway, dit-il. Je serais ravi de vous présenter à eux. Vous ne serez pas riche, mais leurs livres sont superbes. »

Un éclat de rire provenant de la chambre du bébé leur fit lever les yeux ; un bruit de ruissellement se faisait entendre, dominé par les voix de Rose et Tor chantant à tue-tête *Bateau sur l'eau*.

Toby saisit un maillet de polo dans le coin de la véranda et donna quelques coups sur le mur. « Baissez d'un ton ! Nous sommes un établissement respectable ! » Les deux femmes chantèrent encore plus fort sans impressionner le bébé qui pépiait comme un oiseau.

Quelques secondes plus tard, Freddie, rougi par le bain, apparut dans les bras de Tor, sentant le savon et le talc. « Dis bonsoir à Oncle Toby et Tante Viva. »

Viva embrassa le front du bébé dont la peau avait l'odeur de l'herbe fraîche. Secouant ses petits doigts vers elle, il la frappa doucement derrière l'oreille, où la cicatrice n'était pas encore totalement refermée. Elle cligna des paupières, mais l'embrassa de nouveau. «Bonne nuit Freddie chéri! dors bien», lui dit-elle.

Dès que Tor fut rentrée dans la maison, elle s'en voulut de se sentir de nouveau démoralisée. Si elle devait se comporter comme un fantôme lugubre, elle aurait au moins pu avoir la décence de rester à Bombay.

«Servez-vous.» Toby lui tendait un plat de petites tartelettes de Noël, à la compote de fruits secs et de pommes. «C'est Tor qui les a faites.»

Elle aurait voulu qu'il cesse de se monter aussi gentil et la laisse seule avec ses sombres pensées.

«Mmm! délicieux, articula-t-elle en éparpillant des miettes sur ses genoux. Vous êtes vraiment très généreux de nous recevoir tous ainsi.

— Plus on est de fous, plus on rit, en ce qui me concerne. Il est dommage que votre ami médecin n'ait pas pu venir. Lahore n'est vraiment pas loin d'ici et j'aurais aimé parler avec lui de la fièvre bilieuse hémoglobinurique. C'est une maladie épouvantable. Nous avons perdu deux enfants de cette façon l'année dernière.

— Quel ami médecin? Je ne savais pas qu'il avait été invité, déclara-t-elle en posant son verre. Qui lui a proposé de venir?

— Seigneur! Est-ce que j'ai gaffé?

— Non, non, pas du tout! s'écria-t-elle avec une fausse légèreté. Il était l'ami de tous sur le bateau. J'y pense rarement mais...» Elle jeta un coup d'œil à sa montre. «Il est presque l'heure de dîner. Je dois aller me rafraîchir. Notre conversation m'a beaucoup plu, je vous en remercie.

— Oh flûte ! J'ai eu la langue trop longue, n'est-ce pas ? Quel idiot je suis ! »

Elle s'enferma dans sa chambre et s'assit au pied du lit, la tête contre ses genoux relevés. C'était donc vraiment la fin. Il avait été invité et refusait de venir ; la situation pouvait-elle être plus claire ? Sans qu'elle ait pu réagir, une douleur à couper le souffle la submergea soudain, comme si elle venait de recevoir un coup dans le plexus solaire. *On lui avait proposé de la revoir et il avait dit non.*

Mets-toi bien cela dans la tête, songea-t-elle. *Pas question que tu gâches la fête à cause de ça.*

*

Cinq minutes plus tard, elle entra sur la pointe des pieds dans la chambre d'amis située en face de la sienne. Sous la lueur d'une lampe à pétrole, Rose et Tor arrangeaient la moustiquaire autour du bébé.

« Tor, dit-elle d'une voix aussi naturelle que possible. Avez-vous demandé à Frank de se joindre à nous pour Noël ? »

Le visage de son amie lui révéla tout ce qu'elle voulait savoir.

« Non, pas vraiment. » Tor se tourna vers Rose pour solliciter son aide, mais la jeune mère se concentrait sur le lit du bébé, refusant de croiser son regard.

«Enfin, peut-être un peu, reprit-elle. C'est le résultat d'une coïncidence. Nous nous sommes rencontrés à une réception à Lahore. C'était si agréable de le voir! J'ai pensé que nous devrions tous nous réunir de nouveau, conclut-elle en posant sur Rose un regard hésitant.

— Et alors?» Viva s'efforçait de rester impassible. «Qu'a-t-il dit quand vous l'avez invité?

— Eh bien… c'est vraiment dommage, il travaille à Noël et a d'autres projets.

— Savait-il que je venais?»

Tor triturait la moustiquaire. «Oui.

— Cela n'a pas grande importance, décréta Viva devant deux paires d'yeux remplis de compassion. Je ne pense que rarement à lui maintenant.

— Tant mieux!» s'exclamèrent ensemble ses interlocutrices. Freddie était probablement le seul occupant de la pièce à ne pas mentir.

Pendant le souper, Toby, qui découpait habituellement la viande comme un mauvais boucher, ne s'en sortit pas trop mal avec le délicieux rosbif. Tandis que Jai allumait une rangée de lampes, autour de la véranda, ils ouvrirent une bouteille de bon vin que Rose avait apportée, et burent à leur santé.

Viva fit de son mieux pour participer à la conversation libre et joyeuse.

En savourant le dessert, une exquise tarte à la mélasse, ils discutèrent de la différence entre les gens que l'on aimait, que l'on pouvait considérer comme des amis, et ceux que l'on choisirait comme compagnons pour une randonnée, forcément risquée, dans la jungle.

«Je ne vous choisirais jamais pour la jungle, déclara Tor à Toby d'un ton taquin. Vous seriez constamment à quatre pattes, à la recherche de la mésange bicolore, de l'hygrophore des prés ou que sais-je encore, et nous nous perdrions. Non j'emmènerais Viva avec moi.

— Pourquoi moi?

— Vous êtes courageuse et vous ne faites pas toute une histoire de ce qui vous arrive. Regardez cette chose mystérieuse qui vous est arrivée à Bombay; vous deviez nous en parler et ne l'avez pas encore fait. Si j'avais des points de suture à l'œil ou que j'avais été assommée, j'exploiterais mon histoire pendant des mois!

«Oh, ça…» Viva effleura la blessure. *Je suis piégée.* «Ce n'est rien; enfin, c'est quelque chose, mais pas aussi grave qu'il n'y paraît.»

Elle avait préparé sa version pendant le voyage en train. Toutefois, même atténué, le récit de l'enlèvement – jeune femme terrifiée, en robe rouge, victime d'Azim l'affreux – suscita des exclamations horrifiées de la part de ses interlocuteurs.

«Vous auriez pu être tuée! s'exclama Tor.

— Pourquoi la police n'est-elle pas intervenue? s'enquit Rose.

— Ils l'ont fait, mais vous savez bien que ce genre de chose est balayé sous le tapis ici, répondit-elle.

— Pas souvent quand cela concerne des Anglais, rétorqua Toby.

— N'oubliez pas que le gouverneur nous avait menacées deux fois de fermer le foyer, lui rappela-t-elle. C'est une situation très compliquée.»

La conversation s'interrompit quand Tor posa le doigt sur sa bouche en levant les yeux vers la chambre de Freddie. «Écoutez.» Le bébé pleurnichait avant de s'endormir. Tendant l'oreille en silence, ils entendirent bientôt le balancement du berceau, provoqué par un fil attaché au pied de l'*ayah*, et la berceuse qu'elle fredonnait doucement.

«Que chante-t-elle? demanda Viva à Toby.

— "Petit maître, petit roi, dors, mon chéri, dors", traduisit-il. Heureusement qu'il existe encore des femmes qui respectent les mâles!» déclara-t-il en posant sur elles un regard faussement sévère.

Alors qu'il versait dans son verre un peu de vin rouge, Viva se détendit. Le récit de son enlèvement avait été adroitement négocié. Personne n'avait besoin de savoir que cette épreuve l'avait terriblement blessée. Non seulement elle s'était sentie ridicule, mais elle avait aussi perdu une bonne partie de sa confiance en elle, de cette belle arrogance dont elle s'était targuée pour tenter d'améliorer la vie d'autres personnes, dans un pays si éloigné de tout ce qui lui était vraiment familier!

«Viva, finissez votre histoire, dit Tor. Qu'est-il arrivé à ce petit rat de Guy?»

Elle leur parla du Dr Ratcliffe, de son institution et de la façon dont l'état de Guy s'améliorait, jusqu'à ce qu'il soit emmené par son père.

«Il est retourné en Angleterre maintenant. C'est très triste. Son père veut qu'il entre dans l'armée. Bientôt, il se battra. Pouvez-vous imaginer un sort plus tragique pour lui? Que peuvent bien comprendre ceux qui le voient agir?

— Nous ne voyons pas les choses comme elles sont, nous les voyons comme nous sommes, déclara paisiblement Toby. C'est dans le Talmud.

«—Je me suis rendue coupable de ce travers, avoua-t-elle.

— Viva.» Tor pouvait, par moments, se montrer extrêmement têtue. «Désolée de vous poser toutes ces questions, mais vous allez bientôt repartir et j'ai besoin de savoir. Si le foyer devait fermer, où iriez-vous?

— Je l'ignore. Je suis quasi sûre qu'il sera fermé bientôt.

— Seigneur!» Les yeux de Tor paraissaient horrifiés lorsqu'elle les posait ainsi sur ses interlocuteurs. «Ce sera un désastre pour ces enfants!

— Pas pour tous, répondit-elle, la voix tremblante. Certains d'entre eux ont hâte de partir. Le statut des orphelins se situe très bas dans la société indienne. Ils restent s'ils le peuvent, mais nous ne représentons pas toujours leur salut. Quelques pensionnaires aspirent à retourner dans la rue.

— Vous ne savez pas du tout où aller? demanda Toby.

— Je n'y ai pas réfléchi, je…»

Toby poussa une boîte de chocolats dans sa direction. Il semblait vouloir de nouveau venir à son secours. «Au fait, je voulais vous demander où vos parents vivaient aux Indes? N'y a-t-il pas une malle que vous deviez aller chercher quelque part?»

Tor posa la cuillère et articula un «non» silencieux. Après un bref moment d'hésitation, il poursuivit: «Quand j'étais petit, nous déménagions tout le temps. Mon père était un savant, mais il a travaillé ici pour le Département des Forêts pendant des années. Je n'ai jamais vraiment bien su où je vivais. D'un côté, c'était amusant, mais le seul problème, c'est que…» Il regarda Tor pour être sûr qu'il s'en sortait bien: «… le seul problème c'est qu'en subissant cela, notre monde intérieur ne s'arrête jamais de tourner.

— Ce n'est pas le cas du mien», s'écria Tor. Elle se leva et l'enlaça. «J'adore vivre ici.»

Viva les regardait avec envie; Toby avait fermé les yeux et posé la tête contre celle de sa femme.

Lorsque Rose se leva pour aller vérifier que son fils allait bien, Viva sentit une vague de désolation la submerger. Elle n'aurait pas dû venir.

«Que penseriez-vous d'inviter Frank de nouveau? dit Rose qui revenait. Pas à séjourner ici, mais simplement à déjeuner le jour dc Noël? C'est le séduisant médecin du bateau, qui a fait vibrer nos âmes de midinettes», expliqua-t-elle à Toby.

Son ancien chaperon éprouva un élan de colère; ce qu'elles avaient vécu paraissait tellement trivial, exprimé de cette façon!

«Toby l'adorerait», renchérit Tor.

Elles échangèrent un regard. Viva déglutit bruyamment.

«Je préférerais que vous ne le fassiez pas. Il a déjà refusé.»

Personne n'osa insister.

51

Le lendemain matin, Tor suggéra que Viva et Rose partent toutes deux se promener à cheval.

Toby leur dessina un plan. L'école offrait huit hectares de pistes d'équitation, dont l'une conduisait à un lac offrant un cadre charmant pour un pique-nique. Pour que la randonnée soit encore plus amusante, il suggérait que Freddie les accompagne un moment sur le poney Shetland de l'institution, que l'on pouvait équiper d'un *howdah*, sorte de chaise en osier pour bébé munie de sangles de sécurité. Bercé par le pas de sa monture, l'enfant s'y sentirait comme un roi. Le garçon d'écurie pourrait conduire le poney à la longe une dizaine de minutes, puis ramener le petit à la maison afin que les deux femmes puissent galoper tout leur content.

Galoper tout leur content. Rien qu'à cette idée, Viva sentait son estomac se contracter.

Une heure plus tard, Rose et elle trottaient sur une avenue bordée de peupliers qui se prolongeait à l'intérieur d'un bois. Orné de rênes écarlates, le cheval arabe gris de Viva, à la fois fringant et délicat, jetait un regard anxieux sur tout ce qui bougeait : perroquets, feuilles ou taches de soleil sur le sol.

Chaque muscle du corps de la cavalière se crispait de peur.

Pendant le petit déjeuner, quand Toby lui avait demandé si elle savait monter, elle s'était écriée sans réfléchir : «Je l'ai fait très souvent quand j'étais enfant.» Toutefois, sans aucun témoin vivant de son lointain passé, elle se demandait si elle n'avait pas exagéré l'étendue de son expérience ; en réalité, elle n'avait aucun souvenir précis à ce sujet.

Quelques secondes plus tôt, quand les deux poneys avaient bronché devant un vol d'oiseau inopiné, elle était presque tombée alors que Rose, impériale, semblait ne faire qu'un avec sa monture.

Elle se rappelait avoir chevauché en compagnie de son père. À cette époque, elle devait avoir quatre ans environ. Il était arrivé près d'elle dans un galop effréné, s'était baissé, l'avait soulevée comme si elle n'était qu'une plume puis l'avait installée devant lui. Le cheval était alors reparti au trot, vers l'horizon. Elle se remémorait la sensation d'énergie qui se dégageait de l'animal, et la fermeté avec laquelle son père la serrait contre lui, comme s'il était le pivot solide autour duquel tournait le monde.

C'était son meilleur souvenir.

« À quoi pensez-vous ? demanda Rose, qui avait déjà dû essayer d'attirer son attention, si l'on en croyait le regard scrutateur qu'elle lançait sous le bord de son casque.

— Rien de particulier.

— Ah ? Bon, je vais embrasser Freddie et le renvoyer à la maison. » Elle sauta à terre, réajusta le bonnet de son fils sur sa tête et le redressa dans le panier où il avait glissé. « Le pauvre chéri a l'air épuisé. »

Elle regarda le petit Shetland s'éloigner jusqu'à ce qu'il disparaisse au milieu des arbres.

« Bien, maintenant nous pouvons nous amuser, s'exclama-t-elle.

— Merveilleux », articula Viva, le visage crispé.

Devant elles serpentait une longue piste qui conduisait à une courte inclinaison, juste à l'orée d'un bosquet. Rose décréta que c'était l'endroit parfait pour un galop.

« Prête ?

— Prête. »

Rose disparut dans un nuage de poussière.

Dès que Viva relâcha les rênes et que sa monture s'élança comme une fusée, visiblement déterminée à galoper à fond de train, elle éprouva une terreur sans nom. Elle avait la sensation de voler réellement, le visage violemment fouetté par le vent, entraînée par un monstre produisant un bruit de tonnerre. Des buissons d'épineux, puis des arbres dégageant un parfum de cannelle défilaient de chaque côté à une vitesse étourdissante. Les chevaux franchirent enfin un obstacle constitué de deux rondins, avant de s'arrêter, couverts de sueur. Les deux jeunes femmes éclatèrent d'un rire complice, heureuses d'avoir partagé ce moment.

«Quel délice!» Rose, la chevelure défaite et les joues rouges, ne paraissait pas avoir plus de douze ans. «Quel bonheur absolu!» Alors que son cheval dansait sur place, elle en épousa le mouvement avec une grâce parfaite. *Deux créatures dans la beauté de leur jeunesse*, pensa Viva. *Elle est magnifique, et courageuse aussi.*

Seuls résonnaient autour d'elle le bruit des sabots sur la terre rouge et le gargouillement du ruisseau qui longeait la piste. Les bêtes se désaltérèrent, buvant à longues goulées; sur l'autre rive, un héron prenait son essor. Viva sentit la main de Rose sur sa manche.

«Vous avez l'air d'aller beaucoup mieux, Viva.

— Vraiment?» Gênée par le sourire de sa compagne, elle se sentit aussitôt sur la défensive.

«Est-ce que tout va bien?

— Oui, cette promenade est parfaite.» Elle posa la main sur l'encolure de son cheval. «Je suis contente que nous faisions un peu d'exercice.

— Ce n'est pas ce que je voulais dire.

— Oh! Bien sûr, tout va très bien. Et pour vous?»

Rose lui jeta un regard étrange. «La vérité, ou la poudre aux yeux? demanda-t-elle.

— La vérité.

— Je ne sais pas par où commencer. Tant de choses ont changé en un an!

— De quelle façon?»

Deux écheveaux de cheveux blonds encadraient le visage de Rose. Elle les rassembla sous son casque.

«Le fait de venir ici. Les Indes. Tout. Je me suis lancée dans cette aventure sans y avoir réfléchi du tout.

— Rose! ce n'est pas possible. Vous êtes de loin la plus raisonnable de nous toutes.

— Allons, ma chère! Vous avez bien dû remarquer mon manque de maturité!»

Viva dressa l'oreille; sa compagne semblait tout à coup particulièrement tendue.

«Pensez-vous que quoi que ce soit puisse nous préparer aux Indes? dit-elle. C'est comme un oignon géant. Chaque peau qui se détache laisse apparaître de nouveaux éléments auxquels nous ne connaissons rien.

— Je ne parle pas seulement des Indes, continua Rose avec obstination. Je parle de mon mariage avec Jack. C'était tellement affreux au début!»

Extrêmement choquée, Viva sentit ses joues brûler. Elle avait toujours supposé que Rose ne parlait jamais de Jack pour ne pas mettre en avant son séduisant mari devant Tor.

« C'était épouvantable, insista Rose. Je me sentais si timide et j'avais un tel mal du pays ! J'étais complètement perdue.

— Et maintenant ? s'enquit Viva après un silence.

— Eh bien, certaines choses se sont améliorées – au moins ce qui se passe dans la chambre à coucher – au début, cela me semblait si indécent, si grossier ! »

Elles s'esclaffèrent, effrayant une perdrix qui sortit du sous-bois en gloussant.

« Et le reste ? dit Viva doucement. Cela s'est-il arrangé ?

— Non, enfin, en partie... En fait c'est devenu pire, bien pire.

— Que voulez-vous dire ?

— Ne m'en voulez-vous pas de vous parler ainsi ?

— Bien sûr que non, mentit Viva, pensant que Rose regretterait plus tard ses confidences.

— Il s'est produit quelque chose. Quelque chose d'horrible », articula son interlocutrice, la voix brisée. Elle attendit quelques secondes avant de poursuivre. « À Poona, je veux dire. Je suis allée au club seule un jour, car Jack était parti en mission. Je me trouvais avec les vieilles commères habituelles, dans la partie du bar réservée aux femmes. L'une d'elles, une certaine Mrs Henderson, langue de vipère notoire, déversait son venin sur presque tout le monde. Elle critiquait la façon dont une telle traitait ses serviteurs, ou faisait remarquer que telle autre n'invitait jamais personne. C'était terriblement ennuyeux et je n'écoutais que d'une oreille. Puis elle s'est mise à parler des hommes en disant qu'ils se comportaient parfois comme de véritables animaux. Tout à coup il y a eu

596

un silence. J'ai senti que toutes ces femmes s'appliquaient à ne pas me regarder pour ne pas me montrer leur embarras. C'était très étrange. Mrs Henderson s'est tout à coup exclamée : "Mon Dieu, est-ce que j'ai mis mes gros sabots sans m'en apercevoir ?" et tout le monde a aussitôt changé de sujet.

« J'étais tellement naïve que j'ai rapidement oublié cet incident ou que je l'ai attribué à la perfidie de Mrs Henderson, mais quelques jours plus tard, je suis allée dans le salon et j'y ai trouvé Jack, qui lisait une lettre. Il pleurait. Je lui ai demandé ce qui se passait. Vous connaissez Jack, enfin, pas vraiment, mais il est parfois d'une honnêteté consternante. Il s'est aussitôt confessé, conclut-elle en poussant un énorme soupir.

— À propos de quoi ?

— De l'autre femme.

— Oh non ! s'écria Viva en posant la main sur le bras de Rose. C'est horrible ! Était-ce donc vrai ? »

Elle n'avait pas besoin de poser la question, le profil charmant de son amie était déformé par l'émotion.

« Oui. Il n'était pas obligé de me le dire. D'une certaine façon, j'aurais préféré qu'il ne m'en parle pas. Bien que cette relation ait pris fin au moment où il m'a épousée, il la voyait encore alors que je venais vers lui sur le bateau. Il m'a avoué qu'il avait eu énormément de mal à la quitter. J'étais tellement choquée au début, que j'ai prié pour que notre enfant ne vive pas ; j'ai même envisagé de me tuer ensuite. Je sais que cela paraît théâtral, mais j'étais trop loin de la maison et je me sentais terriblement mal.

— Est-ce quelqu'un que vous connaissez ?

— Non. Elle s'appelle Sunita. C'est une Indienne originaire de Bombay, très belle et cultivée. Quand je lui ai demandé s'il l'aimait, il m'a dit qu'il était très reconnaissant envers elle ; que c'était quelqu'un de très bien, qui lui avait apporté énormément de choses. En d'autres termes, oui, il l'aimait.

— Quelle histoire !

— N'est-ce pas ? » Elle caressait la crinière de son cheval. «C'était la chose la pire que j'avais jamais vécue, mais j'étais trop fière pour en parler à qui que ce soit.»

Les chevaux avançaient lentement sous les arbres, des éclats de soleil brillaient sur le visage de Rose.

«C'est pourquoi j'ai insisté pour aller vous rejoindre à Ooty. Dès que je suis arrivée, j'ai eu l'impression de mentir à tout le monde. J'ai tellement pleuré que je me demande comment je n'ai pas noyé le bébé. Vous étiez toutes les deux tellement contentes pour moi !

— Vous auriez dû nous en parler ! N'est-ce pas à cela que servent les amies !

— Venant de vous, je dirais que cette remarque est un comble.

— Qu'avez-vous fait ? s'enquit Viva, décidant d'ignorer le reproche implicite.

— Je ne m'étais jamais sentie aussi déroutée. Pendant quelque temps, j'ai méprisé Jack, alors que je n'avais jamais méprisé personne avant, sauf une horrible fille, à l'école, qui se montrait mauvaise envers tout le monde. Ce qui m'a le plus ulcérée, c'est la façon rigide dont il s'est excusé : "Écoutez, Rose. Les hommes sont des hommes et ce sont des choses qui arrivent." Ensuite, il m'a fait la tête comme si tout était de ma faute. J'étais folle de rage. Non que j'aie attendu qu'il se traîne à mes pieds, mais je me sentais terriblement blessée. Et le plus affreux, c'est que j'avais commencé à l'aimer. Oh! pas comme dans les romans ou au théâtre, bien sûr. J'appréciais ses bras autour de moi, au lit; je faisais attention à ce qu'il aimait manger; je m'inquiétais pour ses petits troubles de santé.»

Atteignant le lac, elles virent trois hérons s'envoler avec une étonnante légèreté.

«Vraiment, vous ne m'en voulez pas de vous raconter tout cela?» Le visage de Rose avait pâli au fur et à mesure de son récit.

«Je trouve que vous vous êtes montrée très courageuse.

— Il n'y avait rien de courageux dans le fait de rester.» Rose ôta son casque et secoua sa chevelure. «Que pouvais-je faire d'autre? Rentrer dans le Hampshire, divorcée et enceinte? Mes parents auraient eu le cœur brisé. Je ne cessais de leur raconter dans mes lettres que la vie ici était magnifique à tout point de vue. Ma mère vit des moments si difficiles depuis la mort de mon frère et la grave maladie de mon père. Elle a besoin de savoir que tout va bien pour moi. De toute façon, Jack n'avait pas l'intention de se montrer cruel, conclut-elle en fermant les yeux.

— Vous parle-t-il d'elle?

— Non, il ne l'a fait qu'une fois, parce que j'insistais. Il n'a pas dit un mot désobligeant à son égard; je l'ai admiré pour cela. Il suffisait de regarder son visage pour savoir qu'il l'aimait encore. Peut-être est-ce toujours le cas.»

Viva était sidérée par tant de loyauté.

« J'ai éprouvé une jalousie épouvantable. S'il n'y avait pas eu Freddie, je me demande ce qui serait arrivé. L'accouchement a été terrible – je vous en parlerai quand Tor sera là. C'est arrivé à la maison alors que je ne m'y attendais pas et nous nous trouvions à des kilomètres de l'hôpital. Jack est rentré le soir même et quand il m'a vue avec Fred dans les bras, il a fondu en larmes. Une fois allongé près de moi, il m'a juré qu'il me protégerait jusqu'à son dernier souffle, puis m'a enlacée. Avec ses bras autour de moi et Freddie posé sur nous deux, j'ai regardé la lune, les étoiles, et j'ai tout à coup compris à quel point le monde était immense. Je me sentais profondément, intensément vivante. Il m'est difficile d'exprimer exactement ce que j'éprouvais. Je savais aussi que, si je le laissais, je laisserais la moitié de mon être derrière moi.

— Ciel ! » Viva n'en revenait pas de voir Rose apparemment heureuse. À sa place, elle aurait quitté Jack sans hésiter.

Après le déjeuner, épuisée par sa confession, Rose s'endormit sur la couverture, un biscuit dans la main. Viva s'en fut vérifier que les chevaux allaient bien. Attachés chacun à un arbre, ils broutaient paisiblement. Elle retourna s'allonger près de sa compagne et réfléchit à son propre comportement à Ooty. Fallait-il qu'elle ait été complètement absorbée par elle-même pour ne pas avoir perçu la détresse de son amie ! Ce n'était pas la première fois qu'elle se fourvoyait, en considérant d'office que les gens tels que Jack et Rose étaient élus par la Providence parce qu'ils avaient la chance d'être beaux, d'avoir de l'argent ou de posséder une famille; parce qu'ils semblaient glisser harmonieusement dans la vie sans avoir à traverser les épreuves réservées aux malchanceux. Cette vision était fausse. Tout le monde souffrait, à sa manière.

Elle était également surprise par la simplicité avec laquelle Rose avait raconté son histoire, comme si elle était convaincue que seul le fait de parler à cœur ouvert pouvait les rendre plus proches l'une de l'autre. Ne pouvait-on connaître une autre personne que lorsqu'elle était prête à vous montrer le fond de son âme? Cette pensée rôdait comme un nuage à la lisière de sa conscience.

Il ne lui aurait pas été difficile, en échange de la confiance de son amie, de parler à celle-ci de Frank, de Guy et de ce qui s'était passé à Ooty; Rose, qui se révélait impossible à choquer, aurait compris et aurait même pu lui donner des conseils. Cependant, la porte de sa tour d'ivoire restait fermée; l'ouvrir lui paraissait trop effrayant, comme si elle risquait de révéler aux regards un univers d'épouvante.

Une constatation plus déstabilisante prenait forme dans son esprit. Tandis que Rose avait consacré toute son énergie vitale à tenter d'aimer, avec succès, un homme défaillant, elle-même consacrait la sienne à ne pas s'attacher, à se maintenir dans une sorte d'indifférence choisie. Elle agissait ainsi – tout au moins s'en persuadait-elle – pour pouvoir travailler et survivre. L'une d'entre elles avait tort, mais laquelle?

Un spasme douloureux la faisait souffrir à l'endroit de sa cicatrice. La vie était tellement compliquée! Si seulement elle pouvait réduire le récit de Rose à une réflexion analysable, qu'elle puisse comprendre, applaudir, ou regretter.

Quand elle était petite, l'approche scientifique de son père l'avait souvent déconcertée, car il avait coutume de répondre à une question par une autre question. Une fois, elle lui avait demandé : « Comment construis-tu un aéroplane ?

— À quoi sert un aéroplane ? avait-il répondu.

— À voler. » Il l'avait alors poussée à trouver les éléments nécessaires au vol : les ailes, la légèreté, la vitesse.

À quoi servait l'union d'un homme et d'une femme, si l'on mettait de côté la question évidente de la survie de l'espèce ? À trouver une forme de sécurité, de protection ? Le réveil des femmes qui réclamaient le droit de vote menaçait de changer les règles dans ce domaine. Cette fusion ne servait-elle qu'au plaisir des corps ? À élargir l'univers des individus, en les obligeant à sortir de leur propre sphère ? Une telle conception ne semblait-elle pas désespérément romantique voire utopique, lorsqu'on voyait le nombre de gens qui se faisaient mutuellement souffrir ? Comment pouvait-on savoir d'avance si l'on allait souffrir ou non ? Le pari de l'amour était indéniablement le plus risqué de tous.

52

En se réveillant, Rose découvrit Viva allongée près d'elle, les yeux ouverts.

« À quoi pensez-vous ? demanda-t-elle.

— Au fait que nous devrions rentrer maintenant ; Tor va croire que nous avons été dévorées par un crocodile. »

Tout à coup, la jeune mère se sentit furieuse contre sa compagne. Tor et elle avaient été bouleversées par son aspect, non seulement parce qu'elle avait le visage contusionné, mais parce qu'elle semblait vidée de toute son énergie. Même ses cheveux avaient perdu leur éclat.

« Parle-lui pendant votre randonnée, avait suggéré Tor. Je l'aurais fait mais tu sais que mon manque de tact légendaire risque de faire très mauvais ménage avec sa susceptibilité. »

Pour apprivoiser la confiance de Viva, elle avait décidé de se raconter un peu. Son interlocutrice sachant écouter, elle s'était répandue en confidences, allant beaucoup plus loin que prévu. Il y avait tellement longtemps qu'elle ne s'était pas livrée à quelqu'un ! Maintenant, elle se sentait stupide et fâchée parce que Viva s'était levée et ôtait les miettes de ses jodhpurs, en lui souriant d'un air supérieur, d'un air de chaperon, comme si elle avait pitié d'elle. D'un instant à l'autre, elle allait sortir ce maudit carnet qui ne la quittait pas, ce qui donnerait envie de lui flanquer un coup sur la tête.

Rose respira profondément. « Ainsi, vous n'avez pas l'intention de me dire quoi que ce soit ? s'écria-t-elle avant d'avoir pesé ses paroles.

— Vous parler de quoi ? » Dans le soleil, les contusions de Viva prenaient des couleurs encore plus vives. Le long de sa cicatrice, les marques de points de suture n'avaient pas encore disparu.

« De vous-même.

— Mais je pensais que nous parlions simplement de vous. Je suis vraiment désolée ! »

Elle sortit un crayon de sa poche et le fit tourner entre ses doigts.

« Cela vous dépasse, n'est-ce pas ?

— Je ne comprends pas de quoi vous parlez.

— Je parle de savoir se confier à quelqu'un. L'amitié, vous en avez entendu parler ? Je vous raconte quelque chose d'important pour moi, et vous me racontez quelque chose d'important pour vous. On appelle cela baisser la garde. » À sa grande stupéfaction, Rose s'entendit hurler.

« Rose ! » Viva s'écarta d'elle si brusquement qu'elle renversa une gourde. « Il arrive que je vous dise certaines choses !

— C'est de la mauvaise foi !

— Nous ne sommes pas en train de faire une partie de tennis, s'écria Viva en haussant la voix. Suis-je obligée de me confier à vous parce que vous vous êtes confiée à moi ?

— Arrêtons-nous là ! » Deux cygnes survolaient le lac. Au bruit de leurs ailes claquant comme des voiles, les têtes des chevaux se dressèrent, mais Rose ne pouvait plus s'arrêter car elle éprouvait un soulagement intense de ne plus avoir à faire semblant. « Stop ! Ne tenons plus compte du fait que vous ayez énormément maigri ; que vous ayez l'air à bout de forces ; que bien que quelqu'un ait essayé de vous tuer à Bombay, vous ne vouliez pas en parler ; et que Frank, qui est visiblement fou de vous, ait été envoyé au loin sans raison, tout au moins sans raison que vous daigniez expliquer. Cantonnons-nous aux sujets mondains, parlons de chevaux et de Christmas pudding. Pour ma part, je fais semblant de ne plus rien voir. C'est moi, pauvre petite Rose pas très futée, qui ai tous les problèmes et commets toutes les erreurs. Viva, la splendide Viva, trône bien au-dessus du commun des mortels !

— Comment osez-vous dire cela ! »

Elles se défièrent du regard.

« Que voulez-vous que je dise ? reprit Viva.

— Eh bien, vous pourriez commencer par Frank. La plupart des amies se diraient au moins ce qui s'est passé.

— Il ne s'est rien passé. » Quand Viva serrait ainsi les mâchoires, elle faisait presque peur. « Nous avons vécu quelque chose de bref, mais il fallait que je travaille, que je finisse mon livre, que j'assure ma subsistance. Je n'ai ni une maman ni un papa derrière moi pour m'aider le cas échéant. Je ne peux compter que sur moi-même.

— Sans doute, mais cela ne veut pas dire que vous êtes obligée de vous mentir.

— Comment cela ?

— En ce qui concerne vos sentiments. » Rose était en proie à une légère nausée. Jamais elle n'avait eu de réelle dispute avec une amie.

« Ne vous avisez pas de me juger ! » Les yeux de Viva étaient devenus aussi noirs que du charbon.

« Je ne vous juge pas, j'essaie d'être votre amie. Je vous en prie, asseyez-vous. »

Viva s'installa au bord de la couverture et fixa le lac avec intensité.

« Écoutez, dit Rose après un long silence, cela ne nous regarde absolument pas, mais nous nous faisons du souci. Nous étions avec vous à Ooty ; nous vous avons vue avec Frank et vous sembliez très amoureux l'un de l'autre. »

Changeant nerveusement de position, Viva articula enfin : « D'accord, si cela vous soulage de le savoir, j'ai réussi à tout gâcher. Vous sentez-vous mieux maintenant ?

— Bien sûr que non », répondit doucement Rose en lui tendant la main.

Viva l'ignora et se leva. « Désolée, mais je ne suis pas douée pour ce genre d'échange. Merci d'avoir essayé, vraiment. Je crois qu'il est temps de rentrer.

— Dites quelque chose, insista Rose.

— Je ne peux pas. Il n'y a pas grand-chose à dire ; c'est un tel fatras dans ma tête », avoua-t-elle avec un profond soupir.

Rose choisit de ne pas répondre et d'attendre.

« Bon, dit Viva en lui tournant le dos. Vous vous souvenez de la nuit où Frank est venu à Ooty, pour nous avertir à propos de Guy ? Après que vous êtes allées vous coucher, il est venu dans ma chambre. Il y a passé la nuit. Êtes-vous choquée ?

— Certainement pas ! Nous ne nous comportons pas aux Indes comme chez nous. De plus, vos senti-ments crevaient les yeux !

— Vraiment ?

— Oui.

— Quelle horreur !

— Pourquoi cela ?

— Parce que c'est tellement intime !

— Vous aviez tous deux un air différent. On aurait dit que vous étiez envoûtés. Je me souviens que j'étais jalouse, car c'était ce que j'avais espéré vivre pendant mon voyage de noces.

— Je ne me sentais pas envoûtée, j'avais… enfin cela n'a plus d'importance maintenant. J'étais totalement égarée.

— Excusez-moi mais… Est-ce que quelque chose de déplaisant s'est produit dans l'intimité ?

— Non. » La voix de Viva devenait presque inaudible. « C'était merveilleux, avoua-t-elle avec un petit gémissement.

— Vous l'avez renvoyé parce qu'il était merveilleux.

— Je me sentais terriblement coupable. Il était venu me prévenir que Guy avait peut-être été tué au cœur des émeutes. J'étais sûre qu'il était mort.

— Vous n'étiez en rien responsable des actes de Guy.

— Écoutez, Rose. Je vous ai dit que je ne voulais pas parler de cela et c'est la vérité, déclara Viva, le visage blême. Pouvons-nous nous arrêter là ? » S'élançant vivement vers les chevaux, elle faillit trébucher. « Je veux vraiment rentrer. »

Tor se trouvait dans la cuisine quand Viva entra dans la maison et referma la porte derrière elle avec une telle violence qu'une couronne décorative tomba sur le sol de la véranda. Elle entendit le bruit de ses pas le long du couloir, et la porte de la chambre qui se refermait.

Rose accrochait son casque sur une patère.

« Alors, que s'est-il passé ?

— Un désastre. Elle est folle de rage, et déteste parler d'elle-même.

— Dois-je y aller ? chuchota Tor. Je pourrais lui apporter une tasse de thé ?

— Laissons-la un peu tranquille. Je pense qu'elle veut vraiment être seule. Est-ce que je peux donner un bain à Freddie ? » demanda son amie d'une voix assez forte pour être entendue.

Une guirlande de papier était tombée du plafond. Tor la ramassa et l'enroula autour de son cou comme une étole. Son humeur devenait sombre. Pendant que ses amies étaient parties se promener, Jack avait téléphoné pour dire qu'il était momentanément revenu à Peshawar, mais qu'il doutait pouvoir être là pour Noël. Il avait commencé à s'expliquer alors que la ligne grésillait. Rose serait contrariée, Viva n'avait rien d'un boute-en-train et, dans la mesure où il restait huit jours avant Noël, Tor appréhendait une succession de repas silencieux au cours desquels elle en ferait trop, comme à son habitude, pour détendre l'atmosphère. Toutes les décorations qui l'avaient enchantée quelques jours auparavant lui semblaient maintenant ridiculement infantiles.

Toby (comme il paraissait soudain adorable et peu compliqué !) se demanderait pourquoi elle avait été excitée à ce point à l'idée d'inviter tous ces gens.

Ses sombres pensées furent interrompues par un gazouillement qui provenait de la chambre de Freddie, suivi d'un éclat de rire ; Rose le libérait de sa moustiquaire. Il ouvrit les yeux en voyant Tor entrer, lui sourit et secoua la tête.

Elle suivit la mère et l'enfant dans la salle de bains, où Jai avait rempli la vieille baignoire de zinc. Rose ôta la chemise de nuit de son fils et le plongea dans l'eau après en avoir testé la température avec le coude.

« Fred, Freddo, Freddie chéri, mon beau bébé », roucoula-t-elle en frottant doucement les petites jambes potelées. Le bébé agitait tous ses membres avec une expression de ravissement sur le visage. Qu'il était agréable d'avoir au moins une personne joyeuse dans la maison, se dit Tor en roulant ses manches pour s'accroupir de l'autre côté du nourrisson.

« Penses-tu que Viva s'en sortira ? demanda-t-elle à mi-voix.

— Je l'espère, mais elle est parfois horripilante. Lorsque nous avons parlé un peu de Frank, j'ai eu l'impression de lui arracher une dent, et elle s'est vraiment emportée. Tu l'as vue rentrer.

— Que pouvons-nous faire ? Ce sera horrible si personne ne se parle à Noël.

— Peu probable, répondit Rose d'une voix normale. Tiens, passe-moi la serviette, Tor. Si tu la mets sur tes genoux, je te passe Freddie. Attention, il glisse... Hop là ! »

Le bébé ruisselant atterrit dans les bras de Tor qui l'installa dans son giron.

« Tu es un amour, dit Tor en lui baisant les orteils. Et un fin cavalier. » Elle claqua de la langue et le fit sauter sur ses genoux. « Voilà comment les dames vont à cheval ! Clip-clop, clip-clop, clip-clop. » Alors qu'elle se baissait pour l'embrasser de nouveau, il lui envoya un jet d'urine dans la figure.

Un fou rire s'ensuivit. Les deux jeunes femmes, pliées en deux, poussaient des cris aigus, comme des enfants. Viva pénétra dans la salle de bains et s'assit sur le tabouret recouvert de liège, à côté de la baignoire.

« Vous avez l'air de vous amuser », dit-elle.

Tor, hilare, posa une serviette sur les genoux de Viva et lui passa le bébé.

« Cet enfant vise trop bien ! Il vient juste de me faire pipi dans l'œil. »

Viva eut un pâle sourire et joua un moment avec les doigts du petit. Elle avait l'air de vouloir partager leur bonne humeur, mais de ne pas en avoir le courage.

« Tor, articula-t-elle enfin. Est-ce que l'hôpital de Frank se trouve loin d'ici ? »

L'interpellée ne put empêcher un sourire rayonnant de se dessiner sur son visage. « Oh ! pas du tout. À une demi-heure, trois quarts d'heure tout au plus. »

Derrière Viva, Rose lui faisait signe de rester impassible.

« Eh bien… » Pour la première fois, Tor voyait Viva intimidée. « Toby m'a parlé de son dernier Noël au club, de cette gaieté forcée qui paraissait affreuse. Bien sûr, il se peut que Frank ait d'autres projets maintenant… Nous pourrions toujours essayer d'aller le voir pour lui souhaiter un joyeux Noël, même s'il ne peut pas venir. »

Elle serra Freddie plus étroitement contre elle.

« Qu'en pensez-vous ? » demanda-t-elle.

Tor s'approcha d'elle et lui planta un baiser sur le sommet de la tête. « C'est une merveilleuse idée. »

53

Elles partirent pour Lahore le lendemain. Tor, au
volant de la vieille Talbot ; Rose, à côté d'elle, avec la
carte sur les genoux ; et Viva à l'arrière.

La voiture était trop bruyante pour que Viva puisse
participer à la conversation. Elle en éprouva un soulagement, car le fait d'apparaître devant Frank de façon
impromptue semblait tout à coup grotesque. Pourtant,
la simple pensée de sa présence à moins d'une heure
de là faisait battre son cœur d'impatience.

Pour se distraire, elle évoqua Toby et ses oiseaux.
Il leur en avait parlé la veille, au cours du dîner. En
arrivant, elle avait trouvé cet homme d'une gentillesse
rassurante mais un peu trop volubile. S'il avait été une
femme, on l'aurait traitée de babillarde. Maintenant
qu'il se montrait plus détendu envers ses invitées,
elle avait découvert son côté pince-sans-rire et les
trésors de sa conversation. Depuis quelques semaines,
il étudiait les oiseaux migrateurs, en particulier les
sternes arctiques et les sarcelles d'été qui, comme la
« Flottille de pêche », venaient aux Indes pour y passer
l'hiver. Il lui avait raconté comment des oiseaux orphelins acceptaient parfois les substituts de mère les plus
pathétiques – le moindre objet qu'ils apercevaient au
sortir de l'œuf –, avec toutefois une préférence pour
ce qui n'était pas inerte.

La tête appuyée au dossier de son siège, elle se dit
que William avait joué pour elle ce rôle. Il était apparu

dans sa vie alors que, venant d'arriver à Londres, elle se sentait seule et avide de contacts humains. Après lui avoir appris qu'il était un grand ami de ses parents, il lui avait déclaré qu'il serait ravi de l'emmener assister à une représentation de *Turandot* au Covent Garden. Dans le restaurant où il l'avait invitée ensuite, elle attendait avec avidité des anecdotes relatives aux trois disparus. Peu à peu, s'était insinuée en elle la sensation que leur nom même faisait l'objet d'une sorte de tabou.

De toute manière, William n'avait rien d'un homme friand d'anecdotes. Il n'aimait que les faits, les certitudes. Il lui avait donné une foule de conseils sur la gestion de son argent, le choix d'un lieu où vivre, le genre de personnes à éviter. Lorsque, finalement, il l'avait attirée dans son lit, elle avait eu le sentiment qu'il se livrait à un tour de passe-passe, à quelque chose que l'on pouvait faire semblant de ne pas prendre au sérieux, mais qui vous laissait une impression de vide et de confusion. Il ne s'était réellement intéressé à elle que lorsqu'elle lui avait permis de jouer le rôle d'un Pygmalion, incarnant pour lui une sorte d'objectif, un puzzle qu'il prenait plaisir à résoudre.

Frank était totalement différent ; elle s'en rendait compte aujourd'hui. Cette nuit-là, à Ooty, il l'avait prise, tout naturellement, sans excuses ni sourire grimaçant. En outre, il s'était vraiment senti concerné par ses problèmes, ce qui le distinguait de la plupart des hommes qu'elle avait rencontrés jusqu'ici. Il semblait désirer la connaître, la considérer comme un être humain à part entière, dont il appréciait la différence. Ce désir lui paraissait à la fois effrayant

– n'était-ce pas ce qu'elle fuyait depuis tant d'années ?
– et stupéfiant.

Elle scruta son reflet dans la vitre de la voiture. Dire qu'elle était sur le point de s'humilier devant lui ! Il ne fallait pas oublier que cet homme, beau et impatient, avait l'habitude d'être adulé par les femmes ; or, elle s'était comportée envers lui de façon malhonnête, médiocre. Il s'était probablement tourné vers d'autres horizons.

Soudain, elle eut un haut-le-cœur. *Tu penses trop*, se dit-elle en regardant distraitement le paysage.

Le temps semblait se lever. Un soleil pâle brillait sur la plaine qui, de loin, prenait l'aspect d'une omelette dorée. Elle observa deux vautours qui traçaient des arabesques dans le ciel avant d'effectuer un plongeon sinueux vers ce qui semblait être une carcasse de chèvre. La vie paraissait rude à cet endroit.

Elles passèrent devant un couple de vieillards qui marchaient pesamment le long de la route, presque masqués par la poussière. On aurait dit des effigies de pierre issues de la préhistoire. Ils étaient tous deux pieds nus, lui tenant un âne par la bride, elle avec un fagot sur la tête.

« Viva, votre attention s'il vous plaît ! demanda Tor en lui jetant un coup d'œil rapide. Quand nous serons arrivées, voulez-vous que nous restions avec vous ou que nous nous éclipsions ? Soutien moral, ou non ?

— Je préfère être seule. » Elle ne pouvait supporter l'idée que quelqu'un pourrait assister à cette débâcle. « Revenez me chercher à quatre heures, cela devrait suffire. S'il n'est pas là, j'irai marcher, ajouta-t-elle, comme s'il ne s'agissait que d'une visite touristique. Il est fort probable qu'il ait eu depuis un tas d'autres invitations pour Noël, conclut-elle ; mais au moins, nous lui aurons posé la question. »

Elles atteignirent les faubourgs de Lahore, ville plate dominée par une haute colline. Tor arrêta la voiture pour consulter les plans détaillés que Toby leur avait tracés. Le palais des Miroirs se dessinait sur le ciel, non loin de là, ce qui signifiait que l'hôpital ne se trouvait qu'à quelques kilomètres.

Il leur fallut une demi-heure et de violents coups de Klaxon de la part de la conductrice pour se frayer un chemin dans les rues étroites fourmillant de monde. Soudain, elles se retrouvèrent sur une allée qui menait vers un bâtiment imposant malgré son délabrement, orné d'arches mogholes et de vastes fenêtres aux volets fermés. Une rangée de cactus poussiéreux s'étirait en bas du perron.

« Nous y sommes, dit Tor en pressant la pédale de frein. St Patrick, l'hôpital où vit Frank. Vous préférez que nous partions, vous en êtes bien sûre, Viva ? »

Toutes deux la fixaient avec anxiété.

« Absolument sûre, répondit-elle, le cœur battant la chamade. Qu'il accepte ou non l'invitation, tout ira bien.

— Évidemment, articula Rose d'un ton neutre. Nous en sommes certaines.

— Bonne chance », lança Tor en lui envoyant un baiser dans le rétroviseur.

Avant de descendre de la voiture, Viva sortit un miroir de poche de son sac et étudia soigneusement son reflet sous le regard de ses compagnes. La marque des points de suture s'atténuait, mais les contusions étaient encore visibles. Peut-être l'éclairage à l'intérieur lui serait-il plus favorable?

Elle leva les yeux et vit Tor qui lui souriait. «Vous serez parfaite, ne vous inquiétez pas», décréta-t-elle.

Viva ouvrit la portière et mit un pied à terre. «Bon, pas de retour en arrière. Considérons que ce type d'épreuves forme le caractère.

— Tout à fait, renchérit Rose. C'est une excellente façon de voir les choses.»

À l'intérieur de l'hôpital, un homme en uniforme à l'énorme moustache pommadée était assis derrière un bureau entouré d'un cordon. Viva avait conscience du bruit de ses pas sur le sol de marbre. Dès qu'elle fut arrivée devant lui, il cessa d'écrire dans son cahier de rendez-vous et leva les yeux vers elle.

«Comment puis-je vous être utile, madame? Je suis surveillant de cet établissement.

— Je cherche le Dr Frank Steadman…» Avant même qu'elle ait terminé sa phrase, il se mit à secouer la tête.

Ayant jeté un coup d'œil sur son livre, il déclara: «Nous n'avons personne de ce nom ici.» Puis il appliqua un coup de tampon sur une page blanche. «Vous devriez aller voir ailleurs, peut-être à St Edward. C'est là que sont les Britanniques.

— Je sais qu'il travaille ici. Il étudie la fièvre bilieuse hémoglobinurique.

— Veuillez patienter, je vérifie.» Il la conduisit dans une pièce sombre bondée de patients. À son entrée, tous se turent et la regardèrent avec curiosité.

Lorsque ses yeux se furent habitués à la pénombre, elle vit un vieil homme sur un banc en face d'elle. Il cherchait son souffle, une expression de souffrance extrême sur le visage. Son épouse et ses trois enfants – deux garçons et une fille – attendaient avec patience, assis à ses côtés. Ils avaient apporté l'équipement minimum nécessaire pour camper : des matelas roulés et des marmites.

Tandis qu'elle s'installait, ils ne la quittèrent pas des yeux. *Arrêtez de me fixer ainsi !* aurait-elle voulu crier. Folle d'appréhension, elle ne se sentait pas en état de jouer les attractions.

Le surveillant revint quelques instants plus tard. Il retira ses lunettes et poussa un profond soupir, voulant apparemment faire comprendre à l'assistance à quel point elle lui compliquait la vie.

« Il n'y a pas de Dr Steadman ici, il est parti ailleurs.

— Bon, écoutez, » Elle se leva et le regarda droit dans les yeux. « Je ne suis pas venue pour me faire soigner, si c'est ce que vous pensez. Le Dr Frank est un ami à moi, ajouta-t-elle en hindi.

— Oh ! » Son visage n'était plus que sourires et fossettes. « C'était un malentendu, désolé pour cette erreur, *memsahib*. Signez ici, je vous prie. »

Il produisit un formulaire et cria un ordre à un garçon qui était apparu à son côté. « Conduis la *memsahib* à la chambre du Dr Steadman. File ! »

Parcourant le sinistre couloir derrière le garçon, une odeur mêlée de friture et de désinfectant lui souleva l'estomac. De chaque côté, des portes ouvertes ou entrebâillées laissaient voir des patients allongés devant des fenêtres munies de barreaux. Les visiteurs de ces malades s'agitaient autour d'eux, parfaitement à l'aise, comme s'ils étaient chez eux. Quelques parents étaient allongés sur des lits étroits, près de leur proche ; d'autres, accroupis sur le sol, cuisinaient sur de petits réchauds.

Le garçon s'arrêta pour bavarder avec une silhouette squelettique. Viva croisa le regard d'une femme assise en tailleur qui préparait un *dhal* à cette patiente et qui lui adressa un sourire radieux, presque familier, comme pour lui dire : « Ne partageons-nous pas tous le même destin ? »

« Attention, *memsahib* », avertit le garçon lorsqu'ils eurent franchi la moitié du couloir. Ils croisèrent un chariot sur lequel un vieil homme gémissant, enveloppé de bandages sales et appuyé sur son coude vomissait une bile verdâtre. Elle sentit sa bouche s'assécher. Comment Frank arrivait-il à supporter cela ?

« Voilà. » Au bout du couloir, son guide ouvrit une porte qui donnait sur une cour quadrangulaire ; des bandages y égouttaient, alignés sur une corde à linge. Il désigna du doigt une petite maison blanche au crépi abîmé. « Le Dr Steadman est là-bas. »

Elle lui donna quelques pièces. Lorsqu'il se fut éloigné, elle se dirigea vers le bâtiment et resta un long moment immobile devant la porte.

« Frank ! » Elle frappa doucement. « Frank, c'est Viva. Puis-je entrer, s'il vous plaît ? »

La porte s'ouvrit. Il était devant elle, visiblement tiré de son sommeil, dans un pyjama bleu rayé, les pieds nus et les cheveux blonds hérissés comme ceux d'un enfant. Il cligna des paupières plusieurs fois.

«Viva?» Il la fixait, les sourcils froncés. «Que faites-vous ici?»

Un bruissement se fit entendre. Le garçon les regardait, fasciné. Devant l'expression de Frank, il détala.

«Vous feriez mieux d'entrer, dit-il avec froideur. Ne restez pas dehors.»

Il referma la porte derrière elle et scruta son visage. «Vous vous êtes blessée.»

Instinctivement, elle recouvrit sa cicatrice de la main. «Ce n'est qu'une contusion.

— Pourquoi êtes-vous ici?»

Elle se força à demeurer bien droite. «Je pensais que nous pourrions parler un peu.

— Permettez-moi de m'habiller d'abord», dit-il après un silence.

Pendant qu'il enfilait un pantalon par-dessus son pyjama, elle détourna le regard.

Sa chambre était impersonnelle, comme celle d'un être en exil. Sur la penderie qui se trouvait derrière lui, deux grandes valises s'ornaient encore des étiquettes de la compagnie maritime avec laquelle ils avaient voyagé.

Elle se souvenait qu'il les portait quand elle l'avait vu pour la première fois. Il avait franchi la passerelle de sa démarche désinvolte, avec ce sourire ravageur, apparemment convaincu (c'est tout au moins ce qu'elle avait aussitôt songé) qu'une foule de femmes tomberait à ses pieds. Rien ne pouvait laisser penser qu'il avait vécu un deuil ou cherchait à effectuer un nouveau départ. Et elle, qui s'y connaissait si

618

bien en faux-semblants, avait été trompée par les apparences.

La vue de ses valises la réconforta un instant. C'était un voyageur ; il serait bientôt parti. Cette situation ne durerait pas.

Il alluma une lampe et poussa une chaise vers elle.

« Pour quelle raison êtes-vous ici ? » questionna-t-il d'une voix neutre.

Elle prit une profonde inspiration. Maintenant qu'il était assis en face d'elle, elle voyait nettement son visage : sa peau, ses cheveux, sa bouche aux lèvres pleines. Submergée par l'émotion, elle lui répondit, au bord des larmes.

« Pourquoi y a-t-il des barreaux aux fenêtres ?

— Il y a des voleurs. »

Choquée d'avoir perdu si vite la maîtrise d'elle-même, elle tenta de se reprendre.

« Serait-il trop exagéré de vous demander un verre d'eau ? articula-t-elle enfin.

— Pas du tout. Voulez-vous dedans une goutte de brandy ?

— Oui, merci. »

Il sortit deux verres. Alors qu'il les portait vers elle, il renversa une partie du liquide sur son bureau et proféra un juron.

« Qu'est-il arrivé à votre œil ? » s'enquit-il, une fois assis.

Un court moment, elle fut tentée de prétendre que sa blessure constituait la seule et unique raison de sa visite. En faisant appel à ses compétences professionnelles, elle rétablirait entre eux une sorte de relation naturelle qui lui éviterait d'avouer le motif véritable de sa venue.

«Je suis tombée. À Bombay, au marché. Je me suis cognée sur le trottoir, mais je vais beaucoup mieux maintenant.»

Il se pencha vers elle, effleura de son index la ligne de son sourcil, et la regarda.

«Daisy m'a dit que vous aviez été enlevée.

— Vraiment?» Un brûlant sentiment de honte l'envahissait.

«Elle était terrifiée. Elle m'a contacté parce qu'elle pensait que vous étiez morte.» Il leva sur elle des yeux remplis d'une douleur confuse, atones. «Vous auriez réellement pu mourir.»

Une lumière d'un jaune grisâtre pénétrait dans la pièce entre les barreaux de la fenêtre. Elle entendait, au loin, des bruits de roues de chariot et d'eau se déversant sur le sol.

«J'ai envoyé deux lettres au foyer, mais ni vous ni Daisy n'avez pris la peine de me répondre. Après toute cette attente, je n'ai plus voulu savoir ce qui se passait. Écoutez, ajouta-t-il en levant les mains, paume vers elle, comme un bouclier. Je n'ai plus d'intérêt pour cela ; je n'ai plus envie d'y penser. Je ne sais même pas pourquoi vous êtes venue.»

Elle s'entendit balbutier : «Je n'ai jamais reçu vos lettres, je le jure. Elles ont été interceptées. Tout est bouleversé maintenant. Le foyer est sens dessus dessous. On a demandé à Daisy de le fermer et, et…» À sa grande humiliation, ses joues se couvrirent de larmes. «Nous nous sommes aperçues que la moitié des enfants détestaient ce que nous leur apportions.»

Il resta muet un moment. « Avez-vous terminé votre livre ? dit-il enfin.

— Non. Une grande partie des pages dactylographiées a été détruite. J'ai toujours les carnets, mais je ne crois pas que je pourrais recommencer. Voilà où nous en sommes. Je suis désolée si je vous ai causé un choc. »

Elle souffla comme si elle venait de recevoir un coup dans l'estomac.

C'était la première fois qu'elle parlait de ce qui était arrivé à son manuscrit ; les feuilles avaient été déchirées ou barbouillées pendant qu'elle était détenue chez Azim. Elles l'attendaient, mutilées, dans le placard de sa chambre. Leur simple évocation était si pénible qu'elle avait préféré mentir à Toby, lorsqu'il l'avait interrogée l'autre soir.

Un horrible silence s'établit entre eux.

« Je séjourne chez Tor, près d'Amritsar, déclarat-elle enfin. Je ne sais pas si vous le savez déjà, mais Tor est mariée à un homme charmant nommé Toby. Rose est venue, avec son bébé. Elles m'ont chargée de vous inviter pour Noël.

— Je suis au courant. C'est Tor qui m'a appris que vous étiez saine et sauve. » Le muscle de sa joue tressaillait de nouveau. « Elle m'a déjà invité et je lui ai dit non.

— Où allez-vous passer le réveillon ?

— Je n'en sais rien encore. »

Une tristesse indicible inonda Viva. *Je l'ai perdu,* pensa-t-elle, *et c'est entièrement de ma faute.*

« Je vous comprends, articula-t-elle.

— Je ne pouvais pas supporter l'idée de vous rencontrer ainsi. Donc !… » Il essaya de sourire, puis jeta un coup d'œil à sa montre comme s'il avait hâte de la voir partir.

Le poids de la souffrance et l'incommunicabilité qui caractérisaient leur relation se révéla tout à coup insupportable pour Viva. Elle se leva, les bras croisés autour de sa poitrine.

« Y a-t-il quelque chose que je puisse dire pour vous faire changer d'avis ? Il n'est pas trop tard.

— Non, je ne vois pas. Vous savez, je n'aime pas les gens qui font semblant. »

Le cœur de Viva se serra. « Je ne faisais pas semblant.

— Ah ? Eh bien, c'est parfait alors, répliqua-t-il sèchement.

— Bon, je suis désolée, dit-elle, criant presque. Est-ce que vous vous sentez mieux maintenant ?

— Non, bizarrement, ce n'est pas le cas », déclara-t-il avec douceur. Elle comprit qu'il ne cherchait pas à la blesser.

Elle lui prit la main. « J'ai réagi avec malhonnêteté après ce qui s'est passé à Ooty. J'étais effrayée.

— Comment ? fit-il en secouant la tête.

— Ne pouvez-vous pas comprendre ?

— Non. »

Soudain, elle remarqua qu'il avait maigri au cours des derniers mois. Des rides commençaient à se dessiner autour de sa bouche. *Il a souffert à cause de moi*, songea-t-elle. *Non seulement il a vieilli, mais il est devenu plus méfiant.*

Un chien aboyait à l'extérieur. Elle pensa tout à coup que, si elle ne s'obstinait pas maintenant, il serait trop tard.

«Je vous en prie, venez passer Noël avec nous, Frank. Je ne peux pas tout vous dire aujourd'hui!»

Il se leva et posa sa tête contre les barreaux de la fenêtre.

«Non. Je ne peux pas revenir en arrière. J'ai des patients ici, et beaucoup de responsabilités.»

Elle lui avait transmis sa blessure. Cela se voyait dans sa façon de se tenir, dans son regard. Jamais elle ne l'avait remarqué aussi clairement.

Il était temps pour elle de se jeter à l'eau. «Frank, je n'utilise pas ce que je vais vous dire comme un alibi, ce serait répugnant de ma part, mais vous souvenez-vous de ce que je vous ai dit à propos de mes parents et de ma sœur, sur le bateau? Je vous ai parlé d'un accident de voiture. Eh bien c'est faux. Ils sont tous morts séparément.» Elle agrippa les accoudoirs de son fauteuil pour ne plus trembler.

«Ma sœur est morte d'une appendicite perforée. Si nous avions vécu plus près d'un hôpital, elle aurait pu s'en sortir. Elle n'avait que treize mois de plus que moi et nous étions presque comme des jumelles.»

Il la contempla longuement avant de répondre, le visage blême. «Je comprends ce que vous éprouvez; nous en avons parlé sur le bateau.

— Je sais.

— Vous auriez dû me le dire, reprit-il.

— J'en étais incapable.

— Vous ne vous rendez pas compte à quel point vous pouvez être fermée. On dirait parfois que vous êtes. Continuez. Qu'est-il arrivé à votre père?

— Il est mort peu après Josie. On l'a retrouvé la gorge tranchée sur une voie de chemin de fer, non loin de Cawnpore, auprès de sept des hommes avec lesquels il travaillait. On a pensé qu'il avait été tué par des bandits

— Seigneur, quelle horreur !

— Il ne pouvait rien arriver de pire. Je le voyais rarement, car il était pris par son travail, mais je l'adorais. C'était un homme brillant, qui s'efforçait vraiment d'être un bon père. » Elle fixa sur son interlocuteur un regard égaré. « Ce qui est terrible, c'est que j'arrive à peine à me rappeler de son physique et de sa voix. Si Josie avait vécu, nous aurions pu entretenir sa mémoire, mais comme je suis seule, mes souvenirs s'évanouissent peu à peu. Je déteste ce sentiment.

— Et votre mère ?

— Elle est morte elle aussi, un an plus tard, expliqua-t-elle en fermant les yeux. On a dit qu'elle avait eu le cœur brisé – est-ce réellement une possibilité médicale ? » Elle essaya de sourire mais il resta impassible. « De toute manière, nous n'avions jamais été proches. Sans me rappeler exactement pourquoi – peut-être à cause de quelque chose de très simple – je crois qu'elle avait une préférence pour ma sœur.

« Peu après la mort de mon père, elle m'a emmenée à la gare de Simla et m'a mise dans le train pour que je retourne en pension, en Angleterre. Je ne sais pas pourquoi elle ne voulait pas me garder près d'elle. Je ne l'ai jamais revue.

— Pourquoi ne m'en avez-vous pas parlé avant ?

— C'était impossible.

— Pourquoi ? »

Elle se sentait harassée. « Je ne sais pas – en partie parce que je ne supporte pas la pitié des gens.

— Pensez-vous que je vous ai fait l'amour à Ooty parce que j'avais pitié de vous ?

— Non. » Elle ne pouvait plus articuler un mot. Trop de sentiments se mêlaient dans sa tête : douleur, tendresse, fureur ravivée envers sa mère.

Lorsqu'elle leva les yeux, elle vit qu'il lui tournait le dos.

« Frank, venez fêter Noël avec nous, répéta-t-elle. Nous avons toutes envie de vous voir. »

Il finit son brandy.

« Non. Je suis heureux que vous m'ayez parlé, mais je ne le peux pas. »

Il s'interrompit un moment, et poursuivit :

« Quand vous êtes partie, j'ai dû tout réorganiser dans ma tête. Même pour ceci, vous... » Il désigna son œil d'un geste violent. « ... vous n'accordez pas la moindre confiance à quiconque, n'est-ce pas ? Et c'est vraiment trop épuisant.

— Je... » Il lui mit la main sur la bouche et la retira aussitôt, comme s'il se brûlait.

« Ne dites rien. Laissez-moi finir. Ce qui s'est passé à Ooty ne m'a pas surpris. Je savais que cela arriverait, et vous le saviez aussi. Pourtant, après, votre réaction m'a donné l'impression... j'avais l'impression... d'être une sorte de violeur, alors que je vous aimais déjà tellement !

— Non ! Jamais je n'ai pensé cela ! »

Il l'attira vers lui, et la repoussa aussitôt.

« Vous avez eu plusieurs mois pour reprendre contact avec moi, même si vous n'aviez pas reçu mes lettres. Au début, j'ai attendu, puis j'ai compris que vous alliez me tuer à petit feu si je continuais ainsi. »

625

Elle prit son visage dans ses mains, puis renonça. Par la fenêtre elle voyait Tor et Rose entrer dans la cour.

«Cela ne sert à rien», s'écria-t-elle. Dans une seconde, ses deux amies surgiraient à l'intérieur de la pièce et tout serait à recommencer. «Écoutez, reprit-elle rapidement au son de leurs pas sur le gravier, j'ai décidé que je vais partir tout de suite pour Simla; c'est là que mes parents sont enterrés. J'ai reçu une lettre d'une vieille dame qui a gardé une malle que j'aurais dû récupérer depuis plusieurs années. Une fois que j'aurais affronté ce passé, peut-être...»

Il était sur le point de répondre quand la porte s'ouvrit.

«Frank!» Tor jeta les bras autour de lui. «Bon sang, tout va bien, Viva? ajouta-t-elle avec son tact habituel. Vous êtes blanche comme un linge!» Rose se tenait derrière elle, des paquets dans les mains et une expression désolée sur le visage.

Frank leur proposa un verre mais sembla soulagé lorsqu'elles déclinèrent son offre. Rose se dirigea vers la porte et annonça que les étoiles commençaient à briller. Il valait mieux rentrer avant la nuit.

54

Il n'y avait plus d'échappatoire possible.

Le lendemain de sa visite à Lahore, Viva, d'une voix qu'elle s'efforçait de garder aussi calme et neutre que possible afin de dissimuler son angoisse, expliqua à Rose et à Tor qu'elle allait prendre le train jusqu'à Simla pour récupérer la malle de ses parents. Elles lui proposèrent de l'accompagner, mais elle refusa, arguant qu'elle serait de retour pour Noël.

Assise près de la fenêtre de l'*Himalayan Queen*, train parcourant la voie sinueuse que son père avait contribué à construire et à entretenir, au pied d'immenses parois rocheuses, elle avançait à travers une végétation semi-tropicale, en direction des sommets enneigés. Alors que le convoi miniature franchissait un tunnel après l'autre, jaillissant par intermittence dans le soleil, elle s'obligea à lutter contre son désarroi. «Maison» n'était au fond qu'un mot, qui n'avait que le sens qu'on voulait bien lui donner.

Le simple fait d'être installée dans ce wagon provoquait en elle une douleur. Ce train avait été la passion de son père, sa joie, deux mots qui prenaient pour elle toute leur signification : elle se souvenait vaguement d'un colonel qui avait partagé le même enthousiasme et qui s'était tiré une balle dans la tête quand il avait constaté que deux morceaux de la voie dont il était responsable ne se rejoignaient pas avec précision.

Aujourd'hui, le véhicule était bondé. À son côté était assise une vieille femme dont les pieds calleux ne touchaient pas le sol et qui serrait contre elle toute une variété de paquets. En face, si près d'elle que leurs genoux se touchaient presque, un jeune couple semblait rayonner d'un bonheur innocent. Des mariés récents, peut-être ? L'époux supposé couvait du regard sa compagne, timide et radieuse dans un sari rose visiblement neuf.

Les pieds de Viva reposaient sur l'antique valise de sa mère. Elle aimait ce vieil objet miteux, aux sangles usées et aux étiquettes illisibles, dont les coutures commençaient à céder; il faudrait qu'elle les répare. À l'intérieur, elle avait rangé les clés de la malle mystérieuse, des vêtements de rechange et l'adresse de Mabel Waghorn – «Je me trouve dans la rue située derrière le magasin de chaussures chinois, près du Bazar, vous ne pouvez pas me manquer» – tracée d'une écriture tremblante de vieille dame.

Évidemment, il était possible que Mrs Waghorn soit décédée depuis qu'elle avait écrit cette lettre, se dit-elle en appuyant sa tête contre la vitre. Elle se souvenait de l'avoir rencontrée une ou deux fois durant son enfance : une femme de grande taille, imposante, beaucoup plus âgée que sa mère.

Si sa correspondante était morte, elle n'aurait pas à traverser cette épreuve. À cette pensée elle éprouva un soulagement choquant. De toute manière, il ne fallait surtout pas qu'elle bâtisse un espoir inutile, si toutefois elle pouvait considérer comme un espoir la panique grandissante engendrée par le simple fait de se trouver dans ce train.

L'*Himalayan Queen* quittait une autre gare délabrée. Elle posa le recueil de poèmes de Rabindra-nath Tagore, pris au hasard dans la bibliothèque de Toby, et regarda par la fenêtre les maisons constituées de carton, de brindilles, de boue et de vieux morceaux de bois. *Alors, je vais souffler, dit le loup, et ta maison s'envolera.* Il n'y avait pas besoin de souffler très fort, par ici. Près d'un signal ferroviaire, des hommes enveloppés dans des couvertures regardaient passer les wagons. Ailleurs, des enfants sales aux pieds nus agitaient la main pour saluer les passagers.

Sa situation n'avait rien d'exceptionnel, songea-t-elle en les saluant à son tour; une maison était un luxe dont la moitié du monde devait se passer. Au cours des premières années de son enfance, quand son père était très demandé pour ses compétences, le besoin d'un endroit permanent que l'on aurait pu appeler «le foyer» ne s'était jamais fait sentir. Cette période avait été la plus heureuse de sa vie. Sa mère, sa sœur et elle suivaient l'ingénieur dans toutes ses missions. Elle se souvenait de certains des lieux où ils avaient vécu: Landi Kotal, Lucknow, Bangalore, Chittagong, Bénarès; les autres s'étaient dissous dans un passé brumeux qui jouait parfois des tours à sa mémoire. En se rendant à Ooty, par exemple, elle s'était ridiculisée en affirmant à Tor qu'elle reconnaissait une petite gare – ses fenêtres d'un bleu passé, sa rangée de seaux rouges – alors que les gares suivantes s'étaient révélées identiques.

À travers les arbres denses, le train amorçait son ascension vers les contreforts de l'Himalaya. En provenance d'un siège situé à quelques rangées derrière elle, une voix anglaise tonitruante expliquait que les voies n'avaient que soixante-quinze centimètres de large et qu'elles traversaient cent trois tunnels percés dans les rochers.

Soudain, sa fierté de fille lui insuffla le besoin de dire: «Mon père a contribué à construire tout cela. Il était l'un des meilleurs ingénieurs des Indes.»

Mais la voix était maintenant noyée par le rugissement du train qui pénétrait dans un tunnel, pour ressortir aussitôt.

Adorant voyager lorsqu'elle était petite, elle avait eu pitié des enfants qui n'avaient pas la chance de découvrir régulièrement de nouvelles habitations, de grimper à de nouveaux arbres et de se faire de nouveaux amis.

Tout à coup, une pensée s'imposa à elle comme un coup de poing : la maison ne pouvait être ailleurs que là où résidaient Papa, Maman et Josie. Dire qu'elle n'avait cessé de courir depuis leur disparition !

Papa, Maman, Josie. Depuis combien de temps n'avait-elle pas associé leurs noms ? Elle avait huit ans, peut-être neuf, quand ils avaient voyagé ensemble dans ce train pour la dernière fois. Comme il était étrange d'avoir atteint sans eux l'âge qu'elle avait aujourd'hui. Sa mère préparait toujours un pique-nique spécial pour ce type de trajet : citronnade, petits pains au lait, feuilles de salade, sandwichs et cake aux fruits. Lors de leur tout dernier parcours, Josie était assise près de leur mère, et elle-même était installée en face, à côté de leur père. Elle pouvait encore sentir la chaleur du soleil sur ses cheveux, sa joie de se trouver près de lui. Cet homme mince et réservé, au visage intelligent et aux gestes doux, ne lui avait jamais dit qu'il l'aimait, ce n'était pas son genre, mais elle savait que c'était le cas ; l'avait toujours su ; comme si elle avait évolué au cœur d'un champ magnétique invisible.

Après la naissance de Josie, ses parents avaient désiré un garçon. Leur vœu n'étant pas exaucé, elle avait spontanément remplacé le fils manquant, sans même en avoir conscience. Elle discutait avec son père des sujets qu'il affectionnait le plus : le moteur à vapeur, l'endroit où se situait l'effort du cheval quand il tirait une charrette, l'énergie engendrée par la danse des molécules dans la bouilloire. «Si tu pouvais les distinguer, tu les verrais danser comme des boules de billard», lui avait-il expliqué.

Elle poussa un soupir si bruyant qu'elle éprouva le besoin de s'excuser auprès de sa voisine. Pourquoi s'était-elle engagée dans cette épreuve si douloureuse? Excepté Frank – lui-même ne pouvait comprendre toutes les implications de cette entreprise –, qui attacherait de l'importance au fait qu'elle descende à la prochaine gare et retourne à Amritsar? Pour effacer les dernières traces du passé, ne lui suffisait-il pas de jeter la lettre de Mabel Waghorn et les clés de la malle par la fenêtre?

Le train progressait inexorablement. À Kalka, minuscule gare accrochée au flanc d'une falaise, un homme chargé d'un panier de nourriture grimpa dans le wagon, qu'il parcourut à vive allure en criant: «Eau, pâtisseries, rafraîchissements!» Elle se sentait incapable de manger.

Le jeune homme assis en face d'elle sauta sur le quai et fonça vers un kiosque où il acheta deux assiettes de *dhal*. Le corps soudain tendu, sa jeune épouse l'observait avec une anxieuse attention.

En fin de compte, c'était très simple. La maison, c'était de savoir que l'on se trouvait au centre du monde de quelqu'un d'autre. Elle avait perdu cette sécurité quand elle avait perdu ses parents. Certes, elle n'avait pas été battue, ni envoyée dans un sordide orphelinat – nul besoin de violons émouvants pour illustrer ce qu'elle avait vécu. Simplement, elle avait commencé à se sentir «excédentaire». «De trop», en quelque sorte.

631

Dans les maisons de parents éloignés ou d'amis, elle dormait toujours dans d'anciennes chambres d'enfants, où traînaient de vieilles poupées ou des trains en bois abandonnés. Au cours des vacances scolaires, quand elle restait au couvent, elle devait s'installer dans l'infirmerie, ce qui donnait à sa solitude l'apparence d'une irritante maladie. Lorsqu'elle avait été assez grande pour prendre sa vie en main et habiter dans le meublé de Nevern Square, son soulagement lui avait presque donné le vertige. Enfin, elle était autonome et n'avait à manifester de reconnaissance à personne.

*

Josie s'imposa soudain à ses pensées. Elle était horrifiée de constater que l'image de sa sœur commençait à s'évanouir, comme un morceau de musique que l'on joue sans relâche jusqu'à ce qu'il perde son pouvoir d'enchantement. Boucles sombres, yeux bleus, longues jambes sautant d'un rocher à l'autre comme un chamois…

Son meilleur souvenir était une randonnée dans les contreforts de l'Himalaya. La famille au complet avait effectué le trajet à dos de poney, suivie des serviteurs munis de provisions et de lits de camp, pour dormir dans des tentes, sous un ciel parsemé d'étoiles. Josie et elle, rassurées par la présence des chevaux qui broutaient l'herbe tout près, avaient savouré le rugissement des torrents et le crépitement du feu de camp autour duquel, avant d'aller se coucher, leurs parents avaient raconté des histoires à tour de rôle.

Ultérieurement, ils avaient déménagé dans le Cachemire. Elle avait oublié le nom de la ville, tout comme celui de beaucoup d'écoles ou d'amis. Elle se rappelait qu'un pont s'était effondré quelque part, et que l'on avait besoin de son père. Pendant des vacances, ils avaient séjourné près d'un lac, à Srinagar, où ils avaient loué une péniche aménagée. Josie et elle (ce souvenir n'avait rien perdu de sa précision) avaient adoré cette petite embarcation, aux rideaux de chintz, aux lanternes de papier et aux chambres minuscules abritant des couchettes décorées. Viva se souvenait aussi d'avoir pleuré à propos d'un chien qu'ils avaient dû laisser derrière eux, qu'elle aimait d'un amour obstiné et qu'elle n'avait jamais revu. Pour la consoler, sa mère les avait autorisées toutes deux à dormir sur le pont. Sous la même moustiquaire, elles avaient regardé le soleil ensanglanter le ciel entier et basculer enfin dans le lac, tel un gros bonbon incandescent.

Cette nuit-là, Josie, qui possédait un esprit de mathématicienne, comme son père, avait calculé que l'un d'entre eux – catastrophe inconcevable – pouvait mourir.

«Une personne sur quatre meurt jeune aux Indes, avait-elle déclaré. Nous ne ferons peut-être pas de vieux os.

— Si tu meurs, je meurs avec toi», avait répliqué Viva.

Pouvait-on vivre privé de ceux que l'on aimait sans éprouver le sentiment de les trahir?

Josie avait été inhumée dans le cimetière du cantonnement. Pendant des mois, Viva avait été obsédée par la pensée que sa sœur se transformait peu à peu en squelette. En voyant la terre fraîchement remuée autour d'autres petites tombes, elle avait harcelé sa mère pour savoir comment étaient morts les enfants enterrés là.

Avait-elle posé trop de questions ? Probablement. Peut-être sa mère ne pouvait-elle supporter sa ressemblance avec Josie, ou ne pouvait-elle tout simplement accepter la disparition de sa fille. Au début, Viva avait étendu le pyjama de sa sœur sur son lit vide chaque nuit, en n'oubliant jamais de déposer un biscuit au-dessous, afin qu'en revenant, elle n'ait pas faim. Régulièrement, elle s'était rendue au temple, pour y déposer des offrandes de riz et de fleurs devant les dieux, avant de perdre totalement la foi.

Peu de temps après, elle avait été renvoyée en pension. Dans son souvenir, elle s'y était rendue seule, mais elle devait se tromper. Quelqu'un l'avait sans doute accompagnée. Pourquoi sa mère n'était-elle pas venue ? L'avait-elle embrassée pour lui dire au revoir ? Ces lacunes lui donnaient l'impression de se mentir et de mentir aux autres. Elle savait maintenant que Frank avait raison.

À une cinquantaine de kilomètres de la gare, elle éclata en sanglots. Jamais elle n'aurait dû revenir ici. Au bout d'un long moment, elle parvint à retrouver son calme et essuyer ses larmes avant de sombrer dans un lourd sommeil, épuisée par l'émotion. Lorsqu'elle ouvrit les yeux, réveillée par sa voisine qui lui tapotait le bras, elle constata que le train avait atteint le terminus. Elle était de retour à Simla.

Terrifiée, elle resta immobile à l'endroit où elle avait posé le pied hors du train. Elle embrassa du regard les arbres saupoudrés de neige et les chevaux malingres chargés de sacs de toile, attendant les passagers.

D'épais flocons de neige se déposaient sur ses cheveux. Elle observa l'Anglais tonitruant du train qui gesticulait et montait dans un taxi avec son épouse, puis suivit le véhicule des yeux tandis qu'il s'éloignait.

Devant elle, sur la petite esplanade, un conducteur de *tonga* patientait, en sirotant un thé.

«Vous attendez *sahib*? lui demanda-t-il.

— Non, je suis seule. J'aimerais aller là.» Elle lui tendit le morceau de papier. «J'irai ensuite à l'hôtel *Cecil*.»

Les sourcils froncés sur son visage bleui par le froid, il étudia les instructions de Mabel Waghorn.

«Hôtel *Cecil*, bon. Ça pas bon, déclara-t-il en lui rendant le papier. Pas Anglais là-bas.

— Cela m'est égal.» Elle souleva sa valise et la déposa dans la petite calèche avant qu'il ne change d'avis. «C'est là que je vais. Dans la rue derrière le magasin de chaussures chinois», crut-elle bon d'ajouter, mais il avait déjà saisi les rênes et effleuré la croupe du cheval de son fouet.

Ils longèrent une rue animée, où elle vit une majorité de Britanniques déambuler devant de charmantes maisons largement constituées de bois. Entre les bâtiments elle apercevait les montagnes couvertes de forêts enneigées.

Gravissant avec peine une pente incurvée ornée de pins et d'épicéas couverts de givre, le cheval soufflait une vapeur épaisse. Ils atteignirent, au sommet, une sorte d'esplanade pavée qui semblait réservée aux touristes. Des enfants européens montés sur des

635

poneys en faisaient le tour, guidés par des parents ou des nurses. À l'endroit le plus étroit du promontoire, se dressait un grand télescope de cuivre.

Elle jeta un bref coup d'œil aux deux fleuves, aux forêts et aux reliefs.

«Je ne vous ai pas demandé de venir ici, lui dit-elle, furieuse et effrayée à la fois. Pourquoi m'y avez-vous conduite?

— Bonne place pour vacances *memsahib*, insista-t-il.

— Je ne suis pas là pour ça. Emmenez-moi à l'endroit que je vous ai indiqué.»

Il haussa les épaules et s'exécuta. Alors qu'ils redescendaient la côte, elle embrassa du regard l'entassement de maisons aux couleurs vives et d'édifices néo-Tudor agrippés à la montagne. Pendant quelques instants, elle tendit l'oreille vers les murmures des passants et observa une femme vêtue d'un tailleur de tweed surmonté d'un col de renard, devant laquelle marchaient quelques officiers. À l'heure du déjeuner, la ville se révélait peu animée.

Afin de mieux voir les enseignes des boutiques, elle se pencha hors de la *tonga*. Une vache noire ornée d'une cloche de cuivre qui pendait à son cou, déféquait au coin de la rue.

«Stop!» Elle venait d'apercevoir le magasin de chaussures: Ta-Tung et Co, chausseur chinois. Travail sur mesure, garanti à vie. La vitrine regorgeait de richelieus, bottes de cavalier, chaussures montantes et chaussons de velours, ornés de broderies.

«Vous pouvez me laisser ici, déclara-t-elle au conducteur en lui tendant de l'argent. Mon amie vit dans la rue derrière ce magasin.»

Il marmonna dans sa barbe et hocha la tête, laissant entendre qu'elle comprendrait bientôt son erreur.

Elle prit le temps d'examiner le décor environnant. À sa droite se déroulait la rue européenne, élégante, bien balayée, décorée de fleurs ; en contrebas, au pied d'un escalier long et sinueux, entrecoupé de paliers, s'étendait le quartier indigène, labyrinthe serré de rues étroites et de petites boutiques allumées.

Lentement, elle descendit la première volée de marches.

Quelle erreur ! se dit-elle en apercevant un vieil homme qui la fixait depuis une sorte de niche insalubre. Un peu plus bas, elle passa devant un magasin de laine miteux dont les écheveaux de couleurs vives étaient recouverts de sacs destinés à les protéger de la neige. Elle s'arrêta sur le palier et consulta son plan, les mains tremblant de froid.

Mabel Waghorn, elle en était presque sûre, avait été maîtresse d'école, peut-être même institutrice. Ses explications devaient être fausses. Cette rue, trop misérable, dégageait une odeur nauséabonde. Troublée, elle s'assit sur une marche et aperçut soudain une maison dissimulée derrière une rangée irrégulière de toits de tôle. Sans doute ne fallait-il pas chercher plus loin.

En s'approchant lentement de l'édifice, elle découvrit un bâtiment de deux étages, accolé à la paroi de la colline. Ce n'était pas possible. Bien sûr, l'emplacement offrait une vue magnifique sur les montagnes lointaines, mais il présentait au regard une façade délabrée, au crépi abîmé et des balcons de fer forgé encombrés de seaux, de sacs de toile, de cages d'oiseaux et d'un ensemble disparate de vieilles pièces d'appareils mécaniques abandonnées.

Force lui était de constater qu'elle se trouvait à l'endroit indiqué. Sur une porte comportant une grille rouillée, comme celle d'une cellule de carmélite, se dessinait le nombre « 12 », tracé à l'aide d'une peinture verte aujourd'hui écaillée. À droite de la grille, un cordon pendait d'une sonnette de cuivre, au-dessus d'une petite pancarte où figurait, inscrite d'une main tremblotante, une phrase : « Je suis au premier. »

Son premier coup de sonnette ne suscita aucune réponse. Alors qu'elle tirait le cordon une seconde fois, une Chinoise sortit sur le seuil de la maison voisine.

« Je cherche cette dame, dit Viva en montrant le plan. Elle s'appelle Mrs Waghorn. »

La femme ouvrit la porte du numéro 12 et pénétra dans la maison avec le papier. Quelques secondes plus tard Viva entendit des coups violents, sans doute produits sur un plafond par un manche à balai.

« Elle dort beaucoup, attendez », expliqua la femme, les sourcils froncés, avant de refermer la porte derrière elle.

Viva attendit près de cinq minutes, tapant des pieds pour se réchauffer. Le froid était maintenant glacial, des nuages de brume voilaient en partie les montagnes. Au-dessus de sa tête, un aigle volait en silence, un morceau de pain dans le bec. Tout à coup, comme immergée au cœur de cette blancheur parfaite, de cet espace immaculé, qui semblait oblitérer les années écoulées, elle sentit qu'elle franchissait la barrière du temps.

« Hello ! » La vieille dame qui sortait sur le balcon du premier étage avait les yeux bouffis, comme si elle venait de sortir d'un profond sommeil. Pieds nus dans ses chaussons, elle était vêtue d'un manteau de lainage dont les pans écartés, soulevés par le vent, ne dissimulaient qu'une chemise de nuit. Les deux femmes échangèrent un regard. Un court instant, Viva refusa de croire que cette silhouette frêle pouvait être Mabel Waghorn. Elle s'était figuré une personne robuste, sportive, dynamique et dotée d'une grande mémoire, qui pourrait enfin lui révéler tout ce qu'elle ignorait encore.

« Mon Dieu ! » La vieille dame, s'avança au bord du balcon, la fixant avec étonnement. « Seigneur ! Non ! ajouta-t-elle en se penchant dangereusement.

— Vous vous trompez ! s'écria Viva pour éviter une catastrophe. Je m'appelle Viva, je suis sa fille ! »

Elle découvrit le rapide changement d'expression de Mrs Waghorn, dont le visage sembla se fermer. Peut-être était-elle déçue ou simplement trop âgée pour faire face à des événements inattendus.

« Excusez-moi, dit la vieille dame. Est-ce que je vous ai demandé de venir ?

— J'aurais dû vous écrire, dit Viva. Vous me l'avez demandé il y a plusieurs années. » Voyant son interlocutrice mettre la main derrière son oreille, elle hurla : « Est-ce que je peux monter ? Cela ne prendra pas beaucoup de temps ; je suis désolée si je vous ai effrayée.

— Venez. Je vais vous envoyer Hari. »

Un beau garçon souriant, vêtu d'une tunique à motifs cachemire, ouvrit la porte et l'invita à entrer ;

il prit sa valise et la conduisit le long d'un couloir qui sentait le vieux chat.

« Suivez-moi, je vous prie, dit-il d'une voix raffinée. Mrs Waghorn est en haut, dans son bureau. »

Ils gravirent un escalier auquel des bougies allumées, fichées dans des chandeliers, donnaient un étrange aspect médiéval. Dès qu'ils furent arrivés sur le palier, elle entendit un petit chien aboyer et le raclement d'un bâton sur le sol.

« Hari ? C'est elle ? Je suis là. »

Le jeune homme jeta à Viva un regard de conspirateur, comme pour dire : « Vous allez vous régaler. »

« Entrez, articula-t-il. Elle vous attend. »

Quand la visiteuse pénétra dans la pièce, celle-ci lui parut d'abord si sombre qu'elle prit Mrs Waghorn pour un tas de vêtements posés sur un fauteuil. Une fois ses yeux habitués à la pénombre, elle distingua la vieille dame, assise devant un poêle à paraffine. Sur ses genoux trônait un petit chien à tête de chauve-souris et au regard tragique.

« Entrez, dit son hôtesse d'une voix essoufflée, pourtant non dénuée d'autorité. Asseyez-vous de façon que je puisse vous voir. » Elle désigna un divan affaissé dont une extrémité était couverte d'une haute pile de papiers.

Elles se dévisagèrent mutuellement.

Viva avait décidé d'être directe. « Je suis la fille d'Alexander et Felicity Holloway. Vous souvenez-vous de moi ? Vous avez été assez aimable pour m'écrire, il y a longtemps, que vous aviez une malle laissée par mes parents. Je suis confuse d'avoir mis tant de temps à venir la chercher.»

Une expression de panique apparut dans les yeux de la vieille dame. Ses doigts trituraient nerveusement le collier du chien, comme pour l'appeler à l'aide.

«Si c'est l'hôpital qui vous envoie, vous pouvez repartir. Je vais bien, je vous l'ai déjà dit.»

Mon Dieu! se dit Viva à la fois soulagée et navrée. Cette femme était sénile; elle devait s'y prendre avec précaution.

«Je ne suis pas de l'hôpital, je vous le promets. Je m'appelle Viva Holloway. Il y a longtemps, vous avez eu la gentillesse de m'écrire pour me parler d'une malle que mes parents avaient laissée en me proposant de venir la récupérer. C'est la première fois que je reviens aux Indes depuis mon retour en Angleterre, à l'âge de dix ans.

— Écoutez! s'exclama son interlocutrice en pointant vers elle un doigt menaçant. J'ai parfaitement le droit de rester ici.»

Son chien sauta sur le sol et vint s'asseoir près de Viva, la queue fermement coincée entre les pattes.

«Nous avons dérangé Brandy.

— Il est mignon.» La jeune femme s'agenouilla et le caressa, espérant ramener le calme. Est-ce un chihuahua?

— Oui. Saviez-vous qu'ils ont été sélectionnés sous la dynastie Ming pour attraper les souris de l'empereur? J'ai des tonnes de livres sur eux si cela vous intéresse.»

Viva réprima un fou rire. Peut-être sa visite se résumerait-elle à cela? La lecture de livres sur les chihuahuas, à Simla?

« Est-ce que vous pourriez faire quelque chose pour moi ? demanda Mrs Waghorn. Nous conservons des friandises derrière le coussin sur lequel vous êtes assise. Voulez-vous en donner une à Brandy ? Il a été si gentil toute la matinée ! Je ne veux pas qu'il soit contrarié. »

Dès qu'elle eut déplacé le coussin, Viva s'efforça de rester impassible devant la patte de lapin ou de chat, encore couverte de quelques poils, d'où s'échappaient des filaments de chair sanglante.

« C'est un os, articula-t-elle.

— Pourriez-vous me le passer ? C'est un homme adorable qui me les donne au marché. Pour rien. »

Tremblant de dégoût, Viva tendit la patte à son hôtesse qui la laissa aussitôt tomber entre les dents pointues de Brandy. « Les Indiens sont les gens les plus gentils du monde, vous savez, reprit Mrs Waghorn. Je pense que nous les traitons vraiment très mal.

— Je suis heureuse qu'ils vous traitent bien. »

Dans des circonstances différentes, elle aurait apprécié de bavarder longuement avec la vieille dame. Elle aurait pu l'interroger au sujet de son travail d'enseignante et lui parler du foyer de Bombay. Pour le moment, toutefois, elle avait d'autres priorités.

« Avez-vous froid ? s'enquit tout à coup Mrs Waghorn, dont l'expression s'adoucissait. Si vous voulez, essayez de raviver la mèche du poêle de paraffine. Remarquez, vous pourriez me rendre un grand service. La mèche a besoin d'être taillée ; il y a une paire de gros ciseaux posée à côté.

— J'avais un chauffage comme celui-ci à Londres. » Viva souleva le capuchon de verre, éteignit la mèche dont elle coupa adroitement le bout. « Ces poêles sont parfois capricieux, ajouta-t-elle en tournant la petite poignée de l'appareil pour le rallumer. «Voilà.

— Oh! merci, chérie. C'est très gentil. Je suis désolée si je me suis montrée grossière avec vous. Ils m'envoient des femmes du club pour me chasser, vous comprenez.

— Êtes-vous sûre que vous ne vous souvenez pas de moi? Je suis la fille de Felicity. Mon père était Alexander Holloway, l'ingénieur. J'avais huit ou neuf ans quand nous nous sommes rencontrées; je me souviens que j'avais un peu peur de vous parce que vous étiez directrice d'école.

— Mais bien sûr! Vous avez tout à fait raison. J'ai dirigé l'école de nombreuses années avec mon mari, Arthur.» Elle semblait retrouver de l'énergie. «Quarante pensionnaires, trente élèves externes, Indiens et Anglais. Cette institution était magnifique. C'est là que j'ai rencontré Hari.» Elle s'interrompit brusquement, croisa les mains sous son menton et regarda sa visiteuse avec intensité. «Vous savez, je crois que je ne me souviens pas de vous. Je suis désolée, il y avait tellement d'enfants!

— Cela ne fait rien. C'est ma faute, vraiment. Vous m'avez écrit, et j'aurais dû venir beaucoup plus tôt.

— Ma mémoire me joue des tours, mais je me souviens de Felicity. Une femme charmante. Pourrais-je vous en parler plus tard, quand je ne serai pas aussi lasse?

— J'ai peur de vous avoir fatiguée. Je peux revenir demain, si vous voulez.»

Son interlocutrice consulta la montre épinglée à sa robe. «Non, restez pour le thé; Hari va venir dans un moment. Où est-il ? » s'écria-t-elle, se mettant à tousser avec des sons rauques.

« Pardon, mon petit. » Elle s'essuya la bouche avec un mouchoir douteux et adressa à Viva un sourire charmeur. « La visite d'une jolie jeune fille, par un après-midi aussi lugubre, est un régal pour moi. Maintenant que je vous regarde, vous ne ressemblez pas tant que cela à Felicity. Vous me rappelez plutôt votre père. »

Viva s'arrêta de respirer mais à ce moment précis, la porte s'ouvrit, laissant passer Hari avec le plateau du thé. Mrs Waghorn perdit aussitôt le fil de sa pensée. « Enfin ! Pose-le là ! lui ordonna-t-elle en désignant un tabouret. Je ne pourrais pas survivre sans lui, expliqua-t-elle à Viva. C'est un gentleman né. »

Le jeune homme joignit les paumes de ses mains et s'inclina vers sa maîtresse.

« C'est mon professeur, déclara-t-il. Le guide de ma vie.

— Oh quel merveilleux thé tu nous as apporté ! » La vieille dame embrassait du regard la grande théière d'argent terni, les deux tasses de porcelaine, les sandwichs à la confiture et les deux tranches de cake aux fruits.

Elle versa le thé d'une main tremblante et tendit à Viva une tasse qui tressautait dans sa soucoupe. « Bon, dites-moi, dit-elle quand Hari fut reparti. Où vous situez-vous dans la question indienne ? Oh ! laissez-moi avant vous raconter quelque chose. » Elle posa sa tasse et dressa l'index pour appuyer ses propos. « Vous venez de rencontrer Hari. Vous voyez, c'est quelqu'un de très bien, qui vient d'une bonne famille.

C'était un excellent étudiant, l'un des meilleurs que nous avions. Pourtant, les seuls postes corrects qu'il a réussi à trouver depuis qu'il a quitté l'école sont ceux de chauffeur ou de serviteur, car sa famille n'a pas d'argent.» Les yeux de Mrs Waghorn se remplirent de larmes. «Il m'assure qu'il s'en moque, mais cela me choque beaucoup. Pas vous?

— Bien sûr que si. C'est très injuste.

— Bon. Au moins un point sur lequel nous sommes d'accord. Vous pouvez rester dîner si vous voulez. J'ai essayé de discuter de cela avec l'une des femmes du club il y a longtemps, une horrible mégère. Ils pensent tous que j'ai tourné *jungli* et ils commencent maintenant à m'envoyer des gens de l'hôpital.»

Elle recommençait à montrer des signes d'agitation.

«Je n'ai rien à voir avec ces gens-là, dit Viva doucement. Je vous le promets, et je vous remercie de m'avoir invitée à dîner, mais ce soir je ne peux pas rester. Je vais rentrer à mon hôtel, prendre un bain et me coucher tôt.»

En jetant un coup d'œil vers la fenêtre, elle constata que le ciel gris prenait des nuances de pourpre. La neige fondue s'épaississait de nouveau en flocons épais.

Spontanément, elle se pencha et serra un instant la main parcheminée de son hôtesse, aussi légère qu'une feuille, d'où émanait une vague odeur de fumée de cigarette.

«J'aimerais revenir demain matin, si vous m'y autorisez.

— N'arrivez pas trop tôt, avertit Mrs Waghorn. Hari et moi lisons à haute voix pendant une heure.

— Je ne veux pas bousculer votre emploi du temps. »
Elle se leva et enfila son manteau, faisant cliqueter les
clés qui se trouvaient dans sa poche. « Mais je ne reste
pas longtemps à Simla, et j'aimerais beaucoup voir la
malle de mes parents. C'est la raison pour laquelle je
suis ici. » Les yeux de son interlocutrice se voilèrent
de confusion.

« Oh mon Dieu, bien sûr, bien sûr ! Seigneur !
Laissez-moi réfléchir. » Elle posa un index sur sa
tempe dans une pose de penseur si caricaturale que
Viva se demanda un instant si elle ne jouait pas la
comédie, après tout. « J'espère que je vais la retrouver.
Vous ai-je parlé de l'invasion de fourmis rouges qui a
eu lieu l'année dernière ? »

La jeune femme s'appliqua à garder un ton doux
et paisible. « Est-ce que demain à onze heures vous
conviendrait ? »

Pas de réponse. La vieille dame, les yeux fermés,
inclinait la tête sur sa poitrine. Debout dans l'encadrement de la porte, Hari attendait la visiteuse pour
la raccompagner.

55

« Vous pouvez tuer des gens, mais vous ne pouvez
pas tuer la vie », décréta Mrs Waghorn à onze heures
dix le lendemain, peu après le retour de Viva. Hari et
elle venaient de lire le *Mahabharata*, comme presque
tous les matins.

«Connaissez-vous ce livre? demanda-t-elle. Il est rempli de trésors merveilleux. Même s'il ne représente pas l'unique clé de la vie, il en propose au moins une.»

Cette lecture semblait l'avoir revigorée. Pour lutter contre le temps maussade, elle avait revêtu une robe d'intérieur orange vif, agrémentée d'un joli collier d'ambre, et s'était appliqué un peu de rouge sur les joues.

«Je suis beaucoup plus en forme aujourd'hui, déclara-t-elle en précédant sa visiteuse dans le salon où trônait, sur le tabouret, une branche fraîche de bougainvillée. J'ai beaucoup trop parlé de moi hier. Aujourd'hui, je veux que vous me parliez de vous.»

La main de la vieille dame sur son bras procurait à Viva une impression mêlée d'apaisement et de trouble. Elle se sentait vulnérable après une très mauvaise nuit pendant laquelle elle avait rêvé de la péniche de Srinagar. Talika – plus âgée et plus ronde que dans la réalité – partageait avec elle une cabine. De grandes vagues secouaient le lac, si violemment que toutes deux ne cessaient de perdre l'équilibre et de tomber. La fillette était furieuse. «Pourquoi est-ce que je n'ai jamais d'endroit pour ranger mes vêtements!» criait-elle, les yeux luisants de rage. Elle jetait un tas de saris sur le sol et piétinait les soies délicates sur lesquelles elle laissait l'empreinte boueuse de ses pieds. Viva, le visage brûlant de honte, la regardait sans pouvoir réagir.

Elle essayait de s'excuser; Talika lui touchait les cheveux.

«Tout va bien *Mabap*.» Elle utilisait de nouveau ce mot affectueux. Tu es ma mère et mon père.

Puis elle l'embrassait, geste qu'aucune Indienne ne pouvait avoir envers une Européenne, excepté dans les rêves.

*

« Vous avez dû éprouver un choc en me voyant arriver hier, dit Viva. J'ai agi sur l'impulsion du moment. »

La vieille dame inclina la tête de côté, comme un oiseau attentif. « Tenez-vous vraiment à faire cela aujourd'hui ? Il y a une pagaille affreuse en bas.

— Faire quoi ?

— Ciel ! Ai-je oublié de vous le dire ? Nous avons trouvé la malle. Ou tout au moins Hari pense que c'est elle. Il y a le nom de votre mère dessus. »

Viva sentit son cœur s'emballer. « En êtes-vous sûre ? L'avez-vous ouverte ?

— Bien sûr que non. Cela ne nous regarde pas.

— Où était-elle ?

— Dans la remise. J'étais très inquiète hier et Hari a passé des heures à la chercher – tous les gens de cette maison déposent leurs vieilleries dans cette cabane. Il est tellement adorable qu'il ne s'est pas plaint. J'ai bien peur que cet endroit ne soit très sale.

— Cela ne fait rien. » Viva ne savait pas si elle devait se sentir heureuse ou désolée.

« La remise est inondée à la mousson. Je n'y suis pas descendue depuis des années.

— Ne vous inquiétez pas. Vous vous êtes montrée très gentille.

— J'espère que cela ne vous ennuie pas, mais je ne vais pas vous accompagner. Vous pouvez rester déjeuner si vous voulez. La maman d'Hari a apporté du poulet *biryani*. C'est délicieux.

— Je ne sais pas combien de temps il me faudra.» Elle entendit le frottement d'une allumette sur une boîte et vit les yeux de Mrs Waghorn devenir de nouveau troubles et distants alors qu'elle portait une cigarette à sa bouche.

«Évidemment. Bonne chance.»

Escortée d'Hari, muni d'une lampe à pétrole, Viva sortit de la maison et leva les yeux vers le ciel traversé par un vol de freux. «Il va encore faire froid aujourd'hui», dit-elle pour cacher le tremblement incontrôlable qui la saisissait.

Le jeune homme la guida le long d'un chemin accidenté qui faisait le tour du bâtiment et lui expliqua que l'accès de la remise était quelque peu périlleux.

«Nous ne sommes que deux à l'utiliser pour nous protéger des voleurs, indiqua-t-il, en l'incitant à descendre une courte volée de marches. Malheureusement, quelqu'un du quartier l'a transformée en capharnaüm en y mettant du foin et de la nourriture pour ses chevaux.»

Elle s'était imaginé une cave saine et sûre, mais quelques secondes plus tard, Hari s'immobilisa et désigna une cabane délabrée, au toit de tuiles troué, qui paraissait vaguement attachée à la véranda située à l'arrière de la maison.

En dépit de son aspect misérable, l'édifice branlant comportait de grandes charnières de fonte, dont l'une pendait lamentablement. Hari prit une clé accrochée à sa ceinture et déverrouilla la porte qui s'ouvrit sur un espace obscur. Une forte odeur de vase parvint aussitôt à leurs narines.

«Un moment, s'il vous plaît. Il fait très sombre et il y a une foule de compagnons à fourrure.

— Pardon?

— Des rats, à cause de la nourriture pour chevaux dont je vous ai parlé.»

Tandis qu'il allumait la lampe, elle éternua à plusieurs reprises. Quand il la leva au niveau de sa tête, elle aperçut plusieurs balles de foin écroulées. Grâce à de faibles faisceaux de lumière, qui tombaient des trous du toit, elle distingua, par-dessus le foin, quelques échelles cassées et ce qui ressemblait à un tas de vêtements.

«Suivez-moi, je vous prie.» À la lueur mouvante de la flamme, elle devinait maintenant, au fond de la remise, une pile de vieilles valises.

«Je pensais qu'il s'agissait d'une seule malle, commença-t-elle, mais il l'interrompit.

— Venez.» Il la fit passer devant des cannes à pêche et de vieilles raquettes de tennis.

Dès que les yeux de Viva se furent de nouveau adaptés à l'obscurité, elle poussa un cri. Posée sur une table basse, couverte de poussière et de moisissures, la grande malle bosselée qui se trouvait devant elle prenait l'aspect d'un cercueil récemment exhumé. Sur le couvercle, quelqu'un – Hari, probablement – par gentillesse, ou pour donner à cet instant un peu de solennité, avait posé un souci fraîchement cueilli.

Le jeune homme installa la lampe sur le sol et se tint près d'elle, attentif et paisible. Elle poussa un profond soupir.

« Eh bien la voilà enfin. La vider ne va pas me prendre beaucoup de temps. »

Oh Maman, Josie, je l'ai négligée trop longtemps !

Sa propre respiration émettait un sifflement. Elle ne s'était pas imaginée qu'elle éprouverait ce sentiment de pilleur de tombe.

Avec hésitation, elle sortit la clé de sa poche et tenta de l'introduire dans la serrure, visiblement encombrée de résidus de brindilles et de fientes d'oiseaux ; aussitôt elle perçut une résistance et comprit qu'il serait inutile d'insister.

« Je vais avoir besoin de votre aide, Hari. La serrure est bloquée.

— Soulevez la lampe, s'il vous plaît. Je vais essayer de la forcer. »

Il tourna la clé avec une vigueur toute masculine, mais en vain.

« Reculez, *memsahib*, je vous prie. » Il sortit un couteau du fourreau de cuir accroché à sa poche, l'inséra sous le couvercle, appuya un pied sur le mur et tendit ses muscles. Tous deux s'exclamèrent quand le bois céda.

À la seconde où son regard se posa sur les vêtements entassés sur le dessus, elle s'obligea intérieurement à garder une certaine distance vis-à-vis de ce qui l'attendait. Enfin, elle se trouvait devant cette fameuse malle familiale, dont elle avait tant redouté la vue, comme le marin redoute la vue de l'albatros qui, dit-on, ne porte jamais bonheur.

« Il n'y a sans doute pas grand-chose là-dedans, déclara-t-elle, d'un ton léger, probablement pour s'en convaincre elle-même. Je vais y jeter un coup d'œil rapide. »

Elle aurait souhaité qu'il parte, mais il semblait vouloir rester à ses côtés. Lentement, elle se résolut à approcher la main d'un tissu qui lui parut légèrement humide. Avec une exclamation étouffée, elle souleva un tricot visqueux, un pantalon et un édredon matelassé à motifs indiscernables parsemé de crottes de souris au niveau des coutures, puis enfonça les mains plus bas. L'odeur de camphre et d'humidité à laquelle se mêlait celle, nauséabonde, d'une possible putréfaction, lui paraissait presque insupportable. Soudain, elle frôla un objet dur et froid. Il s'agissait de l'une des sacoches de selle de son père, qu'elle ne reconnaissait pas vraiment et qui avait durci sous la moisissure; elle contenait un cure-pied de cheval, une petite pelote de ficelle et quelques pièces de monnaie ternies. Au-dessous, elle trouva un échiquier de carton, gorgé d'humidité dont les bords étaient rongés. Dès qu'elle le souleva, il se décomposa entre ses doigts.

Une expression inquiète se dessinait sur le visage de son compagnon.

« Pourriez-vous me laisser seule un moment? demanda-t-elle.

— Bien sûr! » Il parut soulagé. L'odeur qui se dégageait de la malle lui avait fait comprendre qu'elle ne contenait probablement rien d'intéressant. « Je vous laisse la lampe et je ferme la porte. Vous serez en sécurité. Quand voulez-vous que je revienne?

— Dans une demi-heure, ce sera suffisant. Merci, Hari. » Elle aurait aimé le remercier également pour sa grâce, sa délicatesse et la sollicitude anxieuse qu'elle avait lue dans ses yeux mais l'expression de sa gratitude devrait attendre : la porte s'était refermée derrière lui et elle entendait déjà le bruit de ses pas remontant l'escalier de la maison.

Seule dans la semi-obscurité, elle dut lutter contre un brusque sentiment de panique. Accomplir cette tâche lui avait pris tant de temps qu'elle ne pouvait plus s'enfuir lâchement. Toutefois, l'odeur de pourriture, comme l'inutilité criante des objets qui lui glissaient des mains, était horriblement éprouvante. Quel sort avaient attendu les jodhpurs aux boutons manquants ; le casque colonial taché ; la veste de brocart bleue, autrefois ravissante et comportant aujourd'hui une grande tache jaune sur le col ; la chemise de nuit de Josie ; la boîte de métal contenant une houppette ; et le paquet de lettres trop imprégnées d'humidité pour être lisibles ?

Ses doigts se serrèrent autour d'un paquet doux et souple enveloppé comme une momie dans ce qui ressemblait à une serviette à thé. Elle reconnut ce dont il s'agissait avant même de dérouler la serviette et de contempler Susie, le jouet favori de sa sœur. Josie avait adoré cette poupée miteuse aux jambes en forme de saucisses épaisses, vêtue d'une robe de vichy. Elle-même en avait été jalouse : sa compagne de jeux la traînait partout, l'embrassait, la promenait dans sa poussette et la couchait, le soir, sous une minuscule moustiquaire. Sans doute cette poupée était-elle considérée par Josie comme une sœur cadette idéale, mille fois préférable à celle que lui imposait la réalité ?

Susie avait un jour été oubliée dans le train. Toute la famille avait attendu sur un quai, dans une chaleur écrasante, pendant qu'un serviteur était retourné la chercher ; cet incident avait provoqué une énorme dispute entre leur père et leur mère.

Aujourd'hui, la poupée comportait sur les bras des déchirures, probablement dues aux morsures de rats, par lesquelles une grande partie du kapok s'échappait. Quand Viva appuya sur le corps de chiffon grossier, il s'effondra en rejetant un souffle malodorant. Elle sentit une boule se former dans sa gorge. Susie se trouvait dans les bras de Josie la nuit où elle était morte. Viva se souvenait des cris qui provenaient de sa chambre, des vomissements, des «Maman, aide-moi ! » Toute la nuit, des pas avaient dévalé et remonté l'escalier, tandis que, peu à peu, l'idée qu'il ne s'agissait pas d'une simple indigestion se faisait jour. L'*ayah* de Viva avait essayé de l'empêcher d'entendre les hurlements en posant les mains sur ses oreilles, mais elle s'était libérée, puis réfugiée dans le placard près de la porte de la chambre de sa sœur. Peu après minuit, les gémissements étaient devenus plus faibles, avant de cesser tout à fait. «Bon Dieu ! Que quelqu'un nous vienne en aide ! » Le cri de sa mère, rauque et funèbre, avait explosé dans l'obscurité comme celui d'un animal sauvage.

Josie, Josie chérie. La poupée, en se vidant, avait laissé une traînée de poussière grise sur son corsage. *Ma sœur, mon unique sœur.*

Elle posa l'enveloppe de chiffon de côté. Il devait bien y avoir ici quelque chose qu'elle aurait souhaité avoir, qu'elle pourrait conserver et qui garderait pour elle une signification particulière. En fouillant plus profondément, elle découvrit quelques vieilles enveloppes, contenant essentiellement des factures, et un petit livre de comptes domestiques. Elle plissa les yeux et distingua l'écriture nette de sa mère, énumérant ses achats : un flacon de crème pour le visage, un pot de crème à raser, deux paires de bas de laine…

Soudain, elle constata qu'elle venait d'atteindre la dernière couche de vêtements : un pardessus et une robe de soirée en satin, humides et totalement perdus.

L'ensemble de ce que contenait la malle était bon à brûler.

Ce n'était donc que cela. Une insulte, une farce, une énorme et maudite perte de temps ! Elle referma le couvercle, croisa les bras et inclina la tête de côté, repoussant les voix intérieures qui lui soufflaient un tas de pensées futiles. *Il ne s'était rien passé.* Sincèrement, qu'avait-elle espéré, après tout ce temps ? Une méthamorphose ? Des paquets remplis de billets humides mais encore utilisables ? Des lettres parentales, venues du tombeau, pleines de conseils sur la façon de mener sa vie à partir de maintenant ? Tant d'énergie gaspillée pour un tas de vêtements pourris, c'était presque risible !

Une paire de chaussures de sa mère, en peau de serpent, était tombée à l'extérieur de la malle. Elle les ramassa et les posa contre sa joue. Une petite locomotive de bois, fichée à l'intérieur de l'une d'elles, comportait sur l'un de ses flancs le nom *Himalayan Queen*, soigneusement tracé de la main de son père. Après un instant de réflexion, elle la mit dans sa poche.

« Viva ? Miss Holloway ? » Elle sursauta violemment. « Êtes-vous là ? » Mrs Waghorn se tenait dans l'encadrement de la porte, une lampe-tempête dans la main, comme une silhouette couverte d'un linceul. «Tout va bien?»

Viva l'entendit éternuer tandis qu'elle passait devant les balles de foin.

«Oui, merci.» Elle détestait l'idée de se donner en spectacle dans un tel moment. Parvenue près d'elle, la vieille dame posa sur elle un regard scrutateur.

«Ne pleurez pas, je vous en prie, dit-elle en posant sur le bras de la visiteuse une main parcheminée. C'est ma faute. J'ai trouvé quelque chose que je voulais vous montrer avant.»

Elle tendit un objet à son interlocutrice.

«Gardez-le pour l'instant, je ne vois rien, il fait trop sombre, s'écria Viva d'un ton sec. Attention, le sol est glissant; vous risquez de tomber et de vous blesser.

— Très bien, nous regarderons cela plus tard.» La voix de Mrs Waghorn ne trahissait aucun signe de vexation. «Remontons chez moi pour boire un verre. Je pense que vous en avez fait assez pour la matinée.»

«Que puis-je vous dire?» demanda-t-elle à Viva un peu plus tard. Elle tournait le dos à la fenêtre et faisait face à la jeune femme, assise dans un fauteuil. Hari leur avait versé à chacune un verre de brandy.

«Comment mon père est-il mort? Dites-moi tout ce que vous savez.»

Mrs Waghorn eut une expression de surprise.

«Ne le savez-vous pas?

— Non, pas vraiment. C'est très confus dans mon esprit.

— Il a succombé à l'épuisement, déclara la vieille dame simplement. Il parcourait tout le pays pour travailler sur les trains. On l'a retrouvé un matin au club de Quetta. Il était mort.

— En êtes-vous sûre ? On m'avait dit qu'il avait été attaqué par des bandits et avait eu la gorge tranchée.

— Qui vous a raconté de pareilles sornettes ? s'écria son interlocutrice d'un air stupéfait. Ce sont des balivernes. Il est mort en laçant ses chaussures, très subitement.

— Je ne sais plus qui me l'avait affirmé. J'étais à l'école… je ne m'en souviens pas, mais je n'ai pas pu l'inventer.

— Ce n'est pas certain. Parfois, les adultes éludent les détails les plus concrets quand ils parlent de faits tragiques aux enfants. Ils vous ont peut-être dit qu'il était assis sur un nuage à côté des anges, ou quelque chose de ce genre. Ou que Dieu l'avait appelé au paradis.

— Je vous en supplie, articula Viva. Dites-moi tout. Je ne supporte plus que mes souvenirs s'évanouissent. J'ai besoin de savoir ce qui s'est vraiment passé et ce que j'ai pu inventer.

— Mais votre famille éloignée a bien dû vous parler ?

— Non, tout au moins je ne m'en souviens pas. Mes parents se rendaient très rarement en Angleterre. »

Un long silence s'établit.

« Écoutez, je ne les connaissais pas tant que cela, commença prudemment Mrs Waghorn, mais nous nous aimions bien. » Elle tapotait la paume d'une main avec les doigts de l'autre. « Je peux difficilement vous en parler avec précision.

657

— Je vous en supplie.» Viva prit les mains de son hôtesse dans les siennes et les garda un moment. «N'ayez aucune crainte. C'est le fait de me sentir à l'écart qui est pour moi la pire des choses.

— Eh bien...» La vieille dame prit une cigarette et l'alluma. «J'ai beaucoup réfléchi à tout cela. Je parle de votre mère. Au début, les pensées tourbillonnent dans notre tête; c'est après que nous nous interrogeons sur le déroulement des choses.

«Voilà ce que j'ai pu déduire de mes cogitations. Votre mère était une belle femme, vous avez vu les photographies. Elle était d'une compagnie très agréable et représentait un atout pour votre père. Mais la vie était extrêmement difficile pour elle car il se déplaçait tout le temps. Bien sûr, c'était un homme merveilleux, ajouta-t-elle en déglutissant bruyamment. Nous avions toutes un faible pour lui.»

Vous l'aimiez. Vous l'aimiez aussi, pensa Viva en voyant les yeux gris de son hôtesse plonger dans les siens.

«Son travail passait avant tout. Dans ce pays, c'est ainsi. Cependant, votre mère avait ses propres talents. Elle peignait très bien et a réalisé des œuvres magnifiques. Les avez-vous vues?»

Elle se pencha et déposa un petit objet dur dans la paume de Viva, qui crut tout d'abord qu'il s'agissait d'un bouton bleu marine, un bouton de duffle-coat de forme particulièrement élaborée. En le regardant de plus près, elle distingua une femme enveloppée d'un châle ou d'un linceul, sculptée dans une pierre évoquant le marbre.

Son premier réflexe fut de regarder l'objet avec suspicion et de se demander si la vieille dame ne lui présentait pas ce bibelot comme une sorte de prix de consolation à la déception occasionnée par le contenu de la malle. La minuscule effigie, pas plus grosse que son pouce, semblait rayonner de vie. C'était indéniablement une œuvre d'art.

«Je crois me rappeler que ma mère prenait des cours de poterie», dit-elle enfin. Ce souvenir était très vague, mais elle devait absolument encourager Mrs Waghorn à parler. Elle fit tourner la petite figurine entre ses doigts. «Elle ne les prenait pas quand nous étions là. Êtes-vous vraiment sûre qu'elle a fait cela? On dirait un objet de musée.

— Quand elle me l'a donné, elle ne voulait pas que je la remercie.» L'hôtesse reprit la sculpture et la caressa tendrement comme si elle avait pour elle une grande signification. «Elle m'a dit: "C'est un cadeau du feu." Vous voyez, un jour, j'étais entrée dans son atelier sans prévenir. Enfin, ce n'était pas un véritable atelier, simplement une sorte de hutte sur le terrain de l'école. Elle était sur ses genoux, en larmes devant son four. La chaleur était trop forte et après des heures de travail, elle n'avait obtenu qu'une rangée d'objets informes ressemblant à des gâteaux brûlés. Nous avons bu une tasse de thé et je lui ai dit... je ne me souviens pas des mots exacts, mais quelque chose comme: "Cela n'a pas l'air très amusant. Pourquoi vous donnez-vous tout ce mal?

«C'est alors qu'elle m'a expliqué avec une passion inhabituelle que parfois, en ouvrant le four, elle découvrait un objet miraculeux – un pot, une figurine –, infiniment plus beau que celui qu'elle avait cru réaliser. Quand cela se produisait, des heures durant, elle frémissait de bonheur.

« Elle frémissait ! répéta Mrs Waghorn, avec ravissement. Elle m'a appris que les potiers appelaient ces objets – ces erreurs divines – le don du feu. Quel dommage qu'elle ait cessé cette activité, n'est-ce pas ?

— Je ne sais pas. » Viva ressentit un vide difficile à analyser ; elle avait l'impression étrange d'avoir été privée d'une chose qui n'avait jamais engendré en elle de sentiment de frustration. « Je n'y ai jamais fait très attention. Mais pourquoi s'est-elle arrêtée ? Est-ce à la mort de Papa, ou à celle de Josie ?

— Je ne m'en souviens pas, pas du tout. Mais pourquoi s'arrête-t-on ? Mari, enfants, déplacements trop nombreux. Tout ce que je peux vous dire c'est qu'elle a laissé des choses de valeur, et qu'elle a travaillé très dur pour les obtenir. »

La volubilité soudaine de son interlocutrice renforçait la méfiance de Viva. Toute cette histoire n'avait-elle pas été artificiellement composée à son intention, dans le but inavoué de ne pas la laisser repartir bredouille ?

« Ce n'est pas le souvenir que j'ai d'elle, mais j'étais beaucoup plus proche de mon père. Je me rappelle d'une femme active, qui savait organiser des repas, des réceptions, des voyages. »

Les esquisses. Tout à coup, la mémoire lui revint. Le carnet et le crayon faisaient régulièrement partie des affaires de pique-niques. Viva en retirait d'ailleurs une certaine colère, car le dessin détournait d'elle l'attention de sa mère.

« Elle était totalement absorbée par son travail – la poterie, la peinture, la sculpture – et en éprouvait une sorte de culpabilité, poursuivit la vieille dame. Je crois qu'elle avait pris l'habitude de se cacher pour créer ses objets. Le travail n'était pas vraiment admis pour les femmes à l'époque. Il ne l'est toujours pas, mais c'était bien pire autrefois.

«Au fond, elle ne s'intégrait pas bien à la société autour d'elle. Il en était de même pour moi; c'est sans doute la raison pour laquelle nous nous entendions si bien. Elle était très amusante et possédait un talent d'imitation extraordinaire. Malgré tout cela, elle ne se prenait absolument pas au sérieux. Ce trait de caractère a évidemment contribué à sa perte, si vous voyez ce que je veux dire.»

Non. Viva s'appliquait à ne pas avoir l'air trop étonnée; au bout de cinq minutes de conversation, elle avait l'impression que son hôtesse et elle s'entretenaient d'une parfaite étrangère.

Elle pouvait évoquer sa mère sous deux aspects: la femme du soir, qui effleurait de ses boucles d'oreilles scintillantes ses joues d'enfant alors qu'elle se penchait pour lui dire bonsoir, avant de sortir pour se rendre au club, dans un bruissement de taffetas ou de soie, laissant derrière elle une traînée de parfum, ; et la femme du matin qui, souvent fatiguée et toujours pressée, semblait déterminée à se tenir constamment dans l'ombre de son époux.

«En avez-vous assez entendu? Voulez-vous que nous nous arrêtions là?» reprit Mrs Waghorn.

Non!

«Je vous en prie, continuez.»

Le petit chien sauta sur les genoux de sa maîtresse. Celle-ci le caressa, se transformant à nouveau, aux yeux de Viva, en une vieille dame radoteuse, retirée en elle-même, qui l'observait de ses yeux bouffis.

«Je voulais vous demander ce que vous faites exactement dans la vie», dit-elle soudain.

Viva réprima un cri d'impatience. De la façon la plus concise possible, elle lui parla du foyer et du livre qu'elle essayait de mener à bien depuis un an.

«Quelle entreprise enthousiasmante! s'exclama l'hôtesse qui paraissait avoir retrouvé toute son attention. Personne, à ma connaissance, n'a jamais recueilli la parole des enfants indiens. C'est vraiment une idée de génie. Quand pourrons-nous le lire?

— J'ai cessé de l'écrire.

— Cessé! Mais pourquoi?

— Oh! un tas de raisons.

— Vous ne devez pas abandonner, c'est un projet merveilleux. Je serais devenue folle si j'avais arrêté d'enseigner quand Arthur est mort.»

Viva n'avait pas la force de lui parler de Guy, de Mr Azim, ni de ce qui se passait au foyer.

«C'est une longue histoire, dit-elle. Parlez-moi de votre école. Vous manque-t-elle aujourd'hui?

— Horriblement. Avoir un travail que vous aimez est très précieux, n'est-ce pas? Y a-t-il une chance pour que vous puissiez recommencer? Les enfants adoreraient voir leurs récits imprimés.

— C'est possible. Une partie de mes notes a été perdue.

— Ne pouvez-vous pas les retrouver?» La vieille dame l'étudiait avec intensité. «Quand vous souriez, vous lui ressemblez tellement! je pense que tout le monde vous le dit!

— Non, justement. Je ne connais personne qui se souvienne de ma famille.

— Oh là là ! c'est affreux. » Elle alluma une cigarette et disparut un instant derrière un nuage de fumée. « Ce sera pire quand vous vieillirez, murmura-t-elle. Vous vivrez davantage dans le passé et cela vous fera souffrir.

— Cela me fait déjà souffrir. C'est toujours présent, bien que je cherche à l'oublier.

— Il s'est passé une chose avec ma mère que je n'ai jamais oubliée, dit Mrs Waghorn. Quand mon père était basé à Calcutta, je ne voyais mes parents que tous les deux ans. Un jour, elle est rentrée à la maison. Je suppose que j'avais beaucoup grandi ou que je m'étais coupé les cheveux, quelque chose de ce genre. Je l'attendais à la gare de St Pancras, près du bureau des billets et soudain je l'ai vue marcher vers moi. J'étais tellement émue que je ne pouvais plus respirer. Elle a descendu le quai dans ma direction, m'a jeté un coup d'œil et est passée à côté de moi sans s'arrêter. Je n'ai jamais pu vraiment lui pardonner, je ne sais pas pourquoi. C'est très peu généreux de ma part, quand on y pense, mais quelque chose est mort en moi ce jour-là. »

Elle caressa son chien et leva les yeux. Au cours du long silence qui suivit, Viva eut le sentiment que le temps était suspendu. Son interlocutrice l'examinait encore, comme une couturière en train d'évaluer les proportions d'une cliente en se demandant quel genre de vêtement lui conviendrait le mieux. Tout à coup, Mrs Waghorn sembla prendre une décision.

« J'aimerais un autre verre de brandy, dit-elle. Servez-vous aussi. Répondez-moi franchement : êtes-vous le genre de personne qui aime la vérité ?

— Oui. » La jeune femme sentit son cœur s'emballer.

« En êtes-vous bien sûre ?

— Certaine.

— Hier, vous m'avez prise de court. J'étais si surprise de vous voir que je ne savais pas quoi faire.

— Je sais.

— Oh mon Dieu ! » Les mains de Mrs Waghorn se serrèrent sur les siennes. « Mon petit, je vous en prie, ne pleurez pas. Ce n'est absolument pas de votre faute.

— Bien sûr que si.

— Vous ne devez en aucun cas vous sentir coupable, vous m'entendez ! s'exclama la vieille dame avec force. La culpabilité est un plaisir de rustre et vous n'êtes en rien responsable. Ils vous ont renvoyée en Angleterre parce qu'ils ne voulaient pas que vous le sachiez.

— Que je sache quoi ? » Viva sentit son corps se glacer. « Dites-le-moi, je vous en prie. »

Elle s'essuya les yeux et fit un énorme effort pour avoir l'air d'être maîtresse d'elle-même. L'hôtesse but une gorgée d'alcool et posa son verre sur le tabouret.

« Votre mère s'est suicidée, dit-elle. Je croyais que vous le saviez. »

Un gémissement s'échappa des lèvres de Viva. « Non, s'écria-t-elle. Ce n'est pas possible !

— Elle s'est tuée, insista Mrs Waghorn, les yeux remplis de larmes. Il faut que je vous dise que jamais je n'aurais cru qu'une femme comme elle puisse en venir à cette extrémité. Oh, elle avait des hauts et des bas, bien sûr, mais elle était pleine de vie et vous aimait tellement ! Malheureusement pour elle, un tas

664

d'événements ont mal tourné. Bien que ce ne soit pas une consolation, sachez que cela arrive souvent par ici. Beaucoup de gens sont perdus.

— Mon Dieu!» Viva avait la sensation de flotter au-dessus de cette scène et de la percevoir à travers une brume. «En êtes-vous bien sûre?

— Absolument, répondit Mrs Waghorn. C'est moi qui l'ai trouvée.»

«Il faut que j'arrête de parler», ajouta-t-elle quelques secondes plus tard. Ses paupières paraissaient avoir bleui et sa diction devenait plus lente. «À mon avis, un bon mariage est comme une fleur qui a besoin d'un jardinier pour veiller à son épanouissement. Je n'aurais jamais pu diriger mon école et y enseigner si Arthur ne m'avait pas soutenue, n'avait pas contribué à résoudre les problèmes pratiques. Croire en une personne ne suffit pas; il faut partager avec elle toutes les épreuves. Excusez-moi maintenant. Je suis très fatiguée. Pourriez-vous revenir plus tard? Nous parlerons du reste.»

Elle semblait réellement épuisée. Viva lui prit le verre des mains et étendit sur ses genoux une couverture. Elle éprouvait un désir violent de déposer un baiser sur le front ridé, mais ne réussit pas à surmonter son vieux réflexe de pudeur. De toute manière, elle se sentait harassée, elle aussi. Après avoir éteint la lampe, elle ferma la porte derrière elle, expliqua à Hari que sa maîtresse avait besoin de faire une sieste et précisa qu'elle reviendrait dans l'après-midi.

56

À la fin de la journée, Viva retourna à son hôtel en état de choc. Lorsqu'elle réussit à se détendre, elle éclata en sanglots sans pouvoir se contrôler. Pendant toutes ces années, elle avait éprouvé envers sa mère une colère ininterrompue, sans jamais la considérer comme une personne à part entière, avec sa vie et ses propres soucis. Elle se consumait de honte, révulsée par son insigne stupidité. Comment avait-elle pu se tromper à ce point en attribuant à son père une mort spectaculaire et en enfouissant sa mère sous un monceau de ressentiments soigneusement entretenus ?

Elle se leva, à bout de forces. Le pourpre du ciel virait au violet sombre, laissant apparaître quelques étoiles.

Courbatue, comme si elle avait été violemment frappée, elle se rendit dans la salle de bains où elle fit couler de l'eau dans la baignoire. De ses mains, émanait encore une odeur de camphre et de pourriture. Quand elle s'allongea dans le liquide bienfaisant, elle observa la poussière mêlée de crasse qui s'échappait de sa peau. Dire qu'au long de tout ce temps, elle avait été enterrée vivante. Après s'être frotté le corps entier et lavé les cheveux, elle resta étendue jusqu'à ce que l'eau soit entièrement refroidie.

Au moins, elle savait maintenant. Auparavant, elle en voulait à sa mère, la détestait même, pour au moins deux raisons : elle n'avait pas su empêcher son mari de mourir et avait refusé de garder sa seule fille près d'elle, aux Indes. En réalité, cette femme avait été écartelée entre son travail et son enfant.

Viva sortit de l'eau et attrapa une serviette. Elle voyait dans le miroir son visage brouillé par la vapeur. Sans doute avait-elle été un fantôme sans le savoir. Quelques mots de poésie s'étaient imprimés dans son esprit à l'école : *Plus d'une fois, j'ai été à moitié amoureux de la mort*[1].

L'autre moitié d'elle-même avait flotté hors de son corps, cherchant à sombrer dans les ténèbres, pour y rejoindre Josie et ses parents, qui l'attendaient.

Avant de grimper dans le lit, elle posa sur la table de chevet la figurine que sa mère avait créée. Avant qu'elle ne parte, après leur dernière conversation, Mrs Waghorn avait doucement déposé la sculpture dans sa main. « Faites-moi le plaisir de reprendre ceci, qui vous revient de droit, avait-elle déclaré. Gardez-la, avait-elle insisté en voyant le regard hésitant de son interlocutrice, je veux que ce soit la première chose que vous voyiez en vous réveillant demain matin. »

Maintenant qu'elle se sentait plus calme, Viva pouvait examiner objectivement le petit personnage. Cette femme se distinguait non seulement par le drapé remarquable de son châle, mais surtout par l'expression à la fois intelligente et malicieuse de son visage. On aurait dit qu'elle savourait intérieurement la situation, un léger sourire aux lèvres. Tant de perfection suscita en Viva une admiration doulou-

---

1. Extrait d'un célèbre poème de John Keats intitulé *Ode à un rossignol*.

reuse. Comment un objet aussi minuscule pouvait-il se révéler si plein de vie ?

Elle éteignit la lampe et resta étendue un long moment, les yeux ouverts, réfléchissant au terme de l'entretien qu'elle avait eu avec la vieille dame.

« Ma mère et moi avons eu une terrible dispute la dernière fois que nous nous sommes vues, avait confessé Viva en buvant un thé. Je n'arrive absolument pas à me rappeler quel en était le motif. Je crois lui avoir dit que je la détestais, que j'avais hâte de me retrouver à l'école. Je voulais la blesser comme elle m'avait blessée. C'est la dernière fois que je l'ai vue.

— Vous n'aviez que dix ans. Tous les enfants de cet âge peuvent se montrer parfois agressifs. En particulier lorsqu'on les renvoie à l'école. Elle a compris.

— Qu'en savez-vous ?

— Je le sais.

— Je vous en prie, je ne veux pas de paroles uniquement destinées à me consoler.

— Ce n'est pas le cas. »

La vieille dame lui jeta un regard pénétrant. Puis elle se couvrit la bouche de sa main comme si elle était en train d'assister à un accident.

« Elle avait le cœur brisé, articula-t-elle.

— Non, ne me dites rien. Vous n'êtes pas obligée de le faire.

— Au contraire. Après vous avoir dit au revoir elle est venue à l'école et nous avons bu un verre. Elle était au bord du désespoir. Vous voyez, elle savait qu'elle avait agi étrangement avec vous. Je m'en souviens très bien, car elle m'a dit : "Je n'ai même pas pu l'embrasser, alors que je mourais d'envie de le faire." C'était horriblement triste ; beaucoup trop lourd pour vous deux. Pourquoi devriez-vous vous sentir coupable ? »

Mrs Waghorn semblait retrouver son agitation coutumière. Elle se tordait les mains et déglutissait bruyamment. « Vous savez, votre père m'a également appris tellement de choses, poursuivit-elle de façon décousue. Il voulait qu'elle travaille, mais il fallait qu'elle se cache pour le faire et quand il est mort... Oh ! c'est trop stupide. »

Viva, pétrifiée, vit des larmes couler sur le visage ridé de son interlocutrice. Elle avait le sentiment d'entrevoir un chagrin d'ordre intime, relevant de mystères entremêlés dont un grand nombre ne seraient pas résolus.

Après avoir recouvré son calme, Mrs Waghorn se dirigea en traînant les pieds vers un buffet où elle conservait plusieurs objets réalisés par sa mère. Une théière vert céladon, une assiette, un saladier, tous magnifiques.

« Pourquoi vous les a-t-elle confiés ? s'enquit Viva.

— Ils représentaient beaucoup pour elle, qui avait déjà perdu un grand nombre de ses créations dans vos déplacements. Elle voulait que j'en prenne soin.

— Je ne comprends toujours pas pourquoi elle m'a renvoyée en Angleterre. M'en voulait-elle pour quelque chose de particulier ?

— Mais non, pas du tout ! s'écria la vieille dame en baissant la tête. Je crains bien que votre départ n'ait été de ma faute. Je lui avais affirmé que vous seriez mieux là-bas, où vous ne risqueriez pas d'apprendre à parler avec un accent indigène, car vous auriez pour camarades des enfants bien éduqués, ce qui n'aurait pas été le cas ici. J'ai commis une erreur énorme, mais n'oubliez pas que dans mon esprit, elle ne devait pas tarder à vous rejoindre pour commencer une nouvelle vie. Je n'avais aucune idée de l'étendue de son désespoir. Si vous saviez comme je suis désolée ! »

Viva contempla les boucles blanches de son hôtesse, qui dissimulaient mal son crâne rose. Mécaniquement, elle lui offrit paroles et gestes de consolation, alors que son cœur menaçait de se briser.

Elle se remémora, au lendemain de sa dispute avec sa mère, le moment où elles s'étaient séparées, leurs étreintes compassées, leurs plaisanteries artificielles et la façon dont, un peu plus tard, livrée à elle-même, elle avait éclaté en sanglots bruyants, dévorée par le chagrin. Jamais elles n'auraient dû se laisser aller à leurs impulsions. Telle était la vérité, simple et cruelle.

Petit à petit, elles avaient fini par mourir l'une pour l'autre, en se composant une carapace qui les rendait moins vulnérables. Quel ridicule, quel révoltant gâchis d'amour !

Derrière les rideaux de mousseline blanche, au milieu d'une poussière d'étoiles, la lune argentée amorçait sa montée dans le ciel. Viva percevait des bribes de musique émanant d'un orchestre de bal, parfois recouvertes par des éclats de rire. Ses parents étaient sans doute venus s'amuser ici ; sa mère adorait danser.

En l'imaginant, joyeuse, séduisante, vêtue de sa robe du soir verte et chaussée de ses escarpins en peau de serpent, ses cheveux sombres voletant autour de son visage, la jeune femme éprouva un sentiment de légèreté libérateur. Elle possédait maintenant quelques clés, qu'elle devait conserver précieusement, car elles lui permettraient sans doute d'ouvrir un grand nombre de portes restées jusque-là désespérément closes.

Malgré sa fin tragique, sa mère avait connu d'intenses plaisirs : un mari qu'elle adorait ; un don créateur ; deux filles qui, quelques années tout au moins, avaient représenté pour elle une bénédiction. Cette faculté de goûter la vie, dont son existence avait témoigné, pouvait maintenant être transmise à son enfant, par la simple évidence de sa réalité indéniable.

Elle se leva pour entrebâiller la fenêtre. Un écheveau de nuage voilait l'astre du soir, donnant à la voûte céleste un aspect marbré. Alors qu'un souffle de vent lui effleurait le visage, elle frissonna longuement, en proie à une intense émotion.

Il lui fallait avertir Frank de tout ce qui s'était passé aujourd'hui. Elle ne se faisait plus totalement confiance : si elle ne lui écrivait pas tout de suite, qui sait ce que son âme blessée serait capable de trouver pour esquiver, une fois de plus, la vérité. Peut-être suffisait-il que sa douleur s'atténue pour qu'elle perde tout son courage ? Elle ne pouvait guérir en quelques heures, un penchant qui non seulement s'était révélé dangereux, mais avait menacé d'être fatal.

Elle consulta sa montre : dix heures quarante. La loge de l'hôtel serait peut-être fermée. Vite elle

s'habilla, passa la brosse dans ses cheveux et se précipita hors de la chambre.

L'homme en turban assis derrière le comptoir la
regardait courir vers lui sur le sol de cèdre impeccablement ciré, avec une expression de légère
appréhension.

«Je veux envoyer un télégramme s'écria-t-elle en
tendant la main vers un crayon. Pour Lahore, le plus
vite possible.»

Il lui tendit un formulaire à remplir; son cœur
bondit dans sa poitrine comme un kangourou.

Quête terminée Stop Ai découvert vérité Stop Venez
pour Noël Stop S'il vous plaît.

57

Tor étant notoirement incapable de garder un
secret, Rose lui avait interdit de l'accompagner pour
aller chercher Viva à la gare. Devant son insistance,
elle avait fini par céder – après tout, avait souligné son
hôtesse, n'était-ce pas elle qui avait eu cette brillante
idée? Il aurait été vraiment mesquin de l'exclure des
réjouissances.

«Que s'est-il passé? s'écria l'indiscrète en voyant
Viva marcher d'un pas précipité le long du quai. Vous
avez quelque chose de différent.

— Je me sens différente.» Pour une fois, elle n'eut
aucun geste de recul quand son amie glissa son bras
sous le sien.

«Alors, racontez-nous tout.» Tor choisit d'ignorer Rose qui la foudroyait du regard. «Y avait-il des trésors dans la malle? Avez-vous revu des gens que vous connaissiez?»

L'arrivante s'efforça de sourire et décréta qu'elle avait trop faim pour pouvoir parler. Alors qu'elles traversaient le parking, elle lança négligemment: «Au fait, y a-t-il des messages pour moi?

— Non, s'écrièrent ensemble ses deux compagnes.

— Je posais la question à tout hasard. Comment croire que Noël est dans deux jours? poursuivit-elle, comme si c'était son unique préoccupation.

— Désolée, vraiment.» Tor n'aimait pas voir Viva aussi fatiguée et visiblement perturbée; sans ralentir son allure, elle avançait, la tête obstinément baissée, paraissant tout à coup plus petite et vulnérable.

En outre, ses cheveux étaient couverts de poussière et son bas, troué.

Tor jeta un coup d'œil à Rose. «Nous avons une petite surprise pour vous, une sorte de cadeau d'avant Noël, pourrait-on dire.

— Tu sais, Tor, s'écria Rose en secouant la tête. J'ai vraiment envie de t'étrangler quelquefois!

— Pourquoi? Qu'est-ce que j'ai dit?»

Viva, après avoir pris un bain et s'être lavé les cheveux, rejoignit ses compagnes sur la véranda pour boire le thé. Dès que leurs tasses furent vidées, Tor leur proposa de faire un tour jusqu'à l'écurie pour assister au repas des chevaux, distraction dont elle n'arrivait pas à se lasser.

Toujours pâle et tendue, Viva répondit que cette idée lui paraissait excellente, car elle se sentait encore vaguement étourdie par le voyage en train et aspirait à prendre l'air. Elle n'avait encore rien révélé de sa visite à Simla, mais ses amies, habituées à sa légendaire réserve, décidèrent de ne pas insister.

Une fois que Rose eut vérifié avec l'*ayah* de Freddie que tout se déroulait comme prévu, elles se mirent en route. Dans le soleil couchant, toutes les nuances de rouge et d'orange éclataient en fanfare sur l'immensité du ciel. Bras dessus, bras dessous, elles déambulaient toutes trois sur le chemin, leur teint doré par la lumière. Tout à coup, elles éclatèrent de rire car les cheveux de Rose venaient tout à coup de prendre une ravissante couleur saumon.

Au bout de la piste de terre rouge, elles tournèrent à droite pour remonter le long d'une rangée de peupliers conduisant au terrain de polo. Au-delà, s'étendaient les autres terrains de jeux, l'école, et les bois. Soudain au-dessus des arbres assombris, surgit une bande de perroquets qui jaillirent dans le crépuscule comme des arcs-en-ciel miniatures.

Lorsqu'elles atteignirent les bancs de bois bordant le terrain de polo, elles s'assirent un moment pour regarder deux hommes tapant dans des balles avec leurs maillets. Leurs cris distants et le grondement des sabots sur le sol suscitèrent tout à coup chez Rose un profond soupir.

«Est-ce que Jack vous manque?» demanda Viva, qui avait pourtant l'habitude d'éviter soigneusement ce genre de question intime.

Rose, qui paraissait ce soir incroyablement jeune et ravissante, dans une robe de voile blanc, ne s'offusqua

pas. Elle répondit que, oui, il lui manquait terriblement, puis ajouta, d'un ton d'épouse exaspérée, qu'il
l'avait prévenue la veille seulement, à l'aide d'un
télégramme, que le régiment ne serait probablement
pas rentré pour Noël, à cause d'une énorme chute
de neige au nord de Peshawar. Il restait donc coincé
dans une cabane misérable au milieu de nulle part,
avec deux de ses amis pour seule compagnie, près
d'un village de montagne dont le nom ne pouvait pas
être révélé. Certes, c'était la vie, mais il était vraiment
dommage qu'il manque le premier Noël de Freddie.

« Nous avions très peur que vous soyez également
coincée à Simla, poursuivit-elle. Vous avez dû vous
sentir très seule là-bas. » Elle jeta à Viva un regard
appuyé, comme pour lui dire : « Allez-y, dites-nous
tout. »

La jeune femme ne pouvait pas encore en parler.
Elle se sentait étourdie et fragile, comme quelqu'un
qui s'était cassé une jambe et devait apprendre à se
déplacer différemment.

Soudain, elle sentit les doigts de sa voisine serrer
les siens. « Ce n'est rien, vous n'êtes pas obligée d'en
parler si vous n'en avez pas envie.

— Pardonnez-moi, je ne cherche pas à être mystérieuse, répondit Viva avec un timide sourire. Je vous
le promets.

— Je sais. »

À l'extrémité du terrain de polo, les deux joueurs
à cheval trottaient désormais côte à côte.

Elles se levèrent et, poursuivant leur promenade,
ne tardèrent pas à atteindre l'écurie. Le bâtiment
offrait au regard des murs extérieurs fraîchement
blanchis à la chaux, sur lesquels des licous et des

longes sommairement enroulés étaient accrochés à de gros crochets de cuivre. Les chevaux mâchonnaient paisiblement leur foin, en compagnie des garçons d'écurie qui balayaient le sol.

Deux petits poneys Shetland tendaient l'encolure par la porte de leur box, en hennissant. Tor expliqua qu'après avoir gagné un prix à Dublin, ils avaient été envoyés d'Irlande pour des fils de maharadjah qui fréquentaient l'école ; les enfants s'étant montrés plus intéressés par les voitures miniatures que par ce somptueux présent, les animaux n'étaient presque jamais montés. Elle avait l'impression qu'ils se sentaient seuls.

« Quelle sentimentale ! s'écria Rose. Se sont-ils confiés à toi ?

— Je le sens, c'est tout. Je parle la langue équine, au cas où tu ne le saurais pas !

— Allons faire une promenade à cheval demain matin, suggéra Rose. Avant le petit déjeuner. »

Tor lisait à haute voix les noms qui figuraient sur les plaques de cuivre apposées au-dessus de chaque box : Jezri, Trésor, Ruth, Sanya. À l'extrémité du bâtiment, un étalon arabe de couleur noire, les yeux révulsés, trépignait sur le sol de béton, affolé par ces visiteuses inattendues.

Tor allait et venait, murmurant des mots doux à certains des animaux et tendant à d'autres des morceaux de sucre. Soudain elle s'immobilisa et se tourna vers Viva.

« L'heure de votre surprise est venue, dit-elle. Regardez et écoutez. »

Viva entendit une légère sonnerie, puis rien d'autre que le mâchonnement des chevaux et le crissement feutré des balais sur le sol.

«Le crépuscule, l'heure de la rêverie, articula Rose.

— Celle qui vous invite au sommeil, renchérit Viva.

— Pas encore car...» Tor mit les mains sur les yeux de son amie. «... voici votre surprise». Elle la poussa vers la porte d'un box. «Regardez, chuchota-t-elle doucement à l'oreille de sa compagne. Il est enfin arrivé.»

Le cœur de Viva battait à tout rompre. Quand elle vit ce que la jeune femme lui désignait, elle dut lutter pour cacher sa déception.

C'était un poulain, rien qu'un poulain, encore humide, étendu sur un matelas de paille sanglant. Au-dessus de lui, se dressait une jument épuisée aux flancs couverts de sueur.

Sans doute attendrie par le coucher de soleil, Viva s'était imaginé qu'il serait là et qu'elle pourrait alors lui parler, lui raconter ce qui s'était passé à Simla. S'il était venu, elle lui aurait prouvé à quel point ce qu'elle avait appris avait commencé à la transformer; le besoin de se délivrer de tout ce poids se révélait maintenant irrépressible. Elle était presque certaine qu'il l'aurait écoutée, qu'il aurait compris et qu'il lui aurait alors pardonné. Ils auraient passé tous ensemble une magnifique fête de Noël. *Quelle idiote!*

Couleur sable et doté d'une queue en forme de houppette, le poulain la regardait de ses grands yeux sombres. Elle se força à lui sourire car ses deux compagnes lui avaient pris la main et sautaient de joie comme des gamines.

L'animal se leva, tangua un moment sur ses pattes fines et se dirigea vers elles en vacillant, pour leur renifler les doigts. Elles caressèrent son petit museau, doux comme du velours.

« La jument avait perdu son avant-dernier poulain, elle est aux anges ! s'exclama Tor. Et elle est d'une grande lignée. Toby dit que le pedigree des ancêtres de l'étalon remonte à plusieurs siècles. »

Viva s'obligea à se concentrer. Si elle se mettait à pleurer maintenant, elle ne pourrait pas s'arrêter et son humiliation serait alors complète.

Les pattes filiformes du poulain tremblaient. Sa mère le poussa du museau et émit un doux grondement ; il se cacha alors derrière elle avec un regard coquin et se mit à téter. La jument semblait les fixer avec un air de fierté non dénué de méfiance. « Regardez-le, mais ne vous approchez pas », voulait-elle sans doute leur dire.

« Il est né hier soir, expliqua Tor. Le pire, c'est que nous avions monté Tourmaline, sa mère, hier matin. Nous ne nous étions pas aperçues de l'imminence de la mise bas, et les garçons d'écurie non plus. Hier soir, donc, quand je suis venue pour lui donner une pomme, j'ai vu ce gros ballon sortir de son derrière, enfin, vous voyez ce que je veux dire.

— Avez-vous eu peur ? s'enquit Viva.

— Non, pas du tout. » Tor lui jetait un regard étrange. « Nous avons eu la chance de bénéficier sur place de l'expertise d'un professionnel. »

C'est alors que Viva sentit les ongles de Rose s'enfoncer dans la paume de sa main. Elle se retourna, Frank était là.

Sa réaction, très inattendue pour ceux qui la connaissaient, lui vaudrait des taquineries de ses amies pendant plusieurs mois. Elle s'écria «Vous!», s'élança vers lui et l'étreignit fébrilement avant de fondre en larmes.

Toujours vêtu de son costume de lin froissé, il la contemplait en secouant la tête, comme si lui non plus ne pouvait en croire ses yeux.

Merci, mon Dieu! pensa-t-elle, la joue contre sa poitrine. Quand il l'entoura de ses bras, ses pleurs redoublèrent.

Soudain, tout le monde se mit à rire: Tourmaline, anxieuse, trépignait en faisant écran de son corps pour protéger son poulain.

«Je crois que nous effrayons les chevaux», dit Frank. Il sourit à Viva, que la joie submergeait. «J'ai reçu votre télégramme», poursuivit-il. Elle remarqua qu'il s'était sans doute vêtu à la hâte car sa chemise était à moitié sortie de son pantalon et son menton s'ornait d'une coupure de rasoir. «J'étais sur le point d'aller vous rejoindre à Simla, mais j'ai pensé que vous étiez peut-être déjà repartie. J'ai décidé de vous attendre ici.

— Il a conduit à toute allure, intervint Tor qui avait aussi les larmes aux yeux.

— Vous n'aviez vraiment rien deviné? demanda Rose qui arborait un visage rayonnant. Pourtant, notre Tor s'est montrée d'une incroyable subtilité!

— Non, je n'avais rien deviné. »

Tor regarda sa montre. « J'ai une idée, s'écria-t-elle. Il nous reste deux heures avant le dîner. Pourquoi n'iriez-vous pas faire un tour tous les deux ? Vous avez le temps de faire une longue promenade, ajouta-t-elle d'un air candide, car le repas sera servi en retard, comme d'habitude. »

Tandis qu'elle s'éloignait avec Rose, Viva et Frank rirent en l'entendant s'exclamer : « Tu vois bien que je peux avoir du tact ! »

« Nous allons nous promener, déclara Frank aux deux garçons d'écurie qui les observaient ouvertement bouche bée, appuyés sur leur balai. *Chee aphu lamkea* ? Puis-je vous emprunter une lampe ? » s'enquit-il.

L'un des garçons revint avec une lampe à kérosène. Frank se tourna vers elle et chuchota : « Il y a un pavillon d'été près de la rivière. Nous pourrions parler là-bas. Cela vous convient-il ?

— Oui, très bien. »

Ils descendirent vers le cours d'eau et atteignirent une petite jetée où deux barques amarrées se balançaient doucement. Un moment, ils s'immobilisèrent pour embrasser du regard la voûte céleste embrasée par les derniers rayons du jour. Les couleurs, liquéfiées, se répandaient sur les étendues de joncs ainsi que sur l'eau incandescente, où s'égayait une famille de colverts. Dans quelques courts instants la nuit engloutirait leur monde dans les ténèbres.

« Avez-vous froid ? demanda-t-il en la voyant frissonner.

«—Froid, non. Je suis simplement heureuse, articula-t-elle en fermant les yeux. Heureuse que nous passions Noël tous ensemble, ajouta-t-elle pour atténuer l'impudeur de son aveu.

—Non, ne recommençons pas cela. Cela fait des jours et des jours que je vous sais terriblement seule. Je ne peux plus le supporter.

—Pas tout de suite.» Elle posa la main sur les lèvres douces de son compagnon. «Attendez que nous soyons dans le pavillon. Je vous raconterai tout.»

Ils avaient accéléré l'allure et arrivèrent bientôt devant un petit pont de bois; il lui prit la main pour l'aider à le traverser. De l'autre côté, sous un chêne aux branches tourmentées, se dressait une petite niche dans laquelle brûlaient des bougies. Devant elle avait été déposée une assiette contenant des quartiers d'orange et d'autres morceaux de fruits, que les écureuils avaient à moitié grignotés. Au-delà de ce lieu sacré, dans une clairière, se dressait le pavillon d'été aux murs blancs.

«Vite», s'écria-t-il en l'attirant à l'intérieur.

La pièce, où régnait une odeur agréable de cèdre et d'encens, offrait un décor simple et dépouillé. Elle contenait un bureau central comportant un bloc de papier et quelques crayons; un lit de corde orné de quelques coussins aux couleurs fanées, posé sous la fenêtre; et un jeu de piquets de cricket appuyés contre un mur.

«Cet endroit appartient à l'un des professeurs, expliqua Frank. Il est en vacances; Tor m'a assuré que nous y serions tranquilles.»

Il alluma la lampe et s'appliqua à réduire la flamme au maximum. Agitée d'un frisson, elle observait ses longs doigts habiles et le duvet blond qui recouvrait ses avant-bras puissants. Jamais elle ne s'était sentie aussi peu maîtresse d'elle-même, ni aussi vivante.

«Installez-vous, proposa-t-il. Ici, avec moi.» Elle s'assit près de lui sur le *charpoï*, sous la fenêtre.

«J'étais tellement inquiet pour vous, chuchota-t-il. Inquiet à en mourir, je...»

Il glissa les doigts dans ses cheveux et l'embrassa longuement, comme pour affirmer enfin qu'ils s'étaient trouvés. Elle avait l'impression que chaque cellule de son corps vibrait de sa joie d'exister. C'était grisant.

Doucement, il posa son visage contre le sien.

«Arrêtons-nous. Parlez-moi d'abord. Que s'est-il passé à Simla?»

Elle commença par lui relater l'épisode de la malle, exprimant l'intense déception, non dénuée de honte, qu'elle avait éprouvée pour avoir attendu si longtemps avant d'aller la récupérer.

Sur le chemin de la gare, au retour, Hari l'avait conduite à l'ancienne maison de ses parents qui s'élevait dans la brume, à l'orée d'une forêt. Totalement abandonnée si l'on en croyait l'aspect de la véranda rongée par l'humidité, elle lui avait paru presque incongrue. La balançoire, sur laquelle Josie et elle avaient passé ensemble de nombreuses heures, pendait maintenant lamentablement, retenue par une seule corde. Du jardin, on apercevait toujours, au premier étage, le papier ancien de leur chambre d'enfant, orné d'arbres, de fleurs et d'oiseaux, aujourd'hui décoloré et déchiré par endroits. Deux arbres s'étaient effondrés et des amalgames de feuilles sombres encombraient toutes les gouttières encore en place.

C'était tout. Elle n'avait rencontré personne. Aucun voisin ne s'était précipité pour lui raconter des histoires du passé ou pour lui affirmer que ses parents n'avaient pas été oubliés. Elle avait eu le sentiment que la forêt dense se refermait peu à peu sur la maison de son enfance.

Le dernier jour, Mrs Waghorn l'avait emmenée au cimetière de Sanjauli où ses parents avaient été enterrés. Pour la première fois, elle avait vu les trois tombes alignées. Il régnait en ce lieu une grande paix. Sous un ciel couleur de perle, le vent soufflait à travers les pins avec un bruissement semblable à celui des vagues. Avec soin, elle avait nettoyé les tombes des mauvaises herbes et les avait ornées de fleurs.

Frank l'écoutait attentivement, ses yeux verts scrutant sans relâche son visage. Chaque fois que sa main se serrait sur la sienne, elle était envahie d'une bouffée de tendresse.

«Vous avez bien fait d'y aller, n'est-ce pas? dit-il quand elle se tut. Cela vous a sans doute permis de répondre à vos questions, en partie tout au moins.»

Devant son regard protecteur et anxieux à la fois, elle comprit qu'elle se trouvait à un tournant de sa vie. Une partie d'elle-même lui soufflait *Pourquoi tout révéler? Tous les gens ont de petits secrets, ne serait-ce que lorsqu'ils se prêtent à de pieux mensonges*; une autre partie lui laissait entendre qu'une porte se refermerait en elle à jamais si elle laissait passer cette occasion d'être sincère.

« Ma mère s'est suicidée », déclara-t-elle en plongeant son regard dans celui de son interlocuteur.

Mrs Waghorn lui avait donné quelques détails avant qu'elles ne se séparent. Viva put raconter à Frank de façon claire et concise ce qui s'était passé. « Quand j'avais neuf ou dix ans, elle a eu la malaria. Elle a guéri mais est sortie de cette épreuve très affaiblie, déprimée, et en proie à un terrible mal du pays. Quand j'y pense maintenant, elle subissait sans doute le contrecoup de la mort de Josie, puis de celle de mon père. Je n'y avais jamais pensé auparavant.

« Elle est partie à cheval jusqu'à une cabane plantée sur une corniche de la montagne, un peu au nord de Wildflower Hall – c'est un endroit merveilleux d'où l'on voit l'Himalaya et deux rivières. Elle avait l'habitude de s'y rendre pour dessiner ; je l'y avais accompagnée une fois ou deux. Au printemps, la végétation y est incroyable : chélidoines, soucis, cyclamens nains, fraises sauvages… Elle a laissé une lettre expliquant qu'elle nous aimait de tout son cœur mais que sa vie lui était devenue insupportable ; en fait, elle a employé le mot "insoutenable". Elle est restée là-bas jusqu'à ce que son corps soit gelé, en ayant auparavant pris soin de laisser de la nourriture pour le cheval. »

Il lui caressa doucement les cheveux.

« Je ne m'étais jamais doutée de sa souffrance, lui avoua-t-elle avec une expression de désespoir. Je lui en voulais depuis si longtemps que ma colère ne pouvait s'apaiser. Tout ce que je pensais d'elle reposait sur un mensonge.

— Ne croyez-vous pas que la grande majorité des enfants inventent en partie leurs parents ? Quand on est jeune on ne s'intéresse pas à eux, et plus tard, si toutefois on leur parle, on ne sait plus quoi leur dire. Oh, mon pauvre amour ! »

Il se pencha et essuya les larmes qui jaillissaient sur le visage de sa compagne.

« Vous n'avez pas besoin de continuer maintenant si cela vous fait trop souffrir, dit-il. Laissez les choses venir petit à petit. »

Elle sut aussitôt qu'il avait raison. Ils auraient le temps de parler et, surtout, elle se sentait à présent libre de dire toute la vérité à ceux qu'elle aimait. Non seulement à Frank, mais à Rose, à Tor, à Daisy. L'amitié, l'amour que l'on porte aux autres se mesure à l'aune de la confiance qu'on leur accorde ; la confiance que sa mère avait témoigné en Mrs Waghokn, celle-ci l'avait conservée comme un présent.

Frank la serra contre lui et la berça doucement.

« Ce qui est terrible, reprit-elle, c'est que personne ne sait vraiment pourquoi elle a agi ainsi. Nous voulons toujours des explications simples, mais peut-être parfois n'existent-elles pas ? N'est-il pas préférable, alors, d'accepter de ne jamais savoir ?

— Voulez-vous que j'en parle à Rose et à Tor ? demanda-t-il. Elles étaient extrêmement inquiètes à votre sujet quand vous étiez à Simla. Elles avaient l'intuition que quelque chose de ce genre vous attendait.

— Comment pouvaient-elles s'en douter ?

— Je ne sais pas. L'amitié est un autre mystère.

— Non, je leur en parlerai moi-même. Mais je veux vous montrer quelque chose avant de rentrer. Regardez. »

Elle posa la petite femme bleue dans la paume de Frank.

« Autre chose que j'ignorais d'elle ; elle était sculptrice ; c'est elle qui l'a créée. »

Ultérieurement, elle se dit que ce moment avait été pour eux déterminant. S'il avait simplement jeté un coup d'œil à la figurine et offert quelques mots polis et convenus, elle n'aurait pas pu ressentir ce sentiment de fierté, cette assurance qui lui permettait de marcher maintenant la tête haute.

Il examina l'objet avec attention, une mèche de cheveux blond foncé tombée sur son front.

Elle vit à l'expression de son regard qu'il comprenait. Si toutefois il était possible de se sentir en sécurité en ce monde, elle le serait auprès de l'homme qu'elle avait la chance d'aimer.

58

Tous deux rentrèrent à la nuit tombée. Leur lampe oscillait au rythme de leur marche, faisant surgir, par intermittence, les peupliers, la niche sacrée et le ruban argenté de la rivière. Frank s'arrêta près du pont de bois et l'attira près d'un buisson de jasmin pour l'embrasser. Main dans la main, ils empruntèrent ensuite la piste de terre rouge qui conduisait à la maison.

Elle savait que sa vie durant, chaque fois qu'elle sentirait le parfum du jasmin, elle penserait à lui. À ses bras autour d'elle, à l'odeur de ses cheveux, à la façon dont ses baisers, d'abord doux et tendres, étaient devenus si passionnés qu'ils avaient dû s'interrompre, à bout de souffle, à la fois stupéfaits et joyeux.

Il lui déclara qu'il n'avait jamais éprouvé un sentiment aussi profond ; les joues inondées de larmes, elle lui avoua qu'il en était de même pour elle.

La maison de Tor et de Toby brillait de mille feux et laissait échapper des bribes de musique assourdie.

Ils dînèrent dans la petite salle à manger où Tor et Rose avaient allumé des bougies et orné la table de fleurs. Entourée de tous ses amis, un verre de champagne à la main et Frank à ses côtés, Viva n'avait jamais été aussi heureuse. En guise de cadeau merveilleux, elle découvrait le terrible pouvoir de l'amour.

Le dîner – poulet rôti, riz, champagne et, pour le dessert, mousse au citron – dura des heures ; il y avait tellement d'événements heureux à célébrer. Tor remonta son gramophone ; ils dansèrent le fox-trot, chantèrent « Adieu l'Angleterre ! Salut, Bombay ! », puis la maîtresse de maison ouvrit une bouteille de crème de menthe et entreprit d'apprendre à Toby à danser le tango comme Rudolph Valentino dans *Les Quatre Cavaliers de l'Apocalypse*. Freddie fut réveillé par le bruit. Dès que son *ayah* l'amena dans la salle à manger, Toby lui mit un chapeau en papier sur la tête et, bien qu'à moitié endormi, le bébé accepta de sourire. Viva, observant Frank qui contemplait la scène d'un air attendri, sut avec certitude qu'un jour ou l'autre, ils auraient des enfants.

Trois semaines plus tard, elle emménagea avec Frank dans un appartement de Colaba dont le loyer se montait à cent roupies – dix livres – par mois. Ce petit trois pièces comportait un balcon à demi vitré qui, quand ils se levaient et se penchaient vers la droite, permettait d'apercevoir la mer, les bateaux, et la silhouette brumeuse de l'île Elephanta.

À deux reprises, Frank l'emmena pique-niquer à cet endroit, où se trouvaient les magnifiques grottes, remplies de décors rupestres que Tor désignait sous le terme de «génies gênants». Elles renfermaient des sculptures colossales de Shiva et de Parvati, datant du VIᵉ siècle. Ces œuvres magnifiques montraient les dieux en train de faire l'amour, de jouer aux dés, de se quereller et de rire. Au centre de l'immense salle de pierre, se dressait un phallus géant qui clamait, sans fausse pudeur, que de lui venait la vie. Les guides lui accordaient une place de choix dans leurs conférences, à la grande surprise de quelques délicates et pudiques dames anglaises.

Lors des journées de grande chaleur, Viva s'installait sur son balcon avec sa machine à écrire, abritée du soleil par un store de bambou. Elle avait quasi fait de l'achèvement de son livre une condition préalable à son mariage. Une fois rentrée d'Amritsar, certaine que la plus grande partie de ses notes avaient été détruites, elle s'était laissé convaincre par Frank de tout recommencer.

Quelques jours après son retour à Bombay, quand elle avait repris son travail au foyer, elle avait trouvé une pile de notes froissées et déchirées dans son petit vestiaire : Daisy les avait conservé dans une enveloppe au cas où elle accepterait de les étudier de nouveau.

Dès que les enfants surent que leurs histoires allaient revivre sous la forme d'un livre, ils se remirent à faire des dessins et à écrire des poèmes. En outre, ils firent de leur mieux pour l'aider à rétablir l'ordre chronologique des textes et à combler les lacunes. Finalement le travail de reconstitution ne se révélait ni trop difficile ni trop ingrat.

Le soir du 12 avril 1930, elle mit le point final à l'ouvrage intitulé : *Récits du* Tamarinier *: dix enfants de Bombay racontent leur histoire.*

Elle se leva pour soulager la raideur de son dos, prit le paquet de feuilles qu'elle serra contre elle un moment, puis entra dans leur chambre à coucher. Frank avait repris ses gardes à l'hôpital Gokuldas Tejpal, jusqu'au début de son nouveau projet de recherche. Après avoir posé le manuscrit, elle entra dans le lit près de lui.

« C'est terminé, dit-elle. J'ai fini.

— C'est bien. » Il la prit dans ses bras et l'étreignit très fort. « C'est bien », répéta-t-il.

Tous deux avaient les larmes aux yeux. Il avait toujours su à quel point cette entreprise était importante pour elle.

Allongée ainsi, dans le creux de son bras, elle éprouva un sentiment de légèreté qui n'était pas seulement dû à l'accomplissement de ce travail. Depuis ces derniers mois, elle se sentait le cœur léger. Tant de choses avaient changé !

Le lendemain, Frank faisait partie de l'équipe du matin. Elle se leva avec lui à cinq heures et demie et lui prépara des œufs brouillés avec des toasts. Après le petit déjeuner, ils restèrent assis sur le balcon pour boire leur café et observèrent au loin les bateaux de pêche rentrant au port. Au-delà, près de la ligne d'horizon, un autre navire se dirigeait vers la côte, en provenance d'Angleterre, ce qui ne se produisait maintenant que deux fois par mois. Contemplant les lumières du bateau qui s'approchait lentement, elle se souvint de sa propre arrivée et se revit debout, au milieu de leur groupe : Tor, Rose, Frank, Guy. Le pauvre Nigel, ce jeune fonctionnaire qui leur avait lu le poème *Ithaque* et à qui elles avaient chanté des negro spirituals pour le taquiner, n'était plus. Il s'était suicidé pendant la saison des pluies, comme il l'avait tant redouté.

Elle se remémora le dernier service religieux, les hymnes tremblants, l'harmonium fatigué, la pâleur juvénile du visage de Rose, et ce malheureux Guy – il était difficile de l'imaginer en train d'accomplir des exercices militaires.

«J'ai du papier d'emballage dans mon bureau», dit Frank. Ils avaient discuté de la façon la plus sûre d'envoyer le livre à Londres. «Je vais t'aider à préparer le paquet et si tu veux, nous irons le porter à l'agence Thomas Cook plus tard.

— D'accord.» À son sentiment de liberté se mêlait la surprise toujours renouvelée de la sollicitude de Frank, qui paraissait souvent savoir avant elle ce dont elle avait besoin. Jamais il ne lui donnait de raisons de regretter son indépendance.

Trois semaines plus tard, ils se marièrent civilement. Les églises étaient déjà toutes réservées ce jour-là, ce qui leur convenait, car ni l'un ni l'autre n'étaient attachés à la religion de façon formelle. Ils avaient décidé que la réception aurait lieu au foyer, par miracle toujours ouvert, bien que les autorités menacent de le fermer au mois de juin.

Le matin de la cérémonie, dans un demi-sommeil, elle éprouva la douleur, violente et familière, qui avait longtemps accompagné les souvenirs anciens. C'était le jour de son mariage, Josie et ses parents auraient dû être présents. Toutefois, la sensation de manque se dissipa doucement. Il ne suffisait pas de se lamenter ou de pleurer sur son propre sort. Les Indes l'avaient aidée à comprendre que le travail de deuil n'était pas un crime, qu'il se révélait indispensable pour pouvoir continuer d'avancer.

Elle savait qu'à l'avenir, dans certaines circonstances – par exemple aujourd'hui, ou à la naissance de ses enfants à venir –, elle penserait à eux, puis leur tournerait provisoirement le dos ; vivre était à ce prix.

Trois personnes assistèrent au mariage civil : Daisy – chapeau violet et chaussures confortables –, accompagnée de Tor et de Toby, qui étaient venus d'Amritsar en train, car l'antique Talbot avait rendu l'âme et leurs moyens ne leur permettaient pas de s'offrir une autre voiture. Lorsque les deux amies s'étaient saluées avec chaleur, Tor, en la serrant dans ses bras, lui avait glissé à l'oreille que Toby et elle attendaient un bébé pour le mois d'octobre.

Rose n'avait pas pu venir. En réponse à l'invitation de Viva, elle avait répondu qu'elle serait alors en route pour l'Angleterre. Son père bien-aimé était mort avant Noël, six semaines avant qu'elle ne l'apprenne. À l'idée de la souffrance que sa mère avait dû supporter seule pendant tout ce temps, son cœur saignait.

«Je vais rester quelques mois avec elle pour l'aider à vider la maison, ce qui lui permettra de bien connaître Freddie.»

Jack ne partait pas; il essaierait de venir au mariage.

«Ne comptons pas sur lui, affirma Viva. Bannu est très loin d'ici et il travaille en permanence.

— Ce n'est pas certain. Il va se sentir seul sans eux», répliqua Frank à sa future, visiblement peu convaincue.

Toutefois, quand les mariés arrivèrent au foyer pour la réception, Jack était là, se tenant légèrement à l'écart des enfants excités, engagés dans un combat de confettis contre Tor et Toby. Plus mince qu'auparavant, il paraissait aussi plus vieux. Viva lui fit un signe de la main, auquel il répondit en touchant son chapeau et en levant timidement les doigts. Elle était heureuse de le voir.

Toutefois, pour le moment, elle n'avait pas le temps de parler. Talika et Suday, entourés d'un groupe d'enfants animé, l'emmenèrent dans son ancienne chambre, celle qui donnait sur le tamarinier. Là, les filles l'habillèrent d'un sari vert et lui expliquèrent que cette couleur portait bonheur au Maharashtra. Elles glissèrent des bracelets verts autour de ses poignets, lui ôtèrent ses chaussures occidentales, l'aidèrent à baigner ses pieds et enfilèrent un fin anneau d'argent autour de son gros orteil. Alors qu'elles lui brossaient les cheveux et sautillaient de plaisir, elle éprouva de nouveau cette enivrante sensation de liberté. Elle avait le sentiment d'être tout à coup projetée au-dessus de la cime des arbres, avec ses petits compagnons, et de voler comme un oiseau.

Dans la cour, des tambours retentissaient et une flûte se faisait entendre. Un feu, allumé dans un brasero, brûlait au milieu du sol pavé.

Talika courut jusqu'à la fenêtre. «Tout est prêt pour vous», s'écria-t-elle.

Viva, en la voyant, se remémora son arrivée et la façon dont, après avoir été lavée et nourrie, elle avait lutté avec un balai deux fois plus haut qu'elle pour se rendre utile, en dépit de la tragédie qu'elle venait de vivre.

La petite fille souleva le coin de son sari, les yeux brillants. En descendant l'escalier, elle raconta qu'elle avait fait une *puja* à Shiva, pour que Viva trouve un bon mari, puis qu'elle avait réalisé un dessin pour le livre. La jeune femme, devant son regard plein d'espoir, tourné vers l'avenir, comprit clairement tout ce qu'elle devait à cette enfant, qui lui avait tant appris.

Une autre surprise l'attendait dans la cour : Mr Jamshed, plus rond que jamais et vêtu d'une tunique brodée, s'avança vers elle et lui tendit un bouquet de fleurs ainsi qu'une boîte de loukoums. Derrière lui, se tenaient Mrs Jamshed, portant un plat de riz qui témoignait apparemment d'une préparation élaborée, ainsi que Dolly et Kaniz, rayonnantes, avec leurs coupes à la garçonne qui semblaient tout droit sorties de *Vogue*, dans leurs robes de soie et leurs élégantes chaussures à boutons.

Pour des raisons que Viva ne comprendrait sans doute jamais, non seulement ils lui avaient pardonné, mais leur mansuétude allait bien au-delà. Daisy lui expliqua que Mrs Jamshed s'était levée très tôt pour l'aider à superviser la préparation du festin qui comprenait toutes sortes de plats et de desserts déjà disposés sur de longues tables, dans la cour.

À la fin du banquet, qui dura deux heures, les convives entendirent quelques rires étouffés derrière un fin rideau de rotin. Talika surgit soudain.

Elle s'éclaircit la gorge.

«Miss Wiva, ceci est notre danse pour vous», annonça-t-elle, jetant un regard sévère en direction de la troupe de petites filles qui apparaissait à ses côtés. Toutes étaient vêtues de saris dans des nuances diverses de rouge et d'orange. Tandis qu'elles prenaient place autour du tamarinier, les garçons balayant le sol devant elles, les innombrables grelots qui leur entouraient les chevilles émirent un son à la fois émouvant et saisissant. Les musiciens surgirent alors : Suday, avec un tabla, et un trompettiste de Byculla. Après un moment de silence, la musique explosa et les fillettes se mirent en mouvement, tapant du pied et tourbillonnant, leurs bras ondulant avec souplesse, telles des branches de jeunes arbres dans le vent. Quand le silence s'établit de nouveau, Talika se mit à chanter de sa voix ténue et encouragea Viva à l'imiter :

Aaja Sajan, Aaja.
Aaja Sajan, Aaja.
Viens à moi, mon bien-aimé, viens à moi.
Viens à moi, mon bien-aimé, viens à moi.

Frank serra la main de sa femme, mais se retint de l'embrasser, afin de ne pas choquer les enfants. Tous deux firent quatre fois le tour du feu sacré, priant pour que les dieux leur accordent une longue vie, pleine d'harmonie, de paix et d'amour.

Après cette cérémonie, Viva alla rejoindre Jack, qui se tenait assis un peu à l'écart, attentif et amusé. Dès qu'elle s'installa près de lui, elle s'aperçut que ce qu'elle avait pris pour une réserve tout anglaise était en fait un héroïque effort pour réprimer une violente émotion. Il ne cessait de déglutir et de se racler la gorge en agitant nerveusement les mains.

« C'est un beau mariage, dit-il d'une voix étouffée. De première classe.

— J'aurais souhaité que Rose soit là ; sans elle, je pense que je ne serais pas ici aujourd'hui.

— Ah ? » Il lui jeta un bref coup d'œil. « Avez-vous eu de ses nouvelles ? s'enquit-il, en broyant un *chapati* entre ses doigts.

— Très peu. Un petit mot, la semaine dernière. »

« *Chère Viva, je suis si heureuse pour vous ! Vous me manquez tous, Rose.* » Ce mot formel ne lui avait pas dit si son amie allait bien et avait retrouvé ses marques.

« Elle ne disait pas grand-chose.

— Non. » Jack semblait fixer un point derrière elle. « Nous vivons une période difficile. Je crois que sa mère a besoin d'elle en ce moment, et de mon côté… Le régiment est débordé ; je suis très rarement à la maison. Alors… » Il se força à la regarder de nouveau. « Et vous ? Où allez-vous vivre ? »

Elle lui expliqua que Frank devait retourner à Lahore ; dès que les fonds seraient débloqués, il reprendrait ses recherches sur la fièvre bilieuse

695

hémoglobinurique. Bien sûr, elle l'accompagnerait, car elle pouvait travailler presque n'importe où.

« Oui, suivez-le, dit-il avec une intensité inattendue. Il ne faut pas vous séparer ; au contraire, il est important de ne faire qu'un. Je n'ai pas compris cela. J'ai été… » Il dit autre chose qu'elle n'entendit pas car un son éclatant couvrait ses paroles. Suday s'était remis à jouer du tabla ; un groupe d'enfants s'époumonaient dans des flûtes à bec ; d'autres soufflaient à travers des peignes, sur du papier à cigarette. Frank se dirigea vers elle en riant et lui enlaça la taille.

Le soleil se réverbéra dans les grosses lunettes de Daisy, alors qu'elle montait sur une boîte décorée de papier crépon. Après avoir adressé un sourire aux mariés, elle tapa sur un verre avec une cuillère. Tor, debout près d'elle, fit un clin d'œil à Viva.

« Mesdames, messieurs, les enfants ! Un peu de silence ! » La tête penchée sur le côté, elle attendit que tout le monde se taise. « Cette journée est celle des bonnes nouvelles, déclara-t-elle enfin. *Daktar* Frank et Miss Viva sont mariés, le soleil brille et nous sommes invités au festin de la vie. Les temps difficiles vont arriver. » Elle ferma les yeux, pensant visiblement au foyer. « Toutefois, il ne sert à rien d'anticiper les maux qui nous menacent.

— Bravo ! s'écria Toby.

— Nous nous sommes apporté mutuellement tant de choses ! poursuivit Daisy d'une voix éteinte. Nous vous devons tant ! » dit-elle aux enfants.

Talika, avec quelques petites poussées d'encouragement dans le dos, de la part de Mrs Bowman, remplaça Daisy sur la boîte, une feuille à la main.

« Poème sanscrit », annonça-t-elle :

Savoure cette journée,
Car elle est la vie.
Dans sa brièveté, elle comporte toutes les réalités de
l'existence.
Hier n'est qu'un souvenir et demain une vision.

Une rafale de vent lui arracha la feuille des mains et secoua les branches du tamarinier. C'est alors qu'un âne se mit à braire bruyamment dans la rue, suscitant des éclats de rire chez les enfants.

«Savoure cette journée.» Talika tenta un ultime effort pour être entendue et insuffler à la scène un peu de solennité.

Toute le monde l'acclama; elle sauta sur le sol, glissa les bras dans son sari et inclina timidement la tête.

Viva regarda Tor, qui souriait. Elle pensa aux fleuves qui s'écoulaient, à l'immensité du ciel et à la façon dont elle s'était perdue, convaincue de n'être jamais retrouvée. Talika lui saisit les doigts qu'elle secoua plusieurs fois. Le moment était venu de danser.

Remerciements

Tout d'abord, il me faut remercier Kate Smith Pearse, qui a inspiré ce livre.

Merci aux amis indiens que j'ai rencontrés pendant l'écriture de ce texte : Vaibhavi Jaywant (Vicki) qui m'a fait visiter Bombay avec tant d'enthousiasme et de charme ; Sudhansu Mohanty, auteur et ami, qui a pris soin de moi à Poona et Shukla ; et son épouse, pour son aide au sujet des plantes et des oiseaux.

Mille fois merci au lieutenant général Stanley Menezes, historien indien, pour l'attention et le professionnalisme dont il a fait preuve à la lecture du livre, et pour ses nombreuses suggestions opportunes ; au Dr Rosie Llewellyn Jones, conférencière sur l'histoire indienne et secrétaire honoraire de la British Association for Cemeteries in South Asia.

Tous mes remerciements au Dr Katherine Prior, qui m'a fait partager son expérience et ses connaissances de l'Inde dans une succession de courriels passionnants ; à Stephen Rabson, historien de la P & O et à Iain Smith qui m'a fourni une aide inestimable pour ma recherche d'informations sur le troisième régiment de cavalerie indien.

Nombre de personnes se sont montrées très généreuses pour partager avec moi soit leurs propres souvenirs, soit les souvenirs de leurs parents : John Griffiths, Philip Moss, Alison Latter, Nick Rahder, Robin Haines, Toby et Imogen Eliott.

Un grand merci à Peter et Rosemary Waghorn pour m'avoir prêté les bandes magnétiques de Mrs Smith Pearse ; à Corinna King pour m'avoir prêté les bandes de sa mère, Maeve Scott ; à Violet Adams pour son journal et à ma belle-sœur, Betty, pour avoir analysé celui-ci avec une telle expertise.

Un remerciement particulier à Sue Porter Davidson, pour ses encouragements et ses recherches, ainsi qu'à Peter Somner pour ses livres.

J'ai envers Kate Shaw, mon agent, une énorme dette pour ses conseils et son soutien.

Merci, également, à Clare Alexander pour son professionnalisme et ses encouragements. À tout le personnel d'Orion – Kate Mill, Susan Lamb – pour avoir partagé mon exaltation et avoir rendu possible la création de ce livre.

Comme toujours, un immense merci à mon mari Richard, qui m'a parlé de la « Flottille de pêche » et qui m'a encouragée à écrire ce livre. À Caroline et Delia, à ma fille, Poppy, pour son enthousiasme juvénile. Merci enfin aux membres de ma grande et aimante famille, ainsi qu'à ceux de ma famille par alliance, pour leurs lectures avant publication, et leurs précieux conseils.

Composition : Soft Office (38)

Achevé d'imprimer par GGP Media GmbH, Pößneck
en Janvier 2010
pour le compte de France Loisirs,
Paris

N° d'éditeur : 58104
Dépôt légal : Février 2010
Imprimé en Allemagne